웬디의 꽃집에 오지 마세요

Don't come to Wendy's flower shop

웬디의 꽃집에 오지 마세요

김지서 장편소설

1

D&C
BOOKS

1화

더 이상 올리비아가 아니에요

보랏빛 포도 알 하나를 손에 든 웬디는 익숙한 손놀림으로 껍질을 쏙 깐 뒤 말랑한 연푸른 속 알맹이를 입에 넣었다.

우물우물 입안에서 잠시 굴리는가 싶더니 씨앗 여러 개를 퉤 하고 아무렇게나 내뱉는 모습이 정숙한 처자로서의 교양이라고는 찾아볼 수 없었다.

허리까지 늘어뜨린 황금빛 금발 머리에 하늘색 원피스를 곱게 차려입은 모습은 영락없는 숙녀이건만, 하는 행동거지들이 사내 못지않게 괄괄하여 묘한 괴리감을 자아냈다.

만개한 꽃들로 가득 찬 실내 화원의 후덥지근한 공기가 답답한지 목에 걸린 하얀 케이프를 아무렇게나 획 하고 벗은 웬디의 하얀 얼굴 위로 그 순간 만족스러운 미소가 떠올랐다.

"음, 아주 달큰한데. 왜들 베리네 포도, 베리네 포도 입에 달고 사는지 알겠군. 그럼 난 한 세 그루 정도만…… 심어 볼까."

혼잣말을 중얼거린 그녀가 화원 가장자리 평평한 흙바닥으로 다가가더니 흙바닥 위에 검지를 꾹 하고 눌러 넣었다. 그러길 잠시, 굳은 듯 꼼짝 않던 그녀가 이내 손가락을 빼내고 자신의 손가락 굵기만큼 파인 구멍을 도로 흙으로 살짝 덮어놓았다.

그렇게 세 번쯤 반복했을까, 그녀는 이내 '에구구' 소리를 내며 앉아 있던 자리에서 일어섰다.

"이 정도 굵기면 되겠지?"

화원 한쪽에 쌓여 있던 나뭇가지 중 직딩한 길이와 굵기를 골라 세 개를 가져온 그녀가 무언가를 가늠해 보는 듯 흙바닥 위에 가지 끝을 가져다 댔다.

꾹, 꾹.

구멍을 낸 근처에 나무 기둥을 단단히 꽂아 둔 웬디는 손을 탈탈 터는 동작으로 모든 작업을 마무리 지었다.

포도나무를 심겠다는 사람이 포도나무는커녕 포도 씨 한 톨 손에 쥐고 있지 않으니 어찌 된 일인지 의아하다. 거기다 저 나무 기둥은 그녀가 화원에서 곧잘 쓰곤 하던 식물의 지지대가 아닌가.

"포도야, 잘 자라서 오늘 저녁엔 포도 주스 한잔하게 도와다오."

노래하듯 말을 흥얼거린 그녀가 미련 없이 화원을 나선다. 방금 포도를 심겠다고 말한 이가 저녁에 포도 주스를 한잔하겠다니, 누군가 보았다면 조금 정신이 이상한 여자로 치부했을 것이다.

'탁' 하는 소리와 함께 문이 닫히고 정적이 자리한 화원 안에는 부드러운 흙바닥 위로 눈부신 오후 햇살만이 가득했다.

햇살을 받아 황토 빛으로 빛나던 땅 위의 흙 알갱이들이 도르르 흩어지며 들썩 고개를 든 건 문이 닫힌 지 불과 수 초가 흐른 뒤였다.

뽀옥, 하고 고개를 내민 연둣빛 새싹은 오후의 빛을 받아 귀여운 이파리를 수줍게 앙다물고 있었다. 그러나 곧 투투투둑— 잎이 벌어지는 소리와 함께 작은 새싹 사이에서 기다란 줄기가 솟아오르기 시작했다. 솟아오른 줄기는 거기서 그치지 않고 줄기 마디마디마다 작은 잎사귀를 뿡뿡 터뜨리듯이 여기저기로 뿜어냈다.

그것들은 곧 어른 손바닥만 한 크기의 넓은 이파리로 변모해 갔고, 줄기 사이사이에서 나온 가느다란 넝쿨 또한 주변으로 쉼 없이 뻗어 나가기 시작했다. 초록 줄기는 어느덧 갈색빛의 탄탄한 외피를 둘렀으며, 웬디가 꽂아 놓고 간 지지대에 그 몸을 마음껏 기대고 있었다.

경악할 만한 속도로 쑥쑥 자라난 포도나무는 어느 순간 성장을 멈추고 화원의 고요 속에 잠잠히 숨을 죽였다. 화원 안을 팔랑팔랑 날아다니던 노란 나비 한 마리가 쉴 곳을 찾듯 푸른 이파리 위로 내려앉자, 오후 햇살이 그득한 초록 잎사귀 위에도 평화가 내려앉은 듯했다. 그러나 곧 이어 들려온 투투투둑— 하는 포도나무의 성장통에 화들짝 놀란 노란 나비 한 마리는 다시 팔랑팔랑 공중으로 날아올라야 했다.

테이블 앞에 앉아 부드러운 밀크 티를 즐기고 있던 웬디는 꽃집 안을 휘둘러보며 미소를 지었다. 싱싱하니 화사한 꽃들이 저마다 제 빛깔을 뽐내며 꽃집을 아름답게 장식하고 있었다. 여느 꽃집과 다를 것이 없다 할지 모르나, 그 싱싱함은 비교할 수 없는 것이었다. 웬디는 자부심이 가득한 얼굴로 어여쁜 꽃 하나하나를 눈에 담았다. 아네모네, 프리지어, 카라, 달리아……

달리아……!

꽃을 바라보던 그녀의 눈길이 순간 짜증스럽게 찌푸려졌다.

달리아, 붉은 꽃잎 안에 유혹을 머금은 꽃.

그녀는 흘기듯 그 붉은 꽃을 바라본 후 밀크 티 잔을 소리 나게 내려놓았다. 붉은 꽃잎에서 눈길을 거둔 웬디가 허공을 응시했다. 그녀의 푸른 눈동자가 과거의 잔상으로 흐리게 흔들렸다.

탁탁탁탁탁.

하즐렛 백작가의 기다란 외부 복도를 울리는 발걸음 소리가 경쾌했다. 거의 뛰듯이 걷고 있는 올리비아의 모습을 목격한다면 당장 집안의 하녀들이 수군수군 교양 없다 입방아를 찧겠지만, 올리비아는 자신의 들뜬 마음을 감출 길이 없었다.

평소라면 그들에게 책잡히지 않기 위해서라도 다소곳한 귀족가 영양의 본보기가 되어 보겠으나 오늘만큼은 그녀도 그것이 쉽지 않았다. 올리비아, 그녀가 못내 그리워하던 레녹스 후작가의 차남, 딜런 레녹스가 저택에 당도했다는 소식을 들었기 때문이었다. 레녹스가의 영지인 뮐러든은 하즐렛가의 밸타와 이웃해 있어 마음만 먹는다면 만남이 어렵지 않았음에도 요 근래 딜런을 만나지 못했던 그녀였다.

자신과 딜런 레녹스의 다정한 모습을 보고 백작 부인이 길길이 날뛴 것이 불과 얼마 전이었으나, 올리비아는 백작 부인의 바람대로 딜런과 이별할 생각이 없었다. 너와 딜런은 어울리지 않는다는 둥, 천박한 네 주제를 알라는 둥, 첩년의 딸이 어디 후작가 도련님을 넘보느냐는 둥의 말 따위가 끊임없이 터져 나왔음에도 말이다.

온갖 모욕적인 언사를 백작 부인으로부터 들었으나 올리비아는 그 말들을 모두 무시하기로 작정했다. 저들이 무엇이기에 나의 마음마저 휘두르려 하는가. 올리비아는 분한 마음에 입술을 짓이기듯 깨물며 도리질을 해 보았다.

그러나 그녀, 어린 치기와 자존심만으로 그에 대한 마음을 주장하는 것은 아니었다. 그녀 스스로도 딜런을 향한 마음을 다잡으려 노력해 보았으나 모두 허사였던 까닭이다.

답답한 순간이면 늘 말에 올라 밸타의 너른 들판을 달렸던 올리비아는 말발굽에 차이는 풀잎처럼 보잘것없던 자신의 삶에 의미를 준 딜런 레녹스를 그 들판 위에서 처음 만났다. 들판 군데군데 눈이 쌓여 있던 겨울의 오후였다. 그는 마치 그녀를 만나기 위해 그곳에 있었던 사람처럼 올리비아를 보자마자 연한 미소를 지어 보였다. 하얗게 뻗은 눈길을 따라 말을 몰다 보니 밸타까지 와 버렸다며 말갛게 웃던 그.

그와 같은 꾸밈없는 살가움은 처음이었다. 꽝꽝 얼어 있던 겨울의 들판 위에 선 그녀는 새순 같은 그 미소를 보는 순간, 그로 인해 마음의 계절이 바뀔 것을 예감하였다.

올리비아는 자신이 딜런을 진심으로 사랑하고 있음을 오래지 않아 깨달았다. 그의 하늘색 머리칼과 파란 눈동자가 그녀의 가슴에서 떠나지 않은 지 한참이다. 엿새 전 딜런의 가슴 저린 고백을 들었을 때, 그녀는 자신의 심장이 그토록 요동칠 수 있는지 처음 알았다.

"올리비아, 더는 마음을 숨길 방도가 없어. 널…… 사랑해. 누군가 내게 포기할 수 없는 무언가를 말하라 한다면 네 이름을 몇 번이고 되뇌겠어. 나의 가문도 나의 검도, 그 무엇도 아닌, 네 이름을."

결코 피할 수 없었다. 스스로의 감정에 정직하지 않았던 그녀를 그가 정직하게 만들었다. 그의 고백을 듣고 올리비아는 그가 되뇐 자신의 이름을 처음으로 사랑하게 되었다.

올리비아의 금발이 그녀의 뛰는 움직임에 맞춰 눈부시게 공중에서 부서져 내렸다. 그녀가 가쁜 숨을 몰아쉬며 후원에 들어섰을 때, 멀찍이 딜런의 뒷모습이 보였다.

달리아 꽃이 만개한 후원에 서 있는 그의 뒷모습은 그린 듯 몹시 아름다웠다. 금세 올리비아의 얼굴에 기쁨의 미소가 맺힌다. 옷매무새를 가다듬고 교양 있는 영애의 모습으로 돌아와 사뿐사뿐 걸음을 옮기는 모습이 사랑스럽기 그지없다. 딜런의 뒷모습을 바라보는 그녀의 싱그러운 초록빛 눈동자 위에 좀처럼 가라앉지 않는 설렘이 맴돌았다. 애써 반듯하게 다문 입술 위에는 금방이라도 터져 나올 것 같은 웃음이 엿보였다.

그를 향해 가는 길, 이토록 가슴이 떨리니 이것이 사랑이 아니고 무엇이란 말인가.

그러나 올리비아의 벅찬 발걸음은 몇 걸음 못 가 쩡하니 얼어붙고 말았다. 멈추어 선 그녀의 두 다리가 망연했다.

딜런 레녹스, 그의 라일락처럼 고운 하늘색 머리칼 사이로 가녀린 손 하나가 보였다. 그의 단단한 어깨가 작은 여인 하나를 소중한 이 대하듯 감싸고 있었다. 그의 품에 안겨 그의 입술에 입을 맞추고 있는 아름다운 여인. 그녀의 붉은 머리칼이 달리아 꽃잎의 붉은빛처럼 강렬하게 올리비아의 눈에 박혀 왔다.

그녀의 배다른 동생. 백작가의 하나뿐인 귀한 영애, 프란시스 하즐렛이었다.

그 순간 올리비아의 시야에서 세상은 무너지고 있었다. 흔히들 말하는 '세상이 무너진다'라는 말, 그저 의례적으로 가져다 쓰는 그런 말로만 여겼으나 그녀는 진정 보았다. 눈앞의 세상이 와르르 비명을 내지르며 무너지는 모습을.

올리비아는 붉은 달리아 꽃잎이, 무너져 버리는 세상 한가운데 흩날리는 모습을 마지막으로 눈에 담고 두 눈을 꼭 감아 버렸다.

충격 뒤엔 슬픔이, 슬픔 뒤에는 분노가 찾아왔다. 모두 순식간의 일이었다.

번쩍 눈을 뜬 올리비아는, 조심스러운 발걸음으로 두 사람에게 다가갔다. 부들부들 떨리는 손을 야무지게 말아 쥔 그녀의 시야에 정원사가 사용하고 놓아둔 듯한 물뿌리개 하나가 들어왔다. 그녀는 조금의 망설임도 없이 그 위로 손을 뻗었다.

올리비아는 묵직한 물뿌리개를 잡아드는 것에서 그치지 않고, 흙한 움큼을 집어 물 안에 섞어 넣었다. 물뿌리개의 입구를 막은 커다란 뚜껑은 풀밭에 버려둔 지 오래다. 살금살금 다가갈 필요도 없이 키스에 잔뜩 몰입해 있는 두 사람은 그녀의 존재조차 눈치채지 못하고 있었다.

올리비아의 눈에 불똥이 튀었다. 제 입에 입 맞추며 사랑한다 속 삭이던 이가 저토록 애절한 키스를 프란시스 저 역겨운 계집애에게 해? 적나라한 입맞춤 소리가 그녀의 귓가를 들쑤셨다. 백작 부인이 자신을 향해 폭언을 일삼을 때마다 옆에 서서 비웃음을 머금던 프란시스의 붉은 입술이 이제는 자신이 사랑하는 남자의 입술에 달라붙어 있었다.

올리비아보다 두 해 늦게 태어난 프란시스는 열일곱의 나이에 걸맞은 사랑스러운 외모를 가지고 있었으나 그 심성은 생쥐처럼 야비해 올리비아의 마음을 오랜 시간 갉아먹었다. 사생아라는 말로 조롱을 일삼으며 올리비아가 백작가에서 고립되는 데 누구보다 공헌한 그녀였다. 그러나 프란시스가 지금 이 순간처럼 올리비아를 노엽게 한 적은 없었다.

올리비아는 물뿌리개를 일순 힘주어 잡은 후, 그들을 향해 그 안의 물을 힘차게 끼얹었다. 그 움직임은 분노요, 증오였다.

촤악!

차가운 물벼락에 맞붙어 있던 두 사람의 입술이 떨어져 나갔다. 프란시스는 제 입을 딜런 레녹스에게서 떼어 내자마자 꺅꺅 찢어지는 비명을 내지르기에 바빴다. 그 옆에 선 딜런은 차마 작은 소리조차 내지 못하고 경악으로 딱딱하게 굳은 채 서 있었다. 애써 차려입은 그의 하얀 셔츠가 흙탕물에 얼룩덜룩 엉망이 된 모습이 눈에 들어왔다. 다신 입지 못하고 버려질 그의 실크 셔츠가 딜런과 그녀의 관계 같아 올리비아의 파괴 욕구를 미약하게나마 채워 주었다. 그러나 결코 후련할 리 없었다.

그들의 꼴사나운 모습을 보며 올리비아는 부릅뜬 눈에 더욱 힘을 줬다.

"너희들이 나를 농락해?"

그녀의 차가운 목소리가 흠뻑 젖은 두 사람의 어깨 위로 내려앉았다. 딜런은 순간 정신이 번쩍 든 사람처럼 프란시스를 안은 팔을 풀어내며 다급히 그녀를 품에서 밀어냈다. 푹 젖은 하늘색 머리칼이 그의 하얗게 질린 볼에 지저분하게 달라붙어 있었지만 떼어 낼 생각조차 못 하고 있는 듯했다.

"올리비아, 오해야! 내가 다 설명할게."

"오해? 오오해? 네가 뚫린 입이라고 잘도 지껄이는구나. 프란시스 저 정신 나간 계집애야 천둥벌거숭이처럼 이리저리 날뛴다지만, 너까지 천지 분간 못 하고 내게 이런 모욕을 줘? 하! 오해?"

"교양 없기는! 네 천한 말투가 우리 가문을 욕되게 한단 걸 모르겠니? 후작가 도련님 앞에서 이게 무슨!"

프란시스가 올리비아의 화를 돋우기 위해 작정한 것처럼 비아냥거렸다. 상황을 악화시키는 프란시스를 일그러진 얼굴로 쳐다본 딜런이 올리비아에게 한 걸음 다가가며 말했다.

"제발 진정해! 네가 지금 어떤 생각을 할지 알아. 하지만 맹세컨대! 이건 내가 의도한 바가 아니었어. 프란시스와 난 네가 상상하는 그런 사이가 아니야!"

"딜런! 어떻게 그런 말을……! 올리비아 저 아이의 천한 입놀림 때문에 그런 거짓말까지 하지 말아요! 나한테까지 상처를 줄 작정인가요?"

올리비아를 향해 팔을 뻗는 딜런을 확 잡아챈 프란시스가 앙칼지게 말했다. 두 사람의 모습을 이글이글 타오르는 눈으로 지켜보던 올리비아의 입에서 순간 헛웃음이 새어 나왔다.

"잘들 노는군! ……그래, 이제 보니 너희들 몹시도 잘 어울리는 한 쌍이구나. 다른 건 몰라도 내가 그거 하난 인정해 주마. 사람은 어울리는 이들끼리 만나야 한다는 백작 부인의 말에 처음으로 동감하고 있으니까 말이야. ……두 사람, 더럽게 잘 어울려. 아주 더럽게."

뚝뚝 한기가 떨어지는 음성으로 씹어 뱉듯 말한 올리비아가 두 사람을 남겨 둔 채 미련 없이 휙 돌아섰다. 더 이상 꼴도 보기 싫다는 듯 자리를 떠나려는 그녀의 팔을 다급하게 붙잡은 것은 딜런 레녹스였다. 그가 자신의 팔을 잡고 있는 프란시스의 손을 사납게 뿌리친 후 올리비아의 팔을 붙잡았다.

"올리비아, 제발!"

짝!

붙잡힌 팔을 뿌리치며 그 반동으로 뒤돌아 선 올리비아가 곧바로 손을 들어 딜런의 뺨을 내갈겼다. 굉장한 힘이었는지 딜런의 고개가 홱 하고 크게 꺾였다. 커다란 사내의 몸을 휘청이게 만들 만큼의 강한 일격이었다.

"더러운 손을 어디다 대는 거야!"

올리비아가 붉게 충혈된 눈으로 딜런에게 빽 소리쳤다. 그녀의 희번덕거리는 눈이 딜런의 얼굴에서 그의 목덜미로, 또 그가 허리춤에 차고 있는 검으로 곧장 향했다. 아주 자연스러운 시선의 이동이었다. 올리비아는 당장이라도 그 검을 빼내어 그의 목을 베어 버리고 싶은 충동을 느꼈다. 믿었던 사람에게 배신당한 충격은 그만큼 더 크고 고통스러웠다.

"다시는 내 앞에 나타나지 마. 너와 함께할 날을 꿈꾸며 거기에 내 인생을 모두 걸겠다 다짐했었어. 그게 얼마나 부질없는 짓이었는지 깨닫는 데…… 겨우 엿새가 걸렸구나. 다행이라고 위안하기에는 내 분노가 더할 나위 없이 커서 널 다시 보게 된다면 그 자리에서 네 목을 베어 버릴지도 몰라. 그러니까, 다시는 내 앞에 나타나지 마."

올리비아는 그대로 뒤돌아서 달리아 꽃이 만개한 그 끔찍한 후원을 떠났다. 뒤쪽에서 프란시스의 새된 목소리가 빽빽 들려왔으나 모두 무시했다.

"저 악독한 계집애! 오, 딜런! 괜찮나요? 그것 봐요, 올리비아가 이리 표독스럽다 제가 진작 경고하지 않았나요! ……어디 좀 봐요. 이런, 세상에! 이 얼굴 부은 것 좀 봐……!"

후원을 떠난 올리비아는 거의 정신 나간 사람처럼 달리고 또 달렸다. 매일같이 말을 타고 달리던 백작가 앞 너른 들판을 지나, 밤의 숲까지 익숙한 그 길을 내달리는 그녀의 뜀박질은 거침이 없었다. 평소 같다면야 마구간에 들러 말 한 필을 끌어왔겠지만, 그럴 겨를조차 없었기에 그녀는 그저 두 다리로 쉼 없이 내달려야 했다. 단지 숨 막히는 백작가를, 딜런과 프란시스가 있는 백작가를 피해 멀리 달아나고 싶은 것이 올리비아의 심정이었다.

그것은 거의 본능이라고 봐도 무방할 만큼 몹시 간절한 행동이었다. 물에 빠진 아이가 수면을 향해 죽을힘을 다해 헤엄쳐 오르는 것처럼 처절한 생의 의지였다. 정신없이 달리는 통에 한껏 차려 입은 감색의 귀한 드레스가 여기저기 긁혀 찢어지고 너덜너덜해졌지만 그따위 드레스야 아무렴 어떠랴. 그녀는 막힌 숨통을 트여 줄 수 있는 곳을 찾아 그저 달리고 또 달릴 뿐이었다.

깊은 숲으로 들어갈수록 그녀의 시야를 막는 나뭇가지와 장애물들이 점차 많아졌다. 길을 잘못 든 게 분명했지만 올리비아는 거기까지 신경 쓸 틈이 없었다. 퍽 하고 무언가 머리를 치고, 끈적한 거미줄이 얼굴을 뒤덮었지만 그마저도 그녀의 걸음을 멈추지는 못했다.

그렇게 얼마나 달렸을까, 부드러운 송아지 가죽으로 만든 질 좋은 구두가 잔뜩 더럽혀지고 찢겨 결국 그녀의 오른발에서 벗겨졌을 때, 올리비아는 비로소 뛰던 걸음을 멈췄다. 가슴이 터져 나갈 듯이 차오르는 가쁜 숨결에 그녀는 털썩 그 자리에 주저앉았다.

헉…… 헉헉……헉…….

헉헉…… 흑…… 흑흑…….

터질 것 같은 심장이 고통스럽게 요구하는 들숨과 날숨은 이윽고 신음 비슷한 울음으로 뒤바뀌었다. 그녀는 꺽꺽 숲이 떠나가라 눈물을 흘렸다. 자랑으로 여겼던 황금색 머리카락은 산발이 되었고, 그녀에게 몹시 잘 어울리던 드레스는 엉망으로 찢어졌다. 썩은 낙엽 위에 엎어진 올리비아의 몰골은 배신당한 마음만큼이나 추레했다.

"흐으윽…… 버러지만도 못한 것들. 너희들이 그러고도 인간이라 할 수 있단 말이냐! 우으으윽……."

그녀의 악에 받친 울음소리는 그러한 겉모습에 화룡점정을 찍었다. 올리비아는 거의 어린애가 생떼를 부리듯 발을 아래위로 휘적휘적 휘저으며 눈물을 흘렸다. 분에 겨운 손놀림으로 퍽퍽 젖은 낙엽 더미를 쳐 대는 통에 썩은 물이 삐직삐직 사방으로 튀었다.

태어나 이렇게 서럽게 펑펑 울어 본 일은 맹세코 오늘이 처음이었다. 울어 봤자 받아 줄 사람도 없었을뿐더러, 남들 앞에서 눈물을 보이는 것을 그녀의 자존심 또한 허락하지 않았기 때문이었다.

죽은 생모의 초라한 관 앞에 섰을 때도, 저녁 식사 자리에서 매몰차게 내쳐졌을 때도, 백작 부인의 으름장에 사교계 데뷔를 꿈꿀 수 없게 되었을 때도 그녀는 이런 눈물을 보인 적이 없었다.

"꺄아아!"

그때였다. 닭똥 같은 눈물을 뚝뚝 흘리는 올리비아의 귓가에 미약한 비명 소리 하나가 들린 것은.

"……으……흐으으윽!"

순간 울음이 잦아들었으나 잘못 들었다 생각하고 다시 울음을 놓던 올리비아는, 점점 더 또렷하게 들리는 비명 소리에 결국 눈물을 뚝 멈췄다. 소리는 그녀의 귀 뒤쪽에서 들려오고 있었다.

놀란 그녀가 황급히 고개를 돌려 어두운 숲길 너머를 바라보았다. 그러나 인적 없는 깊은 숲에는 빽빽한 나무 사이로 군데군데 떨어져 내리는 빛줄기만이 시선을 끌 뿐, 어떤 움직임도 포착되지 않았다.

꾹 참은 울음을 양 볼에 매단 그녀가 다시 앞을 바라보며, 남은 눈물을 흘리려는 찰나, 다시금 작은 비명 소리가 선명하게 귓가에 들려왔다.

획!

전광석화와 같은 움직임으로 또다시 고개를 돌렸으나 여전히 그곳엔 아무도 없었다. 올리비아는 순간 소름이 와싹 돋았다. 너무 깊은 숲으로 들어온 것이 아닐까. 점점 두려워지기 시작했다.

"저기요, 흐으으앙……. 아가씨! 여기예요, 저 좀 도와주세요! 엉엉엉."

이번엔 또렷한 여자아이의 목소리였다. 똑똑히 들었다. 올리비
아는 단숨에 고개를 치켜들어 소리가 난 듯한 위쪽을 쳐다봤다. 그
러나 매섭게 주위를 두리번거려 보아도 보이는 것은 오로지 나무
뿐이었다.

"꺄악! 어어어엉, 아가씨, 그렇게 머리를 흔들지 마세요. 어지러
워 죽겠어요. 흐으윽."

"누구냐! 비겁하게 숨지 말고, 정체를 드러내라!"

그녀가 짐짓 용감한 체하며 큰소리로 외쳤다. 속으로야 두려움
에 달달 떨려 오금마저 저릿저릿했지만 약한 모습을 보일 수는 없
었다. 산발하고 꼬질꼬질한 지금의 몰골에 억지로 감정을 이입하
여 미친 척 바락바락 소리를 질러 대는 것이 그녀가 할 수 있는 최
선이었다. 그래, 내가 지금 이 상황에서 더 두려워할 것이 무에 있
을쏘냐. 올리비아는 다시금 마음을 다잡으며 소리쳤다.

"대답해라! 어디 있는지 모습을 드러내라 이 말이다!"

"아가씨, 여기 뒤쪽이에요. 아가씨 머리카락 뒤쪽이요! 어어어
엉! 얼른 저 좀 꺼내 주세요."

올리비아의 안색이 급격히 나빠졌다. 그녀 뒤통수에서 달랑거리
는 작은 움직임이 느껴졌기 때문이다.

올리비아의 머릿속에 쥐, 박쥐, 참새, 바퀴벌레와 같은 혐오스러
운 생명체들이 순식간에 스쳐 지나갔다. 그녀가 바들바들 떨리는
두 손에 힘을 주며 스스로의 용기를 북돋듯 주먹을 움켜쥐었다.

아니야, 올리비아. 정신 바짝 차려! 절대 네가 생각하는 그런 건
아닐 것이다. 결정적으로, 그들은 저렇게 말을 할 수 없지 않은가!

잠시간의 망설임 이후, 떨리는 손으로 자신의 뒤통수를 짚은 올리비아는 잔뜩 뒤엉킨 머리칼 사이에 끈적끈적한 질감을 느꼈다. 절로 손이 움츠러들었으나 여기서 멈출 수는 없었다. 눈을 질끈 감고 좀 더 손을 뻗은 그녀는 물컹하고 작은 무언가가 손끝에 닿는 것을 느꼈다.

"아가씨, 방금 손에 닿은 게 저예요. 흑……. 얼른 구해 주세요."

흠칫 몸을 굳힌 그녀가 잠시 얼에 빠져 있는 동안에도 그 물컹한 생명체는 끊임없이 구해 달라 속살거렸다. 간신히 용기를 낸 그녀가 엉킨 머리칼 사이에서 그 생명체를 각고의 노력 끝에 잡아 뺐다. 투두둑 하고 그녀의 머리칼 여러 가닥이 그 손길에 뜯겨 나왔다.

"앙, 감사해요. 정말 죽는 줄 알았거든요. 흑흑…… 아가씨가 아니었다면, 전 그 고약한 거미줄에 걸려 잡아먹혔을 거예요. 어어어엉."

진노란 머리카락과 하얗고 찐득한 거미줄에 칭칭 감긴 소녀 하나가 겨우 손만 빼 파닥거리며 닭똥 같은 눈물을 뚝뚝 흘렸다. 소녀는 몸을 가누는 게 힘이 드는지 이내 올리비아의 손가락에 매달려 왔다. 그녀의 손가락 세 마디 정도 될까 싶은 크기였다.

"……."

올리비아는 자신의 손가락에 붙어 사지를 꼬물대는 작은 소녀를 내려다보며 침음을 삼켰다. 너무 울어 눈에 이상이 생긴 게 아니라면, 말도 안 되게 작은 사람 하나가 분명 자신의 손 위에서 바르작대고 있었다.

"허어어엉…… 거미줄이 안 떨어져. 어엉……."

소녀는 몸이 뜻대로 움직여지지 않는지 애처롭게 잉잉거렸다. 끈적거리는 몸을 내려다보며 훌쩍거리는 작은 소녀가 가여웠는지 올리비아는 다른 쪽 손을 이용해 소녀의 몸에 붙은 거미줄과 뒤엉킨 머리카락을 하나하나 정리해 주었다. 올리비아의 손길에 잠시 움찔하던 소녀 역시 그녀의 의도를 알아채고선 곧 잠잠히 그 손길을 받았다.

"넌…… 대체 누구니?"

"아가씨, 저는 쥬아소네뜨예요. 훌쩍…… 올해 성년이 된 숲의 요정이죠."

소녀는 코 들여 마시는 소리를 내며 제 소개를 했다. 거미줄을 걷어 내자 작은 머리통에 달려 있는 은빛 머리카락이 드러났다. 눈을 게슴츠레 뜨고 한참 바라보았으나 분명 선연한 은발이었다. 한 번도 본 적 없는 머리색이었다.

올리비아는 자신이 요정이라 말하는 소녀의 말을 선뜻 믿을 수 없었지만, 보잘것없이 작은 소녀의 몸집과 빛나는 머리칼을 보니 아이의 주장이 영 헛된 말은 아닐 수도 있겠다는 생각이 들었다. 뭐, 요정이든 아니든 크게 상관이 없었다는 게 그녀의 더욱 진실된 심정이었을지도 모른다. 지금 상황에서 눈앞에 요정이 나타나든 요물이 나타나든 무슨 의미가 있으랴.

"아, 아가씨! 그런 눈으로 보지 마세요. ……그래요. 흑, 성년이 되는 건 올해가 아니라 내년이라고요. 허엉…… 거짓말해서 미안해요. 훌쩍."

그녀의 눈빛을 보고 움찔한 쥬아소네뜨는 자신이 아직 미성년자임을 지레 찔려 고백했다. 올리비아는 그저 건조하게 '그렇구나'라는 말로 고개를 두어 번 끄덕였을 뿐이었다.

"아가씨께서는 제 목숨을 구해 주셨어요. 것도 두 번이나! 훌쩍.

처음엔 거미줄에 걸려 옴짝달싹 못하는 저를 구해 주시더니, 그다음엔 아가씨의 머리카락에 걸려 거의 죽게 생긴 저를 아픔을 참아 가며 구해 주셨죠. 허어엉…… 정말 감사해요! 전 아가씨께 요정의 이름을 걸고 보답을 해야 해요. 왜냐면, 전 은혜를 아는 요정이거든요! 훌쩍."

순간 묘하게 기분이 나빠진 올리비아가 양미간을 좁혔다. 끈적한 거미줄과 제 머리칼이 동급으로 취급된 것 같았기 때문이다. 그녀는 무의식중으로 잔뜩 엉킨 자신의 뒤통수를 쓰다듬으며 앞으로 머릿결 관리에 힘쓰리라 다짐했다.

"그래, 너에게 도움을 주었다니 나 또한 기쁘구나. 그런데…… 넌 숲의 요정이란 아이가 겨우 이런 거미줄에 걸려 움직이지 못한 거니?"

올리비아의 미심쩍은 목소리에 요정은 벌거니 달아오른 두 뺨을 두 손으로 감싸며 고개를 숙였다.

"평소라면 그 정도 거미줄 따위 아무것도 아니지만요. 오늘은 제가…… 배가 고파 힘을 쓰지 못하는 바람에……."

말끝을 흐린 요정이 시무룩하니 시선을 내리곤 괜히 올리비아의 손가락을 살살 긁었다. 무안해서 하는 행동이었다.

"배가 고프다니……."

그녀가 요정의 너절한 차림을 내려다보며 고개를 갸웃했다. 숲의 요정이라기엔 영 깔끔치 못한 행색이었다.

"혹시…… 가출이라도 한 거니?"

"네? 그걸 어떻게!"

쥬아소네뜨는 경악한 표정으로 올리비아의 손바닥에 풀썩 주저앉았다. 앉으나 서나 그 무게야 변함이 없었지만, 요정은 이내 아가씨의 손바닥 위에서 실례를 저질렀다며 비척비척 다시 몸을 일으켰다.

"아가씨, 제발 오해하지 마세요. 가출이 아니라, 숲을 구경하기 위해 잠시 외출한 것뿐이에요. 훌쩍. 성년이 되지 않은 요정이 홀로 집을 나올 리 없잖아요! 오해 마세요. 허어어엉……."

다시금 울음을 터뜨리는 요정의 얼굴을 당황스럽게 바라보던 올리비아는 소녀의 울음을 멈추기 위해 좋은 제안을 하나 했다.

"그래, 네 말대로 오랜 시간 외출했다면 배가 고플 수밖에. …… 혹시 이 주변에 네가 먹을 만한 것이 있니?"

"훌쩍. 먹을 거요?"

그녀의 제안에 혹한 요정은 울음을 뚝 멈추고 주변을 휘둘러보았다. 그러더니 곧 신이 난 얼굴로 요리조리 손짓을 해 가며 그녀에게 길 안내를 시작했다.

올리비아는 찢어진 구두가 자꾸 벗겨지는 통에 불편함을 느꼈지만 아무런 말없이 요정이 이끄는 대로 걸음을 옮겼다. 가는 도중 가시풀에 다리가 스쳐 피가 비어져 나오기도 했으나 그 정도쯤은 아무것도 아니었다. 호들갑을 떠는 요정의 말을 모른 척하며 얼마나 걸었을까, 믿을 수 없을 만큼 탁 트인 풍경이 나타났다.

갑작스레 내리쬐는 강한 햇살에 올리비아는 눈을 잔뜩 찡그렸다. 요정이 안내한 장소는 졸졸졸 흐르는 냇가와 그 옆을 둘러싼 딸기나무가 한가득 자라 있는 몹시도 아름다운 곳이었다.

올리비아는 시큼달큼한 향을 내뿜는 딸기나무 앞으로 다가가 탐스러운 열매를 하나 따 들었다. 침을 꿀꺽 삼키는 요정의 모습에 손바닥 위로 얼른 딸기를 올려 주니, 쥬아소네뜨는 거의 그 안에 얼굴을 박을 기세로 허겁지겁 열매를 먹기 시작했다.

정말 배가 많이 고팠던 모양이라고 속으로 납득한 올리비아 역시 이끌리듯 딸기 하나를 따서 입안에 쏙 넣었다.

"후릅…… 아가씨, 정말 감사해요. 손수 먹을 것까지 찾아 주시고. 정말 이 은혜를 어떻게 갚아야 할지! 쩝쩝."

요정은 딸기를 입안 가득 넣고선, 그것을 우적우적 씹느라 바쁜 와중에도 그녀에게 공손하게 감사 인사를 전했다. 참 예의 바른 요정이로구나, 하고 올리비아는 딸기 하나를 더 손바닥 위에 올려 주었다.

"아가씨, 제게 어떤 선물을…… 후릅. 받고 싶으신가요? 쩝쩝, 요정은 반드시 은혜를 갚아야 하니, 어려워 말고 말해 주세요! 은혜를 모르는 요정은 요정이라 할 수 없지요!"

쥬아소네뜨가 호기롭게 외쳤다. 무엇이든 들어줄 것 같은 기세였다.

"선물이라고……?"

"네! 제가 지닌 요정의 힘으로 아가씨의 소원을 이뤄 드릴게요. 후르르릅."

요정이 올리비아가 새로 건넨 딸기에 입을 박고 그 즙을 한껏 빨아 마셨다. 우습게도 그 순간 교양 없다고 저를 나무라던 백작 부인의 모습이 올리비아의 뇌리를 스쳐 지나갔다. 그와 동시에 딜런과 프란시스가 입맞춤하던 장면이 올리비아의 시야를 가득 채웠다. 짓밟힌 복수를 하고 싶었다. 그들보다 더 귀한 신분이 되어서.

"……나를 존귀한 가문의 여인으로 태어나게…… 그리해 줄 수 있겠니? 공작가…… 아니, 황실의 귀한 공주로…… 그리 태어나게 도와줄 수 있겠니?"

올리비아의 말에 요정은 먹던 딸기 조각을 손에서 툭 떨어뜨리며 입을 떡하니 벌렸다. 그녀가 그런 요구를 할 줄은 꿈에도 몰랐다는 표정이었다.

"아…… 아가씨, 기분을 좋게 만들어 주는 요정의 춤을 보고 싶다거나, 머리가 개운해지는 요정의 가루를 얻고 싶다거나 하지는…… 않으신가요?"

"난 그런 것을 원하지 않는단다."

단호한 올리비아의 말에 요정은 거의 울상을 지으며 딸기 즙 범벅이 된 얼굴로 더듬더듬 말을 이었다.

"그, 그렇다면 사랑을 쟁취할 수 있는 요정의 주문은 어떠세요?"

"사랑? 하! 그따위 것 내겐 필요치 않다."

올리비아가 자못 엄격한 태도로 소리쳤다. 그녀의 일갈에 요정은 움찔 몸을 떨며 또다시 올리비아의 손바닥 위에 털썩 주저앉고 말았다. 잔뜩 날이 서 있던 올리비아의 눈꼬리가 울상을 지은 쥬아소네뜨의 모습을 보고 곧 서글프게 내려앉았다.

"하…… 쥬아소네뜨, 좀 전 내가 한 말은 못 들었다 여겨 주렴. 존귀한 가문의 여인으로 태어나는 것……. 그래, 그따위 것 역시 무슨 소용이 있겠니. 지금에 와 그런 부끄러운 소망을 품고 있는 내 자신이 우습구나."

올리비아가 눈부시게 빛나는 냇물 위로 시선을 옮기며 허망하다는 듯 이야기했다. 그녀의 진초록 눈동자가 텅 빈 하늘처럼 쓸쓸함을 머금었다.

"아…… 아가씨. 무슨 사연인지는 모르겠으나 존귀한 신분이란 건 좋을 게 하나 없는 것이에요. 저 역시 여왕의 핏줄을 타고 났지만 그 때문에 매일 괴로운 하루하루를 보내고 있는 걸요. 이렇게 집을 나온 것도, 정해진 일과에 숨 막히는 하루하루가 버거웠기 때문…… 아악! 아니, 어찌 됐든 존귀한 신분이란 것은 그다지 좋은 게 되지 못해요."

요정이 버벅거리며 올리비아의 초록 눈동자를 올려다봤다.

"대신, 제가 아가씨께 정말 도움이 될 만한 것을 드릴게요."

쥬아소네뜨가 '으샤' 하는 소리와 함께 몸을 일으키며 딸기 과즙으로 붉게 물든 제 손을 아무렇게나 옷에 벅벅 닦고는 자신의 주머니를 뒤지기 시작했다. 한참 동안 옷 여기저기를 더듬은 끝에 요정은 작은 구슬 하나를 꺼내 들었다.

구슬은 보는 각도에 따라 여러 가지 색깔로 반사돼 보였는데, 요정은 그 구슬을 들고 서서 잠시 고민하는 표정을 짓더니 곧 결의에 찬 눈빛으로 걸음을 옮기고는 올리비아의 손바닥을 지나 검지까지 갔다.

"아가씨, 놀라지 말아요."

올리비아를 슬쩍 바라본 쥬아소네뜨가 손에 든 구슬을 올리비아의 손가락 지문 위에 대고 힘껏 내리눌렀다. 올리비아야 그저 간지럽기만 한 힘이었지만 요정은 끙끙거리며 온 힘을 쏟고 있는 듯했다.

쥬아소네뜨의 벌겋게 상기된 얼굴을 의아하게 바라보던 올리비아는 어느 순간 자신의 검지가 하얗게 빛나고 있음을 알아챘다. 동그래진 눈으로 그 모습을 지켜보던 올리비아는 이내 화끈거리는 통증이 자신의 손가락을 휘감는 것을 느꼈다. 그녀가 '아얏' 하는 외마디 외침과 함께 다급히 손가락을 오므리려 했으나, 손바닥 위에 자리하고 있는 작은 요정이 다칠까 염려되어 쉽게 그러지도 못했다. 다행히도 통증은 금세 사그라졌다.

"아가씨께 요정의 씨앗을 선물해 드렸어요. 이제 아가씨가 원하는 곳에, 원하는 식물을 언제든 자라게 할 수 있을 거예요. 단지 그 손가락을 꾸욱 누르기만 한다면!"

얼빠진 표정으로 낡은 소파 위에 앉아 있던 올리비아는 자신의 오른손을 들어 한동안 꼼꼼히 살펴보았다. 군데군데 붉은 물이 들어 있는 손에서는 아직도 달콤한 딸기 향이 폴폴 풍겨 나오고 있었다.

분명 꿈은 아니었다.

요정과 헤어진 후, 요정이 가르쳐 준 대로 숲을 빠져나온 그녀는 어둠이 내려앉은 온기 없는 저택 앞에 금방 당도할 수 있었다. 백 작가의 어느 한 사람도 그녀의 부재에 대해 신경 쓰지 않았는지 방으로 돌아가는 걸음을 막는 이 따윈 없었다.

허탈한 심경으로 방에 도착한 올리비아는 순간 강한 갈증을 느끼고 컵에 물을 따라 벌컥벌컥 단숨에 들이켰다. 여느 때와 같은 여상함이었다. 그러나 문득 요정과의 만남을 떠올린 그녀가 손에 쥔 물 컵 위로 가만히 오른쪽 검지를 댔을 때, 무시무시한 일이 일어났다. 올리비아는 그저 숲에서 보았던 딸기나무의 싱그러운 모습을 떠올렸을 뿐이었다!

찌억!

물컵의 유리가 사방으로 갈라지더니 그 위로 작은 새싹 하나가 피어올랐다. 그 일만 해도 올리비아를 경악에 빠뜨리기 충분했으나, 그 여린 초록색 덩어리는 무럭무럭 자라나 그 몸집을 불리기 시작했다. 딱 올리비아가 떠올린 크기만큼!

올리비아는 제 허리춤까지 자라난 나무 한 그루를 바들바들 떨리는 눈길로 내려다보다가 얼른 벽난로 깊숙이 쑤셔 박았다. 탁탁 부싯돌을 내리치는 그녀의 손길이 조급했다. 생나무라 잘 타지 않고 연기가 많이 났기에 콜록콜록 기침이 터져 나왔다. 눈가에 맺힌 눈물을 쓰윽 손등으로 닦아 낸 그녀는 불길 한가운데 자리한 그 존재를 남이 볼까 싶어 겁이 더럭 났다.

세상에나! 이게 대체 무슨 일이란 말인가.

벌컥!

상념에 잠겨 있던 올리비아는 노크도 없이 갑작스럽게 제 방의 문을 열고 들어오는 인기척에 놀라 퍼뜩 고개를 들었다.

야차와 같이 얼굴을 일그러뜨린 백작 부인이 잔뜩 날이 선 눈빛을 하고선 그녀를 향해 걸어오고 있었다. 주인의 허락도 없이 방문을 열어젖힌 백작 부인의 무례를 지적할까 하다가 그녀는 이내 입을 다물었다. 자신의 추레한 몰골을 찌푸린 눈으로 훑어본 백작 부인이 먼저 선수를 쳤기 때문이다.

"네년이 감히 프란시스에게 흙탕물을 끼얹어?"

잔뜩 벼르고 있었던 듯 백작 부인의 흰자위에 붉은 핏줄이 다닥다닥 서 있었다. 올리비아는 그녀의 날카로운 말에 무감각해지려고 노력하며 조용히 대꾸했다.

"……제가 왜 그런 행동을 했는지는 듣지 못하셨나 보죠?"

"네 따위의 사정이야 내 알 바 아니다. 천한 년이 감히 하즐렛가의 귀한 딸에게 모욕을 가한 대가는 각오하고 있을 테지? 사랑이네 어쩌네 같잖게 운운하던 게 레녹스가의 영식에게까지 그따위 천한 짓거리를 하다니!"

고래고래 소리친 백작 부인은 다짜고짜 올리비아의 금발 머리를 억세게 휘어잡았다. 놀란 올리비아가 그 손을 뿌리치려 용을 써 보았지만 반쯤 정신이 나간 백작 부인의 손아귀 힘을 이길 수는 없었다. 가뜩이나 잔뜩 엉켜 있던 머리가 그녀의 손아귀에 엉망으로 뽑혀 나갔다.

당황한 올리비아는 악을 쓰며 그녀의 손을 쳐 내려 애쓰다 결국엔 부인의 잘 말아 올린 머리채를 덩달아 붙들고 말았다. 움찔 놀란 백작 부인이 당장 손을 놓으라고 빽빽 소리쳤지만 올리비아 역시 자신의 머리를 놓아 달라 외칠 뿐이었다.

두 사람은 우스꽝스러운 모양새로 서로 머리채를 잡은 채 대치했다. 그러나 아무리 자신에게 험한 말을 일삼고 가혹하게 굴었다 할지라도 눈앞의 여인은 집안의 어른이었다. 올리비아의 손에서 살그머니 힘이 빠졌다. 그 순간 그녀의 손아귀 힘이 줄어든 것을 눈치챈 백작 부인이 단숨에 올리비아의 손을 뿌리치고, 연달아 그녀의 뺨을 후려갈겼다. '짝' 하는 소리가 매섭게 났다.

"윽!"

거의 바닥에 넘어진 모양새로 맞은 뺨을 붙잡고 있던 올리비아가 분에 겨운 얼굴로 백작 부인을 올려다봤다. 부인은 목덜미를 벌겋게 물들인 채 그녀를 향해 상스러운 말을 내뱉으며 씨근덕거렸다.

"네년이 레녹스가 영식의 뺨을 때렸다지? 어디 더러운 첩년의 딸이 이리 집안 망신을 시키고 다니느냐! 잠자코 근신하고 있도록 해라. 오늘 이후로 너의 코빼기 하나라도 보인다면 그 즉시 이 집안에서 내쫓고 말 테니."

백작 부인은 차갑게 일갈하며 휙 돌아 그녀의 방을 빠져나갔다. 올리비아는 부어오른 뺨을 감쌌던 손을 내리며 입가에 고인 침을 바닥에 퉤 하고 뱉었다. 입 안쪽이 터졌는지 피가 잔뜩 섞여 나왔다.

"하…… 하하하…… 하하하하하하."

그녀가 허탈한 웃음을 흘렸다. 내뱉는 웃음의 강도가 점점 거세지더니 급기야 배를 잡고 떼굴떼굴 바닥을 구르기 시작했다. 그 모습이 마치 실성한 사람처럼 보였다.

"아하하…… 이 얼마나 재밌는 일인가! 하하하……"

그녀의 얼굴에 피어오른 표정은 가련한 여인의 그것과는 거리가 있었다. 올리비아, 그녀는 백작 부인과의 격렬한 다툼 끝에 볼 한쪽에 상처를 입었으나 결코 그것이 분하고 억울하지만은 않다. 자신의 상처쯤이야, 가벼운 것일 테니!

"부디…… 가시풀의 선연한 자태가 부인의 올림머리에 잘 어울리길 빕니다. 하하하하!"

올리비아는 숲에서 본 가시풀의 모습을 떠올리며 백작 부인의 고통에 일그러진 얼굴을 함께 상상했다.

포옹-.

포옹-, 퐁-.

나무 욕조 위로 떨어져 내리는 굵은 물방울 소리가 욕실 안을 가득 울렸다. 올리비아는 욕조 깊숙이 몸을 누인 채 천장 위에 방울방울 맺혀 있는 물방울에 시선을 고정하고 있었다. 흐릿한 녹색 눈동자가 뿌연 김에 어려 언뜻 물기를 머금은 듯했다.

상심하지 않았다고 한다면 거짓말이리라. 딜런을 알기 전, 원래

의 자신으로 돌아왔을 뿐이라고 스스로 위안해 보아도 마음이 아
픈 것을 막을 수는 없었다.

긴 한숨과 함께 욕조에서 몸을 일으킨 그녀는 선반 위에 놓여 있
던 목욕 가운을 몸에 두른 후 욕실 한편을 향해 걸음을 옮겼다. 맨
발에 닿는 바닥의 서늘한 기운에 잘게 어깨가 떨려 왔으나, 그 차
가움이 싫지는 않았다. 그것이야 말로 올리비아, 그녀가 가져야 하
는 온도였기에.

그녀는 욕실 가장자리 벽을 본 채 쭈그려 앉아서는 바닥의 나무
판자를 손으로 톡톡 두드렸다. 몇 번을 두드려도 꿈쩍 않던 것이
두세 번의 강한 힘이 가해지자 뻑뻑한 소리를 내며 한쪽으로 슬쩍
기울었다. 익숙한 듯 그 틈새에서 나무판자를 들어 올린 올리비아
가 구멍 아래로 깊숙이 손을 넣었다. 이윽고 구멍을 빠져나온 그녀
의 하얀 손 위에 단단히 밀봉된 상자 하나가 들려 나왔다.

달칵.

망설임 없이 상자를 연 그녀는 그 안에 담긴 작은 청동 조각을 들
어 올렸다. 조각에는 '웬디 왈츠'라는 글자가 음각되어 새겨져 있었
다. 제국의 신분 패였다.

청동 조각을 손으로 한번 쓸어 본 뒤 다시 상자에 넣은 올리비아
는 이번에는 상자 안에서 갈색 가죽 주머니 하나를 꺼내 들었다.
끈으로 묶여 있던 가죽 주머니의 입구를 살짝 벌리자 한눈에 봐도
값비싸 보이는 보석들이 가득 차 있었다. 그녀는 주머니 안을 꼼꼼
히 살피고선 다시 입구를 묶어 제자리에 넣어 두었다.

"하아……."

모든 준비는 끝났다.

기실 준비가 끝난 것은 벌써 수개월 전의 일이었다. 딜런 레녹스, 그를 만난 이후로 모든 것이 멈춰졌을 뿐.

올리비아는 오래전, 소녀티를 벗을 무렵부터 백작가를 떠날 준비를 시작했다. 어머니의 유품을 파는 등 악착같이 모은 돈으로 새로운 신분을 마련해 두고 조금씩 체력도 길렀다. 이 모든 것이 그날을 위한 노력이었다. 매일같이 말을 타고 백작가 앞 너른 들판과 밤의 숲을 잇는 길목을 내달린 것은 떠날 날을 위해 체력을 기르기 위함이었다. 그녀의 처소로 주어진 돈은 물론, 오래전 그녀의 어미가 남긴 보석들을 아끼고 아낀 것 또한 마찬가지였다.

새로운 신분을 사들이는 방법을 몰라 꽤나 애를 먹긴 했으나, 종국에는 그녀가 원하던 대로 평민 여인의 신분을 얻을 수 있었다. 모두 올리비아의 계획대로였다. '웬디 왈츠'라는 소녀스러운 이름이 마음에 썩 내키지는 않았으나, 새로운 삶을 시작할 새 이름이라고 생각하니 그 역시 정감 가는 것이었다.

물론 신분을 산 일이 들통 났을 때 무거운 처벌이 기다리고 있다는 것은 변하지 않는 사실이었다. 자신이 벌일 일이 낳을 가장 비극적인 결말을 미리 알기 위해 얼마나 오랜 시간 백작가의 서가를 뒤지고 다녔던가. 올리비아는 백작가를 떠날 계획을 세우는 단계에서 신분 매매에 관한 처벌 조항을 찾아 하즐렛가 서가의 법전을 훑고 또 훑었다. 어려운 어휘와 전문 용어들을 읽고 해석하는 것은 여간 힘든 일이 아니었지만, 그녀는 자신이 이 일을 시행했다 잡힌다면 감옥에서 젊은 날을 모두 보내야 한다는 사실을 확인하였다. 가장 충격적이었던 것은 신분 매매가 반역법에 속한다는 사실이었다. 반역이라니, 그 말 자체만으로도 모골이 송연하였다.

반역법의 범주 안에 든다는 것은 본래 형량에 가중되어 처벌될 수 있음을 뜻했다. 그러나 반역법에 기록된 신분 매매라 함은 평민이 귀족의 신분을 살 경우와 귀족이 자신의 신분을 팔 경우, 그리고 평민이 평민의 신분을 사고 파는 일에 국한되어 있었다. 올리비아와 같이 귀족이 평민의 신분을 사는 경우에 대한 처벌은 기록되어 있지 않았던 것이다. 그도 그럴 게 어느 귀족이 자신의 기득권을 포기하고 그보다 못한 평민이 되려 하겠는가. 그런 일은 베냐한 제국 200년의 역사 아래, 카모해와 로르타해를 가로지르는 거대한 대륙 위에 단 한 번도 없었던 것이다. 적어도 표면적으로는.

이 때문에 올리비아는 자신이 최악의 경우 재판을 받게 되어 젊음을 송두리째 반납해야 한다고 해도 감옥에서 삶을 마감하지는 않을 것이라 생각했다. 위로라면 위로였다. 물론 훌륭한 대변자를 세우고 자신이 이런 선택을 할 수밖에 없었던 상황을 재판관에게 호소하는 게 선행되어야 하겠지만. 어찌 되었든 그녀는 이 모든 위험을 감수하겠다는 결심을 하고 현재에 이르렀다.

달칵.

상자를 단단히 잠근 올리비아는 품에 그것을 챙겨 든 후 벌떡 자리에서 일어섰다. 한동안 쭈그려 앉은 탓에 발이 살짝 저려 왔으나 아주 못 걸을 정도는 아니었다. 조금은 우스꽝스러운 몸짓으로 욕실을 걷는 와중에도 그녀의 녹색 눈동자만큼은 형형하게 빛나고 있었다.

새벽.

하즐렛 백작가에 먼동이 트기 전 그녀는 이곳을 떠나기로 결심했다. 물론 자신의 이 결심을 누구에게도 알릴 생각은 없었다. 하즐렛 백작이야 올리비아가 있든 없든 평소와 같이 그녀에게 터럭만큼의 관심조차 없을 테니 그녀 역시 그를 신경 쓸 이유 따윈 없을 것이었다. 아침에 백작 부인이 일으킬 소동을 보지 못하고 가는 것이 조금 아쉽긴 하지만 미련은 없다. 하, 미련이라니! 지금껏 허비한 시간이 아까우면 아까울까 미련 같은 건 없었다.

"망할 자식……."

신경질적으로 욕실 문을 닫은 올리비아는 그의 하늘빛 머리칼을 떠올리며 잇새를 짓이겼다. 어머니의 유품까지 팔아서 구한 '웬디 왈츠'라는 이름을 그와의 사랑을 위해 포기하려 했다니! 한 움큼 머리카락이 뽑힌 자리가 다시금 욱신욱신 쑤실 만큼 후회가 밀려왔다.

올리비아는 오늘 아침까지만 해도 딜런과의 혼인을 꿈꿨다. 물론 운 좋게 그와 혼인을 할 수 있게 된다 해도 그날이 기약 없는 기다림이 될 것임을 모르지는 않았다.

딜런의 형인 조셉 레녹스가 아직 혼인을 하지 못한 상태였고, 딜런 역시 그가 바라던 제국의 기사가 되기 위해 치러야 할 과정이 까마득했기 때문이다.

그 사실은 곧 올리비아가 백작가에 머물러야 하는 시간이 길어짐을 뜻했다. 백작가를 하루빨리 탈출하는 것이 그녀의 인생 목표였으니, 올리비아의 인생 목표를 포기하지 않고서는 두 사람은 이루어질 수 없는 관계였다.

그럼에도 올리비아는 딜런 레녹스를 택하고 웬디 왈츠를 버렸다.

똑똑.

"아가씨, 따뜻한 차를 가져왔습니다."

문밖에서 하녀의 음성이 들려왔다. 올리비아는 물기를 머금어 한층 진해진 금발 머리를 수건으로 감싸다 말고 살짝 인상을 찌푸렸다.

"됐다. 혼자 있고 싶으니 물러가거라. 바로 침소에 들 터이니 아무도 들이지 말고."

"네, 그리하겠습니다."

무미건조한 하녀의 대답 이후, 점점 멀어지는 발소리가 들렸다. 올리비아는 한동안 꼼짝 않고 그 자리에 서 있었다. 더 이상 문밖에 인기척이 들리지 않을 때가 되어서야 그녀는 조심스레 움직여 서랍장에 넣어 둔 여행용 가방을 꺼내 들었다.

"후……."

가방에 짐을 꾸리다 말고 잠시 한숨을 내쉰 그녀가 돌연 오른손을 들어 저의 검지와 엄지손가락을 불안하게 맞부딪쳤다.

톡, 톡, 톡.

그러나 불안은 길지 않았다. 올리비아는 요정의 선물이 담긴 검지를 이내 소중하게 말아 쥐며 그것을 가슴 위로 감싸듯 가져다 댔다. 쿵쿵 울리는 심장박동 소리가 손바닥에 전해졌다. 그녀의 심장이 요란스레 뛰며 새벽을 기다리고 있었다. 밤은 짧고 새벽은 금방 찾아올 터였다.

이제 웬디 왈츠를 위해 딜런 레녹스를 버릴 때였다.

올리비아 하즐렛, 그녀 자신까지도.

다음 날 아침, 새벽녘 떠난 올리비아의 빈자리를 아직 아무도 눈치채지 못했을 때, 하즐렛 백작가를 가득 울리는, 찢어질 듯한 비명 소리가 들려왔다. 소리의 근원지는 백작 부인의 처소였다. 하인들은 불안한 몸짓으로 연신 백작 부인의 방을 들락날락했다.

"아아악! 어서 의사를 불러오란 말이다! 아아아아악!"

그 비명 소리를 뒤로하고, 하녀 하나가 하얗게 질린 낯으로 부인의 방에서 튕기듯이 도망쳐 나왔다. 하녀의 눈동자는 잔뜩 겁에 질려 있었다. '부인의 머리가, 머리가……'라고 외치며 복도를 내달리는 그 모습이 마치 끔찍한 괴물이라도 본 것만 같다.

잠시 후, 얼이 반쯤 빠진 하녀에 의해 다급히 백작가로 불러온 의사는 그의 의사 인생을 통틀어 가장 괴상한 환자를 마주해야 했다.

툭!

백작 부인의 빛바랜 붉은 머리칼을 가득 뒤덮고 있던 연두색 괴생명체의 조각 하나를 핀셋으로 뽑아 든 의사의 눈이 황당하다는 듯 찌푸려졌다.

"이건…… 가시풀이 아닙니까?"

연신 끙끙 신음 소리를 내뱉는 백작 부인의 옆을 지키고 있던 하즐렛 백작은 의사의 물음에 아무런 대답을 해 주지 못했다.

"어찌 이것이 하즐렛 부인의 머리에…… 있는 것인지요?"

"그것이…… 나도 잘 모르겠소. 비명을 듣고 와 보니 저 상태였다오. 가시가 자꾸 머리를 파고드는 바람에 고통이 이만저만이 아닌 듯싶은데…….'

말끝을 흐리는 백작의 모습에 의사는 미심쩍은 눈빛을 보내며 조심스럽게 들고 있던 가시를 거둬들였다. 아무래도 백작 내외에게 말 못 할 사정이 있는 모양이었다.

평소에도 그 성질이 포악하기로 유명했던 하즐렛 부인이니, 고약한 장난을 당한 것이겠지. 그것이 아니라면 백작 부인이 실성을 해 자신의 머리에 가시풀을 기르고 있는 것이거나.

"이렇게 했다가는 끝이 없겠습니다. 가시풀의 뿌리가 부인의 머리칼을 잔뜩 휘감고 있어서……. 아무래도 머리카락을 자르는 수밖에 없겠습니다. 그 후에 나머지 가시를 제거하도록 하지요."

"……머리칼을 자른다니…… 대체 얼마나……."

머리카락을 자른다는 소리에 고통 속에서도 바짝 기운이 났는지 백작 부인이 잔뜩 억눌린 음성으로 의사를 향해 물었다.

"가시풀의 뿌리가 두피 가까운 곳까지 침범했으니 뿌리가 닿은 부분까지는 모두 잘라 내야 합니다. 그나마 뿌리가 머리 윗부분을 중심으로 뭉쳐 있기에 다행입니다. 그 부분만 잘 잘라 내면 무리가 없겠습니다."

의사의 청천벽력과 같은 선고에 백작 부인은 다시 한 번 고통스러운 비명을 참담하게 내지를 수밖에 없었다.

딸랑.

"웬디! 오늘도 프리지어가 싱싱한가요?"

경쾌한 종소리와 함께 힘차게 가게 문을 열고 들어선 것은 환한 낮빛의 청년이었다. 웬디는 청년의 부드러운 갈색 머리칼이 햇살에 부서지는 모습을 바라보며 고운 미소를 지어 보였다. 순전히 영업용 미소였지만.

"물론이죠. 우리 가게 꽃들이야 늘 싱싱한걸요."

그녀는 프리지어가 가득 놓여 있는 커다란 화병 근처로 걸어가 손안 가득 꽃을 뽑아 들었다. 샛노란 프리지어의 색이 웬디의 금발 머리와 매우 잘 어울렸다.

"그래요. 그걸로 평소처럼 포장해 줘요."

씨익 웃으며 지갑을 꺼내 드는 청년의 모습은 제법 근사했다. 요즘 제도에서 유행한다는 격자무늬의 조끼를 흰색 셔츠에 받쳐 입은 모습이 처녀들의 시선을 꽤나 끌 법했다.

"레스토랑은 요즘도 손님이 넘치나요?"

웬디의 질문에 청년은 대수롭지 않다는 듯 '뭐 그렇죠.'라고 대답했다. 청년은 웬디의 꽃집을 매일같이 드나드는 단골손님이었다. 그의 레스토랑은 근처에서 맛있기로 소문난 고급 음식점이었고, 그의 아버지는 그보다 더욱 크고 고급스러운 음식점을 디세이도 광장에서 운영하고 있었다. 그가 지난주에 마차를 새로 한 대 사들였다는 사실을 앞 골목 빵집 할아버지로부터 들은 게 바로 어제였다. 누구나 호감을 가질 법한 이 청년은 자신이 가진 매력 또한 무척 잘 알고 있어서 이를 십분 이용해 여기 저기 염문을 뿌리고 다녔다. 한마디로 바람둥이라는 소리다.

"웬디의 꽃 덕분에 가게 분위기가 좋아져서 그럴지도요."

다정한 투로 하는 말이었지만 웬디는 그 말에 자신도 모르게 냉소적인 웃음을 지으며 꽃을 포장하던 손길을 더 바지런히 놀렸다. 다행히 청년은 그녀가 꽃을 싸는 모습에 눈길을 두고 있었던 터라 그런 표정을 보지 못했다.

"자, 이건 선물입니다."

청년은 웬디가 건네준 꽃다발에서 프리지어 줄기 하나를 꺼내 그녀에게 건넸다. 웬디는 어깨를 으쓱하며 사양 않고 꽃을 받아 들었다.

"고마워요, 향이 좋네요."

꽃을 들고 살짝 향을 맡아 본 그녀가 이내 청년을 향해 잘 가라며 인사를 건넸다. 청년이 연신 테이블에 놓인 찻잔을 바라보는 게 차라도 한 잔 내주길 기대하는 눈치였으나 웬디에겐 어림없었다. 요 며칠째 그는 웬디의 금발이 곱다느니 그녀만 한 미모를 보지 못했다느니 하며 웬디에게 추파를 던져 왔다. 그때마다 웬디는 친절을 가장한 싸늘한 미소를 보이며 잘 가라 꽃집 문을 손수 열어 주었다. 썩 꺼지란 제스처였다.

딸랑.

청년을 배웅한 웬디는 그에게서 받은 꽃을 다시 프리지어가 가득 담긴 화병 안에 꽂아 넣었다. 꽃집 처녀에게 꽃을 선물하다니, 바보 아닌가 싶은 생각이 들었다.

"저녁은 무얼 해 먹을까."

그녀는 콧노래를 흥얼거리며 다시 찻잔을 집어 들었다.

어찌 됐든 평화로운 하루하루였다.

2화

봄날의 박물관에 오지 마세요

봄날의 박물관에 오지 마세요

진녹색 자수가 곳곳에 수놓아져 있는 풀빛 드레스를 곱게 차려입은 웬디는 거울 앞에 서서 마지막으로 옷매무새를 점검했다. 한껏 부풀려진 드레스 자락이 평소의 그녀답지 않아 오랜만의 외출을 짐작케 했다.

똑똑똑.

"웬디 양 계십니까. 마부 제이크입니다."

아니나 다를까 이내 그녀의 집 문을 조심스럽게 두드리는 마부의 음성이 들려왔다. 오늘을 위해 그녀가 미리 청해 두었던 마차가 도착한 것이다.

웬디는 드레스와 같은 빛깔의 도톰한 숄을 어깨에 걸치며 가벼운 발걸음으로 집을 나섰다. 골목이 좁은 탓에 마차는 골목 안쪽까지 들어오지 못하고 꽤 멀리 세워져 있었다. 작은 체구의 말 두 마리가 이끄는 소박한 마차였다.

"말씀하신 대로 라자뷰데 박물관으로 가면 되겠습니까?"

"네, 그리해 주세요."

마부는 그녀를 위해 마차 문을 열어 주며 행선지를 재차 확인했다. 라자뷰데 박물관은 평소 귀족의 출입만이 허용되는 황실 박물관이었다. 그러나 황실의 귀한 따님인 메리언 공주가 결혼한 지 3년 만에 첫 아이를 순산한 경사가 일주일간 평민들에게 라자뷰데를 개방하게 만들었다.

결혼 전부터 평민들의 생활 안정에 힘써 왔던 메리언 공주는 얼마 전부터 본격적인 박물관 운영에 뛰어들었다. 그녀는 귀족의 전유물로 여겨지던 라자뷰데를 평민에게까지 개방하려고 여러모로 노력을 기울였으나, 고루한 귀족 사회에서 그것은 쉽지 않은 일이었다. 그런 그녀의 속사정을 안 황제가 공주의 출산을 축하하기 위해 짧게나마 박물관을 개방토록 한 것이었다.

복잡한 사연 따위는 뒤로하고, 그까짓 황실 박물관이야 웬디로서는 봐도 그만, 안 봐도 그만이었다. 그러나 때마침 전시되고 있는 전시 품목 하나가 그녀의 이목을 잡아끌었다.

'바하즈만'

그것은 천상의 열매 혹은 생명의 열매라고도 불리는 작은 나무의 열매였다. 바하즈만은 죽음을 목전에 둔 이를 회생하게 할 정도의 치료 효과를 가지고 있어, 오랜 시간 탐욕의 대상이 되어 왔다. 그러나 바하즈만나무를 얻는 것은 거의 불가능에 가까운 일이었다.

그것은 씨앗을 거의 남기지 않는 그 까다로운 습성 탓으로, 바하즈만나무를 정성들여 가꿔 봤자 수년 동안 씨앗 한 톨 거두어들이기 힘든 것은 물론, 운 좋게 씨앗을 얻는다 하여도 뿌리를 내리기도 전에 곧잘 썩어 버리기 때문이었다. 지금에 와서 이곳 베냐한 제국은 물론, 대륙 어디에서도 바하즈만나무를 보기 어려워진 것은 어쩌면 당연한 결과였다.

"웬디 양, 목적지에 당도하였습니다."

마부의 안내에 따라 마차에서 내린 웬디는 곧장 라자뷔데 박물관 안으로 들어갔다. 평민들에게 개방이 시작된 지 며칠이 지났기 때문인지 생각보다 박물관 안은 한산했다. 물론 이른바 '황금관'이라 불리는 전시관 한 곳은 그중 예외로 쳐야 했지만 말이다.

황금과 보석으로 장식된 황실의 역사적 보물들이 가득 차 있는 그곳은 그 입구에서부터 오가는 관람객으로 가득했다. 전시관 안쪽을 슬쩍 바라본 웬디는 곧 인상을 잔뜩 찌푸렸다. 급격히 증가한 관람객 수로 인해 특별 배치된 것으로 보이는 황실의 기사들이 그 안에 바글바글했기 때문이다.

저까짓 것 누가 훔쳐갈까 싶어 저리 유난인가.

웬디는 혀를 끌끌 찼다. 물론 단순히 저까짓 것이라고 치부할 물건들은 아니었지만 말이다.

그녀는 재빠르게 바하즈만이 있는 식물관으로 향하는 계단을 찾아갔다. 황실 기사들의 모습을 보자 기분이 급격히 나빠졌기 때문이다.

"올리비아, 난 반드시 황실 기사단에 들어갈 거야. 제1기사단의 롯테어가 되는 것이 나의 꿈이야."

웬디는 마땅치 않은 표정으로 저의 귓구멍을 거칠게 후벼 팠다.

딜런 레녹스의 음성이 그녀의 귓가를 스쳐 지나간 탓이다.

백작가를 나온 지 2년이라는 세월이 흘렀으나 그와 관련된 일에 한해서는 여전히 무조건적인 거부감이 드는 웬디였다.

딜런 그놈이 황실 기사단에 어찌어찌 들어갈 수 있을지는 모르겠으나 그중 가장 상급인 제1기사단에 들어가는 일은 결코 쉬운 일이 아니리라. 게다가 롯테어라니! 기사단의 제일검을 칭하는 롯테어의 자리는 아무에게나 주어지는 것이 아니었다. 천재적인 검술을 자랑했던 딜런이라 하더라도 마흔 줄에 들기 전에는 어려운 일이리라.

그러다 문득 웬디는 이곳 라자뷰데를 지키고 있는 황실 기사들 중에서 딜런의 모습을 보게 되는 것이 아닌가 하는 불길한 생각이 들었다. 자신이 조금 안일했던 것이 아닐까? 아예 가능성이 없는 이야기는 아니었다.

거기까지 생각이 미친 웬디는 계단을 오르는 발걸음을 조금 더 서둘렀다. 얼른 바하즈만의 모습만을 눈에 담고 집으로 돌아갈 생각이었던 것이다.

백작가를 나와 정착지를 고를 때 그녀에게도 많은 고민이 있었다. 처음에는 지방의 소도시를 생각했었다. 백작의 영지인 밸타와 가장 먼 곳을 주거지로 잡으면 평생 그들과 마주칠 일 없이 편히 살 수 있으리라. 그러나 지방의 작은 도시들은 외지인의 드나듦에 매우 배타적인 성향을 지니고 있었다. 그렇지 않은 곳은 치안이 불안정하여 여자 혼자 생계를 꾸려야 하는 웬디에게 결코 좋은 환경이 되지 못했다.

그녀는 고민 끝에 제도에 정착하기로 결정하였다.

황실 기사가 되겠다던 딜런은 물론, 황실 무도회가 열리면 열 일 제쳐 두고 제도를 향하는 백작 부인의 행태가 마음에 걸리기는 하였으나 제도의 크기가 동네 어물전만 한 것도 아니고 그들을 마주치는 일이 결코 쉽지 않으리라는 계산을 하였다.

인구밀도가 빽빽한 베냐한 제국의 제도에서도 황궁과 멀찍이 떨어진 곳에 자리를 잡으면 될 것이었다. 그중 웬디는 귀족들의 발걸음이 드문 평민 거주 구역에 집을 사고 꽃집을 개업함으로써 성공적인 정착을 할 수 있었다.

"알타린 영애가 단장님께 드리라고 했단 말입니다. 돌려주시더라도 직접 돌려주십시오, 중간에서 제가 몹시 곤란합니다."

"장 자크 시뮤안 경, 시키지도 않은 짓을 한 것은 경이니 책임 역시 응당 경이 져야 할 터."

"아, 그러지 마시고요! 알타린 영애를 보자마자 단장님께서 쌩하니 가 버리셨지 않습니까. 상심하여 손수건을 대신 전해 달라 부탁하는데 어떻게 모른 체하겠습니까? 단장님, 그냥 좀 받아 주세요, 네?"

"시끄럽네, 소란 떨지 말게나."

갑자기 들려오는 사내들의 음성에 웬디는 살포시 고개를 들어 소리의 근원지를 확인하였다. 남색 황실 기사단 제복을 말끔히 차려입은 두 사내가 계단을 내려오는 모습이 보였다.

자비 없이 떨어져 내리는 우박처럼 딱딱한 말투로 상대방을 일격에 침묵시킨 검은 머리칼의 사내가 그의 부하인 듯 보이는 백금발의 사내에게서 무심한 시선을 돌렸다. 호리호리한 체구를 지닌 금발의 남자는 여인이 전해 준 게 분명해 보이는 손수건 한 장을 들고 연신 안절부절못했다.

웬디는 또다시 반사적으로 얼굴을 찌푸리며 기사들의 모습을 훑었다. 그녀의 찌푸려진 시선이 곧장 무표정한 얼굴의 남자에게로 향했다. 황금색 견장을 멋들어지게 찬 사내는 눈매가 깊은 수려한 생김의 남자였다. 저런 얼굴에 각 잡힌 기사복을 차려입고 있으니 여자들이 환장하는 게 아니겠는가. 웬디는 기사의 모습을 차가운 눈길로 평가했다.

그 순간, 검은 머리칼의 기사가 시선을 돌려 웬디를 바라봤다. 한순간 둘의 눈이 마주쳤지만 웬디는 아무렇지 않게 시선을 내리깔았다.

또각또각.

그들을 스쳐 위층으로 올라가는 웬디의 뒷모습에 검은 머리 기사의 의미를 알 수 없는 시선이 꽂혔다. 여인의 탐스러운 금발이 그 걸음걸이에 따라 어깨 부근에서 살랑살랑 흔들리는 모습을 그가 유심히 바라봤다.

"단장님, 알타린 영애의 손수건은 받지도 않으시고 지금 다른 여인에게 눈을 돌리시는 겁니까?"

푸른색 드레스의 잔상이 그의 눈가를 떠나기도 전에 장 자크의 볼멘소리가 잇따랐다. 그는 장 자크의 말을 전혀 귀담아듣지 않는 듯 그에게서 고개를 돌린 채 가만 서 있었다.

"뭐 예쁘긴 합니다만, 저런 소녀 같은 여인이 취향이셨던 겁니까? 그래서 그 아리따운 알타린 영애를 마다하시느냐 이 말입니다."

"……소녀라 이르기엔 지나치게 날카로운 눈빛이 아닌가."

눈을 마주친 순간 여인의 눈동자에 떠올랐던 적대감. 그는 그 눈빛을 떠올리며 말했다.

"아니면 저런 진한 금발이 좋으신 겁니까? 단장님의 취향이라도 알아야 누굴 단념시키든 말든 할 것 아닙니까."

장 자크의 물음에 남자가 다시 한 번 여인이 사라진 자취를 쫓듯 계단 위쪽을 힐끗 바라봤다. 뜻 모를 적의 위에 엷게 나타났다 사라진 하나의 빛깔이 상념처럼 그의 머릿속을 떠다녔다. 적막한 낙조와 같이 소멸하던 어떤 빛. 그 고요함은 여인의 샛노랗게 밝은 머리칼과는 한참 동떨어져 마치 공존할 수 없는 낮과 밤이 함께하는 것처럼 여겨졌다.

"부조화하다 여겨 바라본 것뿐이네. 쓸데없는 소리 말고 가세나."

"네? 무슨 말씀이신지……."

장 자크의 물음을 뒤로하고 검은 머리 기사는 다시금 걸음을 옮기기 시작했다. 층간의 네모난 창가에서 비쳐 들어오는 햇살이 남자의 움직임에 새하얗게 흩어졌다. 그가 떠난 자리 위 부유하는 먼지들의 모습을 가늘게 뜬 눈으로 바라본 장이 다시 한 번 소리쳤다.

"아, 단장니임!"

오후 무렵의 박물관이 으레 그러하듯. 라자뷰데의 식물관은 역시나 한적하니 여유로웠다. 식물관에 들어선 웬디는 전시관 군데군데 자리한 귀한 식물들을 호기심 어린 눈으로 훑었다.

생생하니 살아 있는 식물들과 화학 처리를 한 표본들, 지금은 사라져 버린 식물들에 대한 기록들까지, 다양한 품목들이 전시되어 있었다. 그것들 모두 라자뷰데에서야 가치 있는 것들임이 분명했으나, 이미 그녀가 익히 아는 것들이 대부분이었다. 웬디는 조금 실망한 눈빛으로 정면을 향해 시선을 옮겼다.

　수도에서 꽃집을 열고 꾸려 나가면서 그녀는 자신의 검지가 지닌 힘을 유용하게 사용하고자 많은 노력을 기울였다. 식물도감은 기본이요, 각종 식물 관련 서적을 닥치는 대로 읽고 직접 들로 산으로 뛰어다니는 것도 마다하지 않았다.

　그러던 중 알게 된 그녀가 가진 능력의 맹점이 있었으니……. 식물을 직접 눈으로 보지 않고서는 검지의 힘을 쓸 수 없음이 그 첫째요, 식물의 일부-꽃, 열매, 씨앗, 이파리 따위-만을 보고서도 식물을 자라게 할 수는 있으나 매우 불완전한 식물이 탄생된다는 점이 둘째요, 원하는 어디에라도 식물을 자라게 할 수 있지만 흙에 검지를 가져다 대는 것만큼 건강한 식물을 자라게 할 수 없다는 점이 셋째 맹점이었다.

　마지막으로 그녀가 능력을 사용할 때는 고도의 집중력이 필요하므로 빈번하게 그것을 사용하면 몹시 피로해진다는 점 정도가 있다 할까. 뭐, 자고 나면 금세 회복되므로 크게 제약이 되는 문제는 아니지만 말이다.

　어찌 되었든 웬디는 검지의 힘을 아주 잘 사용하고 있었고 매우 만족해하는 중이었다. 필요에 의해 식물에 대한 공부를 시작했지만 덕분에 지금은 거의 반전문가가 되어 있는 상태이기도 했다.

　우뚝.

　웬디는 자신의 정면에 자리한 유리 벽 안에서 붉게 빛나는 둥근 열매를 일렁이는 눈으로 응시했다. 그 눈빛에 언뜻 소유욕이 깃들어 있는 것도 같았다. 본디 그녀와 같은 꽃띠 처녀들이란 제 또래의 남자를 향해-이를테면 좀 전에 만났던 기사와 같은 남자에게-

그러한 눈빛을 보내는 것이 이치에 맞았으나, 안타깝게도 웬디에게는 눈앞에 있는 바하즈만이 그 소유욕을 자극하고 있는 듯했다.

그녀는 발갛게 피어오른 불꽃과 같은 눈빛을 하고서 식물의 모습을 하나하나 눈에 새겼다. 둥근 열매의 표면은 철퇴처럼 오돌토돌해 작은 병장기를 연상케 했다. 달걀 모양으로 마주 난 잎과 연한 갈색의 나무껍질까지 하나도 놓칠 것이 없었다.

재잘재잘 저들끼리 떠들던 커플 하나가 그녀를 지나쳐 식물관 밖으로 나가자 관내에 정적이 내려앉았다. 따분한 표정으로 그곳을 지키고 서 있던 기사 하나와 저만치 꽃구경에 한참인 노란 드레스의 여인 하나, 그리고 빛바랜 외투를 입고 있는 덩치 큰 사내 하나가 있을 뿐이었다.

기분 좋은 고요 속에서 바하즈만나무를 마음껏 감상한 웬디가 만족스러운 마음으로 발걸음을 돌리려는 찰나였다. 식물관을 쩌렁쩌렁하게 울리는 남자의 거친 음성이 그녀의 귓가를 가르고 들려왔다.

"모두 그 자리에 꼼짝 마! 움직이는 즉시 이 여자의 목숨은 없다!"

빛바랜 외투의 사내가 노란 드레스를 입은 여인의 목덜미를 무자비하게 움켜쥐고서 그녀를 향해 날카로운 쇠붙이를 들이대고 있었다. 하얗게 질린 여인은 그에게 붙잡힌 채 바들바들 몸을 떨었다. 식물관 입구 주변에 서 있던 기사가 그를 매서운 눈빛으로 노려보며 검집에 손을 올렸으나, 사내가 들고 있던 쇠붙이를 여인에게 더욱 바짝 갖다 대는 결과를 낳았을 뿐이었다.

사내는 기사를 한껏 경계하며 바하즈만나무를 향해 한 걸음 한 걸음 다가왔다. 그런 그의 모습을 본 웬디가 속으로 욕을 뇌까렸다. 놈이 노리는 것이 아무래도 이 나무인 듯했다. 맙소사! 이런 빌어먹을 타이밍이 있을까. 나무를 훔치든 열매를 따 먹든 자신이 간 이후에나 할 일이지!

이 소란이 외부에 알려지는 것은 시간문제다. 기사들이 머지않아 이곳에 들이닥칠 것이고 웬디 역시 편안히 이곳을 벗어나기 힘들 것이었다. 바하즈만나무 정면에 서 있던 자신에게 점점 가까워져 오는 사내의 살기 가득한 얼굴을 바라보며 웬디는 작게 한숨을 내쉬었다. 그가 바하즈만나무를 손에 넣기 위해서는 그녀가 서 있는 자리를 지나가야만 했다.

꼼짝 말라고 경고한 사내의 말에 따라 그대로 서 있어야 하나, 아니면 살짝 비켜 주는 호의를 보일까. 잠시 고민한 웬디는 이내 그 자리에 쓰러지듯 주저앉는 것을 택했다. 사내에게 붙잡힌 여인의 공포로 일그러진 눈을 정면으로 마주쳤을 때부터 이미 답은 정해져 있었을지 모른다. 사내의 빈틈을 노린 기사가 몸을 조금 내뻗자 사내는 여인을 더욱 거칠게 결박하였고 여인의 울먹임은 더욱 커졌다. 끔찍한 연쇄 작용이었다. 그 순간, 저만치 서 있는 황실 기사가 할 수 있는 일은 아무것도 없어 보였다.

"뭐, 뭐야!"

풀썩 그 자리에 주저앉은 웬디의 모습에 움찔 도끼눈을 뜬 사내가 위협적인 목소리로 외쳤다.

"다리가, 풀리는 바람에……."

웬디는 부러 비쩍 마른 풀잎이 바스러지듯 가는 목소리를 내며 어깨를 애처롭게 떨었다. 사내의 눈썹이 크게 꿈틀하는 모습을 본 그녀는 어깨를 떠는 행동이 너무 과했던 것이 아니었나 싶어 슬쩍 그의 눈치를 살폈다. 그러나 그는 이내 그녀를 별다르게 경계하지 않는 것으로 보였다. 하긴, 웬디처럼 조그맣고 가느다란 여자보다야 지금 저기 검집에 손을 얹은 채 기회만 엿보고 있는 기사 나부랭이를 경계하는 편이 더 나을 것이었다.

조금 마음을 놓은 그녀는 주저앉은 자세 그대로, 바닥을 짚은 손에 살짝 힘을 주었다. 아, 물론 그녀의 오른쪽 검지에 말이다.

잠시 뒤 웬디는 자신을 향해 걸어오는 사내가 두려워서 견디지 못하겠다는 듯 주저앉은 자세 그대로 주춤 물러났다. 이내 주변을 두리번거리며 사내와 자신의 거리를 가늠해 보던 그녀는 비틀거리며 자리에서 일어선 후 바하즈만나무 정면에서 슬쩍 비켜섰다.

그 행동이 행여 사내에게 해코지라도 당할까 싶어 몸을 피하는 여인의 몸짓으로밖에 보이지 않았기에 사내 역시 그녀의 행동을 굳이 막지 않았다. 오히려 웬디가 그 자리 그대로 버티고 있다면 사내에게 방해만 될 뿐이었기 때문이다.

사내의 진로 방향에 비끼듯 서게 된 웬디는 자신이 앉아 있던 자리를 굳은 표정으로 내려다보았다. 남들이 보기에는 그저 사내와 눈이 마주치지 않기 위해 고개를 숙인 모습으로 보였을 것이었다.

그리고 그때, 짙은 갈색 카펫이 깔려 있던 바닥 위로 검붉은 무언가가 옅게 비치기 시작했다. 카펫의 색깔에 묻혀 그 검붉은 빛이 잘 보이지 않았던 까닭일까. 다행스럽게도 카펫에 일어나고 있는 변화는 사내의 이목을 끌지는 못하였다. 자세히 들여다봐야만 알 수 있을 정도의 낮은 키를 가진 그것은 마치 고목 위에 옹기종기 꼬불꼬불 돋은 이끼처럼 보이기도 하였다. 번지듯 그 크기를 넓혀 가던 검붉은 빛은 이윽고 웬디가 원한 넓이만큼 크기를 키웠다.

아무도 알아채지 못할 정도의 미세한 미소를 입가에 머금은 그녀는 이번엔 사내의 발을 뚫어져라 응시했다.

한 걸음, 두 걸음, 세 걸음!

속으로 그의 보폭 수를 세던 그녀는 사내의 걸음이 문제의 검붉은 무언가에 닿자 회심의 웃음을 띠었다.

저 풀을 이곳에서 사용하게 될 줄이야!

웬디는 언제 짜증이 났었느냐는 듯 발끝이 찌르르하게 흥분되어 오는 것을 느꼈다. 의도했던 바는 아니었으나 그녀가 늘 그 쓰임을 궁리하던 식물 중의 하나가 시기적절하게 제 소용을 증명할 기회를 갖게 됐기 때문이다.

웬디의 머릿속에 지금껏 숲을 쏘다니며 했던 그녀만의 비밀스러운 행동들이 스쳐 지나갔다.

식물들의 쓰임새를 연구하는 한편, 혹시 모를 비상시를 대비해 여러 가지 대응책 마련에 고심했던 그녀는, 마을 근처 레이니 숲에 들어가 여러 번 모의실험—이것에 대해선 차차 이야기하도록 하자—을 행했다. 그리고 지금, 장난만 같았던 그 모의실험이 빛을 보게 되는 순간이었다.

"……!"

웬디의 의도대로 검붉은 무언가에 발을 내딛은 사내의 표정이 일순 당혹스럽게 일그러졌다. 움찔움찔 다리를 몇 번 떠는 것도 같았다. 그것은 그가 위협해 끌고 오던 여인 역시 마찬가지였다. 아무리 힘주어 다리를 움직이려고 해 봐도 그들은 굳은 듯 그 자리에 꼼짝할 수 없었다. 두 사람의 발은 웬디가 만들어 놓은 검붉은 바닥 위에 그야말로 딱 달라붙어 떨어지지 않고 있었던 것이다.

그가 당황하는 사이, 그 찰나의 순간을 놓치지 않고 먼저 몸을 움직인 것은 웬디였다. 다리에 힘을 주는 동안 사내의 날붙이를 쥔 손이 잠시 힘이 빠져 기우는 것을 확인한 그녀가 잽싸게 그의 뒷무릎을 확 걷어찼다. 황실 기사가 그를 제압하기 위해 달려오기를 기다리는 동안 그 천금 같은 기회를 놓칠 수 없었다. 그 순간만큼은 어리석게도 눈앞의 남자를 제압해야겠다는 생각밖에 들지 않았다.

두 발이 붙어 있는 상황에서 뒷무릎이 꺾이자 사내의 몸이 자연히 앞쪽으로 기울었다. 왼손에 날붙이를 쥐고 오른손으로 여인의 목덜미를 움켜쥐고 있던 그는, 넘어지지 않기 위해 반사적으로 날붙이 쥔 손을 바닥에 짚었다. 그 와중에 중심을 잡고자 반대 손으로는 인질로 잡고 있던 여인에게 매달리는 꼴사나운 모습을 보이기까지 했다.

"으윽!"

당연히 그의 왼손은 날붙이와 함께 검붉은 바닥 위에 쩍 달라붙어 버렸다. 손에 닿는 촉감이 오돌토돌 끈적끈적한 것이 단순한 카펫은 아닌 듯했다.

그럴 수밖에! 검붉고 끈적거리는 것의 정체는 스티키라는 이름의 풀로서, '끈끈이풀'이라는 재미난 이름으로 더 자주 불리는 식물이었다.

하지만 그것은 알 만한 사람들, 이를테면 접착제 관련 업종 종사자들 사이에서의 이야기일 뿐, 일반인들 사이에서 끈끈이풀을 아는 사람은 거의 없었다.

다만 그 풀은 점성이 너무 강하고 단가가 비싸 관련 업계 사람들조차 사용하지 않은 지 꽤 오래된 식물이기도 했다. 때문에 웬디역시 그 풀의 실물을 보기 위해 매우 많은 고생을 할 수밖에 없었다. 식물이 자생하는 덥고 습한 늪지 근처에 갔다가 피부병에 걸렸다든가, 아끼던 부츠를 못 쓰게 되었다든가 하는 그런 소소한 사연들까지 말해 무엇하랴마는.

웬디가 얻은 식물들이 모두 고생 없이 단숨에 손에 쥘 수 있었던 것이 아니었다는 점은 분명했다.

어찌 되었든 끈끈이풀의 소용은 이로써 증명되었다. 웬디는 오늘 집에 돌아가는 즉시 자신이 작성한 '웬디의 식물 리스트'에 끈끈이풀의 활용도를 별 세 개에서 다섯 개로 고쳐 넣으리라 마음먹었다.

"으윽!"

사내는 바닥에 들러붙은 손을 떼어 내기 위해 힘껏 용을 썼다. 여인 역시 사내의 힘에 의해 덩달아 넘어졌으나 그녀의 허리를 다급히 잡아끈 웬디로 인해 끈끈이풀의 범위 바깥에서 엉덩방아를 찧을 수 있었다. 상기된 얼굴로 악을 쓰던 사내의 목덜미에 차디찬 은빛의 검날이 다가선 것은 거의 동시의 일이었다.

얼떨떨한 표정의 기사는 그 어설픈 표정과는 다르게 군더더기 없는 동작으로 사내를 향해 검을 들이댔다. 기사복을 폼으로 입고 있는 것은 아닌 모양이었다.

기사의 검신이 저의 목에 닿자 절망적인 표정을 지은 사내는 이내 모든 것을 포기한 듯 눈을 꾹 감았다. 그러던 사내의 눈에서 눈물이 흘러내린 것은 정말 예상 밖의 일이었다.

뚝, 뚝.

"으으윽……."

목 놓아 울기 시작한 사내의 모습을 바라보는 웬디의 눈빛에 혐오감이 어렸다. 이만한 일로 울기까지 할 것이면 바하즈만을 훔치겠다는 마음조차 먹지 말았어야지! 하여간 근육만 덕지덕지 붙은 사내란 족속들은 도무지 상종 못 할 존재들이로구나.

웬디는 저의 말이 참된 명제인 듯 고개를 끄덕이며 입가를 심술 궂게 앙다물었다. 그렇게 그녀가 사내를 외면한 채 사건 현장으로 부터 멀찍이 떨어진 곳으로 걸음을 옮기려던 순간, 슬픔으로 얼룩진 사내의 음성이 새어 나왔다.

"흐윽……. 소피, 이 아비를 용서해라. 내 너를…… 구할 수가…… 없겠구나. 으으윽, 너에게 이 열매를 다만 한 알이라도…… 한 알이라도……."

처음 웬디는 그의 말을 듣고 코웃음을 쳤다. '저가 막다른 골목에 몰리니 되는대로 마구 지껄이는군.' 하고 싸늘한 비웃음을 머금었다. 그러나 사내의 묵직한 울부짖음이 점차 강도를 더해 가자 그녀는 사내의 말이 사실일 수도 있겠다는 추측을 하기 시작했다. 자세한 사연까지야 알 수 없으나, 저 절박함을 거짓이라 치부하기엔 그 음성이 너무나 절절했다.

웬디는 끈끈이풀 위에 쩍 달라붙어 하염없이 눈물을 흘리는 사내의 낡은 외투에서 결코 떨칠 수 없는 가난을 읽었다. 저 끈적거리는 풀 못지않은, 그런 지긋지긋한 가난 말이다.

베냐한 제국은 부유한 나라였지만 모두가 그렇지는 못했다. 육십여 년 전, 선황제 시절에 일어난 칼로엔 제국과의 전쟁으로 베냐한 제국에는 크고 작은 상흔이 남았다. 가장 큰 타격은 남서쪽의 비옥한 땅인 발타자르를 빼앗긴 것이었다. 당시 전투에 나섰던 황제파의 영수, 로엘 무슈타나 공은 발타자르를 잃은 책임으로 처형되고 그 가문 역시 귀족 명부에서 지워졌다. 권력을 잡기 위해 기회를 보던 귀족파의 일원들이 벌떼처럼 일어나 그를 축출했던 까닭이었다. 무슈타나 공의 죽음을 시작으로 황제파는 빠르게 몰락해 갔다. 이로 인해 황권은 약화되었고 황권의 약화는 베냐한의 절대 다수인 평민들을 빈곤하게 만들었다. 그들을 수탈하는 귀족들의 행위를 막기에 역부족이었던 것이다. 현 황제인 바티스트 폰 베냐한의 젊은 시절, 발타자르 수복 전투로 과거의 땅을 되찾았지만 잃었던 황권을 모두 찾지는 못하였다. 귀족파 무리들은 자신들이 잡은 권력을 움켜쥔 채 생산 계급에 대한 착취를 이어 갔으며, 평민들은 가난을 숙명으로 알기 시작했다. 칼로엔과의 평화 협정으로 제국은 지금껏 평화를 유지하고 있었지만 이 역시 진정한 평화는 아니었다.

입구에서 소란스러운 발걸음 소리가 들린 것은 사내의 억눌린 음성이 울음소리에 가려졌을 즈음이었다. 기사 여럿이 식물관 안으로 들이닥쳤다. 그중에는 좀 전 계단에서 마주쳤던 검은 머리 기사와 금발 머리 기사도 있었다. 기사들은 식물관 내부의 상황을 눈으로 확인한 후, 사내에게 검을 들이대고 있던 기사를 향해 재빠르게 다가왔다. 그리고 그중 선두에 서 있던 검은 머리 남자가 기사를 향해 냉엄한 태도로 말했다.

"렌킨 경, 상황을 보고하게."

상관의 말에 기사는 손에 쥔 검을 거두지 않은 채 기합이 잔뜩 든 음성으로 입을 열었다.

"네, 단장님. 조나단 렌킨, 라자뷰데 식물관에서 발생한 인질 강도 미수 사건에 대해 보고 드립니다. 먼저 상황이 여의치 않아 자세를 바로 하지 못하는 점 용서하십시오. 약 10여 분 전, 여기 이 사내가 저쪽에 쓰러져 계신 레이디를 인질 삼아 바하즈만을 탈취하고자 하였습니다. 이에 이자를 결박하였으며, 현재까지 피해는 전무한 것으로 판단됩니다."

기사의 말에 사내의 흐느낌이 더욱 거세졌다. 흔들리는 사내의 어깨에 한동안 시선을 고정한 검은 머리 남자는 곧 뒤쪽의 기사들을 향해 사내를 포박하라 명령했다. 명령에 따라 사내 곁으로 다가선 기사들이 사내를 포박하기 위해 그의 팔을 붙들었지만 바닥에 단단히 붙은 사내의 손은 꿈쩍도 하지 않았다. 이에 기사들 역시도 당황한 표정을 지을 수밖에 없었다.

"……저 단장님, 이자의 손이 바닥에 단단히 붙어 있습니다."

기사 하나가 검은 머리 남자에게 황당하다는 듯한 어조로 말을 했다. 그러자 지켜보듯 서 있던 금발의 기사, 장 자크가 사내 곁으로 성큼 다가가 직접 그 상황을 확인했다. 그러나 그 역시 별 뾰족한 방법이 있었던 것은 아니었다.

그는 그저 사내의 손이 단단히 고정되어 있는 바닥을 뚫어져라 쳐다본 후 품에서 손수건을 꺼내 조심스럽게 검붉은 카펫 위에 그것을 가져다 댔다. 더 말할 것도 없이 그의 애꿎은 손수건은 끈끈이풀의 희생양이 되었다. 웬디는 그가 꺼낸 손수건이 좀 전에 계단에서 보았던 그 손수건이 아닐까 호기심에 유심히 보았지만, 불행히도 그것은 아닌 듯했다. 남의 사랑을 응원해 줄 마음이 없었던 웬디에겐 애석한 일이었다.

"렌킨 경, 대체 이게 무슨 일이지?"

"저…… 그것이, 저도 도무지 영문을 모르겠습니다……."

장 자크의 물음이 렌킨이라 불린 예의 그 기사에게 향하자 그는 몹시 자신 없는 투로 말끝을 흐렸다. 그러자 장 자크가 저의 턱 끝을 매만지며 '흠' 소리를 길게 내더니 곧 기사단장을 향해 다가가서는 소리를 낮춰 뭐라 뭐라 말을 했다.

귀를 쫑긋 세워 보아도 기사의 목소리가 들리지 않자 웬디는 입술 끝을 말아 올리며 쳇 소리를 냈다. 다 같은 장면을 보아 놓고선 뭐가 비밀이라 저리도 귓속말들을 하는가!

이윽고 석연치 않은 낯으로 말을 마친 장 자크가 다시 한 번 끈끈이풀이 돋아난 카펫 위를 힐끗 보았다. 그리고 그제야 근처에 주저앉아 있던 노란 드레스의 여인을 발견하고서 아차 싶은 얼굴을 했다.

"오, 이런! 레이디, 괜찮으십니까?"

여인의 팔을 붙들어 그녀가 일어설 수 있도록 도와준 장 자크는 그녀의 발 역시 문제의 바닥에 단단히 붙어 있는 것을 알아챘다. 그가 어색한 어조로 여인에게 구두를 벗을 것을 권하자, 하얗게 질려 있던 여인의 볼이 단숨에 새빨갛게 달아올랐다. 하지만 그녀 역시 자신에게 선택의 여지가 없다는 것을 깨달았는지 우윳빛 나는 자그마한 구두 한 켤레를 검붉은 바닥 위에 벗어 둔 채 문제의 카펫에서 벗어났다. 장은 다정하게도 그런 그녀의 허리를 번쩍 들어 올려 무언가 수상해 보이는 검붉은 카펫을 피해 안전한 바닥 위로 착지시켰다.

뒤편에 물러서서 잠잠히 그 모습을 지켜보던 웬디는 언제쯤 자리를 떠야 할지 상황을 가늠해 보고 있었다. 이곳에 오래 머물러 보았자 의심만 살 뿐 자신에게 유리한 것이 있을 리 없었다. 빨리 달아나고 싶은 마음에 잠시 몸을 꼼지락거린 그녀는 자신에게로 향하는 검은 머리 남자의 시선을 느끼고 꼬물거리던 움직임을 뚝 멈췄다.

"아, 단장님. 저기 저 용감한 레이디분께서 이자의 뒷무릎을 후려쳐 쓰러뜨린 덕에 상황이 쉽게 풀릴 수 있었습니다."

기사단장의 시선을 느꼈는지 상황을 함께했던 기사가 한껏 고조된 어조로 그녀의 활약에 대해 보고했다. 제 딴에는 그녀의 무용을 치하하고자 하는 의미로 한 말이었겠으나, 웬디의 입장에서는 도와준 보답으로 똥을 한 바가지 선물받은 격이었다. 멍청하게 서 있기만 한 놈이 주둥이는 살았구나! 속으로 씹어 뱉듯 그를 욕한 웬디는 이내 자신에게 향하는 모두의 놀라운 시선을 느끼며 침착하게 고개를 들었다.

"그대가 이자를 제압하였소?"

의미를 알 수 없는 표정을 한 검은 머리 기사가 그녀를 향해 걸어오며 물었다. 웬디는 그 즉시 황당하다는 눈빛으로 무장한 채 목소리를 잔뜩 높여 대답했다.

"그럴 리가요. 저는 그저 갑작스러운 상황에 놀라 몸을 가누지 못한 것뿐입니다. 비틀거리는 저에게 저자가 떠밀려 넘어진 것이고요. ……기사님께서 저를 난폭한 사내인 양 취급하시는군요."

그녀의 무용담에 대해 보고한 기사를 못마땅하게 흘겨본 웬디가 짐짓 노여운 듯 굴었다. 그녀의 반응에 기사는 어버버 입술을 몇 번 달싹였을 뿐, 더 이상 할 말을 찾지 못했다. 본인이 아니라 말하며 오히려 불쾌해하니 더 무어라 말하겠는가.

"그럼 저는 몸이 좋지 않아 이만 가 보도록 하겠습니다. 험한 장면을 본지라…… 더 이상 이곳에 서 있는 것이 버겁군요."

그녀는 제 말이 더욱 설득력을 얻을 수 있도록 어지러운 양 머리를 짚으며 잠시 비틀대는 연기를 펼쳤다. 이것으로 오늘 그녀가 벌인 일들의 마침표를 찍을 수 있으리라는 계산이었다. 그러나 그녀의 비틀거리는 어깨를 단단히 지탱해 주는 팔 하나가 있었으니, 그것은 엄청난 계산 착오이자 생각지 못한 돌발 상황이었다.

"괜찮소?"

기사의 검은 머리칼 아래 서늘하게 내려앉은 잿빛 눈동자가 보였다. 여전히 무표정한 그의 얼굴을 멍하니 올려다보던 웬디는 기사의 입가에 피식 웃음이 떠오르자 화들짝 놀라 그를 떨쳐 냈다. 어지러운 양 그녀가 취한 행동 모두가 간파당한 것 같은 기분 나쁜 웃음이었다. 웬디는 조금 자존심이 상했다.

"아무래도 몸이 많이 좋지 않은 듯하니, 집까지 바래다주도록 하지. 물론, 그 전에…… 참고인 자격으로 몇 가지 물을 것이 있소."

웬디는 흥분한 속내를 가라앉히며 되도록 침착하게 반응하기 위해 노력했다. 복잡한 머릿속에서 몇 가지 말을 고른 그녀는 한결 차분해진 어조로 이야기했다.

"앞에서 마차가 기다리고 있습니다. 바래다주시겠다는 호의는 감사하나, 바쁘신 기사님들을 번거롭게 할 수는 없지요. 그 호의는 저기 서 계신 아가씨께 더 필요할 듯하군요."

웬디가 가리킨 노란 드레스의 여인을 흘깃 바라본 검은 머리 기사는 대수롭지 않다는 듯 그녀를 향해 말했다.

"그대가 염려할 일은 없을 것이오. 기사로서 레이디에 대한 예의가 무엇인지 나의 부하들 모두 잘 알고 있으니."

더 이상의 입씨름은 무의미함을 깨달은 웬디는 얼른 작전을 변경했다. 해 줄 말을 해 주고 빨리 이 자리를 벗어나자는 생각이었다.

"……제게 물으실 말이 무엇인지요?"

그녀 물음에 기사는 잠시간 웬디의 풀빛 눈동자를 응시했다.

"……그대의 이름이 무엇이오?"

그녀가 가장 듣기 싫은 질문들 상위 세 번째 안에 드는 질문이었다. 이름이 무엇인가, 어디에 사는가, 고향이 어디인가.

웬디는 재빠르게 머리를 굴렸다. 웬디 왈츠라는 이름을 사실대로 이야기해 줄 것인가, 적당히 아무 가명을 둘러댈 것인가. 순간적인 고민을 마친 그녀는 대답을 해 주기 이전에 그녀의 심기를 어지럽힌 그의 태도에 대해 먼저 날카로운 지적을 해 주기로 마음을 굳혔다.

"……레이디에 대한 예의는 기사님의 부하들만이 숙지하고 있는 것인가요? 여인에게 이름을 묻기 전 자신의 이름부터 밝히는 것이 예의인 줄 압니다만."

웬디의 말을 들은 다른 기사들로부터 숨을 집어삼키는 소리가 들려왔으나 그녀는 크게 신경 쓰지 않았다. 무어 틀린 말을 하였다고 두려워한단 말인가! 기사의 목소리가 전혀 고압적이지 않았음에도 불구하고, 웬디는 불쾌한 감정이 치솟았다. 그의 감정 없는 잿빛 눈동자가 그녀를 꽁꽁 옭아매는 것 같아 웬디는 저도 모르게 주먹을 꽉 움켜쥐었다.

"……실례하였소. 나는 황실 제1기사단의 단장, 라드 슈로더라고 하오."

뜻밖에도 그는 입가에 그럴듯한 미소를 머금은 채 정중히 자신의 소속과 이름을 밝혔다. 작은 틈 하나 허용하지 않을 것 같은 무표정의 남자가 미소를 지으니 그녀는 조금 얼떨떨한 기분이 되었다. 무엇보다도 그 미소가 그의 잿빛 눈동자를 무척 아름답게 보이게 하였으니 말이다.

그 순간 웬디는 언젠가 보았던 은백양나무 한 그루를 떠올렸다. 그래, 그 눈동자는 마치 나무와 같았다. 어두운 강가에 홀로 우뚝 솟아 있는 은백양나무, 그 선연한 빛이 남자의 눈동자에 머물러 있었다.

"이제 그대의 이름을 들을 수 있겠소?"

라드 슈로더라 자신을 소개한 기사는 면구한 기색 하나 없이 그녀를 향해 말했다. 그러나 저의 이름에 집착하는 기사의 모습을 보며 웬디가 엉뚱한 오해 따위를 품지 않았던 것은 그의 말이 티끌만큼도 감정에 얽매여 있지 않았기 때문이다. 좀 전에 보았던 그 미소가 자신의 착각이었던가 싶을 정도로.

기사의 잿빛 눈동자 안에서 감정의 파편을 찾기라도 하듯 웬디는 그의 눈을 잠시간 응망하였다. 그 행동이 거추없어 보였으나, 그녀는 그마저도 전혀 개의치 않았다.

웬디는 눈앞의 황실 기사단장에 대해 진심으로 감탄하고 있었다. 아, 이자가 이런 태도로 여인들의 마음을 훔친 것이로구나. 과연 저 말투에 저런 눈동자라니. 시선을 잡아끌긴 하였다. 반짝이는 잿빛 눈동자가 사심 한 점 없이 서늘한 것이 여인들의 마음을 애달프게 할 만했다. 웬디는 그 점만은 확실히 인정해 주기로 하였다.

생각을 마친 웬디는 흠흠 조용히 목을 가다듬은 후 제 이름을 최대한 특색 없이 말하고자 입을 열었다.

"……웬디 왈츠라고 합니다. 내세울 것이 없는 평민 여인의 이름일 뿐, 황실의 기사단장님께서 기억하실 만한 것이 되지 못합니다."

그녀는 계속 대화를 이어 나가기가 조금 버겁다는 듯이 나직한 한숨을 내쉬었다. 이 정도 마음을 내비쳤다면 그도 알아먹으리라는 생각이었다.

"……이름 외에, 달리 더 물으실 것이 있으신지요?"

인내심을 끌어모은 그녀가 조금은 성의 없는 투로 말했다.

"……저 사내의 몸에 달라붙어 있는 끈적이는 것이 무엇인지 알고 있소?"

남자의 물음에 웬디의 가슴이 덜컹 내려앉았다. 어찌 자신에게 그것을 묻는지 남자의 의도를 알 수 없었다. 웬디는 불안한 눈길을 들키지 않기 위해 더욱 쌜쭉한 표정을 지으며 대꾸했다.

"기사님들께서 모르시는 것을 한낱 여인이 알 리가 있겠습니까."

"……그래, 그렇군."

언뜻 바라본 그의 얼굴에 다시 웃음이 떠올라 있는 것 같기도 했다. 웬디는 그의 종잡을 수 없는 표정 변화를 신경 쓰지 않으려고 팩 고개를 돌렸다.

"조나단 렌킨 경, 죄인을 윌슨 경에게 인도하고 이만 검을 거두게. 그리고 경은 보답의 뜻을 담아 웬디 왈츠 양을 댁까지 모셔 드리도록."

웬디는 사납게 제 뒤통수를 비벼 댔다. 식물관을 빠져나오는 자신의 뒤통수에 끝까지 매달려 있던 누군가의 시선으로 인해 영 뒤가 찜찜했기 때문이다.

끈끈이풀을 자라게 한 게 저라는 것을 눈치라도 챈 것일까. 그것이 아니라면 왜 그리 자신에게만 유별나게 군 것인가. 그 노란 드레스의 여인에게는 질문 하나 던지지 않고선!

"전 이 마차를 타고 가면 되니 기사님께서는 이만 들어가 보도록 하세요. 라드 슈로더 경이라고 했던가요? 그분께서 하신 명이 염려가 된다면 적당히 주변에서 시간을 보내시고 들어가 보시면 될 것입니다. 그럼, 이만."

"자, 잠시만 기다리십시오! 그럴 수는 없습니다. 저에게 명령 불복종이라도 하라는 말씀이십니까?"

기사 조나단이 아연실색하여 말했다. 당장이라도 마차에 오를 것 같은 태연한 웬디의 태도에 입술이 바짝바짝 타는지 그가 무의식중에 입술을 혀로 축였다. 이대로 여인을 보내 버린다면 단장님께 어떤 추궁을 당하게 될지 생각만 해도 끔찍했다.

"홀로 박물관 구경을 나선 미혼의 여인이 젊은 기사와 함께 되돌아온다면 동네 사람들이 저를 어찌 보겠습니까? 걱정이든 오해든 그 어떤 것도 받고 싶지 않습니다."

"아무리 그래도 그건 안 됩니다! 단장님께서 말씀하셨듯이 저는 웬디 양을 안전히 댁까지 모셔 드려야 합니다. 제가 마음의 짐을 덜고 조금이라도 웬디 양께 감사의 마음을 전할 수 있도록 부디 허락해 주십시오."

"……그 마음, 이 자리에서 받도록 하지요. 딱히 기사님께 감사의 마음을 받을 만한 일을 하진 않았지만, 원하신다면 그리하겠습니다. 다만 더 이상 저를 곤란하게 하지는 말아 주세요."

웬디는 일방적으로 고개를 까닥 숙여 인사하고선 마차에 올라 문을 탁 닫아 버렸다. 미처 그가 따라 탈 틈조차 주지 아니했다. 조나단 렌킨 경은 또다시 그녀 앞에서 할 말을 찾지 못한 채 입만 떡 벌리고 있을 뿐이었다. 점차 멀어져 가는 마차 뒤꽁무니가 그를 향해 쯧쯧 혀를 차는 것 같았다.

집으로 돌아온 웬디는 신경질적으로 숄을 벗어던졌다. 대체 이게 무슨 꼴이람!

벌컥!

웬디는 그녀의 방이 위치한 2층 창문을 활짝 열어젖혔다. 답답한 마음을 가눌 길이 없었다. 운이 없어도 이렇게 없을 수 있을까. 오늘의 일이 자신의 평온한 삶에 어떤 여파를 미칠까 봐 두려웠다. 아니, 그럴 리 없다. 그래, 아무 일도 없을 것이다. 그녀가 불안한 마음을 애써 위안하며 한숨을 길게 내쉬었다.

처음으로 사람들 앞에서 자신의 검지를 사용했다. 지난 2년 동안 단 한 번도 타인 앞에서 보인 적 없었던 힘이었다. 뒤늦게 가슴이 방망이질 쳤다. 자신이 오늘 어마어마한 짓을 저질렀다는 생각이 들었다. 어쩔 수 없는 상황이었는데도 다시 생각하니 아찔하기만 했다. 자신을 바라보던 그 기사단장의 잿빛 눈동자가 자꾸 떠올랐다. 혹 자신을 의심하고 있었던 건 아니었을까.

창틀에 팔을 올리고 상념에 빠져 있던 웬디는 옆집에서 들려오는 노랫소리에 귀를 기울였다. 옆집 소년 벤포크가 오늘도 어김없이 목청껏 사랑 노래를 부르고 있었다.

그대 눈빛을 본 순간, 난 깨달았죠.

우리 사랑 이게 시작인 걸.

아름다운 그대여, 내 지루한 일상을 뒤흔든 그대여.

그대의 눈빛이 자꾸 떠올라, 아마 사랑이겠죠.

내게로 와 준 그대 나 정말 고마워요. 우워워—

웬디는 순간 머리끝까지 화가 뻗쳤다. 저 정신 나간 놈이 되도 않는 노래로 사람 속을 뒤집는구나!

"벤포크! 조용하지 못하겠니!"

그녀의 일갈에 흥얼대던 노랫소리가 뚝 하고 끊겼다. 그리고 얼마 후 그녀의 방과 마주 보고 있던 옆집의 창가로 소년 하나가 모습을 드러냈다. 코 밑에 거뭇거뭇한 수염 자국이 막 보이기 시작한 소년은 짜증스러운 표정을 얼굴 가득 드러내고 있었다.

"아, 누나! 왜 또 그러는데! 내 방에서 내가 노래도 못 부르나?"

"지금 당장 그 입을 닥치지 않는다면 너와 새라가 그 방 창가에서 한 일을 너희 아버지께 모두 말하는 수밖에!"

웬디는 그 말을 끝으로 창문을 쾅 소리가 나게 닫았다. 가까이에 벤포크의 아버지가 있었는지 저게 무슨 소리냐 놈을 추궁하는 음성이 들리는 것 같았으나 다행히 더 이상의 노랫소리는 들려오지 않았다. 그녀는 씩씩대는 숨결을 가라앉히며 다시 한 번 벤포크의 형편없는 노래 실력을 욕했다.

또다시 녀석의 노랫소리가 들려온다면 지난번 그의 방 창가에서 그가 새라와 끈적이게 붙어 있던 모습을 고스란히 그의 아비에게 전하리라 다짐했다. 벤포크의 손과 입술이 어디에 있었는지 따위까지도 모조리. 무엇보다 방금 저 끔찍한 노래 가사를 저가 다시 듣게 된다면! 벤포크, 요즘 그놈이 한창 열을 올리고 있다던 제니퍼라는 소녀까지 그날의 일을 알게 되리라, 그녀는 잔인하게 중얼거렸다.

그날 저녁, 웬디는 간편한 복장을 한 채 동네 무술 도장을 찾았다. 오랜만에 나타난 그녀의 모습을 보고 모두들 반색했으나 웬디는 그저 급한 용무가 있는 것처럼 발걸음을 재촉할 뿐이었다.

"웬디! 네가 여기는 웬일이냐."

이마에 굵은 주름이 깊게 팬 중년의 사내가 그녀에게 아는 체를 하였다. 씨익 웃는 모습이 유독 선해 보이는 인상의 사람이었다.

"이곳에 오는 것에 다른 이유가 있겠습니까."

"허헛, 갑자기 무슨 일이냐. 저놈 낯짝 따위 보기 싫다고 발걸음을 딱 끊은 녀석이. 나야 너 같이 꽃다운 제자를 가르치는 것이 기쁘기는 하다만."

중년의 사내는 멀찍이 서서 이글거리는 눈빛으로 웬디를 바라보고 있는 한 청년을 힐끔거리며 말했다. 적갈색 머리칼에 선이 무척이나 굵은 남자였다. 떡 벌어진 어깨와 도복이 팽팽하게 당겨질 만큼의 울퉁불퉁한 근육이 특히 시선을 끌었다.

"사부님께서 괜찮으시다면 지금 바로 가르침을 받았으면 합니다."

웬디는 적갈색 머리칼의 청년에게 눈길 한 번 주지 않은 채 사부에게 꾸벅 인사를 했다. 그리고 그날 저녁 내내 주먹을 내지르고 발길질을 해 가며 온갖 스트레스를 풀었다.

처음 웬디는 호신술을 배우려는 의도로 이 도장을 다니기 시작하였다. 딜런 레녹스와 헤어진 이후 근육 있는 남자들을 극도로 혐오했던 그녀였으나, 필요에 의한 인내는 감내할 줄 알았다. 득실득실 가득 찬 근육질의 사내들 틈에서, 그런 사내들을 제압할 수 있는 체술을 중점적으로 훈련하였다.

의외로, 잡혔던 손목을 뿌리치고 커다란 덩치의 사내를 집어던지는 것은 꽤나 짜릿한 일이었다. 그것은 어디까지나 무기 없는 상황에서의 체술이었으나 그녀는 아주 끈기 있게 그 기본기를 갈고닦았다. 그 진득한 성정을 높이 산 사부의 권유에 따라 잠시 목검을 집어 든 적도 있었으나 이내 딜런 레녹스의 검을 휘두르던 모습이 떠올라 진저리를 치며 그것을 내팽개쳤다.

그렇게 꾸준히 다니던 도장에 발걸음을 뚝 끊었던 것은 저기 서 있는 적갈색 머리칼의 청년 때문이었다. 대장간집 아들인 그는 웬디가 도장을 다니기 전부터 안면이 있던 사이였다. 그녀 손에 맞는 전정가위를 주문하기 위해 들렀던 대장간에서 몇 번 마주친 적이 있었기 때문이다. 그 이후 웬디가 도장을 다니던 내내 그녀 주위를 알짱대던 그는 그녀 손에 수백 번쯤은 내던져졌을 것이다. 그놈은 여자에게 내던져지는 게 뭐가 그리 좋은지 늘 이글거리는 눈빛으로 그녀의 훈련 상대를 자청하곤 했다. 웬디에게 녀석은 그저 어디서나 흔히 볼 수 있는 멍청한 놈에 지나지 않았기에 그가 자신의 곁을 알짱거리든 말든 별 신경이 쓰이지는 않았다.

그러던 어느 날이었다. 여느 때와 다름없이 그녀의 훈련 상대로 놈이 나섰고, 웬디는 몇 번의 완력 끝에 바닥으로 녀석을 내리꽂았다. 그녀는 이마를 축축하게 적신 땀을 훔치며 무심코 말했다.

"요다, 너 무게가 조금 는 것 같은데. 근육이 좀 더 붙은 게냐."

별 사감 없이 한 말이었으나, 청년은 그 말에 소스라치게 놀라며 웬디를 빤히 바라봤다. 이글이글 불타던 눈빛이 한층 강렬하게 쏘아져 나왔고, 그 얼굴 어딘가 감격의 빛이 드러나 있는 것도 같았다.

그는 마른 입술을 몇 번 혀로 축인 후 그녀에게 날벼락 같은 말을 내뱉었다.

"웬디! 나와 혼인하자. 너라면…… 그래, 너와 함께라면 행복한 가정을 꾸릴 수 있을 것 같아!"

그리고 그날로 웬디는 도장에 발걸음을 끊었다. 물론 요다, 그 뜬금없는 청년은 그날 이후 웬디에게 투명인간 취급을 받았더랬다. 그런 그녀가 다시 도장을 찾은 것은 스트레스 해소의 목적도 있었으나, 황실 기사단을 마주친 일이 그녀에게 위협으로 다가왔기 때문이었다. 웬디는 몸을 더욱 단련하기로 마음먹었다.

도장에서 땀을 뺀 덕분인지 단잠을 잔 웬디는 아침 일찍 눈을 떴다. 모로 누운 자세 그대로 한참을 멍하니 침대에 누워 있던 그녀는 평소와 다를 바 없는 평화로운 아침에 만족해하며 느릿하게 자리에서 일어섰다.

늘 그래 왔듯 그녀는 애벌레가 가득 들어 있는 상자를 먼저 집어 들고, 방 문틀 위에 매달려 있는 자그마한 식충식물에게 굿모닝 인사를 했다. 언뜻 보면 진분홍색 꽃봉오리를 수줍게 다문 아주 평범한 식물처럼 보이지만 꽃봉오리 안에 날카로운 이를 숨기고 있는 전투력 강한 녀석이었다.

"많이 먹어라."

웬디가 애벌레 한 마리를 핀셋으로 가져다 대자 식물은 날카로운 꽃잎을 쩍쩍 벌리며 잘도 받아먹었다. '독이빨'이라는 애칭을 가진 웬디의 애완용 식충식물은, 그녀의 방에 드나드는 외부인을 경계할 목적으로 기르는 것이었다. 웬디의 키보다 높은 문틀에 자리한 화분 위 식물은 제 주둥이 높이와 가까운 곳에 생명체의 움직임이 포착되면 무조건 물고 뜯는 습성이 있었다.

웬디보다 키가 큰 사람이 이 방에 들어선다면 독이빨의 공격을 받으리라. 녀석이 지닌 독으로 침입자를 쓰러뜨릴 수야 없겠지만 어느 정도의 시간은 벌 수 있을 것이다. 난폭하고 징그럽기만 한 녀석을 지극정성으로 기르는 데는 그녀의 몸을 지키고자 하는 나름의 필사적인 이유가 있었다.

웬디는 아침 단장을 마친 후 간단히 식사를 시작했다. 식사 도중 갑자기 토마토 생각이 나 부엌 한쪽에 놓여 있던 작은 화분에 검지를 가져다 대기도 하였다.

방울토마토 열댓 개를 입안에 냠냠 집어넣은 그녀는 시간에 맞춰 '웬디의 꽃집'으로 향했다. 새벽 내 비가 내렸는지 가게로 가는 길이 축축이 젖어 있었다.

찰박, 찰박.

빗물이 고인 물웅덩이를 조심스러운 발걸음으로 건넌 그녀는 무심코 하늘을 올려다보았다. 회색 구름이 군데군데 몰려 있는 게 아직 흐릿한 빛을 띠고 있었다. 비록 날은 흐렸으나 비 온 후에 물씬 풍겨 오는 젖은 풀 냄새는 참으로 기분 좋은 것이었다. 들숨 가득 그 향을 들이마신 그녀는 오늘의 평범한 시작이 만족스럽다는 듯 싱긋 웃음을 지었다.

아침나절 매일 그녀의 꽃집을 찾는 단골손님들에게 한 아름 꽃을 판 뒤, 그녀는 느긋한 오후를 보냈다. 미리 사 놓은 딸기 쇼트케이크를 먹기 좋게 잘라 낸 웬디는 찬장에 두었던 레몬차 생각이 퍼뜩 떠올랐다. 며칠 전 설탕에 재워 둔 레몬차를 오늘 처음 개시하기로 마음먹은 그녀는 찬장에서 묵직한 유리병을 꺼내 들었다.

딸랑.

"어서 오세-."

꽃집 문이 열리는 경쾌한 종소리가 들렸다. 유리병을 꺼내던 손길을 멈추고 반갑게 인사를 건네던 그녀는 그 모습 그대로 하얗게 얼어붙고 말았다.

서늘한 잿빛 눈동자가 물끄러미 그녀 얼굴을 향했다.

강가의 은백양나무가 왜 이곳에 있는 것인가. 웬디는 인정할 수 없다는 듯 속으로 중얼거렸다.

"건강해 보이니 다행이오."

저자가 어찌 이곳에, 어떻게 이곳을 알고!

손님의 표정 없는 얼굴이 낯설지 않음에 웬디는 소리 없는 비명을 내질렀다.

라드 슈로더, 황실의 기사단장이 웬디의 꽃집 안에 들어서 있었다.

3화
웬디의 꽃집에 오지 마세요

웬디의 꽃집에 오지 마세요

　딸칵.

　"드시지요."

　탁자 위에 찻잔을 내려놓는 소리가 냉랭하게 울렸다. 은은한 레몬 향이 웬디의 콧잔등에 내려앉아 상큼한 제 향을 뿜냄에도 그녀는 찻잔을 입에 대지 않았다. 그것은 순전히 티타임을 함께하게 된 한 남자로 인함이었다.

　그녀의 서리 내린 풀잎 눈동자를 한 점의 동요 없이 바라보고 있는 남자, 라드 슈로더!

　"차향이 좋군. ……그대가 직접 담근 것이오?"

　라드 슈로더가 찻잔을 한 모금 입에 기울인 후 말했다. 티 테이블 위에 놓여 있던 레몬청이 담긴 유리병을 유심히 본 듯했다.

　"……그렇습니다. 입에 맞으신다니 다행이군요."

　"달지 않고 맛이 깔끔하군. 차 대접은 숱하게 받아 봤으나 대접

하는 사람이 직접 담근 차를 마셔 보는 건 처음이군.”

“귀족가의 여인들께서 직접 과일을 절이는 일은 흔치 않지요. 입에 맞는 과일 차 맛을 보고 싶으시다면 디세이도 광장에 있는 센트 찻집을 가 보세요. 유명한 곳이랍니다. 과일과 설탕의 비율이 훌륭해 전혀 달지 않습니다.”

다시는 이곳에서 차를 마실 생각 따위는 하지 말라는 뜻이었다. 남자는 그녀의 속내를 아는지 모르는지 아무 반응 없이 다시 한 번 찻물을 입에 머금었다. 웬디는 그런 그를 못마땅하게 몰래 흘겼다.

라드 슈로더가 쥐고 있는 찻잔 역시 평소의 그녀라면 어림없는 일이었다. 그녀가 마련해 둔 티 테이블로 먼저 자리를 잡고 앉은 그의 행동에 그녀가 말려들지만 않았더라면 말이다!

자신을 찾아온 손님에게 자리를 권하지 않은 웬디 역시 귀족을 대하는 예에 어긋났지만, 주인의 허락 없이 먼저 자리를 잡고 앉는 행동도 귀족의 예법과는 거리가 먼 일이었다. 웬디는 그의 출신 성분을 의심하기 시작했다. 어찌 저리 제멋대로인가!

찻잔을 벌써 반이나 비운 라드 슈로더는 가게 안을 감상하듯 휘둘러보았다. 옅은 민트색과 크림색으로 칠해진 벽면과 연갈색의 나무 선반이 층층이 놓여 있는 모습이 따뜻한 분위기를 자아내고 있었다. 선반 위에는 소담스럽게 피어 있는 꽃들이 가득했고, 작은 나무들이 예쁜 도자기 그릇에 담겨 곳곳을 채우고 있었다. 웬디 왈츠라는 여인이 가진 차가움과는 거리가 먼 풍경이다. 그 괴리가 퍽 유쾌한 것이어서 그는 피식 웃음을 지었다. 덕분에 웬디, 그녀의 미간이 못마땅하게 찌푸려지기는 했지만.

“한가하게 저와 담소를 나누자고 오신 것은 아니실 테고. 무슨 일로 이곳을 찾으셨습니까?"

아니나 다를까 싸늘한 음성이 금세 뒤따른다. 그녀의 이런 반응은 꽤나 예상 가능한 것이었으나, 그 말을 들은 기사의 얼굴 위로 감정의 파편이 스친 것은 의외의 일이었다. 그것은 무언가 당연한 것을 부정당한 것 같은 표정이었다. 담소를 나누러 왔다면 그게 문제될 것이 있는가 하는, 뜻밖의 고민에 휩싸인 그런 모습이랄까.

"용무라면 물론 있소."

라드 슈로더는 이내 평소의 무표정으로 돌아와 티 테이블 위에 작은 나무 상자 하나를 올려놓았다. 웬디와 나무 상자를 번갈아 바라보는 것이 열어 보라는 뜻 같았다. 찝찝한 마음을 감추고 상자로 손을 뻗은 그녀는 마지못해 뚜껑을 열어 안의 내용물을 살펴보았다.

"이것은……."

상자 안을 살핀 그녀가 눈가에 갑작스럽게 이는 경련을 느끼며 말끝을 흐렸다.

"라자뷔데에서 범인의 움직임을 차단했던 것이라오. 워낙 끈끈하고 접착력이 강해 증거물을 채취하는 데도 애를 먹었지."

그의 말이 사실인 듯 끈끈이풀은 박물관의 카펫 위 모습 그대로 일부가 잘린 채 상자 안에 담겨 있었다. 잘린 단면도 고르지 못한 것이 끈끈이풀의 강력한 접착력이 그대로 드러났다. 어쩔 수 없는 일이었겠지만 이것으로 라자뷔데 식물관의 카펫은 교체되리라.

"혹시 그게 무엇인지 알아보겠소?"

라드의 질문에 웬디는 지금껏 손대지 않았던 찻잔을 손에 쥔 채 작게 고개를 내저었다.

"어제도 말씀드렸듯 저는 알지 못하는 것입니다. 다만, 흥미롭긴

하군요.”

그녀의 말에 라드 슈로더가 설핏 웃음 지었다. 기대했던 대답을 들었다는 반응이었다. 증거물의 정체에 대해 조사하러 나온 사람에게는 어울리지 않는 모습이었다. 알지 못한다는 대답을 들었을 뿐 어떠한 수확도 없었건만 무엇이 저리 만족스러운가.

“……이것은 스티키라는 이름의 풀이오. 접착제의 재료로 쓰였던 풀이지. 제다 아카데미의 식물학 교수가 한 말이니 정확한 사실일 것이오.”

‘오늘 새벽에는 비가 내렸다.’라고 말하듯 평이한 어조였다. 그러나 그 말을 들은 웬디의 마음은 들끓듯 불이 일었다. 이자가 나와 농을 하려 하는가! 아니면 내가 지닌 힘의 정체라도 눈치챈 것인가! 어찌하여 나를 이리 시험한단 말인가! 수많은 질문이 그녀 머릿속을 맴돌았다.

“……이미 알고 계시는 사실을 왜 제게 물으신 건가요?”

“사람의 움직임을 차단할 수 있는 접착력이라니, 몹시도 특이한 식물이 아니오? 그대의 직업을 알고 난 후 이것에 흥미를 보일 것이라 생각했지. 조나단 렌킨 경의 말을 들으니 라자뷰데에서도 바하즈만을 한참 동안 들여다봤다지?”

조나단 렌킨. 식물관의 멍청한 기사의 얼굴이 퍼뜩 떠올랐다. 지난밤 웬디 홀로 집으로 돌아온 일을 두고 이리 보복을 하는 것인가. 여인의 행동을 미주알고주알 다 일러바치는 게 기사의 본분이라도 되는 모양이라고 그녀는 남자를 탓했다. 게다가 자신의 직업을 알고 난 후 스티키에 흥미를 보일 것이라 생각했다니? 눈앞의 남자가 자신의 뒷조사를 했을 것을 생각하니 분기가 일었다. 흥미는 무슨 흥미란 말인가! 웬디는 상한 마음을 드러내듯 싸늘한 음성으로 그에게 물었다.

"……제 흥미요? 단순히 그 때문입니까?"

"그렇소. 무슨 이유가 더 있겠소?"

라드는 레몬차가 담긴 유리병에 시선을 둔 채 남은 찻물을 들이켰다. 물론 몇 가지 미심쩍은 것들이 있긴 하지만, 굳이 지금 말을 꺼낼 이유는 없을 것이었다.

"……그러시군요."

그런 그의 흐트러짐 없는 모습을 보며 웬디는 속으로 욕을 퍼붓고 있었다. 대체 무슨 꿍꿍이인지 종잡을 수가 없다는 게 그녀 생각이었다. 떨리는 손길로 식어 버린 레몬차를 입가에 가져간 그녀는 달콤한 찻물을 목구멍으로 넘기며 간신히 마음을 다스렸다.

"한낱 평민 여인의 흥미까지 살펴 주시니, 몸 둘 바를 모르겠습니다. ……그럼 용무는 끝나신 건가요?"

"글쎄."

라드 슈로더의 잿빛 눈동자에 여인에 대한 흥미의 빛이 떠올랐다. 자신이 이곳에 들어선 순간부터 지금까지 내내 저를 내보내지 못해서 안달하는 여인의 모습에 불쾌함보다는 흥미와 관심이 수반되었다. 지금껏 저를 조금이라도 붙잡아 두려고 애쓰는 여인들의 모습만을 보아 왔던 그로서는 눈앞의 여인이 풍기는 이와 같은 냉랭함이 굉장히 낯선 것이었다. 라드는 소리 없이 찻잔을 찻잔 받침 위에 올려놓으며 그녀의 눈을 마주했다.

"웨일다꽃을 포장해 주겠소?"

기사의 난데없는 손님 모드에 웬디는 잠시 잠깐 당황한 표정을 지었다. 어쩌 자신이 그의 페이스에 계속해서 말려들고 있다는 생각마저 들었다.

"조문을 가십니까?"

"아니, 오늘이 아버님의 기일이라오. 참묘에 쓸 꽃이 필요한 것이 이곳에 온 또 다른 목적이지."

웬디는 아무런 말없이 자리에서 일어나 유리 화병이 놓여 있는 선반으로 걸어갔다. 그녀 손에 흰색 웨일다꽃이 여러 송이 딸려 올라왔다. 꽃잎이 벌어진 모양이 꼭 천사의 날개와 같다 하여 장례용 꽃으로 주로 쓰이는 꽃이었다. 웬디는 정성껏 꽃을 포장하였다.

꽃의 값을 치른 라드는 끈끈이풀이 들어 있는 나무 상자를 챙겨 들고 떠나려는 듯 문가로 향했다. 그런 그의 발걸음을 붙잡은 것은 의외로 웬디, 그녀였다.

"라드 슈로더 경."

그녀의 부름에 돌아보는 잿빛 눈동자를 바라보며 웬디는 지금껏 참아 왔던 질문을 던졌다.

"제가 이곳에 있다는 것은 어찌 아신 겁니까?"

"나는 황실 기사단장이라오."

라드 슈로더는 당연한 사실을 왜 물어보냐는 듯 그녀에게 말했다.

"찾고 싶은 사람이 있다면 무슨 수를 써서라도 찾아내지. 물론 그대가 남긴 힌트가 큰 도움이 되었단 건 부인할 수 없겠군. 웬디 왈츠, 그대의 이름 말이오."

물론 웬디를 찾아낼 방법은 얼마든지 있었다. 그녀의 이름을 실마리로 라자뷰데를 오고 간 마차를 수배한다면 웬디를 태웠던 마차를 찾아낼 수 있을 것이었다. 그 마차를 몰았던 마부 제이크에게

서 웬디의 신상에 대해 듣는 것은 그다지 어려운 일이 아니었으리라. 그러나 그녀 모르게 이루어졌을 그 불쾌한 뒷조사보다도 웬디의 신경을 더욱 자극한 것이 있었으니, 그건 바로 이 황실 기사단장이 그녀의 이름을 소리 내 말한 일이었다.

남자의 입술을 통해 자신의 이름이 불리는 것에 웬디는 굉장한 괴리를 느꼈다. 남자가 자신의 이름을 부르는 것은 독이빨이 아침 애벌레를 거부하는 것만큼이나 어울리지 않는 일이라는 생각이 들었다. 이름이 명명되고 처음 그 이름이 불린 것 같은 그런 느낌에 웬디는 남자의 음성을 곱씹었다. '웬디 왈츠'라고 말할 때 이름 초성에서의 울림과 마지막 날숨에서의 마찰 소리가 귓가를 이상할 정도로 맴돌았다.

"차는 잘 마셨소. 그대가 직접 절인 과일 차를 마시러…… 또 들르도록 하지."

딸랑.

그 말을 끝으로 라드 슈로더는 꽃집을 나섰다. 딸랑이는 종소리가 공허하게 울리는 가운데, 웬디는 어항 속 빨간 금붕어처럼 뻐끔뻐끔 입만 벙긋하고 있을 뿐이었다. 저, 저자가 지금 뭐라 하였나! 되받아칠 기회조차 없었다는 것이 원통했다.

"하아……."

티 테이블에 돌아와 앉은 그녀는 식어 버린 찻잔을 정리하며 저가 어제의 업보를 받는 것인가 하는 생각을 하였다. 조나단 렌킨, 그 어수룩한 기사를 혼자 버려둔 업보를.

"또 들른다고……? 대체 왜?"

레몬 향이 희미하게나마 남아 있던 웬디의 꽃집에 한숨 섞인 푸넘이 울려 퍼지는 순간이었다.

해가 기울기 시작할 즈음 웬디는 꽃집을 정리하고 집으로 돌아가기 위해 밖으로 나왔다. 열쇠로 문을 단단히 걸어 잠근 후, 잠긴 것을 확인하기 위해 두어 번 문을 앞뒤로 흔들었을 때였다.

"저어, 웬디 양이신가요?"

여인의 가는 목소리에 무심코 뒤를 돌아본 웬디는 또다시 그 자리에 뻣뻣하게 굳어 버렸다. 황실 기사단 연무장에 자신의 주소지라도 대문짝만 하게 써 붙여져 있는 건 아닐까. 벌써 두 번째 불청객의 방문이라니!

"맞는군요! 오, 웬디 양! 길이 엇갈리지 않아 다행이에요!"

여인은 몇 년 만에 만난 제 친우를 대하듯 웬디의 손을 꼭 붙잡았다. 라자뷰데에서 본 노란 드레스의 젊은 여인이었다. 그녀 뒤쪽에 시녀로 보이는 여자 하나와 호위기사로 보이는 사내 둘이 서 있었다.

이렇게 줄줄이 사탕으로 사람들을 이끌고 그녀를 찾아오다니, 웬디는 그녀의 방문이 몹시 불쾌했다. 라자뷰데에서의 일은 그녀에겐 묻어 두고만 싶은 기억이었다. 웬디가 지니고 있는 힘을, 웬디가 위장하고 있는 신분을 위협하는 어떤 것도 더 이상 마주하고 싶지가 않았다.

"여기는 어찌 아시고……."

"웬디 양에게 고마움을 전하고 싶어 황실 기사분께 용기를 내 여쭈었답니다. ……꼭 찾아뵙고 싶어서요. 실례가 된 것은 아니지요?"

뉘엿뉘엿 기울던 태양이 만들어 놓은 주황색 노을빛이 여인의 동글동글한 얼굴 위로 쏟아져 내렸다. 어제의 창백함 따윈 찾아볼 수 없는 밝은 안색이었다. 그녀의 방문 자체가 굉장한 실례라는 사실을 명확하게 밝히고 싶었으나 웬디는 꾹 참기로 하였다.

"저를 구해 주신 것이 웬디 양임을…… 잘 알고 있습니다. 그 무도한 자를 넘어뜨린 것도, 제 허리를 잡아 끈적이는 바닥에 넘어지지 않도록 해 주신 것도. 모두 웬디 양이 하신 일인 것을요!"

여인은 숫제 웬디의 손을 잡아 다신 놓치지 않겠다는 것처럼 꼭 움켜쥐었다. 흥분한 그녀의 모습에 웬디는 잡힌 손끝으로 기가 빨려 나가고 있는 듯한 착각에 빠졌다.

"끈끈했던 바닥 역시…… 혹 웬디 양께서……?"

웬디에게 바짝 붙어선 여인이 첩보 요원이라도 된 듯이 목소리를 낮춰 말했다.

"무슨 소리를 하시는지 모르겠군요."

잡힌 손을 뿌리치며 웬디가 불쾌한 기색을 내비쳤다. 그제야 여인 역시 제가 저지른 실수를 깨달은 듯 당황한 낯을 하였다.

"아, 죄, 죄송합니다! 함부로 말하면 안 되는 이야기를. 그저 모르는 척하고 있었어야 했는데 제가 어리석었어요. 하지만, 저는 다 보았는걸요. 웬디 양께서 바닥에……."

달칵, 딸랑.

웬디는 다급하게 꽃집의 문을 열고 여인을 이끌어 들어갔다. 가슴이 쿵쾅쿵쾅 모질게 뛰어 대는 게 숨이 턱 막혀 오는 것 같았다.

"대체…… 무엇을 보았다는 말입니까?"

문이 닫힌 것을 확인한 웬디가 여인에게 눈을 험악하게 뜨며 말했다. 그녀 입에서 나오는 말에 의해 자신의 평온한 삶이 어그러질 수도 있었다.

"아니…… 그러니까, 저는……. 웬디 양께서 바닥에 주저앉으신 이후에 그 바닥에 그 끈적이는 게 솟아오르는 모습을…… 보았거든요. 그게 무언지는 모르겠으나 분명 웬디 양께서 하신 일이라고밖에는……."

그녀는 웬디의 눈치를 살살 살피며 끊어질 것 같이 작은 음색으로 말했다. 좀 전의 기백은 찾아볼 수 없는 모습이었다.

"저어, 그건 마법 같은 건가요? 어쩜, 그런 신비로운 일이 가능할 수 있는 거죠? 그건 대체-."

그러던 그녀가 돌연 꿈을 꾸듯 몽롱한 목소리로 중얼거렸다. 동화 속에나 등장하는 마법사 이야기에 푹 빠져든 소녀처럼 말이다. 웬디는 기겁을 하며 소리칠 수밖에 없었다.

"큰일 날 소리 하지 마세요! 저는 모르는 일입니다. 행여 어디 가서 그런 소리를 하신다면 사람들이 아가씨를 이상한 사람으로 취급할 것입니다. 저 또한 큰 낭패를 겪을 것이고요."

"아, 그런 염려는 마세요! 그 이야긴 누구에게도 하지 않을 테니까요! 기사님들의 질문에도 입을 꾹 다물었는 걸요."

여인은 결백하다는 듯 웬디의 팔을 다급히 붙잡았다. 아니라는데, 아니라고 하는데도 그녀는 이미 바닥의 끈끈이풀이 웬디의 소행이라 확신하는 것 같았다.

"웬디, 걱정 말아요. 이 멜리사 로우니, 결코 입이 가벼운 사람이 아닙니다. 로우니 후작가의 명예를 걸고, 그것은 맹세할 수 있어요."

여인은 갑자기 창백해진 낯으로 웬디에게 바짝 달라붙어 말했다. 누군가 보았다면 떠나려는 연인을 붙잡는 가련한 여인의 모습이라 칭했을 것이었다. 웬디는 시름 가득한 한숨을 내쉬며 그녀를 다시

한 번 떨쳐 냈다. 어젯밤 도장에서 사내들에게 한 것처럼, 여인의 팔을 꺾어 메다꽂을까 하는 강한 유혹에 시달렸지만 이번 역시 간신히 참아 낼 수 있었다.

"글쎄, 아니라는데 그러세요. ……그리고 아가씨, 당분간 몸가짐을 주의하시는 게 좋을 겁니다. 안색이 파리한 게 몹시 안돼 보이는군요. 후작가의 귀한 아가씨께서 홀로 나들이를 하시니 그런 험한 일을 당하신 것이 아닙니까? 아가씨께서 충격이 크셨던 것도 이해는 합니다. 그런 터무니없는 착각을 하실 만큼요! 그러니 오늘만은 아가씨의 망상에 대해 탓하지 않겠습니다. 하지만 앞으로 두 번 다시 그 이야기는 꺼내지 마십시오."

귀족의 여인에게는 다소 무례할 수 있는 언사였지만 멜리사는 전혀 신경 쓰지 않는 듯했다. 그녀는 웬디의 말에 무조건 따르겠다는 듯 고개를 연신 위아래로 흔들었다. 그러니 제발 자신이 잡은 손을 뿌리치지 말라는 듯.

"아가씨를 믿어 보도록 하지요."

"아, 멜리사라고 불러 주세요. 저를 격의 없이 대해 주시면 좋겠어요."

멜리사가 간절한 눈빛을 보내 왔다. 저에게 친근하게 구는 후작가 영양의 태도야 누구나 환영할 만하였지만, 웬디는 그 '누구나'에 포함되지 않는다는 것이 문제였다.

"어찌 후작 영애의 존함을 함부로 부를 수 있겠습니까?"

"웬디에게는 그리 불리고 싶은걸요. ……부디 제 청을 들어주세요."

멜리사의 끈질긴 애원에 웬디는 대충 고개를 한 번 끄덕였다. 부를 일을 만들지 않으면 될 것이라는 게 그녀의 생각이었다.

"황실 기사단에서는 제 주소지를 쉽게 알려 주던가요?"

웬디는 분노의 방향을 선회했다. 개인 정보 관리가 제대로 이루어지지 않고 있는 그 머저리 집단에 대한 분노였다.

"아, 장 자크 시뮤안 경께서 흔쾌히 알려 주셨답니다. 왜, 기억하시죠? 넘어진 저를 일으켜 주셨던 금발의 미남 기사님 말이에요. 알고 보니 그분께서 제1기사단의 부단장이라지 뭐예요. 젊은 분이 쉽지 않은 일인데 대단한 분이죠."

"그렇군요. 장 자크 시뮤안, 그분께서 알려 주셨단 말이죠."

잇새를 짓이기는 음성이었으나 표정만은 온화하였다. 멜리사는 잠시 의아한 낯빛을 하더니 미소 짓는 웬디의 얼굴을 보며 함께 배시시 웃었다.

"시뮤안 경에게 그 범인에 대한 이야기도 들었답니다. 알고 보니 가여운 자이지 뭐예요? 어제 그토록 눈물을 흘렸던 것도 다 이유가 있더라고요. 딸아이가 많이 아프다던데, 치료비를 감당할 형편이 되지 못했나 봐요. 치료에도 차도가 없고……. 리누스 국립의료원에 아이가 있다던데, 거기에도 오래는 있지 못할 거래요."

멜리사는 안타깝다는 듯 여린 한숨을 내쉬었다. 여인의 가느다란 숨결이 시름시름 아래로 하강하는 모습에는 진심이 담겨 있었다. 저를 겁박한 사내에게도 동정심을 가질 수 있는 것인지, 단순히 속이 없는 것인지 알 수 없는 일이었다.

"……그렇군요. 시뮤안 경께 많은 이야길 들으셨네요."

울부짖던 사내의 모습이 떠오른 웬디는 갑작스럽게 기분이 가라앉는 것을 느꼈다. 괜한 이야기를 들은 것만 같았다.

"그럼…… 이만 나가실까요? 가게 문을 닫고 있던 차였는데 시간이 많이 지체된 것 같군요."

"아, 네……. 제가 바쁜 분을 너무 붙잡고 있었군요. 조금 더 이야기를 나눴으면 싶지만…… 웬디를 만난 것만으로 오늘은 만족할게요. 그럼 다음에 또 찾아오도록 하죠."

아쉬운 마음을 그대로 드러내는 멜리사를 보며 웬디는 다급하게 말했다. 또 찾아오겠다니, 결코 원하는 일이 아니었다.

"아시다시피 평민의 삶이란 하루하루가 분주함의 연속이랍니다. 저 또한 이 가게를 꾸려 나가면서 한가로운 시간을 즐기기란 거의 어려운 일이고요."

방문에 대한 거절을 에둘러 표현하였으나, 멜리사에게는 조금 어려운 화법이었나 보다. 그녀는 두 눈 가득 공감의 뜻을 내비치며 조명이 꺼진 꽃집 안을 자신의 갈색 눈동자에 가득 담았다.

"웬디 혼자 운영하는 가게인가요? 충분히 이해할 만하네요. 아……! 좋은 생각이 났어요. 제가 이곳에 자주 와서 꽃을 사 가도록 할 테니, 그때만이라도 웬디가 여유를 가지는 건 어떨까요? 이 멜리사가 좋은 말벗이 되어 드릴 테니!"

웬디는 무참히 구겨지는 얼굴을 겨우 다스리며 차갑게 말했다.

"그러실 필요 없습니다. 가게 손님은 이미 필요 이상으로 많은 상황이니까요. 아가씨가 오신다면 오히려 그 분주함이 배가되겠죠."

웬디의 말에 조금 상처받은 표정을 지은 멜리사는 마지못해 돌아섰다. 그녀가 말한 '아가씨'라는 표현을 다시 한 번 '멜리사'로 정정해 주려는 눈치였으나, 웬디가 먼저 문을 열고 나서자 그마저도 하지 못했다. 미련이 가득 남은 눈빛으로 자꾸만 뒤를 돌아보는 여인의 모습을 바라보며 웬디는 깊은 한숨을 내쉬었다.

집에 돌아오는 길, 그녀는 길가에 굴러다니는 돌멩이를 서너 번쯤 걷어찼다. 짜증 섞인 한숨은 열댓 번 내쉬었을 것이다. 마음속 깊은 곳에서 스멀스멀 올라오는 감정은 책임감과 죄책감의 딱 중간쯤 되는, 양심을 건드리는 종류의 것이었다.

식물관의 사내가 울부짖던 모습이 그녀의 머릿속을 떠나지 않았다. 사내의 이야기를 듣는 순간, 이미 라드 슈로더와 멜리사 로우니의 방문 같은 것은 그녀의 고민 안에 들지 못했다.

지금 걱정해야 할 일은 평온한 일상을 위협하는 자들의 출현뿐이라고 스스로 되뇌어 보았으나 쉽지 않았다. 그것은 웬디의 손에 바하즈만, 그 열매가 있기 때문이었다.

웬디가 바하즈만의 실물을 보려고 한 것은 귀한 식물에 대한 단순한 소유욕 때문만은 아니었다. 물론 손가락의 힘을 갖게 된 이후 흡사 수집벽에 걸린 사람처럼 갖가지 식물들을 두 눈에 담았던 것도 사실이었다. 그러나 바하즈만은 웬디에게 있어 여타 다른 식물들과는 차별되는 의미를 지녔다. 생명의 열매라 불리는 바하즈만, 그 열매의 필요성을 그녀는 그 누구보다 깊이 절감하고 있었던 것이다. 평범한 꽃집 처녀의 일상에서라면 목숨을 위협받을 일도 큰 부상을 당할 이유도 없겠지만, 웬디의 가슴 깊은 곳에는 그러한 일들이 언제 자신에게 일어날지 모른다는 불안이 자리하고 있었다. 그것은 모두 2년 전의 선택에서 기인했다. 신분을 사들이고 백작가를 떠나온 그 일 말이다. 언젠간 신분을 사들인 일이 들통 날지 모른다는, 백작가에서 보낸 사람들에게 해를 입을지도 모른다는 불안을 웬디는 남모르게 안고 살았다. 레이니 숲에서 식물을 이용한 모의실험을 하며 혹시 모를 위험에 대비하려 한 것도 다 그런 이유였다.

계획대로라면 웬디는 바하즈만을 수집 목록에 올린 것에 만족하며 적이 안심했어야 했다. 그러나 그녀의 마음은 조금도 그렇지 못했다. 그것이 웬디를 괴롭혔다.

집으로 되돌아온 그녀는 옷도 갈아입지 않은 채 곧장 응접실로 향했다. 작은 응접실 안에 있는 갈색의 미닫이문이 웬디의 최종 목적지였다.

드드륵.

망설임 없이 문을 연 그녀는 그 안의 작은 공간을 눈으로 훑었다. 마치 아무 일 없었냐는 듯 눈인사를 하는 것만 같았다.

그곳은 집 중앙에 자리한 작은 정원이었다. 사방이 벽과 미닫이문으로 막혀 있었지만 천장만은 뻥 뚫려 있어, 그 아래로 별빛이 쏟아져 내리고 있었다.

웬디가 이 집을 사들인 결정적인 이유가 바로 이 공간 때문이었다.

이전의 집주인이었던 노부부는 이 집이 지어지기 훨씬 전부터 이곳에 터를 잡고 살았던 이들이었다. 그들의 젊은 시절, 두 사람은 결혼과 함께 집 앞에 작은 자작나무 한 그루를 심었는데, 그것은 자작나무의 하얀 수피처럼 순수한 사랑을 이어 나가자는 의미였다고 한다.

세월이 흘러 그들이 새 집을 지을 계획을 세웠을 때, 대지 사용의 여러 문제들로 인해 그 나무를 베어 낼 수밖에 없는 상황이 닥쳤다. 그때 노부부는 나무를 베어 내는 대신 나무가 심겨 있는 공간을 과감하게 집 안으로 들여놓았다. 이로써 가운데 공간이 뻥 뚫려 있는, 재미있는 모양의 집이 탄생하게 되었고 그들은 그 공간을 무척이나 마음에 들어 했다.

그러나 그들의 죽음 이후 매물로 나온 집은 그 특이한 공간 구조로 인해 좀처럼 팔리지 못했다. 사람들은 노부부의 사연에는 감동했지만, 집 안에 있는 정원은 거추장스러워 했다.

정원에 혹한 웬디가 노부부의 로맨틱한 사연을 듣고 눈살을 찌푸린 것과는 반대의 반응이었다. 로맨틱한 사랑이 머물러 있는 집이라는 중개인의 설명에 계약을 물릴까 깊이 고민한 웬디였으니 말이다.

정원 안에는 갖가지 식물들이 아름다운 제 빛을 뽐내고 있었다. 노부부의 자작나무도 정원 한편에 자리하고 있었으며, 새로운 식물을 심기 위해 터를 골라 놓은 흔적도 여기저기 보였다.

물론 웬디의 꽃집 뒤쪽으로도 커다란 실내 화원이 존재했지만, 집 안에 이런 숨겨진 공간이 있다는 것은 꽤나 반가운 일이었다. 그녀가 아끼는 희귀한 식물들을 가꾸기에는 이만한 공간이 없었기 때문이다. 특히 오늘처럼 은밀한 일을 행하기에는 더할 나위 없이 좋았다.

웬디는 한쪽 벽으로 다가가 벽에 설치되어 있던 줄을 잡아끌었다. 그녀의 움직임에 따라 천장 한쪽에 매달려 있던 차양이 조금씩 펴지기 시작했다. 이를 통해 위쪽의 시선마저 차단시킨 그녀는 곧 바닥에 쭈그려 앉아 폭신한 흙바닥에 저의 검지를 가져다 댔다. 놀랍게도 잠시 후, 흙바닥을 톡톡 두드리듯 연녹색의 새싹 하나가 쏘옥 하고 머리를 내밀었다. 그것은 순식간에 무럭무럭 자라더니 웬디의 허벅지 높이까지 커졌다. 그녀가 원한 모습 그대로였다.

웬디는 챙겨 왔던 수첩을 꺼내 들고서 휘리릭 종이를 넘겼다. 페이지마다 온갖 식물의 모습이 그려져 있고 그 옆에 반듯한 글씨체로 다양한 설명이 쓰여 있는 수첩이었다.

마침내 빈 페이지를 찾아낸 그녀가 펜을 들어 눈앞의 식물을 그림으로 남기기 시작했다. 검지의 힘을 사용하기 위해서 식물의 모습을 상상해야 하는 그녀의 기억력을 돕기 위한 하나의 방편이었다.

능숙한 솜씨로 그림을 마무리 지은 그녀는, 곧 작은 비단 주머니를 꺼내 들고 식물 가까이 다가갔다.

톡, 톡, 톡.

웬디의 희고 가는 손가락 사이로 붉은색 열매가 떨어져 내렸다. 손톱 크기나 될 법한 작은 열매였으나 그 빛깔이 내뿜는 의미는 어마어마한 것이었다. '천상의 열매', '생명의 열매'라 불리는 바하즈만. 그 붉은 열매였다.

매달려 있던 모든 열매를 따 내자 작은 비단 주머니가 제법 볼록해졌다. 많은 양은 아니었지만 웬디에게는 충분한 양이었다. 그녀는 비단 주머니를 잘 갈무리한 후, 어두운 낯빛을 한 채 바하즈만의 줄기 위로 손을 얹었다.

"미안하다. 너도 하나의 생명이거늘."

사죄하듯 조용히 읊조린 그녀는 이내 결심한 것처럼 손안 가득 잡힌 바하즈만의 줄기를 힘주어 뽑아 들었다. '파바박' 하고 뿌리에 엉켜 있던 흙들이 사방으로 튀는 소리가 들렸으나 동작에 망설임이라고는 없었다.

웬디의 손에 들린 바하즈만은 곧장 벽난로로 직행할 운명이었다. 그 귀한 식물을 타오르는 불꽃 너머로 던져 넣어야 하는 웬디의 마음도 편치 않을 것이나, 귀한 것일수록 곁에 두기에 위험이 따르는 법이었다. 웬디의 식물 리스트, 좀 전 그녀가 공을 들여 그려 넣은 그 수첩만 있다면 얼마든지 만들어 낼 수 있는 식물이었다. 굳이 위험을 감수할 필요가 없었다.

🌿❀🌿

다음 날, 아침 일찍 일어난 웬디는 부지런히 부엌으로 향했다. 물에 미리 담가 두었던 검은깨를 납작한 돌로 갈아 낸 그녀는 가루와 우유를 섞어 살살 저어 댔다. 그렇게 한동안 불가를 떠나지 않고 냄비와 씨름한 끝에 웬디는 흑임자 크림 스프를 완성해 냈다.

그녀가 아플 때면 생각나는 것이 바로 이 스프였다. 단 한 번 느껴 본 어머니의 손길이 이 음식과 관련되어 있었다. 일곱 살 무렵, 이유 모를 열병을 앓았던 웬디는 거의 죽을 위기에 놓여 있었다. 그때 웬디는 열에 들뜬 흐릿한 눈으로 처음 어머니의 얼굴을 보았다.

웬디를 낳자마자 쫓겨나듯 백작가를 떠났던 어머니였다. 그런 어미가 딸아이의 위독하단 소식을 듣고 찾아온 것이었다. 그 악랄함이 한결같던 백작 부인이었으나 죽어 가는 자식을 만나겠다는 어미의 모정마저 막을 수는 없었던 모양이었다. 그리고 그날, 물 한 모금 넘기기 힘들어 하던 웬디에게 어미가 만들어 준 음식, 그것이 이 흑임자 크림 스프였다.

그날 밤, 겨우 열이 내렸고 간신히 정신을 차렸을 때, 이미 그녀 곁에 어미는 없었다. 머리에 올려진 미지근한 물수건을 손에 쥐며 웬디는 저의 열병이 그리움으로 인한 것이 아니었을까 생각하였다. 머리맡에 놓여 있던 스프를 꾸역꾸역 비워 낸 것은 이유 모를 공허가 일곱 살 소녀의 가슴으로 휘몰아쳤기 때문이었다.

웬디는 스프를 담아 낸 그릇 위로 빨간 열매 세 개를 올려놓았다. 검은빛과 붉은빛의 조화가 꽤 그럴듯해 보였기에 만족스레 웃음 지을 수 있었다.

웅성웅성.

"여기 어디 같은데."

로비 가득 인파가 들어찬 리누스 국립의료원에 당도한 웬디가 한참을 두리번거리다 중얼거렸다. 나라에서 설립한 의료원이었기에 치료비가 저렴했고, 그만큼 가난한 평민들이 몰려드는 곳이었다. 역시나, 아침부터 치료를 받기 위해 찾아온 사람들로 가득 차 있었다.

웬디는 아이의 병실이 있을 만한 위층으로 걸음을 옮겼다. 병실 입구마다 환자들의 이름이 적혀 있었기에 다행이었지, 그렇지 않았다면 한참을 헤맸을 것이었다. 웬디는 마침내 '소피'라는 이름을 찾아냈다. 사내가 울며 중얼거린 이름이었다.

갈색 빛깔 로브를 깊게 눌러쓴 그녀는 크게 심호흡을 한 뒤 병실 안으로 들어섰다. 여기까지 온 이상 목표한 바를 이루고 가야 했다.

3인실의 병실 안에는 침대 세 개가 놓여 있었지만 북적거릴 것이라는 그녀의 예상과는 다르게 모두 텅 비어 있었다. 가장자리의 한 침대만을 제외하고는. 웬디는 침대에 붙은 이름표를 한 번 흘깃 본 후 입을 뗐다.

"꼬마야."

웬디의 부름에 멍한 표정으로 누워 있던 소녀 하나가 천천히 그녀를 바라보았다. 창백한 낯빛에 비쩍 마른 모습이 한눈에 봐도 병색이 완연하였다.

"병실에 다른 사람들은 다 어디에 갔니?"

"……식당에."

"모두 아침 식사하러 간 모양이구나. 넌 왜 안 가고?"

워낙 적은 비용으로 운영되는 병원이다 보니 식사까지 병실로 서비스되지는 않았다. 소녀는 이야기하기 귀찮다는 듯 다시 눈을 내리깔았고, 웬디는 한참 후에야 소녀의 대답을 들을 수 있었다.

"……지금 엄마가 없거든."

"어디에 가셨는데?"

"바지움 감옥에."

소녀의 아비가 수감되어 있는 곳일 터였다. 웬디는 더 이상 묻지 않기로 하였다.

"잠깐 일어나 보겠니? 언니가 친구 주려고 먹을 걸 좀 싸 왔는데, 친구가 벌써 퇴원을 했다지 뭐야. 네가 대신 이것 좀 먹어 주면 안 되겠니?"

웬디의 말에 소녀는 눈을 감았다 떴다 잠잠히 생각하는 모습을 보이더니, 한참만에야 몸을 일으켜 앉았다. 웬디는 기쁜 마음으로 집에서 싸 온 스프를 소녀 앞에 꺼내 놓았다.

"이게…… 뭐야?"

"흑임자 크림 스프. 몸에 좋은 거니 맛있게 먹어 주면 좋겠구나."

웬디의 말에도 소녀는 어쩐지 쉽게 스푼을 들지 못했다. 꺼리는 기색이 완연했다.

"왜, 맛이 없어 보이니?"

"너무 까매……."

스프의 검은 색깔이 소녀에게 익숙지 않았던 모양이다. 망설이는 소녀에게 웬디는 상냥한 언니인 듯 부드러운 목소리를 흉내 내어 달래고 또 달랬다. 아이는 마지못해 스푼을 들었다.

"윽……."

그러나 아이는 한 스푼을 간신히 입에 넣고선 곧 스푼을 떨구었다. 인상을 잔뜩 찡그린 게 심상치 않아 보였다.

"왜 그러니?"

"……너무 맛없어."

아이의 말에 웬디는 더 이상 할 말을 찾지 못했다. '아니, 그럴 리가 없을 텐데?' 하고 속으로야 여러 번 항변했지만 차마 입 밖에 내지는 못하였다. 소녀의 잔뜩 찌푸린 표정이 진심을 담고 있었기 때문이다.

"그, 그래. 그렇담 이 과일이라도 먹지 않겠니? 굉장히 몸에 좋은 거란다."

아이는 바하즈만 열매에 묻어 있는 까만 스프를 보고 연신 도리질을 해 댔다. 철퇴 모양을 한 열매의 특이한 생김새 역시 아이에게 거부감을 일으킨 모양이었다. 그러나 이번만큼은 만만하게 물러설 웬디가 아니었다. 구슬리고 협박하고 또 구슬린 끝에 그녀는 간신히 세 개의 바하즈만 열매 모두를 아이에게 먹일 수가 있었다.

'탁' 소리가 나게 그릇의 뚜껑을 닫은 웬디는, 본래도 아이들을 별로 좋아하지 않으나 앞으로 그 정도가 더욱 심해질 것 같다는 생각을 하였다.

"단장님, 솔직히 말씀해 보세요. 웬디 왈츠라는 그 여인의 주소지는 왜 알아보라 하신 겁니까?"

황실 제1기사단의 패기 있는 젊은이, 장 자크 시뮤안. 그가 의심스럽다는 눈빛으로 단장의 앞을 막아선 채 집요하게 물었다. 황실 기사단의 어느 누구도 감히 엄두 내지 못할 패기였으나 그 젊은이를 바라보는 눈앞의 남자는 작은 동요조차 없었다. 오히려,

"장 자크 시뮤안 경. 그대의 상관이 누구인지 잊었는가. 그대의 말이 날이 갈수록 방자해지는군."

칼날 같은 대답이 돌아왔을 뿐이었다.

"다, 단장님. 당연히 궁금하지 않겠습니까. 별다른 혐의점도 없는 여인의 주소지를 알아보라고 하신 것이…… 마치 개인적인 사감을 가지고 계신 듯하여……. 알타린 영애는 거들떠도 안 보시더니 참 별일이다 싶은 게……."

그럼에도 장 자크는 하고 싶은 말을 모두 뱉어 냈다. 참으로 소신 있는 젊은이였다.

갑자기 변화된 상관의 태도에 대한 장 자크의 호기심은 상당했다. 쓸데없는 명을 결코 내리는 법이 없던 그가 웬디 왈츠라는 여인의 주소지를 알아보라고 시킨 것부터, 사건이 있던 날 그 여인을 바라보던 그 알 수 없는 눈빛도 모두 그의 호기심을 자극했다. 여인들과의 대화에서 늘 '그렇소, 아니오.' 등의 짤막한 화법만을 구

사하던 그의 상관이 웬디 왈츠에게 집요하리만치 질문을 던진 것도, 또 그 질문이란 게 평소 라드가 하던 취조 방식과는 조금 달랐다는 게 그의 머릿속을 떠나지 않았다. '우리 단장님께도 드디어 봄바람이 이는 것인가.' 하는 생각이 장 자크의 눈빛을 초롱초롱하게 만들었다.

"앞으로 아침 훈련마다 나와의 대련을 기대하도록. 시뮤안 경의 실력이 그 날뛰는 언사처럼 볼만한 것인지 내 몸소 확인하도록 하지. 경의 실력 향상에도 도움이 될 것이야."

장 자크의 안색이 단숨에 딱딱하게 굳었다. 벌써부터 뼈마디가 욱신욱신 쑤셔 오는 것 같았다. 단장님을 향한 호기심은 패가망신의 지름길이라고 기사단의 누군가가 말했던가.

"단장님, 아닙니다. 방금 제가 지껄인 말들은 못 들은 것으로 하십시오. 제 실력 향상까지 단장님께서 몸소 신경을 쓰시다니요! 그렇게 한가하신 분이 아니지 않습니까. 이 장 자크 시뮤안! 결코 그런 폐를 끼칠 수 없습니다."

횡설수설 되는 대로 말을 늘어놓던 장 자크는 어떻게든 상황을 모면해 보고자 안간힘을 썼다. 그럼에도 라드 슈로더, 이 철벽같은 남자는 대답 없이 성큼성큼 걸음만 옮길 뿐이다.

"아니, 이게 누구신가! 라드 자네, 오랜만일세!"

그때였다. 터키석을 갈아 놓은 것처럼 푸른 머리칼이 인상적인 사내가 반가운 기색을 띠며 그들을 향해 다가왔다. 사내가 입고 있는 흰색 가운에는 리누스 국립의료원의 상징인 하얀 유니콘이 수놓아져 있었다.

"에드몬즈, 아버지가 된 기분이 어떤가?"

라드가 좀처럼 보기 힘든 웃음기 띤 얼굴로 청발 사내에게 물었다.

"매일이 꿈결 같다면 믿겠는가. 아기가 메리언을 닮아 아주 순해. 잘 울지도 않고 말이지."

에드몬즈의 말에 장 자크는 순간 헛웃음을 지을 뻔했다. 제국의 공주, 메리언을 닮은 순한 아이라니, 그녀를 아는 사람들 모두 재미없는 농담을 들었다고 반응했을 것이다. 그 메리언 공주의 어디가 순하단 말인가. 공주의 부군이 콩깍지가 씌어도 단단히 씌었구나.

에드몬즈 베일럽, 그는 백작가의 셋째 아들이자 라드의 오랜 친우였다. 평소 품행이 반듯하여 부패한 많은 귀족들의 귀감을 샀던 그가, 귀족들이 경시하는 의술에 목숨 걸 듯 매달렸을 때 모두들 경악할 수밖에 없었다. 제다 아카데미 정치부에서 의료부로 적을 옮겼을 때 한바탕 난리가 났던 것을 떠올리면 지금도 머리가 아플 지경이다. 그는 마치 귀족계의 이단아 같은 남자였다. 뭐, 그런 점이 메리언 공주를 반하게 만들었겠지만.

"축하하네. 자네는 좋은 아버지가 될 거야."

라드의 말에 에드몬즈는 부끄러운 기색 하나 없이 '후후' 하고 즐거운 듯 웃었다.

"그나저나, 자네까지 웬일인가? 메리언이 있는 병동에는 이미 기사들이 즐비하거늘. 괜히 나와 메리언으로 인해 황실 기사단이 번거롭게 되었으니 내 그 점은 미안하네. 하지만 어쩌겠는가. 나도 메리언의 고집은 꺾을 수가 없으니. 허헛, 리누스 의료원에서 아기를 낳는 일이 상징적인 일이란 그녀의 말에 반박할 수가 없더군."

리누스 의료원의 원장이기도 한 에드몬즈는, 공주의 출산으로 의료원의 인식 전환을 꾀하고 있었다.

귀족들 사이에서 가난한 사람이나 이용하는 곳이라며 경시되는 경향이 있었던 리누스 의료원이었기에. 그 인식을 바꾸고, 귀족들 역시 의료원을 이용할 수 있게 만듦으로써 조금씩 계층 간의 벽을 허물고자 한 것이었다.

"공주 전하의 경호를 점검하고자 들렀다네. 우리야 해야 하는 일을 하고 있는 것뿐이니 마음 쓰지 말게나."

대수롭지 않아 하는 라드의 반응에 에드몬즈는 빙긋 웃으며 고개를 끄덕였다.

세 사람이 주거니 받거니 담소를 나누며 의료원의 원형 복도를 걷던 중에 라드는 무심코 1층 로비를 향해 시선을 옮겼다. 로비를 중심으로 원형의 복도가 층층이 둘러싼 형태를 하고 있는 의료원 건물은, 복도에서 1층의 로비가 한눈에 내려다보였다.

라드는 로비의 많은 사람들 틈에서 익숙한 인영을 발견했다. 무슨 의도인지 로브를 깊게 눌러쓴 모습이었지만, 어찌 몰라볼 수 있겠는가. 그가 요 며칠 가장 흥미를 두고 있는 사람을 말이다.

"에드몬즈. 내 잠시 실례하지."

간단히 인사를 건넨 라드는 에드몬즈의 대답을 듣기도 전에 황급히 걸음을 떼었다. 계단을 향해 순식간에 모습을 감추는 라드의 뒷모습을 보며 장 자크가 못마땅한 듯 투덜거렸다.

"저것 보세요. 우리 단장님 요즘 이상하시다니까요. 분명 뭔가가 있어요."

"뭐가 있다는 말인가?"

"……아닙니다. 못 들은 걸로 해 주십시오."

장 자크는 내일 아침 있을 단장과의 대련을 떠올리며 말을 아꼈다. 입을 잘못 놀렸다가는 그 대련의 빈도가 기하급수적으로 증가하리라.

한편, 라드 슈로더는 여인의 모습을 놓칠세라 급박하게 계단을 뛰어 내려가면서도, 스스로에 대한 의아함을 감추지 못했다. 그녀를 만나서 무얼 하자고 이처럼 무작정 달려간단 말인가.

라자뷰데 박물관의 스티키 풀에 대해서 그의 기민한 감에 따라 여인에게 미심쩍음을 품긴 했으나 별다른 혐의점을 발견하지 못했다. 물론 그 미심쩍음은 그녀를 식물관의 범인과 한패로 보는 그런 류의 것이 아니었다. 하늘에서 떨어진 듯 갑자기 생겨난 스티키 풀. 그 불가사의한 일에 대한 의문이었다.

식물관의 경계를 맡았던 조나단 렌킨 경 역시 그 풀의 정체를 전혀 알지 못했다. 사람들이 수도 없이 드나들던 박물관 바닥에 그런 풀이 있었다면 벌써 무슨 사달이 나도 진즉에 났어야 했다. 그 의미는 스티키 풀이 범행이 발생하던 그 시각에 갑작스럽게 생겨났다는 의미다.

웬디 왈츠, 그 여인이 마지막으로 서 있던 장소.

그 사실이 그의 머릿속을 맴돌았다.

처음에는 풀이 카펫 위로 갑자기 돋아난 현상을 타당하게 설명할 수 있는 이론과 가정을 여러 가지 떠올려 보려 했으나, 그는 자신이 아는 온갖 지식을 동원할지라도 그 현상을 합당하게 설명하기란 불가능하단 것을 알았다. 이치에 맞지 않는 일을 그럴듯하게 상상해 내는 감성적인 심적 능력은 라드가 가진 덕목이 아니었다. 그럼에도 불구하고 스스로 수긍할 수 없는 괴이한 생각이 그의 머릿속을 점령해 떠나지 않았다.

그녀의 꽃집을 찾아간 것 역시 조금은 충동적인 행동이었다. 늘 이성적인 판단을 우선하던 라드 슈로더에게 이것은 실로 엄청난 일이었지만, 그는 스스로 그 일이 이성적인 판단에 근거한 방문이라고 생각하고 있었다. 이런 미심쩍음을 계속 마음에 품고 있을 수는 없었기에, 그의 이성이 내린 명령이었다고.

하지만 저의 얼굴을 보자마자 파르르 입매를 떠는 그녀의 당황을 보는 것은 그에게 묘한 기분을 불러일으켰다. 굳이 바라지 않던 차를 달라 청한 것도 그녀의 격렬한 반응을 보는 쏠쏠한 재미 때문이었다.

웬디 왈츠는 진정 몰랐다. 거부감을 감추려고 한껏 애쓴 그녀의 필사적인 노력이 도리어 라드 슈로더의 의구심을 더욱 자극하고 있었다는 것을.

물론 라드 역시 한 가지 모르는 사실이 있었으니. 그는 제 감정을 사실 관계 파악을 위한 이성적 욕구라고 정의하고 있었지만, 그보다 우위에는 그녀에 대한 흥미가 있었다는 점이다.

저만치, 그녀가 고개를 두리번두리번 하는 모습이 보였다. 푹 눌러쓴 로브로 몸을 한껏 가리고 있었지만 언뜻언뜻 보이는 햇살처럼 밝은 금발이, 그녀가 웬디 왈츠임을 증명하고 있었다. 그것은 마치 샛노란 개나리가 구름이 만든 그늘에 저의 빛이 감춰진 줄 아는 것만큼이나 어리석은 행동이었다. 라드는 절로 미소를 머금었다.

그러나 저리 자신을 감추려 하는 것에는 무언가 그녀만의 이유가 있을 것이다. 해서 라드는 일단 그녀의 장단에 맞춰 주기로 했다. 자신의 모습을 드러내기 싫어한다면 굳이 아는 체를 해 그녀를 괴롭게 할 필요는 없을 것이다. 그는 그저 조심스럽게 그녀 뒤를 밟았다.

웬디는 어느 병실 앞에서 이름이 쓰인 팻말을 몇 번이나 확인하고서야 안으로 들어섰다.

기척을 숨긴 라드 슈로더는 비스듬히 열린 병실 문을 통해 그녀의 모습을 흥미롭게 관찰했다. 병실이 워낙 좁았기에 안쪽 어디에 있든 병실 문가와 그리 멀지 않아 라드는 자신의 모습을 들키지 않기 위해 잔뜩 숨을 죽여야 했다.

안에는 대여섯 살 정도 되어 보이는 여자아이 하나가 누워 있었다. 가까이 다가선 그녀는 아이에게 음식을 먹이기 위해 부단히 애썼다. 부드러운 어조로 아이를 달래고 있었지만 아이가 거듭 먹기를 거부하자 심기가 불편한 듯 '정말'이라는 단어를 반복하고 있었다.

"정말 맛있다니까."

"정말 안 먹을 거니?"

"이거 만드느라 언니가 정말 고생을 많이 했어."

라드 슈로더의 입가에 슬그머니 미소가 걸렸다. 확실히, 흥미로운 여인이었다.

"그렇담 이 과일이라도 먹지 않겠니?"

좀처럼 먹지 않는 아이에게 그녀가 마지막으로 권한 것은 작고 빨간 열매였다. 라드는 그녀가 들어 올린 독특한 생김의 열매를 보자마자 단숨에 그것의 정체를 알았다. 바하즈만! 증거물이랍시고 제 눈앞에 장 자크가 여러 번 내밀었던 그 나무의 열매였다.

이것 하나만 먹으면 비 오는 날마다 고생했던 저의 관절이 싹 나을 것이라며 아쉬워하던 장 자크의 얼굴이 스쳐 지나갔다. 그러나 바하즈만은 황가의 사람들조차 쉽게 구할 수 없는 귀한 열매였다. 어찌 저 여인이 그 열매를 가지고 있단 말인가.

라드는 웬디가 병실을 나서기 전 먼저 그곳을 떠났다. 장 자크를 찾아 건물의 3층으로 올라간 그는 뚱한 얼굴의 부하를 보자마자 궁금한 것을 물었다.

"시무안 경, 식물관의 바하즈만이 이번 일로 피해를 입은 것이 있나?"

"네? 보고 드렸듯이 라자뷰데에 있던 황가의 재산에는 아무런 피해가 없었습니다. 바하즈만 역시 열매는 물론 이파리 하나 상한 게 없었고요. 제가 이전 기록과 비교하여 낱낱이 모두 확인했습니다. 라자뷰데의 식물관 관리자 역시 확인한 사실이니 틀림없습니다."

장 자크의 대답에 고개를 끄덕인 라드 슈로더는 곧 무언가 생각난 듯 물었다.

"이 병원에 스미스 데리안, 범행을 저지른 그자의 딸이 입원해 있다 했지?"

"네, 소피 데리안이라는 아이입니다. 이곳에 입원한 지는 여섯 달 가까이 되었고요. ……그나저나 갑자기 무슨 일이십니까?"

장 자크가 라드의 안색을 살피듯 물었다.

"……아무것도 아니네."

복도 끝 창가로 다가선 라드는 창밖으로 시선을 고정한 채 아무 말이 없었다.

잠깐 사이 창밖의 날씨는 변하여 비가 쏟아지고 있었다. 회색빛으로 어둑어둑 변모한 창밖의 세상에는 하늘이 뚫린 듯 빗줄기가 거셌다. 요 며칠 잦던 빗줄기가 오늘은 작정하고 제 욕심을 채우려는 듯 하얀 포말을 이루는 중이었다.

"단장님, 에드몬즈 님께서 떠나시기 전 잠시 들러 달라고 청하셨습니다. 드릴 것이 있다 하시던데요."

장 자크의 말에 라드는 겨우 창가에서 시선을 떼고 걸음을 옮겼다. 에드몬즈의 집무실로 향하는 그의 잿빛 눈동자에 여러 가정이 떠올랐다. 웬디, 그녀가 처음부터 바하즈만을 소유하고 있었던 것. 혹은 라자뷔데를 방문하고 난 후 그 열매를 어딘가에서 얻게 된 것. 그도 아니라면…….

스티키 풀의 끈적임이 그의 뒷머리에 달라붙은 것처럼 라드의 머릿속에 괴상한 가정 하나가 떨어져 나가지 않았다.

"이보게나! 아까는 어딜 그리 급히 간 겐가. 어디 첫눈에 반한 여인이라도 만난 것처럼. 허허헛."

에드몬즈가 자신의 집무실로 들어서는 라드 슈로더의 얼굴을 보며 농을 건넸지만, 그의 얼굴이 굳은 듯 무표정하자 이내 웃음기를 지웠다.

"원, 자네에겐 농담 하나 못 하겠구먼. 사람 겸연쩍게 하는 재주는 여전하군."

그가 열없이 서 있다 탁자 위에 놓여 있던 은색 봉투 하나를 건넸다. 봉투 표면에 '제루스 오케스트라'라는 글씨가 수려한 필체로 쓰여 있었다.

"황태자 전하께서 기대가 크시네. 이번만큼은 자네도 꼭 참가하도록 하게나. 그분의 유일한 취미가 아닌가. 요즘 정무 회의에서 많이 시달리시는 모양이던데 그런 곳이라도 참석해서 힘이 되어 드리자고. 웬만하면 파트너도 좀 대동하고, 아니, 아니지. 그냥 자네 혼자라도 꼭 오게. 이번이 전하의 마지막 무대가 될 것이라고 메리언이 말하더군. 황제 폐하께서 더는 두고 보시지 않을 모양이야."

제국의 황태자 아이작 폰 베냐한에 관한 이야기였다.

어찌 된 것이 이번 대 황가의 핏줄들은 죄다 특이한 취향을 타고 났는지, 아이작 황태자는 어릴 적부터 바이올린 연주에 푹 빠져 있었다.

음악이라는 것은 그저 교양으로 즐기는 일일 뿐, 황가의 일원이 직접 악기를 다루는 일이 극히 드물었기에 이를 두고 귀족들 사이에서 말이 많았다. 하지만 황태자는 음악계의 거장들로부터 베냐한에 두 번 없을 천재라는 찬사를 받을 만큼 연주 실력이 뛰어났고, 또 스스로도 음악을 몹시 사랑했기에 그 열정은 쉽게 꺾이지 않았다.

그러나 다음 황제가 될 인물이 다른 일은 제쳐 둔 채 음악에만 깊이 빠져들어 있는 일은 결코 보기 좋은 모습이 아니었고, 황제 역시도 더 이상 묵과하지 않을 모양이었다.

부스럭.

봉투를 열어 보는 라드 슈로더의 머릿속에 검을 내던지던 황태자의 모습이 스치고 지나갔다.

가르침을 가장하여 황태자의 머리를 후려치는 것으로 철저한 응징을 했지만, 그 후로도 그는 검에 대한 예의를 갖추지 못했다. 뭐, 라드 슈로더 역시 두 번 다시는 그에게 검을 가르치지 않았지만. 처음부터 황제의 청이 아니었다면 대련 상대고 뭐고 되어 주지 않았을 것이다. 자신이 다음 대에 섬겨야 할 황제의 재목이었으나, 검술에 있어서만큼은 부족한 것이 사실이었다.

대대로 검사로 이름이 났던 베냐한의 황제들이 쏟아 왔던 검에
대한 정열을 아이작 황태자는 바이올린에 쏟고 있었던 것이다.

"명심하게, 이번만큼은 꼭 참석해야 해! 두고두고 서운해하실 일
이니."

에드몬즈가 자못 엄격한 태도로 말했으나, 그의 유한 인상에서
카리스마를 내뿜기란 쉬운 일이 아니었다. 특히 이 라드 슈로더라
는 남자 앞에서는.

라드는 은색 봉투를 재킷 안주머니에 집어넣은 후, 말없이 창가
에 다가섰다. 굵은 빗방울이 그의 신경을 잡아끌었다. 찬비가 그칠
기미 없이 퍼부어 대고 있었다. 집무실의 창가에서 바로 보이는 리
누스 국립의료원 정문에는 사람들이 바글바글 서 있었다. 거센 빗
줄기에 돌아가지 못하고 발이 묶인 사람들이었다.

"……."

얼룩덜룩 온갖 색이 섞인 사람들 틈에서 선연한 노란 빛깔이 그
의 눈길을 끌었다. 고개를 돌리려야 돌릴 수가 없었다. 로브 밖으
로 삐죽 나온 그녀의 노란 머리칼이 잔뜩 풀 죽은 채 '나 여기 있어
요.' 하고 소리치고 있었으니.

"에드몬즈, 마차를 한 대 빌려 주게나. 지금 바로."

라드 슈로더의 이성을 가장한 어떤 감정이 그의 친우를 향해 말
했다. 이번 역시 바하즈만 열매를 둘러싼 의문을 해소하기 위한 이
성의 명령이라 여겨졌지만. 글쎄, 알 수 없는 일이었다.

사납게 쏟아져 내리는 빗줄기를 바라보며 웬디는 심통 맞은 표정을 지었다. 웬만하면 비를 맞고서라도 얼른 집에 돌아갔겠지만, 저 정도 빗줄기라면 집에 도착하기도 전에 폐렴에 걸릴 판이었다. 의료원 앞에 서서 시간을 얼마나 낭비하고 있었는지 모르겠다. 오늘은 그녀의 가게가 쉬는 날이었지만 집에 가서 할 일은 너무나도 많았다.

우선 쉬는 것, 그리고 쉬는 것, 또 쉬는 것! 웬디는 오늘 하루 종일 침대에서 뒹굴기로 이미 작정하고 있었다. 귀족 영애의 일상에서 벗어난 후, 웬디는 꼭 일주일에 하루 정도는 저를 편히 풀어놓았다. 물론 그건 어디까지나 그녀가 원할 경우에 한해서였지만. 그리고 오늘이 바로 그녀가 진정 휴식을 원하는 날이었다.

저만치 레이니 숲 너머 가득 고여 있던 시커먼 뭉게구름마저 이곳을 집어삼킬 기세로 우르르 몰려오고 있었다. 이미 머리 위의 검은 뭉게구름만으로도 주변이 온통 어둑어둑하다. 웬디는 한탄 섞인 눈빛으로 새까만 구름을 바라보며 제 손에 들려 있는 스프를 생각했다. 아침의 수고가 무색하게도 아이에게 전혀 환영받지 못했지만, 음식에 대한 예의는 저 자신이 지켜 줄 것이다. 집에 가서 몽땅 먹어 버릴 테다, 하고.

그때 갈색 준마가 이끄는 검은 사두마차 한 대가 빗속을 뚫고 천천히 의료원 정문 앞에 멈춰 섰다. 의료원의 마차 전용 출입구는 따로 있었기에 사두마차를 바라보는 사람들의 의아한 시선이 잇따랐다. 이 빗속에 누가 이곳까지 행차하셨을까 하고 잠시 생각한 그녀는, 사나운 빗줄기를 그대로 맞고 있는 말들의 모습을 가엾다는 듯이 바라보았다.

웬디가 유일하게 좋아하는 짐승이 바로 말이었다. 하즐렛 백작가에 있을 때부터 승마를 즐겨 했던 그녀였기에 자연히 말을 아끼는 마음 또한 갖게 되었다. 수도에 와서는 그전처럼 승마를 즐기지 못했지만 가끔씩 홀스빌 마시장에서 빌려 주는 말을 타고 벌판을 달리기도 하였다. 마음 같아서야 말 한 필을 구입하고 싶지만 도시에 사는 평민이 말을 소유하는 일은 그 자체로 사치였다. 마구간을 만들 공간 자체도 없었지만 그녀는 굳이 무리해 눈에 띄는 행동을 하고 싶지 않았다.

달칵.

상념에 빠져 있던 웬디는 열린 마차 문에서 내려선 사내의 얼굴을 보고 소스라치게 놀라고 말았다. 아니, 저자가 어찌 이곳에! 그녀는 로브 자락을 잡아당기며 고개를 푹 수그렸다. 부디 그가 자신을 못 본 채 지나치기를 기원하며.

찰박찰박, 뚜벅뚜벅.

젖은 지면을 밟는 발소리와 계단을 오르는 발소리가 연이어 들려왔다. 웬디는 이상스레 고요해진 주변의 기척을 느끼며 딴청 피우듯 저의 손등을 벅벅 긁었다.

우뚝.

불행히도 고개 숙인 그녀의 시야에 사내의 검은 구두가 들어왔다. 마차에서 내려 걷는 그 잠깐 사이 떨어진 빗물이 구두 위에 방울방울 맺혀 있었다. 또르르 굴러 떨어지는 빗물의 잔인한 추락을 눈에 담으며 웬디는 꿀꺽 마른침을 삼켰다.

"웬디 양."

정확히 그녀의 이름을 지목해 부르는 그의 음성에 웬디는 눈앞이 캄캄해졌다. 또다시 라드 슈로더, 이 황실의 기사와 엮이고 싶지 않다는 그녀의 외침이 가슴속에 쩌렁쩌렁 울려 퍼졌다. 자신이 리누스 국립의료원에 있는 모습을 보고, 행여 그가 괴상한 추측을 하지 않을까 염려마저 되었다. 소피와 자신을 연관 짓기까지야 할까 싶지만, 그녀 앞의 남자가 결코 만만한 자가 아님을 웬디는 경험으로 이미 느끼고 있었다.

"아가씨, 기사님께서 아가씨를 부르시는 것 같은데요."

그녀가 계속 고개 숙인 모습을 고수하자, 옆에 서 있던 뚱뚱한 중년의 여인이 그녀의 어깨를 슬쩍 치며 말했다. 말쑥한 차림을 한 기사의 등장에 이미 주변의 모든 시선이 그와 그녀에게 집중된 후였다.

웬디는 부러 화들짝 놀란 표정을 지으며 고개를 들었다.

"아, 슈로더 경이시군요."

우레와 같은 빗소리가 그들 주변을 감싸고 있었지만 사람들은 귀를 쫑긋하고 웬디와 기사의 대화에 집중하고 있었다. 빗줄기에 발이 묶인 무료한 사람들에게 자신들과 같은 처지의 여인과 그 여인 앞에 나타난 기사의 모습이란 어느 극단의 공연 못지않게 흥미로운 것이었다. 요즘 절찬리에 상연되고 있다던 '기사의 입술을 훔친 샤샤'라는 공연을 모두 떠올리고 있을지도 몰랐다. 그저 그런 사랑 이야기라고 칭하기에는 놀랄 만큼 선풍적인 인기를 끌고 있는 공연이었는데, 평민 여성과 황실 기사의 신분을 넘어선 사랑이 그 내용의 중심축을 이루고 있었다.

얼마 전 극단의 소품을 담당하는 빨간 머리 청년이 웬디의 꽃집에 들렀다가 티켓 두 장을 쥐여 주고 간 일이 있었다. 물론 웬디는 뭐 이런 천박한 제목이 다 있나 뇌까린 후, 옆집 소년 벤포크에게 선심 쓰듯 티켓을 던져 줬지만.

"그대가 이곳에서 곤란을 겪고 있는 듯해 찾아왔다오. 함께 갑시다. 내 그대를 집까지 바래다주겠소."

라드 슈로더는 입구에 다닥다닥 모여 있는 사람들의 시선 따위야 의식조차 되지 않는지 그녀를 향해 지극히도 무덤덤하게 말했다. 하지만 잘생긴 기사의 에스코트 요청은 다른 이들의 눈에 무척 근사해 보였던 모양이다. 여기저기서 수줍게 비명을 내지르는 소리가 들려왔다.

"번거로운 일을 하셨군요. 저는 상관치 마시고 경께서 가시던 길을 가세요. 나랏일 하시는 분께 제가 무슨 염치로 사사로운 도움을 구하겠습니까."

"야간 근무를 한 터라 근무시간은 이미 한참 전에 끝났소. 그런 거라면 개의치 마시오."

"……제가 경의 도움을 받을 이유 역시 없는 것 같군요. 겨우 두 번 만난 여인에게 과한 친절을 베푸시네요."

"레몬차에 대한 보답이라고 해 두지. 그대를 바래다주는 일 정도야 어려운 일도 아니니 과한 친절이라 칭하기에는 무리가 있군."

웬디의 거듭된 사양에도 라드 슈로더는 꿈쩍을 안 했다. 라자뷰데에서도 이 남자의 집요한 근성에 기가 질렸지만, 오늘 역시 그 집요함이 그녀의 속을 벅벅 긁고 있었다.

"……저는 비가 내리는 모습을 좀 더 감상하고 싶군요. 머지않아 그칠 비이니 염려 마시고 가세요."

그녀의 핑계 같지 않은 핑계를 수줍음으로 여겼는지 주변 사람들의 탄식이 흘러나왔다.

"아이고, 아가씨! 멋진 기사님이 가자고 하면 그냥 못 이긴 척 따라가야지, 무얼 그리 튕기나 튕기길. 여인이 너무 빼도 매력이 반감되는 법이여. 내 말이 다 세월에서 오는 지혜니까 잘 새겨들으라고. 금방 그칠 비도 아니니 그냥 따라 나서, 어여!"

그녀 뒤쪽에 서 있던 비쩍 마른 아주머니 한 명이 훈수를 두었다. 여기저기서 고개를 끄덕이는 물결이 이루어졌다. 웬디는 화악 붉어져 오는 자신의 낯을 느끼며 시선을 아래로 떨어뜨렸다.

그런 그녀에게 손을 내민 것은 라드 슈로더였다. 그는 그녀가 민망하지 않게 기꺼이 저의 오른손을 내밀었다. 마치 기사의 정식 에스코트 신청과 같았기에 또다시 여인들의 설렘 가득한 비명이 터져 나왔다.

이자들이 왜 내게 감정이입을 한단 말인가!

불쾌한 얼굴로 입을 앙다문 웬디는 갈등하듯 연신 손을 오므렸다 폈다. 얼마 후, 그 자리에 버티고 서 있는 것이 저에게 더는 이득될 것이 없다는 사실을 깨달은 그녀가 마지못해 그의 손 위에 자신의 손을 올렸다. 그러자 기다렸다는 듯 주변에서 꺅꺅거리는 작은 소요가 일어났다. '페르세유, 페르세유' 하고 여기저기서 어느 사내의 이름을 외치는 꼴이 '기사의 입술을 훔친 샤샤'에 등장하는 망할 기사 놈 이름이 분명했다.

"아가씨, 잘 생각한 거야. 그 손 꼭 붙들어."

"샤샤와 같은 사랑을 이루길 빌게요!"

웬디는 얼른 집으로 돌아가 귓속을 베젠타 줄기의 즙으로 씻어 내리라 다짐했다. 천연 소독 성분이 들어 있는 식물이었다.

달리는 마차 안, 그녀는 로브 자락에 묻은 물방울을 털어 내며 속을 잔뜩 끓이고 있었다. 어떤 말로 톡 쏘아 줘야 이 꼴 보기 싫은 기사 양반이 제 앞에 다신 나타나지 않을지 고민되었다.

"제가 리누스 의료원 앞에 있는 건 어떻게 아신 거예요?"

웬디는 나직한 어조로 추궁을 시작했다.

"일이 있어 리누스에 들렀다가 우연히 그대의 모습을 보았다오."

"……제 꽃집에 찾아오신 것도 그렇고……. 낯선 분께서 무슨 연유로 제게 이런 호의를 보이시는지 납득할 수가 없군요. 호의가 지나치면 실례가 되는 법이지요. 원치 않는 관심은 상대방을 불쾌하게 만들 뿐이랍니다. ……저는 라자뷔데에서의 사건 이후 계속 악몽에 시달리고 있어요. 순간순간 누군가 나를 해하지 않을까 하는 괜한 염려마저 생겼고요. 기사님 얼굴을 뵐 때면 그날의 기억이 되살아나니 마음이 몹시 괴롭습니다. 부디 제 마음을 헤아려 주세요."

그녀는 조금 무리수를 두기로 하였다.

이런 류의 사람에게는 정면 돌파만이 살 길이란 생각이 들었던 것이다. 오만함을 주특기로 삼는 귀족이라면 당장 검을 빼들고 방자하다 그녀를 탓할 수 있는 발언이었으나, 지금까지 지켜본 사내의 모습을 볼 때 그럴 가능성은 매우 적었다.

그녀는 현명하게 자신이 라자뷔데 사건의 후유증에 시달리고 있다는 말을 곁들임으로써 혹시 모를 그의 노여움을 차단했다. 그렇다고 순전히 거짓을 고한 것은 아니었다. 지난밤 요다가 자신에게 청혼하는 악몽을 꾼 것도, 자신의 정체가 드러나 해를 당하지 않을까 요 며칠 불안해하던 것도 모두 사실이었으니까.

"저같이 보잘것없는 여인에게 과한 호의를 베푸시니 자연히 경계할 수밖에 없는 제 마음 또한 이해해 주세요. 방금만 해도 주변의 따가운 시선이 쏟아지지 않습니까. 그것들 모두 제가 감당하기에 버거운 일들이에요. 앞으로 그저 저를 모른 척해 주시면 감사하겠어요. 마을에 이상한 소문이라도 나면 어찌 될지 정말 난감하군요."

말을 마친 그녀는 슬쩍 그의 눈치를 보았다. 정상이라면, 아무리 두꺼운 낯짝이라도 죄책감 한 자락 정도는 얼굴 위에 띄워야 했다.

그러나 어찌 된 일인지 라드 슈로더, 이 문제의 기사는 그녀 앞에서 여전히 무표정으로 일관하고 있었다.

"그대를 곤란하게 만들 의도는 없었소. 과한 염려는 거두어 주시오. 내 그대에게 해를 끼칠 사람은 아니니."

감정을 드러내고 열을 낸 사람을 바보로 만들고 마는 궁극의 무미건조함이었다. 라드의 일격에 웬디는 움찔 다리를 떨었다. 온몸이 분노로 떨리는 것을 겨우 자제한 것이었다. 웬디는 자신의 정신력에 경의를 표하며 기사의 얼굴을 매섭게 노려봤다. 그러거나 말거나 라드의 시선은 멀거니 창가를 향하고 있었다.

한참 후, 마차의 속도가 점차 느려진다 싶더니 얼마 안 가 멈춰섰다. 조심스러운 노크 후 마차 문을 연 마부는 나무껍질을 엮어 만든 우의를 머리끝까지 덮어쓰고선 송구스럽다는 표정으로 말했다.

"골목길이 좁아 안쪽까지는 마차가 들어가기 힘들 것 같습니다."

마부의 우의 위로 세차게 내려치는 빗줄기가 하얗게 부서지는 물보라를 만들어 내고 있었다. 웬디는 몸에 두른 로브를 잔뜩 여미며 말했다.

"아, 걱정 마세요. 걸어가기에 전혀 무리 없는 거리입니다. 바래다주셔서 감사했습니다, 슈로더 경. 그럼 조심히 살펴 가세요."

자리에서 일어서는 그녀를 붙잡은 것은 검은 머리칼의 기사, 라드 슈로더였다.

"기다리시오. 홀로 빗길을 뚫고 가기엔 빗줄기가 너무 거세군. 내 집까지 데려다준다 하였으니 그 말을 지키겠소."

그가 자신의 어깨에 두른 남빛 망토의 여밈을 풀어내며 말하였다. 웬디는 용수철처럼 튀어 오르려는 몸을 겨우 가누며 단숨에 거절의 말을 내뱉었다.

"아니요! 말씀드렸듯 걸어가기에 전혀 무리 없는 거리입니다. 더 이상의 호의는 부담스럽군요."

라드는 웬디의 풀빛 눈동자를 조금 찌푸려진 눈으로 바라다보았다. 그것은 마치 원치 않는 방향으로 자라나는 꽃줄기를 바라보는 정원사의 눈빛 같았다. 그러니까 꼭 골칫거리를 바라보는 눈빛 같았다는 소리다.

"누군가에게 해를 입지 않을까 근심해 왔다 하지 않았소? 그런 일이 없도록, 내 안전하게 집까지 바래다주리다."

말을 마친 라드 슈로더는 웬디와 자신의 머리 위로 남빛 망토를 들어 올렸다. 웬디의 어깨를 팔로 두르고 있는 그 포즈로 인해 그녀는 거의 라드의 품 안에 안긴 모양새가 되어 있었다. 당황한 그녀가 입가에 뽀글뽀글 거품을 물 새도 없이 라드는 풀쩍 마차 아래로 내려섰다. 당연히 그가 이끄는 대로 웬디 역시 내려설 수밖에 없었다.

 골목은 안쪽으로 들어갈수록 점점 넓어져 웬디의 집 근처에서는 제법 널찍한 공터가 생겨 있었다. 웬디는 골목 저편 보이는 자신의 집까지의 거리를 빗줄기 사이로 가늠해 보며 걸음을 빨리했다.

 찰바닥찰바닥, 사방에 고인 물웅덩이를 걸어가는 두 사람의 발걸음 소리가 빗줄기를 뚫고 들려왔다. 신발이 금세 흠뻑 젖어 낮은 가죽신에 찔꺽찔꺽 물이 차올랐지만 웬디는 결코 걸음을 멈출 수가 없었다. 발끝에서부터 올라오는 한기에 몸이 떨려 왔으나 어깨 근처에 느껴지는 기사의 체온은 그녀의 떨림마저 허용하지 않을 듯이 굳건했다.

 인적 없는 골목길에 오직 웬디 왈츠, 그녀와 라드 슈로더, 그뿐이었다. 온 세상이 빗줄기에 싸여 흐릿한 형체만 보이는 가운데 그녀 옆에 선 한 남자의 존재는 너무도 분명했다. 그녀는 묘한 반발심에 먼발치를 향해 시선을 돌렸다.

 그런 그녀의 시야에 골목 귀퉁이 빗속에 서 있는 낮은 키의 어린 물푸레나무 한 그루가 들어왔다. 1년 전쯤 심겨 겨우겨우 자랐으나 결국 비쩍 말라 버린 가여운 나무였다. 그런데 나무의 모양이 어째 심상치 않아 보였다.

 "……!"

 웬디는 눈앞에서 벌어지는 광경을 믿을 수가 없었다. 앙상하게 마른 나뭇가지가 퍼붓듯 내리는 빗방울을 맞더니 순식간에 그 몸이 오동통하게 물오른 가지로 변모해 갔다. 부푼 나무 기둥을 얼떨떨한 눈길로 바라본 그녀는 빗줄기가 내려앉은 헐벗은 가지 위로 연초록 나뭇잎이 퐁퐁 터지는 물방울처럼 생겨나는 모습을 보았다. 웬디는 그녀의 검지를 반사적으로 꼭 쥐었다.

아니! 내가 언제 저 가지 위에 손가락을 댄 일이 있었던가? 기억에 전혀 없는 일이었다!

부풀 듯 점점 그 크기를 키우는 나뭇잎 뭉치들은 그녀의 생각 따윈 아랑곳없이 착실히 그 색을 진하게 물들이고 있었다. 웬디는 눈앞에 펼쳐진 불가사의한 광경에 부릅뜬 두 눈을 더욱 크게 떴다.

펑! 펑! 펑!

진초록으로 변모한 나뭇잎 위로 하얀색 잔꽃들이 펑펑 폭죽 터지듯 피어나는 모습은 그녀를 경악에 빠뜨리기에 충분했다. 꽃잎은 마치 봉숭아 씨앗이 터지듯 주변으로 흩어져 휘날렸다.

기세 좋던 폭우는 언제부터인가 멈춰 있었다. 까맣게 뒤덮였던 하늘 언저리에 어디서 그런 빛이 내리쬐는지 봄날 정오의 햇살 같은 빛이 주변을 에워쌌고, 그보다 더 진한 꽃향기가 거리를 감쌌다. 사방으로 튀어 오르던 하얀 꽃잎은 그녀를 향해서도 제 몸을 펑펑 내던졌다. 그 모습이 마치 강을 거슬러 뛰어오르는 은빛 송어 떼처럼 보이기도 하였다.

튀어 오르는 꽃잎을 피해 움찔, 눈을 감은 그녀가 아주 짤막한 사이를 두고 꿈에서 깨어나듯 번쩍 눈을 떴다.

쏴아아아.

거세게 울리는 빗줄기 속에서 키 작은 물푸레나무는 죽은 가지를 뻣뻣하게 들고 여전히 마른 몸을 한 채 서 있었다.

"……왜 그러시오?"

그녀의 흠칫하는 기색을 느꼈는지 라드 슈로더가 의아하게 물었다.

"……아무것도 아닙니다."

얼떨떨하게 고개를 흔든 웬디는 왠지 조마조마한 마음이 되었다. 어디선가 희미한 물푸레나무 꽃향기가 나는 것 같았기 때문이었다.

갑자기 걸음을 재게 놀리는 웬디의 모습에 라드는 주변의 기척을 집중하여 살폈다. 그녀의 눈길이 향한 곳을 중심으로 기척을 더듬었으나 살의는커녕 사람의 기척조차 없었다.

의아함도 잠시, 그는 곧 납득할 만하다는 표정을 지었다. 그녀가 자신과 함께 있는 시간을 마땅치 않게 여김을 알고 있었기에 이 또한 그런 반응의 연장선상이 아니겠는가 한 것이다.

"저곳이에요."

워낙 작은 목소리였기에 자칫 거센 빗줄기에 묻힐 수 있었으나, 라드는 그녀의 음성을 똑똑히 들었다. 그녀의 시선이 전방의 녹색 지붕 집을 향하고 있었다. 고개를 끄덕이며 그곳을 향해 계속 걸음을 옮기던 황실 기사는 얼마 못 가 곧 걸음을 멈칫하였다. 마당 안쪽 문가에 서 있는 낯선 사내의 모습을 감지했기 때문이었다.

"……?"

웬디는 꿈쩍 않고 선 채 무표정한 얼굴로 자신의 집 앞을 응시하는 라드의 모습을 의아하게 바라보았다. 도무지 속을 알 수 없는 남자였기에, 이자가 이번엔 또 무슨 수작을 부리는가 싶은 의심부터 들었다.

"집 앞에 누가 있군. 아는 이오?"

뜻밖의 이야기에 웬디가 미간을 좁히며 그의 옆얼굴을 올려다봤다. 그런 그녀의 눈초리에도 아랑곳없이 라드의 시선은 여전히 경계하듯 그녀의 집 앞을 향해 있었다. 웬디는 곧 저만치 보이는 자신의 집 앞을 발꿈치까지 들어가며 요리조리 살펴보았다. 그러나 앞마당 위로 쏟아지는 빗줄기와 나무들이 시야를 가려 희뿌옇게만 보일 뿐 별다른 소득은 없었다.

"누가 있다는 거죠?"

"적갈색 머리칼에, 덩치가 매우 큰 자요."

그의 대답에도 웬디는 도무지 짚이는 바가 없었다. 자신의 집 앞에서 저를 기다릴 만한 남자라니, 짐작조차 되지 않았다. 그것도 이렇게 궂은 날씨에 말이다.

"글쎄요, 짐작 가는 바가 없네요."

말을 마친 그녀는 더 이상 지체할 필요가 없다는 듯 성큼성큼 걸음을 옮겼다. 빗물이 후드득 그녀의 얼굴을 적시자 잠시 멈칫하고 있던 라드 역시 곧바로 그녀를 따라나섰다.

집에 가까워 오자 마당 너머 그녀의 집 녹색 대문 앞을 지키고 서 있던 한 남자의 모습이 보였다. 과연 라드 슈로더의 말대로 적갈색 머리칼의 덩치가 큰 남자였다. 멍하니 그녀의 집 앞마당에 시선을 둔 채로 있던 사내 역시 웬디와 라드의 모습을 발견한 듯 퍼뜩 고개를 들어 그들을 주시하였다.

"요다, 네가 여기까진…… 어쩐 일이니."

화단 사잇길로 걸어온 웬디가 다분히 짜증 섞인 말투로 말했다. 그러나 그 물음에도 요다는 대답 없이 그녀 옆에 선 기사의 얼굴만을 매섭게 노려보고 있을 뿐이었다. 그의 팔이 그녀의 어깨를 감싸고 있는 걸 본 요다의 까무잡잡한 얼굴이 형편없이 일그러졌다.

"……우리 집은 어찌 알고 찾아온 거야? 무슨 일인지는 모르겠지만 오늘은 그만 돌아가 줘."

싸늘한 웬디의 목소리에 요다의 이두박근이 크게 흔들렸다. 파르르 입술을 떤 사내는 덩치에 어울리지 않게 떨리는 목소리로 입을 열었다.

"난, 난 말이야, 널 만나려고 이 빗속에 네 꽃집에 갔다가 간신히 물어물어 이곳까지 찾아왔다고. 네가 도장에 발길을 끊은 이후 내가 얼마나 괴로워했는 줄 알아? 분하고 억울했어! 내가 너에 비해 약했기 때문일까 싶어서 온종일 단련하고 또 단련했다고. 이제 단숨에 내던져지지는 않을 거란 확신이 겨우 들었을 때 네가 다시 도장에 나와 얼마나 기뻤는 줄 아냐고! 그런데 넌 내게 눈길조차 주지 않고……. 혼자 끙끙 앓기만 하다 오늘은 끝장을 보겠다는 생각으로 여기까지 왔단 말이야!"

애처로운 사연이었으나 일방적일 뿐인 감정을 그가 빠르게 내뱉었다. 요다는 곧 제 입술을 아프게 깨물며 무의식적으로 양팔을 쓱쓱 걷었다. 도장에서 대련 전 그가 버릇처럼 하던 포즈였다.

'쏴아아아' 하는 빗줄기가 거센 가운데 웬디는 그런 그의 모습을 보며 인상을 찌푸렸다.

가만, 그가 지금 끝장을 보겠다 하였나?

웬디는 요다가 저에게 대련 신청이라도 하려고 찾아왔나 싶어 몹시 혼란스러운 기분이 들었다. 요다가 여러 사내들과 모여 도장 격파를 다닌다고 으스대듯 떠들던 말을 들었던 것도 같았다. 그런데 도장 격파를 왜 자신의 집 앞까지 와서 한단 말인가? 정신이 좀 이상한 놈이라는 것은 알고 있었지만 이 정도일 줄이야!

"……."

웬디는 위협적인 요다의 모습을 바라보며 저도 모르게 방어 자세를 취했다. 오른쪽으로 파고들어 그의 왼팔을 잡아챈다면 중심을 무너뜨릴 수 있을 것 같았다.

"……웬디?"

그러나 웬디는 그녀를 부르는 남자의 낮은 음성에 퍼뜩 정신을 차렸다. 무표정을 일관하던 라드 슈로더의 얼굴에 드물게 감정의 빛이 떠올라 있었다. 그 감정이란 놈의 정체가 '황당'이라는 이름을 가지고 있었기에 웬디는 다급하게 자세를 바로 하며 표정 관리에 들어갔다.

"저런 샌님 같은 놈 때문에 나를 거부한 거야? 웬디! 대답해 봐! 저런 놈 어디가 나보다 좋은 거야?"

요다의 악에 받친 목소리가 빗속을 뚫고 들려왔다. 그녀는 돌아오는 내내 욕해 왔던 빗줄기를 향해 처음으로 고마운 마음을 품었다. 우렁찬 빗소리가 없었더라면 동네방네 해괴망측한 소문이 나는 건 기정사실이었을 것이다.

"목소리 낮춰. 좋긴 누가 좋다는 거야? 더 이상 너와 말 섞고 싶은 생각이 없으니 돌아가."

웬디는 다시 한 번 차갑게 일갈했다. 생각 같아서야 놈을 저 흙탕물 속에 패대기치고 싶었으나 자신의 옆을 지키고 선 기사 앞에서 차마 그럴 수는 없었다.

"그럼 저놈이랑 대체 무슨 사이길래 그렇게 품에 안겨 있는 거야?"

웬디는 순간 참을 수 없는 모욕을 느꼈다. 품에 안겨 있다니, 내가? 대체 어딜 봐서 그렇게 보인단 말인가! 그녀는 자신의 어깨를 감싼 라드의 팔을 떨쳐 내며 이를 바드득 갈았다.

"너에게 설명할 필요가 있을까? 주제넘은 참견 말고 썩 꺼져."

웬디가 처마 아래로 발걸음을 옮기면서 무섭게 요다를 노려봤다. 속에서 부글부글 끓어오르고 있던 온갖 상스러운 말들이 활화산처럼 폭발하며 목구멍까지 차올랐지만 간신히 참고 참아 꺼지라는 말로 종결지은 것이었다.

이 정도로 저의 분노를 보여 줬으면 요다 저 멍청한 놈도 알아서 자리를 비킬 것이라는 생각이 들었다.

"으윽……. 네놈은 어디서 굴러먹던 놈이기에 웬디 앞에서 알짱대는 거야? 네놈에게 웬디를 빼앗길 수는 없다 이 말이야! 내가 얼마나 오랜 시간 그녀를 지켜봤는 줄 알아? 이 빌어먹을 자식아!"

그러나 요다의 멍청함은 웬디의 예상을 훨씬 웃도는 것이었나 보다. 웬디에게서 시선을 돌린 그는 라드 슈로더를 향해 자신의 분노를 드러내며 금방이라도 그에게 달려들 태세를 취하였다.

덕분에 웬디는 기함할 지경이었다. 딱 봐도 요다 저놈은 이 황실 기사에게 상대조차 되지 않아 보이는데, 그런 사람을 향해 지금 싸움을 걸고 있는 것인가! 게다가 라드는 귀족이 아닌, 평민인 요다가 감히 함부로 할 대상이 아니었던 것이다.

일이 더 커지기 전에 막아야 한다는 생각이 들었다. 아주 잠시, 그냥 이대로 요다가 자멸하는 꼴을 지켜볼까 하는 유혹을 느꼈지만, 자신을 둘러싼 이들이 서로 간에 복잡한 일에 휘말리는 것은 결코 원치 않았다. 사건이 커지면 자신 역시 그 망할 '참고인'이라는 명목으로 이리저리 불려 다닐 수도 있단 생각 또한 퍼뜩 뇌리를 스쳤다.

그러나 뇌가 없으면 행동 역시 빠른 법. 뇌의 명령을 거치지 않은 육체의 날렵함은 타의 추종을 불허하는 것이었다. 요다는 무작정 라드를 향해 달려들었다. 주먹을 내지르는 꼴이 제법 매서웠지만 황실의 기사에게 상대될 리는 없었다. 라드는 옆쪽으로 살짝 몸을 트는 것만으로도 쉽게 그의 공격을 피할 수 있었다.

질척한 진흙탕에 처박힌 요다는 한참을 버르적거린 후 분한 표정으로 몸을 일으켰다. 말릴 새도 없이 다시금 라드를 향해 돌진하는 그의 기세에 웬디는 이마를 짚었다.

퍽!

이번에는 라드 역시 봐주지 않았다. 돌진해 오는 요다의 다리를 후려친 라드는 충격으로 웅크린 사내를 향해 무덤덤하게 말했다.

"더 이상의 무례는 용서하지 않는다. 검을 빼 들기 전에 물러가라. 숙녀 앞에서 이만큼 추한 모습을 보였다면 네 녀석도 느끼는 바가 있지 않겠나."

그러나 라드의 말은 그의 자존심을 있는 대로 후벼 파는 것이었나 보다. 그가 진창이 된 바닥을 주먹으로 쾅쾅 내리치며 라드를 노려보았다. 웬디는 요다의 꼴사나운 모습을 차가운 눈빛으로 바라보면서도 라드의 말에 담긴 경고의 의미를 되새겼다. 더 이상 방치했다가는 요다 저놈은 오늘 뼈도 못 추릴 것이 분명했다.

그녀는 절레절레 고개를 흔들며 그를 막을 만한 무기를 찾기 위해 두리번거렸다. 독이빨이 지금 이 자리에 있었다면 요다, 저놈의 팔뚝을 꾹 물게 할 텐데! 앙, 하고 물린 자리는 뻣뻣하게 굳어 순식간에 놈의 몸뚱이까지 마비될 것이었다. 아주 잠깐의 마비라면 충분했다. 그 뒤 곧바로 자신이 그를 잘근잘근 밟아 줄 테니까! 웬디는 진지하게 독이빨의 부재를 안타까워했다. 요다는 지금 미친 황소처럼 물불 가릴 줄 모르고 덤벼들고 있었다. 매일 이글거리는 눈빛만 한 채 말없이 서 있던 남자에게 저런 구석이 있을 줄이야! 역시 사람은 겪어 보아야 아는 것이었다. 웬디는 미친놈에게는 매가 약이라는 옆집 벤포크 아버지의 말씀을 오늘 자신도 실천해 보겠다고 결심했다. 그녀는 독이빨을 대신할 무기를 찾았다.

마침 근처 섬돌 위에 허벅지 높이쯤 되는 나무토막 여러 개가 놓여 있었다. 울타리를 손보기 위해 마련해 두었던 것이었는데 이런 용도로 사용하게 될 줄은 몰랐다.

돌층계 위에 올라선 웬디는 야무진 손길로 나무토막 하나를 집어 들었다. 요다의 머리통을 호되게 갈겨 줄 작정이었다. 뇌가 없는 녀석이니 뇌진탕 같은 것은 걱정할 필요가 없다고 생각하며 웬디는 나무토막을 힘껏 말아 쥐었다.

다시금 라드를 향해 달려드는 요다의 적갈색 머리통을 목표 삼아 웬디는 나무토막을 휘둘렀다. 그런데 그녀가 크게 간과하고 있는 것이 있었으니, 그것은 빗물로 인해 바닥이 몹시 미끄럽다는 것과 웬디 그녀는 검술의 기초도 떼지 못한 풋내기였다는 사실이었다. 흐트러진 자세로 나무토막을 휘두른 그녀는 미끄러운 바닥에 발을 헛디뎌 크게 휘청이고 말았다.

자신을 향해 돌진하는 요다를 손봐 줄 준비를 하던 라드 슈로더는 바닥을 향해 곤두박질치는 웬디의 모습을 보고 다급히 그녀를 붙들었다. 제법 거리가 있었던 터라 그녀가 쥐고 있던 나무토막을 먼저 손에 잡고 나머지 손으로 그녀의 몸을 잡아챘다.

순식간에 연결된 동작이었지만 그것은 매우 매끄럽고 훌륭했다. 덕분에 웬디는 바닥에 그대로 처박혀질 가혹한 운명에서 벗어날 수 있었다. 라드의 품속에 처박히는 수난을 겪게 된 것은 물론, 그녀에게 있어 또 다른 문제였지만.

"으윽……."

그의 가슴에 거세게 얼굴을 부딪친 웬디가 아픈 신음을 내뱉었다. 입을 다물고 있기에 망정이지 자칫했으면 혀를 깨물 뻔했다. 부딪친 가슴팍이 단단한 게 근육이 잘 발달되어 있음이 분명했지만, 그 역시 자신과의 충돌로 꽤 아픔을 느꼈을 것 같았다. 자신의 얼굴이 이토록 욱신거리니 말이다.

얼굴을 감싸며 살며시 고개를 든 웬디는 예상과 달리 너무도 멀쩡해 보이는 라드의 얼굴을 보며 조금 안심하였다. 자신으로 인해 찌푸려진 그의 얼굴을 본다면 그 찜찜함을 감당할 길이 없을 것이란 것을 잘 알았기 때문이다.

"괜찮소?"

자신을 살피는 라드의 잿빛 눈동자가 구름 낀 하늘처럼 가라앉아 있었다. 놀랍게도 그 눈동자에는 염려의 빛이 떠올라 있었다. 웬디는 다소 당황한 목소리로 괜찮다 답하였다.

"뺨이 부어올랐군."

그의 시선이 그녀의 왼쪽 뺨에서 떨어질 줄을 몰랐다. 웬디는 갑작스럽게 얼굴이 달아오르는 것 같은 기분이 들었다. 차가운 빗줄기가 내뿜는 한기에도 쉬이 식기 힘든 열기였다. 그녀는 홧홧한 뺨의 온도에 놀라 손에 쥔 나무토막을 떨어뜨렸다. 그 바람에 나무토막은 온전히 라드의 손에 들리게 되었다. 잠시 움찔하는 기색을 보이던 라드는 그녀의 왼뺨을 한차례 더 들여다본 후 요다를 향해 고개를 돌렸다.

"소란은 이쯤으로 족하다. 그녀 역시 많이 놀란 듯하니 여기서 그만 돌아가는 게 너에게도 이로울 것이다."

라드가 조금 누그러진 목소리로 말했다. 그러나 그 눈빛만은 이루 말할 수 없을 만큼 서늘하였다. 웬디는 그의 옆얼굴을 바라보며 저도 모르게 부르르 어깨를 떨었다.

"……!"

라드의 살기를 온몸으로 받게 된 요다는 그 충격이 몇 갑절은 되었다. 그는 흠칫 어깨를 떨더니 잠시간 웬디의 얼굴을 응시한 후 빗속으로 사라졌다. 금방이라도 울 것만 같은 얼굴이었기 때문에 웬디는 깊은 한숨을 내쉴 수밖에 없었다. 한심한 놈 같으니라고.

"저자는…… 가까이 하지 않는 것이 좋겠군."

라드는 요다가 사라진 쪽에 시선을 둔 채 손에 쥐고 있던 나무토막을 한쪽에 던져 놓았다. 여상한 움직임이었으나 웬디는 그가 던진 나무토막에 묻어 있는 붉은 흔적을 놓치지 않고 보았다. 그가 손으로 쥐고 있던 자리였다.

놀란 마음에 다급히 그의 손을 내려다본 그녀는 라드의 손바닥에 흥건한 핏자국을 발견하였다. 나무토막 위로 튀어나와 있던 거친 나뭇조각에 손바닥을 찔린 것이었다.

"손이…….."

웬디는 말을 맺지 못하고 우물쭈물 라드의 손을 바라봤다. 그의 손끝에 맺혀 툭툭 흘러내리는 발간 핏물이 그녀의 눈에 둥근 상으로 맺혔다.

"개의치 마시오."

라드는 다친 손을 말아 쥐며 그녀 시선에서 손을 감췄다. 그러나 웬디의 얼굴에 어린 낭패감은 사라질 줄 몰랐다. 집 안으로 들어가 손을 치료해 줘야 할까, 아니면 함께 리누스 의료원으로 되돌아가 치료를 받아야 할까, 그냥 모르는 척 들어가 버릴까, 개의치 말라 했으니 상관없지 않을까…… 수많은 생각들이 머릿속을 스쳤다.

"이만 들어가 보시오. 나도 그만 가 보겠소."

웬디의 가슴에 버석한 모래바람이 한차례 일었다. 눅눅한 주변 공기와는 전혀 다른 숨결이 그녀의 입가에서 흘러나오는 것 같았다. 이대로 그를 보낸다면 오늘 마음 편히 발 뻗고 자기는 틀렸다는 생각이 머릿속을 지배했다.

몸을 돌리려는 라드 슈로더의 한쪽 어깨가 흠뻑 젖어 있는 모습을 보는 순간 그녀는 망설임을 접어 두고 그의 이름을 입 밖에 내고 말았다. 자신을 위해 망토 자락을 기울여 준 것을 모르는 바가 아니었다.

"슈로더 경, 기다리세요. 다친 손은…… 치료하고 가셔야죠."

그녀의 목소리에 기사는 뜻밖의 말을 들었다는 표정을 지었다. 거품처럼 금세 사그라졌지만 웬디는 그 표정을 놓치지 않았다. 그래, 뜻밖일 테지. 자신에게도 오늘의 모든 일들은 예상치 못한 일들과 당혹스러운 감정으로 점철되어 있었으니까. 마치 결코 소유하고 싶지 않은 퀼트 조각 같은 하루였다. 이리저리 이어진 천 조각들이 계획한 것과는 전혀 다른 그림을 그려 내고 있어 만든 이에게 당혹감만 선사해 주는 그런 퀼트 조각 말이다.

문을 열고 집 안으로 들어가면서도 그녀는 꺼림칙한 마음을 감출 수가 없었다. 이왕 그를 집으로 들이기로 결심한 김에 다른 감정은 모두 내려놓는 배포를 보이고 싶었으나 도무지 그것이 쉽지가 않았다. 한껏 경계해도 부족한 사내가 아닌가!

"이쪽에 앉아 계세요."

그녀가 가리키는 소파 위에 순순히 앉는 남자를 보며 웬디는 저가 너무 순진하게 그를 집에 들인 게 아닌가 하는 생각을 하였다. 기사단장이나 된 사람이 저리 쉽게 부상을 입을 수 있을까, 혹 일부러 나무토막의 갈라진 조각에 손을 가져다 댄 건 아니었을까 하는 생각 말이다. 그러나 뚜벅뚜벅 약상자가 있는 곳으로 걸어간 그녀는 곧 고개를 가로저었다.

그는 검사였다. 검사가 자신의 손을 그리 함부로 다룰 리가 없었다. 거기다 검을 잡는 오른손을 말이다. 웬디는 자신을 의심 많은 여자로 만드는 더러운 세상을 향해 속으로 욕지거리를 내뱉은 후 얼른 약상자를 챙겨 들었다. 소파 앞 탁자 위에 약상자를 올려 둔 그녀는 응접실 한편에 있던 베젠타 줄기를 꺾어 라드 슈로더의 곁으로 되돌아왔다.

"조금 따가울 거예요."

다행히도 상처 부위에 나뭇조각이 박혀 있거나 하지는 않았다. 웬디는 베젠타 줄기 즙을 라드의 손바닥에 짜냈다. 소독 성분이 상처에 닿아 따가울 만도 한데 라드는 눈 하나 꿈쩍 않고 그녀가 하는 양을 지켜보고만 있었다.

"베젠타 줄기의 즙에는 소독 성분이 들어 있어서 상처에 매우 좋지요. 의료원에서 팔고 있는 소독약에도 베젠타 즙이 들어 있답니다."

웬디의 조곤조곤한 설명에 그는 한차례 고개를 끄덕였다. 힐끔 라드를 바라보니 그는 매우 진중히 그녀의 설명을 경청하고 있는 듯했다. 굳게 다물린 입술과 매끄럽게 선 콧날, 그 옆으로 깊은 음영을 만들고 있는 눈매가 그녀의 시선을 잡아챘다.

웬디는 다 짜낸 베젠타 줄기를 탁자 옆쪽으로 치우며 다시금 그의 얼굴로 시선을 옮겼다.

그의 잿빛 눈동자 위로 실내의 밝혀진 조명에 의해 은빛 빛무리 두어 개가 비춰졌다. 그녀는 그것이 밤하늘 위에 떠오른 별무리 같다고 생각했다. 밤하늘에서 매일 볼 수 있는 그런 별무리. 강가의 은백양나무를 떠올리지 않으려고 일부러 더 그런 생각을 했는지도 모른다. 은백양나무를 본 그 순간 그녀가 품었던 자신만의 사소한 감정-그 아름다움에 대한 감탄이나 그날 그녀가 느낀 여러 감각들, 이를테면 옅은 풀 냄새와 바람 냄새, 강가에 비친 은백양나무의 그림자를 보고 느낀 고독감, 강물의 반짝임 따위와 같은-을 그와 연결시켜 특별하게 만들고 싶지 않았기에.

"제게 하고 싶은 말씀이라도 있나요?"

다시 바라본 라드의 눈동자가 색다른 빛을 띠고 저를 바라보고 있음을 깨달은 그녀가 물었다.

"그저…… 상처를 보고도 담담한 그대의 태도에 놀랐을 뿐이오. 대부분의 여인들이 피만 보면 비명을 지르기에 바쁘던데, 그대는 별로 놀라지 않는군. 식물의 쓰임을 세세히 아는 것은 둘째 치고서라도 치료하는 손길도 아주 능숙하고."

"……귀족가의 여인들과 저를 비교하시면 아니 될 말이지요. 홀로 지내다 보면 그만한 상처 정도는 스스로도 치료할 줄 알아야 합니다. 일일이 비명을 지르다가는 목이 남아나지 않았을 거예요. 식물의 쓰임이야 하는 일이 식물과 관련된 일이다 보니 자연히 그 쓰임까지 관심을 가지게 된 것뿐이고요."

웬디는 별 쓸데없는 소리를 다 듣겠다는 듯이 대수롭지 않게 답하였다. 그런 그녀의 반응을 이미 예상한 사람처럼 라드는 미미한 미소를 머금었을 뿐이었다.

"당분간은 검을 잡지 않으시는 편이 좋겠어요. 왼손으로도 검을 쥐는 게 가능하시다면 문제없겠지만요."

약상자에 들어 있던 연고를 상처 위에 꼼꼼히 바른 후 그녀는 붕대를 칭칭 둘러 감았다. 중간에 너무 세게 감았나 하는 생각이 들었지만 붕대를 다시 풀어 감을 만큼의 배려심은 없었기에 그저 빠르게 손길을 마무리하였다. 이 정도면 라드 슈로더를 향해 제가 느낀 낯선 죄책감은 털어 버릴 수 있을 것이었다.

"머리가 젖었네요. 잠시 기다리세요, 수건을 가져다 드릴 테니."

"아니, 괜찮소. 그보다 따뜻한 차 한 잔을 마실 수 있겠소?"

라드의 말에 웬디의 눈가가 미세하게 떨렸다. 이자는 어디 가서 차 한 잔도 못 얻어 마셨나, 왜 자신만 보면 자꾸 차를 달라 하는가!

"……홍차라도 괜찮다면, 가져다 드리지요."

본심을 감추며 웬디는 입가에 작은 미소마저 걸고서 답했다. 아주 훌륭한 처세술이었노라고 훗날 이날을 떠올리며 스스로 치하하리라.

"고맙소."

기사가 젖은 머리칼을 넘기며 예사로운 어조로 말했다. 물론 차 한 잔을 내주는 것이 그가 감격에 겨워할 일은 아니었으나, 웬디는 그 말에 괜히 심통이 났다. 고맙다는 게 과연 진심인가, 자신에게 두 번이나 차 대접을 받는 기록을 세우고서도 저리 무감각하다니!

달그락.

그녀는 부엌으로 들어가 급히 물을 끓이고 홍차를 우려냈다. 일부러 떫게 만들까 잠시 갈등하기도 하였으나 나름 다도를 즐긴다 자부하던 그녀로서는 차에 대한 예의를 저버릴 수가 없었다.

달칵.

조심스럽게 탁자 위에 찻잔을 내려놓은 그녀는 축축이 젖은 옷자락 사이로 스미는 한기를 느끼고 다시금 자리에서 일어섰다. 급히 부싯돌을 들어 벽난로의 불을 밝혀 둔 웬디가 모락모락 김이 오르고 있는 저의 찻잔을 향해 다가가 앉았다.

잠시 동안 두 사람은 말없이 차를 마셨다. 쏟아져 내리는 빗소리가 단조로운 음률처럼 자그마하게 들려오고 있었다. 웬디는 기사의 찻잔을 쥔 손을 말끄러미 바라보며 자신만의 공간에 들어선 타인의 모습을 잠시 감상하였다.

그가 문 안으로 들어설 때만큼의 거부감은 없었다. 이와 같이 없는 사람인 듯 잠잠히 자리한다면 타인과 함께하는 시간도 그다지 나쁜 일은 아니겠다는 생각을 아주 잠깐 하기도 하였다. 그것은 벽난로의 불빛이 그녀를 조금 감상적으로 만들었기 때문이었다. 그러나 그 감정은 늦봄에 흩어지는 민들레 홀씨처럼 가볍고 부질없는 것으로, 작은 숨결 한 번에도 쉽사리 사라져 버릴 감상에 불과했다. 곧 그녀의 마음속에는 제 할 도리를 다하였다는 만족감만이 자리하였다.

벽난로의 불을 지핀 행위로 웬디는 티끌만큼 남아 있던 죄책감마저 모두 날려 버렸다. 이로써 그의 손바닥에 자리한 상처에 대한 빚은 모두 청산했으며 평소와 같이 그를 외면하는 것으로 제 일상을 되찾으리라. 물론 그것은 어디까지나 웬디 왈츠, 그녀 혼자의 생각이었다.

"오늘 일로 그대가 악몽을 꾸는 일은 없었으면 좋겠군. ……좀 전 그자 역시 그대에게 험한 마음을 먹은 것으로는 보이지 않으니 너무 염려하지는 마시오. 다만, 앞으로 그자를 가까이 하지는 않는 것이 좋을 것이오."

라드 슈로더는 요다를 가까이 하지 말 것을 다시 한 번 당부하였다. 그의 말 따위 웬디에게 조금의 제약도 될 수 없었기에 그녀는 속으로 헛웃음을 머금었지만 기사가 말한 의도 자체를 비웃진 않았다. 미약하게나마 진심이 느껴졌기 때문이었다.

"충분히 제가 해결할 수 있는 일이었지만…… 어찌 됐든 도와주신 것에 대해 감사드립니다. 비록 사고라 하여도 손을 다치신 것은 무척 유감스럽게 생각해요. 상처가 심각하지는 않아 시간이 지나면 금세 아물겠지만 당분간 불편하실 것을 생각하니 그 또한 송구할 따름입니다."

웬디는 교묘하게 사과인 듯하면서도 사과가 아닌 말을 늘어놓았다. 따지고 들자면 그녀의 말은 꼬투리를 잡을 여지가 다분하였으나 결국엔 사과의 말로 받아들일 수밖에 없는, 일종의 꼼수를 부린 것이다. 유감스럽고 송구하다는 데 무어라 하겠는가. 넘어져 큰 봉변을 당할 뻔한 자신을 구해 준 것은 고마웠지만 그에게 있는 그대로 감사의 인사를 전하는 것은 무언가 묘한 반발 심리가 작용하여 몹시 꺼려졌다.

그러나 그녀의 교묘한 입놀림은 이 무뚝뚝한 기사를 또다시 자극하는 암초가 되었다. 순조롭게 항해하던 웬디 왈츠라는 배를 순식간에 좌초되게 만든 어리석은 입놀림.

라드 슈로더의 입꼬리가 슬쩍 올라갔다.

"그대가 그리 미안해하니 내가 더 마음이 불편하군. 그렇다면 그대에게 내 그 죄스러운 마음을 털어 버릴 수 있는 제안을 하나 하지."

라드가 빙그레 웃으며 그의 품 안에서 은색 봉투 하나를 꺼내 놓았다.

"제루스 오케스트라 연주회 입장권이라오. 동행자가 필요하여 난감하던 차였는데, 그대가 나의 파트너가 되어 준다면 내가 처한 곤경에서 벗어날 수 있을 듯하오. 도와줄 수 있겠소?"

웬디의 얼굴이 걸레 빤 물을 뒤집어쓴 사람처럼 잔뜩 구겨져 버렸다. 제루스 오케스트라라면 황실 오케스트라가 아닌가! 그곳에 속한 연주자들이 황실의 녹을 먹고 있는 것은 동네 무지렁이들도 다 아는 사실이었으니. 그 연주회라면 그녀가 가지 말아야 할 곳 다섯 손가락 안에 마땅히 집어넣을 만하였다.

"슈로더 경, 죄송하지만 그곳은 제게 어울리는 자리가 아닌 듯하군요. 귀족님들께서 음악을 즐기시는 자리에 감히 제가 낄 수야 없지요. 경의 이름에도 먹칠이 될 것입니다. 황실 기사단장께서 평민 여인과 어울린다는 소문이라도 돈다면 부끄러워 얼굴을 들고 다니시겠습니까."

"……그대가 그런 것을 염려한다니 뜻밖이군. 나는 웬디, 그대와 함께 황실 연회에 간다 해도 전혀 부끄럽지 않소만."

기사가 유려한 저의 눈매를 살포시 찌푸리며 말하였다. 그 어조가 그녀의 그릇된 생각을 탓하는 듯했다. 실상 라드 슈로더, 이 황실의 기사단장은 웬디의 도발적인 말에 발끈하여 연주회의 동행을 청하였으나, 그녀와 그 따분한 장소에 함께 간다면 그 자체로 매우 유쾌한 일이 될 것이란 생각이 그 밑바탕에 깔려 있었던 것 또한 사실이다.

그런 생각은 라드 슈로더 자신도 이해할 수 없는 것이었지만, 그가 그녀와의 동행을 원한 것은 어찌 되었든 숨길 수 없는 진심이었다. 라자뷰데 박물관에서의 사건이나 리누스 국립의료원에서의 만남에서 비롯된 그녀를 향한 의혹들은 이 순간 그리 중요한 것이 아니었다. 그 역시 벽난로의 따뜻한 빛과 빗줄기가 연주하는 조용한 음률에 조금 감상적인 기분이 되어 버린 것일지도 모르겠다. 물론 라드 슈로더는 저의 그런 세세한 감정을 모두 파악하고 있지는 못하였지만 말이다.

"정 귀족들의 시선이 의식된다면 나와 함께 느지막이 들어서도 될 것이오. 나 역시 연주회를 그다지 즐기는 편이 아니니 조금 늦는다 해서 저어될 것은 없소. 부디 내 제안을 거절하지 말아 주시오. 이리 흉하게 다친 손을 잡아 줄 여인은 그대밖에 없을 터이니."

되로 주고 말로 받은 격이었다. 웬디는 작게 심호흡을 하며 자신이 내던진 말의 경솔함을 탓하였다. 이 남자에게 허튼 수는 통하지 않음을 잠시 간과하고 있었다. 그러나 이대로 물러설 수는 없는 일이었다.

"비록 손을 다치셨다 하나, 이리 멋지신 기사님의 동행 요청을 거절할 수 있는 영애님은 많지 않을 것입니다. 그 점에 대해선 염려치 않으셔도 될 겁니다. ……저는 미약하게나마 차 대접으로 대신 마음의 빚을 덜었으면 하니, 부디 요청을 거두어 주세요."

라드의 잿빛 눈동자와 웬디의 풀빛 눈동자가 허공에서 맞부딪쳤다. 웬디는 빤히 보는 그의 눈빛에 자신도 모르게 옆쪽으로 시선을 돌렸다. 언뜻 보기에 아무런 감정도 발견할 수 없는 눈빛이었지만, 그것은 마치 숲이 되지 못한 나무를 바라보는 새벽하늘 빛처럼 보이기도 하였다. 웬디는 가슴 깊숙한 곳 어느 자리가 서늘한 새벽 공기에 시려 오는 것 같은 느낌을 받았다.

"빚이라니, 당치 않소. 그대를 도운 것은 그대에게 감사 인사나

사과의 말을 듣고자 한 일이 아니었소. 손을 다친 것 또한 그대의 말대로 예기치 못한 사고일 뿐, 그대가 이것에 대해 책임감을 가질 필요는 없을 것이오. 그러나 나의 행동을 곡해해 받아들인다면 나 또한 매우 섭섭할 듯싶소. 더는 권하지도 강제하지도 않을 것이나 그대와 함께 연주회에 가고 싶다 여긴 것은 나의 진심이라오. 초대장은 두고 갈 터이니 혹 마음이 바뀌거든 찾아와 주시오."

말을 마친 라드는 망토를 챙겨 들고 응접실을 나섰다.

"……."

웬디는 어쩐지 자신이 라드 슈로더에게 속물 취급을 당한 것만 같았다. 넘어지려는 자신을 도와준 그의 선의에 대해서 계산적으로 생각한 것은 맞지만 과연 그게 잘못된 일이었을까. 라드 슈로더. 그자가 저에게 대체 무엇이기에.

그는 그저 타인일 뿐이다. 고고한 귀족, 경계해야 할 대상, 그 이상도 이하도 아니었다. 위험에서 자신을 구해 준 멋진 기사에게 환호하는 것은 웬디, 그녀가 결코 할 수 없는 일이었다. 그런 환호를 바란다면 리누스 국립의료원 앞에서 페르세유를 연호하던 그 여인들을 구해 주는 편이 빠른 길일 것이다.

그러나 라드 슈로더는 저에게 환호를 원한 것이 아니었다. 그것을 알기에 그녀의 기분이 이토록 가라앉은 것일 테다. 웬디는 탁자 위에 놓여 있는 은색 봉투를 한동안 바라보았다. 하필 그 은빛은 또다시 강가의 은백양나무를 떠올리게 하였다.

4화

데비타 대로에 가도 좋나요

데비타 대로에 가도 좋나요

싹둑, 싹둑.

조용한 실내 정원 안, 붉은 장미꽃 줄기를 다듬는 가위질 소리가 간헐적으로 들려오고 있었다. 날이 짧은 원예용 가위를 들고 있는 웬디는 줄기를 자르고 톱니 모양의 잎을 정리하는 것에 신경을 온통 쏟고 있는 것처럼 보였다. 매혹적으로 봉오리를 앙다문 붉은 장미꽃은 그녀의 손길에 따라 테이블 위에 깔아 둔 종이 위로 소담스럽게 쌓여 갔다.

"아앗!"

작은 비명과 함께 새빨간 핏방울이 그녀의 가는 손가락을 지나 흙바닥 위로 툭툭툭 떨어져 내렸다. 방울진 핏방울은 이내 흙바닥에 섞이어 검붉은 색으로 엉겼지만 상처를 비집고 나오는 핏물은 여전히 새빨간 빛을 하고 있었다. 웬디는 제 손을 찌른 장미 가시를 탓하듯 그 줄기를 바닥에 떨구었다. 제법 깊게 찔렸는지 상처의 쓰라림이 크다.

"하아……"

그녀가 품에서 하얀 손수건 하나를 꺼내 들어 손가락을 압박하였다. 이런 실수는 웬디에게 드문 것이었다. 정신을 딴 데 팔기라도 했던 걸까. 웬디의 한숨이 깊다.

장미 가시에 찔린 상처라. 상처 중에서도 제법 낭만적인 축에 속했으나 손가락을 다치는 일은 그녀처럼 손으로 하는 일이 많은 이에게 거추장스러운 것일 뿐이었다.

웬디는 상처 부위를 확인한 후 손수건을 그 위에 단단히 묶어 두었다. 길게 진 매듭 때문에 손놀림이 불편했지만 그녀는 더 이상 상처에 신경 쓰고 싶지 않은 것처럼 바닥에 떨군 장미 줄기를 다시 주워 들었다. 이내 아무렇지 않은 듯 가위질을 다시 시작해 보지만 깊게 찔린 상처는 꽤나 아릿했다.

"……"

그녀는 그 고통을 통해 라드 슈로더를 떠올렸다. 작은 장미 가시에 찔린 상처에도 저는 이리 눈살을 찌푸리건만, 그자는 어찌 그리 무덤덤할 수 있었을까? 통증이라는 것은 누구에게나 공평한 것일진대, 라드 슈로더 그자에게만 그 아픔이 비켜 갈 리 없을 것이었다.

싹둑, 싹둑.

가위 소리는 들리는데 떨어져 내리는 나뭇잎은 없다. 그녀는 말끔히 다듬은 장미 줄기 위로 괜한 헛손질을 하였다. 영락없이 정신이 딴 데 팔려 있는 모습이다. 멍하니 끔벅이는 눈도 퀭한 것이 간밤에 잠을 설친 것 같은 얼굴이었다.

사실 웬디의 머릿속은 은빛 봉투 하나에 점령당한 지 오래였다.

아무리 몰아내려고 용을 써 봐도 그 하찮은 은빛 봉투 하나가 지닌 힘이 어찌나 큰지 그녀의 머릿속을 온통 헤집어 놓고 있었다. 쓰레기통에 처박으려던 것을 간신히 서랍 깊숙이 던져 놓는 것으로 마무리 지었지만 그 집요한 종잇장은 그것을 던져 준 주인만큼이나 집요하게 그녀를 괴롭히고 있었다.

바닥에 쌓인 장미꽃을 한 아름 품에 안아 든 웬디는 가게로 통하는 문을 향해 걸어갔다. 품에 안은 장미꽃이 한 송이, 두 송이 바닥에 떨어져 내리는 것은 평소의 그녀답지 않은 실수였다. 떨어져 내린 꽃을 본 체 만 체한 그녀는 꽃집에 들어서자마자 바지런히 포장을 시작하였다. 장미를 주문한 손님이 곧 올 시간이었다.

아니나 다를까 얼마 안 있어 흰 머리가 듬성듬성 보이기 시작하는 여인 하나가 가게로 들어섰다. 뾰족한 주걱턱에 키가 껑충 큰 여인이었다.

"어서 오세요, 레타, 오늘은 직접 오셨군요."

"오, 웬디! 오랜만이에요. 부탁한 꽃은 준비되었나요?"

레타라 불린 여인은 디세이도 광장에서 찻집을 운영하는 사람으로, 일전에 라드 슈로더에게 직접 담근 과일 차를 마시고 싶다면 들러 보라 권했던 그 가게의 주인이었다. 조금은 날카로워 보이는 인상과 다르게 그녀의 가게는 예쁜 꽃과 소품으로 치장되어 매우 아기자기했다. 덕분에 젊은 여성들이 그곳의 주된 손님이 되었다.

"물론이죠. 여기 있습니다. 주문하신 대로 아직 꽃망울이 터지지 않은 것들로만 골라 놓았어요."

"네, 상태가 아주 좋군요. 역시, 이곳의 꽃은 실망을 시키는 법이 없네요. 여기 오늘 사 가는 것과 지난번 외상으로 가져간 것들까지 계산한 금액이에요. 확인해 보세요."

여인이 품 안에서 돈을 꺼내 웬디에게 건네주었다.

"네, 딱 맞네요, 레타. 천천히 주셔도 되는데 신경 써 주셔서 고마워요."

"어머, 무슨 소리예요? 진 빚은 되도록 빨리 갚는 게 상인 된 도리 아니겠어요? 늦어서 오히려 미안한 걸요."

"……."

"후훗. 곧 손님들이 들이닥칠 시간이라, 저는 이만 가 볼게요. 웬디도 한번 들르도록 해요. 내 특별히 아껴 둔 머루차를 내줄 테니."

가게를 나서는 레타를 배웅한 후 웬디는 한동안 문가를 떠나지 못하였다. 레타가 무심결에 한 말이 그녀의 마음을 더욱 무겁게 만들었기 때문이었다.

"진 빚은 되도록 빨리 갚는 게 상인 된 도리라……."

웬디는 애써 모른 척하려던 사실을 다시금 상기하고 말았다. 자신이 라드 슈로더, 그 황실 기사에게 빚을 지고 있다는 사실, 그리고 그 빚이 아직 청산되지 않았다는 것을 말이다. 베젠타 줄기의 즙으로 그를 치료해 준 행위나 따뜻한 홍차를 대접한 행위로는 진정 갚지 못한 것이었다.

흐리멍덩하던 그녀의 풀빛 눈동자가 그 순간 생기를 되찾았다. 웬디는 조용히 탁자로 다가가 서신을 써 내려갔다. 이 이상 망설이는 것은 그녀의 정신 건강에 심히 좋지 못하단 사실을 이미 깨달았다. 웬디는 서랍 속에 감춰 둔 은빛 봉투를 꺼내 들겠다 마음먹었다.

그가 원하는 대로 그 빚을 갚아 주리라. 다만, 그 방식은 그녀가 정한 대로 이루어질 것이다. 그 방식에 그가 동의하지 않는다면,

라드 슈로더는 그 빚에 대한 채권을 포기해야 할 것이었다.

웬디는 라드 슈로더의 방문을 청하는 서신을 마을의 심부름꾼 편에 들려 보냈다. 의뢰비를 두둑이 챙겨 주며 그 서신을 황실경비대에 전하라 일렀다. 황실 안으로 들어서지는 못하겠지만 황궁 앞만가도 경비대원들을 쉽게 만날 수 있으니 그리 어려운 일은 아니었다. 그들이 수신인의 이름을 보고 순순히 그 서신을 라드 슈로더에게 전해 줄지는 미지수였지만 말이다.

그녀는 차분히 그의 방문을 기다리기로 하였다.

딸랑.

그날 오후 무렵. 그녀가 기다리던 황실 기사가 웬디의 꽃집을 찾았다. 그녀가 막 세벤드롱 꽃잎을 큼지막한 그릇 안에 모두 따 놓은 시점이었다.

세벤드롱은 꽃잎이 두껍고 둥근 통꽃으로, 그 하얀 꽃잎을 짓이기면 풍부한 향의 갈색 즙이 나오는, 무척 값비싼 꽃이었다. 그 즙은 염색에 탁월한 효과를 보였기에 과거부터 귀족가 여인들의 미용 재료로 사용되곤 하였다.

그러나 요즈음 그 꽃의 수분을 돕는 세벤드롱 나비의 수가 기하급수적으로 줄어 세벤드롱 꽃 역시 거의 자취를 감추고 말았다. 때문에 어린 귀족 영애들에게 그 꽃은 어머니의 추억담에서나 들을수 있는 꽃이 되어 있었다.

물론 웬디는 좀 전 자신의 검지의 힘을 이용하여 그 꽃을 잔뜩 재배해 둔 후였다. 그녀는 세벤드롱을 가지고 자신의 눈에 띄는 진노란 머리칼을 갈색으로 물들일 작정이었다.

"어서 오세요. 제 서신이 잘 전달된 모양이군요."

"그대가 나를 먼저 청하다니, 조금 놀랐소. 무슨 일이오?"

라드 슈로더는 갑작스러운 그녀의 서신에 정말 놀란 모양인지, 꽃집에 들어서자마자 자신의 용건을 물었다. 지금껏 보지 못한 조급함이었다.

"제가 경을 청할 일이 하나밖에 더 있나요? 제루스 오케스트라, 그곳에 동행하는 일 때문이지요. 일단 이곳으로 앉으세요."

웬디는 세벤드롱 꽃잎이 들어 있는 그릇을 탁자 가장자리로 치워두며 그에게 앉을 것을 권했다. 탁자 주변엔 꽃잎의 달큰한 향내가 진동을 하고 있었다. 라드의 눈살이 조금 찌푸려졌다.

"단 향을 싫어하시나 보죠?"

"좋아하는 편은 아니오. 그보다 제루스 오케스트라라니, 무슨 뜻이오?"

그의 찡그린 표정을 놓치지 않은 그녀의 물음에 라드 슈로더는 긍정도 부정도 아닌 대답을 내놓았다. 그러나 웬디는 그가 단 향을 싫어한다고 확신하였다. 그녀는 모처럼 진심으로 싱긋 웃을 수 있었다. 앞으로 라드의 후각에 고생문이 훤히 열릴 것을 예고하는 웃음이었다.

"슈로더 경께서 요청하신 대로 제루스 오케스트라 공연에 동행하겠습니다. 단, 그 전에 경께 부탁드릴 것이 있어요."

세벤드롱 꽃잎이 든 그릇에 시선을 두고 있던 슈로더는 웬디의 말에 고개를 번쩍 들었다. 빤히 그녀를 바라보는 눈빛이 이어질 말을 재촉하였다.

"아시다시피 저는 그런 화려한 자리에 어울리는 사람이 아니에요. 그런 곳에 가려면 준비해야 할 것이 많죠. 자리마다 격식에 맞는 의상이 있는 법이니까요. 문제는 제가 가진 옷 어느 것도 그곳에 어울리는 것이 없단 거예요. 경의 요청대로 그곳에 동행하고자 하여도 이 문제는 제게 큰 난관이랍니다."

"……의상이라면 내가 준비해 주겠소. 사람을 보내면 되겠소?"

"아뇨, 그런 번거로운 절차를 거치기에는 시간이 너무 촉박하군요. 공연이 이틀 후가 아닌가요? 여인들은 남자와 달리 준비할 게 꽤 많답니다. 해서, 지금 당장 드레스 가게에 가 봤으면 해요. 물론 슈로더 경과 함께요."

웬디의 얼굴에 그린 듯한 미소가 떠올랐다. 매우 아름다운 미소였으나 슈로더의 몸이 움찔하는 기색을 보인 것은 그 미소에 숨은 뜻 때문일 것이다.

"이 일은 제게도 큰 결심이라는 걸…… 알아주셨으면 좋겠군요."

"……좋소. 지금 바로 가면 되겠소?"

우아하게 고개를 한 번 끄덕인 웬디는 조금의 지체도 없이 자리에서 일어섰다. 동작 빠른 황실의 기사는 이 순간 어쩐 일인지 그 동작이 굼뜨기만 했다.

그의 속내를 짐작한 듯 만족스러운 표정으로 꽃집 문을 나선 웬디는 당당하게 걸음을 옮겼다. 그러나 막상 꽃집을 나서자 그녀는 조금 난감한 상황에 부딪히고 말았다. 그와 함께 드레스 숍으로 움직일 이동 수단에 대해 미리 생각해 놓지 않았기 때문이었다.

"지금이라도 마차를 부르는 게 어떻소?"

꽃집 앞에 매어 두었던 자신의 말고삐를 손에 쥐며 라드가 말하였다. 웬디는 그가 하는 양을 잠시 지켜보다가 이내 고개를 가로저었다.

"아뇨, 이곳에서 더 이상 지체하고 싶지 않군요."

시간을 끌어 괜한 시선을 받고 싶지 않았던 그녀가 그에게 도도한 표정으로 손을 내밀었다. 말 위에 오르는 것을 도와 달란 뜻이었다. 지금 웬디는 이 황실 기사 앞에서 피곤할 만치 새침한 귀족가 아가씨처럼 행동하겠다 마음먹고 있었다. 물론 실제 귀족가의 아가씨가 황실 기사와 한 필의 말 위에 오르는 대담한 행동을 하지는 않겠지만 말이다.

"……괜찮겠소?"

"물론이죠. 경이 앞에 오르세요. 제가 뒤에 타도록 하죠. 해가 지기 전에 다녀오려면 서둘러야 할 것입니다."

이번만은 네가 앞에 타는 걸 허락해 줄 테니 잔말 말고 올라타라는 듯한 어조였다. 덕분에 라드 슈로더는 다시 한 번 멈칫하며 그녀의 얼굴을 바라보았다.

"꽉 잡으시오."

모든 것을 체념한 듯한 그가 그녀의 내민 손을 잡아 말 위에 가뿐히 올려 주고서 그 자신도 어렵지 않게 그 앞에 올라탔다. 그녀가 조금 망설인 후 그의 허리 즈음에 손을 올리자 기사는 말을 움직이기 시작했다.

"어디로 가면 되겠소?"

"데비타 대로로 가 주세요."

데비타 대로에는 전통 깊은 드레스 숍들이 여럿 있었으나, 최근 황궁 근처에 새로 생긴 드레스 숍들의 폭발적인 인기로 인해 그들 모두 고전을 면치 못하고 있었다. 때문에 데비타의 드레스 숍으로

가 불필요한 이목의 집중을 피하자는 게 웬디의 계산이었다. 특히 정오가 지난 지금은 영애들이 정해진 티타임을 즐기는 시간이라 숍을 찾는 손님이 드문 때였다. 웬디는 멀리서 들려오는 시계탑의 종소리를 들으며 좋은 시간을 골랐다며 만족해했다.

한참을 달린 둘은 고풍스러운 회백색 건물이 즐비한 데비타 대로에 다다랐다. 웬디는 별 망설임 없이 가게 하나를 골라 들어갔다. 가게 앞에 대기하고 있던 일꾼에게 말고삐를 넘겨준 슈로더도 곧 그녀를 따라 들어갔다.

"어서 오십시오. 어떤 옷을 찾으시나요?"

가슴이 깊게 파인 비취색 드레스를 입고 있던 여인이 그들에게 다가오며 말했다. 웬디를 위아래로 훑어보는 꼴이 그녀의 신분과 집안에 대해서 탐색이라도 하는 모양이었다. 그녀 뒤에 황실 기사 복장을 한 라드 슈로더가 없었다면 좀 더 노골적으로 그녀를 훑었을 것이다.

"점잖은 자리에 입고 갈 드레스를 보여 주세요. 제 치수에 맞는 걸로."

웬디는 긴 말을 하지 않기로 하였다. 결코 오만한 음성은 아니었지만 주눅 든 기색도 없었다. 그녀는 숍의 점원에게 자신이 큰 특징 없는 여자로 비쳐지길 바랐다.

"네, 잠시 기다리시겠어요?"

여인은 능숙하게 그들을 자리로 안내한 후 다른 점원을 시켜 차를 내오게 하였다. 씁쓸한 찻물을 한 모금 머금은 후 한동안 두 사람은 멀뚱히 앉아 있었다. 숨 막히는 침묵이 불편하지도 않은지 둘 다 아무런 말이 없었다. 두 사람이 침묵에서 벗어난 것은 잠시 후,

여인이 드레스를 양손에 든 여러 명의 점원들을 대동하고 나타난 뒤였다.

"아가씨에게 어울릴 만한 드레스를 골라 보았습니다. 하나하나 보시지요. 음, 이건 이웃 국가의 에드리안 프레슈롱트 왕녀가 입어 유명해진 드레스를 모티프로 한 거예요. 가슴 부분을 금욕적으로 가린 대신 등 뒤를 시원하게 드러낸 모양이죠. 아, 별로신가요? 흠…… 그렇담 이건 어떠세요? 누드 톤의 드레스가 몸에 착 감기게 디자인되어 여성의 아름다움을 한껏 살린 디자인이죠. 점잖은 자리에도 어울리지만 아가씨의 매력도 한껏 드러낼 수 있을 겁니다. 기사님께서도 분명 좋아하실 만한 옷인데요."

여인의 시선이 기사를 향했고 그에게 동의를 구하듯 고개를 살짝 기울였다. 여인의 설명에 따라 차례차례 드레스를 선보이던 다른 점원들의 시선 역시 라드 슈로더, 그 기사의 얼굴을 향하였다.

"……내 의견이 필요하오?"

왠지 모를 압박감에 말을 꺼낸 라드가 여인의 시선을 맞받아치며 서늘한 눈빛을 하였다. 그러나 여인은 이런 남자들의 반응에 이골이 난 것처럼 그의 차가운 시선에도 아랑곳없이 말을 이었다.

"그럼요. 함께 오신 이유가 그런 것 아니신가요? 숙녀분의 마음을 너무 모르시네요. 이 드레스, 어떠신가요?"

"……별로, 눈에 들지 않는군."

그는 한참만에야 제 의견을 내놓았다. 무뚝뚝한 기사의 음성을 들은 웬디는 남몰래 미소 지었다. 숙녀분의 마음을 모른다는 여인의 말은 웬디가 마치 그에게 아름다워 보이길 원한다는 뉘앙스를 풍겼기에 매우 불쾌한 것이었으나, 라드 슈로더의 못마땅한 기색은 그녀에게 퍽 유쾌한 것이었다. 한참만에야 대답하는 그의 반응 역시 마음에 들었다. 그의 대답이 늦으면 늦을수록 라드 슈로더의 고난이 길어짐을 뜻하니까.

"아, 조금 고풍스러운 디자인을 원하시는가 보네요. 그렇다면 이 드레스는 어떠세요? 은은한 남빛에 가슴 장식이 포인트가 되는 옷 이지요. 오! 이 드레스도 추천드릴 만합니다. 이것은 디벨로앙트 국에서 들여온 자수 원단을 이용한 드레스예요. 이 자수로 말할 것 같으면……."

두 사람은 그 뒤로도 한참 동안 여러 드레스를 구경한 후 그중 몇 벌을 입어 본 끝에 세 벌의 드레스를 골랐다. 도저히 고를 수 없다 는 웬디를 향해 라드가 내린 특단의 조치였다. 그는 더 이상은 참 을 수 없다는 듯 드레스를 포장해 달라 말하였다. 다른 숍을 좀 더 둘러본 후 결정하겠다는 그녀의 말은 묵살되었다. 웬디는 그런 그 의 독단에 노여움을 느꼈지만 숍에 들어서기 전보다 훨씬 창백해 진 그의 안색을 본 후 곧 노여움을 풀었다.

"드레스는 바로 가져가시겠습니까?"

여인은 드레스를 종이 상자에 넣은 후 숍의 마크가 수놓아져 있 는 천 가방 안에 상자를 다시 포장했다.

"물론이죠. 여기 계신 기사님께 주세요."

웬디는 여인이 내민 가방을 거들떠보지도 않고 살짝 목례를 한 후 숍을 나섰다. 얼떨결에 드레스가 담긴 가방을 받아 든 라드는 두 손 가득 짐을 들고 그녀를 따라 나왔다.

"다음은 구두를 보러 가야겠어요."

"……."

라드의 얼굴이 한결 창백하게 변한 것은 비단 웬디의 착각이 아닐 것이었다. 그녀는 만족스러운 얼굴을 한 채 다음 가게를 향해 걸음을 옮겼다.

"어서 오십시오. 숙녀분께서 신으실 구두를 찾으시나요? 오! 템슬린의 드레스를 구입하셨군요. 그렇다면 드레스에 어울리는 구두를 권해 드릴까요? 숙녀분께서 만족하실 만한 구두가 많이 준비되어 있으니 편히 둘러보시지요!"

콧수염을 멋들어지게 기른 중년의 남자였다. 그는 점잖아 보이는 겉모습과는 다르게 가게 안으로 들어선 손님이 기가 질릴 만큼 압도적인 판매욕을 보였다. 라드의 손에 들려 있는 드레스 가방을 그새 눈으로 확인했는지 가방에 쓰인 드레스 숍의 서명을 보며 아는 체를 해 오기까지 하였다. 웬디로서는 높게 합격점을 줄 만한 태도였다.

"드레스에 맞는 구두를 보여 주세요."

그녀가 라드의 손에 들린 드레스 가방에 시선을 두며 말하자 남자는 기쁜 얼굴을 한 채 기사를 향해 다가갔다. 그 저돌적인 기세에 라드 슈로더의 눈썹이 꿈틀거렸을 정도였다. 그는 라드에게서 드레스 가방을 받아 든 이후 조심스러운 손짓으로 드레스를 꺼내 들었다. 모두 세 벌이나 되었기에 드레스에 어울리는 구두를 찾는 그의 움직임은 더욱 빨라졌다.

"걸음을 옮길 때마다 언뜻언뜻 보이는 구두의 아름다움이란! 진정한 미를 추구하는 숙녀분이라면 누구보다도 구두에 많은 공을 들이는 법이지요. 여기 계신 숙녀분께서도 그런 분이 분명하시겠죠?"

그가 익살스러운 웃음을 지으며 손수 골라 온 구두를 그녀 앞에 내밀었다.

"우선 황금빛이 감도는 이 드레스에는 같은 계열 색의 구두가 어울릴 것 같군요. 가장 먼저 추천드릴 구두는 바로 이것입니다. 발목에 거는 이 황금빛 체인이 숙녀분의 가느다란 발목을 더욱 돋보이게 해 줄 것 같지 않으세요? 오, 뭐니 뭐니 해도 이 구두의 포인트는 앞코 부분에 장식된 이 우아한 크리스털 장식이죠. 이 반짝이는 장식은 눈부신 태양에서 떨어져 나온 햇살 한 조각을 상징하고 있답니다."

"……."

웬디가 그의 설명에 별다른 관심을 보이지 않자 그는 상인으로서의 전투 의지가 더욱 불타오르는 모양이었다. 남자는 콧수염을 손끝으로 두어 번 쓰다듬은 후, 좋은 팁을 알려 주겠다는 듯 포즈를 취해 보였다.

"자, 저처럼 이렇게 비스듬히 서서 드레스 자락을 살짝 위로 든 후 왼발을 조금 내밀어 보세요. 내민 듯 안 내민 듯 동작을 취하는 게 중요합니다. 어떠세요? 이 포즈라면 구두의 매력을 한층 살릴 수 있겠죠? 분명히 우아한 공주님처럼 보일 겁니다."

남자가 취하고 있는 포즈가 결코 공주님처럼 보이지는 않았지만 웬디는 그의 적극적인 설명에 한 차례 고개를 끄덕여 주었다. 온몸을 내던지는 그의 열정적인 모습은 같은 상인으로서 존경할 만한 태도였기 때문이다. 물론 라드 슈로더가 남자의 설명이 계속될수록 눈에 띄게 지친 기색을 보인 것이 눈앞의 상인을 인정하게 만드는 데 더욱 주효하였다.

가게 안의 구두를 거의 다 본 게 아닐까 싶을 정도로 많은 시간이 흐른 뒤에야, 웬디는 세 켤레의 구두를 고를 수 있었다. 우습게도 모두 남자가 제일 먼저 권해 주었던 구두였다. 그녀의 선택에 라드 슈로더가 생전 하지 않던 마른세수를 한 것은 웬디의 작전이 아주 잘 먹혀 가고 있음을 뜻했다. 웬디는 심호흡하듯 벅찬 숨결을 한 차례 내쉬었다. 자신의 꽃집을 처음 열었을 때 느꼈던 가슴 벅찬 기분을 다시 한 번 느끼는 순간이었다.

그러나 구두의 대금을 치르며 라드가 던진 말은 그녀의 기분을 다시금 곤두박질치게 만들기 충분하였다. 라드는 무미건조한 눈빛으로 남자를 향해 말했다. 그 음성 안에 거절은 용납하지 않겠다는 기세가 느껴졌다.

"상인으로서 그대의 열성이 아주 지극하군. 내 아주 인상 깊게 보았어. 여기 계신 숙녀분이 만족할 수 있도록 구두 외에 필요한 물건들을 골라와 보겠는가? 많이는 필요 없다네. 자네의 안목은 이미 입증되었으니까. 세 벌의 드레스에 어울리는 물건들을 각각 하나씩 골라 오게나. 내 그에 대한 사례를 충분히 할 테니."

저도 모르게 자리에서 벌떡 일어난 웬디는 라드의 제안을 물리기 위해 다급히 입을 열었다. 양미간에 바짝 힘을 준 모양새가 저따위 술수에 당할 수 없다는 그녀의 의지가 엿보였다.

"아니 될 말씀이세요. 중요한 자리에 함께하게 될 물건들인데 제가 직접 고르지 않고서는 안심할 수가 없어요. 지금처럼 직접 필요한 물건을 고르겠어요."

"웬디, 그대도 방금 이자의 안목을 보았지 않소? 당신이 고른 세 켤레의 구두 모두 이자가 가장 먼저 추천해 주었던 구두였으니, 전문가의 안목을 믿어 보도록 합시다. 무엇보다 우리에게는 별로 시간이 없지 않소? 이 모든 것이 그대를 위한 나의 배려임을 알아주길 바라오."

라드는 얼굴색 하나 바꾸지 않고 그녀에게 말했다. 이런 뻔뻔한 작자를 보았나! 발끈한 그녀가 다시금 그의 말을 반박하려 할 때 구두 가게 남자가 그녀에게 웃는 낯으로 성큼 다가왔다.

"오! 아가씨, 들어 보니 기사님의 제안이 아주 합당한 듯합니다. 제가 두 분의 황금 같은 시간을 아낄 수 있도록 애를 써 보지요. 물건을 보는 안목이라면 저, 우디 볼드윈의 이름을 걸고 자부합니다. 그래도 염려가 되신다면 템슬린에 들러 그곳 디자이너의 조언을 구하도록 할 테니 안심하십시오. 잠시 기다리고 계시면 제가 바로 다녀오도록 하겠습니다. 엘리엇 군! 여기 두 분께서 편히 쉬고 계실 수 있도록 특별히 신경 써 모시도록 하세요."

말을 마친 남자는 기회를 놓치지 않겠다는 듯 후다닥 가게 밖으로 나갔다. 곧 이어 아직 어린 티가 가시지 않은 청년 하나가 그들 앞에 과일 주스와 쿠키를 내왔다.

"안녕하세요? 엘리엇이라고 합니다. 필요한 것이 있으시다면 불러 주세요."

청년은 조금 쑥스러운 기색으로 그들에게 인사를 한 후 멀찍이 떨어져 섰다. 웬디는 청년이 놓고 간 갈색 빛깔의 쿠키를 분한 마음에 한동안 노려보았다. 내가 너무 이자를 얕잡아 봤구나! 그녀는 이를 바드득 갈며 쿠키 하나를 집어 들었다.

자신이 보인 작은 틈을 귀신같이 알아채어 비집고 드는 라드 슈로더란 남자에게 사무치는 분기가 치솟아 올랐다. 과연 황실의 기사라 이것인가. 어디서 배웠든 그의 공격 전술은 그녀를 당황하게 만들기 충분한 것이었다. 상대의 공격을 이용해 오히려 반격을 가하다니, 결코 만만하게 볼 자가 아니다.

"괜찮소?"

라드 슈로더가 별안간 그녀에게 손수건을 건네며 물었다. 웬디의 손에 들려 있던 쿠키가 그녀의 손안에서 바스러져 있는 모습을 본 것이었다. 웬디는 가루가 된 쿠키 조각을 털어 내며 마음을 가다듬었다.

"어머, 쿠키가 너무 쉽게 부서지는군요. 구울 때 불 조절을 잘못한 모양이에요."

"그런…… 모양이군."

라드는 그녀가 손에서 쿠키 부스러기를 털어 내는 모습을 생각에 잠긴 얼굴로 바라봤다. 자신으로 인해 눈앞의 여인이 노여워하고 있음을 쉬이 짐작할 수 있었다. 못마땅한 듯 앙다물고 있는 그녀의 입술이 시선을 끌었다. 그것이 마치 따뜻한 봄볕에도 결코 개화하지 않을 것 같은 꽃봉오리처럼 보였다. 아주 고집이 센 꽃봉오리 말이다.

그는 설핏 떠오르려는 웃음 한 자락을 간신히 떨쳐 내며 그녀에게서 고개를 돌렸다. 갑작스럽게 떠오른 웃음이 그 스스로도 당혹스러워 머쓱한 기분이 들었다. 황실 기사 강령을 머릿속으로 외우는 것이 웃음을 떨치는 데 많은 도움이 되었다.

그런 그의 속은 까맣게 모른 채 웬디는 접시 위의 쿠키를 깨작거리는 중이었다. 그가 웬디의 모습을 보고 웃음을 흘렸다면 그녀, 인내심을 잃고 당장 자리를 박차고 나갔을지도 모르는 일이었다.

자신이 공들인 공격을 단번에 무력화시킨 라드 슈로더에 대한 분노는 생각보다 더욱 강렬했으니. 그렇게 보자면 두 사람 모두에게 참으로 다행스러운 일이 아닐 수 없었다.

오도독오도독.

어느덧 쿠키를 입안에서 분쇄시키듯 가열하게 씹어 먹고 있던 그녀가 스으읍, 자신도 모르게 입맛을 다셨다. 쿠키 몇 조각을 입에 넣자 오랜만의 쇼핑으로 지친 위장이 본격적으로 그녀에게 음식을 요구하기 시작한 것이다. 그녀는 갑작스럽게 차오르는 허기를 느끼며 쿠키를 부지런히 씹어 넘겼다. 그것은 일종의 분노를 다스리는 행위이기도 했다.

꼬르르륵.

그때였다. 조용한 구두 가게 안에 괴이한 소리가 들려온 것은. 그 소리는 대리석 바닥 위에서 금속 재질의 탁자를 끌어당기는 소리처럼 매우 기운 찬 울림을 지니고 있었다.

웬디의 얼굴이 급속도로 달아오르기 시작했다. 지금 이 소리가 설마, 내게서 난 소리란 말인가! 그녀는 자신의 오장육부의 배신이 도무지 믿기지 않았다. 하필이면, 하필이면 이자 앞에서!

허공을 헤매던 웬디의 눈빛이 지푸라기라도 잡는 심정으로 구두 가게 청년 엘리엇을 향했다. 번쩍! 하고 그녀의 눈에서 어떤 결심의 빛이 스쳐 지나갔다. 짧은 순간, 침착하게 입꼬리를 말아 올린 그녀 입에서 상냥한 음색이 새어 나왔다.

"배가 고프다면 여기 이 쿠키를 가져다가 드세요."

그녀의 말에 엘리엇이 눈에 띄게 당황하는 기색을 보였지만 웬디는 이왕 얼굴에 철판을 깔기로 한 것, 끝까지 밀고 나가기로 하였다. 쿠키가 담긴 그릇을 청년이 있는 방향을 향해 스윽 밀어 놓은 그녀는 청년에게 사람 좋은 미소를 지어 주었다. 그러나 그 눈빛만큼은 그가 부정의 말을 꺼낸다면 결코 가만두지 않겠다는 듯 사나운 빛으로 가득했다.

"그러고 보니 나도 좀 허기가 지는군. 이대로 계속 기다리고 있는 것도 시간을 낭비하는 셈이니 이만 일어나도록 합시다. 식사를 하고 다시 와도 좋을 것이오."

라드 슈로더의 갑작스러운 제안은 그녀의 시선을 청년에게서 떼어 놓기 충분한 것이었다. 자리에서 일어선 라드가 그녀에게 손을 내밀었다. 그의 얼굴 표정에서는 그녀를 비웃는 한 점의 감정도 찾을 수가 없었다.

탐색하듯 그의 얼굴을 올려다본 웬디는 어쩔 수 없이 그의 뜻에 따르겠다는 듯 라드의 손 위에 자신의 손을 포갰다. 물론 그녀를 에스코트해 걸음을 옮기던 라드는 다시 한 번 황실 기사 강령을 되풀이해 외워야만 했다.

'제3조, 황실 기사는 직무상의 권한이 황제로부터 위임된 것임을 명심하고 명예롭게 행동한다. 제4조⋯⋯.'

이번에도 그는 다행히 웃음을 억누를 수 있었다.

밖으로 나온 두 사람은 라드의 말을 타고 근처 레스토랑을 찾아갔다. 예상치 못한 그와의 식사에 그녀는 꺼림칙한 마음이 들었지만 테이블 위에 놓인 스테이크를 마다하지는 않았다. 음식에 무슨 죄가 있단 말인가! 빠른 속도로 식사를 마치고 돌아가면 될 일이었다.

웬디는 라드가 저에게 말을 걸 틈이 없도록 빠르게 식사를 해 나갔다. 레스토랑에서 한가하게 식사를 하며 그와 대화를 나누고픈 생각은 추호도 없었기에 그가 자신에게 말을 건다면 차갑게 대꾸하리라 마음먹었다. 그러나 그런 그녀의 생각이 무색하리만치 그는 그녀에게 한마디 말조차 꺼내지 않았다. 두 사람은 마치 홀로 식사를 하듯 음식을 먹었다. 그 고요가 어색하지 않았다는 게 더욱 이상한 일이었다.

"단장님! 와아, 단장님 아니십니까!"

웬디의 접시에 스테이크 두 조각이 남았을 때, 어디선가 묘하게 익숙한 음성이 들려왔다. 조금 들떠 있는 음색, 툴툴거리는 말투!

"장 자크 시뮤안. 경이 여긴 어쩐 일인가?"

황실 제1기사단의 부단장. 찰랑이는 금발 머리만큼이나 입이 찰랑거리는 사내! 장 자크 시뮤안! 네놈이 내 주소를 동네방네 까발리고 다닌 놈이럿다! 웬디는 남자를 차가운 눈빛으로 바라보았다.

그는 식사 중에 저의 상관의 모습을 발견하고 그 즉시 쪼르르 달려온 모양인지 구겨진 흰색 냅킨을 손에 들고 있는 채였다. 웬디의 얼굴과 라드의 얼굴을 번갈아 쳐다보는 꼴이 또 한바탕 방정을 떨기 위해 다가온 눈치였다.

"오늘 이곳에서 기사단 동기 모임이 있었습니다. 다들 웅성웅성 난리가 났습니다. 단장님께서 여인과 식사를 하고 계시다니! 제가 지금 헛것을 보고 있는 건 아니겠죠?"

"시뮤안 경, 경은 조금 더 진중해질 필요가 있어. 요즈음 행하는 아침 훈련 정도로는 경의 언행을 교정하기 어려운 모양이로군."

라드 슈로더가 조용히 스테이크를 썰며 말했다. 정작 장 자크에게는 시선 한 번 주지 않은 채로.

"아, 단장님, 또 왜 그러십니까! 그저 반가운 마음에 찾아온 것뿐인데요. 그나저나, 이분은! 라자뷰데에서 뵌 웬디 양 아니십니까! 안녕하세요, 웬디 양. 장 자크 시뮤안이라고 합니다."

장 자크가 웬디를 향해 살갑게 인사를 건넸다. 저절로 호감이 갈 만큼 활짝 웃는 낯이었지만 그의 그런 태도는 웬디의 화를 부추겼을 뿐이었다. 그의 기사단 동기들이 모여 있다는 소리에 그녀의 머릿속에는 불안감마저 엄습했다. 최대한 몸을 사려 왔던 지난 2년간의 행적을 무의미하게 만드는 사건들이 연달아 발생하고 있었다. 하필 이런 자리에서 마주치다니!

"안녕하세요, 시뮤안 경. 저야 경께서 제 꽃집 주소를 이곳저곳 홍보해 주신 덕에 아주 잘 지내고 있습니다. 꼭 한번 감사 인사를 드리고 싶었는데 우연찮게 이런 곳에서 만나게 됐네요."

설풍같이 차가운 그녀의 인사에 장 자크는 잠시 할 말을 찾지 못하는 것 같았다. 상냥한 미소를 짓고 있는 그녀였지만 그녀가 하는 이야기 속에는 분명한 적의가 담겨져 있었다.

"아, 웬디 양. 하하! 멜리사 후작 영애께서 그곳을 찾아가셨나요? 웬디 양께 꼭 감사 인사를 전하고 싶다고 간곡히 말씀하시기에 어쩔 수 없이 알려 드렸었는데……. 불쾌하셨던 건 아니시죠?"

"어머, 불쾌할 리가요! 제 일상이 조금 어그러지는 일 정도야 무에 대수라고 불쾌해하겠어요?"

이번에는 라드 슈로더의 얼굴을 뚫어져라 직시한 채 말하였다. 덕분에 장 자크는 더더욱 몸 둘 바를 몰라 했다. 순식간에 분위기가 싸늘하게 변했다. 장 자크는 저의 난입이 초래한 사태에 식은땀을 삐질삐질 흘리다가 제 상관의 눈치를 슬쩍 살폈다. 표정 변화가

거의 없는 그의 상관은 말없이 유리잔을 입가에 가져다 댈 뿐 조금
의 동요도 보이지 않았다.

"아, 어찌 되었든 만나서 반가웠습니다. 저는 기다리는 일행이
있어서 이만 가 보겠습니다. 웬디 양, 식사 즐겁게 하세요. 단장님,
그럼 내일 뵙겠습니다!"

장은 제 할 말만 일방적으로 남긴 채 꽁지가 빠져라 자리를 피했
다. 그의 손에 들린 하얀 냅킨이 그 움직임에 따라 펄럭펄럭 흔들
렸다.

"너무 불쾌해하진 마시오. 나쁜 의도를 가지고 한 일이 아니니.
그대답지 않게 감정을 너무 쉬이 드러내는군."

"마치 저를 잘 아시는 것처럼 말씀하시네요. 겨우 몇 번 보았을
뿐인데. 저는 항상 감정 표현에 충실했답니다."

웬디가 남은 두 개의 스테이크 조각을 한꺼번에 입안에 쑤셔 넣
었다. 우걱우걱 씹는 폼이 그녀 말대로 감정을 충실하게 드러내고
있는 것처럼 보였다. 다소 과도할 만큼.

"그대 말이 맞소. 난 아직 당신에 대해 아는 게 별로 없다오. 그
래서 그런지 무척이나 호기심이 생기더군. 당신이 어떤 사람인지
에 대해서. 지금처럼 미간을 모으는 표정은 단순히 못마땅함을 표
현하는 것인지, 머리끝까지 화가 난 것인지, 순전히 당황을 감추기
위해 짓는 표정인 건지."

"굉장한 악취미시군요."

그녀가 물을 한 모금 마신 후 인상을 더욱 찌푸렸다.

"지금 제 표정이 의미하는 바가 궁금하신가요? 아주 간단해요.
이곳 스테이크가 질기다는 것에 대한 짜증스러움이 반, 그리고 당

신의 해괴망측한 이야기에 대한 불쾌함이 반이죠."

라드는 깨끗하게 비워진 웬디의 접시 위로 시선을 옮겼다. 질기다고 불평하는 것치고는 너무 말끔히 비워진 접시였다. 탁 소리 나게 탁자 위에 포크를 내려놓는 웬디의 모습을 보며 그는 덤덤하게 말을 이었다.

"그대는 마치 색이 없는 꽃과 같소. 주변 빛에 따라 그 색이 변하고 마는. 꽃의 색이라 굳게 믿는 것들 모두, 본래 색이 아니란 사실을 주변에서만 모르고 있을 뿐이지."

테이블 위 화병에 꽂혀 있던 흰색 장미 한 송이를 그가 살짝 집어 들었다.

"노을 진 하늘 아래서 그 꽃을 본 어리석은 이는 꽃의 색을 주황빛이라 믿어 버리지. 하지만 그렇다고 그 꽃이 지닌 본래의 색이 변한 건 아니라오."

"정말 이상한 비유를 하시는군요. 당신의 가벼운 생각들로 날 재단하려 들지 말아요."

웬디의 경고와 같은 말에 라드는 꽃을 도로 내려놓으며 희미한 한숨을 내쉬었다. 그녀의 풀빛 눈동자가 일렁이는 모습이 그의 눈에 다가와 박혔다. 그 일렁이는 푸른 눈을 보니 문득 어린 시절 보았던 마술사의 공연이 떠올랐다. 공연이 끝난 후 무대 위에 홀로 남은 마술 상자. 장막이 걷힌 마술 상자가 그녀의 눈 안에 그려져 있었다.

"가볍다고 생각되오? 난 꽤 진지하오만."

"……그렇담 저도 한 가지 비유를 해 보도록 하죠. 당신은 늪지대에서 자생하는 튜스트리 같아요. 제가 독이빨이라는 애칭을 붙여 준 식물이죠. 평소엔 잠잠하다가 주변에 어떤 움직임이 생기면 독하게 이빨을 가져다 대거든요. 당신이 지금 내던지고 있는 그런 말들처럼요."

"튜스트리라, 유쾌한 느낌의 식물은 아닌 것 같지만……. 그대가 애칭까지 붙여 줬다니, 나는 그것에 만족하겠소. 어쩐지 마음에 드는군."

라드 슈로더의 입가에 새벽 미명 같은 미소가 떠올랐다. 무표정한 남자에게는 작은 미소 한 자락도 큰 파급력을 지니는가 보다. 웬디는 그의 표정 변화에 움찔 눈을 치켜떴다. 그럼에도 불구하고 그는 제 얼굴에서 미소를 지울 생각이 없었다. 이번만큼은 황실 기사 강령을 외울 필요가 없었기에 그는 더욱 만족하였다.

"경께서는 미소를 조금 자제하시는 편이 좋겠어요. 그렇게 근사한 미소를 지으시니 어느 여인인들 마음이 흔들리지 않겠어요? 부디 제 앞에서는 그런 표정을 삼가 주세요. 미소를 짓는 게 황실 기사의 미덕이 아니라면요."

웬디는 불쾌감을 지우고 상냥한 음색으로 그에게 충고하였다. 속뜻이 어찌 됐든 그에게 칭찬의 말을 건네는 것은 지저분한 수챗구멍을 치우는 일만큼이나 찝찝한 것이었으나 한마디 톡 쏘아 주지 않고서는 견딜 수가 없었다.

그녀는 라드 슈로더란 남자의 웃음이란 것이 꼭 호수의 파문 같다 생각하였다. 잔잔한 수면 위로 갑작스럽게 일어난 파문에, 뭍에 멍하니 서 있던 사람은 그만 발끝을 적시고 마는 것이다. 황실 기사의 웃음에는 그런 돌발성이 있었다. 그의 웃음이란 건 그녀에게 있어 뜻하지 않은 봉변이었다.

"나 또한 요즘 들어 웃음이 헤퍼진 것이 아닌가 싶어 경계하던 차였다오. 그대의 충고를 내 명심하리다."

그녀의 독기 어린 충고를 그는 진지하게 받아들였다. 적어도 겉으로는 그렇게 보였다. 슈로더는 웬디 왈츠의 분노를 부채질하지 않기 위해 앞으로 얼마나 더 많이 황실 기사 강령을 외워야 하나 잠시 헤아려 보았다.

"이만 일어나겠소?"

"그리하지요."

식사를 마친 두 사람은 후식이 나오기도 전에 자리에서 일어났다. 그들의 몫일 게 분명한 오렌지 수플레가 웨이터의 쟁반에 들려 나오고 있었지만 두 사람 모두 시선조차 주지 않았다.

레스토랑 밖으로 나와 말을 타기 전, 웬디는 라드 슈로더의 애마를 새삼스러운 눈빛으로 바라보았다. 근육이 보기 좋게 잡혀 있는 모습이 얼마 전 홀스빌 마시장에서 높은 값에 팔렸던 말보다 몇 배는 힘이 좋아 보였고 덩치도 확실히 컸다. 황실 기사단장이 타고 다니는 말이니 어련할까 싶지만 눈앞의 갈색 말은 황제가 타고 타닌대도 전혀 모자람이 없어 보였다.

웬디는 왜 이제야 이 녀석의 진면목을 알아보았을까 한탄하였다. 그녀는 말의 크고 검은 눈동자를 뚫어져라 바라보며 녀석의 목덜미를 다정한 손길로 쓰다듬었다. 눈을 껌벅이며 그녀에게 시선을 맞추는 녀석의 순한 눈동자는 웬디의 마음을 단숨에 훔쳤다.

"슈로더 경, 청이 하나 있어요."

"말해 보시오."

"이번에는 제가 말을 몰게 해 주세요."

"……기마술을 익혔소?"

"물론이지요. 다른 건 몰라도 기마술만큼은 저도 황실 기사님들 못지않을 거예요. 자요."

이미 홀로 모든 것을 결정해 버린 그녀가 라드를 향해 손을 내밀었다. 아닌 것처럼 굴지만 잔뜩 들뜬 기색이었다. 웬디의 눈동자 위로 벌그레한 욕망의 빛이 피어오르고 있었다. 그 눈빛을 마주한 라드는 그녀를 설득하길 포기하고 결국 그 손을 잡아 줘야 했다.

"조심해야 할 것이오. 발로스는 무척 성질이 사납다오. 이 녀석을 길들이는 데 나 역시 많은 애를 먹었으니. 우선은 내가 고삐를 함께 잡고 있겠소."

"이 아이의 이름이 발로스인가요? 멋진 이름이네요! 그런데…… 고삐를 함께 잡겠다니, 그런 수고를 하실 필요까진 없을 텐데요. 그래도 정 염려되신다면 하는 수 없지요."

아량을 베풀겠다는 듯한 그녀의 태도 앞에 라드는 잠시 할 말을 잃었지만 황실 기사 못지않다 큰소리치는 그녀의 기마술에 대한 호기심 또한 일었다. 그는 그녀의 뒤쪽에 올라탄 후, 조심스럽게 말고삐를 말아 쥐었다. 고개를 조금만 숙여도 샛노란 머리카락에 둥글게 감싸인, 그녀의 붉고 얇은 귓바퀴가 지척인 듯 가까이에 보였다. 라드는 시선을 멀리 두며 기다란 등자 위로 다리를 쭉 폈다.

웬디 역시 두 사람의 야릇한 자세에 대해 그제야 자각을 하기 시작하였다. 상대적으로 체구가 작은 자신이 앞에 앉으니 마치 라드 슈로더의 품 안에 폭 안기고 만 모양새다. 그의 숨결에 머리칼 한 올 한 올이 흔들리는 것 같아 그녀는 어깨를 작게 웅크렸다. 그가 안장 위에서 자리를 잡는 짧은 시간 동안 웬디는 애꿎은 말고삐를 손톱으로 자국이 날 정도로 꾹꾹 눌러 댔다.

"그 자세로…… 괜찮겠소?"

어색한 그녀의 자세를 본 그가 의구심 어린 목소리로 물었다. 웬디는 얼른 어깨를 펴고 샐쭉한 태도로 말했다.

"……출발할 테니 혀를 깨물지 않게 조심하세요."

나아갈 방향을 보며 코와 입 근육을 씰룩거린 그녀는 곧 익숙한 동작으로 말고삐를 고쳐 잡았다. 그녀가 가볍게 발뒤꿈치로 말의 배를 차자, 발로스가 천천히 움직이기 시작했다. 레스토랑이 자리한 골목 모퉁이를 벗어나자 지면을 박차는 말발굽 소리가 경쾌하게 울려 퍼졌다. 얼마 안 있어 데비타 대로의 회백색 건물들이 나타났지만 웬디는 달리는 말의 속도를 늦추지 않았다. 오랜만의 승마가 그녀의 기분을 한껏 고조시킨 까닭이다. 그런 웬디의 마음을 읽었는지 발로스 역시 신나게 바람을 가르며 대로 한가운데를 내달렸다. 흥겨운 질주였다.

그러나 그들의 질주에 제동을 건 이가 있었으니 그건 다름 아닌 라드 슈로더, 승마의 정도를 아는 황실의 기사단장이었다. 그는 말고삐를 단호한 손짓으로 잡아당기며 '워워' 하고 소리를 냈다. 주인의 음성에 발로스는 금세 흥분을 가라앉히고 속도를 늦췄다.

"웬디, 이게 무슨 짓이오? 사람들이 오가는 이런 길거리에서 갑작스럽게 속도를 높이면 위험하지 않소!"

기사는 처음으로 언성을 높였다. 물론 언성을 높인 수준이란 것이 낮은 계이름 '도'에서 '미' 정도로 변화한 것뿐이었으나, 이조차 그에게는 드문 일이었다. 그러나 그의 핀잔에 조금의 위협도 느끼지 못한 웬디는 새치름하게 입술을 삐죽거렸다.

"제가 뭘 어쨌다고 그리 야단이신가요? 인도와도 이만큼이나 떨어져서 말을 몰았는걸요. 경께서는 걱정이 많으신 분이시군요. 전 그리 허술한 사람이 아니에요."

시치미를 떼는 그녀의 태도에 라드의 반듯한 미간이 한껏 좁혀졌다. 반성이라고는 전혀 없다.

"정 걱정스러우시다면 인적 없는 곳으로 가 보는 건 어떠세요? 여기서 에센튀룽 벌판이 꽤 가까운데 말이죠."

한술 더 떠 자리를 옮기자는 의견을 내는 웬디의 들뜬 음색에 슈로더는 다시금 고삐를 쥔 손에 힘을 주었다. 앞쪽에 앉아 있는 웬디로서야 그의 표정이 보일 리 없지만 예상컨대 분명 좋은 표정은 아닐 것이었다. 참기 어려웠던 여인과의 쇼핑 동행에 이어 불안한 기마의 동행이라니.

"자아, 그럼 에센튀룽 벌판으로 갑니다. 거기까진 천천히 달릴 테니 안심하세요."

그녀의 음성에서 아량을 베풀겠다는 뉘앙스가 짙게 풍겨 났다. 라드 슈로더가 웬디의 머리를 기막히다는 것처럼 내려다봤다. 반쯤 체념한 그의 눈동자 위로 그녀의 고운 가르마가 비쳤다.

정수리까지 이어진 흰 가르마는 반듯했다. 그녀의 성격과 닮은 듯하면서 닮지 않은 모습이었다. 반듯한 가르마를 따라 흘러내리는 가는 머리칼이 샛노랗게 빛나는 게 보였다. 발로스의 움직임에 따라 휘날리는 그녀의 그 머리칼이 자꾸 가슴을 쳐서 그는 자못 신경이 쓰였다. 살랑대는 머리칼의 움직임이 꼭 그의 가슴을 점령하려 드는 적군의 깃발 같았다. 그것도 아주 호전적인! 그러나 그는 그 깃대의 접근을 방어하겠다는 생각을 미처 하지 못하였다.

황실 기사단장으로서 그 자격이 의심되는 대응이었지만, 그는 샛노란 빛에 신경을 쏟으랴, 바람처럼 내달리는 발로스의 고삐를 잡으랴 이 두 가지 일을 하는 것만으로도 몹시 버거웠다. 아무리 빠르게 말을 달린다 한들, 적군의 무자비한 일격이 사방에서 이어진다 한들 이와 같은 버거움을 느낄 수 있을까. 그에게는 생전 처음 겪는 고초였다.

"워워!"

시가지를 빠져나와 작은 구릉 여러 개를 지나자 너른 벌판이 나타났다. 에센튀룽 벌판은 연초록 풀잎들로 뒤덮여 바람이 부는 방향에 따라 키 작은 풀잎들이 한 방향으로 흔들리는 군무가 이어지고 있었다. 삽상한 바람의 향내가 웬디를 스쳐 라드의 두 뺨을 지나쳐 갔다. 하필이면 그녀를 스친 바람 향기였다.

라드 슈로더는 바람 속에 섞인 여인의 살 내음에 조금 당혹스러운 심경이 되었다. 헝클어진 머리칼을 한데 모아 어깨 앞으로 늘어뜨리는 그녀의 손길이 시선을 사로잡았다. 햇살 한 점 닿은 적이 없을 것 같은 하얀 목덜미가 드러나자 라드는 다급히 발로스의 갈기를 향해 시선을 옮겼다. 기사도 정신에 어긋남이 있었던가 잠시 스스로를 책하였다.

"에센튀룽에는 벌써 봄이 지나쳐 간 것 같네요. 제법 더운데요! 지금부터 본격적으로 달려 볼 작정이니까 이번만은 말리지 말아 주세요. 가만 보니 발로스 이 녀석도 달리는 걸 꽤 좋아하는 모양이던데. 제가 오늘은 경의 애마를 위해 봉사하도록 할게요!"

숫제 웃음기 어린 음성이었다. 이토록 유쾌한 그녀의 모습을 보는 것이 낯설었던지 그의 눈동자 위에 얼떨떨한 감정이 떠올랐다 사라졌다.

"이럇!"

웬디의 신호가 있자 발로스가 벌판을 질주하기 시작했다. 갈색 준마는 신나게 대지를 박차고 앞을 향해 달려 나갔다. 마치 지금 이 순간이 두 번 다시없을 녀석의 마지막 자유라도 되는 듯 달리고 또 달렸다. 연한 초록 풀잎이 말발굽에 차여 그들 뒤로 흩날렸고 웬디의 샛노란 머리칼은 여전히 라드의 가슴 위로 흩날렸다.

발로스가 뜨거운 콧김을 확확 뿜어낼 때가 되어서야 그들의 질주 는 끝이 났다. 웬디는 상기된 얼굴 위로 열이 피어오름을 느꼈다. 질주 뒤의 열기 때문에 바투 앉은 라드의 체온이 더욱 의식되었다. 남자의 체온이라는 것이 본래부터 여자들의 그것보다 뜨거운 것인 지 웬디는 그 열기에 압도당하는 느낌이었다. 결국 그녀는 더 견디 지 못하고 풀쩍 말에서 뛰어내렸다.

"근처에 개울이 있는 걸 봤어요. 잠시 목이라도 축이고 가죠. 발 로스도 갈증을 느낄 테니."

그녀를 따라 말에서 내려선 슈로더가 잠시 발로스의 상태를 살폈 다. 녀석은 조금 지친 듯 보였다.

"그렇게 하지. 그대가 앞장서시오."

그의 말에 웬디는 주저 없이 발로스를 이끌고 걸음을 옮겼다. 녀 석은 아주 순하게 그녀가 이끄는 대로 걸어 나갔다. 기사단의 모두 가 사납다 혀를 내두르던 저의 말이 그녀에게 저리 순종적인 태도 를 보이자, 라드는 어쩐지 발로스에게 옅은 배신감을 느꼈다. 주인 인 자신과도 친해지는 데 꽤 긴 시간이 필요하지 않았던가. 푸르릉 푸르릉, 투레질을 하는 꼴이 그녀의 관심을 갈구하는 모습처럼 보이기도 하였다.

"여기예요."

얼마 가지 않아 맑은 물이 졸졸 흐르는 실개천이 나왔다. 크고 작은 바위 틈새를 흐르는 은빛 물줄기는 아직까지 서늘한 온도를 머금고 있는 듯했다. 전날 내린 비로 인하여 개천의 물은 제법 불어 있었다. 키가 큰 물푸레나무 아래로 발로스를 끌어간 그녀는 그늘 아래 자리를 잡고 말에게 물을 먹였다. 목이 말랐는지 녀석은 조금의 지체도 없이 꿀꺽꿀꺽 냇물을 마셨다.

말이 목을 축이자 웬디와 라드 역시 흐르는 냇물에 손을 담그고 손바닥 가득 물을 떠 마셨다. 멀리 숲에서부터 흘러나온 냇물은 손끝이 시릴 만큼 차가웠다.

"웬디, 그대의 기마술은 내 인정하리다. 발로스 저 녀석이 그대를 따르는 모습만 봐도 그대의 말 다루는 기술이 뛰어남을 알 수 있지. 승마는 어디서 배운 게요? 하루 이틀 탄 솜씨가 아니던데."

평소라면 거만스레 당연한 말을 한다 되받아쳤을 텐데도 그녀는 아무런 말이 없었다. 그의 질문에도 묵묵부답으로 일관하던 그녀는 어찌 된 일인지 빤히 그의 손을 바라보고만 있었다. 그 시선은 정확히 라드의 상처 부위를 향하고 있었다.

그의 오른손은 손등 위까지 붕대를 둘둘 마는 대신 손바닥 위만 거즈를 대 놓은 상태였다. 지금껏 긴 소매에 그 모습이 가려져 있었지만, 개울물을 마시는 와중 왼손만 이용하는 그의 부자연스러운 모습이 웬디의 시선을 끈 것이었다.

"웬디?"

의아한 라드의 음성에 웬디는 퍼뜩 고개를 들어 그의 잿빛 눈을 응시하였다. 아무리 괴물 같은 사내라 한들 하루 사이에 상처가 다 나을 리 없을 텐데. 그녀는 지금껏 그의 상처를 단 한 번도 살피지 않은 자신의 무신경함을 탓하였다. 그의 상처를 눈으로 마주하자 제루스 오케스트라 공연의 동행을 결심하게 만들었던 죄책감이란 녀석이 다시금 무럭무럭 피어올랐다.

"……손은 좀 어떠신가요?"

"……그대가 염려할 정도는 아니오. 이 정도 상처야 숱하게 겪어 왔던 일이니 곧 나을 테지."

대수롭지 않아 하는 기사의 반응에 웬디는 처음으로 그에게 고마움을 느꼈다. 검을 쥐는 자인 이상 그 역시 누구보다 자신의 손을 아낄 것이 분명했다. 비록 그녀에게 고의성이 없었다 하여도 웬만한 이였다면 그녀를 탓하는 말을 쉽게 내뱉었을 것이었다. 귀족들 입장에서 자신은 어디까지나 천한 평민 여인에 불과했으니까. 게다가 자신은 다친 황실 기사를 향해 그가 입은 상처의 책임에서 벗어나기 위한 말만 수두룩하게 늘어놓지 않았던가.

"작은 상처라고 소홀히 대하지 마시고 꾸준히 관리해 주세요. 곪 거나 흉이라도 지면 제 마음이 더욱 무거워질 테니까요."

당신이 걱정되어서가 아니라 순전히 내가 느낄 죄책감 때문에 하는 말이라는 점을 강조하였다. 웬디는 입을 우물우물거리며 공연히 겸연쩍어 하다가 다시 두 손 가득 물을 받아 꿀꺽꿀꺽 삼켰다. 젖은 입가를 소매로 쓱 닦아 낸 그녀가 근처 마른 바위 위에 걸터 앉았다. 그녀는 이내 손에 남은 물기를 이용해 바위 위에 장난치듯 글씨를 써 내려갔다. 민망해서 하는 행동이 분명했다.

그 하는 양을 지켜보고 있던 라드는 그녀의 이마 위로 송글송글

맺혀 있는 땀방울을 발견하였다. 벼락같이 내달리던 좀 전의 질주
에 웬디 역시 지친 모양이다.

"그늘에서 잠시 쉬는 게 어떻겠소? 그대 혼자 햇볕에 나가 있구려."

그의 제안에 잠시 눈을 동그랗게 뜬 그녀가 곧 손을 탁탁 털고 자
리에서 일어섰다. 발로스가 매여 있는 물푸레나무 밑동으로 다가
간 그녀는 말과 조금 떨어진 자리에 털썩 주저앉았다. 흙바닥에 살
짝 물기가 느껴졌지만 신경 쓸 만큼은 아니었다.

편안히 자리를 잡고 앉은 그녀의 모습을 지켜본 라드 역시 잠시
후 자리에서 일어섰다.

"……."

나무 밑동을 향해 다가가기 전, 무심결에 웬디가 물로 찍어 써
놓은 바위 위 글씨를 본 라드의 표정이 설핏 굳어졌다.

웬디 왈츠 다녀감, 발로스와 함께.

그는 유치한 그녀의 글귀에 곧 헛웃음을 삼켰지만, 이번에는 황실
기사 강령을 외우는 노력까지 할 필요가 없었다. 그녀가 쓴 글에 자
신의 이름이 없다는 사실이 그를 서운하게 한 것일지도 모른다.

물기 어린 글귀에서 시선을 뗀 기사는 나무에 기대앉아 있는 여
인 옆쪽에 다가가 앉았다. 웬디는 멍하니 연초록 나뭇잎을 가득 달
고 있는 나뭇가지를 올려다보고 있었다. 나뭇가지 사이로 스미는
햇살이 눈부셨지만 그 반짝임이 싫지는 않았다.

두 사람 주위로 따뜻한 바람이 불어왔다. 냇물은 끊임없이 그들
발치 너머에서 흘러가고 있었고, 하늘 위 구름은 끊임없이 그들 머

리 위를 흘러가고 있었다. 푸르릉, 한쪽에서 풀을 뜯던 발로스가 작게 투레질을 했다. 참 평화로운 순간이구나, 라는 생각이 들었다. 끔찍이 여기던 남자 옆에서 이런 기분을 느낄 줄은 불과 몇 분 전만 해도 예상치 못했다.

힐끔.

그녀가 라드 슈로더의 얼굴을 잠시 훔쳐봤다. 나뭇가지 사이로 뻗어 나온 햇살이 기사의 얼굴을 얼룩덜룩하게 만들어 놓았다. 그늘과 햇살이 질서 없게 섞인 그 모습이 그를 향한 자신의 감정처럼 보였다. 그 어지럽고도 평화로운 그의 얼굴은 웬디를 또다시 혼란스럽게 만들었다. 올려다본 나뭇가지의 연초록 풀잎이 야속하다. 하필, 고른 곳이 물푸레나무 밑일까.

웬디는 전날 보았던 빗속에서의 환상을 떠올렸다. 의미를 알 수 없는 괴상한 환영. 작은 요정, 쥬아소네뜨에게서 검지의 힘을 얻은 이후 손가락의 놀라운 힘을 여러 번 경험했지만 그런 환영을 본 것은 처음 있는 일이었다. 그녀는 복잡한 생각에 인상을 살짝 찡그렸다. 그런 그녀 마음일랑 상관없다는 듯 나뭇잎은 살랑살랑 봄바람에 잘도 흔들렸다.

하느작하느작, 하느작하느작.

가볍게 나부끼는 나뭇잎의 반복되는 움직임이 시야에 느릿하게 가득 찼다. 하늘거리는 어린 나뭇잎의 몸짓을 바라보며 웬디는 조금씩 눈꺼풀이 무거워짐을 느꼈다. 고단한 몸이 맞은 갑작스러운 휴식은 그녀를 향해 한없이 달콤한 자장가를 선사하고 있었다. 산란하는 빛줄기에 맞서듯 눈에 힘을 주며 저항해 보지만 소용없는 일일 뿐. 스르륵, 감기는 눈꺼풀은 의지와 상관없이 그녀를 무서운 기세로 몰아붙였다. 덕분에 그녀, 얼마 못 가 까무룩 잠이 들고 말았다.

"……."

색색 고르게 숨을 내쉬는 소리에 무심코 고개를 돌린 라드는 눈을 고이 감고 잠이 든 웬디의 모습을 볼 수 있었다. 무방비한 표정 위에 살짝 돈 홍조가 여인을 소녀처럼 보이게 하였다.

웬디를 처음 만난 날, 장 자크가 그녀를 소녀 같다 한 말의 의미를 이제야 납득할 수 있을 것 같았다. 싸늘한 풀빛 눈동자가 눈꺼풀 속에 감춰졌을 뿐인데도 분위기가 확연히 다르다. 라드는 미지의 세계를 발견한 개척자의 기분에 사로잡혀 그녀의 얼굴을 한동안 바라보았다.

쏴아아아.

바람결에 나뭇잎이 일제히 제 몸을 떠는 소리가 들려왔다. 바람이 부는 방향대로 이리저리 흔들리는 나뭇가지의 움직임에 따라 햇살 한 조각이 그녀의 얼굴을 비췄다 안 비췄다 야단이다. 무방비한 얼굴 위로 침범해 드는 햇살은 눈꺼풀에 파르르한 떨림을 낳았다. 성가신 나뭇가지의 움직임을 올려다보는 그의 눈빛에 언뜻 언짢은 기색이 스쳤다. 잠깐의 휴식을 방해하는 사려 부족한 햇살의 장난기에 그는 녀석을 쫓을 방법을 잠시 궁리하였다.

손을 드는 작은 동작만으로도 햇살의 침범을 능히 막을 수 있을 것이었지만 그는 머뭇거릴 수밖에 없었다. 일평생 여인을 향해 그토록 다정한 행동을 해 본 적이 없었을뿐더러 그런 낯 간지러운 행동을 하는 것은 그의 삶의 궤적에 몹시 위배되는 일이었기 때문이다. 그럼에도 그의 가슴 한편에서, 저 거슬리는 햇빛을 제거하고 싶다는 투지가 계속해 솟아오른 연유는 무엇이었을까. 그는 이해할 수 없었다.

어디선가 종달새의 비상하는 울음소리가 들려왔다. 그의 행동을 재촉하는 울음이었다. 웬디의 머리칼이 사르르 바람에 나부끼는 모습을 멀거니 바라보던 슈로더는 눈부신 햇살에 그녀의 얼굴이 찡그려지는 것을 신호로 하여 반사적으로 손을 뻗었다. 그의 강인한 손등이 그녀를 대신하여 햇살을 막아섰다. 그 와중에도 라드는 제 판단이 과연 사리에 맞는 일인지 다시 한 번 숙고하였다.

번쩍!

그의 손의 움직임을 느낀 것일까, 돌연 웬디가 눈을 번쩍 하고 떴다. 화들짝 놀란 라드는 멋쩍은 기색을 숨기며 저도 모르게 날벌레를 잡는 시늉을 하였다. 아침 훈련을 끝냈을 때만큼이나 가슴이 크게 요동하였다.

"……!"

그러나 정작 크게 당황한 이는 따로 있었다. 웬디는 온몸의 힘을 자신의 눈 근육에 집중하며 부르르 떨려 오는 동요를 숨기기에 여념이 없었다. 잠이 들다니, 이런 흐리멍덩한 정신 상태를 보았나! 정녕 미치지 않고서야 라드 슈로더, 이 미덥지 못한 황실 기사 앞에서 어떻게 잠이 들 수 있단 말인가. 경각심 따위는 애초부터 없었다는 듯!

그러나 지금은 스스로를 탓하고 있을 때가 아니었다. 이 위기를 어떻게 극복하느냐가 관건이 아닌가. 이자 앞에서 해이해진 자신의 마음을 들킬 수는 없는 일이었다. 그녀가 라드의 얼굴을 일부러 빤히 들여다보며 말했다. 목청을 평소보다 크게 열어 맑은 울림소리가 나도록 하는 것도 잊지 않았다. 되도록 자신의 음성이 청명하게 들리도록.

"오후의 명상은 정신을 맑게 해 주지요. 특히 이런 야외에서는 효용이 더욱 좋답니다. 찌뿌둥했던 몸이 다 풀리는 기분이군요."

웬디의 두 눈엔 풋잠에 들었다 깨어난 사람처럼 붉은 실핏줄이 얼기설기 돋아 있었지만 그 표정만큼은 이보다 더 개운할 수 없다는 듯 가뿐했다. 웬디가 명상을 통해 얻었다는 개운함은 그녀 얼굴의 표정에만 한정적으로 나타난다는 치명적 한계를 가지고 있었으나, 라드는 그저 고개를 끄덕여 주었다.

"다행이군. 그대가 피로해 보여 걱정하던 차였소."

"걱정은요. 이 정도는 가벼운 몸풀기 운동에 지나지 않는 걸요. 그럼, 충분히 쉬었으니 이만 일어나 보도록 할까요? 발로스도 실컷 배를 채운 것 같은데요."

풀 뜯기를 멈추고 그윽하니 먼 곳을 응시하고 있던 발로스는 제 이야기를 하는 줄 아는지 갑자기 타닥타닥 발재간을 부렸다. 전에 없던 자신의 애마의 방정에 라드는 눈살을 찌푸렸다.

완벽한 순간처럼 보였던 에센튀릉에서의 시간은 이렇게 끝이 났다. 개울가, 바위 위 물기 어린 글씨도 태양 빛에 말라 버린 지 오래다. 라드는 떠나기 전, 마른 바위 위를 슬쩍 바라다보았다. 흔적도 없이 사라진 글씨처럼 그의 마음이 돌연 허전해지는 게 느껴졌다. 그 허전함의 정체가 아쉬움이라는 것을 꿈에도 모를 그는 그저 웬디의 샛노란 머리칼을 향해 시선을 돌렸을 뿐이었다.

그녀가 다녀갔음을 증명하기 위해 남겨 놓은 글귀는 이미 흔적도 없이 사라졌지만, 웬디 왈츠, 이 여인은 저의 눈앞에 있다. 그 사실을 인지하자 가슴속에서 뜻 모를 종달새의 비상이 한차례 이어졌다. 라드는 괴이한 그 감정에 하늘 위 어딘가 있을지 모를 새의 흔적을 좇아 고개를 들었다. 녀석도 제 짝을 만나러 간 것일까. 종달새의 갈색 꽁지는 파란 하늘 어디에도 보이지 않았다

"슈로더 경, 정신 딴 데 팔지 마시고 꼭 잡으세요. 체력도 비축되었겠다, 다시 한 번 달려 볼 참이니까요!"

이번에야말로 본격적으로 승마를 즐기겠다는 듯이 소매까지 걷어붙인 그녀가 발로스의 두터운 목을 살살 쓰다듬으며 말하였다.

"출발하시오."

라드 슈로더는 당황을 숨기고 느긋한 말투로 출발하라 일렀다. 그의 말이 떨어지기가 무섭게 웬디는 고삐를 붙들고 '이럇' 하고 크게 소리를 냈다. 신이 난 발로스가 또다시 빠르게 뛰어나가고 그 발길질에 여린 풀잎이 사방으로 흩어졌다.

멀어지는 두 사람의 뒷모습이 작게 점으로 맺힐 때까지 물푸레나무 주변에 불던 바람은 멎지 않았다. 마치 두 사람의 소란스러운 마음처럼 나뭇잎 부딪히는 소리가 사르륵사르륵 끊임없이 들려왔다. 그 둘의 뒷모습이 사라져 버린 종달새의 흔적만큼 몹시도 아련해질 때까지.

하루 동안 물에 담가 둔 세벤드롱 꽃잎은 더욱 통통하게 불어나 있었다. 그것을 짓이기자 진한 갈색 즙이 흘러나왔다. 웬디는 그

즙을 저의 진노란 머리채 위에 살살 발라 둔 뒤, 수 분 후 물에 씻어 냈다. 순식간에 진한 갈색 머리로 변신한 그녀는 거울 앞에 선 자신의 모습이 썩 마음에 든 듯 만족스레 웃었다. 진한 금발보다 은은한 갈색이 자신을 한층 성숙해 보이게 한다고 생각했기 때문이다. 게다가 윤기도 좌르르 흐르고 달콤한 향내도 끊임없이 폴폴 풍겨 나오는 게 그녀를 더욱 흡족하게 만들었다. 골라 둔 드레스에도 지금의 머리색이 더 잘 어울릴 거 같단 예감이 들었다.

머리칼을 가볍게 한 번 매만진 그녀는 거울에서 시선을 떼고 옷장에 걸어 두었던 드레스를 꺼내 들었다. 광택이 살짝 감도는 그녀의 우아한 황금빛 드레스는 파니에로 살짝 부풀려 완성도를 더했다. 과연 갈색 머리칼은 드레스 자태의 우아함을 배가시켜 주었다.

평소보다 훨씬 더 공을 들여 화장을 한 후 머리는 살짝 꼬아 반묶음을 했다. 올림머리가 드레스에 더욱 어울릴 게 분명했으나 갈색 머리칼이 더욱 도드라져 보일 수 있도록 선택한 머리 모양이었다. 레이스 장갑을 두 손에 끼고 구두까지 모두 완비하자 거울 속에 비친 여인의 모습이 조금 낯설어 보였다. 웬디 왈츠를 아는 이들이라면 눈앞의 여인과 그녀를 동일인으로 생각하지 못할 것이었다. 샛노란 프리지어처럼 짙은 노란빛 머리칼이 그녀의 큰 특징이었던 만큼 그 특징을 가리는 것은 생각보다 큰 효과를 자아냈다.

그녀가 거울 앞에서 제 모습을 다시 한 번 꼼꼼히 살필 즈음 현관에서 인기척이 났다. 곧이어 정중히 문을 두드리는 노크 소리와 자신의 방문을 알리는 사내의 음성이 들려왔다.

웬디는 잠시 숨을 죽이고 인기척이 들려오는 현관문을 바라봤다. 황실 기사에게 진 빚을 갚기 위해 각오했던 외출이었지만 막상 그 일이 현실로 닥치자 마음에 갈등이 일었다. 웬디는 날카로운 눈매로 문 쪽을 찌릿 노려본 후, 그냥 이대로 집에 없는 척 꾀를 내어 볼까 열없는 생각을 했다.

똑똑.

잠시 사이를 두고 또다시 그의 노크 소리가 들려왔다.

"네, 지금 나가요."

어쩔 수 없이 문을 연 웬디는 그녀를 에스코트하기 위해 온 황실 기사단장을 향해 가볍게 인사를 건넸다.

웬디의 모습을 본 라드 슈로더의 눈매가 잠시 쓰윽 올라가더니 곧 의아한 듯 찌푸려졌다. 곱게 단장한 아름다운 여인을 본 사내의 반응치고는 어울리지 않는 것이었다.

"어찌 머리색이……."

"일단 가면서 이야기하실까요?"

웬디는 그의 말을 끊고 급히 문단속을 했다. 해가 뉘엿뉘엿 기울고 있었지만 아직 잔잔한 빛이 거리를 밝히고 있어 쉽게 두 사람의 모습이 노출되었다. 그녀는 입 가벼운 옆집 소년 벤포크가 혹여 창밖을 내다보고 있지는 않은지 재빨리 확인한 후 라드보다 앞서 골목을 나섰다.

골목 밖에는 커다란 육두마차 한 대가 그녀를 기다리고 있었다. 마차에는 붉은 방패 하나와 그 양옆에서 포효하는 사자의 모습이 선명하게 그려져 있었다. 웬디는 마차에 표시된 가문의 문장을 흥미롭게 관찰한 후 라드와 함께 마차 위에 올랐다.

붉은 방패와 사자라. 눈앞의 남자와 매우 잘 어울리는 문장이 아닌가. 그녀는 자신을 괴롭게 한 남자의 행태를 떠올리며 어깨를 흠로 으쓱였다. 빈틈없이 꽉 막힌 데다가 한 번 물면 결코 놓지 않는 사나운 근성까지! 가문의 문장과 실로 빼다 박은 모습이라 할 수 있었다.

그러고 보니 자신이 슈로더가의 문장을 제대로 본 것은 오늘이 처음이었다. 수도의 명망 있는 가문들에 대해서는 어린 시절 교양으로 책장을 한두 번 들춰 본 게 다였던 그녀는 슈로더 가문의 작위 외에는 달리 아는 바가 없었다. 자신과 연이 있을 리 없는 가문들에 큰 관심을 기울이지 않았던 터였다. 제국의 몇 되지 않은 공작 가문, 그 명문가의 일원 중 하나가 라드 슈로더였다.

"갑자기 머리는 왜 염색한 게요?"

라드 슈로더가 말했다. 나직하지만 불만족스러운 목소리였다.

"왜긴요, 경을 사랑해 마지않는 여인들의 독기 어린 칼날을 피하기 위해서지요. 저같이 힘없는 평민 여인이 경의 파트너로 그런 자리를 따라간다면 공공의 표적이 되지 않겠어요? 어떤 보복이 따를지 모르는데 제 신분을 그대로 노출할 수는 없는 일이죠. 이제부터 저를 웬디라 부르지 마시고 다른 이름으로 불러 주세요. 으음, 뭐가 좋을까……. 흔한 이름이 좋을 것 같은데요. 오! '제인' 정도가 어떨까요?"

"……이름까지 바꿔 부르란 말이오?"

"네, 싫으시다면 저는 도로 집으로 돌아가겠어요."

"……지금 날 협박하는 것이오?"

"협박이라뇨? 거부할 수 없는 제안이라고 해 두죠. 절 '제인'이라고 부르시지 않는다면 슈로더 경께선 진짜 '제인'을 찾아 그녀와 연주회에 동행하셔야 할 거예요. 아! 연주회에서 장 자크 시뮤안 경이나 그 외 제 얼굴을 아는 다른 분들을 마주쳤을 때의 일도 대비해야겠죠? 음, 그분들과 손발이 잘 맞아야 할 텐데요! 부디 그분들이 제 이름을 부르는 일이 없도록 경께서 도와주세요. 물론 가능한 한 그분들을 만나지 않는 게 좋겠지만요."

"갑자기 마주친 이들과 어찌 손발을 맞추란 말이오?"

"같은 기사단에 소속된 황실 기사라면 눈빛만으로도 서로의 전술을 읽을 줄 알아야 하지 않나요? 아무리 그게 급조된 전술이라 하더라도요! 오늘 우리가 펼칠 전술은 위장 전술 정도가 되겠군요. 제 신분만 드러나지 않는다면 어떤 방법을 쓰든 상관없어요. 저는 지금부터 철저하게 제인이 될 테니까."

라드가 왼쪽 눈썹을 살짝 찡그렸다. 갑작스러운 편두통이었다.

"그나저나 경께서는 제 변화된 모습에 아무런 감흥이 없으신가 보네요. 그렇게 칭찬에 인색하셔서야 어디 연애라도 제대로 하시겠어요?"

웬디가 싱긋 웃으면서 말했다. 실제로 칭찬을 듣고 싶어서라기보다 그의 에스코트 예절을 지적하기 위함이었다.

"물론 아름답소만, 그 변화된 머리색에 혼이 빠져 미처 세세히 살필 겨를이 없었소."

그녀의 지적에 그가 늦게나마 그녀의 미를 감상하겠다는 듯 그 드레스 입은 자태를 살폈다. 그러나 도도하게 건넨 충고와 달리 막상 기사의 곧은 시선을 정면으로 받자 웬디는 퍽 불쾌해졌다. 그녀가 고지식한 기사를 떨떠름한 얼굴로 바라봤다.

"상상한 그대로군. 아름답소."

짤막한 평이었다.

"다만…… 그대에게는 본래의 머리색이 더 잘 어울리는 듯하오."

그녀가 성의 없다 이의를 제기하려 할 때, 그가 덧붙여 평했다. 웬디는 칭찬인지 험담인지 분간이 안 가는 그의 말에 입매를 실그러지게 비튼 후 화답의 말을 하였다.

"경께서도 검정색 예복이 잘 어울리시네요. 장미라도 한 송이 가져다 드릴 걸 그랬어요. 예복 상의에 꽂아 넣는다면 더욱 빛을 발하셨을 걸, 안타깝군요."

노골적인 시선으로 그의 위아래를 훑어봄에도 그는 무덤덤했다.

"기사에게 꽃이라니, 어울리지 않는군."

"어머, 모르는 말씀이에요. 꽃에는 남녀도 귀천도 없답니다. 기사님께 꽃이 어울리지 말란 법이 있나요? 꽃집 아가씨가 하는 말이니 신뢰하셔도 좋아요."

고개를 살짝 치켜든 그녀가 자부심 어린 목소리로 말했다. 기사에게 꽃이 어울린다는 말은 듣기에 따라 모욕이 될 수 있다는 걸 잘 알고 있는 웬디였지만, 그녀는 그의 얄밉도록 잘생긴 콧날을 보며 진심으로 꽃을 한 송이 챙겨 오지 않은 것을 후회하였다. 오늘 하루, 그녀가 겪을 시련의 절반이라도 함께 공유해야 하지 않겠는가! 핑크색 꽃을 꽂은 황실 기사단장의 모습이 웃음거리가 된다면 조금쯤은 마음이 후련할까.

"그래, 내 그대의 말을 새겨듣도록 하겠소."

그녀의 비꼬는 말투야 익히 눈치챘지만 라드는 웬디가 주는 꽃이라면 제 앞주머니에 장식해도 좋으리라 여겼다. 그답지 않은 실없는 생각에 버석한 웃음이 흘러나왔으나 그마저도 나쁘지 않았다.

두 사람이 서로 다른 생각을 품은 채 대화를 나누는 사이 마차는

서서히 속도를 늦췄다. 오늘의 목적지인 제루스 홀에 다다른 것이
었다.

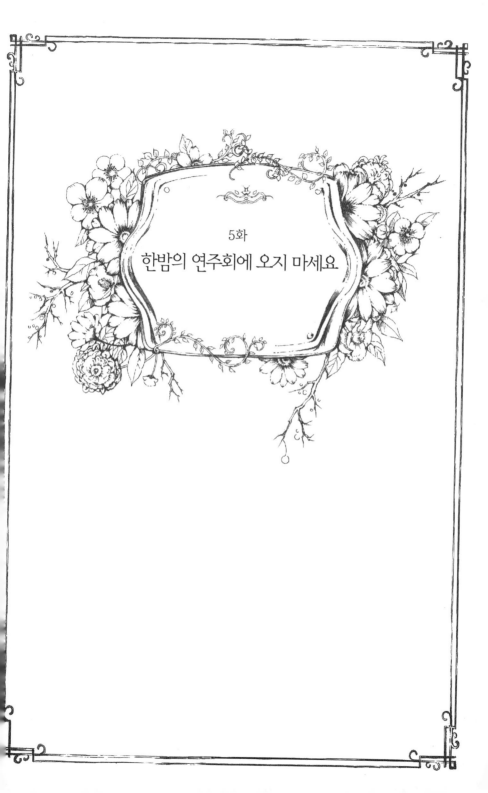

5화

한밤의 연주회에 오지 마세요

한밤의 연주회에 오지 마세요

"준비되셨소?"

"준비는 이미 오래전부터 한 걸요. 제가 드린 당부나 잊지 말아 주세요. 아, 그 전에 이걸 받아 두셔야죠."

은빛 봉투를 내민 그녀의 손을 보고 라드 슈로더는 그만 웃음 짓고 말았다. 당당한 듯 말하던 여인의 손끝이 파르르 떨리고 있었기 때문이다.

무도회나 티 파티처럼 얼굴을 맞대고 사교를 즐기는 자리도 아니건만 무엇이 그리 긴장된단 말인가. 전혀 뜻밖의 모습이었다. 그러나 떨고 있는 여인을 외면할 수는 없는 일. 그는 봉투를 받아 상의 안주머니에 찔러 넣은 후, 그녀가 제 손 위에 손을 올리기도 전에 먼저 그 가는 손가락을 쥐었다.

서늘함. 그 손을 쥔 그의 인상이었다. 손끝으로 내려갈수록 그 온도가 서늘해 슈로더는 그녀의 손을 저의 손안에 품듯 고쳐 쥘 수밖에 없었다. 작은 새 한 마리를 손안에 가둔 느낌이 들었다. 새라 니, 웬디 왈츠에게 결코 어울리는 은유라 할 수 없으나 그는 그 작은 새를 고이 지켜 줘야 할 것 같은 사명감을 느꼈다. 기사된 자라면 여인을 마땅히 지켜 주는 것이 도리겠으나, 이런 감정은 그가 지금껏 느꼈던 것들과는 분명 구별된 감정이었다.

밖에는 어느덧 진득한 어둠이 내려앉아 있었다. 웬디는 웅장한 제루스 홀을 올려다보며 크게 심호흡을 한 번 했다. 층층이 이어진 계단을 올라 아치형 정문을 지나니 은빛 유니폼을 빼입은 제루스 홀의 직원들이 보였다. 수없이 오가는 사람들로부터 은빛 봉투를 확인한 뒤 정중히 자리를 안내하는 그들의 움직임이 분주했다.

두 사람이 홀 안으로 들어서자 여기저기서 시선이 느껴졌다. 제인, 제인, 제인. 웬디는 급조한 저의 이름을 세 번 되뇐 후 두 사람을 향해 환한 웃음을 지어 보이는 직원의 얼굴을 응시하였다.

"안녕하십니까. 제루스 오케스트라 공연에 오신 것을 환영합니다."

남자의 머리칼은 한 올의 일탈도 허용하지 않겠단 의지가 서린 것처럼 완벽하게 뒤로 넘겨져 있었다. 웬디는 그의 올백 머리에 잠시 가슴의 답답함을 느끼며 라드 슈로더가 그에게 은빛 봉투를 내미는 모습을 지켜보았다.

"제가 두 분을 2층 로열박스로 안내해 드리겠습니다. 함께 가실까요?"

"그러지. 앞장서게."

봉투를 펼쳐 본 남자가 앞쪽 계단을 향해 손을 내밀며 안내를 청했다. 라드의 허락에 그는 그들보다 한 보 앞장서 걷기 시작하였다.

"공작 각하!"

2층으로 올라간 그들이 공연장 안으로 들어가기 전, 급히 그들 쪽으로 사내 하나가 뛰어왔다. 주름 없이 말간 얼굴에 이마가 조금 벗겨진 모습이 그의 나이를 짐작할 수 없게 만들었다.

"오늘은 해가 서쪽에서 뜨기라도 했답니까? 공작 각하께서 이런 자리에 다 오시고 말입니다. 허헛, 오랜만에 뵙습니다."

"오랜만일세, 맥버니 자작."

두 사람이 반갑게 인사를 나누었다. 허물없이 다가와 라드 슈로 더에게 인사를 건네는 남자의 모습을 먼발치에 선 사람들이 흘긋 흘긋 바라보았다. 그 시선에 부러움이 들어차 있다는 것을 웬디는 금세 눈치챘다. 황실 기사의 고지식하고 딱딱한 인상은 웬디 홀로 느낀 게 아닌 모양이었다. 누구에게나 라드 슈로더는 어려운 사람 인 듯했다.

"네, 그나저나 각하께서 이렇게 아리따운 레이디와 함께하시는 모습을 보게 되다니, 오늘은 놀랄 일이 정말 많습니다. 안녕하십니 까, 레이디. 저는 각하를 신봉해 마지않는 루나스 맥버니라고 합니 다. 편히 루나스라고 불러 주십시오."

친근히 인사를 하며 이름까지 허락하는 그의 태도에 웬디는 조금 당황하였으나 겉으로는 그저 방긋 웃음 지었다.

"안녕하세요? 제인이라고 불러 주세요."

"자작, 우린 이만 가 보겠소. 다음에 또 보도록 하지."

더 긴 대화를 차단하듯 라드 슈로더가 작별 인사를 하자, 맥버니 는 입을 헤 벌리며 눈꼬리를 둥글게 휘었다.

"네, 제가 눈치 없이 두 분의 시간을 방해했군요. 실례했습니다. 허헛, 그럼 다음에 또 뵙도록 하죠. 제인 양, 부디 즐거운 관람이 되시기를."

그가 정중하게 두 사람을 향해 고개를 숙여 인사하였다. 그제야 웬디와 라드를 안내해 주던 제루스 홀의 직원이 다시금 걸음을 옮기기 시작했다. 그녀는 방금 전, 맥버니 자작과의 만남을 떠올리며 라드의 옆얼굴을 넌지시 올려다봤다. 첫 관문치고는 매우 훌륭한 대처였노라.

금박과 은박으로 화려하게 치장된 제루스 홀의 문을 열자 붉은색 복도가 나타났다. 길게 이어진 복도는 일정 간격을 두고 활짝 열린 두짝문이 자리하고 있었다. 남자는 그중 한 곳으로 두 사람을 안내하고서 꾸벅 인사를 한 후 문을 닫고 사라졌다.

"귀한 분이신 줄은 알았지만 공작 각하이실 줄은 꿈에도 몰랐네요. 공작 각하께 저도 다시 인사를 올려야겠지요? 지금껏 격식을 차리지 못한 것을 부디 용서하세요."

웬디가 그에게 과장된 몸짓으로 인사를 한 후, 붉은 벨벳 소파로 가 앉았다. 웬디의 표정이 조금 뾰로통했다. 라드 슈로더가 공작 가문의 자제임은 알았지만, 그 자신이 공작의 위에 올라 있을 줄은 몰랐다. 그가 그녀에게 자신의 작위에 대해 밝힐 의무는 없겠으나 어쩐지 심술이 났다. 단순한 고위 귀족에 대한 거부감인가, 미리 작위를 밝히지 않은 것에 대한 못마땅함인가.

웬디는 이런 쓸모없는 감정 소모를 하는 자신이 또 못마땅해 두 눈썹 사이를 한껏 좁혔다. 덕분에 라드는 난감한 마음이 되어 그녀의 둥근 어깨를 조용히 응시할 수밖에 없었다.

공연장 안에는 먼지 냄새가 났다. 밀폐된 공간에서 흔히 맡을 수 있는 냄새였다. 공기 청정 효과가 있는 스투키를 곳곳에 들여 놓는

다면 조금 나을 텐데. 음지에도 잘 자라는 식물이었다. 물론 이렇게 햇빛 한 점 없는 곳에 식물을 두는 것은 식물에 대한 고문이나 다름없겠지만. 웬디는 큼큼 냄새를 맡으며 부러 딴생각에 집중했다. 결론이 내려지지 않는 헛된 생각에서 벗어나기 위함이었다.

둥근 테라스 형식의 로열석은 온통 붉은색 천지였다. 다행히 조명이 어둑어둑해 그들의 모습은 쉽게 눈에 띄지 않을 것 같았다. 그녀는 하나둘 자리가 채워지고 있는 1층의 좌석에 시선을 두며 손에 낀 장갑을 천천히 벗었다.

"나는 내가 기사가 될 것을 의심해 본 적이 없었다오. 내가 바라던 유일한 것이었기 때문이오. 그러나 공작이라는 이름을 바란 적은 결코 없었소. 아버님께서 너무 이르게 돌아가신 까닭에 어린 나이에 가주의 자리에 올랐으나 내가 진정 소망한 자리는 아니었다오. 이건 가문에 대한 자부심과는 별개의 문제였지."

말없이 서 있던 라드가 돌연 이야기를 꺼냈다. 그녀의 못마땅한 기색을 그냥 지나칠 수 없었던 모양이었다.

"……."

"그대가 원해서 웬디 왈츠가 된 것이 아니듯 나 또한 원해서 라드 슈로더가 된 게 아니라오. 특히 공작이라는 작위가 그러했지. 해서 나는 그대에게 공작 각하라는 이름으로 불리고 싶지는 않다오."

한동안 의미 없이 장갑을 만지작거리던 그녀가 작게 고개를 끄덕였다. 진심을 내비치는 그의 말을 평소처럼 가벼이 부정할 수 없는 까닭이리라. 물론 그녀로서야 그의 말과 달리 '원해서' 웬디 왈츠가 된 것이었지만, 라드 슈로더는 그녀와 다를 수 있을 것이었다.

"실례가 안 된다면, 전대 슈로더 공작 각하의 이야길 들을 수 있을까요?"

그녀 곁에 다가와 앉는 라드 슈로더의 모습을 바라보며 웬디가 말하였다. 그녀의 말에 라드는 질문의 의도를 헤아리려는 것처럼 여인의 눈을 들여다보았다. 그러나 웬디조차 저가 왜 그런 질문을 하는지 알지 못하는 터에, 라드가 그 의도를 파악하는 것은 어려운 일이었다.

"……아버님께서는 용맹한 기사이셨다오. 그분 역시 공작의 이름보다는 기사의 이름을 더 좋아하셨지. 아버님께선 발타자르 수복 전투에 참전하셨다가 그곳에서 전사하셨소. 결과적으로 발타자르를 되찾고 원하시던 대로 기사의 이름으로 돌아가셨으니, 기사로서는 영광된 죽음이었지."

슈로더 공작가는 정치적으로 중립을 고수해 정치판에 끼어들지 않았지만 대대로 뛰어난 무인을 배출해 낸 가문이었다. 슈로더가의 전대 공작 역시 훌륭한 기사이자 무인이었다.

"……슈로더 경께는요?"

"글쎄, 어땠을 것 같소? ……그 당시 난 갑작스럽게 아버지를 잃고 작위를 계승받아야 했다오. 어머님은 그보다 일찍 세상을 떠나셨으니 그 갑작스러운 변화를 오롯이 나 홀로 감당해야 했지."

예의 그 무덤덤한 목소리였으나 그의 잿빛 눈동자에 먼 옛날의 기억을 더듬듯 아렴풋한 빛이 스쳤다.

괜한 질문을 했다 후회한 그녀가 유감이라 말을 건네려던 차에 왼쪽 로열박스에서 한 남자가 삐쭉 고개를 내밀었다. 차분한 분위기의 제루스 홀 안에서 그의 몸짓은 무척 눈에 띄는 것이었기에 두 사람의 시선이 절로 그를 향했다.

"아니, 단장님!"

금발의 황실 기사, 장 자크 시뮤안이었다. 웬디의 얼굴이 반사적으로 찌푸려졌다.

"잠시 기다리십시오! 제가 금방 그리로 가겠습니다."

그는 라드 슈로더의 허락이 있기도 전에 저의 동행인에게 양해를 구하고 쪼르르 달려 나갔다. 하필, 그가 바로 자신들 옆쪽 박스석에 자리할 것이 뭐람! 툴툴거린 그녀는 갑자기 드는 섬뜩한 느낌에 장 자크가 고개를 내밀고 있던 자리를 다시 한 번 건너다보았다.

"……."

날카로운 시선이었다. 장 자크와 동행한 것으로 보이는 초록색 머리칼의 여인이 무시무시한 눈빛을 하고 웬디를 쏘아보고 있었다. 저 독살스러운 눈빛은 또 무엇이란 말인가.

웬디는 예사롭지 않은 그녀의 눈빛을 마주하며 벨벳 거죽을 결에 따라 쓱쓱 쓸었다. 눈빛 공격을 하자면 저도 자신 있었지만 쓸데없는 적을 만들어 낼 공산이 크므로 그녀는 자제할 수밖에 없었다. 물론 지금 저 이글거리는 눈빛만 보더라도 이미 웬디는 그녀에게 주적이 된 듯했지만.

벌컥!

"단장님!"

"시뮤안 경, 들어오라 허락한 일이 없다."

"아, 네. 그럼 여기 서서 이야기하겠습니다!"

슈로더에게 박대를 당하고도 그는 싱글벙글한 얼굴이었다. 그의 호기심 어린 시선이 연신 단장의 곁에 있는 여인을 향했다. 다행스럽게도 한눈에 웬디를 알아보진 못한 모양이었다.

한밤의 연주회에 오지 마세요 | 193

"단장님께서 이런 곳을 다 행차하시다니, 몹시도 감격스럽습니다. 단장님을 뵙고도 모른 척할 수가 없어 이리 단숨에 달려왔습니다. 이곳에서라도 예를 다해 단장님께 인사를 올리고 돌아가겠습니다!"

그의 목소리가 흥분으로 커지자 라드는 미간을 슬쩍 좁히며 그에게 들어오라 손짓했다.

"단장님의 동행인께 인사를 올려도 되겠습니까?"

그가 웬디를 향해 인사를 건네려던 찰나, 라드 슈로더가 먼저 입을 열었다.

"목소리를 낮추시게, 시뮤안 경. 이쪽은 ……제인 양이네. 그녀에게 인사하려는 게 경의 목적이라면 어서 그 목적을 달성하게나. 단, 문을 나간 이후 허튼소리로 나의 심기를 어지럽히지 말아야 할 거야."

"네? 아…… 네. 제인 양, 반갑습니다. 저는 황실 제1기사단의 부단장…….."

자신을 소개하려던 장은 가까이서 바라본 여인의 낯익은 얼굴에 이내 입을 떡 하니 벌렸다. 저의 무뚝뚝한 상관이 하루걸러 여인을 갈아 치우나 보다 하고 경악으로 들떴던 마음이, 또 다른 이유로 경악하게 되는 순간이었다.

"안녕하세요? 저는 제인이라 합니다. 부디 이곳을 나가서도 제 이름을 잊지 말아 주세요."

웬디의 의미심장한 말에 그는 그녀의 갈색 머리를 놀라 커다래진 눈으로 쳐다보았다. 웬디가 저의 검지를 입가에 살짝 가져다 대자 그가 알아들었다는 듯 고개를 여러 차례 끄덕였다.

"아, 이거 놀랐습니다. 대체 무슨 일인지……. 단장님의 수건 사건을 수습하고자…… 오늘 알타린 영애를 에스코트하였는데, 아무래도 자리를 잘못 잡은 것 같군요. 이쪽을 쳐다보는 영애의 눈빛이 어째 무시무시합니다."

그가 소곤대듯 말했다. 역시나, 웬디를 죽일 듯이 노려보고 있는 여자는 라드의 추종자 중 한 명인 모양이었다. 몇 마디를 더 중얼거린 장은 라드 슈로더의 눈초리에 못 이겨 슬금슬금 문을 열고 나갔다. 조용히 닫히는 문의 움직임을 보며 웬디는 어서 공연이 시작되기를 바라고 또 바랐다.

그런 그녀의 바람대로 공연이 곧 시작되려는 기미를 보였다. 웬디는 제루스 오케스트라 단원들이 입장하는 모습과 그들이 삑삑 시끄러운 소음을 내며 조율하는 모습을 멀거니 바라보며 겨우 한시름 놓을 수 있었다. 곧이어 본격적인 공연 시작을 알리듯 조명은 무대를 중심으로 환하게 비춰졌고 홀 여기저기를 수놓던 나머지 조명들은 모두 그 빛을 죽였다.

휴, 그녀가 안도의 한숨을 내쉬며 테이블에 미리 준비되어 있던 음료를 한 모금 머금었을 때였다.

팟!

웬디는 하마터면 입안의 음료를 모두 뱉어낼 뻔하였다. 환한 조명이 로열석들을 중심으로 일제히 켜진 것이다. 홀 안을 가득 채우고 있던 사람들의 시선이 모두 로열석으로 향했다. 수많은 사람들의 시선에 몸을 잠시 주춤한 그녀는 무의식중에 옆쪽으로 고개를 돌렸다.

왼쪽 박스석의 알타린 영애가 허리를 꼿꼿이 세우고 시선을 즐기듯 앉아 있는 모습이 눈에 들어왔다. 그녀뿐만 아니었다. 환히 밝혀진 조명 아래 앉아 있는 수많은 귀족들이 짓고 있는 오만한 표정이란!

실소가 흘러나왔다. 어두운 공연장 안에서도 저희들의 옷차림과 머리 모양을 뽐내고자 환하게 불을 밝혀 둔 귀족들의 작태에 구역질이 났다. 그들은 거만한 태도로 앉아 있는 와중에도 약속이나 한 듯 서로서로를 곁눈질하기 바빴다. 서로의 차림새를 평가라도 하듯.

서로를 탐색하던 그들은 기어코 라드와 웬디의 모습까지 발견해 내고 말았다. 이런 자리에 결코 참석하는 법이 없던 라드 슈로더와 그의 동행인 여인의 모습을 힐끔힐끔 훔쳐보는 눈빛들에는 동경과 질투의 감정이 뒤범벅되어 있었다.

웬디는 그들의 시선을 받으며 가까스로 구역질을 참아 냈다. 이런 밝은 조명 아래라면, 누군가 자신을 알아볼 수도 있지 않을까 하는 불안감 역시 필연적으로 따라붙었다. 머리를 염색한 게 소용이 있을지 회의적인 생각이 들었다. 눈부신 조명은 그녀를 괴롭히는 고문관처럼 몹시 잔인하였다.

그나마 다행스러웠던 것은 지휘자가 단상 위에 올라 지휘봉을 높이 들자 로열박스를 비춘 조명의 강도가 낮춰졌다는 사실이다. 그렇게 공연이 시작되었다. 웅장하고 숨 막히는 악기들의 합주가 그녀의 날 선 귓가를 의미 없이 스쳐 지나갔다. 웬디는 무대 위로 시선을 고정시키고서 한동안 그 괴로운 시간을 버텨 냈다.

잠시 뒤, 사람들의 우레와 같은 박수 소리가 이어지고 그 소리를 배경 삼아 검은색 연미복을 차려입은 곱슬머리 청년이 바이올린을 들고 무대 위에 나타났다. 그의 등장에 관객의 박수 소리는 제루스 홀을 압도할 정도로 더욱 커졌다. 저 남자가 분명 이 무대의 주인 공이리라. 그녀는 남자의 꼬불거리는 연한 초콜릿색 머리칼을 바라보며 생각하였다. 주인공이 등장했으니, 어서 무대가 진행되기를. 그리고 어서 이 괴로운 시간이 끝나기를!

결론부터 말하자면 남자의 연주는 매우 훌륭했다. 그가 바이올린에 활을 댄 순간 제루스 홀의 공기 자체가 달라지는 느낌이었으니까. 나른하게 풀려 있던 사람들의 모습은 온데간데없고 관객 모두가 그의 연주에 몰입해 있었다. 덕분에 웬디는 한결 마음을 놓을 수 있었다. 틈만 나면 자신을 곁눈질하던 사람들의 시선으로부터 자유로워졌기 때문이다.

그녀 역시 곱슬머리 남자의 연주가 뛰어남을 인정하는 바이나, 음악에 조예가 상당한 귀족님들과 달리 그녀는 음악에 손톱만큼의 취미조차 없을뿐더러 사방을 경계하느라 잔뜩 긴장해 있었던 터라 음악을 즐길 여유가 없었다. 다만 귀를 기울이지 않아도 또렷하게 들려오는 그의 연주가 조금이나마 그녀의 마음을 풀어지게 한 것은 사실이었다.

긴장이 가득한 오늘 같은 여건 속에서의 관람이 아니었다면 웬디 역시 그의 연주에 감동했을지도 모른다. 어찌 되었든 이런 악조건 속에서도 웬디는 끝까지 자리를 지켜 냈다. 연주가 끝나고 이어진 관객들의 열렬한 환호에 동참하여 힘차게 박수를 치기까지 했으니, 아주 성공적인 관람이라 칭할 수 있을 것이었다.

손바닥을 맞부딪치니 확실히 몸의 긴장이 풀어지는 것 같았기에 그녀는 환호성이 거의 사라질 때까지 그 만족스러운 행위를 지속하였다. 곱슬머리 남자는 관객을 향해 손을 흔들고 무대 뒤로 유유히 사라졌다. 잠시 후, 그가 떠난 무대뿐 아니라 관객석까지 환하게 불이 밝혀지며 인터미션이 시작됨을 알려 왔다.

"연주회를 보러 온 건지 사람들에게 나를 보이러 온 건지 분간이 가지 않는군요."

또다시 두 사람에게 집중되는 시선을 느끼며 그녀가 냉소적으로 말했다.

"쓸데없이 남의 일에 관심이 많은 자들이지. 너무 신경 쓰지 마시오."

"구두 가게에서 배운 공주님 자세라도 취해야 할 판이네요. 다들 제 옷차림을 훑어보느라 정신이 없어 보여요."

그녀가 피식거리며 내뱉은 말에 라드 역시 설핏 웃었다. 시름을 해소하려는 것처럼 가벼운 한숨을 한 번 내쉰 그녀는 화장을 고치러 간 여자들이 다시 자리로 돌아와 앉는 모습을 보며 제 차례라는 듯 살며시 자리에서 일어섰다. 일부러 그들과의 만남을 피하고자 선택한 타이밍이었다.

"잠시 실례하죠."

밖으로 나온 그녀는 여성 휴게실을 찾아 사뿐사뿐 걸음을 옮겼다. 긴장과 불안을 한꺼번에 겪고 나자 맥이 턱 풀렸지만 몸가짐을 주의하지 않을 수 없었다. 힘이 빠져 버린 두 발을 다잡으며 그녀는 사람들의 눈길을 피해 복도를 걸었다.

"제루스 홀 좌편 경계에는 이상이 없나?"

"네, 방금 휘치스 경과 제롬 경이 근무 교대를 했습니다."

그 순간, 웬디의 몸이 흠칫 굳었다. 너무도 익숙한, 익숙한 음성이 그녀 뒤쪽에서 들려온 것이다.

설마, 설마. 그럴 리 없다.

잔뜩 웅크린 불길한 감정이 스멀스멀 제 몸을 일으키고 있었다. 비바람을 목전에 둔 어린 풀잎의 심정이 되어 웬디는 뻣뻣하게 굳은 고개를 살짝 돌렸다. 목 근육이 팽팽하게 당겨지는 느낌이었다.

"……!"

그녀의 망막에 맺힌 하늘색 머리칼이 충격에 쩡하고 얼어붙었다. 웬디는 그가 자신의 얼굴을 보기 전에 급히 고개를 돌렸다.

올리비아, 올리비아. 자신의 이름을 외치던 그의 음성이 잃어버린 메아리처럼 그녀 귓가에 울렸다. 쿵쿵쿵. 가슴이 세차게 뛰었다. 어디선가 붉은 달리아 꽃향기가 속을 죄 뒤집어 놓을 기세로 진하게 풍겨 나오는 것 같아 웬디는 입을 턱 하니 틀어막았다. 어질어질한 머릿속은 엉망으로 온통 헤집어졌다. 달리아 꽃의 붉은 배경 속 두 사람의 역겨운 키스 장면이 다시금 머릿속을 지배하였기에.

그녀는 호흡곤란에 걸린 사람처럼 가쁜 숨을 내쉬며 가까스로 걸음을 옮겼다.

딜런 레녹스.

웬디는 목구멍에 콱 막힌 그 이름을 견딜 수 없다는 듯 속으로 짓씹었다.

그의 황실 기사 복장이 눈가를 떠나지 않았다. 그래, 너는 네가 꿈꾸던 대로 황실 기사가 되었구나. 꿈꾸던 대로, 그리되었구나.

그녀가 거친 숨을 내뱉으며 파리한 자신의 입술을 아프게 깨물었다. 그의 얼굴을 보는 순간 막힌 숨통은 청색증을 불러올 듯 쉽사리 숨쉬기를 허락하지 않았다. 웬디는 다급히 발을 움직였다. 거의 생존을 위한 몸부림처럼.

헉헉헉.

강제로 건져 올려진 물고기처럼 그녀는 파닥파닥 괴로워했다. 가까스로 숨을 몰아쉬어 보았지만 비틀대는 걸음걸이는 몹시도 위태로웠다. 스쳐 지나간 중년 여인 하나가 웬디의 얼굴을 보며 염려 가득한 표정을 지었을 정도니, 타인들의 시선에도 그녀의 상태가 심각해 보임이 자명했다. 정신을 다잡으며 그녀가 한 걸음 발을 내딛었을 때였다.

"레이디, 괜찮으십니까?"

"......!"

딜런의 목소리였다. 심장이 내려앉는 기분이었다. 그녀를 향해 하는 말이 분명하였지만, 웬디는 그 음성을 무시한 채 다시금 걸음을 옮기기 시작했다. 그래야만 했다.

저벅저벅.

그런 노력이 무색하게도, 웬디를 향해 다가오는 기사의 발걸음 소리가 무자비하게 그녀의 등골을 훑고 지나갔다. 웬디는 잇새를 짓이기며 흔들리는 걸음걸이를 다잡으려 애썼다.

극한의 위기에 몰렸기 때문일까. 그녀는 자신의 심장이 멈춘 것 같은 섬뜩한 느낌 속에 온몸이 가라앉는 착각에 빠져들었다. 역설적이게도 요동치는 심장에서 자유로워지자 그녀는 예의 그 차분함을 조금씩 되찾을 수 있었다. 싸늘하게 식어 가는 체온 속에서 웬디는 점차 호흡의 안정을 되찾았다. 폐부 깊숙이 공기를 들이마시자 걸음을 내딛는 것이 훨씬 자연스러워졌다.

그녀가 안정된 걸음걸이로 빠르게 복도를 걷자, 뒤따르던 딜런의 발소리가 뚝 멈췄다. 카펫에 그 소리가 묻힌 건 아닐까 촉각을 곤두세워 봤지만 기사의 발소리는 더 이상 들려오지 않았다. 그러나 그의 시선이 아직 그녀의 뒷모습을 향하고 있을지 모를 일이었다.

웬디는 그에게 자신이 수상하게 비쳐지지 않기 위해 여상한 몸짓으로 머리를 두어 번 매만지는 노력을 기울였다. 복도 끝 모퉁이를 돌 때까지도 그녀는 경계를 늦추지 않았다. 딜런이 자신의 세계를 두 번 무너뜨리게 둘 수는 없는 일이었다.

"……."

얼마나 걸었을까? 그녀는 낯선 복도 위에 홀로 서 있는 자신을 발견했다. 바닥에 깔려 있던 카펫의 색깔마저 바뀌어 있는 걸로 봐서 길을 잘못 든 게 분명했다. 인기척이라곤 없는 복도 위, 그녀의 시름 가득한 숨결만이 허공에서 부서져 내렸다. 여전히 가슴이 꽉 막힌 듯 속이 뉘엿뉘엿한 게 오늘 이후, 깊은 후유증에 시달릴 것 같은 예감이 들었다. 웬디는 힘없이 자신의 얼굴을 감쌌다.

"당장 물러가라 일렀다! 누구도 근처에 들이지 말라 하지 않았나. 경들의 발소리에 내 신경이 곤두선다는 걸 몇 번을 말해야 하겠어!"

신경질적인 남자의 음성이었다. 화들짝 놀란 그녀는 소리가 들려오는 쪽을 향해 급히 고개를 돌렸지만 모퉁이 너머에서 들리는 소란이었기에 소리치는 남자의 모습은 보이지 않았다.

"뭐하고 서 있는 겐가! 썩 물러가래도!"

크게 일갈하는 남자의 노기 띤 음성이 채 끝을 맺기도 전에, 타닥타닥 급히 뛰어오는 여럿의 발소리가 들려왔다. 웬디는 다급하게 원형 기둥 뒤로 몸을 숨겼다.

얼마 안 있어 황실 기사 복장의 사내 둘이 그녀가 서 있던 복도를 지나쳐 갔다. 두 사람 모두 벌레 씹은 표정을 하고 있는 게 단단히 기분이 상한 모양이었다. 그들의 기분 상태 덕분인지 두 사람은 숨어 있는 그녀를 발견하지 못했다.

기사들의 모습이 사라지자 웬디는 조심스럽게 기둥 뒤에서 몸을 내밀었다. 고민하듯 복도 앞뒤로 번갈아 시선을 둔 그녀는, 자신이 걸어왔던 방향으로 되돌아갈 수 없다는 결론을 내렸다. 모퉁이 너머에서 들려온 남자의 신경질적인 음성이 마음에 걸렸지만, 일단 반대쪽 복도에 나가는 출구가 있는지 확인하고 싶었다.

조심조심 걸음을 옮긴 그녀는 모퉁이 너머 복도의 풍경을 숨죽인 채 살폈다. 오른쪽 벽에 있는 휘황찬란한 문양의 문이 제일 먼저 눈에 들어왔지만, 그곳은 방금 전 사납게 소리친 남자가 있는 방이 확실해 보였다. 이어 어렵지 않게 복도 끝으로 이어진 계단을 발견한 그녀는 살금살금 걸음을 옮기기 시작했다. 흡사 도둑고양이와 같은 움직임이었다.

벌컥!

"그대들에게는 계율도 없는가! 명령 불복종이 의미하는 바가 무엇인지……."

문을 벌컥 열고 소리치던 남자는 굳은 듯 서 있는 여인의 모습을 발견하고 채 말을 맺지 못했다. 경악이 떠오른 여인의 표정과 걸음을 옮기던 포즈 그대로 멈춰 선 그 모습이 삐딱하니 우스꽝스러워 보였다.

"흐응, 그대는…… 간자인가? ……아니면, 자객?"

의심스럽게 자신을 살피는 남자의 표정을 보며 웬디는 다급히 그의 말을 부인했다.

"오해십니다. 저는 그저 휴게실을 찾다 길을 잃었을 뿐인 걸요."

그가 게슴츠레하게 눈을 뜨고 그녀의 위아래를 연신 훑어봤다. 어쩐지 등골이 오싹해지는 시선이었다. 황실 기사들을 마구잡이로 내쫓는 모습만 놓고 봐도 그를 일반 귀족으로 치부하긴 어려웠다. 그러나 그 앞에서 나약하고 서툰 모습을 보였다가는 더한 의심을 살 것 같단 생각이 들었다.

웬디는 자신을 바라보는 그의 시선을 맞받아치듯 당당하게 남자의 모습을 아래서부터 쓱 훑어보았다. 검은 바지, 풀어헤친 흰색 셔츠, 희고 창백한 피부, 손가락을 가져다 대면 사르르 말려 들어갈 것 같은 연한 초콜릿색 곱슬머리……. 잠깐, 곱슬머리?

"……!"

조금 전, 무대 위에서 바이올린을 켜던 그 남자가 분명했다.

"아하."

그러나 그녀의 눈동자 위로 놀라움의 빛이 스치는 것을 본 남자는 자기 좋을 대로 그 표정이 의미하는 바를 해석하려는 듯했다. 그럴 줄 알았다는 듯 배시시 사람을 홀리는 눈웃음을 짓는 게 여간 내기가 아니다.

"역시……. 그대도 날 만나기 위해 이곳을 찾은 가련한 여인인가."

뜬금없는 그의 말에 웬디는 미간을 팍 구겼다. 갑자기 지끈지끈 머리가 아파 왔다.

"무수한 경계를 뚫고 이곳까지 당도한 이는…… 그대가 최초다. 내 그 용기를 높이 사 주지."

남자가 그린 듯한 화사한 미소를 지어 보이더니 웬디의 허리를 홱 낚아챘다. 전광석화와 같은 움직임이었다.

"웃, 이게……! 무슨 짓이십니까?"

표독스럽게 그녀가 소리쳤지만 그는 못 들은 척, 그대로 열린 문 안으로 들어갔다. 물론, 그녀도 함께 딸려 갈 수밖에 없었다.

쾅!

남자는 발을 이용해 아무렇게나 문을 닫아 버렸다. 제법 큰 소리가 복도에 울려 퍼졌다.

"지금, 절 희롱하시는 겁니까?"

남자의 생기 있는 얼굴을 노려본 그녀가 버럭 성을 냈다.

"찾아온 여인을 따뜻하게 맞아 주는 것이 희롱이라면, 그렇다고 긍정해야겠지? 그대, 이름이 무엇인가. 이름 정도는 내 기억해 주도록 하지. 아아, 그런 표정 짓지 말게. 공연 날이라 신경이 날카로워져서 그렇지, 원래 난 부드러운 남자라고. 겁먹은 표정할 것 없다네."

"이것 놓으세요! 지체 높은 귀족께서 어찌 이리 경박한 짓을 하신단 말입니까! 마지막 경고입니다. ……이 손 놓으십시오!"

그녀가 거의 으르렁거리듯 말했다.

"마지막 경고라……. 경고를 듣지 않는다면 어떻게 되기에?"

재미있다는 것처럼 그가 반응했다. 웬디는 남자의 갈색 눈동자를 험상궂은 얼굴로 바라보며 친절을 가장하여 차근차근 설명했다.

"……첫째, 당신의 머리칼이 제 손에 가닥가닥 뽑혀 바닥으로 추락하는 장관을 보게 될 겁니다. 곱슬곱슬 말려 있는 게 손에도 아주 착 감길 것 같군요."

그녀의 말에 그는 '호오' 하는 괴상한 소리를 내며 자부심 가득한 표정을 지어 보였다. 칭찬으로 받아들이려는 낌새다.

"둘째, 당신의 몸뚱이가 저 유리창 너머로 내던져지는 흔치 않은 경험을 하게 되실 겁니다. 이래 봬도 호신술에 꽤나 단련된 몸이라서요."

그는 웬디의 말이 호기로운 허풍에 지나지 않는다고 믿는지 귀엽다는 듯 살살 눈웃음을 쳤다. 그의 무시에 어디선가 생 솔가지가 빠지직 타오르는 소리가 났다. 아마도 웬디의 머릿속에서 나는 소리리라.

생 솔가지 타는 소리가 활활 절정에 이르기도 전에 웬디는 빠른 몸짓으로 남자의 손목을 살짝 꺾었다. 허풍이 아님을 증명한 것이었다. 이제껏 갈고닦은 호신술을 실전에서 제대로 시전해 볼 수 있는 절호의 기회였지만, 그의 정체에 대해 전혀 알지 못한다는 것이 그녀의 발목을 잡을 뿐이었다. 섣부른 행동은 화를 자초할 수 있기에 그녀는 그쯤에서 인내하였다.

"마지막으로, 당신의 바이올린을…… 땔감의 기능 외에 아무 쓸모없는 나뭇조각으로 만들어 드리죠."

으드득, 이를 가는 그녀의 음성에 남자는 얼른 손을 떼었다. 잡혔던 손목을 살살 문지르는 꼴이 아프긴 했던 모양이다.

"아, 농담이 너무 지나치군. 다른 건 몰라도 내 바이올린을 두고 그런 농담이라니, 원!"

웬디가 불타오르는 눈빛으로 그를 쏘아보자 남자는 소스라치게 놀라는 시늉을 하며 성큼 뒤로 물러섰다. 바이올린을 슬며시 감싸 안는 폼이, 단순히 놀란 시늉만 하는 것은 아닌 듯 보였지만 말이다.

"정말 공연을 보러 왔다 길을 잃은 게 분명한가? 그대의 눈빛만 보자면 자객이 분명한데……."

"길을 잃었습니다. 2층의 여성 휴게실로 가는 길을 알려 주시지요. 되돌아가겠습니다."

"흐응, 처음 보는 영애인데. 성인식을 마친 제국의 영애들 중, 내가 얼굴을 모르는 사람이 있을 리가! 아무래도 수상하단 말이지. ……어느 가문의 영애지?"

남자의 물음에도 웬디가 말없이 서 있자 그가 더욱 의심스러운 눈초리를 했다.

"부끄러움이 많은 영애군. 가문을 밝히길 어려워하는 걸 보니 말이야. 그렇담 누구와 동행해 왔는지 말해 보겠나?

"……제 동행인까지 말씀드려야 합니까? 그러는 귀족 나리께서는 대체 뉘시기에 이리 무례하십니까."

"내가 누군지 모른다? ……진심인가?"

말이 안 되는 소리를 들었다는 듯 그가 헛웃음을 흘리며 물었다.

"좀 전, 무대 위에 오르신 모습을 보았기는 하나, 당신에 대해 제대로 아는 바는 없습니다. 뛰어난 연주 실력을 가지신 분인 줄은 아오나, 연주 실력이 이런 무례를 허락하게 하는 것을 아닐 테죠."

그녀의 말에 그의 웃음이 뚝 멎었다. 아주 찰나였으나 웬디는 그의 벙글거리던 얼굴이 싸늘하게 걷히는 순간을 목도하였다. 그 표정이 남자에 대한 평가를 유보하게끔 만들었다. 오만하고 가볍기 이를 데 없는 귀족 나부랭이라는 평가를 말이다.

그는 싸늘했던 그 표정이 마치 헛것이라도 되는 것처럼 이내 생글생글 웃음 지었으나, 웬디는 그가 능숙하게 쓰고 벗는 가면을 놓치지 않았다.

"오, 그대! 정말이지 멋진 말을 하는군. 맞아. 연주 실력이 아무리 뛰어나다고 한들 이리 무례해서는 안 되는 일이지. 내 사과하겠네. 그래, 내 그간 방종하게 굴어도 누구 하나 내게 직언하는 자가 없었기에 이리 실수를 하였네."

"……."

"그렇담 내 질문에 한번 대답해 보게. 실력은 무례를 허락하지 않지만 신분은 무례를 허락하는가?"

저의 신분이 높다 말하고자 함인가. 그 신분으로 나를 찍어 누르기 위해? 웬디가 눈에 각을 세우고 대답했다.

"질문하신 것은, 이 나라의 법도를 물으심입니까, 저의 생각을 물으심입니까?"

"이 나라 법도 어디에 내 질문에 대한 답이 있는가? 그런 이야긴 듣도 보도 못했어."

"법전에 기록된 것이나 예법만을 법도라 여기진 않지요. 이 나라의 귀족님들 입에서 나오는 말들이 아랫사람에겐 곧 법도가 아니겠습니까?"

"……그래, 그럼 법도가 아닌 그대의 생각에 대해 말해 보겠는가?"

장난기를 지운 남자가 웬디에게 말했다.

"나리의 말씀에는 모순이 있습니다. 무례라는 말 자체가 예를 지키지 않는 언행에 대해 지적하는 표현이거늘, 예를 섬기는 일을 가장 높은 가치로 꼽는 지고하신 분들에게 무례가 허락될 리 있나요? 신분이 무례를 허락한다면 그것은 허울뿐인 신분이요, 헛된 지위일 뿐이겠죠."

냉소적인 태도는 아니었다. 여인은 남자를 날카롭게 흘기던 좀 전의 눈빛이 모두 거짓인 듯 상냥한 말투로 이야기하였다. 그러나 남자는 그녀의 말속에 숨은 가시를 느꼈다. 당돌한 그녀의 태도에 그가 흥미롭게 눈을 빛냈다.

"그대 말이 맞는군. 질문 자체가 성립이 되지 않는 것을, 내 괜한 말을 했어. 그런데 그대 말에 한 가지 틀린 게 있단 걸 아나? 귀족들이 가장 높은 가치로 생각하는 건 예를 섬기는 게 아냐. 그들에게 가장 중요한 건 바로 충성심이지! 베냐한 제국의 귀족이라면 누구나 황실에 대한 충성심을 가장 높은 가치로 여기거든."

남자가 그럴듯한 미소를 지으며 말했다.

"좀 전, 내가 누구냐 물었지? ……바이올리니스트 아이작 폰 베냐한. 오늘 제루스 오케스트라와의 협연 무대에 오른 이지. 내가 연주하는 모습을 본 사람들이 다들 한결같이 하는 소리가 있다네. 천재! 그래, 천재라는 소리를 당연하듯 하더군. 내 입으로 말하기 부끄럽지만 말이야, 하하핫."

그가 풀어헤친 셔츠를 하나둘 잠그며 이야기했다. 혼자 말하고 혼자 웃는 남자의 모습에 경각심을 높인 웬디는 눈에 띄지 않게 반 보 정도 뒷걸음질 쳤다.

"여기까진 내가 실력으로 얻은 이름이고, 다음은 내가 신분으로 얻은 이름에 대해 소개하지. ……아이작 폰 베냐한. 오늘 제루스 홀에 오기 전까지 황태자궁에서 단잠을 잤지. 사람들은 날 황태자 전하라 부르더군. 모두 한결같이 말이야."

그가 어깨를 쭉 펴며 구겨진 셔츠를 툭툭 두드렸다. 웬디의 눈이 크게 뜨이는 모습을 보며 그가 피식 웃었다.

"……그나저나, 정말 몰랐단 말이야? 내가 누군지?"

남자가 다 알면서 잔망을 떤다는 듯 그녀에게 말했다. 그러나 그녀가 애초부터 그의 신분을 알았다면 그의 호통 소리가 터져 나왔던 낯선 복도로 걸어 들어가는 어리석은 짓을 하지 않았을 것이었다!

남자의 청천벽력 같은 말에 웬디는 눈앞이 새하얘지는 기분을 느꼈다. 남자의 말을 거짓이라 치부하고 싶었으나 그럴 수 없는 현실이 원망스러웠다. 그녀는 언젠가 베링턴 분수대 앞에서 황태자가 바이올린에 미쳤다며 낄낄대던 한물간 음유시인의 넋두리를 떠올렸다.

그 바이올린에 미친 황태자가, 바로 눈앞의 이 남자란 말인가!

긴장된 얼굴로 숨을 들이켠 그녀가 슬쩍 황태자의 손목을 쳐다봤다. 손목 꺾기는 하지 말 것을. 적이 후회되었다.

"황태자 전하께 인사 올립니다."

복잡한 마음을 감추며 그녀는 황태자 앞에 예를 올렸다.

아이작 폰 베냐한. 그 이름은 이야기책에 등장하는 옛날 옛적 허무맹랑한 인물처럼 현실감이 없는 것이었다. 웬디는 차라리 손가락 세 마디 크기의 작은 요정의 이름이 더욱 현실감 있게 느껴졌다. 여왕의 핏줄을 타고났다는 그 숲의 요정 말이다. 세상에, 황태자라니! 평생 마주칠 일 없는 사람이 지금 그녀의 눈앞에 있었다. 귀족이었을 적조차 그와의 만남을 상상해 본 일이 없지 않았던가. 황실 연회에 단 한 번도 참석한 일이 없었던 그녀가 그의 얼굴을 알아볼 리 또한 만무했으니, 이런 사달이 벌어지는 것도 무리는 아니었다.

"아니, 아니, 내가 원한 건 이런 게 아니야. 일어나시게. 뭐, 내가 누군지 몰랐다는 그대의 말은 믿어 주도록 하지."

　일어나라는 그의 말에 두말 않고 따른 그녀는 짐짓 아무렇지 않은 듯 담담한 표정을 지었다. 그러나 그 속은 암담하고 참담하였다. 순탄하지 못한 외출이 될 것을 예감하였으나 이 정도까지는 아니었다. 앞일이 막막했다. 원치 않는 만남들이 왜 이리도 거듭되는가! 딜런과의 재회만 해도 머리가 터질 지경인데, 황태자라니! 온몸이 와르르 무너져 내릴 것 같은 고단함이 몰아쳤다.

　"황태자의 손목을 꺾다니, 그대는 이 자리에서 즉결심판을 받아도 할 말이 없을 거야. 게다가 바이올린 연주자의 손이라고. 오늘이 나의 마지막 무대만 아니라면 감당키 어려운 일이 됐을 테니 감사해야 할 거야. 나의 은퇴 무대가 그대에겐 천운이 된 셈이니까. 마지막 무대는 아름답게 장식해야 하는 게 아니겠나. 시끄러운 일을 만들 수야 없지. 아아, 그렇다고 그렇게 겁먹은 얼굴을 할 것까지야. 즉결심판이라고 해도 설마하니 내가 그대의 목숨을 거두기라도 했겠나! 난 여인에게는 관대한 사람이란 말이지."

　남자가 자신의 손목 관절을 빙글빙글 돌리며 말했다. 그의 말과 같이 겁먹은 얼굴 따위를 한 적이 없었기에 조금 억울한 생각이 들었지만, 웬디는 그가 한 말을 굳이 정정하지 않았다. 스스로의 관대함에 만족할 수 있도록 배려해 주는 것이 그녀가 할 수 있는 최선이었다.

　"은퇴 무대라 하시면……."

　다만, 은퇴 무대란 점을 강조하는 남자의 말에서 그 부분을 조금 더 되물어봐 주길 원하는 뉘앙스가 짙게 풍겼기에 그의 원대로 그녀는 되물어 주었다. 손목 꺾기에 대한 빚을 갚는 차원이라 여긴다면 어려운 일도 아니었다.

"몰랐는가? 소문이 파다하다 들었는데. 다들 그렇게 발을 동동 구르며 황태자의 책무를 다하라 야단들이니 내 어쩔 도리가 있겠 나. 이 녀석이라도 계속 곁에 두자면 바이올리니스트의 이름은 버 리는 수밖에."

그가 바이올린의 나뭇결을 손으로 쓰다듬으며 말했다. 장난스러 운 어조 기저에는 꾹꾹 웅크린 사나운 분기가 깔려 있었다. 웬디는 입을 꾹 다물었다. 황태자의 억눌린 분노를 끄집어 봤자 저에게 좋 을 것이 하나 없음을 감지한 것이다. 마지막 무대라, 그 이유 때문 에 그토록 신경이 날카로워져 있었던 걸까. 황실 기사들을 그처럼 막무가내로 내쫓을 만큼.

"자, 이제 본론으로 들어가 볼까? 이제 내 질문에 솔직히 대답할 수 있겠지. 그대의 이름은 무엇이며, 누구와 동행해 이곳에 왔는지 말이야."

웬디는 갈등하듯 눈을 한 번 감았다 떴다. 그에게 자신의 이름 을 사실대로 밝혀도 되는 것일까? 그녀가 황태자의 됨됨이를 가늠 해 보려는 것처럼 그의 얼굴을 올려다보았지만, 그것은 의미 없는 시도에 불과했다. 반듯한 액자 속에 걸려 있는 초상화의 인물만큼 이나 감정이 배제되어 있는 갈색 눈동자가 그녈 마주 보며 웃었다. 그러나 생글거리는 웃음 그대로 그를 판단할 만큼 그녀는 어리석 지 않았다. 웃음 뒤에 감춰진 그 어떤 얼굴에 웬디는 그가 스스로 를 감추는 데 도가 튼 인물이리라 생각하였다.

"저는…… 웬디 왈츠라 합니다. 황실 기사단의 라드 슈로더 경과 함께 이곳을 방문하였고요."

그녀는 솔직하게 이야기하는 것을 선택하였다. 황족 앞에서 거짓이라니, 목숨이 여러 개가 아니고서는 섣불리 할 수 없는 짓이었다. 물론 엄밀한 의미에서 '웬디 왈츠'라는 이름 또한 진실이라 할 수는 없겠으나.

"라드 슈로더 경? 지금, 제1기사단의 슈로더 경을 말하는 것인가?"

황태자의 갈색 눈동자 위로 소란스러운 감정의 빛이 스쳐 지나갔다. 잘 여문 보리밭 위로 바람이 부는 것만큼이나 뚜렷한 움직임을 보인 그 빛은 '라드 슈로더'라는 이름이 주는 동요가 분명했다. 자신의 감정을 쉬이 감추는 황태자에게도 라드 슈로더의 이름은 감정을 내비치게 하는 힘을 지닌 듯했다.

"……그렇습니다."

"하하하핫! 재미있는 일이군. 그 목석같은 자가 여인을 대동해? 그것도 나의 연주회에?"

그가 세상에 이렇게 재밌는 일은 또 없을 것이라는 듯 호들갑을 떨었다.

"웬디 왈츠라 하였지? 이름을 들으니 귀족가의 여식은 아닌 듯한데……."

그가 무언가를 생각하는 듯한 표정으로 말했다. 그 은근한 말속에 으레 담길 만한 평민에 대한 경멸 따위의 감정은 찾기 어려웠다.

"두 사람, 꽤나 묘한 인연이로군. 아, 염려 말게! 귀족과 평민의 결합에 대해 난 반대하는 입장이 아니니까. 외려 응원해 주고 싶은 마음이 더 크다네!"

황태자가 웬디에게 성큼 다가와 그녀의 어깨를 격려하듯 툭툭 두드리며 말했다. 전혀 예상치 못했던 그의 행동에 웬디가 움찔 놀라

두 손을 가슴 높이로 들고 방어 태세를 취했다. 남자는 갑작스러운 웬디의 포즈에 진정하라는 듯 손바닥을 활짝 펴 보이며 껄껄 웃었다.

"내가 아는 이들 중에 말이야, 그대들 두 사람의 경우와 비슷한 상황에 처했던 이들이 있었어. 그들의 끝은 그리 아름답지 못했지만. ……슈로더 경과 웬디, 그대는 그들과 달랐으면 하는 바람이 드는군!"

그가 바이올린 케이스 위에 고이 놓여 있던 활을 쥐며 농담을 건네듯 가벼운 목소리로 이야기했다.

"전……!"

라드 슈로더와 자신의 사이를 오해하고 있는 황태자에게 적극적인 해명을 하고자 웬디가 입을 열었지만 황태자는 그녀가 말할 틈을 주지 않았다.

"자, 잘 들어 보게나."

그가 바이올린을 들어 올리고 줄 위에 활을 가져다 댔다. 부드럽게 활을 긋는 동작에 따라 아름다운 선율이 흘러나오기 시작했다. 전혀 음악에 몰입할 분위기가 아니었지만, 가까이에서 마주한 그의 연주에는 정말이지 묘한 힘이 있어 마치 마력과 같이 그녀를 단숨에 빨아들였다.

놀랍게도 웬디는, 그의 즉석 연주에 자신을 괴롭게 만들었던 좀 전의 사건들이 모두 녹아 사라져 버리는 것 같은 순간적인 감정의 변화를 겪었다. 그것은 마치 번데기가 나비로 변태하는 순간처럼 극적이고 기묘한 일이었다. 작은 나무통을 울리며 흘러나오는 바이올린 소리의 혼란스러운 마법 앞에 웬디는 이렇다 할 저항을 할 수 없었다. 애절하면서도 따뜻한 선율은 방 안을 가득 채우고도 남아 웬디의 가슴속까지 깊이 점령하였다.

"어떤가? 웬디와 라드의 사랑이라 곡명을 정해 볼까 하는데. 조금 촌스럽지만 뭐 사랑이 다 촌스러운 거 아니겠나. 하하핫! 아! 그대의 성이 왈츠이니 사분의 삼박자 왈츠 선율을 가져올 걸 그랬나?"

웬디는 가슴속 깊이 점령한 음악의 감동을 급히 끄집어냈다. 사랑이라니, 속이 다시 울렁거릴 참이다. 팔랑팔랑 날아오르려던 나비는 다시금 번데기 속으로 날개를 감췄다.

"……사양하겠습니다. 그런 아름다운 곡은 황태자 전하의 사랑에 더 어울릴 것 같군요."

"저런! 괜한 걱정을 하는군그래. 나야 이미 변주곡까지 아주 다양하게 가지고 있다네. 그대가 염려할 일은 아니야."

그는 짓궂은 웃음을 지으며 웬디에게 활대를 건넸다.

"잠시 들고 있게나. 분질러 나뭇조각으로 만들 생각은 말고."

황태자가 그녀를 흘겨보며 장난스럽게 말했다. 이내 현을 손가락으로 퉁겨 뎅뎅 소리를 낸 그는 웬디의 좁혀진 미간을 재밌다는 듯 바라보며 맑은 음악을 연주해 냈다.

그의 피치카토는 언뜻 장난스러워 보였지만 결코 우스꽝스럽지는 않았다. 무슨 조화인지, 그가 연주해 내는 짤막한 선율을 통해 낭창하고 꾸밈없는 그의 마음이 느껴졌다. 그것은 웬디의 철통같은 경계심을 조금 허물어지게 만들었다. 이건 황태자의 또 다른 가면인가, 하는 의심이 앞섰지만 그의 계속된 연주는 작은 의심마저 금세 해제시켰다.

"이건! 그대와 슈로더 경의 만남을 기대하는 나의 마음을 표현한 거라네."

이 남자는 매번 이렇게 음악으로 모든 것을 표현하려 드는가? 음악가의 독특한 감정 표현에 잠시 할 말을 잃은 그녀가 다시금 경계심을 쌓으며 냉랭하게 말했다.

"저는 그저 슈로더 경께 지은 빚을 갚고자 오늘 하루 이곳에 동행한 것뿐입니다. 그분과는 어떤 사이도 아니니 오해하지 말아 주세요."

"오, 그래? 그렇담 더욱 내가 적극적으로 나서야겠는걸! 일단 오늘은 또다시 무대 위에 올라야 하니 시간을 내기 어렵겠고……. 그래! 여드레 후 황실의 부르고뉴 숲에서 사냥 대회가 열린단 말이지. 내 그대를 그곳에 초대할 테니, 꼭 와 주게나. 물론 슈로더 경과 다정히 손을 붙잡고 와야 할 게야. 황족의 명이라는 걸 명심하고 늦지 않게 오도록! 슈로더 경을 통해 초대장을 보낼 테니까. 껄껄껄! 아주 재미있는 시간이 되겠어!"

황태자가 노인과 같은 웃음을 터뜨렸다. 젊은 나이에 음악계에서 은퇴하게 된 황태자의 심정 역시 노인의 그것과 다를 바 없었기 때문인지, 터져 나온 웃음소리마저 노인의 목청 같았다.

그런 그의 모습을 안타깝게 바라볼 수도 있었으나, 그 웃음이 웬디, 그녀에게서 비롯된 것이었기에 이야기는 달라졌다. 그는 은퇴 후유증을 겪고 있는 자신의 마음을 치료할 재미있는 건수라도 잡은 듯이 즐거워하고 있었던 것이다! 웬디의 입매가 발칵 역정을 내듯 비틀어졌다.

"전하, 송구하오나 저는 그런 자리에 어울리는 사람이 아니옵니다. 황실 사냥 대회라니, 당치 않으세요. 저는 한낱 비루한 평민 여인으로 귀한 분들께서 계신 자리에 낄 처지가 못 됩니다."

웬디는 어쩐지 라드 슈로더에게 했던 변명을 그대로 황태자에게 반복하고 있다는 느낌이 들었다. 스스로를 낮추는 말 따위야 자신의 안위를 위해서라면 얼마든지 하겠으나, 그것이 유쾌할 리는 없었다. 말을 끝낸 그녀가 자신의 입술을 무의식중에 잘근잘근 씹으며 불만스러운 마음을 드러냈다.

"비루하다니! 이토록 고귀한 비루함이 있나? 내가 본 어떤 영애들보다 오늘 아름다워 보이니 자신감을 가져도 좋아. 그리 박절히 굴지 말고 내 말대로 해 주게나. 그깟 사냥 대회에 평민이 어디 있고 귀족이 어디 있나! 우리 누님께서 내게 입버릇처럼 하셨던 말씀이 능력에 따른 요직 등용이라네! 귀족이든 평민이든 제한을 두지 않고 말이야. 해서 내 그대의 능력을 사냥 대회에서 시험해 보고자 하는 거라네. 그대가 능력을 보인다면 내 그만큼의 상을 줄 터이니, 짐승이든 짐승 같은 남자든 그날 실컷 사냥해 보란 말일세! 하하하!"

웬디는 침묵했다. 단언컨대, 황태자는 그녀가 가장 기피하는 부류가 분명했다. 말이 통하지 않는 사람. 어떤 의미에서는 라드 슈로더, 그 황실 기사보다 더 집요하였다.

"표정을 좀 펴게나. 혹시 아는가? 사냥 대회에서 뜻하지 않은 상을 얻어 갈지. 사랑과 함께 명예까지 쟁취하는 기회가 될 수도 있지 않겠느냐 말이야! 그날을 내 기회의 장으로 만들어 주지. 여우 모피든 선망의 눈빛이든 잘생긴 황실 기사든 뭐든 얻을 수 있게 말이야! 운이 좋다면 귀족의 작위를 하나 얻어 갈 수도 있는 일이고 말이야."

"전하, 저는……!"

황태자의 뜬구름 잡는 소리를 더 이상 들어 주지 못하고 웬디가 막 반박의 말을 하려 할 때, 그가 틈을 주지 않고 다시 말을 이었다.

"아, 그리고 그날은 부디 그대의 본래 머리색을 볼 수 있도록 해 줘. 향기는 달콤하니 내 마음을 사르르 녹이기 충분하나, 나는 그대의 본래 머리색이 더 보고 싶은걸."

황태자가 설레설레 안타깝다는 듯 고개를 내저었다. 그의 뜻밖의 지적에 웬디는 당황하였다. 그가 어찌 이 사실을 안단 말인가! 어떻게 발뺌을 할까 머리를 굴려 보았지만 그 어떤 부정을 한다 해도 그가 결코 믿어 줄 리 없다는 결론만이 날 뿐이었다.

"……제 머리색이 아님을…… 어찌 아셨습니까?"

간신히 마음을 진정시킨 그녀가 의혹 어린 눈빛을 하고 물었다.

"눈썹! 그대 눈썹이 머리색보다 밝은색이지 않은가? 화장으로 대충 가리려고 한 모양인데, 내 눈은 못 속이지."

웬디는 자신의 화장술이 여자도 아닌 남자에게 지적당하고 말자 그만 발끈하는 심경이 되었다. 그녀의 눈썹 색은 진노란 머리색보다 훨씬 짙은 색을 띠고 있었기에 굳이 염색을 하지 않아도 갈색 머리와 잘 어울릴 거라 생각했었던 게 오산이었던 모양이다. 아니, 대체 어떤 남자가 그런 세세한 부분까지 신경을 쓴단 말인가!

"전하의 충고를, 깊이 명심하겠습니다."

그러나 웬디는 마음속의 우짖는, 소란스러운 동요를 감추며 겸손히 고개를 숙였다. 황태자 못지않게 능수능란한 가면 쓰기였다.

"그나저나 아까부터 얼굴색이 많이 안 좋아 보이던데, 무슨 일이 있는 겐가? 혹 슈로더 경과 다투고 멍하니 이곳까지 걸어온 건 아니겠지?"

황태자가 능글맞은 목소리로 넌지시 말했다.

"곧 공연이 시작될 텐데 그만 가서 편안히 음악을 감상하도록 하게. 여드레 후에는 부디 좋은 얼굴색으로 만나길 바라네. 그대가 걸어온 방향 그대로 되돌아가면 금세 붉은 카펫이 깔린 통로가 나올 걸세. 거기서부터는 곳곳에 안내 표지가 있으니 쉽게 자리로 돌아갈 수 있을 거야. 다른 데로 갈 생각 말고, 이 즉시 슈로더 경 곁으로 돌아가도록 하게나! 내 무대 위에서 그대가 앉은 자리를 확인해 볼 거야."

"전하, 송구하오나, 저는……."

"웬디, 나는 그대의 성이 나는 참 마음에 들어. 왈츠라니! 내가 좋아할 수밖에 없는 이름이잖아. 다음번엔 그대를 위해 내 왈츠곡을 준비해 가도록 하지. 여드레 후에 보자고."

그녀의 말을 가로챈 황태자가 그녀의 이름이 마음에 든다 뜬금없이 고백하였다. 게다가 뜬금없는 고백 후에는 뜬금없는 축객령이 이어졌다. 그는 곧 웬디에 대한 관심을 접고 자기만의 세계에 빠진 음악가로 되돌아갔다. 속개될 공연을 위해 악기를 손보려는 것처럼 황태자가 바이올린을 들어 현을 살피기 시작했다.

웬디는 꼼짝없이 그의 술수에 걸려든 것 같은 기분이 들어 입술을 꾹 비틀어 물었다.

"……왜? 길을 찾을 자신이 없는가? 그렇담, 내 황실 기사를 불러 안내를 하라 명하겠네."

"아닙니다. 그럼 이만 물러가겠습니다."

황망히 서 있던 그녀가 황태자의 선심성 말에 거절을 표하며 얼른 밖으로 나왔다. 남을 쫓아내는 것에도 틀림없이 도가 튼 이다.

웬디는 다시 한 번 이를 으드득 갈았다. 선택의 여지없이 왔던 길로 되돌아가게 생긴 그녀는 그대로 제루스 홀을 떠나가고 싶은 마음을 꾹 누르고 차마 떨어지지 않는 발걸음을 옮기기 시작하였다.

딜런 레녹스를 다시 마주칠 가능성을 점쳐 보며 웬디는 가슴 선득한 불안감을 떨치려 애썼다. 이곳, 제루스 홀에서 황실 기사들이 경계를 서고 있는 것이 황태자로 비롯된 일이었음을 쉬이 짐작할 수 있었다. 딜런 레녹스와 마주쳤던 그 복도만 조심한다면 무사히 공연장으로 되돌아갈 수 있지 않을까. 부디 자신의 동선과 그의 경계 영역이 겹치지 않길 바랄 뿐이었다.

웬디 왈츠로 산 지난 2년의 세월 동안 이토록 위태로운 상황은 또 없었으리라. 그녀는 딜런 레녹스를 보는 순간 호흡곤란에 시달렸던 자신의 모습을 떠올리며 얼굴을 싸늘하게 굳혔다.

자신의 동요에 허튼 의미 부여 같은 것은 하지 않으리라. 그것은 순전한 두려움일 뿐이었다. 그로 인해 겪었던 날카로운 상처와 그 끔찍했던 하즐렛 백작가에서의 시간들을 순식간에 온몸으로 마주한 데서 오는 두려움. 그의 개입으로 인해 신분을 산 일이 탄로 날지도 모른다는 두려움. 그 이상은 아니었노라, 그녀는 두 손을 꼭 쥐며 생각하였다.

둥글게 이어진 복도를 지나쳐 오자 익숙한 붉은 카펫이 나타났다. 그렇게 좀 더 걷자 눈에 익은 복도가 나왔다. 오른쪽 모퉁이를 돌면 그녀가 애초 가고자 했던 여성 휴게실이 보일 터였다.

식은땀이 흐르는 이마를 훔치며 조심스레 모퉁이를 돌던 웬디는 인적 없는 복도 위, 기사들이 모여 서 있는 모습을 발견하였다.

텅 빈 동공을 삼켜 버릴 것처럼 시린 하늘색 머리칼이 언뜻 그녀의 눈가로 비쳐 들었다. 3층으로 이어지는 계단 근처에 서 있던 기사는 모두 세 명이나 되었고 딜런은 완전히 그녀에게서 뒤돌아선 채 서 있었지만, 그녀는 단박에 그들 중 딜런 레녹스를 찾아냈다. 그와 이야기를 나누고 있던 다른 기사가 먼저 그녀를 발견하고 시선을 두자 딜런 역시 그 시선을 따라 고개를 돌렸다.

휙!

여유 따위라곤 없는 몸짓으로 그녀는 급히 몸을 틀었다. 맙소사, 바라지 않던 일들은 왜 이리도 쉽게 나를 찾는가! 웬디는 자신의 나약한 평화가 와장창 깨지는 환상에 사로잡힌 채 허둥지둥 발을 뗐다.

"아, 레이디. 공연이 방금 시작했습니다. 아직 밖에 계셨군요. 몸이 좋지 않아 보이시던데, 괜찮으십…… 레이디?"

딜런 특유의 나직한 목소리가 뒤따랐다. 좀 전 그녀를 보았던 일을 기억하는지 웬디를 보자마자 아는 체를 해 왔다. 성큼 앞으로 나선 그가 그녀를 향해 다가오며 다정히 말을 걸어왔다. 감당할 수 없는 위기였다.

재차 그녀를 부르는 딜런의 음성에 웬디는 드레스 자락을 꽉 움켜쥔 채 왔던 길을 되돌아갔다. 같은 길을 몇 번을 왔다 갔다 하는지 흡사 미로를 헤매는 기분이었다.

한편 여인의 구두 굽 소리가 복도를 울리며 저에게서 멀어지자 딜런의 입가에서도 당황스러운 침음이 새어 나왔다. 저만 보면 달아나기 바쁜 여인의 행동거지에 그 역시 깊은 당혹감을 느꼈다.

"레이디! 잠시만 서 보십시오. 다른 뜻이 있는 게 아닙니다!"

딜런은 다급히 그녀를 뒤따랐다. 그러자 그의 뒤쪽에 서 있던 나머지 기사들의 의아한 시선이 딜런 레녹스를 향했다.

딜런 이놈이 저 여인에게 수작을 걸고 있는 게 분명하구나.

지레짐작한 딜런의 선배 기사들은 그가 되돌아오는 즉시 그에게 정신교육을 시키기로 작정하였다. 신성한 일터에서 연애질이라니, 용납할 사항이 아니다. 여인의 반응을 보아하니 딜런 레녹스가 퇴짜를 맞을 가능성이 높아 보였지만 말이다.

또각또각.

뚜벅뚜벅.

또각또각.

뚜벅뚜벅.

두 사람의 발소리가 경쟁하듯 복도에 울려 퍼졌다. 웬디는 거의 뛰듯이 걸으며 둘 사이의 거리를 벌리고자 애를 썼다. 딜런 레녹스, 저 끔찍한 놈이 무슨 억하심정으로 자신을 이리 죽자 살자 따라오는 것인지 부글부글 속이 끓었다. 높은 굽에 치렁치렁한 드레스가 성가셔 마음껏 뛸 수도 없었다. 발목이 저릿저릿한 게 벌써 위험신호를 보내오고 있었다.

뚝!

아니나 다를까, 얼마 못 가 오른쪽 발목을 휘감고 있던 황금빛 체인이 그녀의 발목에서 떨어져 나갔다. 헐거워져 금방이라도 벗겨질 것 같은 구두에 낭패감을 느끼며 웬디는 오른발을 질질 끌 수밖에 없었다. 제기랄, 좋은 구두라 그리 장담을 하더니만! 속으로 사납게 욕을 지껄인 웬디는 구두 가게 남자의 콧수염을 떠올리며 이를 꽉 물었다.

둥글게 곡선으로 휜 모퉁이를 지나치는 순간, 이제는 결단을 내려야 했다. 더 이상의 경주는 불가능하다는 것을 깨달은 웬디는 모퉁이 안쪽, 제일 먼저 보이는 문 안으로 다급히 몸을 숨겼다.

달칵.

조심스럽게 문을 닫았음에도 문은 달칵 하는 파열음을 내며 그녀의 심기를 어지럽혔다. 문을 잠그기 위해 문고리를 급히 살폈지만 잠금장치가 따로 없었다. 방 안을 휘둘러보았으나 마땅히 숨을 만한 곳이 보이지 않자 웬디는 반쯤 절망하는 심정이 되었다. 탁자 하나에 소파가 마주 놓여 있을 뿐인 단출한 방은 접견실 정도의 기능을 하고 있는 듯했다.

웬디는 발을 동동 구르며 어찌할 바를 몰랐다. 급한 대로 신발이라도 벗어 들고 계속 뜀박질이나 할 것을 괜히 방 안으로 들어왔다 싶었다.

뚜벅뚜벅.

방 밖에서 들려오는 발소리는 마치 죽음의 사신이 다가오는 소리처럼 그녀의 머리털을 쭈뼛쭈뼛 서게 만들었다. 이대로라면, 들키고 만다! 웬디는 바짝 마른 입술을 혀로 축였다. 꿀꺽. 그녀의 침 삼키는 소리가 유난히 크게 방 안을 울렸다.

웬디는 거의 날듯이 뛰기 시작했다. 오른쪽 구두가 거추장스럽게 질질 바닥에 끌렸다. 방 안 구석, 소파 옆쪽. 웬디가 생각하기에 가장 그럴듯한 공간으로 뛰어간 그녀는 냉큼 바닥에 쪼그려 앉았다. 까슬까슬한 카펫 위에 저의 검지를 꾹 하고 가져다 대고서는 간절하게 푸르른 식물을 생각하였다.

어서어서, 빨리 자라란 말이다!

새하얗게 질려 버린 웬디의 얼굴은 금방이라도 까무러칠 것처럼 핏기 하나가 없었다. 부들부들 떨리는 몸을 진정시키며 그녀는 카펫 바닥을 눈이 튀어나올 정도로 노려보았다.

그런 바람이 통하기라도 한 것일까, '뽁' 하는 작은 움직임과 함께 연초록 새싹이 방 안 카펫에서 돋아나왔다. 작은 싹은 순식간에 기다란 줄기를 만들어 내고, 줄기 여기저기에서는 잎 끝이 세 쪽으로 갈라진 이파리가 솟아 나왔다. 웬디는 식물의 움직임을 애타는 눈빛으로 바라보며 자리에서 벌떡 일어났다.

카펫 위에서 돋아 나온 식물은 베냐한 제국 어디서나 쉽게 볼 수 있는 담쟁이덩굴이었다. 녀석의 덩굴손은 웬디를 잡아먹을 기세로 가는 몸 위에 달라붙기 시작했다. 발끝을 슬금슬금 기어오른 줄기는 그녀의 드레스 위에 흡착하듯 올라타 칭칭 그 몸을 휘감았다. 황금빛 드레스는 덩굴로 금세 빼곡하게 뒤덮였고, 초록색 널따란 이파리들이 순식간에 그 위를 차지했다.

눈 깜박할 사이에 관상용으로 잘 심어진 덩굴나무 한 그루가 방 한 구석에 덩그러니 놓였다. 웬디는 동동 입만 내놓은 채, '달칵' 하고 열리는 방문 소리를 마음 졸이며 들었다. 오른쪽 눈앞을 가리고 있는 축 늘어진 담쟁이 잎 때문에 그녀는 왼쪽 눈만 게슴츠레하게 뜬 채 방 안의 인기척을 살펴야 했다. 콧김에 이파리가 흔들리지 않도록 애쓰느라 식은땀이 삐질삐질 나왔다. 결국 숨을 꾹 참기로 한 그녀는 탁 트인 호흡을 바라듯 괜스레 입술을 둥글게 오므렸다. 정말 죽을 맛이었다.

뚜벅뚜벅.

그의 발걸음이 내딛어질 때마다 카펫의 먼지가 잘게 날리는 모습이 모두 보일 만큼 웬디는 극도로 정신을 집중하였다.

방 안으로 들어선 딜런은 소파 근처까지 와서 고개를 갸우뚱 기울였다. 여인의 흔적을 찾아왔으나 방 안 어디에도 갈색 머리칼의 여인이 보이지 않았던 까닭이리라.

웬디는 그의 남색 기사단복을 떨리는 눈빛으로 응시하며 온몸을 긴장시켰다. 나는 담쟁이덩굴이다, 나는 담쟁이덩굴이다, 스스로를 향해 끊임없이 되뇌고 나니 미동 없이 서 있는 것이 처음보다 힘들진 않았다.

딜런 레녹스, 그놈은 쓸데없이 무슨 생각을 그리 골똘히 하는지 꽤나 오랫동안 베이지색 벽면을 응시하고 있었다. 실제로는 그리 긴 시간이 아니었겠지만, 웬디에겐 거의 억겁의 시간처럼 느껴졌다. 나가! 어서 나가란 말이다! 웬디는 속으로 놈을 향해 욕을 뇌까렸다. 그러다 그가 조금이라도 움직일라 치면, 보지 마라! 고개를 돌리지 마! 하는 식으로 그가 자신을 발견하지 않길 뜨겁게 염원했다. 과거, 눈치 없다 여겼던 그의 성정에 희망을 걸며 그녀는 딜런의 하늘색 머리칼을 부릅뜬 왼쪽 눈으로 노려보았다.

그 바람에 그녀는 뜻하지 않게도 그의 모습을 세세하게 관찰하게 되는 불운을 맞았다. 전과 다를 바 없이 귀밑을 스치는 머리 길이. 조금 더 근육이 붙은 어깨. 답답할 때면 무심결에 목덜미를 쓰다듬는 버릇까지 그대로였다. 알아채고 싶지 않은 사실들을 눈으로 확인한 그녀는 질끈 눈을 감았다 떴다.

과거보다 더욱 혈색 좋은 얼굴에 신수가 훤해진 모습을 보니 울컥 화가 치밀었다. 당장이라도 온몸을 휘감은 담쟁이덩굴을 죄 뜯어내고, 그 앞에 달려 나가 등짝을 후려갈기고 싶었다. 네놈은 나의 부재에도 등 따뜻하고 배부르게 땅땅거리며 잘 살았구나! 이 후

레자식 같은 놈아!

웬디는 자신 역시 지난 2년간 만족스러운 삶을 살았다는 사실을 까맣게 잊고 분노에 치를 떨었다. 딜런 레녹스의 불행을 마음 깊이 바란 적은 없으나 그의 행복을 바란 적 또한 없다. 한데 황실 기사의 꿈을 이루고 말쑥한 차림을 한—그러므로 행복할 것이 분명한—그의 모습을 보자 창자가 뒤틀리니 참으로 알 수 없는 것이 사람의 감정이었다.

그런 그녀의 분노를 까맣게 모를 딜런 레녹스가 그 순간 '후' 하는 한숨과 함께 갑작스레 고개를 돌렸다. 그의 시선이 벽 가장자리에 있는 담쟁이덩굴을 향하자 그녀는 타오르는 분노를 잠시 살포시 덮어 두고 다시금 식물인 양 스스로를 세뇌하기 시작했다.

레녹스는 다시 한 번 고개를 갸우뚱하더니 이번에는 큼큼 냄새를 맡는 기행을 선보였다. 코 아랫부분을 쓱 문지르는 꼴이 무언가 마음에 걸리는 게 있는 눈치다. 세벤드롱 꽃향기라도 맡은 걸까. 웬디는 덜컥 가슴이 내려앉았다. 달콤한 향내가 저의 머리칼에서 솔솔 풍겨 나고 있음을 모르지 않은 터였다.

그러나 다행스럽게도 그는 텅 빈 방 안에서 그녀를 찾길 포기한 듯, 이내 발걸음을 돌려 방 밖으로 나갔다. 갑자기 사라진 여인이 담쟁이덩굴에 뒤덮여 있을 거라고 그 누가 상상이나 할 수 있겠는가! 달칵 하고 문이 닫히는 소리가 들린 후, 한참이 지나서야 웬디는 겨우 마음을 놓을 수 있었다.

"하아……."

근심 가득한 한숨을 몰아쉰 그녀는 힘이 빠진 몸뚱이를 아무렇게나 벽에 툭 하고 기댔다. 바닥에 주저앉고 싶어도 온몸을 칭칭 감은 담쟁이덩굴 덕에 꼼짝을 할 수 없었다.

"이게 무슨 꼴인지……."

웬디는 두 팔과 어깨에 있는 대로 힘을 주었다. 곧, 우드드득 하는 소리와 함께 담쟁이덩굴 줄기가 그녀의 강인한 힘에 끊어졌다. 만족스럽게 거동할 정도는 아니었지만, 간신히 양쪽 팔을 운신할 수 있을 정도의 여유를 가질 수 있었다. 둘둘 감긴 덩굴을 떼어 내며 웬디는 스스로에 대한 자괴감에 온몸을 비틀었다. 그녀가 움직일 때마다 스사삭 하는 담쟁이 잎 흔들리는 소리가 귓가를 울렸다. 찰랑찰랑 고운 소리를 내는 아름다운 금붙이를 몸에 둘러도 모자랄 판에, 담쟁이덩굴이라니! 그녀는 스스로의 꼴이 우스워 고개를 설레설레 흔들었다.

그 작은 동작에도 어김없이 스사사삭 하는 담쟁이 잎 부딪치는 소리가 들려왔다. 연주회장에 간다고 한껏 멋을 내고 나와서는, 결국 이렇게 온몸을 덩굴로 칭칭 휘감고 있는 모양새라니! 누군가 이 모습을 본다면 배를 잡고 깔깔거릴 터였다.

그러나 그녀는 스스로에 대한 부정적인 감정을 재빨리 추스르고, 담쟁이덩굴 분리 작업에 급히 몰두해야 했다. 덩굴손이 드레스 자락 위에 단단히도 흡착되어 자칫하다가는 드레스 올이 죄다 나가게 생겼기 때문이다.

"아우 씨……."

짜증스러운 신음 소리가 방 안을 가득 울렸다.

한편, 라드 슈로더는 오래도록 오지 않는 저의 동행인을 기다리면서 자못 심각한 표정을 하고 있었다.

웬디가 벗어 놓은 장갑을 바라보며 꿈쩍 않던 그는 자신을 향한 장 자크의 녹진한 시선을 느끼고 고개를 획 돌렸다. 움찔한 장 자크가 라드와 눈이 마주치자 급히 딴청을 부렸다.

팟.

또다시 로열석을 비추는 조명이 환히 점등되고 지휘자가 단상에 섰다. 그 모습을 흘깃 바라본 슈로더는 더 이상 기다리는 것을 그만두고 벌떡 자리에서 일어섰다.

설마, 정말 가 버린 것일까. 공연 도중에 되돌아가지 않겠다 그녀와 약조한 일이 없단 사실이 퍼뜩 스쳐 지나갔다. 그간 그녀의 행동을 바탕으로 본다면 충분히 가능성이 있는 일이었다. 그러나 장갑마저 놓아두고서 한마디 인사 없이 훌쩍 가 버릴 만큼 웬디 왈츠, 그녀는 예의 없는 사람인가. 라드는 고개를 가로저었다.

생각을 선회하자 갑자기 불길한 가정들이 그의 뇌리를 스치고 지나갔다. 혹 무슨 일이 생긴 건 아닐까, 신분을 앞세우는 고압적인 귀족들에게 뜻밖의 변을 당한 건 아닐지. 라드 슈로더는 생전 하지 않던 남에 대한 걱정에 사로잡혀 서둘러 로열박스를 나섰다. 머리색을 바꾸고 가명까지 만들어 내는 수고를 겪으면서 연주회에서의 혹시 모를 봉변을 걱정하던 그녀가 떠올랐다. 조금 더 빨리 찾으러 나설 것을. 차라리 웬디 왈츠, 그녀가 그냥 집으로 되돌아간 것이기를, 하고 그는 바랐다.

"레이디! 잠시만 서 보십시오. 다른 뜻이 있는 게 아닙니다!"

로열박스 바깥 복도로 나와 조금 걸음을 옮기자, 복도를 가득 채우는 남자의 목소리가 그의 귓전에 파고들었다. 남자의 어깨 위, 파란색 견장을 보며 황태자를 호위하러 온 제2기사단 중 하나임을 알아챘지만, 슈로더의 눈길은 그 기사가 부르고 있는 여인의 뒷모습을 좇는 데 더욱 여념이 없었다.

여인은 금세 모퉁이 너머로 모습을 숨겼으나, 그가 어찌 그녀의 모습을 몰라볼 수 있겠는가. 그와 함께 고른 황금빛 드레스 자락이 모퉁이 끝에 가는 햇살처럼 너울거리며 가슴 한쪽이 아릿할 만큼 기묘한 잔흔을 남겼다. 웬디 왈츠, 바로 그녀였다.

복도 너머로 사라진 그녀는 흡사 그 황실 기사를 피해 달아나고 있는 것처럼 보였다. 하늘색 머리칼의 기사가 그녀를 놓칠세라 다급히 그 뒤를 따라 사라지자, 라드는 저도 모르게 팍 미간을 구겼다. 알 수 없는 불쾌감이 마음에 들어찼다. 라드 슈로더의 눈빛이 태풍 전의 고요처럼 착 가라앉았다.

그 즉시, 그는 조금의 지체도 없이 두 사람이 사라진 방향을 향해 걸음을 옮겼다. 생각에 앞서 몸이 먼저 움직인 것은 타인과 검을 섞을 때 외에는 흔치 않은 일이었다.

그러나 슈로더는 몇 걸음 못 가 저의 의지와는 다르게 급히 걸음을 멈춰야 했다. 그의 오른팔을 느닷없이 홱 붙드는 손길이 있었기 때문이다.

"슈로더 경, 잠시만요. ……연주회가 시작되었는데 어딜 그리 급히 가시나요?

장 자크의 동행자, 알타린 백작 영애였다. 그녀가 조금 상기된 얼굴로 말했다.

"……잠시, 제게 시간을 내주실 수 있겠어요?"

슈로더는 자신의 팔을 붙든 여인의 손을 불쾌한 듯 바라보며 무례하지 않게 그 손을 떨쳐 냈다. 입을 빼쭉 내밀며 여인이 못마땅한 듯 그의 눈을 올려다봤지만 상대해 줄 시간이 없었다.

"영애, 내 바쁜 일이 있어 이만 실례하겠소. 이야기는 나중에 듣도록 하리다."

"경, 제게 이러실 수는 없어요! 시무안 경께 드렸던 손수건을 그대로 되돌려 주신 일로 제가 얼마나 사교계에서 우스운 꼴이 되었는지 아시나요? 그런데…… 이렇게 다른 여인을 대동하시고 공개 석상에 나타나시다니……. 저를 조금만 더 배려해 주실 순 없었나요? 제 상처를 조금이라도 생각하셨더라면 이러실 수는 없잖아요."

슈로더의 피로감이 깃든 눈빛이 그녀의 얼굴에 잠시 머물렀다 떨어졌다. 그의 시선이 자꾸만 웬디가 사라진 모퉁이 너머를 향했다.

"경!"

남자의 태도에 알타린 영애가 퍽 자존심이 상한 듯 소리쳤다. 라드 슈로더의 단정한 눈썹이 꿈틀 치켜 올라갔다.

"……영애, 내 사교계의 일에 무지하여 그대가 어찌하여 다른 영애들에게 웃음거리가 되었는지 알지 못한다오. 하여 그대의 상처를 돌볼 이유 또한 내 알지 못하오. 부디 나의 무지함을 용서하시오."

일견 정중한 듯하지만 실상은 몹시도 냉정한 말이었다. 라드가 별 터무니없는 여자를 다 보겠다는 듯이 알타린 영애의 어두운 초록빛 머리칼을 바라보며 말했다. 누군가의 샛노란, 화사한 황금빛 머리칼과는 다르게 몹시도 칙칙한 색이라 생각되었다.

"정말 너무하시는군요. ……경께서 대동해 온 그 여인이 대체 누구이기에! 제게 이런 모욕감을 주시나요?"

알타린 영애는 그만 울먹울먹하였다. 물기가 차오른 눈가에 그에 못지않은 독기가 차오르고 있었다.

"다음에 봅시다."

더 이상 지체할 수 없었던 라드는 울상이 된 여인을 홀로 내버려 둔 채 다급히 몸을 돌렸다. 로열박스 내부에서 살며시 고개를 내밀고 있던 장 자크 시뮤안이 그런 그를 당혹스러운 얼굴로 쳐다보고 있는 게 보였다.

그가 부하를 향해 사납게 눈을 부라렸다. 화들짝 놀란 장 자크가 재빨리 문을 닫고 나와 알타린 영애를 달래기 시작했다. 그러한 풍경을 뒤로한 채, 라드는 본래 가려던 길을 향해 걸음을 재촉하였다.

복도 끝까지 빠른 걸음으로 걸어가자 3층으로 통하는 계단이 나왔다. 그곳에 멍하니 서 있던 황실 기사 두 명이 그를 알아보고 급히 약식으로 목례했지만 라드는 걸음을 멈추지 않은 채 고개를 까닥여 건성으로 그들의 인사를 받아 주었을 뿐이었다.

"······."

라드 슈로더의 눈길이 순간 그들의 견장을 향했다. 좀 전 웬디의 뒤를 따르던 기사와 같은 제2기사단의 기사들이었다. 그들을 바라보는 라드의 시선이 한겨울 매서운 한풍처럼 흉흉했기에 두 명의 기사는 그 자리에 바짝 얼어붙어 버렸다.

'슈로더 단장님께 우리가 무언가 책잡힐 일을 하였던가.' 하고 그들은 빠르게 자아비판을 해야만 했다. 기사단 내에서도 악명이 자자한 냉혈 기사단장이었다. 그가 급하게 걸어가는 방향을 보아하니 딜런 레녹스가 나아간 방향과 공교롭게도 일치하였다.

두 명의 기사는 딜런의 때를 가리지 못한 작업 정신이 기사단장의 눈에 거슬린 게 아닐까 조심스럽게 추측하였다. 어찌 됐든 흉흉한 기운을 풍기는 기사단장의 뒷모습을 보아하니, 분명히 좋은 징

조는 아니었다.

그런 그들의 추측대로 라드 슈로더는 가뭄에 말라비틀어진 땅이 쩍쩍 갈라지듯 심기가 불편했다. 웬디를 조급히 따르던 황실 기사의 모습이 자꾸 머릿속에 떠올랐다. 여인의 거부가 자신에게까지 그리 생생히 느껴졌건만, 그는 대체 무슨 까닭으로 그녀의 뒤를 따른 것이었을까.

라드는 모퉁이 너머로 사라진 두 사람의 뒷모습이 의미하는 바를 생각하며 입을 꾹 다물었다. 굳게 다물린 입술 위로 그의 언짢음이 서렸다. 하필, 알타린 영애가 나타난 탓에 그들을 쫓는 걸음마저 지체된 터였다.

그들이 사라진 복도로 들어선 그는, 복도를 울리는 발소리에 귀를 기울였다. 멀리서 두 사람의 발소리가 뚜렷하게 들려왔다. 덕분에 차분함을 가장하던 슈로더의 걸음걸이는 점차 빨라졌고, 나중에는 거의 뛰는 모양새가 되었다. 복도를 울리는 두 사람의 발소리 또한 점점 급박해졌기 때문이다.

다급하게 복도를 내달리던 그는 하늘색 머리칼의 기사에 대한 처분을 어찌할지 잠시 고민하였다.

그자가 혹여 그녀에게 무례한 행동을 하였다면.

라드의 눈빛이 더욱 어둡게 침잠하였다. 웬디의 대답 여하에 따라 그자는 물론, 여인의 곤란을 모른 체하고 멀뚱히 서 있던 나머지 기사들 모두 혹독한 문책을 면치 못할 것이다.

이것은 황실 기사단장에게 어울리지 않는 조금 편파적인 사고이기도 하였으나, 감정의 파동이 늘 일정했던 라드 슈로더 본인은 자신의 판단에 대해 한 점의 의심도 하지 않았다. 남들보다 배는 이

성적으로 사고한다 자부하던 그였기에 작금의 흉흉한 저의 마음 상태가 역설적이게도 판단의 기준이 될 수밖에 없었던 것이다. 감정 변화가 희박한 황실 기사단장에게 지금과 같은 불쾌감은 단숨에 이성적 사고로 둔갑해 버릴 만큼 큰 역량을 발휘하였다.

그러나 복도 중간에 오일 램프 하나가 포르르 마지막 불꽃을 타올리고 꺼져 버리자 라드는 순간적으로 괴이한 기분에 사로잡혔다.

내가…… 이리 노여워하는 까닭이 무엇인가.

그는 잠시 잠깐, 철학자가 삶의 본질에 대하여 탐구하듯 스스로의 감정 상태에 대한 탐구심으로 미간을 한껏 좁혔다.

하지만 단숨에 답이 나올 리 없는 고민이었다. 라드는 급박한 현재의 상황에 의거하여 자신의 감정 변화에 대한 의구심을 잠시 접어 두기로 하였다. 그러므로 그의 가슴속 노여움은 한동안 그치지 않을 것이다.

그가 상황을 가늠하며 복도를 뛰는 사이, 앞선 두 사람의 발걸음 소리는 어느덧 잠잠해져 있었다. 또각또각 울리던 여인의 발걸음 소리는 물론, 기사의 그것까지 더 이상 들리지 않자 라드는 우뚝 걸음을 멈췄다. 두 갈래로 나뉜 길을 여러 번 지나쳐 오긴 했으나, 분명 자신은 두 사람의 발소리를 따라 제대로 된 길을 왔다 확신할 수 있었다.

그가 불길한 마음을 억누르며 다시금 걸음을 떼는 사이, 모퉁이 너머에서 '달칵' 하고 문이 열리는 소리가 들렸다. 이어진 발소리를 듣자니 여인의 구두 소리는 결코 아니었다.

"……!"

모퉁이를 지나 그의 앞에 모습을 드러낸 남자는 슈로더의 예상대로 하늘색 머리칼의 젊은 기사였다. 기사는 그의 얼굴을 보자마자 놀란 얼굴을 하며 다급하게 자세를 바로 한 후 약식 인사를 하였다. 못마땅한 눈빛으로 어린 기사를 훑어본 라드가 기사에게 뚜벅뚜벅 다가가 건조한 목소리로 말했다.

"처음 보는 얼굴이군. 소속과 이름을 밝히게."

비록 소속은 달랐으나 제1기사단의 롯테어이자 단장인 라드 슈로더의 얼굴을 그가 모를 리 없었다. 그의 물음에 어린 기사가 정식으로 절도 있게 경례를 붙인 후 말했다.

"제2기사단의 딜런 레녹스입니다."

기합이 바짝 들어간 목소리였다.

"……기사 서임을 받은 게 언제인가?"

"작년 가을, 시뉴엘에서 받았습니다."

시뉴엘은 매년 가을마다 열리는 황실 기사 서임을 위한 토너먼트식 경연으로, 황실 기사들의 축제이자 기사 예비생들을 위한 기회의 장이었다.

이것은 베냐한 제국의 이름난 명장이었던 시뉴엘 듀로니스의 이름을 딴 경연 대회로서, 토너먼트를 통해 먼저 순위를 가린 후 최종적으로 황실 기사들과 겨루게 해 그 자격을 시험하는 자리였다. 토너먼트 우승자라고 하더라도 황실 기사와의 대련에서 좋은 움직임을 보이지 못한다면 서임을 받을 수 없었다. 때문에 시뉴엘을 통해 기사 서임을 받는 자들은 극소수에 불과했고, 아예 대상자가 없는 경우까지 있었다.

"그래? 내 자네를 본 기억이 없는데. 서임에 앞선 경연에서 큰 활약을 보이지 못한 모양이군."

라드의 말에 딜런이 얼굴을 붉혔다.

"좀 전, 보아하니 한 여인을 따라 급히 뛰어가던데. 무슨 문제가 있나?"

"아닙니다. ……그분께서 몸이 좋지 않아 보이시기에 걱정이 되어 뒤따른 것뿐입니다."

"몸이 좋지 않은 여인을 그리 필사적으로 쫓은 이유가 있는가?"

기사단장의 질문에 담긴 질책을 읽은 딜런 레녹스가 면구한 얼굴을 하며 순간 대답할 말을 찾지 못했다.

"그것이…… 레이디께서 저를 피하시기에, 오해를 풀고자……."

딜런은 스스로의 대답이 궁색하다 여겼지만 변명할 다른 말을 찾지 못했다. 스스로도 그 여인을 그리 필사적으로 쫓은 이유가 무엇인지 알지 못한 까닭이다. 여인의 흩날리던 갈색 머리칼과 야리야리하던 양쪽 어깨, 흐릿한 듯 또렷해 도무지 눈을 뗄 수 없게 만들었던 그 뒷모습이 누군가를 떠올리게 만들었는지도 모른다. 잡힐 듯 잡히지 않던 좀 전의 추격전 역시, 그가 떠올린 여인과 자신의 관계라 이름해도 무리가 없을 정도였으니…….

올리비아 하즐렛.

사라져 버린 그의 옛 연인.

"레녹스 경, 그대는 황실 기사로서의 예법을 아직 제대로 익히지 못했나 보군. 기사는 보고할 때, 그리 뒷말을 흐리는 법이 없어야 하네."

"네, 시정하겠습니다."

라드 슈로더의 지적에 딜런이 더욱 몸을 꼿꼿이 세우며 즉각 대답하였다.

"……그 여인을 만나 오해를 풀었는가?"

"만나지 못했습니다."

"문을 여닫는 소리가 들리던데."

"인기척을 듣고 소리가 난 방을 가 보았으나 그곳에 계시지 않았습니다. 아마도…… 제가 착각을 한 듯합니다."

"자네가 그리 필사적으로 쫓았던, 그 여인의 행방을…… 알지 못한다 이 말인가?"

"……그렇습니다."

딜런이 수치스러운 얼굴로 고개를 숙였다. 기사된 자가 여인을 그리 배려 없이 뒤따른 것만 해도 부끄러운 일이거늘, 심지어 행방조차 알지 못한다니. 고개를 들 수 없었다.

"알겠네. 레녹스 경, 그대는 이만 본래 위치로 돌아가도록 하게."

"……네, 그리하겠습니다."

기사단장을 향해 꾸벅 목례한 딜런 레녹스가 잠시 망설이듯 모퉁이 너머를 바라보다가 마지못해 걸음을 떼어 냈다. 그의 뒷모습을 싸늘한 눈빛으로 한동안 바라보던 라드 슈로더가 이내 발걸음을 옮겼다.

모퉁이를 돌자 그 옆에 바로 문 하나가 보였다. 그는 별다른 의심 없이 문손잡이 위로 손을 가져다 댔다. 그의 손목 회전에 따라 '달칵' 하는 금속음이 울렸다.

사르륵사르륵.

방 안을 울리는 나뭇잎 스치는 소리가 제일 먼저 그를 맞이하였다. 슈로더는 방 안으로 성큼 걸음을 옮기려다 말고 소리의 근원지를 향해 고개를 휙 틀었다. 바스락바스락하는 여인의 손놀림에 따라 초록빛 나뭇잎들이 연신 흔들흔들 춤을 추고 있었다.

"웬디……?"

사르륵거리는 나뭇잎의 움직임이 뚝 하고 멎었다. 그녀의 손끝에 매달린 가는 줄기가 파르르 잔떨림을 내놓았지만 두 사람 모두 그 움직임에 신경 쓸 겨를이 없었다.

"어찌 그대가 이곳에……."

분주하게 몸에서 나뭇잎을 떼어 내고 있던 웬디가 라드의 부름에 천천히 고개를 들었다. 그의 잿빛 눈동자가 여인의 풀빛 눈동자에 맞닿았다. 새하얗게 질린 낯으로 눈만 끔뻑끔뻑 감았다 뜨는 웬디의 얼굴을 바라보던 라드 슈로더 역시 더 이상 할 말을 찾지 못하였다.

"……슈로더 경."

마지못해 나온 음성이었다. 웬디는 믿기지 않는 현실에 항거하듯 두 눈을 부릅떴다. 한 걸음 한 걸음, 방 안으로 걸어 들어오는 남자를 당장 멈춰 세울 묘안은 그녀로서도 퍼뜩 떠올리기 어려운 것이었다.

"경께서 이곳까지 어떻게……. 저어, 잠시만! 잠시만, 그 자리에서 계셔 보세요."

그 말을 신호로 하여 그가 멈칫 멈춰 섰다. 참으로 순종적인 태도라 이름할 수 있으나, 남자의 본성 자체가 순종과는 거리가 멀다는 점이 문제였다. 한참을 서 있어도 여인이 별다른 조치를 취하지 않자 슈로더는 다시금 그녀를 향해 걸음을 옮겼다.

"아니, 잠깐 서 계시라니까요!"

한참이나 어쩔 줄 몰라 눈만 되록되록 굴리던 웬디가 다시금 자신을 향해 걸어오는 남자에게 발작적으로 소리쳤다. 이 빌어먹을 황실 기사는 왜 갑자기 나타나 이리도 자신의 속을 바짝바짝 타 들어 가게 하는가! 절망감이 엄습하였다.

"아니, 거기 서 계실 게 아니라 밖으로 나가 계시는 편이 더 낫겠군요! 보시다시피 제가 지금 경께 모습을 보이기 면구한 상황이니…… 그냥 모른 척하시고 나가 주세요!"

"웬디…… 이게 대체 무슨 일이오? 그대가 처한 상황을 알아야 나가든 서 있든 할 것이 아니겠소?"

라드가 안타까운 기색을 나타냈다. 그만큼 웬디의 표정은 딱해 보였다.

"……보시는 그대로랍니다. ……담쟁이덩굴에 둘러싸여 있는. ……달리 설명할 말이 없군요."

기어 들어가는 목소리였다. 바위라도 씹어 먹을 기세로 소리치던 좀 전과는 너무도 다른 반응이었다. 웬디가 마른침을 꿀꺽 삼켰다. 등 뒤를 흠뻑 적시던 식은땀이 옴폭 파인 척추 라인으로 또르르 떨어져 내리는 것이 느껴졌다. 당장이라도 온몸이 한 바가지 물로 변하여 좌르륵 카펫 위로 쏟아져 내릴 것 같았다. 아니, 차라리 그리될 수만 있다면 더 바랄 게 없을 것이었다.

"내 말은 왜 그대가 담쟁이덩굴에 둘러싸여 있느냐는 말이오. 그저 둘러싸인 게 아니라…… 일부러…… 몸에 감은 것처럼."

라드 슈로더가 답답한 듯 말했다. 혹 말 못 할 변을 당한 것은 아닌지 그녀의 상태를 잠시 살피었으나 누군가에게 억압된 흔적은 없었다. 하긴, 어느 누가 여인을 억압하는 데 담쟁이덩굴을 사용하겠냐마는. 그럼에도 라드 슈로더가 끊임없이 그녀의 얼굴과 몸 상태를 살핀 것은, 그러지 않고서야 그녀의 현 상태를 설명할 타당한 근거를 찾기가 몹시도 궁박하였기 때문이다.

"그것이······."

기억이 나지 않는다고 할까, 아님 그냥 미친 척을 할까. 그도 아니면, 괴한에게 끌려와 이 꼴이 되었다 말해 볼까? 여러 가지 시퍼렇게 멍든 온전치 못한 변명들이 떠올랐지만 그 모든 변명들 중 어느 것 하나도 눈앞의 남자가 믿어 줄 리 만무했다. 미친 척을 해 볼까 하는 생각에 조금 마음이 기울었지만—이유 없이 제 주변을 알짱거리는 라드 슈로더까지 한 번에 떨궈 낼 수 있는 방안이라는 생각에—뒷감당을 할 자신이 없었다.

"······그저 담쟁이덩굴이 하도 예쁘게 자라 있기에 살펴보고 있었던 것뿐이에요. 제 직업을 아시잖아요, 이런 쪽에 취미가 있기도 하고."

"······덩굴을 몸에 감고서 말이오?"

"그래옷! 피부로 직접 식물을 느끼는 게 저만의 식물을 살피는 방식이라고요! 그런 것까지 일일이 슈로더 경이 납득할 수 있게끔 설명해야 하나요?"

확 쏘아붙이는 웬디의 음성에 라드 슈로더의 미간이 순간 찌푸려졌다.

"······그대가 그렇다면, 그런 것이겠지. ······한데 방금 이 방으로 들어섰던 기사를 보진 못하였소?"

미심쩍은 듯 묻는 그의 음성에 웬디가 헉 하고 숨을 들이켰다. 이 남자가 대체 어디까지 알고 있는 것인지, 미치고 팔짝 뛸 노릇이었다.

"그건, 어찌하여 물으시는 건가요?"

그녀는 긴장감에 몸을 떨었다. 어느덧 웬디와 한 몸처럼 변모해 버린 짙푸른 담쟁이덩굴이 파르르 잎을 흔들 만큼이나.

"황실 기사 한 명이 그대를 뒤따르는 모습을 보았다오. ……그자가 이곳 방문을 여닫는 것 같던데, 그를 보지 못하였소?"

짧은 순간 웬디는 갈등하였다. 자신을 대신해 누군가 그럴듯한 변명을 해 준다면 얼마나 좋을까! 그러나 마음 깊이 원해 본들 이루어질 수 없는 소망이었다.

묘안을 짜내기 위해 그녀는 허둥지둥 머리를 굴렸다. 핑핑 머리 돌아가는 소리가 제루스 홀의 현악기 소리를 압도하고서 멀리 떨어진 라자뷔데 박물관까지도 들릴 것 같은 순간이었다.

"……실은."

웬디가 꿀꺽 침을 삼켰다. 그래, 진정 이 방법밖에는 없다! 적당히 진실과 거짓을 버무려 실토하기로 마음먹은 그녀는 혀로 입술을 축이며 한마디 한마디를, 신중하게 뱉어 냈다.

"그분께서 계속 저를 쫓아오시기에…… 겁을 집어먹었어요. 간혹 평민 여인을 함부로 대하시는 귀족 나리들이 있어…… 제가 과도하게 그분을 두려워한 듯해요. 지금 생각하니 그렇게 겁을 낼 일도 아니었는데 말예요. 제가 이곳 제루스 홀에 오며 너무 긴장을 했던 탓인지, 과민 반응을 한 것 같아요. 그래서…… 그분의 눈을 피해 이 덩굴을 몸에 두르는…… 이리 우스운 행동까지 하고 말았습니다."

자신의 행동을 스스로 우습다 칭하는 것은 무척 자존심 상하는 것이었으나, 지금의 상황에서는 이보다 더 합당한 변명을 찾기 어려울 것 같았다. 황실 기사단장인 라드 슈로더가 좀 전의 상황에 대해 파헤치는 것은 자신이 이 담쟁이덩굴을 몸에서 떼어 내는 것보다 수십 배는 쉬운 일일 것이었다. 괜한 일을 만들어 딜런 레녹스와 자신의 관계까지, 더 나아가 자신의 과거 신분까지 들켜 버릴 수는 없었다.

"……그랬군. 알겠소, 서로 간에 오해가 있었던 듯하니 그대도 이만 마음을 푸시오. 좀 전 그 기사의 말을 듣자니 그대가 몸이 좋지 않아 보여 뒤따른 것뿐이라 하더군."

물론 라드는 그녀의 말을 온전히 신뢰하지 않았지만 일단 모른 척해 주기로 마음을 정하였다. 그러나 라드의 말은 다른 의미로 웬디의 분노를 샀다. 벌써 두 사람 간에 대화가 오고가 놓고서 지금껏 자신을 취조한 것인가 싶어 울컥 화가 치민 것이다. 웬디의 눈썹이 새침할 만큼 꼿꼿하게 변하였다.

"……그자의 말대로 어디 편치 않은 곳이 있는 것이오?"

라드가 성큼 그녀 곁으로 다가서며 물었다. 묵묵한 잿빛 눈동자에 설핏 걱정의 빛이 비친다.

"아뇨, 아주 멀쩡합니다! 슈로더 경, 모든 궁금증이 해소되셨다면 이만 밖으로 나가 주시겠어요? 전…… 이 덩굴을 모두 떼어 낸 이후 연주회장으로 되돌아가겠습니다."

일단 급한 불을 끈 웬디는 다시금 라드 슈로더를 밖으로 쫓아내기 위해 애를 썼다. 자신의 말을 모두 믿는 기색은 아니었으나, 더이상 따지고 들지 않는 모습에 적게나마 마음을 놓을 수 있었다. 이제 그녀에게 남겨진 책무는 이 덩굴을 말끔히 처리하는 일이었다.

"도와주겠소. 혼자 거동하기도…… 힘들 듯한데."

덩굴에 칭칭 감겨 있는 웬디의 모습을 위아래로 훑어본 그가 말했다. 성큼성큼 웬디 곁으로 다가선 그는 그녀의 허락이 있기도 전에 머리칼에 붙어 있는 덩굴을 하나하나 떼어 내기 시작했다.

"아니, 뭐, 뭐하시는 거예요!"

웬디가 바르르 몸을 흔들었지만 다가온 기사를 물리치기에는 역부족이었다.

"일단 편히 움직일 수 있게라도 해 주겠소."

그녀의 거부를 무시한 황실 기사는 바지런히 그녀에게서 덩굴을 떼어 냈다. 바짝 얼어 있던 웬디는 머리 위로 느껴지는 기사의 사락사락하는 소리를 내는 손길에 혼돈에 빠졌다. 이런 제멋대로인 자를 보았나! 라드 슈로더의 가슴팍을 매섭게 노려보며 웬디는 꾹 숨을 참아냈다. 콰 하고 숨을 내뱉는 즉시 분노의 일갈이 터져나갈 것 같았기에.

"……."

한편, 올올이 저의 손가락에 얽히는 여인의 머리칼을 느끼며 라드는 퍽 이상야릇한 기분을 느끼고 있었다. 그의 손 움직임에 따라 그녀의 머릿결에서 폴폴 풍겨 나는 달콤한 향기가 아찔하니 그의 코끝을 괴롭혀 댔다.

달콤한 향내 따위는 평소라면 질색하던 그였으나, 그녀의 머리에서 나는 향기는 괴이하게도 그의 가슴 한쪽을 살랑살랑 간질이는 게 큼큼 기침이라도 해야 시원할 판이다. 그녀의 꽃집에서 맡았던 향이었다. 그땐 싫다 여겼는데, 지금의 이 느낌은 무언가 앞뒤가 맞지 않았다. 진격해 오는 향기의 공격을 물리치고자 홀로 공중전을 벌이고 있던 그는 새파란 담쟁이 잎에 정신을 집중하며 겨우 무시무시한 적을 따돌렸다.

그러나 담쟁이 잎에 정신을 집중하자, 이번에는 그녀의 머리 위에 드리운 그 이파리들의 모습이 꼭 작고 어여쁜 화관처럼 보이기 시작했다. 갈색 머리칼 위로 드리운 담쟁이덩굴을 화관이라 칭하기에는 크게 무리가 있었으나 무슨 노릇인지 그의 눈에는 꼭 그리만 보였다. 공연한 생각이라 스스로를 탓해 봐도 자꾸 그리 보였다.

다음엔 이런 머리 장식을 해도 좋을 것 같군. 급기야 그는 고개를 끄덕이며 이런 생각마저 하게 되었다. 단 하루, 그녀와 함께한 쇼핑을 통해 여성 패션에 대한 감각이라도 키운 것이었을까. 그 뜬금없는 생각에 라드 스스로도 피식 웃음이 나올 정도였다.

"경께서는 정말 제 말에 귀 기울이시는 법이 없으시군요."

웬디의 볼멘소리가 있기 전까지는 말이다.

"……무슨 뜻이오?"

퍼뜩 정신을 차린 그가 웬디를 향해 물었다.

"제가 이리 온몸으로 거부의 뜻을 내비쳤는데도 굳이 다가오셔서, 이렇게 절 부끄럽게 만드셔야겠어요?"

그녀의 말에 슈로더는 생전 처음으로 머릿속이 띵 울리는 괴이한 감각을 경험하였다.

온몸으로 거부의 뜻을 내비쳤다? 그녀가, 저에게?

"……"

"도와주시려는 마음은 감사하지만, 어느 여인이 이런 꼴을 남자분 앞에서 보이고 싶어 하겠어요? ……앞으로 다른 여인을 대하실 때는 주의해 주세요. 이대로라면 경은 평생 검만 잡고 사실 수밖에 없을 거예요."

라드는 저 자신이 딜런 레녹스를 향해 언짢아했던, 여인의 거부를 무시하는 행태에 대해 당사자인 웬디에게 외려 지적당하게 될 줄은 꿈에도 몰랐다. 딜런 레녹스와 자신이 동급으로 그녀에게 취급된다는 불쾌감은 둘째 치고서라도 그 정도로 자신의 행동을 싫어했다니. 처음 여인의 거부에 흥미를 느낀 남자가 품을 생각은 아니었지만, 그는 괴이한 충격에 사로잡혔다.

"……알겠소. 앞으로 조심하리다."

라드 슈로더는 순순히 죄를 시인하듯 그녀의 말에 따르겠다 말하였다. 그답지 않게 다소 기가 죽은 모습이었다.

"아우, 뭐하시는 거예요? 간질간질 장난하는 것도 아니고. 빨리 좀 해 보세요."

조심스럽게 머리칼의 담쟁이 잎을 거둬들이던 그의 태도가 마음에 들지 않았는지 웬디가 그에게 재촉의 말을 뱉어 냈다. 이 역시 그에게 불만을 토로하며 예민하게 구는 것처럼 보였지만, 실은 제 말에 토를 달지 않고 순순히 구는 그의 태도에 당황해 버린 그녀가 그 마음을 감추고자 내뱉은 말들이었다.

"아얏! 이젠 머리를 죄 뜯어 놓으실 참이세요? 조심하셔야죠."

"……미안하오."

서두르던 그의 손길이 그만 머리칼을 잡아당긴 모양인지, 그녀가 빽 하고 소리를 질렀다. 라드는 이번에도 순순히 사과를 하였다. 장 자크 시뮤안이 이 꼴을 본다면 '단장님이, 우리 단장님이.' 어버버 하며 기함을 했을 것이다. 그만큼 라드 슈로더는 현재 혼돈 상태였다.

사락사락 그의 손길이 머리를 지나쳐 그녀의 등 쪽을 향하였다.

황금빛 드레스를 꽉 붙들고 있는 덩굴손의 기세에 라드는 진땀을 뻘뻘 흘리며 그것들을 떼어 내느라 바빴다. 속절없이 그에게 자신을 맡기고 있던 웬디 역시도 그의 그런 고생을 알아챘는지 구박으로 비쳐질 언사를 가능한 한 자제하였다.

조용해진 실내. 두 사람의 미세한 숨소리와 사르륵사르륵 이파리 부딪치는 소리만이 가득 채워졌다.

"……."

라드 슈로더의 손길이 그녀의 등 위를 스칠 때마다 움찔움찔 몸이 떨렸지만 그것은 불쾌감이라기보다는 정체를 알 수 없는 낯선 긴장감이었다. 가만 있자, 오늘 독이빨의 먹이를 챙겨 줬던가. 난데없이 저의 애완식물 먹이를 걱정하며 웬디는 그 긴장감을 떨치기 위해 노력하였다.

검을 잡는 기사의 손길은 의외로 섬세한 것이어서 웬디가 하는 것보다 훨씬 안정감 있게 담쟁이덩굴을 분리해 냈다. 그는 마음을 뒤덮은 혼돈을 떨쳐 내기 위해 더욱 그 작업에 몰두하고 있었다.

담쟁이 분리 작업에 한껏 고무된 라드 슈로더의 뜨거운 눈빛이 그녀의 어깨 위에 닿자 웬디는 괜히 부끄러운 마음이 들었다. 지척에서 느껴지는 라드의 숨결과 손길에 자꾸만 얼굴이 달아올랐다. 이런, 제기랄! 이놈의 담쟁이는 왜 이리도 온몸을 칭칭 감고 올라갔단 말인가!

웬디는 담쟁이덩굴로 인해 좀 전의 위기를 넘겼다는 사실을 까맣게 잊고 애꿎은 식물을 탓했다.

"그런데 정말 별일이군. ……애초부터 그대의 몸 위로 자라났던 것처럼 너무도 밀착되어 붙어 있어. 단순히 덩굴을 몸에 감는다고 이리되진 않을 텐데 말이오."

갑작스러운 라드의 날카로운 지적에 웬디는 지레 놀라 버럭 소리쳤다.

"어찌 그리 무지한 말씀을 하시나요? 본래 담쟁이덩굴의 덩굴손은 어디든 착착 잘 감겨 붙는 답니다. 담쟁이덩굴을 키워 보신 적이 있으신가요?"

"……없소."

"아휴, 키워 보지도 않으시고선 무슨."

웬디가 혀를 끌끌 찼다.

"……그뿐만이 아니오. 그대는 어떻게 손도 자유롭지 않은 상황에서 머리 위쪽까지 이리도 꼼꼼하게 덩굴을 감을 수 있었던 게요?"

덩굴의 감긴 모양새를 보니 분명 아래에서부터 휘감아 오른 것이었다. 달리 생각하려 해도 기이하기 이를 데 없었다.

"그러니 재주 아니겠어요? 제 꽃꽂이 경력이 몇 년인데 그러세요? 꽃집은 뭐 아무나 하는 줄 아세요? 돈 있다고 차릴 수 있는 게 아니라고요. 경의 검술에 대해 모든 부분을 제가 납득할 수 있도록 설명하실 수 있나요? 검에 문외한인 제 눈에는 슈로더 경의 검술역시 이해가 되지 않는 부분이 많을 것 아니에요? 이 담쟁이덩굴도 마찬가지죠."

웬디가 숫제 무시하는 투로 말했다. 가히 혀를 내두를 만한 둘러대기라 할 수 있었다.

"……그래, 그대의 말을 들으니 그럴 수도 있겠다 싶군."

라드는 우선 그녀의 말에 동의해 주었다. 현명한 처사였다.

"이 덩굴은 어디서 가져온 것이오?"

"어디긴요. 이쪽 벽에 붙어 있는 걸 후다닥 떼어 낸 거죠."

웬디가 뒤쪽 벽을 흘깃 바라본 후 말했다. 베이지색 벽면에는 식물이 달라붙었던 흔적이라곤 찾아볼 수 없었다. 그러나 이번에도 라드는 고개를 끄덕여 주었다.

"실내에서 담쟁이덩굴을 키우는 일은 드물지 않소?"

"어머, 무슨 소리예요? 요즘은 실내에서도 덩굴식물을 종종 기른 답니다. 특히 이곳처럼 별다른 인테리어 장식이 없는 썰렁한 방에 더욱 잘 어울리죠."

그녀는 검지를 치켜들며 모든 질문에 조목조목 답해 주었다.

"슈로더 경은 정말 질문이 많으시군요. 마치 어린아이처럼 말예요. 아, 오해는 하지 마세요. 칭찬으로 드린 말씀이니까요. ……이 제 궁금증이 해소되셨겠죠? 그럼 이만 비켜 주시겠어요? 지금부턴 제 손으로 직접 이것들을 떼어 내도록 할 테니까요."

라드의 고행으로 비로소 두 팔이 완전하게 자유로워진 웬디가 그를 새침하게 바라보며 말했다. 고맙다는 말을 하지 않은 것은 이 모든 것이 그가 자원하여 행한 일이기 때문이었다. 저가 좋다고 매달린 일에 왜 감사 인사를 전하겠는가! 웬디는 입술을 삐뚜름하게 쥐어 물며 괜히 그를 향해 눈을 흘겼다.

어찌 되었든, 이로써 라드는 담쟁이 분리 작업에서 해방될 수 있었으나 그는 마지못해 비켜선다는 기색으로 그녀의 앞쪽을 향해 걸음을 옮겼다. 여전히 미심쩍은 일이 산재해 있던 까닭도 있겠으나, 묘한 아쉬움이 느껴진 것도 사실이었다.

찌릿. 꾸물거리는 라드의 움직임을 흩뜬 눈으로 지켜보던 웬디가 답답한 마음에 한마디 말을 던지려 몸을 휘 비트는 순간이었다. 하체 부분을 꽁꽁 얽어매고 있는 담쟁이덩굴을 미처 고려하지 못한 그 갑작스러운 움직임에 웬디는 팔을 바르작거리며 그대로 바닥에 처박힐 처지에 놓이게 되었다.

으아악, 하는 비명을 내지르며 그녀의 몸이 기우뚱 기우는 순간, 라드 슈로더가 그 몸을 단숨에 가벼운 동작으로 받쳐 들었다. 웬디의 허리를 휘감고 있는 그의 오른팔과 온전히 그 품에 의지하여 안겨 있는 웬디 왈츠. 두 사람의 눈빛이 허공에서 정지하듯 딱 맞부딪쳤다.

"……."

"……."

자신이 바이올린에 미친 황태자 아이작 폰 베냐한이라면 지금 이 순간, 어떤 즉흥곡을 연주해 냈을까. 웬디는 상황에 맞지 않게 뜬 구름 같은 생각을 하였다. 곡명은 '경악' 정도가 적당하리라.

그러나 그녀가 정한 곡명과 달리 멀리서 들려오는 오케스트라의 선율은 몹시 달콤하고 낭만적인 것이었다. 그 곡명이 '바이올린과 관현악을 위한 로망스'라는 사실을 알면 그녀는 어떤 표정을 지었을까. 로망스라는 단어에 이를 갈며 다시는 음악 따위 듣지 않을지도 모르는 일이었다.

그럼에도 불구하고 아이작 폰 베냐한이 연주해 내는 바이올린 선율은 다시 한 번 그녀의 마음을 사르르 풀리게 만들었다. 서정적인 바이올린의 울림과 올려다본 라드 슈로더의 잿빛 눈동자는 봄날의 버들잎처럼 살랑살랑 웬디 왈츠를 흔들어 댔다.

성큼 다가온 강가의 은백양나무, 그 역시 바이올린이 내는 깊은 울림에 이 순간 매료돼 버린 걸지도 모르겠다. 그의 잿빛 눈동자가 불어온 방향을 알지 못하는 강바람에 바르르 흔들렸으니까.

감미로운 분위기에 숨 쉴 틈 없이 몰입된 두 사람은 웬디의 몸을 감싼 담쟁이덩굴처럼 그 자리에 그대로 꽁꽁 묶인 듯 조금의 미동 조차 없었다. 그것은 두 사람의 자의라 볼 수 없었다. 멍하니 풀려버린 마음은 한밤의 연주회가 만들어 놓은 짓궂은 장난 같은 것이었다. 혹은, 꿈같은.

그렇게 한동안 아무런 말없이 굳은 듯 서로의 얼굴만을 쳐다보던 두 사람 중 먼저 입을 연 것은 웬디, 그녀였다.

"……어쩐지, 이런 일이 자주 발생하는 것 같군요."

"……두 번째군."

슈로더는 정확히 그 횟수를 헤아려 주는 다정함을 보였다. 비 오는 날, 그녀의 집 앞에서 넘어질 뻔한 그녀를 구해 준 일을 상기하고 있을 터였다.

두 사람의 시선과는 상관없이 그녀의 다리를 휘감고 있던 덩굴은 웬디의 자세로 인해 한껏 팽팽하게 당겨진 채, 적지 않은 그녀의 무게를 견디고 있었다. 그 시간이 오래된 까닭인지, 투두둑거리는 소리와 함께 카펫에서 돋아난 넝쿨이 힘없이 끊어지는 불상사가 일어났다. 그 바람에 갑작스레 그녀의 무게를 모두 지탱하게 된 라드 슈로더는 움찔하고 그녀 가까이로 더욱 밀착하게 되었다.

"……!"

그는 목덜미께에서 후끈한 땀이 비어져 나오는 것을 느꼈다. 그녀의 허리 부근을 감은 손의 감촉이 피부에 직접 닿은 것처럼 화끈거렸다.

"으음. 슈로더 경, 그만…… 절 일으켜 주시겠어요?"

코앞에 다가선 라드 슈로더의 얼굴을 바라보며 웬디가 간신히 말을 건넸다. 남자의 반듯한 얼굴이 짙게 그늘을 드리우며 그녀의 얼굴을 응시하고 있었다.

"……슈로더 경?"

그러나 라드 슈로더, 이 황실의 기사단장은 웬디의 얼굴만 잠잠히 들여다볼 뿐, 그녀의 말에 따라 비켜 줄 생각이라곤 전혀 없어 보였다. 재차 그를 부르는 음성에도 남자의 표정은 그저 잠잠하기만 하였다. 서늘한 이마, 짙은 눈썹과 겨울밤 하늘 같은 잿빛 눈동자, 그 사이로 높게 뻗은 유려한 콧대, 어둠 속에서도 붉은 기가 도는 굳게 다물린 입술.

그 얼굴에는 거역할 수 없는 힘이 있었다. 눈을 돌리는 순간, 닻을 잃어버린 고장 난 배 한 척이 되어 버릴 것 같은 위기감. 웬디는 머릿속이 휑뎅그렁하게 비어져 가는 느낌을 받았다. 어둠이 그려 놓은 남자의 얼굴을 멍하니 올려다보는 것만이 그녀가 할 수 있는 유일한 일이었다.

저만치 창밖의 달이 구름 사이를 유영하다 나왔는지, 갑자기 환해진 달빛이 방 안에 들어찼다. 그로 인해 유독 또렷해진 야영이 그녀의 얼굴 위를 모질게 뒤덮었다. 남자의 그림자가 제 얼굴을 덮자 웬디는 흡사 그와 얼굴을 포갠 것 같은 아득한 착각에 빠져들었다. 그 와중에도 바이올린 선율은 끊임없이 그녀의 귓가를 희롱하여 정신을 더욱 어질어질 요연하게 만들어 놓았다.

"……."

라드는 그녀의 풀빛 눈동자를 들여다보는 것이 저의 해갈을 위한 유일한 방도인 양 그녀를 바라다보고 있었다. 그의 바짝 마른 눈빛

위로 부싯돌을 댕긴다면 탁탁 잘도 타들어 갈 것 같았을 정도였다.

꿀꺽.

웬디가 그의 갈증을 대신 해소하려는 듯 작게 목울대를 움직였다. 그러나 이 순간, 그녀가 침을 삼킨 것은 명백한 실수였다. 그 소리가 돌진을 명하는 호각 소리라도 되는 양 라드 슈로더의 입술이 바짝 그녀의 입술 근처를 향해 다가왔기 때문이다. 마치 그녀의 목울대 움직임이 입술을 맞부딪쳐도 좋다는 허락이라도 되는 것처럼. 숨결이 그대로 느껴졌다.

"……슈, 슈로더 경! 아무래도 우리가 지금…… 독에 당한 것 같아요. 정신이 둘 다……."

웬디는 가까스로 더듬더듬 그를 멈춰 세우기 위해 말했다. 그러나 보드라운 그녀의 입술에 이미 미혹돼 버린 기사에게 퇴각이란 있을 수 없었다. 명령 불복종으로 가혹한 징계가 뒤따른다 해도 그는 멈추지 않을 것이었다.

"경……?"

웬디는 온몸을 관통하는 심장박동 소리를 느끼며 다급하게 기사의 팔뚝을 힘주어 잡았다. 그에게 구조를 바라는 것은 아무래도 요원한 일인 듯하니 스스로 몸을 일으키려는 의도였다. 그러나 그 다급한 몸짓, 쉽게 이루어질 리 없었으니. 조바심 내어 상체를 일으키려던 그녀는 그대로 그의 윗입술에 저의 입술을 찍어 버리는 파국을 초래하고 말았다.

"흐읍!"

그녀는 그 순간 온몸의 심장이 수십 개로 늘어난 것 같은 인체의 신비를 경험하였다. 귓가에서, 목덜미에서, 가슴 부근에서 심지어 손끝 발끝까지 두근두근두근두근 미칠 듯 심장이 뛰어 댔다. 도, 독이 퍼지고 있는 거야! 그녀는 부르르 어깨를 떨었다.

그녀가 저 자신이 몰고 온 사태에 정신을 차리지 못하고 있을 때, 라드 슈로더 역시 웬디 못지않게 얼이 빠져 있었다. 말캉한 입술은 뜨거웠다. 윗입술이 얼얼하니 아플 정도의 부딪침이었지만 그 체온과 감촉은 그보다 더 강렬했다. 그것이 웬디 왈츠가 말한 '독'이라면 참으로 치명적인 맹독이 아닐 수 없다. 지독한 이끌림, 애초에 경계했어야 했다. 그가 중독되어 버린 독은 결코 회복될 가능성이 없는 것일지도 모른다.

스윽. 저도 모르게 그녀의 얼굴로 향하는 시선을 느끼며 라드 슈로더는 다시 한 번 그 입술의 말캉한 감촉을 느껴 보고 싶다는 생각을 하였다.

이 또한 중독 증상 중 하나인가.

그는 잠시 숙고하였다. 하지만 여인의 넋 나간 얼굴을 보자 자신의 욕심만을 갈구하기에 스스로 면목 없다는 것을 그는 깨닫고 말았다.

그는 조심스러운, 또한 아쉬운 손길로 여인을 일으켜 주었다. 허리에 닿은 손이 떨어져 나가기 싫다는 듯 그의 의지를 배반하여 머물기를 애원하기에 잠시 잠깐 실랑이를 벌이기도 하였다. 이 또한 독의 증상이리라. 어느덧 라드 슈로더 역시 여인의 말에 따라 '독'의 존재를 확신하였다. 두 사람이 생각하는 그 '독'의 성분이라는 것이 조금 다를지는 모르겠으나.

라드가 이끄는 대로 몸을 일으켜 세우며 포르르 머리를 흔드는 그녀의 몸짓에 다시금 세벤드롱 꽃향기가 끼쳐 왔기에 그는 끝까지 경계를 늦추지 않을 수 없었다. 때늦은 경계였지만 그리하지 않는다면 이미 함락된 본진을 다시 한 번 무자비하게 내주는 수모를 당하고 말 것이었다. 그 본진이 라드 슈로더의 것인지, 웬디 왈츠의 것인지, 아마 두 사람 다 알지 못했을 테지만.

"방 안의 공기가 아무래도 이상한 것 같아요. 정말 독에라도…… 노출된 건 아닌지."

그녀는 횡설수설했다. 부지런히 손부채질을 하는 그 손놀림에 당황이 가득 어려 있다. 비록 사고라 하더라도 스스로 이 황실 기사를 향해 입을 맞췄다는 사실을 인정하고 싶지 않을 것이었다.

"슈로더 경, 저 창문을 좀 열어 주시겠어요?"

환한 달빛이 새어 들어오는 창가를 가리키며 그녀가 말했다.

라드 슈로더는 그 요청을 듣고서 창가로 걸어가는 대신, 웬디의 얼굴을 빤히 바라보고만 있었다. 그리고 이내 그녀 곁으로 성큼 다가오더니 두 팔을 뻗어 그녀를 번쩍 안아 드는 만행을 저지르기까지 하는 것이었다. 웬디는 그만 아연실색했다.

"꺅! 겨, 경! 이게 무슨 짓인가요!"

그 비명 소리가 들리지도 않는지, 그는 방 안에 놓여 있는 소파를 향해 아무런 거리낌 없이 몸을 돌렸다. 웬디가 혼란스러운 머릿속으로 여러 가지 호신술 동작을 고민하는 사이, 라드는 그녀를 살포시 소파 위에 내려놔 주었다.

"서 있는 게 불편할 테니…… 그곳에서 덩굴을 제거하도록 하시오."

다리가 불편한 여인을 위한 배려였다.

말을 마친 슈로더는 웬디의 청을 잊지 않은 듯, 창가 근처로 다가가 굳게 닫혀 있던 창문을 활짝 열었다. 늦은 밤, 서늘한 공기가

그의 뺨을 스치고 실내로 들이닥쳤다. 달아오른 가슴이 조금 진정
되는 기분이 들었다.

가만히 서 있는데도 가슴에선 생전 처음 듣는 울림이 새어 나왔
다. 처음 기사 서임을 받았을 때도, 제1기사단의 롯테어가 되었을
때도, 결코 꺾을 수 없을 것 같던 제국의 제일검 크레취만 경을 꺾
었을 때도 느껴 본 적 없는 울림이었다.

"그대 말대로 이 방에 괴이한 독이 퍼져 있었던 모양이군."

라드 슈로더는 찬바람을 가슴 깊이 들이마셨다. 얼굴 위로 스며
드는 달빛이 한여름 작열하는 태양 빛처럼 느껴져 괜히 뺨을 쓸어
보았다.

"역시, 그렇죠……? 어지럽고, 머리가 지끈거리고, 속이 울렁거
리는. ……혹 그런 증상이 있으신가요?"

웬디는 스스로도 내뱉기에 민망한 말들을 띄엄띄엄 이야기했다.
얼굴 전체가 새빨갛게 달아올랐다.

"……그렇소. 그 모든 증상을 한꺼번에 겪고 있는 것 같다오."

"저, 저보다 슈로더 경이 더 강한 독에 중독되신 모양이에요. 전
이제 괜찮아진 것 같거든요……. 찬바람을 쐬면 경께서도 금방 괜
찮아지실 거예요."

웬디의 계속되는 맹독 살포 음모론에 라드는 피식 웃음을 흘렸
다. 우스꽝스러운 대화가 아닐 수 없었으나 이 괴이한 감정을 설명
하기에 그보다 더 적합한 것은 없을 듯했다.

그러나 찬바람을 쐬면 괜찮아진다는 그녀의 말에는 동의할 수 없
었다. 과연, 괜찮아질까. 슈로더는 다시 한 번 저의 뺨을 쓸었다.

"이 방에서 있었던 일들은…… 이 방에서 전부 털어 버렸으면 좋

겠군요. 좀 전, 그 황실 기사님을 제가 오해했던 사건과 이 담쟁이덩굴. 그리고 음, 제가 경의 얼굴을 실수로 때린 것, 아니…… 실수로 부딪친 것까지 모두요."

웬디가 드레스 앞자락에 붙어 있는 담쟁이덩굴을 조심조심 떼어 내며 말했다. 고개를 팍 처박은 것이 얼굴 들기가 부끄러운 모양이었다. 얼굴을 실수로 때렸다든가, 실수로 부딪쳤다는 표현 모두 옳은 서술이 아니었지만 라드는 이의를 제기하지 않았다. 그의 입장에서는 심각한 거짓 진술이요, 사실 날조였지만 말이다.

"……."

창밖을 바라본 채 끝끝내 대답이 없는 라드를 향해 웬디가 홱 고개를 들었다.

"슈로더 경, 제 말 듣고 계세요?"

"듣고 있소."

이번에는 대답이 늦지 않고 나왔다. 그의 종잡을 수 없는 태도에 웬디가 눈을 쌜쭉거리며 고까워하는 태도로 말을 이었다.

"아무튼 오늘 일은 잊어 주셨으면 좋겠어요. 구태여 그 기사님을 탓하실 필요도 없어요. 물론 그러시지도 않겠지만."

"……."

"……그나저나 저 때문에 연주회를 중간에 이리 놓쳐 버려서 어떡하죠? 빨리 덩굴을 제거하고 간다면 끝 부분은 볼 수 있을까요? 황태자 전하께서 로열박스에 앉아 있는 모습을 확인한다고 하셨는데, 자리에 없는 걸 보고 노여워하진 않으실까 걱정이네요."

"……황태자 전하라 하였소?"

창밖에서 시선을 떼며 라드가 몸을 돌렸다. 그가 미미하게 인상을 찌푸리고 있는 게 보였다. 웬디는 우물쭈물 말을 골랐다. 어색한 분위기를 전환하기 위해 새로운 화제를 꺼내 든 것은 좋았으나, 그 역시 말하기 난감한 내용이었던 것이다.

"네. 실은, 좀 전의 그 황실 기사님을 만나기 전에…… 황태자 전하를 먼저 만나 뵀거든요. 아! 물론 우연히요. 제가 길을 잃는 바람에……."

"전하께서…… 그대에게 무례한 일을 행하진 않으셨소?"

라드가 말끝을 가로채며 물었다. 황태자를 두고 하는 말이라기엔 다소 어울리지 않는 언사였다.

"조금 당황스러운 일들이 있긴 하였으나……."

그녀가 라드의 찌푸려진 눈썹을 의아하게 바라보며 황태자와의 일을 간략하게 전했다. 황태자가 라드에게 부르고뉴 숲 사냥 대회 초대장을 준다 했으니 미리 그에게 사정을 말하고 양해를 구하는 것이 옳다 여겨졌다. 어찌 되었든 자신으로 인해 초래된 일이었으니 말이다.

"전하께서는 조금 독특하신 분이시라오. ……부르고뉴 숲 사냥 대회라……."

독특하다는 표현만으로는 아이작 폰 베냐한을 모두 설명할 수 없었지만 슈로더는 말을 아꼈다.

"경께 폐가 될지 모르겠으나, 황태자 전하께서 명하신 일이라…… 어쩔 수 없이 그날 함께 동행해야 할 것 같아요. 부디 불쾌하게 여기진 말아 주세요."

그에게 정중히 양해를 구하는 웬디에게 라드가 예사로운 태도로 자신은 괜찮다 말하였다. 황태자의 기행은 이미 소문이 자자한 터라, 이번에 또 어떤 기상천외한 일을 꾸미진 않을지 조금 염려했을 뿐이었다.

가뜩이나 자신에 대한 감정이 좋지 못한 황태자였다. 대련에서 검을 내던지던 황태자를 향해 검 손잡이로 그의 머리를 후려친 그 사건 이후부터였다. 검술에 있어서만큼은 사정을 봐주지 않는 라드 슈로더였던 까닭이다.

황태자에 관한 이야기가 일단락되자, 웬디는 또다시 담쟁이덩굴 분리 작업에 들어갔다. 가볍게 그녀의 모습을 곁눈질한 슈로더는 웬디가 서 있던 자리에 그녀의 구두 한 짝이 벗겨져 있는 것을 발견하였다. 발목을 감는 용도로 쓰이던 황금빛 체인은 뚝 끊긴 채 카펫 위에 길게 늘어져 있었다.

널브러져 있는 구두를 주우러 뚜벅뚜벅 걸어간 그는 체인이 부딪쳐 소리 나지 않게 주의하여 그 구두를 주워 들었다. 복도에서의 소동으로 인해 구두마저 이 모양이 된 것인가. 라드가 힐끗 웬디의 옆얼굴을 건너다봤다.

구두가 놓여 있던 자리에는 그녀의 몸에서 떨어져 내린 담쟁이덩굴 줄기며 이파리가 여기저기 널려 있었다. 대수롭지 않게 바닥을 쓱 훑는 와중에 그는 괴상하고도 낯익은 광경을 목도하였다. 카펫 위에 돋아난 담쟁이덩굴 줄기. 웬디의 다리를 휘감고 있던 줄기가 끊어진 부분이었다.

그는 그 줄기를 가만히 잡아당겨 보았다. 분명히 카펫 위에 뿌리를 내리고 있었다.

상식적으로 쉽게 이해할 수 없는 괴상한 모습이었다. 그럼에도 그 모습이 낯설지 않음은 라자뷔데 박물관에서 보았던 끈끈이풀의 모습과 그것이 무척이나 유사했기 때문이다. 카펫 위에 돋아난 풀. 공간에 전혀 어울리지 않는 식물의 등장.

라드 슈로더가 다시금 웬디의 옆얼굴을 향해 시선을 던졌다. 그가 지금껏 미심쩍어 했던 여러 정황들이 질서 없이 머릿속에 얽혀 들었다.

"아! 드디어 끝냈어요, 슈로더 경! 덩굴 분리에 성공했습니다. 보세요, 드레스도 멀쩡하지요?"

웬디가 한껏 고조된 목소리로 소리쳤다. 담쟁이덩굴이 가져다준 질곡에서 해방된 그녀는 이루 말할 수 없을 만큼 뿌듯한 얼굴을 하고 있었다. 오랜 시간 진땀을 뺀 것을 생각하면 과한 반응은 아니었다. 라드는 그녀의 눈빛에 화답하며 얼른 그 곁으로 걸어가 그녀의 발 앞에 구두를 내밀었다.

"고생했소. 그보다, 구두가 이리되었더군."

그가 품에서 손수건을 찾아 들며 말했다.

고장 난 구두의 체인을 떼어 내고 손수건을 가늘게 북 찢은 라드는 체인이 연결되어 있던 고리 안에 찢어 놓은 손수건을 꽂아 넣으려 애썼다.

여러 번의 시도 끝에 그것이 성공하자 웬디의 발에 구두를 신기고, 그 손수건을 발목에 조심스럽게 묶었다. 그녀의 가는 발목이 상하지 않을까 손의 힘을 조절하며 마무리를 짓는 사내의 모습은 익숙하지 않은 것이었다.

덕택에 웬디는 당황해 어쩔 줄을 몰라 했다. 아니, 이자가 아직까지 독을 해독하지 못한 것인가! 발목을 스치는 그의 손길에 정신이 다 아찔아찔하였다. 라드의 이해할 수 없는 다정함 앞에 웬디는 한동안 패닉 상태에 빠져 있다가 한참만에야 입술을 옴질거리며 겨우 할 말을 찾아냈다.

"그 손수건은 혹 다른 영애에게서 받은 선물은 아니겠죠? 그러면 제가 몹시 곤란해질 텐데요."

"……여인에게서 손수건을 받은 적 없으니, 염려하지 마시오."

라드가 가볍게 그녀의 얼굴을 마주하며 말했다. 당황해 쭈뼛거리는 여인의 모습을 보면서 그는 머릿속에 가득한 담쟁이덩굴의 모습을 지워 버리려 애썼다. 그러나 그 노력이 무색하게도 그의 시선은 자꾸만 소파 옆쪽을 향하였다. 마법처럼 카펫 위로 돋아난 그 담쟁이덩굴이 있는 자리를 향해.

🦋

"그럼, 편히 쉬시오."

"네, 경께서도 조심히 돌아가세요."

집 앞까지 바래다준 라드 슈로더를 배웅하며 웬디는 겨우겨우 어색한 분위기를 참아 냈다.

그의 잿빛 눈동자를 정면으로 볼 수 없어 슬며시 시선을 비끼기만도 여러 차례. 좀 전에 일어났던 입술 위의 사고에 대해 신경 쓰는 이는 저밖에 없는 듯, 라드 슈로더는 그녀에게 담담히 반응했다. 두 사람 모두 안절부절못했다면 더욱 불편한 시간들이 됐을 것이 뻔하지만, 혼자 동요하는 것은 또 다른 의미로 불쾌한 일이었다.

연주회 끝 무렵, 겨우 로열박스로 되돌아온 웬디는 가까스로 아이작 폰 베냐한에게 눈도장을 찍을 수 있었다. 무대 위 곱슬머리 남자가 환히 밝혀진 로열박스로 시선을 두는 모습이란! 허언 따위는 하지 않겠다는 듯 그녀가 라드와 한곳에 있는 모습을 확인하는 황태자의 눈빛은 멀리서도 그녀를 오싹하게 만들었다. 아무래도 된통 잘못 걸린 것 같다. 웬디는 아랫입술을 윗니로 꾹 깨물었다.

다행이었던 점은 딜런 레녹스를 다시 마주치지 않았다는 것 정도일까. 딜런이 서 있었던 계단 근처에는 낯선 기사 한 명만이 절도 있는 자세로 대기하고 있을 뿐 그의 자취를 찾을 수는 없었다.

라드 슈로더가 그 앞을 스쳐 지나갈 때 갑자기 큰 소리로 경례를 붙인 기사의 행동에 그녀가 자지러지게 놀란 정도, 딱 그 정도의 작은 소동만이 뒤따랐을 뿐이었다. 물론 기사에게 라드 슈로더의 차가운 시선이 내리꽂힌 것은 두말할 필요가 없을 것이다.

아무튼 딜런의 부재 덕에 웬디는 놀란 가슴을 쓸어내렸지만 딜런 레녹스가 그녀를 급히 뒤따랐던 일을 놓고-특히 라드 슈로더가 황실 기사들을 향해 보낸 지독히도 싸늘했던 눈초리로 인해-그의 선배 기사들이 그 시간 그를 추궁하고 있었다는 사실이야 그녀로서는 끝끝내 알 도리가 없을 것이었다.

상념에서 깨어나듯 그녀는 비척비척 2층을 향해 걸음을 옮겼다.

하룻저녁 사이에 꽃이 피었다 쇠락하기를 반복한 듯 고단함이 그녀의 어깨를 짓누른다. 감당하려야 감당할 수 없는 사건의 연속. 소금에 절여져 숨이 팍 죽은 채소처럼 축 늘어진 몸이 돼 버렸다.

드레스 차림 그대로 침대 위에 엎어져 버린 웬디는 한참 동안 미동 없이 가만히 누워 있었다.

"⋯⋯."

이불 위에 납작 볼을 댄 채 멍하니 있던 그녀의 표정 위로 차츰 변화가 찾아오기 시작했다. 살짝 벌어져 있던 입술이 맞물리고, 삐쭉빼쭉 요동하기가 무섭게 고집스레 앙다물린 둥근 입술. 터질 듯한 격정이 그 입안에 머문다.

잠시 후, 어디서 그런 힘이 솟아났는지 그녀는 발작적으로 꽥꽥 소리를 지르기 시작했다. 격정적인 외침 안에는 스스로에 대한 경멸감이 어려 있었다.

이런 등신. 차라리 비겁해지고 말지, 연주회는 왜 가서 이 꼴을 당하나!

그녀는 침대 위에서 발을 동동 굴렀다. 이불 위에서 팡팡 다리를 들었다 놓는 그 발놀림에 의해 이불이고 치맛자락이고 죄 구겨져 엉망이 되었지만 그런 것 따위 눈에 들어오지 않았다.

머릿속이 뒤죽박죽이다. 눈 가리고 아웅 하는 식으로 겨우 위기를 돌파했다 싶지만 말 그대로 잠시 잠깐의 시간 벌기에 불과했다. 자신이 담쟁이덩굴을 돌돌 말고 있는 모습을 보고 라드 슈로더가 과연 어찌 생각했을까. 그녀가 지껄인 말들을 그 뻣뻣한 황실 기사가 곧이곧대로 믿어 줄 리 만무하였다.

"조금의 의심은 있을지언정, 그러려니 하고 믿고 있을지 모르는 일이지. 내 워낙 강경하게 말했으니."

그러나 역시 그럴 리는 없다.

"으아아아악!"

그녀는 다시금 소리를 지르기 시작했다.

웬디 왈츠 인생에 금기가 된 일을 기어코 강행하더니 꼴이 참 좋구나! 눈물이 다 찔끔 나올 것 같았다. 그녀는 괜히 마른 눈가를 손등으로 슥슥 문질렀다.

문제는 이 위기가 여기에서 끝난 것이 아니란 점이다. 아이작 황태자가 심심풀이 유흥으로 그녀를 끌어들인 부르고뉴 숲 사냥 대회! 여드레 후 그곳에 참석해야 하는 일이 남아 있었으니까. 황태자가 기억상실증이라도 걸려 오늘의 일을 잊어버리거나 유례없는 봄장마가 시작되어 사냥 대회가 취소되지 않는 이상 꼼짝 없이 위기의 순간을 다시 맞이하게 생긴 것이다.

라드 슈로더의 얼굴 보기가 민망한 것은 둘째 치고서라도 딜런 레녹스, 그 망할 놈을 또다시 마주칠지도 모른다는 사실이, 그게 웬디로서는 더 두려운 일이었다.

자리에서 벌떡 일어난 웬디는 심난한 마음을 어찌하지 못하고 한숨을 푹푹 내쉬었다. 시름 가득한 손짓으로 사락거리는 황금빛 드레스를 벗어 침대 위에 던져 놓고선 구두를 벗어젖히려는 순간, 제 발목에 묶여 있는 하얀 손수건이 그 손길을 멈칫거리게 만든다.

나긋하게 발목을 감고 있는 손수건의 표면을 살살 손끝으로 매만진 그녀는 자신의 발목에 그 손수건을 매 주던 기사의 모습이 떠올라 순간 얼굴을 붉혔다.

라드 슈로더, 그는 대체 무슨 생각으로 자신에게 그리 다정하게 굴었던 것일까.

지금껏 그녀가 평가한 그 황실 기사는 무뚝뚝하기가 제국에서 둘째가라면 서러운 그런 남자임에 틀림없었다. 그런데 오늘은 어째 사람이 천성이라도 바뀐 것처럼 죄 이상하게 굴어 댔으니 그녀가 의아해하는 것도 무리는 아니었다.

웬디는 미간을 잔뜩 좁혔다. 오늘 그가 보인 망측한 행동에 관해 딱 맞아떨어지는 비유를 해 줘야 속이 후련할 것 같은데 비유할 만한 대상이 퍼뜩 떠오르지 않았기 때문이다. 그녀에게는 뭔가 복잡한 머리를 정리할 만한 완벽한 문장이 필요했다.

잠시 고민하듯 고개를 갸웃한 웬디가 돌연 손바닥을 딱 마주쳤다. 마차 위에 그려져 있던 슈로더 가문의 문장을 떠올린 것이다.

"미친 사자. 참으로 본성을 망각한 미친 사자만 같구나! 제 생태 습성도 무시한 채 바다에 뛰어들어 잠수라도 하려는 꼴이니."

말을 마친 그녀는 자신이 만들어 낸 그를 향한 비유가 마음에 드는지 고개를 크게 주억거렸다.

미친 사자라니, 그에게 퍽 어울리는 말이 아닌가? 뭍의 짐승인 사자가 바다에 풍덩 뛰어 들어서는 꼬르륵꼬르륵 잠수를 해 대는 객기를 부렸으니, 탈이 나지 않을 수 없다. 그녀는 혀를 끌끌 찼다.

그러나 여기서 가장 큰 문제는 그 사자란 녀석은 정작 멀쩡하건만 그 모습을 지켜보고 있던 웬디 왈츠, 그녀의 숨이 꼬르륵꼬르륵 넘어갔다는 점이다.

웬디는 그가 자신의 허리를 가붓이 감싸 안고 잠잠히 눈을 내리깔던 그 시선이 떠올라 다시 한 번 꼬르륵꼬르륵 숨을 삼켰다. 돌이킬 수 없는 입술 위의 참사가 일어나고 만 것은 그 미친 사자의 어울리지 않은 행동 탓이 크다.

그녀는 손가락 끝으로 저의 입술을 불안하게 여러 번 쓸었다. 독에 중독된 것 같다느니 하는 되도 않는 소리를 해 댄 것은 지금껏 경험하지 못한 당혹스러움이 제 머릿속을 온통 마비시켰기 때문이었다. 독이라니, 낯 뜨거워 얼굴을 들 수가 없다. 웬디는 자괴감에 고개를 여러 번 흔들었다.

"휴……."

깊은 한숨을 끝으로 그녀는 정신을 다잡듯 발목에 묶인 매듭을 풀어내기 시작했다. 정말이지 꽁꽁도 묶어 놨구나. 도중에 풀려 버릴까 염려라도 한 모양인지 손수건은 작은 틈바구니 하나 없이 짱짱하게도 묶여 있었다. 웬디는 끙끙거리며 요리조리 천을 잡아당겨 보았다. 짧은 손톱이 애꿎은 저의 손끝만 꾹꾹 눌러 대는 통에 버럭 성이 날 지경이었다.

라드가 묶어 놓은 손수건 매듭이 황실 기사들이 사용하는 특수 매듭법이란 사실 따위야 알 수 없는 그녀는 한참 동안 손수건과 씨름했으나 끝내 그것을 풀어내지 못하였다. 종래에는 씩씩거리며 어깨를 들썩이는 꼴이 화가 머리끝까지 뻗친 모습이었다.

결국 매듭 풀기를 포기한 그녀는 다시 침대 위에 벌러덩 드러누웠지만 얼마 못 가 힐끔힐끔 자신의 발목께를 내려다봤다. 발목에 감긴 손수건의 감각이 마치 그의 손길 같아서, 그 체온이 아직도 남아 있는 것 같아서 못내 신경이 쓰인 까닭이다. 간질간질한 그 감각에 발목을 괜히 빙글빙글 돌려 봤지만 괴이한 감각은 가시지 않는다.

그 자리부터 시작된 따뜻한 온도가 온몸으로 퍼져 그녀를 잠의 세계로 인도할 때까지 웬디는 비비적비비적 다른 쪽 발로 의미 없이 손수건이 묶인 발목을 쓸었다.

❧

올리비아의 눈부신 황금빛 머리칼이 기운차게 허공에 나부꼈다.

다그닥 다그닥 울리는 말발굽 소리가 거침없이 벌판을 뒤덮을 때마다 흑마가 내뿜는 뜨거운 콧김이 새하얗게 공중에서 얼어붙었다. 하얀 눈 더미가 곳곳에 쌓여 있어 그 장애물을 피해 벌판을 달리는 게 그녀를 더욱 신나게 했다.

한참을 내달리던 올리비아가 말을 멈춰 세운 것은 정체를 알 수 없는 하얀 궤적이 반짝반짝 시선을 잡아끌었기 때문이다.

눈 더민가?

하얀 눈 더미가 햇살에 반사된 빛인가 싶어 눈을 가늘게 뜨고 바라봤지만 휙휙 허공을 가르는 그 빛은 기이한 움직임을 보였다. 이마에 맺힌 땀을 닦으며 그녀는 고개를 갸울였다.

올리비아는 어느새 빛이 흘러나오는 곳을 향해 말을 몰고 있었다. 빛의 궤적과 가까워질수록 왠지 모르게 가슴이 쿵쿵 뛰었다.

이윽고 빛의 진원지에 다다르자,

"아……."

그녀의 달뜬 탄성이 하얀 입김으로 터져 나왔다.

빛을 흩뿌리며 그어지는 검의 움직임. 아름답게 눈밭을 수놓는 그 모습을 올리비아의 눈동자가 홀린 듯 좇았다. 구름 한 점 없는 새파란 하늘. 그보다 더욱 부드러운 빛을 띤 하늘빛 머리칼이 바람에 이리저리 흩날렸다.

올리비아는 남자의 모습을 오랫동안 바라다보았다. 그 모습이 한없는 자유를 말함이라, 저가 유일하게 해방감을 느끼던 승마 시간을 온전히 할애한대도 전혀 아깝지 않았다.

얼마 후, 남자의 검이 멈추고 그의 시선이 그녀를 향할 때까지 올리비아는 하염없이 그를 바라만 보고 있었다.

검을 갈무리한 후, 멀거니 서 있던 그녀 가까이로 다가온 남자가 그녀를 보고 말갛게 웃어 보였다. 연하고 보드라운 미소. 봄날에 돋아나는 새순처럼 꾸밈없는 살가움이었다.

올리비아는 철렁 가슴이 내려앉는 걸 느꼈다. 그런 연한 미소를 받아 본 일, 생전 없던 까닭이다. 다만, 그 미소에 응답하지 못하는 제 자신이 안타까울 뿐.

"백작가의 아가씨인가요? 모처럼 눈길을 따라 영지 밖까지 말을 몰았는데, 이렇게 귀한 분을 만나 뵙게 되었군요. 딜런, 딜런 레녹스라 합니다."

남자가 밝게 말했다. 도렷한 파랑의 눈동자가 산등성이처럼 둥글게 휘었다.

그 후, 두 사람이 다시 만난 것은 꼭 남자의 웃음만 같던 연한 새순이 진정 여기저기로 돋아났을 때였다.

알싸한 꽃향기가 지천에 퍼진 날, 올리비아는 암갈색 말을 몰아 벌판에 나섰다. 겨우내 피해 왔던 벌판을 향한 것은 잉잉거리는 벌 소리가 들끓듯 그녀 마음을 재촉했기 때문이다.

다시 만날 수 있을까.

헛된 기대를 품는 저 자신이 두려워 부러 말 위에 오르지 않았다. 그러나 그토록 굳건했던 겨우내 경계가 무색하게도 벌판에 나서자마자 그녀는 딜런과 만났던 영지의 끄트머리쯤을 향해 내달리고 있었다. 오랜만의 승마에 숨이 가빠 옴에도 달음박질치는 말의 고삐를 잡아당길 수가 없었다.

히이이잉.

크게 울어 젖히는 말을 달래며 올리비아는 사방을 휘휘둘러보았다. 그러나 어디에도 딜런 레녹스의 모습은 없다.

역시. 다시 만날 수 있을 리가 없지.

가슴을 감싸는 실망감을 감추고 그녀는 털레털레 그 자리를 떠났다. 자꾸만 뒤를 향하는 시선을 다잡으며, 답지 않게 약해진 마음을 바로 세웠다.

얼마 못 가, 밤의 숲과 마주 닿은 경계쯤에 말을 세운 그녀는 나무 기둥에 암갈색 말을 묶어 두었다. 야들야들한 풀잎이 사방에 돋아 있기에 녀석은 곧 허겁지겁 고픈 배를 채웠다. '후' 하는 한숨을 내쉬며 주변 연못가로 걸어간 그녀는 힘없이 그 자리에 쭈그려 앉았다.

봄이 찾아온 연못에는 커다란 연잎 아래 둥글게 부푼 개구리 알이 잔뜩 몰려 있었다. 긴 나무 막대를 무심결에 집어 들어 연못에 동동 떠 있는 개구리 알에다 대고 휘적휘적 내젓자 몽글몽글한 알들이 덩어리에서 흩어져 나온다. 짓궂은 장난이었다.

"올리비아, 괜찮겠어요? 여기 어미가 사납게 노려보는데."

올리비아는 깜짝 놀라 고개를 퍼뜩 들었다. 맞은편, 두두룩한 언덕 위에 딜런 레녹스가 웃으며 서 있었다. 역광을 받아 밝게 빛나는 하늘색 머리칼이 바람에 잘게 흩날렸다. 이전 날, 그 모습 그대로.

그 순간 개구리 한 마리가 펄쩍 뛰어올라 올리비아 바로 앞 연잎 위로 냉큼 내려섰다. 화들짝 놀란 올리비아가 그만 뒤로 주춤거리다 앉은 자리 그대로 주저앉고 말았다. 그 와중 손에서 놓친 나무 막대는 풍당 흔적도 없이 연못 깊이 가라앉았다. 뽀글뽀글 공기 방울 두어 개가 터져 올랐다.

딜런이 놀란 듯 빠르게 언덕을 내려와 그녀를 향해 다가왔다. 호수 근처 진창을 밟은 그의 고급스러운 신이 진흙으로 얼룩졌지만 딜런은 신경 쓰지 않았다. 그녀 가까이 와 선 그가 올리비아에게 손을 내밀며 말했다.

"미안해요. 제가 놀라게 한 모양이네요."

그가 놀라게 했다는 게 그녀인지, 개구리인지 모호했지만 올리비아는 묻지 않고 멍하니 그의 손을 바라보았다. 그가 멋쩍어하며 홀로 내민 손을 내려다볼 때쯤 올리비아가 조심스럽게 그 손을 잡았다.

개굴개굴.

모르는 척 울음을 놓는 개구리 울음소리가 연못가에 가득 울려 퍼지고 있었다.

쳐들어오는 아침 햇살에 부신 눈을 가까스로 뜬 웬디는 꿈틀꿈틀 한참을 뒤척이다 간신히 몸을 일으켰다.

피곤이 가시지 않은 듯 온몸이 납덩이처럼 무겁다. 드레스 속에 파니에를 입은 그대로 누워 잠든 탓에 자세 역시 편치 않았던 모양인지 여기저기가 뻐근하였다. 가만, 어디서 개구리 울음소리가 들렸던 것 같은데. 그녀는 졸린 눈을 비비며 방 안을 휘둘러보았다.

"흐아아암."

그러나 실내에 뜬금없이 개구리 같은 게 있을 리가. 크게 하품을 한 번 한 후 이내 시선을 거둬들인 그녀는 뻐근한 듯 목덜미를 두드렸다. '으, 으' 하는 소리를 거듭 내며 연달아 기지개를 켜던 웬디는 아직도 제 오른발에 꼬옥 신겨져 있는 황금빛 구두를 발견하였다.

"……"

흐느적대며 자리에서 일어난 그녀는 서랍장을 뒤져 작은 가위 하나를 찾아냈다. 구두를 내려다보는 그녀의 눈빛이 자못 비장하였다. 웬디는 망설임 없이 발목에 묶인 손수건을 싹둑 잘라 냈다.

전날의 고생이 겸연쩍게도 단숨에 잘려 나간 손수건 조각은 힘없이 뚝 바닥 위로 떨어졌다. 그 순간 그녀는 나뭇잎을 모두 떨궈 낸 나뭇가지처럼 휑하니 쓸쓸해져 버린 기분을 느꼈다. 마음의 변두리에 스산한 바람이 불었다.

순간적인 동요를 감추며 발아래 구두를 주워 든 그녀가 구두의 나머지 짝을 찾아 장롱 깊숙이 넣어 두고선 서둘러 욕실을 향했다.

어찌나 쌩하니 방을 나섰던지 문틀에 매달려 있던 독이빨의 진분홍 꽃잎이 바르르 흔들렸다. 평화로운 시간을 방해받은 독이빨이 꽃잎 사이로 날카로운 이를 드러내며 신경질을 냈다. 평소라면 녀석에게 흘깃 시선이라도 건넸겠지만 웬디는 그런 여유도 없이 얼른 욕실로 들어갔다.

어젯밤, 연주회에서 있었던 일들은 자신에게 아무런 의미가 없다. 라드 슈로더도 딜런 레녹스도 아이작 황태자도 모두 자신에게 아무런 영향을 끼칠 수 없다. 손수건이 달린 구두 따위는 두말 할 것도 없을 터.

웬디는 거칠게 파니에를 벗어젖혔다. 부푼 마음을 다잡듯, 나약해진 마음을 바로 세우듯.

연못가에 떠 있던 둥글게 부푼 개구리 알은 지난 2년간의 시간 동안 이미 빗물에 떠내려가고 없다고, 그녀는 믿었다. 개구리 울음소리 따위 두 번 다시 들려오지 않을 것이었다. 기억 속에서조차 마주하고 싶지 않은 그 찬란했던 빛은, 이미 없다.

흘러내리는 물에 온몸을 적시며 웬디는 두 눈을 꼭 감았다. 똑똑

떨어져 내리는 방울방울은 그녀의 스산한 마음이어라. 쏴아아 부어지는 물줄기 앞에서 그녀는 얼굴을 잔뜩 감쌌다. 커튼 틈 사이로 뻗어 들어온 한 줄기 햇살이 아지랑이처럼 그녀 가슴께를 비출 뿐이었다.

6화
숲의 사냥 대회에 오지 마세요

숲의 사냥 대회에 오지 마세요

채비를 마치고 집을 나선 웬디는 무심코 고개를 돌렸다가 말라죽은 어린 물푸레나무 한 그루를 다시금 마주하게 되었다. 여전히 비쩍 마르고 볼품없이 작은 나무. 거리거리마다 연초록 나뭇잎이 가득한 풍경 속에서 홀로 작고 초라했다.

내가 해 줄 수 있는 건 아무것도 없어.

그녀는 쓰라린 시선을 돌렸다. 아예 새로운 식물을 자라게 할 수는 있을지언정 죽어 버린 식물을 되살리는 능력은 가지고 있지 않았다. 터벅터벅 내딛는 걸음이 힘이 없다.

"어! 누나!"

우울하게 거리를 거닐던 웬디의 귓가로 그녀를 부르는 익숙한 음성이 들려왔다. 옆집 소년 벤포크가 길거리에 쭈그려 앉아 그녀에게 손을 흔드는 모습이 보였다. 녀석의 옆쪽으로 고만고만한 사내아이 세 명이 조무래기 따개비처럼 다닥다닥 붙어 앉아 있는 게 하나같이 불량스러운 포즈였다.

"벤포크, 거기서 또 무슨 수작질을 벌이려는 거니?"

웬디의 차가운 말에 녀석의 얼굴이 구겨진다.

"에이, 누난 왜 그리 입이 걸어? 생긴 거랑 안 어울리게."

"야, 누구야?"

벤포크의 투덜거림이 있자 옆쪽에 붙어 있던 놈이 툭툭 그의 어깨를 치며 묻는다. 눈이 땡글땡글 커다란 게 꽤나 귀엽게 생긴 소년이었다.

"아, 우리 옆집 누나."

벤포크가 동네 불량한 형들을 따라 하듯 침을 찍 뱉으면서 말했다.

"아, 네가 맨날 욕하던…… 우욱!"

호들갑을 떨며 녀석의 입을 다급히 막은 벤포크의 턱에 침이 길게 눌어붙었다. 웬디는 윗입술을 비틀어 올리며 녀석의 더러운 턱주가리를 쳐다봤다.

"벤포크, 다 큰 사내자식이 침이나 질질 흘리는 꼴이 정말 가관이구나. 고 입으로 내 험담을 자주 해 댔나 보지? 네 친구들 사이에서 내가 꽤 유명한 모양인데."

"아냐, 누나. 이 자식이 딴 사람이랑 누나를 착각한 거야. 히힛……. 누나, 꽃집 가는 길이었지? 바쁜데 괜히 붙잡았네. 잘 가, 누나!"

소매로 쓱 입가를 닦으며 녀석이 팔랑팔랑 손을 흔들었다. 다급한 인사였다.

"누나, 말씀 많이 들었어요. 벤포크가 그렇게 꼼짝을 못 하고 맨날 누나한테 당한다면서요? 얘기 듣고 꼭 한번은 만나 뵙고 싶었는데 이렇게 보내요!"

벤포크의 제지를 모른 척한 소년이 눈을 빛내며 말했다.

"야, 그만 지껄이고 가만있어."

벤포크가 녀석에게 다급히 어깨동무를 하며 목을 졸라 댔다.

"아, 켁켁. 왜! 너 지난번에 저 누나 때문에 아버지한테 죽도록 얻어맞았다며! 이것 좀 놔 봐. 케켁켁. 으, 내가 오늘 너 대신 복수라도 해 주려는데!"

어린 소년의 치기에 웬디가 헛웃음을 머금으며 귀엽다는 듯 녀석을 바라봤다.

"……그래, 벤포크. 친구를 그리 못살게 굴어서야 되겠니. 네 친구가 재미있는 말을 하는 것 같은데 더 들어 보고 싶구나. 대체 어떤 복수를 해 줄 셈인지 말이라도 해 보렴."

웬디의 말에 녀석이 콜록콜록 기침을 하며 말했다.

"누나가 오랫동안 카메일 도장에 다녔다면서요? 저도 제이슨 도장에서 잔뼈가 굵은 놈이거든요. 저랑 한판 어때요?"

녀석이 주먹을 위아래로 획획 뻗으며 잰 체했다. 도장을 다닌 지 두세 달은 됐을까 싶은 몸놀림이었다. 일반인의 장검 소지에 까다로운 제국법으로 인해 평민들 사이에서는 체술이 더욱 보편적으로 퍼져 있었다. 도장에서 검술을 가르치지 않는 건 아니지만 황실 병사를 지원하는 특수한 경우에 한정되거나 특출한 재능을 보이는 자에 한하는 경우들이 대부분이었기에 거의가 도장을 다닌다 하면 체술 수련을 목적으로 하였다. 제이슨 도장은 웬디가 다녔던 카메일 도장과 함께 근방에서 꽤 유명한 도장이었다. 벤포크의 친구 역시 그곳에서 눈동냥이든 무엇이든 한 모양이었다.

"네 제안에 응해서 내가 이긴다면, 나에게는 무슨 이득이 있지?"

"아, 누나가 원하는 건 뭐든 해 줄게요."

호기로운 녀석의 말에 그녀가 가소롭다는 듯 웃었다.

"뭐든 해 준다는 말은 그렇게 함부로 하는 게 아니란다. 꼬마야, 진심이니?"

"꼬마라뇨. 제 근육 보면 그런 소리 못할 걸요. 어때요? 한판 하실래요?"

"내가 지면, 넌 뭘 챙길 셈이니?"

"누날 울릴 셈이에요."

녀석이 어울리지 않게 목소리를 낮게 깔며 연방 흰소리를 해 댔다. 거드럭거리는 폼이 한 대 꽉 쥐어박고 싶을 만큼 얄미웠다.

"널 비롯해서, 네 친구들 모두 너와 같은 생각이겠지? 너희들 모두가 운명 공동체냐 이 말이다."

웬디의 물음에 녀석이 다른 아이들 어깨를 툭툭 치며 동의할 것을 재촉했다. 마지못해 아이들이 고개를 끄덕이자 그녀는 씨익 미소 지었다.

"좋다. 특별히 너에게 날 울릴 기회를 주지. 따라오너라. 여기서 추한 모습을 보일 수는 없으니."

그렇게 네 명의 소년을 이끌고 카메일 도장으로 향한 웬디는 도장에 보관해 두었던 운동복으로 갈아입은 후 녀석 앞에 섰다. 벤포크가 연신 안절부절못하는 게, 꼴에 그녀를 걱정이라도 하는 모양이다.

"준비됐니?"

그들의 대치를 흥미롭게 지켜보는 도장 사람들이 두 사람을 둥글게 감싸고 섰다. 다행스럽게도 그들 중 요다의 모습은 보이지 않았다. 그가 일하는 대장간이 한창 바쁠 시간이었기 때문이다. 웬디는 편한 마음으로 소년과 마주 섰다. 사람들의 시선을 의식한 듯 녀석은 어깨를 빙글빙글 돌리며, 몸을 풀었다. 운동을 하긴 했는지 다부진 체격이 제법 돋보이는 소년이었다.

"네. 덤벼요, 누나!"

웬디는 녀석의 허점을 찾으려 눈을 빛냈다. 성급하게 먼저 덤비는 어리석은 짓은 하지 않았다. 그녀의 사부가 늘 하던 말, 힘만 믿고 까부는 놈들에게는 정면 돌파보다는 허를 찌르는 반격이 중요하단 그 말을 명심하고 있었기 때문이다.

공격이 바로 들어오지 않자 녀석은 금방 안달이 난 듯, 웬디를 향해 팔을 내뻗었다. 휙 뒷덜미를 낚아채려는 그 손길을 피해 웬디는 더욱 몸을 낮추며 그의 정강이를 있는 힘껏 걷어찼다.

욱, 소리를 내며 녀석의 몸이 기울자 손날로 그의 목덜미를 잽싸게 후려친 후 앞으로 휙 넘어가는 녀석의 팔을 거칠게 비틀어 잡았다. 소년은 뜨내기처럼 도장을 드나들었던 게 분명했다. 그녀에게 잡혀 버둥거리는 꼴이 꽤 귀엽게 느껴졌다. 웬디는 귀여운 소년의 팔을 더욱 아프게 비틀었다.

"아악!"

아이가 비명을 지르며 아프다고 엄살을 떨었다.

"엉엉 운다면 지금껏 네가 건방지게 군 것들을 용서해 주마."

웬디가 소년을 도발했다.

"아윽, 울긴 누가 울어요!"

"흠, 그럼 이대로 패배를 인정하겠니?"

"……그래요! 그니까 이거 얼른 놔요!"

녀석의 항복에 웬디는 비틀고 있던 소년의 팔을 놔줬지만, 그의 친구들은 대번에 얼굴색이 안 좋아졌다.

"에이, 이 병신아!"

소년의 친구들이 달려들어 그를 잘근잘근 밟기 시작하자 웬디는 얼른 옷을 갈아입으러 도장 안쪽으로 들어갔다. 녀석들에게도 상황을 받아들일 만한 시간이 필요할 것이었다.

잠시 후, 도장을 나온 그들은 웬디의 가게를 향해 함께 실을 나섰다. 그녀가 원하는 것이라면 무엇이든 해 주겠다던 소년들을 위해 기꺼이 고단한 일거리를 주려는 웬디의 깊은 속내 덕분이었다.

"조무래기들, 너희들의 소개를 해 보겠니?"

그녀의 말에 녀석들은 낯을 붉히며 우물쭈물 한 명씩 소개를 시작했다.

"저는 카네원이에요."

웬디와 대결했던 소년이 먼저 제 소개를 했다. 녀석은 짧게 자른 저의 밤송이 같은 머리칼을 벅벅 문질렀다. 땡글땡글한 눈을 끔뻑이는 게 좀 전의 당돌했던 모습과 다르게 귀여워 보였다.

"저는 톰이에요."

눈이 빼죽하게 위로 올라간 소년이었다. 부스스한 회색 머리칼이 인상적이라 웬디는 잠시 그 머리칼을 쳐다봤다.

"제리예요."

얼굴에 주근깨가 가득한 소년은 수줍게 웃으며 이름을 밝혔다. 처음의 껄렁한 인상들과는 조금 다른 모습들이었다.

"누나, 내 이름은 알지? 벤포크."

"그래, 알다마다."

벤포크는 상황 파악도 못 하고 헤헤거렸다. 친한 척 웬디에게 슬쩍 달라붙는 모습에 카네윈이 눈을 부라렸다. 그들의 눈싸움을 눈치챈 웬디가 카네윈의 얼굴에 시선을 두자 얼른 비 맞은 강아지 같은 표정을 지었다.

"근데 우리한테 무슨 일을 시키려고 그러는 건데?"

벤포크의 물음에 웬디는 상냥하게 웃었다.

"오늘 비료를 뿌릴 거야. 그게, 조금 냄새나는 일이거든."

아이들을 화원에 몰아넣은 후, 웬디는 가게 문을 열었다.

벼르고만 있던 비료 작업을 손쉽게 해결하게 되어 묵은 체증이 다 가신 기분이었다. 아무리 특별한 능력을 지닌 그녀라 하여도, 반복적으로 같은 곳에서 건강하고 예쁜 꽃을 피어나게 하려면 땅의 지력이 좋아야 했다. 잘 묵힌 천연비료는 매년 봄마다 좋은 특효약이 되어 줬지만 그 냄새가 참기 어렵다는 점이 큰 골칫거리였다.

당분간 화원에 드나들기 힘들겠지만 어쩌겠는가. 더 예쁜 꽃을 피우려면 참아야 하는 고통이었다.

시간이 훌쩍 지난 후 일꾼들을 위한 식사 준비에 나선 그녀는 앞 골목 빵집에서 빵을 잔뜩 사다 놓고 시원한 오렌지 과즙도 가득 마련해 두었다. 갓 구운 몬트라피 빵의 고소한 냄새가 식욕을 자극했다. 몬트라피 빵은 몬트라피 이삭을 도정하여 얻은 가루로 만든 빵이었다. 몬트라피는 베냐한 제국민들이 가장 흔히 먹는 곡식으로 맛이 고소하고 달짝지근할 뿐 아니라, 값이 싸 가난한 서민들에게 좋은 먹거리가 되어 주었다.

고산 지대인 북동부와 사막 기후의 북서부를 제외하고 대부분 여름에 덥고 습한 대륙성 기후를 나타내는 베냐한 제국은 제도가 있는 중부 이남으로 곡창 지대가 펼쳐져 있었다. 이 지역에 거주하는 평민들의 대부분이 몬트라피 농사를 지었다. 하즐렛 백작가가 있는 밸타 역시 영지민들 다수가 몬트라피 농사를 지어, 가을이면 담황색의 끝없는 물결을 볼 수 있었다. 근래 들어 몬트라피 소출이 예년만 못하기는 했지만 여전히 몬트라피는 평민들의 식탁을 채워 주는 고마운 존재였다.

웬디는 몬트라피 빵을 바구니 위에 기지런히 옮겨 담고 아끼넌 무화과잼을 꺼내 왔다. 큰마음 먹고 아이들을 위한 얼음까지 사 온 그녀는 찬찬히 테이블 위를 세팅하기 시작했다.

딸랑.

손님이 드문 시간이었다. 종소리를 따라 열린 가게 문 쪽으로 웬디는 고개를 돌렸다. 장사꾼다운 환한 얼굴로 가게 안에 들어선 손님을 향해 인사한 그녀는, 손님의 낯익은 얼굴에 바로 얼굴을 굳혔다.

"아, 웬디 양. 또 뵙습니다. 오늘은…… 금발 머리로 돌아오셨네요."

장 자크 시뮤안이 그녀의 머리칼을 보며 멋쩍게 웃었다.

"……시뮤안 경께서 예까지 어인 일로 걸음하셨나요?"

"꽃을! 네, 꽃을 사러 왔어요."

"……어떤 꽃을 말씀이세요?"

그녀가 의심스러운 눈초리를 던지며 물었다. 난데없이 예까지 와서 꽃을 사겠다니, 그 저의가 의심스러운 것이 당연했다. 장은 두리번두리번 숱한 꽃잎 위에 시선을 두다가 하얀 백합 위로 손가락을 뻗었다.

"아! 저게 좋겠네요. 한 다발만 포장해 주시겠어요?"

웬디는 마지못해 고개를 끄덕였다. 찾아온 손님을 내쫓을 수는 없는 일이니.

백합을 한가득 집어 들고 간단히 다듬은 그녀가 고운 색지로 그것을 감싸기 시작했다. 부스럭거리는 종이 소리만이 두 사람 사이에서 들려오는 유일한 소음이었다. 장은 웬디의 눈치를 살살 보며 가게 안 이곳저곳을 둘러보고 있었다.

"식사 준비를 하고 계셨나 보네요. 그런데 누가 오기로 했나요? 양이 좀 많은데."

"화원에서 아이들이 일을 돕고 있답니다. 함께 식사하려던 참이었죠."

"아, 그랬군요……."

장이 잠시 뜸을 들였다.

"웬디 양, 저어…… 실은 제가 이곳을 방문한 이유는 따로 있습니다……."

장의 말에 웬디가 한참 매만지고 있던 꽃다발에서 시선을 뗐다. 색지의 주름이 예쁘게 잡혀 꽃과 퍽 잘 어울렸지만 남자의 방문 목적은 아무래도 이 꽃이 아닌 듯했다.

"웬디 양께 그간의 일에 대해 사과를 드리려고 염치 무릅쓰고 이곳까지 찾아왔습니다. 멜리사 후작 영애에게 이곳 주소를 알려 드린 것도 그렇고, 레스토랑에서나 연주회장에서도 제가 너무 야단스럽게 군 건 아닌가 싶어서요. 웬디 양께서 불쾌하실 만하다는 생각이 들었습니다."

레스토랑에서 유독 싸늘한 말을 내뱉었던 웬디의 태도가 기사의 마음을 불편하게 했던 모양이었다.

"……뭐어, 그렇게까지 말씀해 주시니 저 역시 묵은 감정은 털어 버리도록 하지요. 경께서도 제게 불쾌한 점이 있으셨다면 이 기회에 사과드리겠습니다."

"아! 아닙니다. 불쾌라뇨! 제가 감히 어찌 그런 감정을 품겠습니까. 저희 단장님의 소중하신 분께. 하하핫, 그리 허심탄회하게 이야기해 주시니 제가 도리어 감사합니다. 역시, 저희 단장님께서 여인 보는 눈이 있으시네요. 이리 시원시원하시니 말입니다!"

"……."

"웬디 양께 잘못 보여 평생 미움이라도 받을까 봐 마음 졸았습니다. 역시 찾아오길 잘했네요!"

장의 끝없는 입방정에 웬디의 표정이 점차 굳어 갔다. 소중하신 분? 이 남자가 지금 뭐라 지껄이는 것인가!

"무슨 오해가 있으신가 본데, 저와 슈로더 경은 그런 사이가 아닙니다."

찡그린 표정으로 남자의 품에 꽃다발을 안긴 그녀는 주섬주섬 어질러진 자리를 정리했다.

"아! 제가 또 섣부른 말을 꺼냈네요. 방금 이야긴 부디 잊어 주십시오, 웬디 양."

장은 서둘러 사과를 하며 그녀의 기분을 살폈다. 명색이 황실 기사단의 부단장이란 자가 체면이 말이 아니었다.

그때 왁자지껄한 소리가 들리며 여러 명의 소년이 가게 뒤쪽에서 몰려 들어왔다. 저희들끼리 키득키득 떠들던 소년들은 웬디 곁에 서 있는 황실 기사를 발견하고선 금세 입을 떡 벌렸다.

"와! 아저씨, 정말 황실 기사예요?"

카네윈이 호들갑을 떨며 물었다. 우르르 뛰어온 소년들은 장의 모습을 동경 어린 시선으로 바라보며 연신 입을 헤 벌려 댔다.

"안녕, 애들아. 웬디 양의 일을 도와주고 있었다면서? 착한 녀석들이구나."

장이 제법 진지한 낯빛으로 아이들을 칭찬했다. 황실 기사의 칭찬에 녀석들의 얼굴이 울긋불긋 달아올랐다.

"난 장 자크 시뮤안이라고 한단다. 황실 제1기사단에 소속되어 있지."

"와, 정말 기사님이시구나. 진짜 멋져요!"

벤포크가 장의 황실 기사복을 홀린 눈으로 바라보며 멋지다는 말을 남발해 댔다. 좀 전처럼 침을 질질 흘릴 기세라 웬디는 얼른 그의 턱 관절을 꾹 눌러 주었다.

"음, 그런데 이게 무슨 냄새지?"

장이 고개를 갸웃하며 쿵쿵 냄새를 맡았다. 녀석들이 들어오자마자 꽃집에 진동하는 비료 냄새를 맡은 모양이었다. 당황한 소년들의 얼굴이 더욱더 새빨갛게 변했다. 콧등을 긁어 대며 얌전히 서 있던 제리가 말없이 꽃집의 문을 활짝 열자 쾌쾌한 비료 냄새가 어느 정도 빠져나갔다.

소년들과 몇 마디를 더 주고받은 장 자크가 백합의 대금을 치르고 꽃집을 나서려고 할 때까지 녀석들은 그에게 붙어 서서 좀처럼 떨어지지 않았다. 그가 웬디에게 작별 인사를 건네는 순간에는 다들 눈을 되록되록 굴려 대는 게 그를 붙잡을 궁리라도 하는 것 같았다.

"그럼 웬디 양, 저는 이만 가 보도록 하겠습니다. 다음에 또 뵙도록 하죠."

장의 인사가 있자마자 녀석들이 '으아악' 괴상한 소리를 내지르며 대놓고 그를 붙잡았다.

"아! 기사님! 이대로 가시면 어떡해요! 함께 식사라도 하고 가셔야죠."

벤포크가 장의 앞을 가로막으며 애원조로 말했다. 다른 소년들역시 황실 기사와 더 길게 이야기를 나누고 싶은 듯, 테이블에 그의 자리를 자기들 마음대로 만들어 대며 난리 법석을 떨었다.

"아, 그럼 그럴까?"

장이 웬디의 눈치를 살피며 슬며시 자리에 앉자 아이들이 한꺼번에 환호성을 내질렀다. 시끄러운 소음에 웬디가 눈을 흡뜨며 녀석들을 노려봤지만 신경 쓰는 놈이라곤 없었다.

반쯤 포기한 그녀가 장을 위한 식기를 마련하고 얼음을 동동 띄운 오렌지 과즙을 그의 컵에 가득 따라 주자 장은 조금 감격한 표정으로 컵을 받아 들었다.

"움, 기사님! 그럼 검으로 나쁜 놈들도 베어 내고, 찌르기도 하고 그러시나요? 아움, 쩝쩝."

카네윈이 입에 잔뜩 빵을 쑤셔 넣으며 물었다. 그의 입가에서 빵 부스러기가 부스스 떨어져 내렸다.

"그래, 반드시 검을 들어야 하는 순간에는 과감하게 발검하곤 하지. 하지만 함부로 검을 휘두르진 않아. 검을 드는 일이 숙명인 기사들 역시도 생명의 귀함을 알기 때문이란다."

장이 저의 백금발을 쓸어 넘기며 우수에 찬 눈빛으로 고루한 애기를 했다. 소년은 밤송이 같은 머리를 잇따라 주억거리며 기사의 말을 경청했다.

"진짜 멋지네요, 기사님. 매일매일이 짜릿하겠어요!"

"홋, 그렇지 않아. 기사에게는 평정심을 유지하는 일 또한 매우 중요한 일이란다. 검의 움직임에 그 마음이 그대로 나타나기 때문에 마음의 방종은 기사에겐 더없이 경계해야만 하는 것이지. 감정에 기대는 일은 기사답지 않은 일이야."

장 자크는 저의 삶과 철저히 이율배반적인 말을 늘어놓았다. 웬디는 와그작와그작 얼음을 씹어 먹으며 그럴듯한 그의 이야기에 귀 기울였다.

"기사님이랑 우리 누나랑 애인 사이 맞죠? 이렇게 직접 찾아올 정도면!"

벤포크에게 어느덧 '우리 누나'가 된 웬디는 씹어 먹던 얼음을 콱 뱉어 낼 뻔했다. 여기저기서 자신을 황실 기사들과 엮으려 작정을 한 것 같았다. 어른답지 못하게 욕지거리가 나올 뻔했으나 그녀는 꾹 참아 냈다.

"아, 아니! 내가 그런 역심을 품을 리가 있겠니! 이 장 자크 시뮤안, 결코 그런 무뢰한이 아니란다. 웬디 양, 절대 오해하셔선 안 됩니다!"

웬디와 연애를 하는 것이 역심일 리 없으나 장은 감정 과잉에 빠져 지나친 과장과 부인을 반복하였다. 소년들이 게슴츠레하게 눈을 뜨며 저희들끼리 희희 웃어 댄 것은 그의 말을 전혀 믿지 못하겠다는 뜻이었다.

"기사님, 아무튼 진짜 멋있어요! 와, 손에 저 굳은살 좀 봐! 저도요, 여기랑 여기랑. 아, 여기도! 전부 굳은살 생겼거든요."

"야, 넌 그거 검 잡다가 그런 거 아니잖아. 지난번에 새라랑 배 타러 가서 노 젖다가 굳은살 생겼다고 네 입으로 떠벌려 놓고선, 순 거짓부렁은."

벤포크의 말에 카네원이 대뜸 꼬투리를 잡았다.

"넌 알지 못하면 닥치고나 좀 있어라. 그건 이쪽 손이었거든!"

"아, 손 치워. 똥 냄새 나. 네 손에서 아까 그 비료 냄새 난단 말이야."

"뭐 이 자식아! 네 손에선 인 나는 줄 알아?"

아이들의 언성이 높아지자 장은 얼른 중재에 나섰다. 황실 기사장 자크 시뮤안은 평화를 수호하는 인물이었다.

"이런 이런, 그만들 두거라. 그렇게 성을 잘 내서야 되겠느냐? 마음을 조용히 가라앉히고 평정심을 유지하는 게 기사의 바른 모습이라고 하지 않았니. 너희들 역시 기사가 되길 꿈꾼다면 그 말을 명심해야지."

장의 말에 아이들은 단번에 조용해졌다. 그는 다시 한 번 머리를 쓸어 넘기며 끝까지 분위기를 잡았다.

식사를 마치고 아이들이 다시 화원으로 향한 후, 장과 웬디는 예정에 없던 티타임을 가졌다. 잔뜩 어질러진 그릇을 옮기는 것을 도와준 황실 기사가 테이블 위에 놓여 있는 찻잔에 계속 시선을 던졌기 때문이다. 남의 집 찻물을 탐하는 것은 황실 기사들의 고유 습성인가! 웬디는 속으로 이죽거렸다.

"하실 말씀이 더 남았나요?"

그에게 찻잔을 건네며 단도직입적인 질문을 던진 그녀는 남자의 입매가 어색하게 흔들리는 것을 보았다.

"그저…… 웬디 양과 친분을 쌓으려는 것뿐입니다. 단장님과 가까우신 분이니까요."

이상한 논리였다. 그의 단장과 가깝다는 것 또한 사실이 아니었지만, 그게 사실이라 하여도 장 자크와 웬디가 친분을 쌓을 필요는 없었다. 적어도 웬디에겐 그랬다.

그 후로 한참을 뜬구름 같은 이야기만 해 대던 남자는 찻물이 거의 바닥을 드러냈을 즈음 웬디에게 유익한 이야기를 하나 꺼내 놓았다. 웬디가 남자를 쫓을 구실을 가만 고민하고 있을 때였다.

"곧 황실 사냥 대회가 있을 예정인데 아무래도 이번에 황태자 전하께서 무시무시한 일을 준비하고 계시는 듯합니다. 여자들도 전부 말을 타고 사냥 대회에 출정시킬 거라는 소문이 돌고 있다니까요."

"……여자들이 직접 사냥 대회에 나간다고요?"

"그렇습니다. 소문의 어디까지가 사실일지는 모르겠지만 말이죠."

장 자크의 이야기는 이랬다. 황실의 부르고뉴 사냥 대회는 이제껏 수도의 젊은 귀족들 사이에서 큰 호응을 얻어 왔는데, 그게 다 사냥한 짐승을 여인에게 바치는 부르고뉴의 전통 덕분이었다.

숲의 입구에서 여인들이 사냥 나가는 남자들을 배웅하면 남자들은 제각기 팀을 이뤄 사냥을 한 후 그 짐승을 마음에 둔 여인에게 바치는데, 그 순서는 잡은 짐승의 크기와 숫자를 셈하여 이루어진다. 사냥 대회에서 1등을 한 사람이 먼저 원하는 여인에게 저가 사냥한 짐승을 바치며 그 영광을 돌리면, 여인은 이날 누구보다도 많은 주목을 받으며 남자와 더불어 대회의 주인공이 된다.

이 때문에 부르고뉴 사냥 대회를 통해 자신의 마음을 고백하거나 서로의 사랑을 공고히 하는 젊은 귀족들이 늘어났고, 어느덧 이 황실의 행사는 연인들의 로망을 실현하는 가교 역할을 톡톡히 해내고 있었던 것이다.

그러나 현재 돌고 있는 소문이 사실이라면 부르고뉴 사냥 대회의 전통이 깨져 버리는 것은 물론, 젊은 귀족들의 로망 역시 산산조각 날 수밖에 없었다. 사냥 대회만을 손꼽아 기다리고 있던 이들에게는 청천벽력 같은 소식일 터였다.

"원시적인 방법이군요. 사냥을 잘하는 강한 수컷이 마음에 드는 암컷을 차지한다, 이건가요?"

"뭐, 뭐라고 하셨습니까? 웬디 양, 수, 수컷이라뇨?"

장이 진땀을 흘리며 말했다. 이 순수한 황실 기사는 수컷이나 암컷 같은 다소 민망한 어휘에 대한 면역력이 전혀 없는 모양이었다. 그는 당황이 역력한 표정으로 남은 찻물을 쭉 들이켰다.

"여인에게는 거부권이 없나요? 아무리 1등을 한 남자라고 해도 다짜고짜 사냥한 짐승을 들이댄다면 싫을 수 있을 텐데."

"거, 거부권이라니, 글쎄요. 지금까지 사냥 대회에서 그런 사례는 없었던지라……."

"흠, 아주 불합리한 방식이군요. ……그래서 황태자 전하께서 이번 부르고뉴 사냥 대회의 규정을 입맛에 맞게 비트신다 이거죠?"

"네, 아직 소문만 무성할 뿐이지만요."

웬디는 차라리 소문이 사실이길 바랐다.

그녀는 귀족들의 사랑놀이에 동참하고 싶은 마음은 조금도 없었다. 무엇보다 사냥 나간 남자들을 기다리며 귀족 여인들과 수다를 떨어 대는 것은 그녀의 성미에 맞지 않았다. 콧대 높은 귀족 여인들 역시 평민인 그녀를 상대해 줄 리 만무하지 않은가. 어차피 가야 하는 자리라면 조금이라도 편안한 상황이 좋을 것이었다.

그리고 그들 중 하즐렛가와 관련된 인물이 있어 웬디를 알아보기라도 한다면 그보다 참담한 일은 없을 터였다. 이런 의미에서도 황태자가 생각해 낸 발상은 환영할 만했다.

"역시, 웬디 양께서는 참으로 비범한 생각을 가지고 계시군요. 부르고뉴 사냥 대회를 낭만의 결정체라 칭송하는 레이디들의 이야기는 들어 봤지만, 원시적이라거나 불합리하다는 의견은 처음 들었습니다. 그거 참 색다른 접근입니다. 듣고 보니, 그렇게 볼 수도 있겠다는 생각이 드네요."

한참 동안 생각에 잠겨 있던 장 자크가 저의 턱을 쓰다듬으며 진지하게 말했다. 진땀을 흘리던 좀 전과는 매우 상반되는 반응이었기에, 웬디는 그저 어깨를 한 번 으쓱했다.

"경께서도 사냥 대회에 출정하시나요?"

"물론이죠! 작년에는 근무가 겹쳐 나가지 못했지만 올해는 다행스럽게도 가능할 것 같습니다."

그러나 장 자크 역시 제도의 귀족답게 부르고뉴 사냥 대회에 관한 로망을 마음에 품고 있던 모양이었다. 얼굴을 살짝 붉히는 꼴이 아무래도 헛된 망상에 사로잡힌 것 같았다. 이미 장 자크의 머릿속에서 그는 사냥 대회 우승을 한 후 세기의 로맨스를 써 내려가는 중일지도 몰랐다.

웬디는 기사의 백금발과 연초록 눈동자가 소녀의 그것처럼 반짝반짝거린다는 생각을 하며 찻물을 입에 머금었다.

"누나! 쌓여 있던 비료 전부 다 뿌렸어! 어떻게 해? 이제 집에 가?"

꽃집의 정적을 깨고 요란스레 뛰어 들어온 벤포크가 웬디에게 소리치며 그들의 임무 완수를 보고했다. 꼬질꼬질한 얼굴이 귀가를 간절히 염원하고 있었다.

"장미밭 뒤쪽에도 뿌렸니?"

"아니, 거긴 비료가 부족해서…… 못 뿌렸는데."

갑자기 목소리가 절반 크기로 확 줄어들었다.

"그래, 그럼 오늘은 그만들 돌아가거라. 이틀 후쯤 다시 올 수 있지? 비료를 주문해 둘 테니."

"윽, 또 오라고?"

"물론이지. 너희들 모두 내가 원하는 건 무엇이든 하겠다고 장담했잖니. 너희들이 비료 작업을 깨끗이 마무리 짓는 게 누나가 원하는 거란다."

"치잇, 정말 너무하다 누나! ……으으! 알겠어, 누나랑 싸워 봐야 내 입만 아프지. 애들한테 가서 말하고 올게."

울상을 지으며 다시 화원으로 들어가려던 소년이 돌연 황실 기사를 보고 멈칫하더니 발을 동동 굴렀다.

"아, 기사님! 저희 이틀 후에 여기 다시 올 건데 기사님도 그날 오시면 안 돼요? 제가 목검 가져올 테니까 자세 좀 봐주심 안 될까요? 네? 제발요!"

벤포크가 앙앙 떼를 쓰며 기사를 졸랐다. 덩치 큰 소년의 애교에 웬디는 그만 눈살을 찌푸렸다.

"아, 글쎄. 그날 근무가 어떻게 되는지 한번 봐야 되겠는데."

장이 난감한 듯 웃었다.

"근무 없으시면 오시는 거예요?"

벤포크가 눈을 빛냈다. 불과 어제만 하더라도 관심 없었을 게 분명한 검술에 갑자기 저의 모든 인생을 건 것처럼 소년은 안달복달 야단을 했다. 황실 기사를 만난 일이 그의 단조로운 생활에 큰 지각 변동을 일으킨 모양이었지만 어린애들이 늘 그렇듯 얼마 못 가 심드렁해질지 모를 일이었다.

"음, 그래. 근무가 없다면."

장 자크가 마지못해 대답하였다. 그의 말에 소년은 '이얏' 하고 크게 함성을 내지르며 다시 안쪽으로 달려 들어갔다. 벤포크의 방정맞은 뒷모습을 바라보며 웬디는 조금 창피한 마음이 들었다.

"너무 부담 갖지 마세요. 일일이 받아 주다가는 끝이 없을 겁니다. 아이들에게는 근무가 있어서 못 오신다 이를 터이니 신경 쓰실 필요 없어요."

장 자크의 곤란함을 배려해서라기보다는, 황실 기사가 자신의 주변인들과 엮이는 일을 되도록 피하고 싶은 마음에 던진 말이었다. 오늘은 어쩔 수 없다 하더라도 반복적인 만남은 피하는 게 옳았다.

그러나 장 자크는 생각이 달랐던 모양이었다. 그가 별안간 눈을 댕그랗게 뜨고선 고개를 가로저었다.

"아니, 그럴 수야 없지요. 아이들에게 거짓말을 하다니요! 이 장 자크 시뮤안, 결코 그럴 수는 없습니다."

그의 레퍼토리라고 해도 좋을 '이 장 자크 시뮤안, 결코 그럴 수는 없습니다.'가 또다시 그의 입 밖으로 흘러나왔다. 웬디는 그의 댕그란 눈을 똑바로 쳐다보며 그가 스스로 걸어 놓은 금제를 깨뜨리듯 말했다.

"아뇨, 장 자크 시뮤안 경은 그러실 수 있습니다. 대화 즐거웠어요, 시뮤안 경. 기회가 되면 또 뵙도록 하죠."

그녀는 남자를 막무가내로 쫓아냈다.

그러나 웬디가 말한 그 기회는 예상과 다르게 너무도 일찍 찾아왔다.

그녀는 장 자크 시뮤안이 라드 슈로더의 부하라는 사실을 잠시 자신이 망각했음을 인정해야 했다. 슈로더의 집요함을 그대로 빼다 박은 듯, 이틀 후 장 자크는 보란 듯이 웬디의 꽃집을 찾아왔으니까.

아이들이 한참 비료를 뿌리고 있던 시간이었다.

"웬디 양, 약속을 지키기 위해 왔습니다. 아이들은 안에 있나요?"

씽긋 웃는 그의 화사한 미소를 보며 웬디는 바드득 이를 갈았다. 하지만 눈앞의 황실 기사를 이전처럼 마구잡이로 내쫓을 수는 없었다. 아이들이 이른 아침부터 약속이라도 한 듯 목검을 하나씩 손에 들고 그녀의 꽃집을 찾아왔던 것을 알기 때문이다. 소년들의 눈동자에 가득한 것이 순전한 기대와 설렘이라, 웬디는 그들의 만남을 막을 수가 없었다.

그의 방문에 안쪽에서 아이들이 우르르 뛰어나왔고 장은 그들을 이끌고 함께 화원으로 들어갔다.

"꽃대 꺾이지 않게 조심하세요. 목검 휘두르다가 싹이 밟히지 않게!"

그녀가 그들의 뒤통수에다 대고 당부의 말을 쏟아 냈지만 아무도 듣는 사람이 없었다.

"휴……."

작게 한숨을 내쉰 웬디가 어쩔 수 없다는 듯 짤랑이는 동전 주머니를 챙겨 들었다. 출출할 소년들을 위한 먹거리를 사러 가기 위함이었다. 꽃집을 잠시 닫아 두고 밖으로 나온 그녀는 동네 빵집과 음식점을 차례로 방문했다. 몬트라피 빵은 물론 오늘은 특별히 큼직큼직한 닭튀김까지 준비했다.

냄새나는 비료를 손으로 만져 가면서 강행군으로 일하면서도 불만을 토로하지 않던 아이들. 그런 녀석들이 대견한 웬디였다. 물론 소년들이야 도장에서 본 웬디의 포악한 모습에 감히 불만을 말할 엄두를 못 냈을 뿐, 한순간에 철이 들고 어른이 되는 기적이 일어난 것은 아니었다.

양손 가득 짐을 들고 걸어가던 그녀는 문득 걸음을 멈춰 세웠다. 살랑살랑 불어오는 봄바람에 날아온 작은 민들레 홀씨 하나가 그녀의 콧등 위에 내려앉았기 때문이다. 솜털이 보송보송한 민들레 홀씨는 살살 그녀의 콧등을 간질였다.

제 갈 데도 모르는 이런 애송이 녀석을 보았나. 그녀는 홀씨를 조금 나무란 후 훅훅 위쪽으로 입김을 불어 녀석을 공중에 띄워 올렸다. 제 욕을 한 것을 눈치라도 챈 모양인지 녀석은 쉽게 물러났다. 하얗고 보송보송한 둥근 뭉치는 느릿느릿 공중을 부유하였다. 그 움직임을 따라 여상히 시선을 옮긴 그녀는 시선 끝에서 마주한 한 인영으로 인해 놀란 눈을 껌뻑여야 했다.

"웬디."

라드 슈로더, 황실의 기사단장이었다.

발로스를 손에 이끌고 걸어온 그는 언제나처럼 표정 없는 얼굴로 그녀 곁에 다가왔다. 아니, 그의 눈매가 미미하게 휘어지는 모습을 웬디, 그녀만 보지 못한 걸지도 모른다. 황실 기사는 밀려드는 봄날처럼 생기가 도는 얼굴을 하고 있었으니까.

"안 그래도 그대를 만나러 가던 참이었소. 음, 짐이 많구려."

두 손 가득 짐을 들고 있는 웬디의 모습을 살핀 라드는 바로 그녀의 짐을 받아들었다.

발로스의 고삐를 넘겨받으며 뜻하지 않게 그의 도움을 받게 된 그녀는 괜히 멋쩍어 말의 목덜미를 이유 없이 도닥여 주었다. 오른쪽 발목께가 간질거리는 게 좀 전의 민들레 홀씨가 거기 가 붙은 것이 아닌가 하는 생각이 들었다. 손수건이 묶여 있던 자리였다. 이미 조각나 버린 손수건이건만, 무슨 의미가 있다고.

"아, 저기……."

어색하게 라드의 얼굴을 올려다본 그녀가 무언가를 발견한 듯 그의 머리칼을 가리켰다. 민들레 홀씨가 라드 슈로더의 검은 머리칼 위에 떡하니 가 앉았던 것이다. 저의 콧등에 앉아 있던 녀석이었을까 싶어, 공연히 입이 떨어지지 않았다.

"저어, 머리칼에 민들레 홀씨가 붙었는데요. 여기, 이쯤이요."

그녀가 제 머리칼을 슬며시 쥐며 말했다. 그 말을 들은 기사가 머리를 양쪽으로 잘게 흔들어 홀씨를 바닥에 떨구려 하였다. 두 손에 짐이 들려 있어 어쩔 수 없이 한 행동이었지만 몽실몽실한 몸을 그의 머리칼 위에 편안히 기댄 민들레 홀씨는 그 정도론 어림없다는 듯 꿈쩍을 안 했다.

"……가만 계셔 보세요, 제가 떼어 드릴 테니. 살짝만 고개를 숙여 보실래요?"

보다 못한 그녀가 그의 머리 위로 손을 뻗었다. 정수리 근처에 가 붙어 있어 조금 곤란을 겪었으나 한 걸음 다가서니 쉬사리 홀씨를 손에 쥘 수 있었다. 손에 닿은 기사의 검은 머리칼이 부들부들

결이 좋아 웬디는 홀씨를 손에서 놓아준 후에도 손가락을 쉽사리 펼 수 없었다. 그 감각이 괴이하게 계속 남았다. 마치 손수건이 감겨 있던 저의 발목처럼.

"됐어요. 그만 가죠."

성큼 가까워진 기사의 얼굴에 놀라 넌지시 시선을 돌린 그녀는 제루스 연주회에서 본 그의 잿빛 눈동자를 떠올리지 않으려고 얼른 발걸음을 옮겼다. 그 멍청한 독 타령을 다시 할 수는 없는 일이기 때문이었다.

"부르고뉴 사냥 대회 때문에 오신 건가요?"

웬디가 지나치게 포근한 봄날의 공기를 크게 한 번 들이마셨다. 나란히 걷던 라드가 그 말에 긍정하듯 작게 고개를 끄덕였다.

"초대장을 가지고 왔소. 황태자 전하께서 직접 작성하신. 이런 열성을 보이시다니, 어찌 반응해야 할지 당황스럽더군."

"소문대로 여인들까지 모두 사냥 대회에 출정하나요?"

웬디의 물음에 라드가 의아한 시선을 그녀에게 건넸다.

"소문이라니, 그걸 어찌 아는 거요?"

"시뮤안 경께 전해 들었답니다. 저희 꽃집에 들러 주셨거든요."

"……시뮤안 경이?"

라드 슈로더의 미간에 세로로 옅은 주름이 잡혔다.

"네. ……슈로더 경, 어서 대답해 주세요. 여인들도 대회에 출정하나요?"

웬디가 재차 조르자 라드가 그녀의 얼굴을 길게 바라보다 내키지 않는다는 듯 대답하였다.

"맞소. 여인들 모두 대회에 출정하는 것은 물론, 남녀가 한 조가 되어 사냥을 하라시더군."

웬디가 살짝 이마를 찡그렸다. 황태자가 그녀에게 짐승이든 짐승 같은 남자든 실컷 사냥해 보라고 했던 말을 떠올리고 있음이었다. 뭔가 작정하고 일을 꾸민 냄새가 났다.

"황태자 전하께선 정말 재미있는 분이시네요. ……마지못해 가는 자리라지만 이렇게 된 이상 경의 체면치레 정도는 해야겠군요. 사냥 같은 건 생전 해 본 일이 없어 무얼 어떻게 해야 하는지는 모르지만요. 경께서는 부르고뉴에 매년 참여하셨나요?"

"아니오, 2년 전에 참여한 게 마지막이었소."

"참여하실 때마다 매번 우승을 거머쥐신 건 아니겠죠?"

"흠, 사냥에는 운이 따라야 하는 법이라오. 하지만 나 또한 꽤 운이 좋은 편이었지."

우승을 했다 제 입으로 말하진 않았지만 긍정한 셈이었다. 웬디는 작게 웃음을 흘렸다.

"어머, 그럼 어떤 레이디께 우승의 영광을 돌리셨나요? 마음에 둔 여인이 있으셨던 건가요?"

그녀의 쉼 없는 질문에 그가 잠시 멈칫거렸다. 정말 궁금해서 묻는 것인가 고민되는 눈치였다. 웬디 왈츠, 그녀는 이런 질문들과는 거리가 먼 여인이 아니었던가.

"공주 전하께. 황실에 대한 예로 전하의 체면을 살려 드리려는 뜻이었지. 마마의 부군 되신 분께서 살생을 끔찍하게 싫어하셔서 내가 대신 그 예를 다한 것뿐이라오."

"흐응……."

왠지 심드렁해진 그녀가 길게 콧숨을 내쉬었다. 흥미에 들뜬 마음이 폴싹 주저앉듯 심드렁해졌다.

"이번 대회에서 1등을 하는 조에게 황태자 전하께서 파격적인 상을 내거셨소. 남녀 모두에게 남작의 작위를 수여하신다더군. 세습할 수 없다는 제약을 걸긴 하셨지만, 가문의 후계자가 아닌 귀족들에게는 굉장한 기회일 게 분명하오. 비록 낮은 작위라 하여도 말이오."

웬디의 귀가 번쩍 뜨였다.

남작위를 상품으로 걸어? 아니, 대체 어느 황실에서 사냥 대회 상품으로 작위를 준단 말인가! 아무리 귀족 계급의 가장 아래에 있는 작위라 할지라도 고작 사냥 대회 우승자에게 남작위를 내리는 것을 상식적인 일이라 볼 수는 없었다. 세상에, 바이올린에 미친 황태자라는 소문은 비단 바이올린에 국한된 이야기가 아니었던 모양이다. 그는 다방면에 미친 황태자가 분명했다!

"남작위라니, 굉장하군요."

황태자가 웬디와 라드를 위해 적극적으로 나서겠다고 했던 이야기가 끝내 마음에 걸렸다. 설마, 아니겠지. 고개를 가로저었지만 불길한 가정은 계속해서 스멀스멀 피어올랐다.

"표정을 좀 펴게나. 혹시 아는가? 사냥 대회에서 뜻하지 않은 상을 얻어 갈지. 그날을 내 기회의 장으로 만들어 주지. 여우 모피든 선망의 눈빛이든 잘생긴 황실 기사든 뭐든 얻을 수 있게 말이야! 운이 좋다면 귀족의 작위를 하나 얻어 갈 수도 있는 일이고 말이야."

제루스 홀에서 황태자가 웬디에게 늘어놓았던 뜬구름 같은 이야기들이 그 순간 유의미한 형상으로 머릿속에 떠올랐다. 끔찍하기 그지없는 억측을 자제하고 싶었으나 황태자가 그녀에게 건넨 그 말들이 께름칙하게 붕붕 귓가를 맴돌았다.

뜬금없이 남작위를 사냥 대회의 보상으로 내놓다니. 황태자의 이상 행동에 자신이 관련되었다는 가정은 몸서리가 쳐지는 것이었지만, 웬디와 라드의 결합을 응원하겠다며 그가 했던 말들을 이 순간 아무 의미 없는 것으로 보아 넘길 수가 없었다. 황태자가 정말 자신을 표적으로 하여 남작위를 내건 것이라면?

신분 상승. 그것은 평민인 웬디가 라드 슈로더와 당당히 결합할 수 있는 거의 유일한 돌파구였다. 게다가 이 황실 기사는 이미 사냥 대회에서 우승했던 전력이 있다 하지 않은가.

"황태자 전하께서 더는 바이올린 공연 무대에 서지 않기로 한 것에 대한 보상으로 폐하께서도 이번 일을 허하신 것 같더군. 전하께서 정무 회의에 빠짐없이 나가신 일도 폐하를 흡족하게 한 것 같고."

"……그렇군요."

그녀는 복잡한 마음을 다스리듯 바람에 엉킨 금빛 머리칼을 손가락으로 쓸어내렸다. 이 모든 생각이 차라리 자신의 피해망상이길 바랐다.

"그대가 승마를 할 수 있는지 물으시기에 아주 잘 탄다 전해 드렸소. 사냥 대회 시작 전에 그대와 함께 찾아오라 당부까지 하시더군. 전하께서 그대에게 왜 그리 관심을 쏟으시는지 모르겠소. 혹 전하와 다른 이야기를 나눈 일이 있소? 전에 말해 준 것 외에, 내가 모르는."

그의 물음에 웬디는 슬쩍 시선을 회피했다.

황태자와의 만남에 대해 그 자초지종을 설명하던 당시, 황태자가 웬디와 라드의 관계에 대해 지나친 관심—둘 사이를 오해함은 물론, 둘의 사랑을 위한 즉석 연주를 들려준 일까지—을 보였다는 사실은 함구했었기 때문이다. 이런 형편이니 라드 슈로더가 의뭉스러운 황태자의 태도에 대해 그 저의를 의심하는 것도 무리는 아니었다.

그러나 웬디는 그런 낯간지럽고 불쾌한 이야기를 제 입으로 말해 줄 생각이 추호도 없었다. 누군가에게 그런 오해를 받는다는 사실만으로도 몸서리가 쳐지는데, 하물며 그 의심의 당사자에게 그 말을 직접 해 줄 수 있겠는가? 절대 그럴 수는 없었다.

"글쎄요. 워낙 경황없이 만나 뵙는 바람에 잘 기억이 나지 않는군요."

그녀가 그 모르게 한숨을 내쉰 후 그렇게 말했다.

아이작 황태자의 치밀한 각본을 마주한 느낌, 그 느낌이 더더욱 확고해져만 갔다. 자신과 라드 슈로더를 그 각본의 주인공으로 세워 두고 황태자는 즐거이 무대 위의 공연을 지켜보기라도 하겠다는 것인지. 대체 무슨 속셈인지 답답할 따름이었다.

그러나 웬디의 가정이 사실이라면 황태자가 쓴 각본은 무대에 상연되는 즉시 실패작이 될 가능성이 높았다. 그가 택정한 여주인공 역할의 웬디 왈츠가 남작위 따위에 눈곱만큼의 관심도 없는 까닭이다. 과거 백작가에서 천대받던 시절, 높은 신분에 대해 잠시 선망한 적도 있었으나, 칩거하며 과거를 숨기고 사는 지금의 그녀는 그때와 철저히 다른 사람이었다.

남작위라니. 갖고 싶지도 원하지도 않는 자리였다. 게다가 사냥 대회에서 우승해 덜컥 남작위라도 얻게 된다면 단숨에 화제의 중심에 설 게 뻔하지 않은가. 딜런 레녹스는 물론이고 하즐렛 백작가에서도 그녀의 존재를 알게 되는 건 시간문제였다. 황실 사냥 대회에 참가하는 것만 해도 커다란 모험이거늘! 그런 피곤한 일에 휘말리고 싶은 생각이라곤 추호도 없었다.

"남작위라니, 정말 기상천외한 일이군요. 전하께서 정말 크게 은퇴 후유증을 앓고 계신 모양이에요."

그녀는 쓰게 웃을 뿐이었다.

꽃집까지 동행한 라드는 품에서 금색 봉투를 꺼내 들었다. 애초 그녀를 방문한 목적을 이행한 것이다. 황실의 인장이 찍힌 사냥 대회의 초대장이었다.

"그날 입을 사냥복은 내가 준비하도록 하겠소. 내일쯤 이곳으로 보내 줄 테니 부족한 게 있다면 옷을 들고 온 자에게 주문하면 될 것이오. 그대가 탈 사냥 말 역시 온순한 녀석으로 준비해 놓을 테니 아무 염려할 것 없소."

라드는 그녀와의 쇼핑을 사전에 봉쇄하듯 저의 계획에 대해 말했다. 웬디는 그의 계획에 반발해 볼까 잠시 고민해 봤지만 이번만큼은 너그러이 이해해 주기로 마음을 정했다. 어찌 됐든 이번 황실 대회의 동행은 저로 인해 일어난 일이었으니까.

"여러 방면으로 신경을 써 주신 점 감사히 생각합니다."

의례적인 인사를 건넨 웬디는 라드 슈로더의 시선 이동을 느끼고 순간적으로 바짝 긴장해야 했다. 그가 테이블 위의 다기 세트를 힐끔 바라본 까닭이다. 그녀는 또다시 차를 달라 청할 것이 뻔한 그의 행동거지를 보고 속으로 코웃음을 쳤지만 결코 그 내색을 하지는 않았다. 이번에도 당할쏘냐, 내심 벼르던 바였다. 일단 그의 관심을 다른 곳으로 돌리는 게 우선이리라.

"……음, 추후 저택에 꽃을 보내 드리도록 할게요. 감사의 의미로 제가 해 드릴 수 있는 게 그 정도밖에 없네요."

스윽 몸을 움직여 그의 시선을 교란한 그녀가 한결 부드러운 안색으로 말을 건넸다. 라드에게 보인 적 없는 다정함이었다. 그를 향한 태도에 변화를 가하겠단 새로운 전략이었다. 지금껏 그를 박대해 왔던 일들이 하나같이 모두 좋지 못한 결말을 맺었음을 기억했기 때문이다. 상대의 푸대접에는 끈질기게 맞대응으로 응수해 오다가 상대가 호의를 보일 때에야 비로소 물러서는 사내, 그가 바로 라드 슈로더였다. 그렇다면 내 최상의 호의를 보여 주마! '꽃이라니, 기사에게 어울리지 않소.'라며 겸양할 것이 뻔하니 저로서는 손해 볼 것이 없는 일 아니겠는가. 황실 기사들의 습성에 대해서는 이미 완벽하게 파악을 마친 그녀였다.

"……그리 마음 써 준다면, 고맙게 받겠소."

"……?"

예상 밖의 말에 그녀의 표정이 가을날 마른 낙엽처럼 버석하고 부서져 내렸다. 그녀는 다급히 마음을 추스르며 큼큼 목을 가다듬었다. 저를 골탕 먹이려고 일부러 수작을 부리는 것인가?

의심의 눈초리로 그의 얼굴을 뜯어보았으나, 뜻밖에도 그는 순수하게 기뻐하는 모습이었다. 그의 얼굴 위로 떠오른 저 환한 표정은 웃음, 그중에서도 소리 없이 빙그레 웃는, 자그마치 '미소'라 불리는 것 아닌가? 비웃음이나 코웃음 따위의 빈정거림은 결코 찾아볼 수 없었다.

왜, 왜 날 보며 미소를 짓는가! 웬디는 속으로 고함을 내질렀다.

그의 얼굴을 점령한 따스한 봄볕이 웬디의 풀빛 눈동자에 닿자, 그녀는 그 미소를 피해 진열대 아래 놓인 꽃 더미 위로 시선을 돌려야 했다. 봄볕인 줄 알았던 그 미소는 여름날의 뙤약볕처럼 기기묘묘한 열기를 지니고 있었다. 그 뜨거운 복사열은 그녀의 피부 위로 곧장 닿아 와 그녀를 당황스럽게 만들었다. 시선을 돌리는 일은 필연적인 결과였다. 어쩔 수 없었다. 단숨에 눈가에 열이 올랐기에.

"어떤 꽃을…… 보내 드리는 게 좋을까요?"

할 말을 찾아 다급히 꺼내 놓은 게 하필 꽃의 종류에 관한 선택권을 주는 것이었다. 하지 않음만 못하다고 스스로를 자책했지만 이미 늦은 일이었다.

"저 꽃이 좋겠소. 샛노란 빛이, 마음에 드는군."

슈로더가 둥근 유리병 안에 가득 꽂힌 프리지어 꽃을 가리켰다. 망설임이라곤 없는 태도였기에 그녀는 그의 얼굴과 꽃을 번갈아 가며 쳐다보았다.

이 무뚝뚝한 황실 기사에게도 취향이라는 것이 있는 모양이라고 언짢은 듯 입을 실룩였지만, 그녀를 더욱 언짢게 하는 일은 이젠 빼도 박도 못하고 그에게 꽃을 보내야만 하는 것이었다. 그리고 그 저조한 기분 탓에, 라드가 왜 샛노란 프리지어 꽃을 마음에 들어 하는지 그녀는 전혀 짐작조차 하지 못했다. 자신의 샛노란 머리칼을 보며 그가 왜 그런 모호한 표정을 지어 보이는지도.

"……네, 그럼 이 프리지어 꽃을 보내 드리도록……."

"기사님! 누가 제일 잘했어요? 네? 그것만 말해 주세요."

"야, 몰라서 물어? 누가 칭찬을 제일 많이 받았나 따져 보면 되잖아. 내가 장미 가지 잘라 내는 거 못 봤냐. 완전 깨끗하게 잘린 거. 제리, 네가 봤지? 응? 내가 아까 가지 잘린 거 보여 줬잖아."

웬디는 꽃집 안으로 들이닥친 와글와글한 소리에 채 말을 맺지
못했다. 소년들은 황실 기사와 함께한 검술 수련이 제법 만족스러
웠는지 한껏 들떠 정신을 차리지 못하고 있었다. 말 그대로, 정신
을 차리지 못하고 있었다.

"하하하, 이제 겨우 검 쥐는 법을 배우는 녀석들이 욕심이 많구나."

장 자크가 사람 좋은 웃음을 터뜨리며 말했다. 소년들 모두가 그
의 호탕함에 반한 듯 그 얼굴을 올려다보는 표정에 동경심이 서려
있었다. 이야, 남자는 저렇게 웃는 거구나. 벤포크가 입꼬리를 끌
어 올리며 장의 표정을 흉내 냈다. 이에 이 매력적인 황실 기사는
더욱 호방하게 '하하' 웃었지만 안타깝게도 그 의기는 얼마 못 가
무너져 내릴 허상이었다.

"장 자크 시뮤안 경."

라드 슈로더의 부름에 장의 얼굴색이 단번에 새하얗게 질렸다. 소
년들이 자신의 장미 가지를 망가뜨렸다는 소리에 신경이 한껏 곤두
서 있던 웬디까지도 그의 안색 변화를 흥미롭게 관찰할 정도였다.
분칠을 아무리 한들 저와 같이 하얀 얼굴을 갖기란 어려우리라.

"다, 단장님!"

장의 당황한 모습을 어리둥절한 표정으로 응시하던 네 명의 소년
들 역시 새롭게 등장한 기사의 모습에 흥미를 갖기 시작했다. 눈치
빠른 소년들은 단숨에 두 사람 중 누가 더 우위에 있는지 판단한
듯했다.

"경이 왜…… 이곳에 있지?"

차가운 시선을 보내는 슈로더의 표정이 마른 참나무 장작처럼 딱

딱하게 굳어 있었다.

"저, 그것이. 아이들의 검술 자세를 봐주러……."

"……경이 왜?"

"그러니까, 꽃을 사러 왔다가…… 아이들을 만나는 바람에……."

장이 횡설수설하는 통에 슈로더의 눈초리가 더욱 날카롭게 변했다. 황실 기사답지 않은 어리숙한 상황 보고는 그의 화를 부추길 뿐임을 장 역시 알고 있었지만 라드의 싸늘한 얼굴 앞에서 조리 있게 설명하기란 쉬운 일이 아니었다. 장 자크가 구원의 손길을 바라듯 웬디를 향해 시선을 돌렸으나 그녀는 그를 도와주고 싶은 마음이 전혀 없는 듯 멀뚱히 서 있기만 했다. 장의 입안이 바짝바짝 타올랐다.

"저분이 기사님 상관이에요? 와! 완전 세 보이는데요."

카네윈이 라드를 힐끔거리며 말했다. 그의 압도적인 기백을 느낀 탓인지 아이들의 관심은 라드 슈로더에게 온통 집중되었다. 장에게 보내던 동경의 눈빛을 꼭 빼다 박은 녀석들의 시선에, 아이러니하게도 장 자크는 가슴을 쓸어내릴 수 있었다. 덕분에 그를 향한 라드 슈로더의 매서운 눈빛 공격이 잠시 소강상태를 맞았기 때문이다. 아이들 앞에서 그도 저의 부하를 쥐 잡 듯 할 순 없었던 모양이었다. 그러거나 말거나 아이들은 그 유명한 황실 기사를 한 공간에서, 그것도 두 명이나 보고 있다는 사실이 믿기지 않는 듯 함박웃음을 짓고 있었다.

"인사 드리렴. 나의 상관이신 라드 슈로더 단장님이시다. 제1기사단의 단장이시자, 롯테어이시란다."

아이들이 일제히 '우와, 롯테어!' 하며 탄성을 내질렀다. 소년들에게 황실의 롯테어는 침을 꼴깍이며 우러러볼 수밖에 없는 꿈같은 고유명사였다. 한동안 라드 슈로더에게서 눈길을 떼지 못하고 있던 벤포크가 불현듯 그와 장 자크를 번갈아보며 고개를 갸우뚱했다.

"그럼 삼각관계예요? 누나랑 셋이?"

벤포크가 눈을 말똥말똥 뜨며 물었다.

"벤포크, 이 멍청아. 시뮤안 기사님이랑 웬디 누나랑 둘이 애인 사이랬는데 그럴 리가 있냐?"

"애들아, 그래도 당사자들 앞에서 그런 말을 하는 건 실례 같은데."

녀석들의 때 아닌 폭로전에 장의 안색이 또다시 하얗게 질렸다. 식은땀이 또르르 기사의 구레나룻 옆으로 흘러내렸다.

"웬디 양과 나는 그런 사이가 아니라고 말했지 않니. 그, 그렇게 말하면 내가 몹시 곤란해진단다! 단장님, 아이들이 뭔가 오해를 단단히 한 모양입니다! 하하, 아하하!"

장이 손을 연신 좌우로 흔들며 저의 결백을 주장했다.

"정말 삼각관계예요? 아님 짝사랑?"

톰이 몽상에 빠진 눈빛으로 물었다.

도발적인 녀석들의 말에 놀란 가슴을 부여잡은 장 자크가 안절부절못하며 상관의 눈치를 살폈다. 장은 라드의 꿈틀거리는 양미간을 보며 그 위로 심상치 않은 기세의 회오리바람이 모여 들고 있는 것 같은 착각에 빠져 들었다. 금방이라도 저를 집어삼킬 것 같은 회오리바람이 그의 깊게 파인 미간 위에서 무시무시한 기세로 뱅뱅 돌고 있는 듯한. 장은 부르르 몸을 떨었다. 아침 대련에서도 느껴 보지 못한 위협이었다.

"저, 저는 이만 돌아가 봐야 할 것 같군요. 웬디 양, 실례가 많았습니다."

그가 소년들에게 인사도 건네지 않은 채 후다닥 꽃집을 빠져나갔다. 꽃집 문에 달린 종소리가 유독 크게 울리며 그의 급박한 마음 상태를 대변했다.

"앗! 기사님! 그냥 가시면 어떡해요!"

웬디야 꽁지 빠져라 도망가는 장 자크의 모습을 보며 속이 다 후련했지만, 정작 크게 상심한 것은 소년들이었다. 다음 검술 연습을 봐주겠단 약속을 미처 하지 못했기 때문이었다.

"한 번 더 자세 봐주시기로 했는데……."

벤포크가 목검을 만지작거리며 웅얼거렸다. 그들의 반응일랑 아랑곳없이 아이들을 위해 식사를 준비하던 웬디는 속으로 쾌재를 불렀다. 라드 슈로더의 방문이 성가신 골칫거리를 해결해 주는 뜻밖의 성과를 낸 까닭이리라.

"……기초 자세를 배우는 중이었나?"

라드 슈로더가 벤포크를 향해 물었다. 따끈한 닭튀김을 그릇 위에 담아내던 웬디의 손이 멈칫했다. 뒤통수가 서늘한 것이 무언가 조마조마했다.

"네……."

"기초 자세 정도라면…… 내가 봐줄 수 있다. 하지만 나는 장난스러운 태도는 용납하지 않는다. 그래도 배울 생각이 있다면 단단히 각오한 후에 임해야 할 것이다."

잠시 소년들의 풀 죽은 모습을 바라보던 라드가 예상 밖의 제안을 하였다. 웬디의 손에서 미끄러진 그릇이 달그락 소리를 내며 테이블 위를 한 바퀴 돌았다.

"정말요? 으아악! 기사님, 정말이죠?"

"난 허언은 하지 않는다."

아이들이 서로 부둥켜안고 방방 뛰며 요란을 떨었다. 라드 슈로더가 그 모습을 무표정하게 지켜보다 스윽 시선을 돌렸다. 웬디가 그를 무시무시한 눈빛으로 쏘아보고 있었다.

"아니 될 말씀이세요. 바쁘신 분께 더 이상 폐를 끼칠 수 없어요. 이번만큼은 저도 그냥 넘어갈 수가 없네요, 절대 안 돼요."

"아, 누나! 제발. 우리가 화원에 비료도 주고 하라는 대로 다 했잖아. 응?"

웬디의 발언에 소스라치게 놀란 소년들이 그녀에게 와르르 달려들어 사정사정했지만 웬디는 눈 하나 꿈쩍하지 않았다. 비료 주는 일이야 저가 카네원을 이긴 대가로 받은 것이 아니었던가. 이렇게 간단한 계산마저 못하는 아이들에게는 검술은 둘째 치고 셈하는 법부터 다시 가르치는 것이 옳을 것이라고 냉정하게 생각하였다. 그래야 제 밥벌이 정도는 하지 않겠는가.

"너희들 모두 잘 새겨 듣거라. 기사님들을 만나는 건 오늘이 마지막이야!"

날카로운 말투로 못 박았으나 입을 삐죽이 내민 소년들은 물론 라드 슈로더 역시 그녀의 말을 따를 생각은 없어 보였다.

"웬디, 시뮤안 경이 자세를 봐주기로 약속을 했다지 않소? 부하가 나로 인해 약속을 못 지키게 된 듯하니 나라도 하루 시간을 내어 아이들을 봐주는 것이 합당하지 않겠소?"

웬디의 눈썹이 못마땅하게 치켜 올라갔다. '옳다구나' 하고 달려

드는 게 아이들의 검술 선생 자리를 처음부터 노리고 있었던 게 아닌가 하는 의심마저 든다. 이럴 바에야 장 자크 시뮤안을 하루 더 만나는 편이 나을 것이었다.

"누난 우리 같은 애들이 황실 기사님한테 검술을 배우는 게 얼마나 어려운 일인지 몰라? 두 번 다시 오지 않을 기회인데 그렇게 막으면 어떡해?"

울상을 한 벤포크가 침울한 목소리로 웬디에게 호소했다. 진지한 녀석의 모습은 처음 보는 것이었기에 그녀는 조금 흠칫했다.

"벤포크, 울지 마라. 어차피 우리 같은 애들이 이런 검을 드는 것부터가 사치라는 거 너도 알고 있었잖아. 누나가 네 앞길을 막는 게 아니라고. 그냥 포기해."

카네윈이 녀석의 어깨를 툭툭 두드리며 말했다. 제리가 그 옆에 붙어서 가만히 눈시울을 붉혔다. 웬디는 돌아 버릴 지경이었다.

"그래, 알아! 누나가 내 앞길을 막는 게 아니란 거 정도는. 나도 안다고. 그치만, 그치만……."

벤포크는 어느새 처절한 비극의 주인공이 되어 있었다.

"진정해. 누구의 잘못도 아니잖아."

소년 1이 주인공의 뺨을 위로하듯 감싸 쥐었다.

"힘내, 친구."

소년 2가 주인공의 등을 토닥였다. 웬디는 헛웃음을 집어삼켰다. 그대로 더 방치했다가는 나머지 녀석들까지 이 같잖은 비극의 주조연으로 활약할 기세였기에 그녀는 떨어지지 않는 입을 간신히 떼어 내야 했다.

"……그만. 너희들의 뜻은 잘 알겠다. 기사님의 시간을 빼앗는 건 정말 그게 마지막이야. 그 이상 폐를 끼치는 건 염치없는 짓이란 걸 명심하고, 더는 부끄럽게 굴지 말거라."

그녀의 허락이 있자 녀석들은 좋아하는 티를 최대한 내지 않으며 비장하게 고개를 끄덕였다. 잘 알아들었는지 의심스러웠지만, 눈을 부릅뜨고 자기네들끼리 어깨를 감싸 안는 꼴이 아직도 각자 맡은 역할에 잔뜩 몰입해 있는 걸로 보였다. 웃음을 참는지 카네윈이 어깨를 잘게 떨었다. 필사적인 연기였다.

웬디는 고개를 설레설레 내저으며 소년들이 검술을 배워 기사단에 들어가는 헛된 꿈을 꾸는 것보다는 연기를 배워 극단에 들어가는 편이 더 나은 일일 거라 생각하였다.

"그대는…… 마음이 여리군."

소년들의 감성 공격에 시달린 뒤라 약해졌던 정신이 또 한 번 휘청거렸다.

휙, 라드 슈로더를 향해 고개를 돌린 웬디는 생전 처음 듣는 몹쓸 비방에 두 주먹을 꽉 움켜쥐었다. 마음이 여리다니, 어찌 그런 모욕을! 저의 인생철학과 철저히 배반되는 평가였기에 노여움은 더욱 지대했다.

"지난번 그대에게 색이 없는 꽃과 같다 말한 적이 있었지. 내 보기에, 지금의 그대 모습이 그 꽃의 참된 색이 아닌가 싶소. 물론 웬디, 당신은 아니라 말하겠지만."

슈로더가 설핏 웃으며 말했다. 또 무슨 같잖은 은유냐 버럭 성을 내려던 웬디는 그만 머뭇거리며 그 때를 놓치고 말았다. 그의 얼굴 위로 떠오른 미소가 또다시 그녀의 눈가를 홧홧하게 만들었기 때문에. 화를 내려야 낼 수가 없었다. 정말이지, 낼 수가 없었다.

부스스 머리를 긁적이며 침대에서 일어난 웬디는 떠지지 않는 눈을 거슴츠레 떴다. 새벽녘 푸르스름한 빛이 창가를 통해 여릿하게 스머들고 있어 방 안은 온통 고즈넉했다. 실내 슬리퍼를 대충 꿰어 신고 창가로 걸어간 그녀는 걸쇠를 풀어 창문을 활짝 열어젖혔다.

부르르.

아직 찬 공기가 잠이 덜 깬 살갗에 닿자 도톨도톨 소름이 돋았다.

저만치 서쪽 하늘로 멀어진 새벽달이 마지막까지 뱉어 놓고 간 차가운 입김인 듯, 새벽 공기는 아릿했다. 웬디는 한참 동안 푸른 달빛을 바라보며 오늘 저가 뱉어 내야 할 차가운 말들에 대해 생각하였다. 냉정하게 상황을 관망한 후 최대한 감정을 절제해 반응해야 한다고 스스로를 타일러 보았으나, 산재해 있는 장애물들이 어떤 상황을 초래해 낼지 걱정이 되긴 마찬가지였다.

대망의 부르고뉴 사냥 대회 날이었다. 황태자가 저를 주시하고 있는 것을 알고 있는 터, 작은 실수도 결코 용납될 수 없었다. 가능한 한 황태자의 심기를 거스르지 않으면서 그의 흥미를 떨어뜨릴 수 있도록 행동하는 것이 현명한 처사였다.

현재 그녀의 신분을 생각하면 도를 넘는 행동을 해서도 안 되지만 파트너인 라드 슈로더 경의 신분을 고려해 그의 입장을 난처하게 해서도 안 된다. 어떤 돌발 상황이 발생할지 모르겠으나 현재로서는 가능한 한 몸을 사리고 냉정해지는 것만이 살 길이었다.

무엇보다도 딜런 레녹스 그를 다시 만나게 될 가능성이 막대한 만큼 그의 눈을 피하기 위한 방도가 필요했다. 황태자가 그녀의 머리칼을 염색하는 것을 불허했으니 세벤드롱 꽃잎을 이번에도 사용할 수는 없는 일.

스륵.

웬디가 바닥에 놓여 있던 다갈색 종이 상자의 뚜껑을 열었다. 그녀 손에 딸려 올라온 것은 베이지색 승마 모자. 짧은 챙이 있고 그 앞쪽에 하늘하늘한 짧은 베일이 드리워져 있는 것이었다. 윗부분에 주름을 잡아 포인트를 주고 그 위로 황색 토파즈 장식을 한 베일은 성긴 짜임의 망사가 겹쳐져 있어 시야를 확보하는 한편, 얼굴을 적당히 가리기에도 안성맞춤이었다. 평범한 승마 모자베일이 뒤쪽으로 길게 늘어지는 형태, 여성이 승마를 할 때 베일이 뒤쪽으로 아름답게 휘날리도록 만든 것를 재주문해 만든 것으로 딜런 레녹스의 눈을 피하기 위해 나름 강구한 대책이었다.

얼마만큼의 효과를 가질지는 미지수였지만 이마저도 하지 않는다면 더욱 불안할 것이었다.

모자를 이리도 써 보고, 저리도 써 보며 한참 동안 얼굴 가리기에 열중한 웬디는 베일의 길이가 너무 짧은가 싶어 코를 긁적였다. 베일이 모자의 장식처럼 보일 수 있도록 입가 바로 위까지 그 길이를 조절한 까닭이다. 덕분에 모자를 쓴 모습은 자연스러우면서도 꽤나 멋스러워 보였지만.

"휴……."

하지만 이제 와 어쩔 수 없는 일. 웬디는 미련을 버리듯 모자를 협탁 위에 올려 두고 서둘러 욕실로 들어갔다. 전투 준비를 시작할 때였다.

　몇 시간 뒤, 그녀를 에스코트하러 온 라드와 함께 웬디는 부르고 뉴 숲으로 향하는 마차에 올랐다.

　파니에와 불필요한 퍼프를 빼고 활동성에 중심을 둔 옷은 확실히 움직임이 편안했다. 어깨와 허리 부분이 탄력 있는 소재로 이루어진 베이지색 테일러드 재킷은 활시위를 당기기 편하도록 소매통을 좁게 만들고 사냥용 장갑이 쉽사리 벗겨지지 않게끔 소매와 연결되도록 만들어진 옷이었다. 보통 드레스보다 다소 짧은 스커트 기장은 숲에서 치마가 끌리는 것을 방지하기 위함이었다. 웬디는 만족스레 치맛자락을 손으로 잡은 채 라드의 얼굴을 마주했다.

　"사냥복이 마음에 드네요. 경께서도 오늘 아주 근사하신데요. 녹색이 잘 어울리시는군요."

　짙은 암녹색 재킷을 차려입은 라드의 매무새를 칭찬하자 그가 얼른 입을 열었다.

　"그대 역시, 오늘 아름답소."

　지난날 제루스 홀에 동행 당시 그녀의 드레스 입은 자태를 먼저 칭찬하지 못했던 저의 과오를 털어 내듯이 그의 말은 빠르고 조급했다.

　"고맙군요. ……그나저나, 오늘 경께서는 발로스와 함께 사냥 길에 오르시는 거겠죠? 녀석은 어디에 있나요?"

　라드 슈로더의 태도에 작게 웃음을 터뜨린 웬디가 그의 애마의 행방을 물었다. 녀석의 힘찬 뜀박질을 다시 볼 생각을 하니 조금 설레었다. 물론 자신이 탈 말이 아니란 점이 아쉽긴 했지만.

"시종이 미리 사냥터로 이끌어 갔다오. 그대가 탈 말과 함께."

역시. 발로스를 저에게 양보할 마음은 전혀 없는 모양이었다. 웬디는 다소 실망감을 느끼며 가볍게 고개를 끄덕였다.

늘 그렇듯 짧게 몇 마디를 주고받은 두 사람 사이에 금세 정적이 내려앉았다. 이 정도 고요쯤이야 웬디로서는 조금도 불편할 게 없었지만 오늘 그녀는 유난히 여러 번 옷매무새를 다듬으며 불편한 기색을 비쳤다. 그것은 다름 아닌, 조금의 거리낌도 없이 저의 얼굴을 빤히 바라보고 있는 한 남자의 시선 때문이었다.

얼굴에 뭐가 묻었나. 살며시 양 볼을 쓸어 봤지만 손에 묻어 나오는 것이라곤 없었다. 괜스레 재킷 주머니에서 사냥용 장갑을 꺼냈다 집어넣기를 두 차례. 웬디는 더 이상 참지 못하고 젊은 기사의 얼굴을 불만스럽게 쳐다보았다.

"흠흠, 슈로더 경. 제게 무언가 하실 말씀이 있으신가요?"

"……아니오. 그대의 모자 생김이 독특해…… 잠시 바라본 것뿐이라오."

말을 마친 라드는 슬며시 시선을 돌렸다.

이 모자가 그렇게 눈에 띄나? 그럼 곤란한데. 웬디가 모자의 베일을 매만졌다. 독특하다니, 칭찬이라는 느낌은 들지 않았기에 그녀는 못마땅하게 입을 오므렸다. 찌릿, 고까운 눈빛으로 그를 흘겨본 웬디가 오래지 않아 그에게서 시선을 떼고 창가로 휙 고개를 돌렸다.

그러나 이내 그녀의 얼굴 위로 따라붙는 시선. 그것이 이끌리듯 그녀의 입가를 향하였다. 마차의 자그마한 창문을 향해 완전히 고개를 돌린 그녀였지만, 여전히 그 불그스름한 입술은 가는 햇살을 받아 반짝반짝 제 존재를 과시하고 있었다.

하필 저런 베일을…… 라드는 속으로 혀를 찼다. 또다시 사람들에게 저의 정체를 감춘답시고 베일 달린 모자를 쓴 게 분명해 보였지만, 그 베일의 생긴 모양이 문제였다. 희끄무레하게 그녀의 얼굴을 가리고 있는 그것이 유독 입술 근처에 와 제 임무를 소홀히 한 탓에 그녀의 발간 입술이 훤히 드러나, 자꾸 그곳으로 시선이 모아졌다.

하필, 입술에. 라드 슈로더는 다시 한 번 읊조리며 다른 생각에 집중하려 노력하였다.

자연스럽게 흘러간 의식의 흐름은 우연인지 필연인지 그녀와 함께했던 제루스 홀까지 다다랐다. 제루스 홀, 그 달빛 아래서 느꼈던 입술의 감촉. 불현듯 떠오른 그 생생한 감각에 그는 황급히 눈을 감았다. 눈을 감는 것은, 불경한 생각을 따돌리기 위한 최후의 방안이었다.

"……."

"……."

한 사람은 눈을 감은 채, 한 사람은 창밖에 시선을 고정한 채. 정적 속에서도 각자의 치열한 상념 속에 빠져 있던 두 사람은, 적어도 겉모습만은 강물처럼 잠잠히 시간을 보내는 듯 보였다. 비록 그 강 밑바닥쯤에는 요란스러운 물살이 흐르고 있다 할지라도. 목적지에 도달할 때까지 두 사람을 감싼 표면의 고요는 깨지지 않았다.

말을 멈춰 세우는 마부의 목소리가 들리고, 얼마 지나지 않아 마차 문을 두드리는 노크 소리가 들려왔다.

라드 슈로더의 안내에 따라 조심스레 마차에서 내려선 웬디는 모자를 좀 더 앞쪽으로 눌러쓰며 주위를 스윽 둘러보았다. 태연을 가장한 채 이지적인 가면을 쓰고 있었지만 가슴은 못내 두근거렸다.

부르고뉴 숲 입구에는 이미 여러 개의 천막이 쳐져 있었고 그 주위를 오가는 많은 사람들로 시끌벅적한 상태였다. 곳곳을 누비고 있는 황실 기사들과 병사들의 모습을 쉽게 볼 수 있었고 여러 가문의 마차들과 짐마차들, 그곳에서 분주히 물건을 나르는 시종들의 움직임도 보였다. 새들의 지저귐과 말들이 잘게 투레질하는 소리까지. 마차 안에서 느꼈던 고요와는 완전히 다른 세계였다.

날은 맑았다. 웬디는 자신을 향해 손을 내미는 슈로더의 손을 맞잡으며 햇살이 조각조각 끊어진 나무 그늘을 거닐었다. 그는 무심한 듯 정면을 바라보고 있었지만 웬디는 황실 기사들의 움직임을 살피느라 마음이 바빴다.

딜런, 딜런 레녹스. 놈이 어딘가에 있을지도 모른다는 사실이 그녀를 긴장시켰다.

그때였다. 천막 너머로 도열해 있던 일부 황실 기사들의 커다란 기합 소리가 대기를 흔들며 울려 퍼졌다. 놀란 그녀가 휘청 발을 헛디뎠다. 푸드득. 새 한 마리가 나무 위에서 급히 날아올랐다.

"괜찮소?"

그녀의 어깨를 다급히 감싸 안은 라드 슈로더가 물었다.

소리의 진원지를 서둘러 확인한 그녀가 놀란 가슴을 쓸어내리며 그에게로 고개를 돌렸다. 괜찮다 고개를 끄덕이며 그 품에서 빠져나왔지만 그는 여전히 그녀를 걱정하는 빛이었다. 웬디는 냉정해지자고 다시금 저를 타일렀다. 지레 겁을 먹고 바보처럼 빌빌대는 꼴이라니, 자신답지 않다 질책했으나 위기의 상황에서 냉정해지는 것은 마음먹은 만큼 쉬운 일이 아니었다.

더군다나 방금 두 사람이 보인 행동으로 인해 타인들의 시선마저 한껏 그들을 향해 집중된 후였다. 천막에서 대기하고 있던 많은 귀족들이 저들끼리 수군거리며 귀엣말하고 있는 게 보였다. 라드가 그녀의 어깨를 감싸 안은 것을 두고 이야기하는 것이리라. 무뚝뚝하기로 유명한 황실 기사가 여인을 대동하고 사냥 대회에 나타난 것도 모자라 다정히 그녀를 끌어안는 모습까지 보였으니, 지금의 이 웅성거림은 오히려 그의 위명에 맞지 않게 다소 미약한 반응일지도 몰랐다.

천막에 도착한 두 사람은 시종의 안내를 받아 하얀 레이스가 깔린 테이블 앞에 마주 보고 앉았다. 자리에 앉기 전 베일에 시선을 가린 채 귀족들의 얼굴을 재빨리 확인했으나 딜런 레녹스의 얼굴은 다행히 발견할 수 없었다. 시종이 건네준 음료를 입가에 가져다 대며 웬디는 긴장된 마음을 달랬다.

"단장님! 오셨습니까."

어수선한 분위기 속에서 그들 앞에 나타난 이는 장 자크 시뮤안이었다. 예의 그 환한 미소로 두 사람 앞에 선 장 자크는 웬디에게도 반갑게 눈인사를 하며 어색한 분위기를 전환시켰다. 그의 곁에는 갈색 머리칼을 단정하게 틀어 올린 귀여운 아가씨 한 명이 서 있었다. 웬디도 익히 아는 얼굴이었다.

"실례가 안 된다면 합석해도 되겠습니까?"

장 자크가 어쩐 일로 예의 바르게 합석을 제안해 왔다. 라드가 허락을 구하듯 웬디를 바라보았기에 그녀는 억지로 고개를 끄덕였다. 어찌 됐든 어색한 침묵 속에서 귀족들의 눈총을 받는 것보다는 나을 것이었다.

"감사합니다."

장 자크가 웬디를 바라보며 싱긋 웃은 후, 옆에 선 여인을 위해 먼저 의자를 빼 주었다.

"아, 이쪽은 멜리사 로우니 후작 영애십니다."

두 사람을 향해 동행한 여인을 소개한 장은 웬디에게 의미심장한 표정을 지어 보였다.

"저어, 혹시…… 제가 아는 분이 아닌지……?"

멜리사가 웬디에게 물었다. 라자뷔데 식물관에서의 인연을 상기시키듯, 이내 멜리사가 그녀 특유의 겁에 질린 표정을 지었다. 웬디의 싸늘한 기색을 읽었기 때문이었다.

이 귀찮은 아가씨를 여기서 또 만나다니! 웬디는 입꼬리를 말아 올리며 겨우 저의 불편한 심기를 감췄다. 단 하나, 그녀가 자신의 얼굴을 단번에 알아보지 못했다는 데서 위안을 찾을 뿐. 모자의 베일이 생각보다 큰 효용을 지닌 듯하다고 그녀는 스스로를 달랬다.

"멜리사 아가씨, 이렇게 다시 만나 뵙게 되어 반갑습니다. 그간 평안하셨나요?"

"아! 역시, 웬디! 웬디 맞죠?"

멜리사가 화색을 띠고 웬디를 아는 체해 왔다. 오랜만의 만남이 퍽 반가운 기색이었다.

"이곳에서 만나 뵙게 될 줄은 꿈에도 몰랐습니다. 계속 꽃집을 찾아가고 싶어 전전긍긍했는데, 웬디에게 부담이 될까 싶어 그마저도 하지 못하고……. 아, 정말 이런 곳에서 만나 뵙게 될 줄은! 정말 반가워요, 웬디!"

웬디는 멜리사의 부담스러운 호의를 피해 테이블 위의 유리잔으로 눈길을 돌렸다. 유리잔 표면에 맺힌 허연 수증기를 뽀드득뽀드득 손으로 쓸자 물방울이 주르륵 손자국을 내며 미끄러졌다.

"멜리사 아가씨, 목소리를 조금 낮춰 주시겠어요? 다들 저희를 쳐다보는 게 민망하군요."

"앗! 네, 제가 또 실례를 저질렀네요."

멜리사가 울상을 지으며 얼른 두 손으로 저의 입을 막았다. 그녀 옆에 있던 장 자크 시뮤안이 기세를 몰아 그녀에게 웬디의 이름을 사람들 앞에서 말하지 않는 것이 좋겠다 에둘러 당부하였다. 웬디가 자신의 이름이 사람들의 입에 오르내리는 것을 원치 않는다는 것을 익히 알고 있었던 터였다. 장의 말에 멜리사가 크게 고개를 주억거렸다. 연달은 지적에 약간 기가 죽은 눈치였다.

"저어, 그리고 저를 멜리사! 멜리사라고 불러 주세요. 이번만큼은 꼭 그렇게 불리고 싶어요."

물론 두 손을 슬쩍 떼며 끝까지 저의 의지를 피력하긴 했지만 웬디는 어리숙해 보이는 그녀에게 꽤 앙큼한 구석이 있다고 생각했다.

"……그렇게 하도록 하죠."

웬디가 싱긋 웃으며 말했다. 이곳에 모인 사람들이 웬디가 후작 영애의 이름을 여상하게 부르는 모습을 본다면, 그녀의 정체를 더욱더 짐작하기 어려우리라. 후작 영애 본인 스스로 이름을 허락한 이상, 누구도 그에 대해 시비를 걸지 못할 테니까, 여러모로 웬디에게 해가 되는 일은 아니었다. 다만, 멜리사가 그녀를 너무 허물없이 대할까 그것이 걱정되긴 했지만 말이다.

"전하를 뵙고 오는 게 좋을 것 같소. 일어나겠소?"

그들의 테이블 근처 자리에 유독 많은 귀족들이 자리해 천막 안이 붐비기 시작하자 라드 슈로더가 웬디에게 제안하였다. 귀족들 사이에 있는 것이나 황태자를 만나는 것이나 싫은 일이긴 매한가지였으나 웬디는 고개를 끄덕이며 자리에서 일어섰다. 사냥 대회 시작 전 자신을 찾아오라 했던 황태자의 명을 이행해야 했기 때문이다.

두 사람은 장과 멜리사에게 양해를 구하고 천막 밖으로 나섰다.

황태자의 천막은 귀족들을 위해 마련된 천막과 꽤 떨어진 위치에 마련되어 있었다. 붉고 노란 비단으로 화려하게 치장된 새하얀 천막이 위풍스럽게 숲 가운데 서 있었다. 저만치 황실의 문장이 수놓아진 천막의 입구를 향해 나아가는데 라드 슈로더가 멈칫 걸음을 멈췄다.

"폐하께서 드신 모양이로군."

천막을 에워싸고 있는 근위기사들의 모습을 본 그가 말했다.

"……꼭 필요한 법안입니다. 알고 계시지 않습니까."

"모를 리가 있겠느냐. 그러나 그로 인한 파장을 내 우려하지 않을 수 없음이야."

"해서 제가 그 짐을 지려 하는 것입니다. 아바마마께오서는 그저 제게 힘이 되어 주세요."

"그래서 더욱 우려할 수밖에 없다는 것을 잘 알지 않느냐."

얇은 천막 밖으로 격앙된 음성이 새어 나오고 있었다. 웬디와 라드는 더는 걸음을 옮길 생각을 하지 못하고 서 있던 그 자리 그대로 잠시 대기하였다.

"……사냥 대회가 끝나거든 킹즈브레이 궁에 들거라."

"그리하겠습니다."

"……바이올린은 진정 그만둔 것이냐?"

"명하신 대로 하였습니다. 취미로 가까이 하는 것까지 제약하지는 말아 주십시오."

"선을 지키거라. 역대 황제 중 그 어떤 분도 너처럼 악기를 가까이 한 분은 없었다. 네 정통성을 의심당하는 그런 일이 더는 없어야 하지 않겠느냐."

두 사람의 대화는 계속 이어졌다. 그때 천막 입구 근처에 서 있던 근위기사 중 하나가 라드 슈로더에게 음성 없이 경례를 붙이고 그들에게로 다가왔다. 황제와 황태자의 대화를 그대로 계속 듣고 서 있을 수 없었던 라드가 웬디에게 말했다.

"황태자 전하를 뵙는 건 다음으로 미뤄야겠군."

웬디가 말없이 고개를 끄덕였다

"전하를 뵙기 위해 왔다, 말씀을 올려 주게나."

기사에게 말을 남긴 슈로더는 웬디를 이끌어 귀족들이 있던 천막으로 되돌아왔다.

그곳에서 다시 음료를 홀짝이며 귀족들의 호기심 어린 시선을 감당하던 웬디는 좀 전에 들었던 황제와 황태자의 대화를 떠올리며 지루한 시간을 견뎠다. 가면 위의 얼굴로 능청을 떠는 모습만을 보았기에 그에 대한 기대감이 최하 수준이었지만 황태자에겐 분명 황태자다운 구석도 있는 모양이었다. 황제와 이야기를 나누는 그의 목소리가 진지하다는 말로는 표현이 될 수 없을 만큼, 음, 뭐랄까……. 그래, 굉장히 결연했다. '황태자란 자리는 그런 자리구나.' 하고 웬디는 심드렁하게 생각하였다. 하고 싶은 음악을 마음대로 할 수 없는 그가 퍽 안 되었다 싶기도 했지만 웬디와는 하등 상관이 없는 일이었다. 딱 그만큼의 흥미와 동정이 잠시 심심풀이처럼 솟아 나왔을 뿐이었다.

얼마 후, 시간이 되었는지 황실의 시종들이 여럿 나타나 귀족들을 안내하여 갔다. 천막 오른쪽으로 넓게 펼쳐진 공터에는 저 멀리 과녁판이 죽 늘어서 있었고, 그들 앞 테이블에는 활과 화살이 가득 놓여 있었다.

"자자, 모두 반갑네. 이렇게 부르고뉴 사냥 대회에 와 준 여러분을 황실을 대표해 환영하는 바이오!"

황실 기사를 여럿 이끌고 나타난 황태자가 어안이 벙벙한 귀족들 앞에서 활짝 웃음 지으며 말했다. 좀 전 그의 천막 밖으로 새어 나왔던 그 음성과는 너무도 다른 빙글거리는 음성이었다. 여전히 곱슬곱슬 잘 말려 올라간 그의 잘 여문 도토리 같은 초콜릿색 고수머리가 제일 먼저 눈에 들어왔다. 하얗게 핏기 없는 얼굴이 그 머리칼과 만나니, 신경질적인 이미지가 중화되고 장난기 많은 악동처럼 보이게 했다. 특히 저렇게 씨익 웃을 때면!

웬디는 좀 전 그를 동정했던 것을 잊고 자신을 이곳까지 억지로 끌어온 그의 발작적 은퇴 후유증을 떠올리며 속으로 분기를 터뜨렸다. 그의 얼굴을 보자 얄밉다는 생각이 반사적으로 들었다. 저런 어린애 같은 표정 역시, 그가 일부러 만들어 내는 가면임을 알고 있었기에 더욱 얄밉게 느껴졌다.

"하하하. 사냥에 나서기 전, 내 그대들을 위해 한 가지 도움을 주기로 하였네. 남녀가 한 팀을 이뤄 사냥에 나가야 한다는 사실은 이미 모두 알고 있는 바, 지금 그대들이 보는 것은 생전 처음 사냥에 나설 레이디들을 위해 내 특별히 준비한 선물이야. 자, 레이디들은 모두 하나씩 마음에 드는 활을 골라 보게. 그리고 파트너의 도움을 받아 화살을 거는 법부터 활시위를 당기는 법까지 배워 보고, 저 과녁을 향해 과감히 쏘면 된다네! 아아, 연습할 시간을 넉넉히 줄 터이니 너무 염려하지는 말고. 특히 조세핀 백작 영애! 그대, 얼굴이 너무 하얗게 질렸군. 이거, 활을 들기도 전에 정신을 놓아선 안 되는데 말이야!"

황태자의 지적을 받은 검은 머리 여인이 양 볼에 손을 올리며 부끄럽다는 듯 고개를 숙였다. 여기저기서 하하호호 웃는 소리가 들렸지만 웬디는 그들의 유머를 도저히 이해할 수가 없었다.

"연습이 끝나면 본격적으로 레이디들 간의 작은 시합을 열 생각이라오. 음, 우승자에게는 내 바이올린 활대를 하사하도록 하지! 아하하! 사냥에 필요한 궁술도 배우고 내 선물도 받으니 일석이조가 아니겠는가."

웬디는 우승할 필요가 없다 결론지었다.

황태자는 저에게 귀한 것이 남에게도 귀한 줄로 아는가! 그것은 옆집 소년 벤포크가, 자신이 여러 날 가지고 놀던 둥근 돌멩이를 두고 수석이라며 웬디에게 선물한 것과 별반 다르지 않았다. 바닥에 그으면 갈색 글씨도 써진다며 놈은 좋아했지만, 웬디는 냉정하게 그 선물을 거절했다. 녀석에겐 그것이 꽤 귀중한 소장품이었던 모양이지만, 그녀에겐 딱딱하게 굳어 버린 말똥 덩어리에 지나지 않았다. 녀석은 아직까지 그것이 말똥인지 모르고 있는 듯했지만.

여하튼 바이올린 활대라니, 그녀에게는 말똥만큼이나 하등 쓸모없는 것이었다.

그러나 다른 여인들은 그녀와 생각이 달랐던 모양이었다. 황태자의 손때가 묻은 바이올린 활대가 그녀들에게는 매우 특별한 기념품이었는지 모두들 눈에 불을 켜고 우승의 의지를 다지고 있었다. 다들 우르르 테이블로 몰려들어 자신의 손에 맞는 활을 고르기에 여념이 없었으니까.

"우리도 어서 가요!"

멜리사가 얼굴 가득 홍조를 띤 채 앞서 나가며 말했다. 그녀 역시도 황태자의 바이올린 활대에 사뭇 욕심을 내는 기색이다. 웬디는 모르는 척 침묵으로 응수하다가 멜리사가 빨리 오라며 손을 두어 번 흔들었을 때에야 마지못해 걸음을 옮겼다. 이 자리에 모인 사람 모두가 거대한 연극에 동참한 듯 그들의 들뜬 모습에는 퍽 현실성이 없었다.

테이블 주위로 바글바글 몰려 있는 여인들 근처로 갔을 즈음이었다. 웬디는 갑작스러운 힘에 의해 힘껏 밀쳐져 우스꽝스럽게 휘청대는 망신을 당하고 말았다. 누군가 어깨에 힘을 잔뜩 실어 무방비 상태의 그녀를 힘차게 민 까닭이다. 가까스로 중심을 잡아 넘어질 위기는 모면했지만 꼴사납게 몇 걸음이나 앞으로 물러나고 말았다.

"아, 저런. 괜찮으신가요? 조심하시지 그러셨어요?"

여인이 놀란 표정으로 저의 어깨를 탁탁 털어 냈다. 적반하장 격인 그녀의 무례에 눈살을 찌푸린 웬디는 살기등등한 여인의 녹색 눈동자가 낯설지 않아 작게 혀를 찼다. 알타린이라 하였던가. 라드 슈로더에게 손수건을 건넸다던 그 여인이었다.

"오, 제 재킷은 멀쩡합니다. 심려하실 필요 없어요."

여인은 일부러 웬디의 신경을 긁듯 또다시 말도 안 되는 말을 지껄였다.

그때 멀찍이 서 있던 라드 슈로더의 시선이 그들을 향했다. 그러자 그녀가 사근사근한 태도로 얼른 제 안면을 바꾸어 웬디에게 다시 말을 걸어왔다. 그러나 들려오는 목소리는 여전히 살기 가득한 것이었다.

"저는 알타린 숄터스, 백작가의 셋째죠. 그대는……?"

깔보는 눈빛으로 웬디의 위아래를 훑은 그녀가 삐뚜름하게 입꼬리를 끌어 올렸다. 가파르게 깎아지른 벼랑처럼 사납기 그지없는 비웃음이었다.

무어라 응수해 줄까 잠시 머리를 굴리던 웬디는 자신의 시야를 스윽 가리는 자그마한 여인의 뒷모습에 한쪽 눈을 살짝 찡그렸다.

"어머, 알타린 영애. 저의 친우에게 무슨 볼일이 있으신가요?"

둘의 대치 상황에 급히 끼어든 멜리사가 흥흥거리듯 새침한 목소리로 물었다. 갈색 눈망울을 사납게 굴리는 모습이 당장이라도 손톱을 세워 상대방을 할퀴려 들 것만 같았다. 상대를 겁먹게 할 만큼 기백이 넘치는 목소리는 아니었으나 웬디는 그녀의 노력이 가상하다 여기고 멜리사 로우니에 대한 평가를 상향 조정했다.

"……멜리사 영애? 아, 오랜만에 뵙습니다. 그간 안녕하셨는지요?"

알타린이 급히 멜리사에게 예를 취하며 인사했다. 같은 귀족이라 하나 백작가와 후작가 사이에서도 엄연한 신분 차가 존재하는지 그 인사만큼은 깍듯했다. 비록 그 눈길은 탐탁지 않다 할지라도.

"네, 잘 지냈습니다. 영애도 안녕하셨죠? 사교계에 요즘 안타까운 소문이 들리긴 하던데……."

라드 슈로더에게 손수건을 거절당한 이야기일 터였다. 알타린이 움찔 몸을 떨었다.

"그나저나 알타린 영애, 요즘 남몰래 근력이라도 키우시는 건가요? 제 친우를 치는 어깨 힘이 정말 무지막지하더군요."

알타린의 얼굴이 딱딱하게 굳었다. 파들파들 떨리는 입 주변의 경련은 분노의 증거였다.

"……재미있는 농담을 하시는군요. 조금 스친 것뿐인데 저분께서 너무 크게 비틀거려 저 또한 민망하던 참이었는걸요. 그 정도 힘에 그리 크게 비틀거리시다니, 연약함이 아무리 여인들의 미덕이라고 하나 너무 과한 게 아닌가 싶군요. 영애의 친우분이라고요? 어느 가문 분이신지 여쭈어도 될까요?"

"글쎄요, 영애에게 소개하고 싶은 마음이 쉬이 들지 않는군요. 소중한 친우가 이리 낭패를 겪는 모습을 보았는데 웃으며 아무렇지 않은 척할 순 없는 일 아니겠어요?"

두 사람이 본래부터 사이가 나빴던 게 아닌가 의심이 들 만큼 멜리사는 숨김없이 저의 분노를 드러냈다. 명문가의 영애다운 처사는 아니었지만 웬디로서는 만족스러운 대응이었다. 이것이야말로 손 안 대고 코 푼 격 아니겠는가! 멜리사를 향한 그녀의 생각이 처음으로 호의적으로 변하는 순간이었다.

"……영애께서 무언가 단단히 오해를 하신 모양이군요. ……친구분에게 인사할 기회조차 주시지 않으니, 저는 이만 물러가지요. 부디 즐거운 시간 보내시길."

해명과는 다르게 알타린은 눈을 독살스럽게 치프고는 여전히 웬디를 노려보고 있었다. 참으로 언행일치를 이루지 못하는 여인이었다. 멜리사가 한 걸음 옮겨, 웬디를 향한 그녀의 시선을 다시금 차단하고서 부러 더 험상궂은 얼굴을 했다. 무언가 많이 어설퍼 보였지만 멜리사로서는 최선을 다한 표정이었을 것이다. 알타린은 아니꼽다는 듯 곧 자리를 떴다.

웬디로서는 저를 보호하려 드는 멜리사의 행동이 그다지 달가운 것은 아니었으나, 방금 일어난 사건으로 인해 다른 영애들 역시 그녀에게 섣불리 접근하지 못할 것이었기에 어느 정도 만족감을 느낄 수 있었다. 적어도 이곳 부르고뉴에서 귀족 영애들로 인해 골치 아플 일은 없지 않겠는가.

"웬디!"

멜리사가 웬디를 휙 돌아보며 잔뜩 신이 난 얼굴을 했다. 곧 웬디의 이름을 분별없이 불렀음을 자각한 그녀가 '앗' 하는 외마디 소리를 내질렀으나 웬디의 표정이 그리 나쁘지 않다는 것을 알아채고 금세 마음을 놓는 기색을 보였다.

"봤죠?"

볼을 빵빵하게 부풀리며 눈을 빛내는 그 얼굴이 칭찬을 바라는 어린애 같아 웬디는 피식 실소를 머금었다. 제 딴에는 웬디에게 진 빚을 갚고자 저리 애를 쓴 모양이었다.

"와, 속이 다 후련하네요! 알타린 영애가 슈로더 경에게 거절당한 이후로 사교계에 악명이 자자했거든요. 괜히 여기저기 화풀이하고 다닌다고 말이죠! 원, 저렇게 독살 맞아서야 어느 남자가 좋아하겠어요? 지금도 슈로더 경이 다른 파트너를 대동해 온 모습을 보고 질투가 나서 저리 못된 행동을 한 걸 거예요. 슈로더 경과 데이트 한 번 못 해 봤으면서, 공공연히 자기 남자인 양 다른 영애들을 단속하는 꼴이 그간 얼마나 가소롭던지! 어쩜, 사람이 저렇게 못됐을까!"

웬디 옆에 딱 붙어 서서는 속닥속닥 알타린의 욕을 해 대는 멜리사였다. 가까이에 사람이 없었기에 알타린 영애를 향한 그녀의 험담은 더욱 탄력을 받았다.

"웬디가 이름을 밝히길 꺼리는 마음을 이해해요. 괜한 일에 휘말릴까 봐 걱정하시는 거죠? 이제 아무런 걱정 마세요. 웬디에게 접근하려 드는 사람들은 제가 다 패대기쳐 버릴 테니까!"

멜리사가 콧김을 숭숭 뿜으며 장담했다. 웬디는 그녀의 의욕을 더욱더 고취시켜 주기 위해 한마디 말을 건넸다.

"멜리사, 당신만 믿을게요."

멜리사는 기쁜 듯 함박웃음을 머금었다. 웬디도 마주 보며 작게 미소 지어 주었다.

그렇게 두 사람이 한눈을 팔고 있는 사이에 다른 영애들은 하나둘씩 마음에 드는 활을 골라잡아 저의 파트너에게로 되돌아갔다. 하나같이 모양이 잘 빠진 고급스러운 모양의 활이었다. 크고 화려한 보석이 박혀 있는 활은 특히 인기가 좋았다.

뒤늦게 테이블에 다가선 웬디와 멜리사는 투박하고 볼품없는 모양의 활을 손에 쥘 수밖에 없었다. 그중에서도 웬디는 별다른 장식이 없고 표면이 거칠거칠한 활을 손에 들었다. 균형 있게 뻗은 활의 곡선이 마음에 들었기 때문이다. 은은한 분홍빛이 도는 자그마한 크기의 활을 집어 든 멜리사는 웬디가 저에게 그 활을 양보해 준 줄로만 알고 고맙다는 듯 눈을 찡긋거렸다. 웬디는 굳이 해명하지 않았다.

"좋은 활을 골랐군. 아주 훌륭한 안목이었소."

그러나 뜻밖에도 라드 슈로더는 그녀가 고른 활을 보며 만족해했다. 활을 바라보는 그 눈동자에 이채가 도는 것으로 보아 평범한 활은 아닌 모양이었다.

"여기 이 작은 서명을 보시오. 알랭들 루하렌. 활 만드는 장인 중에서도 특히 명성이 자자한 자지. 이건 그가 전성기 때 만든 보급용 활이라오. 제국에 몇 개 남지 않은 것인데, 전하께서 이런 활까지 내놓으시다니……. 이번 궁술 시합의 진정한 우승 상품은 이 활이 아닌가 싶소."

"……안목은 감추려 해도 감출 수가 없는 것이지요."

웬디는 의기양양한 표정을 지어 보이며 자신의 활을 들어 올렸다. 시종들이 나눠 준 화살을 활시위에 걸며 잔뜩 힘이 들어간 몸짓으로 활대를 잡았다.

피식 웃음을 흘린 슈로더가 그녀의 자세를 교정해 주며 제법 까다롭게 선생 노릇을 하기 시작했다. 손가락 모양 하나부터 호흡에 이르기까지 그 잔소리가 끊이지 않고 터져 나오는 게, 아주 고약했다. 무예에 있어서는 조금도 봐주는 게 없는, 그야말로 황실 기사단장다운 모습이었다.

"집중하시오. 팔이 휘지 않게 신경 쓰고. 이 상태로 시위를 당겼다가는 팔이 다치기 십상이라오."

딴생각을 한 것은 어찌 알았는지 금세 한소리를 한다. 웬디는 휘어진 왼팔을 쭉 펴며 활시위를 힘차게 당겼다 놓았다. 쏘아져 나간 화살이 쐐에에엑 공기를 가르고 순식간에 과녁 위에 꽂혀 들어갔다. 과녁 뒤로 서 있던 시종이 밖으로 나와 화살을 확인하곤 붉은 깃발을 높이 들자 라드가 처음으로 웃으며 고개를 끄덕였다. 명중이었다.

"잘하였소. 처음치곤 감각이 있군."

웬디는 손끝이 찌릿찌릿해지는 걸 느꼈다. 활쏘기란 것이 이토록 재미있는 것이었나. 꼬장꼬장한 라드 슈로더의 칭찬을 받으니 그 기쁨은 배가 되었다. 그녀는 입맛을 다시며 화살을 하나 더 집어 들었다.

그런 그녀와 다르게 주변의 다른 여인들은 활쏘기에 곤란을 겪고 있는 중이었다. 초보자용으로 설치된 커다란 과녁이었지만 그녀들에게는 어렵고 난감하기만 한 과제였던 모양이다. 화살이 과녁에 미처 도달하기도 전에 풀밭 위로 힘없이 낙하하거나 과녁을 비켜나가는 일들이 비일비재했다. 알타린 영애는 남의 과녁에 화살을 맞히고 과녁의 주인에게 괜히 분통을 터뜨리고 있었다. 그나마 개중에서 나은 편이 그랬다. 멜리사는 화살을 활시위에 갖다 대지도 못하고 자꾸만 바닥에 떨어뜨리기만 했다. 장 자크가 그녀를 가르치느라 쩔쩔매는 모습이 보였다.

개판이군. 웬디는 쌀쌀한 태도로 주변을 휘둘러본 후 활시위를 힘껏 잡아당겼다. 군더더기 없는 동작 이후, 시위를 떠난 화살은 또다시 시종이 붉은 기를 들게끔 만들었다. 웬디는 속으로 콧노래를 흥얼거렸다. 이거, 전혀 새로운 분야에서 재능을 발견한 기분이었다.

"오, 웬디! 그대, 웬디 왈츠가 맞는가?"

뒷짐을 지고 어슬렁어슬렁 나타난 아이작 폰 베냐한이 실없는 웃음을 흘리며 말했다. 활쏘기를 위해 다른 영애들과의 거리가 제법 확보되어 있었기에 망정이지, 눈앞의 남자 역시 그녀의 이름을 동네방네 떠벌리고 다닐 기세였다.

"호오……"

웬디의 바뀐 머리색은 물론이고 얼굴을 가리고 있는 베일까지 흥미롭다는 듯 그가 몇 번이나 바라보았다. 얼굴을 가리려는 얄팍한 심산을 눈치챘는지 황태자가 '허허' 바람 빠지는 소리를 냈다.

"좀 전, 날 찾아왔었다지? 만남의 기회를 놓치다니 이거, 아쉽게 됐군."

그가 라드 슈로더와 웬디를 번갈아 보며 말했다.

"폐하께오선 궁으로 돌아가셨습니까?"

"그래, 내가 무대에서 은퇴했다는 것을 아시고도 마음이 놓이시지 않는 모양이야. 예까지 오셔서 잔소릴 하고 가셨어."

슈로더의 물음에 황태자가 고개를 설레설레 흔들며 대답했다. 그가 곧 표정을 바꾸어 웬디를 보며 말했다.

"그대가 활 쏘는 모습을 내 조금 지켜보았는데, 아주 훌륭한 솜씨더군! 슈로더 경에게 그대의 승마술이 뛰어나다 전해 들었는데, 궁술 역시 뛰어난 모양이야. 언제 배운 일이 있는가?"

남을 방심하게 만드는 어리숙한 표정을 짓고 있었지만 그 눈빛만큼은 형형하였다. 웬디는 슬쩍 시선을 내리깔며 뒤늦은 인사를 올렸다.

"황태자 전하께 인사 올립니다."

"이거, 인사는 무슨 인사! 아까 실컷 주고받은 게 인사였지 않나. 허허, 그대의 궁술이 이리 훌륭하니 잠시 후 있을 궁술 시합에 우승을 기대해 봐도 되겠어!"

"당치 않은 말씀이십니다. 미천한 실력, 기껏 남을 흉내 낸 것에 지나지 않습니다. 우연히 과녁을 맞혔다 하나 계속해서 요행을 바랄 수는 없겠죠."

"그래? 흐음……. 알타린 영애! 오, 그래! 영애, 잠시 이리로 와 보게."

난데없이 황태자가 활시위를 잡아당기고 있던 알타린 영애를 큰 소리로 불러들였다. 갑작스러운 황태자의 부름에 그녀 역시 조금 놀란 듯 어벙한 표정을 한 채 그들 앞으로 걸어왔다. 그러나 그 여무지지 못한 표정도 잠시, 웬디를 보자마자 반사적으로 눈동자 위에 매서운 살기를 떠올린다. 웬디는 소리 없이 팽팽 코웃음을 흘렸다.

"내 보아하니, 여기 두 사람의 궁술이 가장 훌륭한 것 같은데. 어때? 알타린 영애는 우승을 확신하는가? 여기 이 아가씨는 저의 실력이 요행이다, 겸손을 말하더군."

남의 과녁이나 맞혀 대는 알타린의 궁술을 저의 그것에 갖다 대다니. 웬디는 순간 격한 노여움을 느꼈다. 그러나 알타린은 무슨 배짱인지 여전히 기세등등했다.

"전하, 궁술은 우리 베냐한 제국에서도 그 근본이 깊은 무예인 줄 아옵니다. 비록 여인의 몸으로 무예를 배운 적은 없으나, 베냐한 제국과 그 역사를 함께해 온 저희 숄터스 백작가 또한 근본 있는 가문. 궁술에 어울리는 품격을 갖추고 있는 건 두말할 필요가 없지요. 그건 결코 요행으로 얻어지는 것이 아니지 않습니까? 알타린 숄터스, 결코 전하를 실망시켜 드리지 않을 것입니다."

저 알타린인지 알타리인지가 대체 뭐라 지껄이는가! 궁술에 어울리는 품격은 대체 어떤 빌어먹을 품격인지. 근본, 근본 해 대는 것이, 분명 웬디더러 들으라 비꼬는 말이 분명했다. 웬디의 정체에 대해서 아는 바는 없더라도 사교계에서 얼굴 한 번 본 적 없으니 세 있는 집안의 여식은 아닐 것이라 단정하고 있는 모양이었다. 물론 그 추측이 틀린 것은 아니었으나.

자신을 근본 없다 칭하는 것까지는 이해해 줄 수 있지만, 자신의 실력을 의심하는 것은 참아 줄 수 없었다. 근본 있는 자가 활쏘기를 잘한다는 공식은 어떻게 성립하는 것인가? 역으로 근본 없는 자가 활쏘기를 못한다는 공식은 또 어떻고! 웬디는 싸늘한 비소를 머금었다.

"호오, 그래?"

아이작 황태자가 재미있다는 듯이 알타린 영애를 쳐다봤다.

"이제 보니 알타린 영애, 그대가 꽤나 당찬 구석이 있군. 이 대회를 주관한 나를 만족시키고도 남는 야무짐이야! 그럼 영애, 그대의 자리로 돌아가 더욱 분발해 보게나. 내 지켜봄세."

황태자의 말에 알타린은 품위 있게 인사를 올리며 제자리로 돌아갔다. 떠나가기 전, 그녀는 마치 하나의 의식처럼 라드 슈로더를 향해 검질긴 시선을 던지는 것을 잊지 않았다. 그 시선은 웬디의 분노를 더욱 돋우는 도화선이 되었다. 질투와 같은 같잖은 감정이 아니었다. 알타린의 끈덕진 시선 이면에 담겨 있던 그 감정. 라드 슈로더를 향한 알타린의 애정에 비례하는, 웬디를 향한 경멸감이 올올이 느껴졌기 때문이다.

"웬디, 아무래도 그대는 우승하기 어렵겠어. 알타린 영애의 말을 빌리자면, 근본 있는 집안의 여식이 우승을 한다 이건데. 아무래도 그대는 힘들지 않겠나?"

황태자가 그녀만 들으라는 듯 웬디에게 바짝 붙어 서서 귓속말을 하였다. 분명한 도발이었다. 웬디는 활을 잡고 있던 왼손에 있는 힘껏 힘을 주었다. 손바닥에 손톱자국이 붉게 남을 정도의 힘, 그 붉은 흔적처럼 강렬한 분노가 솟구쳤다.

"그래도 일단 두고 보긴 해야겠지?"

일부러 그녀를 자극하려는 속셈임을 뻔히 알고 있었으나, 아는 것과 느끼는 것엔 큰 차이가 있는 법. 웬디는 울컥울컥 치미는 분노를 참을 길이 없었다. 냉정이라는 단어는 이미 그녀의 머릿속에 흔적조차 남아 있지 않았다. 잊었다 생각한 하즐렛 백작 부인과 프란시스 하즐렛의 얼굴이 그 순간 그녀의 뇌리를 스쳐 지나간 것은 알타린과 황태자의 언행이 꼭 그들과 닮아 있었던 까닭이리라. 그것은 그녀를 더욱 참을 수 없게 만들었다.

"그럼 이제 시합을 시작해 볼까? 자자, 모두 제자리에 서 보도록 하게나! 총 세 발을 쏴서 오늘의 승자를 가리겠네."

황태자가 시종을 향해 눈짓을 하자 파란 깃발을 들고 있던 시종 여러 명이 동시에 깃발을 들어 올렸다. 첫 발을 쏘라는 의미였다.

웬디는 심호흡을 했다. 이렇게 된 이상, 숨 막히도록 진지해져 보리라! 그녀의 눈이 이글이글 불타올랐다.

베일을 여러 번 정돈해 성긴 그물 사이로 시야가 완벽하게 확보되도록 한 후, 차분하게 활을 들어 올렸다. 눈 한 번 깜박이지 않고 과녁 중앙의 붉은색을 향해 정신을 집중하자, 작게만 보이던 붉은 과녁이 도드라져 보이기 시작했다. 라드 슈로더가 가르쳐 준 대로 화살을 시위에 걸어 바짝 당긴 후 한동안 숨을 참았다. 가늘게 뜬 시야 위로 붉은 과녁이 조준됨과 동시에 활시위를 놓자, 화살은 기다렸다는 듯 바람을 가르며 쏘아져 갔다. 좋은 활을 고른 덕분인지 쏘아져 나가는 힘이 독보적이었다.

팍!

과녁 위로 화살이 박혀 들어간 느낌이 들었다. 명중 여부를 확인하기 위해 과녁 뒤에서 튀어나온 시종의 움직임만을 뚫어져라 주시하던 그녀는, 화살이 박힌 곳을 확인한 시종이 힘차게 들어 올린 붉은 깃발을 보고 나직한 한숨을 내쉬었다. 첫 발은 명중이었다.

"와아아!"

함성과 탄성이 여기저기서 뒤섞여 들려왔다. 힐끔 옆쪽을 보니 알타린 영애의 과녁을 담당하던 시종 역시 붉은 깃발을 들어 올리고 있었다. 네년이야말로 요행을 얻었구나! 웬디는 앙칼지게 알타린을 쏘아봤다.

곧이어, 시종들이 파란 깃발을 들어 두 번째 화살을 쏠 것을 신호했다. 웬디는 또다시 정신을 집중하여 과녁을 조준했다. 그러나 지나친 감정의 기복 때문이었을까. 활시위를 놓기 전 그녀의 호흡이 잠시 흐트러졌다. 아차, 싶었으나 이미 활을 떠난 화살을 멈춰 세울 길이라곤 없었다.

꿀꺽. 마른침을 삼킨 그녀가 깃발을 든 시종의 움직임만을 주시했다. 붉은색은 과녁 중앙에 명중, 초록색은 과녁의 여백에, 황색은 아예 과녁 바깥으로 화살이 떨어짐을 의미했다.

번쩍. 다행스럽게도 붉은색 깃발이 들어 올려졌다. 웬디는 두 주먹을 불끈 쥐었다. 이대로만, 이대로 한 발만 더 쏘면 저 건방진 알타린 영애의 코를 납작하게 만들어 줄 수 있었다.

스윽, 무심한 듯 옆쪽으로 시선을 던지니, 알타린 영애는 아직

두 번째 화살을 쏘지 못하고 있었다. 극도로 긴장한 듯 그 떨림이 웬디에게까지 확연히 느껴졌다. 이윽고, 심호흡을 크게 한 그녀가 다시금 자세를 취했다.

휘이익. 알타린의 화살이 쏘아져 나갔다.

순식간에 과녁에 도달한 화살을 확인하러 나온 시종은 양손에 든 두 개의 깃발을 까닥까닥 움직였다. 그의 손에서 붉은색과 초록색이 번갈아 가며 작게 흔들렸고, 그때마다 웬디는 속으로 초록색을 외쳤다.

"와!"

그때 알타린 영애의 상기된 외침이 터져 나왔다. 시종의 머리 위에서 붉은색 깃발이 펄럭펄럭 흔들리고 있었다.

명중이라니! 요행이 길구나! 웬디는 다시 한 번 눈을 치떴다.

세 번째 화살을 쏘는 것은 더욱 힘들었다. 소란스러운 마음에 귀 기울이지 않으려 애를 써 보았으나 이겨야 한다는 집념 때문인지 정신은 더욱 산란했다. 활시위를 당겼다 놓기를 수차례. 웬디는 깊은 한숨을 내쉬었다.

반면, 알타린 영애는 망설임 없이 활시위를 당겼다. 두 번째 화살과는 확실히 다른 손놀림이었다. 시종이 알타린이 쏜 화살의 위치를 확인하고 있을 즈음, 그제야 웬디 역시 제대로 활시위를 당길 수 있었다. 멈춘 호흡 사이로 화살이 쏘아져 나가고, 공기를 가르는 파공성이 들려왔다.

번쩍!

그와 동시에 알타린 영애의 시종이 깃발을 머리 위로 들어 올렸다.

"하아!"

초록색, 초록색이었다! 알타린 영애에게서 아쉬운 탄식이 터져 나왔다. 웬디는 그 짧은 순간 고개를 몇 번이나 획획 돌리며 알타린의 과녁과 저의 과녁을 번갈아 확인했다. 알타린의 초록 깃발을 보고 사악한 미소를 짓기도 잠시, 웬디의 점수를 나타내는 깃발이 번쩍 들어 올려지자 그녀는 떨리는 가슴을 진정시키기 위해 무던히도 애를 써야 했다.

양옆에서 함성이 터져 나왔다. 멜리사가 총총 뛰어오며 웬디에게 축하를 건넸다.

"와! 세 발 다 명중이라니! 역시, 정말 멋져요!"

"축하하오."

라드 슈로더 역시 짤막하게 축하의 말을 건넸다. 웬디는 목울대를 비집고 나오는 웃음을 참기 위해 안간힘을 썼다. 기쁨을 감추는 것은 분노를 감추는 것보다 더욱 힘든 일이었다.

"오오오! 내 그대의 궁술에 탄복을 금할 수가 없군! 이번 궁술 대회의 우승자는 바로 그대요! 여기, 나의 바이올린 활대를 우승 상품으로 하사하는 바이오. 아하하."

황태자가 그녀에게 활대를 건네며 싱글벙글 웃었다. 저의 도발이 성공했다 기뻐하는 중이리라. 웬디는 꺼림칙한 바이올린 활대를 두 손으로 받아 들며 마지못해 그것을 머리 위로 빙빙 돌리는 우승 세리머니를 했다. 들뜬 기분이 순식간에 팍 가라앉았다. 황태자는 그녀의 기쁨을 잠재우는 묘한 능력을 지니고 있었다.

잠시 뒤, 본격적인 사냥을 나서기 전 잠시 휴식 시간을 가진 귀족들은 옹기종기 모여 서서 이야기를 꽃피웠다. 라드 슈로더의 파트너가 베냐한 제국에서 처음 열린—처음이자 마지막이 될지도 모를-, 제1회 부르고뉴 궁술 대회에서 우승한 것을 두고 저들끼리 이 야기 저 얘기를 수군거리는 중이리라. 사교계에서 얼굴 한 번 본 적이 없는 묘령의 여인의 정체도 의문이지만, 제루스 홀에 이어 또 다시 여인을 대동하고 나타난 라드 슈로더에 대한 놀라움도 컸다. 제루스 홀의 여인과 지금의 웬디가 동일 인물임을 전혀 짐작하지 못하고 있는 귀족들은 라드의 뒤늦은 활약상에 입을 모아 놀라워 했다.

한편, 웬디는 긴장으로 바짝 마른 목을 달래 주기 위해 천막 안 에서 음료 한 잔을 마시고 있었다. 가슴 가득 퍼지는 청량감에 기 분이 좋아진 그녀는 다 마신 음료 잔을 탁자 위에 탁 올려놓았다.

문제는 이때부터 발생했다.

아무 생각 없이 휙 뒤돌아서던 그녀는, 공교롭게도 알타린 백작 영애와 다시금 그 자리에서 마주치고 말았다. 무슨 의도에서였는 지 그녀가 웬디 곁에 바짝 다가와 있었던 탓에 웬디는 본의 아니게 또다시 그녀와 부딪치는 불운을 겪어야 했다. 물론, 그 불운은 웬 디의 것이 아니었다.

"악!"

알타린 백작 영애가 크게 휘청거렸다. 부딪친 어깨가 심하게 아 픈 모양이었는지, 그녀는 어깨를 웅크리며 한동안 신음성을 내뱉 었다.

"저런, 괜찮으세요? 그러게, 조심하시지 그러셨어요."

알타린에게 들었던 말을 그대로 되돌려줬을 뿐이건만, 그녀는 번 쩍 고개를 들어 웬디를 노려보기 시작했다. 아픔에 반사적으로 차 오르던 눈물과 함께 눈동자 안에는 진득한 독기가 가득했다.

"오, 제 재킷은 멀쩡하답니다. 심려하지 마세요."

웬디가 재킷을 탁탁 털며 말을 이었다.

"그나저나 영애께서는 몸이 무척 연약하신가 봅니다. 겨우 이런 충격에 그리 휘청대시니. 이 정도면, 연약 수준을 넘어 병약한 거라 말해도 좋겠는데요. 몸을 보하셔야겠어요."

"뭐, 뭐라!"

알타린이 발작적으로 소리쳤다.

"다른 뜻은 없으니 오해는 마세요. 근본 있는 분께서 품위를 잃으시면 다들 손가락질하지 않겠어요?"

웬디의 말마따나 알타린의 고함에 사람들의 시선이 조금씩 그들을 향해 모아지고 있었다. 주위를 의식한 알타린이 분기를 억누르듯 크게 심호흡을 하였다.

"근본 있는 가문의 분이라 그런지, 궁술 역시 범상치 않으시더군요. 한 수 크게 배웠습니다. ……훗, 그럼 다음에 또 뵙도록 하죠. 우승자는, 이만 물러가겠습니다."

웬디는 화사한 미소를 남기고 그녀를 슥 지나쳐 왔다.

"이, 이런!"

알타린은 차마 말을 맺지 못하고 부들부들 분노로 몸을 떨었다. 등 뒤로 그녀의 숨넘어가는 소리를 담담히 들어 주면서 웬디는 천막 밖의 눈부신 햇살에 몸을 맡겼다. 알타린의 분노에 즐겁게 도취된 웬디의 발걸음은 여느 때보다 가벼웠다. 황태자의 쓸모없는 바이올린 활대를 받아 모두의 이목이 자신에게 집중됐대도 전혀 후회 없는 우승이었노라고, 그녀는 스스로를 치하했다.

이히히힝!

저만치 발로스의 모습이 보였다. 녀석이 웬디를 발견하고 반갑게 울었다. 발로스를 살피고 있던 라드 곁으로 다가선 웬디는 말의 갈색 털을 부드럽게 쓸며 녀석에게 인사를 건넸다. 발로스가 푸르릉거리며 웬디를 반겼다. 그런 그들의 모습을 미미하게 웃으며 지켜본 라드가 곧 발로스 옆에 매여 있던 작은 말을 향해 다가섰다.

"이 녀석이 그대가 탈 말이오. 스노위코. 녀석의 이름이라오."

그가 순백색 말의 안장을 고쳐 얹으며 녀석을 웬디에게 소개했다. 발로스보다 훨씬 작은 몸집의 스노위코는 사람을 태운 경력이 풍부한 암말이었다.

"순해 보이는군요."

내심 발로스처럼 크고 힘이 좋은 말을 타고 싶은 그녀였으나 그 속내를 감추며 녀석에게 다가갔다. 티 없이 하얀, 녀석의 털빛을 보니 여인의 취향을 고려해 일부러 이리 어여쁜 말을 골랐나 하는 생각이 들었다. 비록 웬디의 취향과는 동떨어졌을지라도 그녀는 말에게 손을 뻗어 다정하게 인사했다.

"스노위코, 잘 부탁한다."

자신만을 올곧게 바라보는 그 눈동자가 어찌나 순한지 웬디는 녀석에게 괜히 미안한 마음이 들어 스노위코의 목덜미를 여러 차례 쓸어 주었다. 미안, 네가 싫다는 뜻이 아니었어.

마치 알아들은 것처럼 녀석이 그녀의 어깨에 저의 목을 기대며 친근감을 표시했다. 웬디는 맑게 웃으며 녀석의 이름을 다시 한 번 불러 줬다.

푸르르릉.

옆쪽에 서 있던 발로스가 귀를 뒤로 젖히며 불만을 표했다. 웬디가 스노위코와 친하게 지내는 것에 질투를 느끼는 모양이었다. 웬디는 발로스의 근육질 몸매를 보며 피식 웃었다. 덩칫값을 해야지, 발로스. 밝은 햇살에 녀석의 커다란 근육들이 유난히 더 반짝반짝거렸다.

"단장님, 웬디 양."

장 자크가 멜리사와 함께 두 사람을 향해 다가왔다. 그는 손에 쥐고 있던 부르고뉴 숲 지도를 펴 보이며 자신이 탐색한 사냥 지역에 대해 설명했다.

"숲의 서쪽 지역을 중심으로 사냥을 하는 게 어떨까 싶습니다. 여기부터, 여기까지가 적당할 듯합니다. 레이디들과 함께해야 하는 사냥이다 보니 너무 멀리까지 나가는 건 무리일 테니까요. 기사단의 라르고토 경에게 들은 바로는 요즘 이 근방에 여우가 자주 출몰한다고 합니다. 사슴도 종종 나타난다니 최적의 장소가 아닐까 하는데요. 어떠십니까?"

"……타당한 의견이네. 그러나 한 가지 문제가 있어."

라드 슈로더가 발로스의 등에 매달린 장비들을 점검하며 말했다.

"네? 서쪽 지역에 다른 위험 요소가 있습니까?"

"아니, ……내가 왜 경과 동행해야 하는가, 그것이 문제지."

"하하! 단장님도 참. 농담도 잘하십니다. 제1기사단의 부단장인 제게는 마땅히 단장님을 보좌해야 하는 사명이 있지 않겠습니까. 웬디 양과 멜리사 양 역시 서로 친분이 두터우니 이보다 더 완벽한 그룹이 어디에 있겠습니까!"

그러나 라드 슈로더는 대답이 없었다.

"웬디, 저랑 함께 갈 거죠?"

불안한 듯 멜리사까지 나서서 동행을 청하자 웬디는 라드의 얼굴을 슥 쳐다본 후 마지못해 입을 열었다. 라드 슈로더와 단둘이 어색한 시간을 보내는 것보다 나은 선택일 것이라는 계산에서 나온 답이었다.

"함께 가도록 하죠. 슈로더 경, 둘보다는 여럿이 낫지 않겠어요?"

그녀의 말에 슈로더가 말에 걸어 놓은 짐을 확인하던 손놀림을 멈추고 웬디의 얼굴을 응시하였다. 굳건한 잿빛 눈동자가 한순간 흐릿해졌다. 그것이 마치 상심한 사람의 눈빛처럼 보여 웬디는 순간 제 눈을 의심하였다.

"……그대의 생각이 그렇다면 그리하도록 하지."

슈로더의 허락에 장이 그럴 줄 알았다는 듯 크게 웃으며 지도를 곱게 접었다. 그의 웃음소리가 신경에 거슬렸는지 발로스가 거칠게 투레질을 했다.

"원, 녀석! 여전히 성질이 괴팍하구나! 너와 내가 본 지 햇수로만 몇 년 째인데 아직까지 날 이리 박대하느냐!"

장이 다시 한 번 '하하' 웃으며 발로스 곁에 성큼 다가갔다. 녀석이 그를 경계하듯 매섭게 실눈을 뜨고 있는 것을 보지 못한 것은 의심할 바 없이 장 자크의 실수였다. 발로스의 목덜미를 두드려 주려는 듯 그가 손을 뻗는 찰나, 잔뜩 성이 난 녀석이 장의 손을 꽉 물었다.

"아아악!"

라드가 발로스의 주둥이를 가볍게 때려 빠르게 조치를 취하자 녀석이 금방 장의 손을 놓았다. 그러나 여전히 흥분한 기색으로 쉭쉭 콧김을 내뿜는다.

장은 급기야 피를 보고 말았다. 심한 상처는 아니었으나 치료가 필요했다.

"시뮤안 경, 괘, 괜찮으세요?"

피를 본 멜리사의 안색이 하얗게 질렸다. 발로스의 기세가 워낙 사나워 가까이 다가가지도 못하는 눈치였다.

"이, 이놈의 자식이! 감히 날 물어!"

장이 분한 듯 발로스를 향해 이를 드러냈지만 녀석은 고개까지 아예 돌려 버리고서 그를 무시했다. 슈로더가 단호한 태도로 발로스를 대했기에 더 이상 녀석도 난동을 부릴 수는 없었다.

계속 씩씩거리는 장을 데리고 일행은 그의 치료를 위해 자리를 떠났다. 웬디는 말이 사람을 무는 행동이 상대를 자신보다 낮은 서열로 보는 것이란 사실을 떠올렸다. 장은 발로스에게 철저히 무시를 당한 것이었다. 제1기사단의 부단장이라는 이가, 실제로 그리 낮잡아 보일 인물은 아닐진대. 그것도 사람을 태우는 짐승에게.

그럼에도 발로스, 그 녀석의 심리를 대략 이해할 수 있었던 것은 무슨 이유에서였을까. 쯧쯧, 웬디가 혀를 두어 번 찼다.

"그대가 스노위코에게 애정을 주니, 발로스 저 녀석의 심기가 어지러웠던 모양이오. 지금껏 저리 건방지게 군 일은 없었는데."

장의 손에 붕대를 감는 모습을 보며 라드 슈로더가 싱거운 소리를 했다.

"사납다고 제게 주의를 주셨던 게 괜한 말은 아니었던가 보군요. 물론, 그 사나움이 아주 탐나는 녀석이지만요."

웬디의 말에 라드가 설핏 웃었다.

한바탕 소란을 치르고 말이 묶여 있던 장소로 되돌아가던 길. 웬디는 저만치 발로스와 스노위코 근처에서 허둥대는 남자 하나를 발견했다. 무슨 일이지? 고개를 갸웃하며 살펴보았지만 남자는 주변에 묶여 있던 다른 말들 곁에서 잠시간 서성이다가 금방 사라져 버렸다. 황실에서 보낸 사람인가?

말의 상태를 확인하려는 듯 이곳저곳을 기웃거리던 모습에서 유추해 낸 가장 타당한 추측이었다. 허둥대는 모습이 조금 의심쩍긴 했지만 발로스의 사나운 성질머리를 고려한다면 이상할 것도 없었다. 혹시 모를 사고를 미연에 방지하기 위한 황실의 조치일 테다.

히이이이잉, 히이잉.

사내의 등장 이후 발로스가 연신 사납게 발을 굴러 가며 투레질을 해 댔기에 웬디는 급히 녀석의 흥분을 가라앉혀야 했다.

"발로스, 진정하렴."

웬디가 '워워' 소리를 내며 녀석의 말고삐를 잡았다. 뚜벅뚜벅 그 곁으로 다가온 라드 슈로더는 사라진 남자의 뒷모습에 잿빛 눈동자를 한참 동안 고정했다. 그 눈동자 위로 미심쩍은 빛이 스쳤다.

"……슈로더 경? 장비 확인은 좀 전에 다 끝낸 게 아니었던가요?"

다시금 스노위코의 안장이며 거기에 매달린 활주머니와 수통까지 모든 짐들을 하나하나 확인하는 라드의 모습을 보며 웬디가 의아한 듯 물었다. 그런 그녀의 물음에도 라드는 아무런 대답 없이 확인 작업에만 열중했다. 웬디가 불퉁한 얼굴을 하든 말든 그는 스노위코의 이곳저곳을 제 눈으로 모두 확인했고, 그 작업이 끝난 후에야 그녀를 돌아봤다.

"별것 아니라오. 재점검은 내 오랜 버릇이지. 그대에겐 첫 사냥이니 조심해서 나쁠 건 없지 않겠소?"

스노위코의 뺨을 부드럽게 쓰다듬은 그가 발로스에게 다가가 같은 작업을 반복했다. 웬디는 고개를 설레설레 내저으며 남자의 과도한 기력 발산에 한숨을 내쉬었다. 발로스의 갈기 한 올 한 올까지도 모두 헤아릴 것 같은 기세였기에 그녀는 그 지루한 과정을 지켜보는 것을 포기하고 냉큼 스노위코의 등 위에 올라탔다. 숲에 나서기 전, 말과 호흡을 맞춰 둘 필요도 있었으니 나쁜 선택은 아니었다.

느릿느릿한 걸음으로 작은 공터를 두 바퀴 돌았을 때 장과 멜리사가 그들의 말을 몰아왔고, 라드 역시 확인 작업을 모두 끝냈다.

🌿🌸🌿

뿌우우우.

멀리서 뿔피리 소리가 둔중하게 울려 퍼졌다. 허공을 배회하는 뿔피리 소리를 들으며 일행은 숲의 서쪽을 향해 말을 몰았다. 말을 탄 시종 하나가 그들을 보조하기 위해 뒤따르고 있었고, 사냥개 네 마리가 그들보다 앞서 컹컹거리며 여기저기를 들쑤시고 다녔다.

생경한 풍경 속에 웬디는 복잡한 날숨을 뱉어 냈다. 소그룹으로 움직이는 사냥의 특성상 딜런 레녹스를 마주칠지 모른다는 불안감에서 벗어난 까닭이기도 했지만, 생전 처음 해 보는 사냥에 대한 기대감 역시 슬그머니 고개를 들었기 때문이다.

그것은 그녀를 당황케 만들었다. 황태자의 유흥거리가 되지 않기 위해서라도 이따위 감정은 내버려야 했지만, 젊은이라면 으레 가질 수 있는 감정들을 오랜 시간 모른 체해 왔던 그녀로서는 그 가벼운 감정의 조각이 무거운 죄책감처럼 가슴을 어지럽혔다.

사냥에 앞서 귀족들에게 당부의 말을 전하던 황태자. 그가 남몰래 그녀에게 다가와 건넨 말이 기다렸다는 듯이 떠올라 그런 그녀의 마음속을 더욱 심란하게 만들었다. 황태자는 너무도 태연한 얼굴로 그녀에게 사냥 대회의 우승을 기대하겠다 했다. 연극 무대에 오른 여주인공에게 명연기를 당부하듯이.

"내 바이올린을 내려놓은 지루한 일상에서 오직 이날만을 기대해 왔어. 저 무뚝뚝한 사내의 마음을 녹일 그대의 활약을 기대하면서 말이지. 우승의 대가로 남작위를 내건 것은 알고 있겠지? 내 진정으로 기대함세, 그대와 슈로더 경의 우승을."

그는 대놓고 자신의 야욕을 드러냈다. 평민 여인에게 귀족으로 신분 상승할 수 있는 기회를 주겠다는 것을 야욕이라 칭한다면 남들은 게거품을 물며 그것은 야욕이 아니라 은총이라 칭하는 것이 온당하다 말할 것이었다. 그러나 수많은 귀족 여인들이 흠모하는 제국의 기사단장을 그녀의 정인으로 엮어 주겠다는 그 생각을 어떻게 순수하게 받아들일 수 있을까.

물론 황태자의 이 황당한 계략이 웬디를 해하려는 마음에서부터 출발한 것이 아니란 것쯤은 그녀 역시 알고 있었다. 그러나 이것은 웬디 입장에서 오롯한 위협이 될 수밖에 없었다. 그녀의 생을 위협하는 지극히 위험하고도 아찔한 생각.

어렴풋이 짐작하던 일들이 사실로 드러났지만 그가 왜 그런 일들을 벌이는지 그녀는 완전히 납득하지 못했다. 이번 부르고뉴 사냥 대회에서 그의 심중을 읽을 수 있지 않을까 기대하지 않은 건 아니었으나, 황태자는 보란 듯이 그의 행동에 대해 그녀가 긍정할 만한 어떠한 여지도 남기지 않았다.

단순히 저의 흥미와 유흥을 위해 이런 일을 벌여? 그 빌어먹을 은퇴 후유증 때문에?

웬디는 이해할 수 없는 황태자의 기행으로 인해 또다시 편두통이 밀려오는 걸 느꼈다. 관자놀이를 손끝으로 꾹꾹 누르자 통증이 조금 줄어들었지만 열이 오른 눈가를 식힐 길은 없었다.

쏴아아.

바람이 불었다. 그것은 숲의 나뭇잎을 하나하나 핥으며 서쪽에서부터 찬찬히 숲을 지나쳤다. 짐승이 다친 자리를 혀로 핥듯이 숲의 바람은 그녀의 뜨거운 눈가를 여러 차례 핥아 주었다. 웬디는 눈을 느리게 깜박이며 바람에 제 몸을 맡길 뿐, 한동안 멍하니 어떠한 행동도 취하지 못했다.

"웬디."

그때 멜리사가 싱긋 웃으며 그녀 곁에 바짝 말을 붙여 왔다.

"저어, 아까부터 궁금하던 게에…… 있었는데요……."

소심하게 눈을 마주치지 못하고 말을 길게 늘이는 멜리사의 모습에 웬디는 억지로 그녀에게 귀를 기울여야 했다. 무슨 이야길 하려고 저리도 뜸을 들이는가.

"웬디의…… 모자 베일이요, 못 보던 스타일인데. 웬디가 고안한 건가요? 보통 승마할 때 베일은 이렇게, 뒤쪽에 달곤 하잖아요."

멜리사가 저의 뒷머리를 덮은 은백색 베일을 손으로 들어 올렸다. 웬디는 귀찮은 듯 입을 앙다물고 있다가 심드렁한 목소리로 겨우 대답을 내어놓았다.

"햇빛에 과민증이 있습니다. 이렇게라도 해 주어야 피부를 보호할 수 있겠죠. 멜리사, 당신도 조심하는 게 좋을 거예요. 한낮의 태양에 그렇게 피부를 노출했다가는 금세 주근깨가 생길 테니까요. 더군다나, 이런 숲에서 그렇게 긴 베일을 머리에 달고 말을 달렸다가는 나뭇가지에 베일이 걸려 사고가 날지도 모르죠. 조심하세요. 어느 의미에서나, 젊음은 길지 않으니."

멜리사의 얼굴빛이 급격히 나빠졌다. 그녀는 단숨에 모자를 벗어 들고 베일을 아무렇게나 구겨 짐 주머니에 쑤셔 넣었다. 그런 멜리사의 행동을 바라보던 웬디는 말을 좀 더 빨리 몰아 멜리사보다 앞서 선두로 나섰다. 더 이상의 생산성 없는 대화를 거부하듯이.

울창한 숲 안에 뜨겁게 내리쬐는 햇빛은 어디에도 없었으나 멜리사에게 건넨 경고는 어느 정도 효과를 거둔 것 같았다. 웬디는 멀리서 들려오는 새소리에 귀를 기울이며 스노위코의 발걸음에 더욱 박차를 가했다.

그들이 얼마간 숲을 정찰했을 때 사냥개들의 움직임에 눈에 띄는 변화가 생겼다. '킁킁' 코를 벌름거리는 소리가 점점 커지는가 싶더니 녀석들이 한 방향을 향해 일제히 달려 나가기 시작했다. 크게 흥분한 듯 날카로운 송곳니를 그대로 드러내고 있는 녀석들의 기세가 몹시 사나웠다.

푸다닥. 풀숲이 들썩이는 소리와 함께 짐승의 빠른 움직임 소리가 들렸다. 풀숲에 숨어 있던 사냥감이 위협을 느끼고 급히 몸을 피한 모양이었다. 사냥개들도 이에 질세라 잽싸게 그 뒤를 쫓으며 위협하듯 큰 소리로 컹컹 짖어 대기 시작했다. 대기가 흥분으로 가득 찼다.

"오!"

장 자크가 신이 난 듯 탄성을 내질렀다. 짐승은 회백색 털빛이 유독 눈에 띄는, 성인 팔뚝 정도 길이의 다 자란 여우였다. 웬디는 잽싸게 달아나는 녀석의 움직임을 눈으로 좇으며 그 추격전을 잠잠히 지켜보고 있었다. 매서운 기세로 덤벼드는 사냥개들을 피해서 달아나는 짐승의 모습이 몹시도 절박해 보였다. 생과 사의 갈림길에서 녀석이 할 수 있는 일이란 저를 위협하는 사냥개를 피해 쉼 없이 내달리는 것밖에 없었다.

그러나 녀석을 위협하고 있는 것은 사냥개의 날카로운 송곳니뿐만이 아니었다.

투드드득.

활대가 휘어지며 활시위가 팽팽히 당겨지는 소리가 들려왔다. 일행의 앞쪽에 위치해 있던 라드 슈로더의 활시위가 팽팽히 당겨진 모습을 막 보았다 생각했을 때, 이미 그의 화살은 활시위를 떠나 힘차게 대기를 가르고 있었다.

캐앵!

고통스러운 신음을 내지르며 짐승이 바닥 위에 풀썩 쓰러졌다. 여우를 향해 달려들 태세를 하던 사냥개들은 시종의 휘파람 소리가 들리자, 사납게 크르릉거리기만 할 뿐 금세 그 동작을 멈추었다. 여우의 가죽이 상할 것을 염려한 시종은 재빠르게 짐승에게로 달려가 녀석을 집어 올렸다. 시종의 손에서 축 늘어져 있는 여우의 모습을 보아하니 이미 숨이 끊어진 것 같았다.

시종이 일행을 향해 가까이 다가와서 죽은 여우를 높이 들어 올려 보였다.

"상급의 러스틴 여우입니다. 털빛이 희귀해 높은 점수를 받으실 수 있으실 겁니다."

화살이 꿰뚫린 자리에서 붉은 핏물이 뚝뚝 떨어져 내렸다. 생기가 빠져나간 죽은 짐승의 모습이 소름 돋았다. 웬디는 시종의 손에 들린 죽은 짐승에게서 다급히 시선을 떨어뜨렸다.

다음 사냥감 또한 금세 발견할 수 있었다. 붉은 갈색 털빛을 가진 여우였다. 녀석은 저의 굵은 꼬리를 양옆으로 휘두르며 치열하게 내달렸지만 얼마 못 가 장 자크의 활에 목숨을 잃었다. 시종의 대처가 늦었던 탓에 흥분한 사냥개 한 마리가 죽은 여우의 목덜미를 물어뜯었다. 이 때문에 짐승은 더 많은 피를 흘려야 했다.

웬디는 피를 흘리는 죽은 짐승을 차마 바라볼 수 없어 홀로 나직이 숨을 삼켰다. 요란하게 흔들리는 마차 위에 올라탄 듯 내내 멀미를 하는 기분이었다. 사냥을 시작하며 느꼈던 설렘은 이미 온데간데없었다. 짐승이 마지막으로 내지른 비명에 얽혀 있던 공포. 웬디는 그 외마디에 온몸에 소름이 돋았다. 그것은 살육에 대한 원초적인 거부감이기도 했지만 나약한 대상에 대한 무자비함에 태생적 거부감을 갖고 있기 때문이기도 했다.

"괜찮소?"

그녀의 말수가 부쩍 줄어든 기색을 느꼈는지 라드가 그 얼굴을 살피며 물었다. 사냥의 흥을 깨고 싶지 않던 그녀는 부러 아무렇지 않은 듯 고개를 끄덕였다.

"……."

라드가 그녀의 얼굴을 빤히 들여다봤다. 웬디가 그의 시선을 피하며 수통을 꺼내 들자 그가 일행들에게 휴식을 제안했다. 그녀의 긍정이 거짓임을 알아채는 것은 어려운 일이 아니었다. 딱딱하게 굳은 얼굴을 하고선 괜찮다 고개를 끄덕이니 어느 누군들 그 말을 믿겠는가.

근처에서 냇가를 찾아낸 시종의 안내에 따라 일행은 다 함께 자리를 옮겼다. 시종이 미리 깔아 둔 담요 위에 앉은 웬디는 수통의 마개를 열어 천천히 물을 마셨다. 목구멍을 스쳐 지나가는 미지근한 맹물이 날 선 마음을 가라앉혀 주는 듯했다.

"휴……."

웬디 곁에 앉은 멜리사가 탄식 같은 한숨을 내뱉었다. 멜리사 역시 일견 좋은 얼굴이 아니었다. 웬디의 경고에 경각심을 가진 듯 틈날 때마다 손차양을 만들어 내던 그녀였다. 그런 그녀가 어느 순간부터 꼼짝 않고 말고삐만 힘주어 꾹 잡고 있었던 것은 생전 처음 보는 잔인한 사냥 장면에 기가 질렸기 때문이었다. 웬디는 손에 쥔 수통을 멜리사에게 건넸다.

"자요, 물이라도 마시면 마음이 좀 진정될 거예요. ……사냥이란 것이 여인들이 보기에 가히 좋은 풍경은 아니군요."

씁쓸한 웬디의 음색에 멜리사는 수통을 받아 들며 더욱 울상을 지었다.

"우승은 아무래도 포기해야겠어요. 사냥이 이렇게 끔찍한 것일 줄은……."

멜리사가 말끝을 흐렸다. 우승을 하겠다는 포부를 가졌던 모양이었지만 마음 여린 그녀가 짐승을 사냥한다는 것부터가 애초부터 당치 않은 일이었다. 벌레 한 마리도 죽이지 못할 듯한 여린 심성으로 피를 흘리며 죽어 자빠지는 짐승의 모습을 보는 것이 쉬울 리 있겠는가.

"자리를 잡은 김에, 이곳에서 식사를 하고 가는 게 어떻겠소?"

장 자크와 한참 이야기를 하고 돌아온 슈로더가 두 사람 근처로 돌아와 말했다. 딱히 식욕이 나지는 않았지만 식사하기에 알맞은 시점이었기에 웬디는 고개를 끄덕였다. 멜리사 역시 사냥의 시작을 조금이라도 늦추고 싶었던지 격하게 동의를 표했다.

곧 시종이 미리 준비해 온 바구니를 하나씩 나눠 주었다. 샌드위치와 구운 고기, 과일 따위가 제법 먹음직스럽게 담겨 있었지만 웬디는 샌드위치를 몇 입 베어 먹고 과일 두어 개를 집어 먹었을 뿐 거의 그대로를 남겨 버렸다. 도저히 목구멍으로 넘어가지 않은 까닭이다. 짐승이 물어뜯기는 잔인한 장면을 본 직후 식사를 하는 것은 역시 쉬운 일이 아니었다.

그러나 멜리사는 사냥의 시작을 조금이라도 지연시키고 싶었던 모양인지 느릿느릿하게 식사를 해 나갔다. 결국 샌드위치 하나를 꾸역꾸역 다 먹어 치운 그녀는 수통의 물을 반쯤 비운 후에야 냅킨으로 입가를 훔쳤다.

일행들 사이로 불어오던 바람이 점차 거세지기 시작한 것은 웬디가 하릴없이 풀벌레의 움직임을 지켜보고 있을 때였다. 거센 바람이 불자 풀벌레 한 마리가 급히 공중으로 날아올랐다. 파르르르 얇은 날개를 떨며 사라져 가는 연초록 풀벌레의 모습에 웬디는 나뭇가지가 흔들리는 주변 풍광으로 시선을 돌렸다. 심상치 않은 낌새를 느꼈는지 슈로더가 제일 먼저 자리를 털고 일어섰다. 하늘 위를 올려다보니 빽빽한 나무 사이로 시커먼 먹구름이 몰려오는 모습이 보였다.

"아무래도 소나기가 내릴 것 같소. 잠시 비를 피할 곳을 찾아봐 야겠군."

일행은 급히 짐을 꾸리며 말 위에 올라탔다. 숲길에 익숙한 시종을 앞장세워 비를 피할 곳을 찾았지만 그들이 적당한 장소를 찾기도 전에 비가 내리기 시작했다. 투둑투둑. 굵은 빗방울이 어깨를 적셔 왔다.

비를 맞자 스노위코가 작게 투레질을 하였다. 차가운 빗방울에 다른 말들은 죄 기분이 좋아 보였지만 녀석은 웬일인지 그렇지 못했다. 너도 사냥이 싫은 거니. 스노위코의 축축한 목덜미를 툭툭 두드려 주며 웬디는 녀석을 달랬다. 지붕처럼 삐죽이 튀어나와 있는 바위 아래로 몸을 숨겼을 때는 말들은 물론이고 일행 모두가 이미 꽤나 젖은 후였다.

웬디는 얼굴에 자꾸만 들러붙는 베일을 손으로 몇 번이나 떼어 내다가 결국 어쩔 수 없다는 듯 모자를 벗어 들었다. 몸이 젖은 탓에 급작스러운 추위가 몰려왔는지 멜리사가 오들오들 어깨를 떨었다. 장이 다급히 자신의 재킷을 벗어 그녀에게 건넸다. 그 모습을 지켜보던 라드 슈로더가 웬디에게 시선을 두자 그녀는 옷을 벗어 줄 필요가 없다는 것처럼 고개를 가로저었다.

바위 아래 옹기종기 모여 서서 비가 그치길 기다리던 일행은 하나같이 별다른 말이 없었다. 그렇게 한동안 고요에 휩싸여 있던 중, 장이 멜리사를 향해 조곤조곤 말을 걸기 시작하였다. 별로 중요할 게 없는 신변잡기적인 이야기들이었지만 낯선 곳에서의 고요로 불편한 기색이 역력했던 멜리사로서는 그와의 대화가 단비와도 같았을 것이었다.

장의 나직한 음성을 들으며 웬디 역시 라드에게 하고 싶었던 말을 꺼내기로 마음먹었다. 그녀는 빗물이 떨어져 내릴 때마다 탄력 있게 흔들리는 나뭇잎의 율동을 지켜보며 낮은 목소리로 입을 열었다.

"슈로더 경, 경께 드릴 부탁이 있어요."

비를 맞고 서 있는 말들의 모습을 바라보고 서 있던 라드 슈로더가 그녀를 향해 시선을 옮겼다. 웬디는 자신의 이마를 적신 빗물을 손으로 훔치며 그의 눈을 마주했다. 그의 검은 머리칼이 비에 젖은 모습이 수채화처럼 흐리게 번져 보였다.

"말해 보시오."

"……괜찮으시다면, 이쯤에서 사냥을 멈췄으면 해요. 죽어 나가는 짐승들의 모습을 보는 게 그리 유쾌한 일이 아니군요. 사냥 대회에서 좋은 성적을 내지 못해…… 경의 명예에 흠이 될까 염려되긴 합니다만, 한번 고려해 봐 주시면 감사하겠어요."

라드는 잠시 생각에 잠긴 듯 말이 없었다. 나뭇잎의 잎맥을 따라 빗물이 몇 번이나 흘러내린 후에야 그는 입을 열었다.

"나의 명예는 사냥 대회의 성적으로 지켜지는 것이 아니라오. 그대의 어려움을 모른 척한다면 그야말로 나의 명예를 실추시키는 일이 되겠지. ……내 사냥을 여기서 멈출 터이니 염려하지 마시오. 다만, 보는 눈이 많으니 바로 숲의 입구로 되돌아갈 수는 없을 것이오. 괜찮다면, 숲에서 조금 더 시간을 보내도록 하지."

웬디가 고개를 끄덕였다.

라드의 대답은 그녀를 충분히 만족시키고도 남았다. 황태자의 시선을 의식해서라도 바로 되돌아가는 것은 현명한 일이 아니니, 숲에서 시간을 좀 더 보내자는 그의 말에도 기쁘게 동의할 수 있었다. 그러나 그녀는 금세 라드 슈로더의 얼굴을 의구심 어린 시선으로 올려다봐야 했다. 라드의 대답은 그녀를 만족시키는 것이었을 지언정, 그 자신의 이해득실을 고려하진 않은 것이었기 때문이다.

보통 남자라면 저의 명예를 드높이는 일에 물불 안 가리고 달려들기 마련이지 않겠는가. 특히나 그 일을 할 수 있는 충분한 능력이 있을 때는. 우승할 수 있는 여력이 되는데도 불구하고 그것을 포기하겠다 말하니 그의 그런 결정을 납득하기가 오히려 쉽지 않았다. 사냥을 그만두자 제안한 그녀가 할 말은 아니었지만 말이다.

완벽한 해법이라 할 수는 없겠으나, 정 그녀가 한 말이 신경 쓰인다면 웬디와 멜리사를 멀찍이 물러서게 한 후 사냥을 속행해도 문제될 것은 없을 것이다. 기사도에 어긋날 것도 없었다. 무엇보다 라드와 같이 무위가 뛰어난 이가 별 소득도 없이 사냥을 끝내고 되돌아간다면 사람들의 비웃음을 살지도 모르는 일이었다. 지금까지 잡은 짐승의 수만으로는 순위권 안에 드는 것은 물론 면을 세우기도 어려우리라. 그를 향한 사람들의 기대를 생각한다면 턱없는 성적이었다.

웬디는 곰곰이 생각에 잠겼다. 라드가 지금껏 그녀에게 내보였던 과도한 호의에 대해서 그저 질색하며 의심부터 하기 바빴지만 이번만큼은 그녀도 그에 대한 평가를 달리해야 했다. 저의 이득을 포기하면서까지, 아니 손해를 감수하고서라도 그녀의 편의를 봐주겠다는 소리가 아닌가?

문득 지난번 리누스 의료원 앞에서 여인들이 연호했던 연극의 주인공이 떠올랐다. '기사의 입술을 훔친 샤샤'라고 했던가. 그 통속적인 극의 주인공인 황실 기사도 이와 같은 언변으로 여성들의 마음을 사로잡았을 것이다. 여인들을 환호하게 만드는 기사의 로맨틱한 언변 말이다.

웬디는 라드 슈로더를 힐끔 쳐다보며 흠, 하고 시들하게 바람 빠지는 소리를 냈다.

그가 건넨 말이 진정 로맨틱하다 여겨진 건 아니었지만, 세상의 갖은 말들 중 가장 로맨틱한 말을 가려내야 하는 상황이 닥친다면 지금 그가 한 말을 뽑으리라. 사냥 대회 우승의 영광을 그녀에게 돌리는 것보다, 그녀를 위해 우승을 포기하는 남자의 모습이 웬디는 더 마음에 들었던 것이다.

그러나 그녀는 저의 실없는 생각에 곧 고개를 가로저었다. 잔인한 사냥 장면을 몇 번 보더니 정신이 어떻게 된 게 분명하구나. 로맨틱하다니, 어디서 그런 낯간지러운 표현을! 그녀는 스스로의 격 없는 생각에 기가 질린 듯 표정을 굳혔다.

"멜리사, 괜찮아요? 얼굴색이 많이 안 좋군요."

그때 장의 걱정스러운 목소리가 들려왔다. 웬디의 시선이 바로 멜리사를 향했다. 장의 재킷 하나로는 추위가 해결되지 않았는지 멜리사가 연신 몸을 떨고 있었다. 시종을 시켜 담요를 가져오게 한 장 자크는 멜리사의 몸을 그것으로 꽁꽁 감쌌다.

"멜리사, 어디가 안 좋은지 말해 보겠어요?"

웬디가 그녀 곁에 다가가 상태를 살폈다. 입술까지 허옇게 질려 있는 것이 그 상태가 꽤 심각해 보였다.

"……몸이 으슬으슬 춥고 속도 울렁거려요. 아까 먹은 게 얹힌 것도 같고……."

멜리사가 입을 손으로 가린 채 울먹이며 말했다. 억지로 먹은 샌드위치도 문제였지만 비를 맞은 탓에 감기 기운까지 도는 것 같았다. 웬디는 그녀의 이마를 손으로 짚어 본 후 한숨을 내쉬었다. 미열이 조금 있었다.

웬디는 급히 주변을 살폈다. 도움이 될 식물이 있을까. 숲 속 한복판, 주변엔 초록 식물들이 빼곡했다. 한참을 두리번거린 끝에 바위 근처에서 반가운 식물 하나를 발견해 낼 수 있었고, 그녀는 그곳으로 후다닥 달려 나갔다. 식물의 이파리를 여러 장 따 내고서 멜리사 곁으로 되돌아와 보니, 멜리사는 담요에 얼굴을 거의 파묻은 채 웬디의 얼굴을 빼꼼 올려다보고 있었다.

"자요, 민트예요. 입에 넣고 꼭꼭 씹어 봐요. 소화에 도움이 될 거예요. 감기에도 좋으니까 약이라고 생각하고 씹어 보세요."

웬디는 그녀를 안심시키듯 이파리 몇 장을 입에 넣어 직접 씹어 보였다. 멜리사 역시 민트 잎 여러 장을 조심스럽게 씹기 시작했다. 입안에 퍼지는 상쾌한 향 덕분인지 그녀의 표정이 조금 편안해졌다.

다행스럽게도 비는 금방 그쳤다. 멜리사의 상태가 여전히 좋지 못했기 때문에 일행은 급히 귀환을 결정했다. 이런 문제 때문이라면 황태자도 저의 계획이 틀어진 것에 대한 못마땅한 감정을 쉽게 표현하지 못하리라.

숲의 입구를 향하는 길.

비에 젖어 그 빛이 한결 짙어진 봄의 숲은 아름다웠다. 구름을 헤치고 다시 떠오른 햇살이 나뭇가지 사이로 가는 햇살을 쏟아 보내, 온 숲이 생기에 차 보였다. 이런 모습의 숲에서라면 작고 귀여운 요정을 다시 만나는 기연을 바라는 것도 무리가 아닐 것이었다. 그만큼 젖은 나뭇잎과 햇살이 만들어 낸 조화는 눈부셨다.

"워!"

그러나 웬디는 숲의 정취를 느낄 겨를이 없었다. 스노위코가 좀처럼 말을 듣지 않는 까닭에 여러 번 녀석의 고삐를 강하게 움켜쥐어야 했던 것이다.

무엇이 불안한 것인지 스노위코는 연신 걸음을 멈추고서 사방을 둘러보며 몸을 이리저리 움직여 댔다. 계속되는 녀석의 이상 행동에 웬디는 스노위코의 예민해진 감각을 달래기 위해 부단히도 애를 써야 했다.

스노위코에게 한정되어 나타나던 과민 반응이 곧 다른 말들에게까지 전염되듯 퍼져 나가자 상황은 더욱 심각해졌다. 다른 말들 역시 심히 불안해하고 있었다.

"시뮤안 경."

그 순간, 라드 슈로더가 낮은 목소리로 장의 이름을 불렀다. 장역시 심각한 얼굴을 하고선 라드를 보고 고개를 끄덕였다. 두 사람이 조심스럽게 활과 화살을 준비하는 모습에 웬디는 상황의 심각성을 깨달았다.

아니나 다를까. 얼마 못 가서 우지끈 하고 나뭇가지가 부러지는 소리가 들려왔다. 하얗게 질린 시종이 허둥지둥 화살을 활시위에 메기는 모습이 보였다.

우어어어어!

무시무시한 소리를 내지르며 나타난 녀석은 거대한 몸집을 자랑하는 검은 털빛의 자이언트 부르고뉴 곰이었다. 부르고뉴 숲 깊숙한 곳에서나 드물게 만날 수 있는 종이었다.

두 발로 선 녀석이, 어마어마한 크기의 앞발을 휘저으며 일행들을 위협하기 시작했다. 곰의 손짓에 굵은 나뭇가지 여러 개가 힘없이 꺾여 나갔다. 숲의 공기가 순식간에 팽팽한 긴장으로 가득 찼다.

바라지 않던 숲의 포악한 주인과의 만남이었다.

푸슉!

슈로더와 장 자크의 활대에서 화살이 쏘아져 나간 것은 자이언트 부르고뉴 곰이 두 번째 포효를 내지른 순간이었다. 녀석의 어깻죽지와 목덜미 부근에 박혀 들어간 화살은 곰을 더욱 분노케 했다. 두꺼운 가죽 덕택인지 큰 타격을 입은 것 같진 않았으나 확실히 곰은 고통스러워 보였다. 때문에 일행은 더욱 큰 곤란에 직면해야 했다. 놈의 전신에 차오른 분노를 고스란히 마주해야 했기 때문이다.

"두 사람은 뒤로 물러서시오!"

슈로더가 웬디와 멜리사를 향해 소리쳤다.

멜리사는 이미 뒤쪽에 물러서 있었으나 웬디는 제법 전방에 위치해 있었다. 그녀는 그의 지시가 옳다 여기고 다급히 스노위코의 고삐를 잡아당겨 방향을 틀려는 시도를 했다.

그런데 무슨 까닭이었을까. 스노위코는 잔뜩 흥분한 채 그녀의 말을 전혀 들으려 하지 않았다. 제자리에서 이리저리 발을 구르는 말을 달래고자 웬디는 진땀을 빼야 했다. 방향감각을 상실한 듯한 말의 이상 행동은 계속되었다. 포악한 짐승을 마주한 두려움이라고 보기에는 그 정도가 심했다.

"스노위코!"

웬디가 녀석의 이름을 부르며 단호하게 고삐를 잡아당기니, 그제야 녀석이 조금 잠잠해졌다. 라드는 곰을 겨냥해 연속해서 활을 쏘면서도 불안한 듯 웬디에게 시선을 던졌다.

으르르르릉!

사냥개들이 자이언트 부르고뉴 곰을 향해 사납게 으르렁거렸지만 큰 도움이 되지는 못했다. 아무리 훈련이 잘된 녀석들이라 하더라도 본능까지 거스를 수는 없었던 모양인지 쉽게 곰에게 접근하지 못하고 있었다. 물론 개중에는 본능을 거스를 만큼 용감무쌍한 사냥개도 있었다. 그러나 씩씩하게 달려든 사냥개 한 마리가 곰의 앞발에 장렬히 희생된 후부터는 녀석들 모두 멀찍이 피해 서서 사납게 짖어 대기만 할 뿐이었다.

점차 거리를 좁혀 오던 자이언트 부르고뉴 곰은 급기야 시종이 쏜 화살을 거칠게 앞발로 쳐 냈다. 녀석은 머리끝까지 화가 난 듯 요란한 소리를 내며 활을 쏜 시종에게 무시무시한 기세로 달려들었다. 놀란 시종이 다급히 말을 달려 도망치자, 목표를 잃은 녀석은 다시금 주변을 두리번대며 연신 천둥과 같은 숨소리를 내뱉었다.

곰의 시선이 멜리사를 향했을 때, 웬디는 알 수 없는 긴장감에 침을 꿀꺽 삼켜야 했다. 곰과 눈이 마주친 멜리사 역시 불길한 예감이 들었는지 다급히 헛숨을 집어삼켰다. 일행 중 가장 뒤쪽으로 물러서 있었음에도 방금 시종이 달아난 탓에 놈과 그녀 사이가 휑하니 비어 버린 것이다.

쿵.

짐승이 육중한 저의 앞발을 땅에 붙이자마자 매서운 기세로 질주하기 시작했다. 커다란 덩치 때문인지 한 걸음을 내딛는데도 그 보폭이 커, 다가오는 속도가 엄청 났다. 라드와 장 자크가 급히 화살을 쏘았으나 녀석의 등에 박혀 들어간 화살은 그다지 살상력을 지니지 못했다. 웬디는 더 이상 망설일 시간이 없음을 알았다.

그녀는 다급히 오른손을 감싸고 있던 사냥용 장갑을 벗어 그 위에 검지를 가져다 댔다. 웬디가 화살 하나를 꺼내 들었을 때 장갑의 표면을 뚫고 초록색 잎이 자라나기 시작했다. 작은 줄기 사이로 촘촘히 자라난 피침 모양의 잎은 그 끝이 무척 날카로워 보였다.

식물을 크게 키울 필요는 없었다. 아주 작은 크기만으로도 효과는 충분했으니까. 순식간에 엄지손가락 길이 정도로 식물이 자라나자, 웬디는 재빨리 장갑 뒤쪽에 난 식물의 뿌리를 확인했다.

꾹!

손톱 크기 정도의 진보랏빛 구근 위로 은빛 화살촉이 들어박혔다. 망설임 없이 화살을 회수한 그녀는 그것을 재빨리 활시위에 건 후, 온 힘을 다해 당겼다. 모두 순식간에 일어난 일이었다.

어느덧 부르고뉴 곰은 멜리사 바로 근처까지 도달해 있었다. 녀석이 두세 번만 더 발을 놀린다면 멜리사는 놈의 희생양이 될지도 몰랐다. 라드와 장이 멜리사를 향해 급히 말을 몰아가면서도 계속해서 놈에게 활을 쏘아 대는 모습이 보였다. 가까이 다가서는 즉시 검을 빼 들어 전면전을 벌일 기세였으나 곰과 멜리사와의 거리가 더욱 가깝다는 것이 문제였다.

멜리사의 얼굴 위로 절망의 빛이 떠올랐다. 위협을 느낀 그녀의 말이 부산스럽게 몸을 흔들며 몇 걸음 뒤로 물러났지만, 곰의 공격을 피하기에는 역부족이었다. 주인과 말 모두 자이언트 부르고뉴 곰의 사나운 기세에 혼을 빼앗겼는지 달아날 의지조차 상실한 듯 보였다.

"까아아악!"

멜리사에게서 두려움에 절은 비명이 터져 나왔을 때, 화살 하나 가 곰의 어깨 위로 박혀 들어갔다. 웬디로부터 쏘아져 나온 화살이 었다. 움직이는 표적을 맞히는 것은 쉬운 일이 아니었으나, 녀석의 덩치가 큰 것이 오히려 전화위복이 되었다. 아슬아슬하게 어깨 가 장자리에 박힌 화살은 제 의무를 다하듯 깃 하나 떨어지지 않고 꼿 꼿이 서 있었다.

효과는 즉시 나타났다. 놈의 동작이 일순 정지되는가 싶더니 녀 석은 느릿느릿 두어 발자국을 내딛은 후 그대로 바닥에 꼬꾸라졌 다. '쿵' 하는 소리가 크게 울리며 진창이 된 바닥에 놈의 육중한 몸 뚱이가 처박혔다. 자이언트 부르고뉴 곰의 검은 털이 순식간에 진 흙 범벅이 되었다.

뒤늦게 도착한 두 사람이 놈을 경계하듯 그 주변을 맴돌았으나, 짐승에게서는 어떠한 생체 증후도 찾을 수 없었다. 장이 검을 빼 들고 녀석의 몸을 툭툭 건드려 보았지만 곰은 미동조차 없었다. 그 가 확인사살을 하듯 곰의 목에 저의 검을 힘차게 박아 넣었다.

웬디는 조심스럽게 스노위코를 몰아 일행들에게 다가섰다. 식물 이 자라났던 장갑 한 짝은 이미 멀찍이 던져 놓은 후였다.

장갑 위에 돋아났던 구근 식물은 사이모스라 불리는 열대 지역의 독초였다. 정상적인 크기로 자라난다면 다 자란 크기가 어른 무릎 정도 될 것이고, 그 줄기마다 화려한 모양의 짙은 자주색 꽃을 피워 낼 터였다. 사이모스는 맹독으로도 유명한데 그 알뿌리의 즙 한 방울이면 거대한 소 한 마리도 그 자리에서 즉사시킬 수 있었다.

부르고뉴 곰이 화살을 맞은 즉시 죽지 않고 몇 발자국이라도 움직일 수 있었던 것은 녀석의 덩치가 워낙 큰 탓도 있었지만, 웬디가 만들어 낸 식물이 흙바닥에서 온전하게 자라난 것이 아니라 그녀의 장갑 위에서 자라난 까닭이었다. 온전치 못한 성장 환경에 독의 독성이 미세하게나마 줄어든 것이다.

일행은 하나같이 어안이 벙벙한 표정을 하고서 웬디가 다가오는 것을 지켜보고 있었다. 라드 슈로더와 장 자크는 웬디가 쏜 화살로 인해 곰이 목숨을 잃었단 사실을 눈치채고 있던 까닭이었고, 멜리사는 그저 갑작스러운 상황 전개에 쉽사리 정신을 차리지 못하고 있던 탓이었다.

웬디는 일부러 그들 앞에서 얼굴 가득 경악의 표정을 떠올리며 어깨를 한 번 크게 들썩였다. 극적인 효과를 얻기 위해 만들어 낸 제스처였다.

"시뮤안 경! 정말 대단하시군요. 그 용맹스러운 모습이란! 경께서 마지막에 쏘신 화살은 특히 압권이었습니다. 화살이 꽂히자마자 곰이 꼼짝을 못하는 모습을 모두 보셨죠? 그럼에도 끝까지 경계를 늦추지 않으시고 마지막 숨통마저 끊어 놓으시다니, 황실 기사에게 방심이란 있을 수 없단 사실을 몸소 느꼈습니다. 물론 조금 잔인하긴 하였으나, 멜리사의 목숨을 구해 주셨으니 자비롭지 못하다 욕할 이는 누구도 없을 것입니다."

웬디의 호들갑스러운 말에 장 자크는 눈을 휘둥그레 뜨고 어쩔 줄을 몰라 했다. 무슨 반응을 보여야 하는가, 그가 심히 고민하고 있다는 것을 흔들리는 남자의 눈동자를 통해 훤히 알 수 있었다. 웬디는 싱긋 웃으며 라드 슈로더에게로 시선을 옮겼다.

"그렇지 않습니까, 슈로더 경? 부관께서 이리 큰 공을 세우셨으니 경께서도 무척 자랑스러우시겠어요."

"……."

확인하듯 묻는 웬디의 시선은 무척이나 집요했다. 라드는 그 시선을 한참 동안 마주한 뒤에야 알겠다는 듯 고개를 끄덕였다. 웬디가 쏜 화살이 그 거대한 곰을 쓰러뜨렸다는 것을 그도 쉽사리 믿을 수 없었지만 사실을 부인하기엔 정황이 너무도 명백했다. 여인이 쏜 화살이 황실 기사들의 화살보다 큰 살상력을 가질 리 없으니 필시 그녀가 다른 수를 쓴 것이리라.

라자뷔데 박물관과 제루스 홀에서의 일들을 떠올린 라드 슈로더는 그저 그녀의 뜻대로 해 주는 것이 옳은 길임을 직감했다. 거대한 곰을 잡은 것이 그녀라는 사실이 알려져 봤자 시끄러운 일들만이 뒤따를 뿐이었다.

슈로더는 보일 듯 말 듯 작게 한숨을 내쉰 후, 장의 어깨를 툭툭 두드려 주었다.

"자네가 오늘 수고가 많았네."

장이 입을 헤 벌리며 무슨 소리냐는 듯 그의 상관을 바라보았다. 그러나 이 황실의 기사단장은 평소와 같이 담담한 잿빛 눈동자로 장을 가만히 응시할 뿐이었다. 슈로더의 눈동자 위에서는 작은 감정의 부스러기도 찾을 수 없었으나 장은 오랜 경험으로 그 눈빛이 의미하는 바를 알았다. 알아서 처신하라는 뜻. 입을 잘못 놀리면 어찌 될지는 불 보듯 뻔했다.

장 자크가 곤란하다는 듯 뒷머리를 벅벅 긁었다.

"시, 시뮤안 경. 감사합니다. 경께서 제 목숨을 구해 주셨어요."

멜리사가 덜덜 떨리는 두 손을 꼭 말아 쥐며 감격에 겨운 목소리로 말했다.

그녀의 눈에서 그렁그렁 눈물이 차오르는 모습을 보며 장은 다시 한 번 뒷머리를 벅벅 긁어 댔다. 달아났던 시종이 다시 되돌아와 그들의 모습을 멀찍이서 지켜보고 있었기에 말을 더욱 조심해야 했다. 그도 머리가 있는 이상, 대충이나마 웬디가 의도하는 바를 파악할 수 있었으니까. 저만치 큰 곰을 잡았으니 사냥의 우승은 따 놓은 당상이나 다름없었다. 그녀는 우승을 원치 않는 것이다.

시뮤안 자작가의 셋째인 장 자크는 가문의 작위 승계권이 없으므로 사냥대회의 우승 상품인 남작위에 흥미를 가질 법도 했다. 그러나 아무리 남작위가 귀하다 할지라도 남의 성과를 가지고 보상을 받는 건 꺼림칙한 일이었다. 탄식하듯 날숨을 내뱉은 장 자크가 어색한 말투로 멜리사에게 말을 건넸다.

"멜리사 영애, 많이 놀라셨죠? 몸은 좀 어떠십니까?"

"저어, 저는 괜찮습니다."

괜찮다는 말과는 달리 멜리사는 계속해서 몸을 부들부들 떨고 있었다. 몸이 좋지 않은 상태에서 죽을 위기까지 겪었으니, 정상일 리가 없었다. 장은 어쩔 수 없다는 듯 멜리사에게 다가가 그녀에게 두 손을 내밀어 그녀가 말에서 내릴 수 있도록 도왔다. 자신의 말에 그녀를 태워 이동하려는 생각에서였다.

"……."

한편, 자신의 의도대로 짜 맞춰진 광경을 눈앞에 두고도 웬디는 그다지 기분이 좋지 못했다. 스노위코가 또다시 몸을 이리저리 흔들며 푸르릉푸르릉 콧김을 내뿜기 시작했기 때문이다. 그녀가 과단성 있는 음성으로 녀석의 이름을 재차 불러 댔으나 스노위코의 상태는 점점 심해지기만 했다.

보다 못한 라드가 그녀를 향해 다가오려는 순간.

히이이이잉!

스노위코가 앞발을 높이 쳐들며 크게 울음을 내질렀다. 녀석의 돌발적인 행동에 웬디는 하마터면 그대로 낙마할 뻔하였다. 급히 호흡을 고르며 '워워' 하는 소리로 녀석을 달랬으나, 잠잠해지기는 커녕 녀석은 증세가 더욱 심해져 급기야 발작적으로 달리기 시작했다. 엄청난 속도로 내달리는 녀석으로 인해 웬디는 마른 입술을 앙다문 채 말고삐를 힘껏 말아 쥐어야 했다. 자칫했다간 부르고뉴 곰처럼 진창에 처박힐 판이었다.

라드 슈로더는 다급히 말에 올라탔다.

"이랴!"

발로스의 옆구리를 차며 제자리에서 튀어 나가듯 말을 출발시킨 라드가 그 즉시 웬디의 뒤를 쫓기 시작했다. 그녀의 위태로운 뒷모습을 바라보는 그의 견고한 턱이 더욱 딱딱하게 굳어 갔다.

"으웃!"

웬디가 고통스러운 신음을 흘렸다. 그녀의 잇새를 비집고 나온 신음은 스노위코의 커다란 발굽 소리에 금세 묻혀 버렸으나 라드는 멀찍이 떨어진 거리에서도 그녀의 고통을 충분히 짐작할 수 있었다. 그녀의 작은 등이 잔뜩 경직된 채 가까스로 중심을 유지하고 있었으므로. 스노위코의 뜀박질은 성난 야생마의 그것처럼 가혹한 것이었다.

"윽, 스노위코! 진······정해!"

그녀가 미친 듯이 내달리는 스노위코의 고삐를 잡으며 몸을 가누기 위해 애를 썼다. 그러나 말을 달래기엔 역부족이었다.

"으악!"

말을 끝내기가 무섭게 얼굴 바로 앞까지 굵은 나뭇가지가 들이닥쳤다. 몸을 숙여 가까스로 장애물을 피한 그녀가 녀석의 고삐를 더욱 꽉 움켜쥐었다. 나무가 빽빽이 들어찬 숲에서의 질주란, 목숨을 내걸지 않고서는 하기 어려운 것이었다. 으득. 웬디는 다시 한 번 이를 앙다물었다. 몸을 최대한 낮게 숙인 채 중심을 유지하는 것만이 지금으로서는 최선이었다.

스노위코, 이 하얀 암말은 흡사 정신이 나간 것처럼 돌변해 있었다. 순하다는 녀석의 평판과는 확연히 다른 모습이었다. 말의 등 위에서 웬디가 조금이라도 몸을 움직일라치면 스노위코는 더욱 크게 몸을 흔들며 고통스러운 듯 귀를 뒤로 젖혔다.

작은 자극에도 크게 동요하는 말의 모습을 보며 웬디는 무슨 사달이 나도 크게 났음을 비로소 깨달았다. 이건 포악한 곰의 등장보다 더욱 심각한 일이었다. 바로 저에게 일어난 일, 저의 목숨이 경각에 달린 일이었으니까.

그런 와중에도 웬디는 스노위코의 고통스러워하는 모습이 자꾸 마음에 걸렸다. 녀석은 고통스러운 모양으로 몸을 떨며 계속해서 많은 양의 땀을 흘려 댔다. 거친 숨을 내뱉고 있는 녀석의 눈동자가 광기로 번들거렸다. 웬디는 스노위코의 입가에서 허옇게 흘러내리는 침을 보며 말의 몸 안에서 심상치 않은 일들이 벌어지고 있음을 알았다.

'혹 그자가?'

웬디의 머릿속에 낯선 사내의 모습이 스쳐 지나갔다. 사냥 시작 전 보았던, 말들 근처를 서성대던 그 남자.

발로스가 사내를 경계하던 일을 그냥 넘겨 버리는 것이 아니었다고 웬디는 뒤늦게 후회하였다. 라드 슈로더가 사내의 등장 이후 다시 한 번 두 사람의 짐을 확인했지만, 문제는 말에 매달린 짐이나 장비 따위가 아니었다. 사내가 이 사달의 원인 제공자라면 그는 필시 이 말 못하는 짐승에게 몹쓸 짓을 한 것이었다.

"웬디!"

잠시 딴생각에 빠져 있던 그녀는 라드의 벼락과 같은 외침에 퍼뜩 정신을 차렸다. 전방에 거대하게 파인 구덩이가 하나가 눈에 들어왔다. 얼른 스노위코의 고삐를 다른 방향으로 틀었지만 녀석은 그녀의 명령을 들을 생각 따윈 없는 듯 그대로 정면을 향해 내달릴 뿐이었다.

큰 반동을 예상하고 몸을 긴장시킨 순간, 스노위코는 크게 몸을 도약하더니 그대로 구덩이를 뛰어넘었다.

"으웃!"

녀석이 바닥에 착지하는 순간, 그녀는 다시 한 번 크게 신음을 삼켰다. 생각보다 스노위코의 점프력이 좋았기에 망정이지 자칫했으면 그대로 구덩이에 처박힐 뻔했다. 웬디는 놀란 가슴을 쓸어내렸다.

두두두두두.

그녀는 뒤쪽에서 울려오는 말발굽 소리로 라드 슈로더가 계속 자신의 뒤를 따르고 있음을 짐작할 수 있었다. 스노위코는 스스로 지쳐 고꾸라지지 않는 이상은 결코 멈추지 않을 것처럼 계속해서 내달리고 있었다.

빌어먹을! 웬디는 아무것도 할 수 없는 제 자신을 탓하며 속으로 욕을 뇌까렸다. 벌써 한참을 달려왔다. 숲의 풍경이 눈에 띄게 달라져 있음을 얼핏 보아도 알 수 있었다. 지금껏 본 적 없는 낯선 식물 군락들이 여기저기 자리한 걸로 보아 제법 깊은 숲까지 들어선 모양이었다.

"앞을 보시오!"

그때였다. 라드의 고함 소리가 숲을 쟁쟁 울릴 만큼 크게 들려왔다. 웬디는 눈앞에 보이는 가파른 낭떠러지를 보며 급히 숨을 집어삼켰다.

숲은 야트막한 언덕을 끝으로 칼에 잘린 듯 뚝 끊겨 있었다. 뻘건 흙바닥은 여기저기에 거친 나무뿌리를 드러내며 더 이상 다가오면 안 된다 위험을 경고하고 있었다. 이대로 계속 달렸다가는 온전히 살아서 숲을 나가지 못할 것이었다.

웬디는 있는 힘을 다해 스노위코의 고삐를 잡아당겼다. 녀석의 고통을 염려해 줄 상황이 아니었다. 낭떠러지가 바로 지척이었으니까.

스노위코, 제발 멈춰! 웬디는 온 마음을 다해 소리쳤다.

히이이이잉!

그 순간 기적처럼, 스노위코가 급히 몸을 멈춰 세웠다. 웬디가 고삐를 잡아당겼기 때문이 아니라 눈앞의 낭떠러지가 주는 두려움이 녀석의 본능을 자극한 탓이었다.

스노위코는 앞발을 높이 쳐들며 큰 소리로 울어 젖히더니 미친 것처럼 그 자리에서 방방 뛰기 시작했다. 약효가 이미 온몸에 퍼진 듯 녀석의 입가에 허연 거품이 가득했다. 웬디의 몸은 중심을 잃고 그대로 내팽개쳐질 수밖에 없었다.

"웬디!"

그녀는 자신의 몸이 공중으로 붕 떠오르는 것을 느꼈다. 젖은 풀 냄새로 가득 찬 숲의 공기가 빠르게 코끝을 스치고, 자신의 이름을 부르는 슈로더의 외침이 애타는 메아리가 되어 귓가를 스쳤다.

좀 전까지 살기 위해 발버둥 쳤던 것과 달리, 죽음을 목전에 둔 그녀는 괴이한 생각에 사로잡혔다.

시간이 기이하게도 느리게 흘러가는 느낌이었다. 이대로 시간이 멈춘다면, 이대로 숲의 공기 안에 박제가 된 것처럼 머물 수 있다면.

모두 잊고 편안해질 수 있을까.

그녀는 그 순간, 자신의 지나간 생이 그리 나쁘지는 않았다 생각하며 자신에게 벌어진 모든 일들을 그냥 다 순응해 버렸다. 그러나 그런 생각을 하기가 무섭게 반발심이 머릿속을 가득 채우며 야단스레 요동치기 시작했다. 웬디는 곧 생각을 고쳐먹었다. 마지막까지 스스로를 속일 수는 없지 않은가.

자신의 생은 지독하게도 쓰라린 것이었다. 지난 2년간, 딱 그만큼을 제외하고선 행복했던 시간들이 과연 있었는가 싶을 정도로. 아니다. 지난 2년의 시간을 진정 행복했다고 말할 수 있는가? 선뜻 대답할 수 없었다. 웬디는 끝도 없는 물음이 자신의 마음을 어지럽히는 것을 느꼈다.

그녀는 바닥을 향해 곤두박질치며 그저 멍하니 스쳐 지나가는 풍경들을 바라보았다.

하늘 높이 솟은 나무 한 그루와 그 끝에 매달린 파란 하늘이 보였다. 아아, 벌써 먹구름은 저만치 물러갔구나. 얼굴을 가리고 있던 차디찬 빗물을 남김없이 짜내 버린 하늘은 새로 핀 꽃처럼 여리고 보드라워 보였다. 왜 지금껏 저 맑은 하늘빛을 모르고 살았을까? 저 색이 본래 하늘이 가진 맑은 빛깔일진대.

"그대는 마치 색이 없는 꽃과 같소. 주변 빛에 따라 그 색이 변하고 마는. 꽃의 색이라 굳게 믿는 것들 모두, 본래 색이 아니란 사실을 주변에서만 모르고 있을 뿐이지."

그녀는 이 긴박한 순간 왜 하필 라드 슈로더가 한 말이 떠오르는지 알 수가 없었다. 남자의 그 바보 같은 말이 왜 갑자기 떠오르는지.

그가 자신의 이름을 불렀던 것도 같다고, 그녀는 생각했다.

"으윽!"

등으로 충격이 느껴졌다. 생각보다 강한 고통은 아니었다. 느껴지는 감촉 또한 거칠고 딱딱한 흙바닥의 느낌이 아니었기에 그녀는 순간적으로 상황 파악이 잘되지 않았다.

머지않아 그녀는 누군가 저의 몸을 바짝 안아 감싸고 있단 사실을 알아챘다. 그는 웬디를 꼭 안은 채, 낙마한 그녀가 받을 충격을 고스란히 자신의 몸으로 받아 내고 있었다. 떼굴떼굴 그와 한데 뒤엉켜 바닥을 구르면서도, 웬디는 자신을 감싸고 있는 사람의 정체를 알 수가 없었다.

누가, 날……? 내가 겪을 아픔을 대신 겪으면서, 누가 대체 날……?

단 한 번도, 자신의 아픔을 대신 겪어 준 이는 없었다. 아픔을 함께 겪어 준 이도 없는 마당에, 대신이라니. 가당치 않은 일이다.

그 순간, 그녀는 다시 한 번 몸이 공중으로 붕 뜨는 것을 느꼈다.

"……!"

결국 낭떠러지였다. 허공으로 떨어지는 아찔한 감각에 두 눈을 꼭 감은 그녀는, 찢어지는 듯한 고통이 자신의 손목께로 전해져 오는 것을 느꼈다.

"으, 웬디!"

투두둑.

축축이 젖은 흙이 그녀의 이마를 지나쳐 낭떠러지 아래로 떨어져 내렸다. 웬디는 가까스로 고개를 들어 저의 손을 꽉 움켜쥐고 있는 남자의 얼굴을 올려다봤다.

"슈로더 경……."

라드 슈로더. 황실 제1기사단의 기사단장이었다. 웬디와 몇 번 만난 적 없는, 이를 테면 낯선 이. 그녀에게 낯설기 그지없는 이.

"대체 왜……."

웬디는 채 말을 맺지 못했다. 그의 몰골이 말이 아니었다. 있는 대로 헝클어진 검은 머리칼과 얼굴 여기저기에 난 붉은 생채기, 진흙 범벅이 된 옷자락. 전부 그녀로 인해 망가진 모습이었다.

남자는 낭떠러지에 떨어지기 직전, 벼랑 끝으로 삐져나온 나무뿌리를 가까스로 잡아챘다. 남은 한 손으로는 그녀의 오른쪽 손목을 움켜쥔 채 함께 살아남기 위해, 그는 온 힘을 다하고 있었다.

투둑.

소나기가 쏟아져 내린 뒤라 뿌리 근처의 젖은 흙더미들은 그야

말로 힘없이 부서져 내리고 있었다. 웬디는 라드 슈로더의 얼굴을 절망적으로 올려다보며 그의 눈을 마주했다. 저의 오른 손목을 붙잡고 있는 남자의 팔을 뚫고 식물을 자라게 하지 않는 이상 그녀가 살아남는 길은 요원해 보였다.

이름난 검사의 팔을 희생해서까지 그녀는 살아남고 싶지는 않았다. 어찌할 도리가 없었다. 그의 팔에 매달려 몇 분의 생을 연장한들 결국 까마득한 아래로 떨어져 내리는 결말은 달라지지 않을 것이었다. 죽는 게 그녀 홀로인지, 라드 슈로더와 함께인지의 차이일 뿐이다.

"놔요. 당신까지 떨어지기 전에!"

매몰찬 음성이었다. 저로 인해 눈앞의 남자까지 죽게 할 수는 없었다. 자신의 손을 놓는다면 남자는 살 수 있으리라. 웬디의 초록빛 눈동자가 슈로더의 잿빛 눈동자에 닿았다. 여느 때와 같이 잠잠한 눈동자. 여느 때와 같은 눈 맞춤.

웬디는 그의 눈동자 속에서 한없이 잠행하고 있던 어느 감정 하나가 세차게 자맥질을 하며 위로 떠오르는 모습을 생생히 지켜보았다. 그녀는 그것이 남자의 단호함이라 생각했으나 실제로 그것은 두려움이었다. 죽음이 두려운 것은 아니었다. 그럼에도 남자는 두려워하고 있었다. 저의 손끝에 여인의 목숨이 달린 것을, 그 여인이 웬디 왈츠라는 사실을.

"그대가 염려할 일이 아니오."

슈로더가 표정 없는 얼굴로 말했다.

그는 지금껏 이런 식이었다. 막무가내에, 제멋대로인 남자. 웬디는 잔뜩 일그러진 얼굴로 피식 힘없는 웃음을 흘렸지만 어쩐지 눈물이 날 것만 같았다.

투두두둑.

약속이나 한 듯, 나무뿌리 근처의 흙더미가 한꺼번에 쏟아져 내리기 시작했다. 두 사람의 무게를 이기지 못한 것이었다. 슈로더가 잡고 있던 나무뿌리가 두둑 하는 소리를 내며 부러지는 것과 동시에 그의 몸이 기우뚱 기울었다.

더 이상 손 쓸 새도 없이, 두 사람은 그대로 비탈 아래를 향해 떨어져 내리고 말았다.

떨어지는 순간, 라드 슈로더는 웬디를 손에서 놓치지 않기 위해 안간힘을 썼다. 가까스로 그녀의 허리를 잡아챈 그가 품 안으로 그녀를 깊이 감싸 안았다. 추락의 순간, 조금이라도 그녀가 받을 충격을 줄여 주기 위함이리라. 낭떠러지의 까마득한 높이를 따져 볼 때, 무의미한 시도라 보는 것이 옳았지만 그는 자신이 할 수 있는 모든 일을 해야 했다.

그 가운데 오른손이 자유로워진 웬디는 저의 검지를 벼랑으로 가져다 대기 위하여 각고의 노력을 거듭하고 있었다. 두 사람 모두 빠른 속도로 추락하고 있었지만 라드가 낭떠러지 사이로 중간중간 튀어나와 있는 나무뿌리나 돌부리 따위를 움켜쥔 덕분에 적게나마 속도를 늦출 수 있었다. 그사이에 웬디는 보이는 모든 곳을 향해 마구잡이로 검지를 가져다 댔다. 낭떠러지의 울퉁불퉁한 표면에 손이 쓸려 격통이 밀려왔지만 그 정도 통증으로 살기 위한 시도를 멈출 수는 없었다. 손을 거둬들이는 즉시 죽음을 받아들이는 것과 진배없었으니까.

쿵!

"으윽!"

행운인지, 불행인지 낭떠러지 중간에 불쑥 튀어나와 있던 단단한 흙더미에 두 사람은 크게 충돌했다.

온몸에 어마어마한 통증이 밀려왔다. 웬디의 몸을 거의 감싸고 있던 라드로서는 그 충격이 배는 클 터. 그녀는 저의 허리에 감긴 남자의 팔이 스르르 풀려나가는 걸 느꼈다. 놀란 그녀가 라드 슈로더의 이름을 외쳐 부르기도 전에 두 사람이 의지하고 있던 흙더미가 또다시 부서져 내리기 시작했다.

투두두둑, 투둑, 투둑.

그때였다.

흙더미가 쏟아져 내리는 낭떠러지 사이에서 황갈색 줄기가 뻗어 나오기 시작한 것은!

수십 가닥의 줄기는 웬디를 향해 손을 뻗듯 그 몸집을 순식간에 키워 왔다. 웬디는 본능적으로 줄기를 향해 손을 내밀었다.

제발!

그녀의 목구멍에서 뜨거운 감정이 치솟아 올랐다. 얄궂게도 손이 채 닿지 않아 그녀는 이를 더욱 악물어야 했다.

아연한 순간.

탁!

그녀의 뒤쪽에서 뻗어져 나온 팔 하나가 줄기를 억세게 휘어잡았다. 라드의 팔뚝 위로 퍼렇고 굵은 힘줄이 여러 개 돋아났다. 웬디는 자신의 허리를 휘감은 그의 팔에 힘이 들어가는 걸 느꼈다. 아플 정도의 힘이었다.

라드는 한 손으로 나무줄기를 붙잡고 다른 한 손으론 그녀를 안은 채, 홀로 치열한 사투를 벌이고 있었다. 그의 이마에서 흥건하게 땀이 비어져 나왔다. 나무줄기의 성장 속도가 조금만 더 느렸더라면 두 사람은 또다시 추락하고 말았을지도 몰랐다.

가닥가닥 서로 뒤엉킨 나무줄기는 두 사람이 있는 아래쪽을 향해 몸을 뻗었고, 오래지 않아 웬디 역시 줄기를 손에 쥘 수 있었다.

라드 슈로더의 도움을 받아 줄기 위쪽으로 올라선 웬디는 어깨가 들먹들먹할 정도로 크게 숨을 내쉬었다. 두 사람의 무게를 받은 나무줄기가 휘청하고 흔들렸지만 다행히 부러질 기미를 보이진 않았다. 안심하긴 일렀으나 일단 목숨은 건졌다.

그녀는 조심스레 나무의 상태를 점검했다. 두 사람이 몸을 누일 수 있을 정도로 뻗어 나온 나무줄기는 아직까지도 성장을 멈추지 않고 있었다. 낭떠러지 안, 깊숙한 곳까지 뿌리를 박기 위해 안 보이는 곳에서도 녀석은 애를 쓰고 있을 것이었다.

절체절명의 순간, 그들의 목숨을 구한 식물의 이름은 등나무였다. 여름철 탐스러운 잔꽃을 피워 내는 등나무는 무성한 잎으로 시원한 그늘을 제공해 줘, 베냐한 제국 어디서나 쉽게 찾아볼 수 있는 식물이었다. 물론 그녀가 만들어 낸 등나무는 일반적인 등나무보다 줄기와 뿌리가 굵고 튼튼한 것이었지만 지지대 없이 자라난 녀석이라 안전을 장담할 수 없었다.

아래를 향해 뻗어 나간 등나무 줄기는 서로 엉키고 꼬여 두 사람이 적당히 몸을 쉴 수 있을 만큼의 공간을 만들어 냈다. 적어도 위태로운 모습은 아니었다.

"……슈로더 경, 괜찮으세요?"

웬디가 가쁜 숨을 몰아쉬며 남자에게 물었다. 그는 온몸의 힘이 빠진 듯 멍하니 앉아 가만히 위쪽을 응시하고 있었다. 어쩐 일인지 위쪽을 바라다보는 그의 눈빛에 기묘한 빛이 떠올라 있었다. 그녀는 그에게서 심상치 않은 분위기를 느꼈다.

"……."

슈로더의 시선을 따라 고개를 든 웬디는 이내 마음 가득 낭패감을 느껴야 했다. 등나무 줄기로 인해 그에게 추궁을 받을 것을 각오하고는 있었지만 이런 사태까지 각오했던 것은 아니었다.

그녀가 올려다본 낭떠러지에는 두 사람이 떨어져 내린 궤적을 확인시켜 주듯 군데군데 커다란 등나무가 자라나 있었다. 나무는 굵은 줄기를 배배 꼬며 그 사이사이로 새파란 잎을 가득 피워 냈다. 황량한 황토 빛 낭떠러지에 열 맞춘 듯 늘어서 있는 등나무의 모습은 매우 기이한 분위기를 자아냈다. 우수수 매달려 있는 연보랏빛 꽃 뭉치들이 진한 향기를 내뿜으며 가지마다 끊임없이 망울을 터뜨려 댔다.

"슈로더 경……."

팔랑팔랑 떨어져 내린 꽃잎 하나가 라드의 얼굴 위로 가 앉았다. 웬디의 부름에 그녀에게로 시선을 옮긴 그의 눈동자를 보며 웬디는 차마 할 말을 찾지 못했다. 무어라 설명을 한다지? 입이 바짝바짝 타올랐다.

쏴아아아.

바람이 한 차례 불었다. 머리 위에서 꽃비가 내리듯 연보랏빛 꽃잎들이 수북하게 쏟아져 내렸다. 웬디는 라드의 왼뺨에 붙어 있는 꽃잎 하나가 못내 신경이 쓰여 변명 대신 그에게로 손을 뻗었다. 라드는 그녀의 손길을 피하지 않고 묵묵히 얼굴을 마주했다. 마주한 얼굴에는 어떤 경악도 혼란도 찾을 수 없었다.

스윽.

꽃잎을 떼어 내는 그녀의 오른손을 그가 조심스럽게 당기어 쥐었다. 맞닿은 손길로 그의 체온이 느껴졌다. 따뜻했다. 굳은살이 박인 거친 손이었으나 그 태도만은 나긋한 것이었다.

"손에서…… 피가 나는군."

그녀의 손을 쥔 라드 슈로더가 말했다. 그가 미간을 좁히며 그녀의 손바닥을 위쪽으로 향하게 들었다. 과연 그의 말대로 그녀의 오른손에서는 여기저기 피가 비어져 나오고 있었다. 찢어지고 긁힌 상처가 너덜너덜했고, 그중에서도 검지의 상태는 더욱 심각했다. 라드의 뺨에서 떼어 낸 꽃잎이 그녀의 손가락 위에서 순식간에 붉게 물들었다.

"읏……."

웬디는 자신의 상처를 눈으로 확인하자 피로감이 물밀듯이 밀려오는 것을 느꼈다. 핑그르르 머릿속이 어지럽다고 느낀 순간 눈앞이 아득해졌다.

"웬디!"

앞으로 고부라져 쓰러지는 그녀의 어깨를 다급히 잡아 세우며 라드가 황망히 소리쳤다. 웬디는 흐려지는 두 눈을 꾹 감으며 정신을 차리려 애를 썼다. 단시간에 너무 많은 힘을 사용한 터라 몸에 무리가 간 것이었다. 죽음의 위기를 넘기고 나니 맥이 턱 풀린 탓일지도 몰랐다.

"저는…… 괜찮습니다."

한동안 눈을 감고 정신을 추스른 그녀가 뻑뻑한 눈가를 매만지며 말했다. 고개를 들자 라드의 얼굴이 맨 먼저 보였다. 장마철의 개울가처럼 혼탁한 감정이 범람하고 있는 잿빛 눈동자. 웬디는 차마 그 눈동자를 마주할 수가 없었다. 계속 바라보고 있다가는 저 역시 그 물길에 휩쓸려 버릴 것 같았기에.

사붓거리는 꽃잎이 또다시 두 사람을 감쌌지만 몸에 붙은 그 꽃잎을 떼어 낼 엄두조차 못 냈다.

"저보다는…… 경의 상태가 더 좋지 않아 보이는군요. 어서 내려가…… 치료를 하셔야겠어요."

그의 얼굴 역시 긁히고 찢어진 상처 위로 핏물이 여기저기 비어져 나오고 있었다. 눈에 보이지 않을 뿐이지 옷 안쪽은 더욱 심각할 게 분명했다. 웬디는 남자의 시선을 피하며 다급히 몸을 일으키려 했다. 그런 그녀의 움직임을 그가 막았다.

"위험하오."

휘청, 등나무 가지가 크게 흔들렸다. 웬디의 위태로운 몸짓을 걱정스럽게 바라보던 슈로더는 무언가 불안해 보였다.

"괜찮습니다. 그저…… 지켜봐 주세요."

웬디가 꺼질 듯한 목소리로 간신히 말을 남겼다. 손가락의 힘을 다시 한 번 빌려야 했다. 이미 엎질러진 물이었다. 하지만 남 앞에서 이렇게 자신의 능력을 내보이는 것은 처음이었기에, 그녀는 두려움을 느꼈다.

웬디를 꼭 붙들었던 슈로더가 그녀의 말에 잡은 손에서 힘을 풀었다. 그런 그를 마지막으로 한 번 더 슬쩍 바라본 그녀가 이내 고개를 숙였다.

그가 날, 어찌 생각할까.

앞으로 벌어질 일에 대한 수많은 근심 중에서도 가장 먼저 그녀의 마음을 무겁게 만든 생각이었다. 손가락의 힘을 숲의 요정에게서 선물받은 이후로 누구에게도 들킨 적 없었기에 자신의 힘을 목도한 상대가 어떤 반응을 보일지 몹시 불안했다. 그 상대가 라드 슈로더라는 것이 더욱 염려스러운 한편, 안심이 되기도 했다. 스스로도 쉽게 이해할 수 없는 마음이었다.

웬디는 조심조심 몸을 움직여 낭떠러지 가까이로 다가갔다. 등나무 가지가 뻗어 나온 흙 위로 손가락을 가져다 댄 그녀는 망설임 없이 검지를 꾹 눌렀다. 상처 난 자리에 화끈한 통증이 밀려왔지만 건강한 식물을 키우기 위해서는 어쩔 수 없는 선택이었다.

손가락을 떼어 낸 자리에는 지장처럼 붉은 흔적이 남아 있었다. 그렇게 그녀의 핏물을 머금은 흙은 눈 깜짝할 사이에 볼록하게 솟아올라 연초록빛 솜털 가득한 줄기를 키워 내기 시작했다. 그리고 그와 동시에 깃 모양의 지그재그로 갈라진 잎 여러 개가 뿌리께에서 자라나기 시작했다. 줄기 끝 부분에서 샛노란 꽃잎이 피어났을 즈음에 라드 슈로더는 딱딱하게 굳은 얼굴로 경악 섞인 숨을 뱉어 냈다. 눈으로 보고서도 믿기지 않는 광경이었다.

식물의 성장은 거기서 멈추지 않았다. 샛노란 꽃잎들은 제각각 금세 오므라들더니 순식간에 시들어 버리고선, 저 혼자 바닥으로 툭 떨어져 내렸다. 얼마 안 가, 꽃잎이 떨어진 꽃받침 바깥으로 새하얀 갓털이 내밀어졌고 도도록하게 하얀 홀씨가 탄생하였다. 여기까지 아주 잠깐의 시간만이 소요되었다.

"웨스라야 민들레예요. 웨스라야 지방의 바람 없는 골짜기에 적응한 녀석이라 적은 바람에도 쉽게 날아오르죠. 지금 크기가 본래

보다 스무 배 정도 클 거예요."

말을 마친 그녀가 어색한 표정을 지으며 힐끔 그의 얼굴을 살폈다. 안 그런 척했지만 그의 눈치를 보는 게 자신의 능력을 내보인 것이 못내 신경 쓰이는 눈치였다.

그러나 라드 슈로더의 표정은 여느 때와 같이 잠잠하기만 하였다. 그 역시 웬디의 시선을 의식하고 있었던 터였다. 그녀를 걱정스럽게 만들고 싶지 않았던 슈로더는 금세 놀란 마음을 가라앉히고 그 시선을 담담히 받았다.

"굉장한 크기죠?"

"……그렇군."

웬디로서야 그의 담담한 반응에 안심한 게 사실이지만, 한편으론 왠지 모르게 김이 팍 새는 기분 역시 들었다. 입을 떡 벌리고 어깨를 부들부들 떠는 정도까진 아니더라도 작은 탄성 정도는 질러 줄 줄 알았건만! 제 능력의 희소성을 생각한다면 과한 반응은 아니었다.

"흐음……."

그녀가 탐탁지 않은 콧숨을 내뱉었다. 이 반응은 대체……! 가늘게 뜬 눈으로 라드 슈로더의 얼굴을 쳐다본 웬디는 제 능력을 내보인 것에 대해 자신 역시 모르쇠로 일관하기로 마음을 정했다. 그가 자신을 아무렇지 않게 대한다면 자신도 똑같이 대하면 그뿐!

그녀는 어깨를 한 번 으쓱거린 후 민들레 홀씨 근처로 기어갔다. 하얀 홀씨 가닥을 두 손에 움켜쥔 채 끙끙거리며 잡아 뽑길 한 차례. 온전치 않은 손으로는 민들레 홀씨 하나를 뽑는 것만으로도 땀이 뻘뻘 쏟아졌다. 봉긋한 민들레 홀씨 더미는 웬디의 얼굴을 가리고도 한참 남을 정도로 그 크기가 어마어마했다. 웬디는 그 가운데 머리를 박고 홀씨 뽑기에 더욱 몰두했다.

웨스라야 민들레는 높은 산으로 둘러싸인 웨스라야 지방에서도 곡지에서 주로 서식하는 식물로, 바람이 적은 주변 환경에 완벽하게 적응한 식물이었다. 아주 적은 바람에도 날아오르는 힘이 워낙 좋아, 그와 관련된 웨스라야 민들레의 희귀한 에피소드가 여러 개 전해질 정도였다.

웬디는 언젠가 제다 아카데미의 식물학 교수가 발표한 연구 논문에서 웨스라야 민들레 홀씨가 새끼 산양의 목줄에 끼어 짐승을 1미터 가까이 들어 올린 일이 있다는 서술을 기억하고 있었다. 이에 주목한 그녀는 비상시를 대비해 행해 왔던 레이니 숲에서의 모의실험에서 여러 번 이 식물을 실험 대상으로 삼았다. 웨스라야 민들레는 일반 민들레보다 그 크기가 다섯 배 가까이 컸지만 레이니 숲에서 그녀는 그것을 더욱 크게 만들어 내야 했다. 실험에 실험을 거듭한 그녀는 자신의 무게를 감당하기 위해서는 웨스라야 홀씨가 여섯 개 정도는 필요하다는 사실과 웨스라야 민들레의 크기를 스무 배 정도는 키워야 한단 사실을 알아냈다.

"자요. 경에게는 ……홀씨가 아무래도 더 많이 필요할 것 같군요."

웬디는 자신이 따 낸 웨스라야 홀씨 서너 개를 슈로더에게 건네며 고민에 잠겼다.

"일단 열 개 정도 들고 있다가 너무 위로 떠오른다 싶으면 하나씩 홀씨를 버리는 게 낫겠어요. 지상으로 내려설 때도 같은 방법을 쓰시면 된답니다."

"……."

웬디의 설명을 들은 슈로더가 이해할 수 없다는 표정으로 그녀를 바라봤다. 그의 입장에서는 그녀의 말이 뜬금없는 장난처럼 느껴질 터였다. 웬디는 입술을 둥글게 오므리며 그를 이해시키기 위해 잠시 머리를 굴려야 했다.

"그러니까 음, 저 아래로 내려가기 위해서 이 웨스라야 홀씨를 이용할 생각이라고요. 이걸 잡고 바람이 불 때 공중으로 뛰어내리면 천천히 아래로 내려설 수 있거든요. 제법 먼 거리까지도 가능하답니다. 이게 보기에는 별거 아닌 듯 보이지만 바람이 조금만 불어도 엄청난 힘을 발휘한다고요. 아, 봐요!"

때마침 동풍이 불어왔다. 홀씨를 들고 있던 웬디의 왼손이 바람의 방향에 따라 두둥실 떠오르자 라드의 얼굴에 놀라운 빛이 스쳤다. 그녀는 홀씨를 잡은 손에 힘을 주며 웨스라야 홀씨가 바람에 날아가지 않도록 잘 갈무리했다.

"이게 생각보다 엄청 단단히 붙어 있거든요. 그렇게 가만있지 말고 좀 도와주시겠어요?"

웬디는 또다시 끙끙거리며 꽃받침에 붙어 있는 홀씨를 떼어 내기 시작했다. 어물쩍거리며 다가온 라드가 여전히 마음이 놓이지 않는다는 표정으로 그녀를 내려다봤다.

"으……."

바람에 흩날리던 등나무꽃이 웬디의 샛노란 머리칼에 여러 개 내려앉아 있었다. 홀씨를 떼기 위해 끙끙대며 인상을 찡그리던 그녀의 머리 위로 곱게 장식된 연보랏빛 꽃잎은 꼭 화관처럼 어여뻐 보였다.

라드는 제루스 홀에서 그녀의 머리를 장식했던 담쟁이덩굴을 떠올리며 상황에 맞지 않는 옅은 웃음을 지었다. 이런 식으로 그녀의 능력을 마주하게 될지는 몰랐지만, 그동안 짐작만 해 오던 일의 실체를 확인한 것은 그의 기분을 퍽 묘하게 만들었다. 당황하지 않았다고 한다면 거짓이었으나, 그녀의 능력은 그 자신도 놀랄 만큼 이질적으로 다가오지 않았다.

그녀가 어떻게 그런 능력을 갖고 있는 건지, 언제부터 그 힘을 사용한 건지 하는 질문들은 차치해 둔 채, 그는 스스로도 이해되지 않을 만큼 엉뚱한 생각에 사로잡혔다. 불가사의한 그 능력이 세상에 존재하는 것이 가능한 것이라면, 그 능력을 그녀가 소유하고 있는 것이 당연하다는 생각. 그녀의 샛노란 머리칼이, 그녀의 초록색 눈동자가 웬디에게 몹시 잘 어울리는 것처럼, 그 능력은 그녀에게 몹시 잘 어울렸다.

"슈로더 경, 준비되셨죠? 다친 어깨가 아프다 하여도 절대 홀씨를 놓아서는 안 됩니다. 그 이후 벌어질 일은 알고 계시겠죠?"

웨스라야 홀씨를 손에 들고 등나무 줄기 바깥으로 다리를 뺀 채 앉아, 웬디는 마지막까지 우려 섞인 조언을 잊지 않았다. 흡사 겁을 주는 모양새였으나 라드는 그저 속으로 슬쩍 웃으며 고개를 두어 번 끄덕여 주었다.

"잘 알고 있소. 그대야말로 다친 손이 아프다 하여 홀씨를 놓아서는 안 될 거요. ……내 그대가 추락하는 모습을 다시 볼 자신이 없군. 이번만큼은 정말 자신이 없소."

라드 슈로더가 농담인 듯 말을 건넸다. 그러나 그 얼굴은 여전히 무표정한 채 진지한 빛만이 감돌았기에 웬디는 잠시 미간을 좁히며 그의 말이 농담인지 아닌지를 판단해야 했다.

"걱정 마세요. 그런 일은 없겠지만, 설사 그런 일이 생긴다 해도 구해 달라 손을 내밀지 않을 테니까요. 그 대신 경께서 위험에 처하신다면 제가 꼭 구해 드리도록 하죠. 구명에 대한 대가로 발로스를 주신다면요!"

웬디가 싱긋 웃으며 말했다.

"……그런 일은 없을 거요. 내 무슨 일이 있어도 이 홀씨를 손에서 놓지 않으리다."

슈로더가 피식 웃으며 뛰어내릴 준비를 했다.

때맞춰 강한 바람이 불어왔다. 그의 신호를 끝으로 두 사람은 공중으로 몸을 맡겼다.

7화

강가의 은백양나무는
왜 홀로 빛나는가

강가의 은백양나무는 왜 홀로 빛나는가

바람은 숲의 서쪽을 향해 불고 있었다. 웬디의 말대로 웨스라야 홀씨는 아주 적은 바람에도 쉽게 날아올라 두 사람을 가벼이 공중으로 띄워 주었다. 슈로더는 온몸을 감싸는 바람의 저항을 느끼며 웬디에게서 시선을 떼지 않은 채 꾸준히 홀씨를 움직여 방향을 조절했다. 생전 처음 경험하는 공중 비행임에도 그는 오래지 않아 비행 감각을 익혔다.

"어때요? 기분이 꽤 좋지 않나요?"

기분이 좋지 않으냐 묻는 사람답지 않게 정작 그녀의 표정은 별로 좋지 못했다. 슈로더는 뻣뻣하게 굳은 그녀의 얼굴을 보며 입을 열었다.

"그렇소, 바람이 아주 시원하군."

웬디는 자연스럽지 못한 몸짓으로 고개를 한 번 끄덕이고선 아찔한 듯 파르르 눈꺼풀을 떨었다. 수없이 연습을 했다지만 공중 비행

만큼은 익숙해질 기미가 보이지 않았다.

"이제 천천히 내려가 보도록 하죠."

홀씨를 잡고 있는 팔이 힘에 부치는 듯 그녀는 조금 억눌린 목소리로 말을 했다. 여러 날 계속된 단련으로 팔심을 길렀다지만 오랜 시간 자신의 몸무게를 지탱하기엔 한계가 있었다. 웬디는 말을 마치자마자 웨스라야 홀씨 하나를 손에서 조심스럽게 놓았다.

그와 동시에 그녀의 몸이 스르륵 아래쪽으로 내려섰다. 웬디는 발끝에 닿을 듯 말 듯 새파란 빛으로 일렁이는 나무 꼭대기를 바라보며 조금 더 앞쪽으로 가기 위해 홀씨를 쥔 두 손에 보다 힘을 주었다.

"저어기, 강가가 보이죠? 저 앞에 모래톱까지 가도록 하죠. 흡, 갈 수 있겠어요?"

슈로더는 송글송글 땀이 비어져 나온 웬디의 이마께를 바라보며 문제없다 대답했다. 그녀가 가리킨 곳은 절벽 아래쪽 떡갈나무 군락이 끝나는 지점이었다. 그들은 바람을 타고 순식간에 목표한 곳으로 도달했다.

"엿차."

마지막 남은 홀씨 하나를 손에서 놓으며 웬디는 모래톱 위로 발을 디뎠다. 발로스를 타고 벌판을 내달릴 때만큼이나 그녀는 그 순간 벅찬 희열을 느꼈다. 드디어 살았구나, 하는 생각에 찌르르하게 온몸이 떨렸다. 너울너울 하늘 위로 치솟는 웨스라야 홀씨의 마지막 모습을 힐끗 바라보며 그녀는 웃음기가 피어오른 얼굴 위로 얇은 한숨 한 줄기를 토해 냈다.

육지에 내려서자마자 안도의 한숨을 내쉰 건 라드 슈로더 역시 마찬가지인 듯했다. 축축이 땀으로 젖은 두 손을 녹색 재킷 위에 스윽 하고 닦아 내는, 어쩐지 무방비해 보이는 그의 모습이 조금 낯설었다. 그의 시선이 계속해서 하늘을 부유하는 웨스라야 홀씨에 고정되어 있는 모습을 본 후 웬디는 물가를 향해 천천히 걸어갔다.

찰랑.

그녀는 물가 앞에 쪼그려 앉아 지저분해진 손을 물속에 담갔다. 화끈거리던 상처가 시원한 물에 닿자 조금 진정되는 느낌이 들었다.

"홀씨가……."

라드가 말을 하다 말고 꾹 입을 다물었다. 의아한 듯 그녀가 그의 얼굴을 슬쩍 돌아봤지만 그는 여전히 하늘 높이 멀어져 가는 홀씨로부터 시선을 떼지 못하는 중이었다.

"웨스라야 홀씨라면 걱정 마세요. 이곳 부르고뉴 숲의 산림에 아무런 해악도 끼치지 않을 테니까요. 저렇게 크게 자라난 녀석은 생명이 길지 못해요. 무엇보다 이곳 흙은 웨스라야 지방에 비해 점성이 약하기 때문에 홀씨가 내려앉기 부적합하죠. 생태계에 아무런 영향도 미치지 않을 거예요."

웬디는 손에 난 상처를 물속에서 살살 어루만지며 지저분하게 달라붙어 있던 흙과 나뭇잎 부스러기를 떼어 냈다.

웨스라야 지방에서만 자생하는 민들레가 부르고뉴 숲의 생태에 영향을 미칠까 하는 걱정은 그녀 역시 한 바였다. 무분별하게 검지의 힘을 사용했다가는 숲의 생태를 망칠지도 몰랐기에, 이런 부분은 그녀가 힘을 쓸 때마다 늘 주의하는 일 중 하나였다.

첨벙!

어느새 곁에 다가온 라드가 그녀 옆에 나란히 앉아 불쑥 물속에 손을 담갔다. 멍하니 물속에서 휘적휘적 손을 젓던 그녀는 깜짝 놀란 얼굴로 그에게 시선을 돌렸다. 웬디의 손목을 말아 쥔 남자는 조금의 머뭇거림도 없이 마땅히 해야 할 일을 한다는 태도로 그 손을 건져 올렸다. 자잘한 물방울이 튀어 모래톱에 둥근 자국을 남겼다.

"내가 걱정하는 건 부르고뉴 숲이 아니오. ……웨스라야 줄기에 그대의 핏자국이 선명하더군. ……상처가 심하오."

웬디의 뭉개진 상처 위로 시선을 옮긴 그의 눈썹이 꿈틀하고 찌푸려졌다. 등나무 위에서보다 상처는 더욱 악화되어 있었다.

"내가 어리석었소. 치료부터 마친 후에 움직였어야 했는데."

라드는 급히 자신의 손을 물에 씻은 후 재킷 단추를 풀어내기 시작했다. 아쉬운 대로 셔츠의 오염되지 않은 천을 이용하려는 생각에서였다.

"손수건을 여러 개 챙겨 오지 않은 게 후회되는군."

갑작스러운 소나기로 축축하게 젖어 버린 손수건은 이미 한참 전 그의 짐 안쪽으로 처박혀 버린 후였다. 라드는 손수건뿐만 아니라 발로스의 등에 매여 있던 상비약까지도 이 순간 몹시 아쉽다 생각되었다. 여인의 손이었다. 이렇게 형편없이 상해서야. 함께 있던 사내로서 면목이 없었다.

"……."

웬디는 그가 겉옷을 벗는 모습을 바라보며 다치지 않은 왼쪽 손을 자신의 재킷 주머니 안쪽에 밀어 넣었다. 잔뜩 구겨진 손수건 하나가 손에 잡혔다.

그녀는 조금 머뭇대다가 이내 빈손으로 손을 빼냈다. 그에게 손수건을 건넬 수는 없었다. 제루스 홀에서 그가 자신의 구두에 매주었던 손수건이 떠오른 까닭이었을 것이다. 그녀가 가위로 무참히 잘라 내 버렸던 그 손수건 말이다. 그 앞에 자신의 손수건을 내보이는 것이 마치 저가 지은 죄를 고백하는 것 같았기에, 그녀는 차마 손수건을 내밀지 못했다.

부욱.

그런 그녀의 마음을 알 리 없는 라드는 입고 있던 흰색 리넨 셔츠를 망설임 없이 찢어 냈다. 그는 이내 노련한 손놀림으로 웬디의 손을 빠르게 감싸 들었다. 오랜 시간 검을 잡아 왔기에 그도 수많은 부상을 경험했던 터였다. 상처를 치료하는 일쯤은 어려운 축에 속하지 않았다.

"이 전날, 슈로더 경께서 손을 다치셨던 일이 생각나는군요. 그때와…… 정반대의 상황이네요."

웬디는 어색함을 떨치고자 과거의 기억을 끄집어냈다.

"그대 솜씨만은 못해도 손을 감싼 천이 쉽게 풀리진 않을게요. 어서 돌아가 제대로 된 치료를 해야겠소. 상처가 덧나지 않도록 말이오."

그가 찢어 낸 천 귀퉁이를 잡고 문제의 그 매듭을 짓기 시작했다. 황실 기사단의 특수 매듭법이었다. 웬디는 우물쭈물 망설이다 조금 시무룩한 목소리로 입을 열었다.

"슈로더 경, 그 매듭을 푸는 방법을…… 알려 주시겠어요?"

그 말을 들은 그가 웬디의 얼굴을 잠시 바라보는가 싶더니 곧 매듭 푸는 법을 여러 번 되풀이해 보여 주었다. 라드는 이 전날 똑같은 매듭을 그녀의 발목에 묶어 둔 일을 상기했다. 그녀가 발목에 묶인 손수건으로 인해 곤란을 겪었음을 짐작하는 것은 어려운 일이 아니었다.

"……이렇게 둥글게 말린 부분을 앞쪽으로 잡아당기면 된다오. 아시겠소?"

그의 설명을 듣던 웬디는 겸연쩍은 얼굴로 저의 왼손을 주머니 안에 푹 쑤셔 박았다. 그에게 매듭 푸는 법을 묻다니! 이래서는 손수건을 내밀지 않은 보람이 없지 않은가. 그녀는 속으로 깊은 한숨을 내뱉었다.

"네, 크게 어렵진 않군요."

그럼에도 불구하고 온전하게 매듭을 끌러 내는 방법을 알고 싶다는 생각에는 변함이 없었다. 이번만큼은 그가 묶어 준 매듭을 가위로 잘라 내고 싶지 않았다. 속 시원하게 설명할 수 없는 감정이었다.

"경께서도 손이…… 많이 상하셨네요. 아프지 않으세요?"

그녀가 매듭을 이리저리 매만지는 라드의 손을 보며 말했다.

"그대만큼은 아니오. 그저 조금 긁힌 정도인걸."

"얼굴도…… 여기저기…….'

웬디는 피딱지가 검게 달라붙어 있는 그의 얼굴을 들여다보며 더 이상 말을 잇지 못했다. 치료가 시급한 건 자신보다는 눈앞의 남자였다. 그녀는 고개를 수그린 채 잠시 망설이다가 주머니의 손수건을 꺼내 들었다. 저의 부끄러움 따위를 고민할 때가 아니라는 판단에서였다.

"잠시…… 제가 상처를 보게 해 주세요."

그러나 손수건을 깨끗한 강물에 적셔 짜 들고 그의 얼굴을 바라보자 갑작스럽게 긴장이 밀려오기 시작했다. 심장의 고동 소리가 놀라우리만치 크게 들려왔다.

웬디는 흐트러진 정신을 바로 하려 노력하며 눈 근육에 꾸욱 힘을 줬다.

그저 선의를 행하려는 것뿐이다! 이건 어디까지나 은혜를 갚는 행동에 지나지 않잖은가!

웬디는 손수건을 쥔 손을 연신 꼼지락대며 저를 납득시키기 위해 잠시간 골몰해야 했다.

"상처를 깨끗하게 닦아 내야 할 것 같아서요……. 다른 뜻이 있는 건 아니니 오해하지 마세요."

그녀는 굳이 하지 않아도 될 말을 꺼내며 라드 슈로더의 얼굴을 향해 손을 뻗었다. 그러나 그는 아무런 반응도 없이 그녀 앞에 얼굴을 보였다. 그 점이 웬디에게 위안이 되었다.

스윽.

남자의 이마 위로 손수건을 누르며 웬디는 호흡을 천천히 가다듬었다. 왜 이렇게 긴장이 되는지 모르겠다.

이쯤이었나, 좀 전에 등나무 꽃잎이 닿았던 자리가.

그녀는 그의 얼굴을 닦아 내며 딴생각을 하려 노력하였다. 그러자 그의 얼굴 위에 내려앉았던 연보랏빛 꽃잎이 생생히 그려졌다. 꽃잎을 만졌던 그 감촉까지도.

"……."

그 시점에서 그녀가 등나무 꽃잎을 떠올린 것은 현명하지 못한 처사였다. 남자의 얼굴에서 꽃잎을 떼어 내던, 저에게 어울리지 않는 그 친근한 행동이 끊임없이 머릿속에서 되새김질됐기 때문이다. 웬디는 불가항력으로 두 뺨을 붉혔다.

"……됐어요."

그녀는 손수건을 다급히 강물에 담그며 고개를 푹 수그렸다. 이번에도 남자는 별말이 없었다. 웬디는 라드 슈로더가 과묵한 천성을 가진 것이 참 다행이라 생각되었다. 그가 속으로 황실 기사 강령을 외우며 동요하지 않으려 노력하고 있단 사실은 꿈에도 모를 그녀였다.

지친 몸을 달래며 물가에서 한참 쉰 후에야 두 사람은 자리를 털고 일어섰다. 버성긴 분위기를 가까스로 견뎌 낸 그들이었다.

라드는 겉옷을 다시 입으려는 생각인지 벗어 둔 재킷을 펴 들었다. 웬디는 그 와중에 얇은 리넨 셔츠 사이로 비치는 그의 등과 어깨 위에 피어오른 붉고 퍼런 흔적들을 발견했다. 좀 전의 사고로 얻은 상처가 분명했다. 그녀는 얼른 시선을 돌리며 죄책감을 지워 내기 위해 노력했다.

두 사람은 모래톱을 빙 돌아 낭떠러지 너머로 되돌아가는 방법을 택했다. 낭떠러지를 다시 기어오를 수도 없고, 강물을 헤엄쳐 다른 지역으로 갈 수도 없는 노릇이니 최선책이라 할 수 있었다.

강가를 향해 불룩 내밀어진 모퉁이를 지나 한동안 걷자 서서히 주변이 오렌지 빛으로 물들기 시작했다. 해가 지려는 모양이었다.

아름답게 반짝이는 강변 풍경을 바라보며 두 사람은 걸음을 더욱 재촉하였다. 숲의 어둠이 위험하단 사실을 누구보다 잘 알고 있는 그들이었다.

"아……."

빠르게 모래톱을 거닐던 웬디가 얼마 못 가 그 자리에 멈춰 섰다. 작게 탄성을 내지르며 멍하니 앞쪽을 응시하는 눈동자 위로 아런한 빛이 떠올랐다. 그녀의 기억 속에 강한 인상으로 자리해 있던 풍경. 그것과 꼭 닮은 풍경이 어른어른한 석양빛에 붉게 물들어 있었다.

은백양나무였다.

나무는 숲의 나무들과 외따로 떨어진 채 홀로 우뚝 솟아 강가에 자리해 있었다. 강물의 반짝이는 빛을 받아 홀로 요요히 빛나는 모습이란.

웬디는 가슴 한편이 과거의 잔영으로 뭉클해지는 것을 느꼈다. 누구에게도 말한 적 없는 그날의 기억으로.

그래서였을까.

그녀는 단단히 밀봉해 둔 레몬 티 단지를 열 듯 저의 무거운 입을 열었다. 붉은 햇살이 흩뿌려진 라드 슈로더의 얼굴 위로 시선을 던지자 남자는 이끌리듯 그녀를 마주 보았다. 두 사람을 감싸고 있던 숲의 공기가 강물 위를 건너온 서늘한 강바람에 호르르 주변으로 흩어졌다.

"⋯⋯경께선 왜 저를 구해 주신 건가요? 모른 척하셨더라면 이런 고난을 겪지 않으셨을 텐데요."

은백양나무를 향해 다시 고개를 돌리며 그녀가 담담히 물었다. 그 물음에 그는 한참 동안 대답이 없다가 강바람이 다시금 불어올 즈음 그녀를 향해 말을 꺼냈다. 강바람의 맑은 향기가 섞인 음성이었다.

"⋯⋯그대와 같은 이유라 한다면 답이 되겠소? 그대가 지니고 있는 그 힘을⋯⋯ 다른 이를 위해 쓰는 것에 주저하지 않은 것처럼, 나 또한 내가 할 수 있는 일을 했을 뿐이라오."

"……."

"웬디, 그대가 라자뷰데에서 불의를 참아 넘기지 않은 일도, 리누스 의료원의 가여운 꼬마를 위했던 마음도, 오늘 멜리사 영애를 구한 일까지. 모두 충분히 그럴 만한 까닭이 있어 그들에게 도움을 전했다는 것을 알고 있소. 그대 역시, 그대가 겪을 고난을 헤아리기보다는 다른 이의 어려움을 먼저 생각한 것이겠지."

은백양나무를 바라보던 웬디의 두 눈에 작은 파문이 일었다. 자신이 지금껏 벌였던 모든 일을 알고 있다 말하는 남자의 이야기는 그녀의 가슴에 세찬 물결을 일으켜 온통 어지럽히기 충분한 것이었다.

"제가 지닌 힘을 이전부터…… 알고 계셨단 말씀인가요?"

웬디가 떨리는 목소리로 물었다.

"그저 짐작만 했을 뿐이라오. 나는 그리 상상력이 좋은 사람이 되지 못한다오. 무언가 설명할 수 없는 일이 일어나고 있다고, 그 정도만 생각했을 뿐."

"리누스 의료원의…… 아이 일은 어찌 아시고……."

"우연이었소. 내 호기심이 한몫하긴 했지만. ……염려 마시오, 내가 짐작하던 일에 대해 누구에게도 말한 적이 없으니. 앞으로도, 그런 일은 없을 거요. 내 기사의 명예를 걸고 맹세하지."

웬디는 흔들림 없는 눈동자로 자신을 바라보고 있는 슈로더에게로 시선을 옮겼다. 그의 얼굴은 어떠한 조바심도, 거짓도 없이 새벽의 바다처럼 잔잔하고 고요했다.

그녀는 그의 말에서 무조건적인 비호를 읽었다. 가슴 한쪽이 이유를 알 수 없이 욱신거려 왔다. 웬디는 그 잔연한 새벽 바다 위에

서 홀로 흔들리는 배가 된 것처럼 혼란스러움을 느끼며 깊디깊은 그의 눈빛을 피했다.

그런 그녀를 보는 라드의 얼굴 위로 순간 안타까움이 스쳤다.

"아니, 다시 말하리다. ……무슨 이유로 그대를 구했느냐 내게 묻는 것은…… 옳지 못한 일이었소. 어려움에 처한 이를 외면하지 못해 도왔다고, 황실 기사로서 마땅히 해야 할 일을 했을 뿐이라고, 난 그렇게밖에 대답할 수 없으니. 그대가 그랬던 것처럼 나 또한 주저하지 않고 타인에게 손을 내민 것이라 말하는 것밖에 할 수 있는 게 없으니."

마치 배가 육지에 접안하는 것처럼 그는 그녀를 향해 부드럽게 손을 내밀었다. 웬디는 석상처럼 굳은 얼굴로 그가 내민 손을 바라보았다.

"어찌…… 구하지 않을 수 있었겠소. 내가, 그대를."

그녀의 손을 말아 쥐는 그의 목소리가 처음으로 떨려 왔다. 한숨 가득한 그 음성이 강바람에 섞이어 그녀의 두 뺨을 스쳤다. 아니, 그의 음성은 그저 한숨이었다.

"……저는."

웬디는 사람의 음성이 그 자체로 하나의 존재가 될 수 있단 사실을 처음 알았다. 저의 손을 꼭 쥔 남자의 손을 차마 뿌리칠 수가 없던 것은 그가 뱉은 말이 하나의 존재가 되어 그녀 곁에서 내내 맴돌았기 때문이었다.

"경의 말은, 틀려요. 저는 단 한 번도 주저하지 않은 적이 없었어요. 늘 주저하고 갈팡질팡했죠. 타인에게 손을 내미는 건 언제나 제게 어려운 일이었어요."

그녀가 돌연 가라앉은 목소리로 말했다.

그녀는 남자의 손을 놓지 않은 채 그대로 걸음을 옮기기 시작했다. 그녀의 손에 이끌려 노을 진 강변을 거닐던 라드는 숨죽인 채 웬디의 말에 귀를 기울였다. 적막이 맴돌았다.

"재미없는 이야기 하나를 해 드릴까요?"

웬디가 바람에 흩날린 저의 머리칼을 쓸어 넘겼다. 그녀의 머리칼이 공중에서 이리저리 헤매다 다시금 그녀의 귓바퀴 옆으로 흘러내렸다.

"오래전, 아주 어릴 때의 이야기예요. 이유 없이 고열을 앓고 많이 아픈 일이 있었어요. 그때 생전 처음으로 어머니를 만났는데, 아파서 정신마저도 혼미했던 모양인지 대화 한 번 제대로 나눠 보지 못했죠. 다 낫고 나니, 이미 어머니는 곁에 계시지 않더군요. ……어린 마음에 몹시 절망했던, 기억이 있어요."

그녀가 말을 멈추고 잠시 숨을 골랐다. 마음에서 포화 상태에 이른 낱자들을 고르고 고르듯 그녀는 그렇게 낮은 숨만 내쉬었다.

"……그날 이후로, 세상에 덩그러니 혼자 남겨진 기분으로 몇 날 며칠을 살았어요. 어머니를 여러 날 찾아 헤매기도 했죠. 처음부터 가지지 못했던 것과 가졌다가 잃어버리는 건 큰 차이가 있더군요. 비록 이야기 한 번 나눠 보지 못했을지라도, 어머니라는 존재가 곁에 있었던 경험은 도리어 내가 혼자란 사실을 뼈저리게 일깨워 주는 거였어요."

"……."

"그러던 어느 날이었죠. 무심코 강가를 지나치는데 나무 한 그루가 눈에 들어왔어요. 저기 저, 은백양나무와 비슷한 그런 나무였답니다. ……다른 나무들은 다들 옹기종기 모여 있는데, 그 나무 한 그루만 홀로 저렇게 강변에 자리해 있었어요. 홀로, 덩그러니 쓸쓸하게. 다른 나무들이 나란히 저들의 그림자를 물 위에 드리울 때 그 나무는 그림자마저도 쓸쓸하게 혼자 있더군요. ……꼭 나와 같다, 그렇게 생각했어요."

웬디가 은백양나무를 가리키며 말했다. 아득히 높은 하늘 아래 떠가는 구름 조각 몇 개가 은백양나무 위를 스쳐 지나갔다.

"밤이 깊을 때까지, 강가에 앉아서 그 나무만을 계속 바라봤어요. 짙게 깔린 어둠 위로 아무런 형체가 보이지 않을 때까지. …… 그때, 구름이 걷히고 달빛이 드러나지 않았더라면 전 계속 투정만 하는 어린애로 남아 있었을지도 몰라요. 달빛이 비춘 나무는…… 숲에서 홀로 아름답더군요. 은백양나무의 나뭇잎이, 나무 기둥이 온통 은빛으로 반짝였어요. 풀 냄새가, 바람 냄새가, 강물의 반짝임이, 다른 나무들의 나뭇잎 흔들리는 소리마저도 전부 그 나무를 위한 것만 같단 생각이 들 정도로."

라드는 웬디의 시선을 따라 먼발치에 홀로 서 있는 은백양나무를 바라보았다. 나무 근처에서 시작된 바람이 강 표면을 훑고 지나갔다. 쏴아아 밀려 나가는 빛의 움직임이 눈가를 온통 어지럽혔다.

"달빛과 강물이 만들어 낸 환영이었을지도 몰라요. 그렇지만 그날 본 것만큼 아름다운 장면을 지금껏 저는 본 적이 없어요. 홀로 우뚝 솟아 있는 모습이, 그렇게 고고하고 아름다울 줄이야. 울고 있을 때가 아니란 걸 알았지만 눈물이 났죠. 그 선연한 빛을 본 순간, 그 강인한 모습을 본 순간."

웬디는 작게 웃음을 흘렸다. 적막감이 맴도는 웃음이었지만 그녀의 얼굴에는 살구나무 열매처럼 뽀얗고 붉은 화색이 돌았다. 환한 얼굴에 걸린 슬픔은 더욱 아릿한 것이었다.

"그 후부턴, 혼자라는 사실이 두렵지 않았어요."

은백양나무처럼 단단하고 빛나는 껍데기를 갖게 되는 것만으로도 그녀는 족했다. 그녀만이 알고 있는 아름다움이라고 하더라도, 그걸로 족했다. 언뜻 보면 무심하고 미련해 보이겠지만, 그것은 그녀가 치열하고도 슬프게 얻은 깨달음이었다.

그녀는 혼자가 좋다고, 더 이상 제게 없는 것을 갖고 싶다 소망하지 않는다고 말하고 싶었다. 다신 그런 상실감을 맛보고 싶지 않다고, 그렇게 말하고 싶었다.

"재미없는 이야길 들어 줘서 고마워요."

그녀가 말했다.

"……."

라드는 참을 수 없는 기침을 참아 내듯 몇 번이나 말을 하려다 말고 입을 다물었다. 두 사람은 계속 걸었다. 맞잡고 있던 손은 어느덧 놓인 채였다.

은백양나무 근처까지 왔을 때서야 그는 발걸음을 멈춰 세웠다. 그들 주변으로 키 작은 떨기나무 여러 그루가 옹기종기 모여 있었다. 라드는 웬디의 얼굴을 가만히 들여다보며 생각했다.

그녀 옆에서 저 은백양나무를 함께 바라볼 수만 있다면, 그도 아니면 저 자신이 그저 강가의 은백양나무가 될 수 있다면, 그녀가 그것으로 위안을 얻는다면, 그녀가 혼자라는 기분을 느끼지 않는다면 그것으로 족하다고.

"내 그대의 마음을 모두 이해할 수는 없을 테지. 다만…… 이전처럼 그대 홀로 저 나무를 바라보고 있지 않단 사실을 알아주시오."

웬디는 시선을 나직하게 내리깔며 홀로 숨을 삼켰다. 오렌지 빛으로 물든 공기가 그녀의 가슴을 가득 채웠다.

"그대가 또다시 이전과 같은 고독을 느낀다면, 또다시 저 은백양나무가 그대에게 필요한 날이 온다면……. 그날, 내 다시 그대 곁에 서 있겠소. 그런 날이 온다면, 반드시 그리하겠소."

나무가 보인 위로의 빛을, 그 선연한 빛을 함께 보자, 하고 그가 말했다. 슈로더가 다시금 그녀의 손을 잡았다. 웬디의 손이 고요히 떨리는 게 느껴졌다. 해거름이 절정에 이르러 그녀의 손 마디마디가 전부 붉게만 보였다.

"경께선…… 아무것도 모르세요. 저는 더 이상 고독감 같은 건, 느끼지 않는다고요."

웬디가 조금 물기 어린 목소리로 말했다. 새벽녘 공기 중에 흩날리는 이슬만큼이나 찰나의 습기였다.

"그렇다면, 더욱 잘된 일이 아니겠소?"

그가 그녀의 손을 힘주어 잡았다. 뭉텅 그의 손을 뿌리치는 것은 어려운 일이었다.

그녀는 애써 고개를 돌렸다.

오렌지 빛으로 물든 강물이 나뭇가지 사이로 보였다. 은빛으로 빛나는 은백양나무의 그림자가 작게 흔들렸지만 나무의 밑동은 여전히 견고하였다. 마치 라드 슈로더, 그 남자의 모습처럼.

강가를 벗어난 두 사람은 어스름이 몰려오는 숲 속을 빠른 걸음으로 걸었다. 조금이라도 빛이 남아 있을 때 일행을 찾아 나서는 것이 현명하다는 판단에서였지만 얼마 지나지 않아 그들 주위는 짙은 어둠으로 뒤덮였다.

투두둑.

삐쭉 튀어나와 있던 나뭇가지에 웬디의 재킷이 걸렸다. 그녀가 흠칫 놀라 몸을 뒤로 뺐지만 실밥이 터지는 소리와 함께 옆구리의 솔기는 힘없이 뜯어졌다.

"……괜찮소?"

라드가 급히 다가와 그녀의 상태를 살폈다. 웬디는 어둠 속에서 희끄무레한 라드의 형체를 보며 고개를 끄덕였다.

"괜찮아요. ……그보다도, 이대로 계속 숲을 걷는 건 무리일 것 같은데요."

라드 역시 그녀의 말에 공감하는 듯, 한 차례 고개를 끄덕였다. 걷는 중간중간 휘파람을 불어 발로스에게 신호했지만 아직까지 녀석의 말발굽 소리는 들려오지 않았다. 녀석과의 거리가 생각보다 더욱 먼 까닭이리라.

"내 불을 피워 보리다."

그가 웬디를 이끌어 제법 널찍한 공터로 나아갔다.

두툼한 나무 기둥에 기댄 그녀가 그 하는 양을 물끄러미 바라보니, 그는 어둠 속에서 나뭇가지를 모아 놓고 불을 붙이느라 무던히도 애를 쓰고 있었다. 부싯돌을 비롯한 모든 비상 물품이 짐 주머니에 들어 있었기에 당장 나뭇가지를 비벼서라도 불을 피워야 했지만 오후에 내렸던 소나기 탓에 숲은 여전히 축축했다. 아무 말 없이 그 모습을 지켜보던 그녀는, 결국 고민 끝에 입을 열었다.

"경, 제가 불을 밝히는 데 도움이 될 수 있을 것 같은데요."

나지막한 음성에 분주히 손을 움직이던 남자가 고개를 들었다.

"……모닥불을 피우겠다는 소리는 아닌 듯하고. 그대의 능력을 쓰겠다는 말이오?"

"네, 좋은 방법이 하나 있거든요."

"또다시 그대의 손가락을 흙바닥에 두어야 한단 말이오?"

"그게 가장 좋은 방법이긴 하지만, 여기 이 나무토막을 이용해도 상관없을 것 같아요. 나무 위에서도 잘 자라는 식물이거든요. 괜찮아요, 매끈한 곳에 조심히 가져다 댄다면."

웬디는 그가 모아 둔 나뭇가지 앞에 다가가 천에 감싸인 검지를 위로 들어 올렸다. 라드 슈로더가 가르쳐 준 방법에 따라 묶인 매듭을 풀어내니 아주 손쉽게 천이 풀려나갔다. 그녀는 나뭇가지 두 개를 집어 그 위에 여러 번 손가락을 가져다 댔다. 상처가 쓰라렸지만 아주 못 참을 정도는 아니었다.

"그 힘을 반복적으로 사용했을 때…… 부작용 같은 건 없소?"

슈로더는 등나무 위에서 보았던 웬디의 모습을 떠올렸다. 어지러운 듯 몸을 가누지 못했던 그녀의 모습이 한여름의 아지랑이처럼 눈앞에 어른거렸다.

"짧은 시간 안에 여러 번 사용했을 땐 몸이 조금 지치긴 합니다만, 그리 큰 부작용은 없답니다."

웬디가 나뭇가지에서 시선을 떼지 않은 채 대수롭지 않은 투로 말했지만, 그는 그녀의 말을 온전히 신뢰하지 않았다. 자신이 목도한 바, 그녀의 상태를 조금 지친 것이라 표현하기엔 그 정도가 매우 중했기 때문이다.

황실의 기사들이 그의 무자비한 훈련 앞에 게거품을 물고 쓰러져도 눈 하나 깜짝하지 않았던 그였다지만, 어쩐 일인지 이 여인 앞에선 모든 기준이 하향 평준화되어 한없이 너그러워지고 만다. 라드는 웬디가 검지의 상처 자리를 입으로 빨아 낸 후 다시금 천으로 싸매는 광경을 바라보며 깊은 한숨을 내쉬었다.

"······내가 해 주겠소."

그녀의 손을 살며시 쥔 그가 풀렸던 천을 다시 돌돌 감기 시작했다. 어두웠지만 손에 익은 감각대로 그는 매듭을 잘 지었다. 그 모습을 지켜보며 웬디는 멋쩍게 입을 열었다.

"차밀 반디풀이에요. 흔히들 그냥 반디풀이라고 부르죠."

그녀가 손가락을 댄 나뭇가지 위에서는 삐쭉삐쭉 풀잎이 솟아오르고 있었다. 잎겨드랑이에서 소담스럽게 피어난 하얀 꽃송이 여러 개가 시선을 끌었다. 웬디는 꽃이 핀 나뭇가지 하나를 라드에게 건네며 당부했다.

"이제 기다리는 일만 남았네요. 녀석들이 나타났을 때 행동을 주의해 주셔야 해요. 겁이 많은 녀석들이거든요."

"······나타난다니, 누가 나타난다는 게요?"

라드가 미간을 좁히며 물었다.

"차밀이요. 반딧불이과의 곤충이죠. 늦봄, 가장 먼저 숲의 밤을 밝히는 녀석들이에요. 이 풀잎에서 나오는 진액이 녀석들의 별식이거든요. 달콤한 이슬 같은 거죠."

그녀의 말처럼 풀잎 위에는 어느덧 총총한 물방울 여러 개가 맺혀 있었다. 그가 풀잎 가까이에 코를 대고 냄새를 맡아 보았지만 풀 냄새 외에 특별한 냄새는 나지 않았다. 그 모습에 웬디가 피식하고 웃음을 지었다.

두 사람은 찌르찌르 울어 대는 풀벌레 소리를 들으며 반딧불이가 나타나길 기다렸다. 꽤 오랜 기다림이었다.

"……스노위코에게 약을 먹인 자가 누군지 짐작 가는 바가 있으신가요? 저는 숲에 들어서기 전 보았던 남자…… 그자가 의심스럽더군요."

정적을 깨고 먼저 입을 연 것은 웬디였다. 그녀는 어두운 밤에 걸맞은, 착 가라앉은 목소리로 자신이 품은 의혹에 대해 말했다. 숲 속에 나란히 앉아 반딧불이를 기다리는 남녀가 할 이야기로는 어울리지 않았지만, 웬디는 이야기를 그만둘 생각이 없었다. 그것은 라드 슈로더 역시 마찬가지였다. 그는 숲의 밤보다 더욱 어둡게 침잠한 눈빛을 하고선 대답했다.

"나 역시 그러했소. 그 때문에 말에 매인 짐을 더욱 세세히 살폈던 거였으나, 지금에 와서는 모두 쓸데없는 짓이 돼 버렸군……. 내 그대에게 면목이 없소."

그가 웬디를 바라보며 말했다. 웬디는 아무런 말없이 고개를 떨궜다. 어둠 속에서도 그의 잿빛 눈동자와 얼굴 생김이 모두 그려지는 듯해 계속 마주하고 있는 것이 어려웠다.

"그자가 누군지 아시나요?"

"그자의 옷차림에서 어떤 가문의 징표도 발견할 수 없었지. 다만…… 내 지난날 그를 한 번 본 일이 있기에 그자가 속한 가문에 대해 짐작 가는 바가 있소이다. ……알타린 영애, 그녀의 곁에 있던 자였지. 그녀가 내게 손수건을 건네러 왔을 때 그 곁에 있던 자였소. 내 한 번 본 이의 얼굴은 절대 잊지 않으니, 그 점은 틀림없을 게요."

"……."

"그러나 그자가 범인이란 것은 아직 확신할 수 없소. 섣부르게 범인으로 단정하고 알타린 영애를 압박했다가는 숄터스 백작가에 반발할 구실을 만들어 줄 뿐일 테고. ……하지만 내 그대에게 한 가지는 약속하지. 반드시 범인을 잡아 그에 상응하는 죗값을 치르게 하겠소. 어떤 방법으로든, 내 반드시 그리하리다."

그는 마치 스스로를 향해 맹세의 서약을 하듯 말했다. 그의 목소리가 품은 울림이 너무도 경건하고, 또 단호했기에 웬디는 더 이상 말을 이을 수가 없었다. 어떤 방법으로든 범인의 죄를 처단하겠다는 것은, 합법적인 방법만을 사용하겠다는 뜻이 아니었기에 더욱 그러했다. 자로 잰 듯 빈틈없어 보이는 사내에게서 들을 것이라 예상했던 이야기가 아니었던 것이다.

공연히 어색한 기분을 느낀 그녀가 잠시 머뭇대는 사이에 라드가 조심스레 숲의 어둠을 향해 고개를 돌렸다. 어둠 속에 반짝이는 불빛을 발견했던 것이었다. 차밀 반딧불이가 내는 옅은 황녹색 불빛이었다.

한두 개 보이던 불빛이 얼마 안 있어 수두룩하니 이곳저곳에 나타났다. 빼곡하게 어둠을 장식하고 있는 불빛의 모습은 밤하늘의 별처럼 곱고 정갈했다. 경계심 많은 반딧불이는 근처를 한참 배회하다 곧 두 사람 주변으로 조심스럽게 날아들었다.

녀석들의 꽁무니에서 나는 옅은 초록 불빛 덕분에 두 사람 주변이 순식간에 은은히 밝아졌다. 조명처럼 환한 빛은 아니었지만 두 사람이 숲에서 길을 찾을 정도의 밝기로는 충분했다.

라드가 나뭇가지를 슬며시 앞쪽으로 내밀자 차밀 반딧불이는 약속이나 한 듯 핑그르르 둥근 곡선을 그리며 그리로 몰려들었다. 대나무 잎처럼 길고 뾰족뾰족한 잎 위에 앉은 녀석들은 깜박이는 빛을 내며 잎에서 스며 나온 물방울에 제각각 입을 박았다. 웬디는 반딧불이의 신비로운 몸짓을 보며 지난날 숲에서 만났던 요정의 모습을 상기했다. 딸기에 얼굴을 묻고 허겁지겁 과육을 삼키던 쥬아소네뜨의 모습을. 숲에서 길을 잃은 자신의 모습을 그 요정이 본다면 예전처럼 되돌아가는 길을 다시 가르쳐 줄까?

밝아졌다 어두워졌다 깜박깜박 빛을 내는 반딧불이의 불빛과 그녀 옆에 선 남자의 모습을 번갈아 바라본 웬디는 이내 고개를 가로저었다. 요정의 길 안내는 지금 이 순간 그다지 필요치 않을 거란 생각이 들었다.

저벅저벅.

어둠 속을 밝히는 푸른빛 두 구가 두 사람의 손에 들린 나뭇가지 주변을 둥실둥실 떠다녔다. 조금 천천히 걸어야 한다는 점만 뺀다면 이동용 등을 손에 든 것처럼 움직이는 데는 아무런 제약이 없었다.

"그대 덕분에 내 특별한 경험을 다 해 보는군. 고마운 빛이오."

웃음기 어린 목소리였다. 그가 동쪽으로 나뭇가지 끝을 향하게 하고서 천천히 걸음을 옮겼다.

"반딧불이가 내는 불빛은 구애의 신호랍니다. 경께선 지금 저들의 사랑을 몰래 훔쳐 길을 걷고 있는 거나 마찬가지죠. 저는 공범이라 할 수 있겠군요."

"……아주 용감한 녀석들이군. 이렇게 온몸으로 제 마음을 표현할 수 있다니 말이오."

슈로더의 잿빛 눈동자 위에 신비로운 초록색 불빛이 여러 개의

상으로 맺혔다. 아름다운 불빛을 바라보는 이의 음성치고는 조금 씁쓸한 기운이 감돌았다.

"부끄러움을…… 모르는 곤충이라 평하는 게 더 어울릴 것 같군요."

웬디는 저도 모르는 사이에 마음의 울렁거림을 느꼈다. 구애라 니, 괜한 말을 꺼낸 것 같았다. 당혹스러운 감정을 숨기기 위해 입에선 싸늘한 말이 흘러나왔다. 반디풀 위에 앉아서 동글동글한 물방울을 사이좋게 마시는 반딧불이의 모습을 보는 그녀의 얼굴 또한 함께 싸늘히 굳었다. 녀석들의 꽁무니에서 흐릿하게 빛나는 초록 불빛이 갑자기 불편해졌다.

"그런 부끄러움이라면, 모른다 해도 상관없지 않겠소?"

그답지 않은 말이었다. 웬디는 못 들은 척 어둠 속을 향해 고개를 돌렸다. 그런 그녀를 보는 그의 입가로 가는 웃음이 떠올랐다.

"풀잎에서 나는 이 액체가 그대 말대로 굉장한 별식인가 보오. 잎 위를 떠나지 않는 걸 보니. ……이 녀석들을 보고 있으니 갈증이 나는군. 되돌아가면 시원한 물을 여러 잔 마셔야겠소."

웬디는 그 순간 자신에게 차를 달라고 청하던 남자의 과거 모습을 떠올렸다. 슬핏, 그녀의 미간이 굳었다. 한밤의 티타임을 즐기는 반딧불이 연인들 앞에서 괜히 마음이 이상야릇해졌다.

삐이이익-.

발로스를 부르는 휘파람 소리가 길게 숲을 울렸다. 음계를 알 수 없는 그 묘한 울림에 귀를 기울이며 웬디는 반딧불이의 부끄러움을 모르는 불빛을 애써 못 본 체했다.

뿔피리 소리가 연달아 세 번을 울렸다. 실종자를 찾기 위해 숲을 정찰하던 기사들은 두 사람의 흔적을 쫓아 숲의 서쪽을 향해 더욱 깊숙이 들어갔다. 기름천을 동여맨 횃불이 활활 타오르며 숲의 어둠을 훤히 밝히고 있었다.

"렌킨 경!"

장 자크 시뮤안이 이끄는 수색대가 한 무리의 기사들을 만났다. 장은 그들의 선두에 있던 기사의 이름을 부르며 그에게 말을 몰아 다가갔다. 라드와 웬디의 실종으로 서둘러 편성한 수색단들 중 1조에 속해 있던 무리였다.

"새로운 소식은 없는가?"

"없습니다. 동서쪽을 이 잡듯 뒤졌지만 아직 흔적을 찾지 못했습니다."

렌킨의 대답에 장이 미약한 신음성을 흘렸다.

상관의 실력을 의심하는 바는 아니었으나 그와 함께 동행한 여인의 안전이 함께 걸려 있는 것이 그를 불안하게 했다. 혼자의 몸을 지키는 것과 타인을 함께 지키는 것은 다른 문제였다. 스노위코가 미친 듯 내달리는 모습을 그의 눈으로 똑똑히 본 터라 그 걱정은 배가되었다.

"에노스 경이 이끄는 수색대가 흔적을 쫓고 있으니 너무 심려치 마십시오. 수색에 특화된 이들 아닙니까."

제2기사단의 롯테어인 뱃지 에노스와 그의 부하들을 말함이었다. 뱃지 에노스는 장 자크의 아카데미 동기로, 라드와 웬디가 실종됐던 지점에서부터 그들의 흔적을 쫓고 있었다. 그라면 무슨 수를 쓰든 두 사람을 찾아낼 수 있으리라. 다만, 얼마만큼의 시간이 걸리느냐가 관건일 뿐.

"그래, 무사하실 테지. ……그럼 렌킨 경, 수고해 주게!"

장이 힘 있는 목소리로 말한 후 말머리를 돌렸다. 수색에 더욱 박차를 가할 때였다.

한편, 숲의 입구로 되돌아간 멜리사는 내내 그녀를 주시하고 있는 눈초리 하나에 홀로 전전긍긍하고 있었다. 벌써 몇 번째 눈이 마주쳤는지 모른다. 그녀는 아예 고개를 푹 수그린 채 손만 꼼지락거렸다.

"멜리사 영애, 저기 저 곰을 잡은 게 누구라고?"

"……황태자 전하, 그것이……."

멜리사는 우물쭈물 시선을 회피하다가 간신히 말을 이었다.

"……라드 슈로더 경과 장 자크 시뮤안 경께서 함께 화살을 쏘시다가……."

"결국 곰의 목숨을 끊은 건 장 자크 시뮤안 경이다?"

황태자는 그녀의 말을 도중에 끊어 버리고 그가 지금까지 그녀를 닦달해 들었던 이야기를 되풀이해 말했다.

"그, 그러하옵니다."

"그래……?"

그가 한쪽 눈을 게슴츠레하게 뜨며 미심쩍은 표정을 지었다. 그 모습에 멜리사는 공연히 허둥대며 어찌할 바를 몰라 했다.

"영애! 두 사람이 계속 화살을 쏘아 댔다면서, 누구의 화살이 곰의 목숨을 끊는 데 주요했는지는 어찌 안 거지?"

황태자가 부드러운 미소를 띠며 물었다. 말의 내용은 그녀를 취조하듯 날카로운 것이었으나 말투만큼은 아이를 달래듯 상냥했다.

"……에, 저 그러니까. 저는 그 당시 곰이 코앞에서 으르렁거리고 있던 터라 정신이 하나도 없었던 탓에 화살이 쏘아지는 걸 제대로 보진 못했지만…… 바닥에 쓰러진 녀석의 목을 찌른 게 시뮤안 경이셨고……."

멜리사는 아이작 황태자의 눈치를 살살 보며 신중하게 말을 이었다. 그녀가 동경해 마지않는 황태자였으나 그의 불같은 성미를 모르지 않음이었다. 심사가 뒤틀리면 어떤 날벼락이 떨어질지! 명성만큼이나 악명 역시 자자한 황태자였다.

"웬디 양 또한 시뮤안 경께서 곰을 쓰러뜨렸다 이야기하셨고요. 네, 맞아요! 웬디 양께서 그러셨어요. 시뮤안 경께서 곰의 숨통을 끊어 놓았다고요! 특히 경께서 쏘신 마지막 화살이 압권이었다 그리 말하셨는걸요. 슈로더 경께서도 시뮤안 경의 공을 치하하셨고요."

멜리사가 이제야 기억이 났다는 듯이 얼굴 가득 화색을 띠며 말했다. 어린애처럼 헤헤 웃음 짓는 그녀를 바라보던 황태자의 얼굴이 못마땅하게 찌푸려졌다.

"두 사람 모두 인정을 했다 이 말이군. 그대들과 사냥을 함께 갔던 시종은 곰의 공격을 피해 일찌감치 달아났다 하니 증인이라 내세울 수도 없겠고……. 뭐, 그 두 사람이 인정을 했다고 하니 더 이상 물어 무엇하겠나! 알겠소, 영애. 큰일을 겪어 몸이 편치 않을 텐데 이만 쉬도록 하시오."

아이작 황태자는 모든 의문을 해소했다는 듯 홀가분한 표정으로 금세 안면을 바꿨다. 멜리사는 자신이 황태자 전하를 납득시켰다는 데에 안도하며 작게 숨을 내쉬었다.

"켄슈란트 경!"

황태자가 근처에 대기하고 있던 기사 하나를 불렀다.

"경은 지금 당장 제다 아카데미의 수의학 교수 하나를 불러오게나. 아, 인베스타베냔한 제국이 범죄 수사 기관에 빌터한이라고 했던가? 지난번 공로 표창을 받았던 수사관 말일세. 그자도 빨리 이곳으로 데려오고. 음, 마구간의 존 영감도 데려와야겠어. 그자가 지금은 은퇴를 했다지만 사냥에 일가견이 있거든. ……내 그들에게 꼭 묻고 싶은 게 있어서 말이지."

아이작 황태자가 멀리 보이는 곰의 사체를 보며 씨익 웃음 지었다. 멜리사의 말을 듣고 납득했다는 표정을 지었던 건 순 거짓부렁이었던 것이다. 그는 황실 기사를 불러와 곰의 사체를 조사하라 명하지 않고, 그들과 분리된 기관인 인베스타의 수사관을 불러오라 명하는 치밀함까지 보였다.

멜리사는 뒤늦게 황태자가 내린 명의 의미를 깨닫고 눈을 땡그랗게 떴다. 그에게 다시 한 번 사건의 정황을 설명해 볼까 잠시 고민한 그녀는 곧 모든 시도를 포기하고 천막 안쪽으로 걸어 들어갔다. 당장은 곰을 잡은 인물을 가려내는 것보다 실종된 두 사람을 찾는 게 더욱더 중요한 까닭이다.

사냥 대회의 포상은 아무래도 좋았다. 실종된 두 사람이 부디 무사히 돌아오길. 그녀는 두 손을 꼭 쥐고 기도했다.

숲의 서쪽.

뱃지 에노스가 이끄는 수색단은 숲에 남겨진 말발굽 자국을 따라 실종자 수색에 박차를 가하고 있었다. 뱃지는 무리 중 가장 앞쪽에 서서 풀잎과 낙엽 더미가 깔린, 어지럽고 시커먼 땅바닥을 샅샅이 살폈다. 어둠 속에서도 그의 군청색 눈동자가 날카롭게 번뜩였다.

말발굽 자국을 따라 밤의 숲길을 헤쳐 나간 그들은 얼마 지나지 않아 웬디와 라드가 추락했던 낭떠러지까지 다다를 수 있었다.

히이이이잉―.

스노위코였다. 빽빽한 산림을 지나 낭떠러지와 연결된 좁은 공터에 하얀 암말 하나가 불안한 듯 연신 투레질을 해 대고 있었다. 녀석은 아직까지 약 기운이 남아 있는 듯, 머리를 이리저리 흔들며 주변을 쉴 새 없이 맴돌았다. 조심스럽게 녀석에게 다가간 기사들이 스노위코의 고삐를 안정된 자세로 움켜쥐었다. 장 자크 시무안이 스노위코의 이상 증세에 대해 미리 알린 덕분에 기사들은 녀석이 흥분하지 않도록 더욱 주의했다.

"라드 슈로더 단장님의 동행인께서 백마를 타고 있었다 했지?"

"네, 틀림없습니다."

뱃지의 물음에 멀쑥하게 키가 큰 기사 하나가 확신에 찬 어조로 대답했다. 말의 안장 한쪽에 새겨진 포효하는 사자와 방패 그림만 보더라도 녀석이 슈로더 가문의 소유임을 알 수 있었다.

"……"

뱃지는 근처 흙바닥이 형편없이 움푹 파여 있는 모습을 보며 낙마 사고가 있었음을 짐작하였다. 이 정도 충격이라면 사고자의 큰 부상이 예상되었다. 그나마 숲에 소나기가 내렸던 일이 사고자에겐 천운 중의 천운이랄까. 흙이 젖어 있던 탓에 추락의 충격이 조금쯤은 완화됐으리라.

"흔적이, 낭떠러지 아래로 이어져 있군."

그러나 소나기가 낭떠러지 아래로 떨어져 내리는 충격까지 완화시키지는 못했을 것이었다. 뱃지 에노스는 낭떠러지 끝으로 조심스럽게 다가가 아래쪽을 향하여 횃불을 비췄다. 낭떠러지 아래는 어둠만이 가득할 뿐, 그 어떤 움직임도 포착되지 않았다. 드문드문 벼랑 위로 솟은 나뭇가지 몇 개가 눈에 띄었다. 어디선가 밤공기를 타고 진한 꽃향기가 번져 왔다.

"남쪽으로 돌아간다면 낭떠러지 아래까지 내려갈 수 있습니다. 확인…… 해 봐야 하겠죠?"

기사 하나가 말했다. 불길한 이야기를 입에 담듯 그는 꽤나 꺼림해 보였다.

"확인해 봐야지. 헛수고가…… 된다 하더라도."

그 순간 뱃지 에노스는 희망을 품었다. 라드 슈로더, 그라면 이 정도 낭떠러지에서 떨어진다 하더라도 살아남을 수 있지 않을까.

참으로 거추없는 생각이라 여길 수도 있으나 뱃지의 눈빛은 그저 진지할 따름이었다. 흔적을 통해 상황을 판단하는 노련한 수색 대원인 그에게 현재의 상황은 절망, 그 이상의 의미를 품을 리 없었으나 기이하리만치 그의 생각은 확신에 가까운 것이었다. 그 괴물 같은 사내가 이 정도 일에 목숨을 잃을 리가 없다. 낭떠러지 아래를 수색하는 일은 틀림없이 헛수고가 되리라.

수색단은 남쪽을 향해 경로를 틀었다.

숲 여기저기에 나 있는 흔적을 볼 때, 나머지 한 마리의 말 역시 남쪽으로 향한 게 확실했다. 기사단장의 애마, 발로스의 흔적이리라. 녀석은 기사단 내에서도 격동적인 혈기 하나로 이미 유명했기에 모두들 발로스의 모습을 알고 있었다.

"에노스 경!"

호리호리한 체구의 기사 하나가 멀리 전방을 바라보며 손짓을 했다. 뱃지 에노스의 시선은 이미 오래전부터 그곳을 향해 있었다. 마치 길목을 지키고 선 것처럼 발로스가 엄정한 시선으로 그들을 바라보고 서 있었다.

"건방진 놈."

뱃지 에노스가 피식 웃으며 녀석에게 가까이 다가갔다. 홀로 한참 동안 숲을 헤맨 듯 발로스의 안장에는 나뭇잎 여러 개가 붙어 있었다.

뱃지는 녀석의 말고삐를 잡고서 자연스러운 태도로 걸음을 옮기기 시작했다. 사냥 대회 출정 전, 장 자크 시뮤안이 발로스에게 손을 물린 사건은 이미 기사들 사이에 떠들썩하게 소문이 났다. 이사실을 장 자크가 안다면 사내자식들이 입도 싸다 툴툴댈 것이 분명했다. 뱃지는 발로스의 입가를 흘깃 보며 쿡쿡 웃음을 삼켰다.

우뚝!

그때였다. 뱃지 에노스가 이끄는 대로 걸음을 옮기던 발로스가 돌연 그 자리에 멈춰 선 채 아무런 기척도 없던 어둠 속을 향하여 고개를 돌렸다. 기사들 모두가 의아한 듯 기사단장의 말을 바라보는 동안 뱃지 에노스는 재빨리 녀석의 등에 올라탔다.

평소라면 자신의 등을 허락할 리 없었으나 발로스는 얌전히 그를 등에 태운 후 힘차게 내달리기 시작했다. 어둠 속에서도 시야가 완벽한 듯 녀석의 질주에는 거침이 없었다.

뱃지의 등 뒤로 남은 기사들의 우왕좌왕대는 소리가 들려왔으나 곧 전열을 정비하고 뒤따르는 기척이 느껴졌다.

얼마 지나지 않아, 뱃지 에노스는 숲의 밤을 길게 울리는 휘파람 소리를 들을 수 있었다.

발로스는 훨씬 이전부터 그 소리를 감지하고 있었던 듯, 녀석이 내달리는 방향은 소리가 나는 방향과 정확히 일치했다. 뱃지 에노스는 발로스의 영특함에 혀를 내두르며 녀석의 고삐를 꽉 움켜쥐었다.

한참을 달리자 어둠 속에서 언뜻언뜻 불빛 두어 개가 보였다. 하늘 가득 구름이 끼어 있었기에 달은 자취를 감춘 지 오래라 숲은 칠흑 같이 어두웠다. 덕분에 먼발치에서 빛나던 옅은 불빛마저도 쉽게 눈에 띄었다.

삐이이익, 발로스를 부르는 휘파람 소리가 좀 더 또렷하게 들려왔다.

히이이잉!

"발로스!"

제 주인을 발견하자 녀석은 먼저 울어 젖히며 감격적인 해후를 표현했다. 뱃지는 발로스의 등에서 훌쩍 뛰어내리며 기이한 형태의 초록 등을 손에 들고 있는 두 남녀를 향해 다가갔다.

"슈로더 단장님! 무사하십니까?"

라드 슈로더가 손에 쥔 나무 막대를 좀 더 높이 들어 상대의 얼굴을 확인했다. 그의 움직임에 따라 둥글게 뭉쳐 있던 초록 불빛이 질서 없이 흩어졌다.

"에노스 경. ……그대로군."

슈로더가 의외라는 듯이 그의 얼굴을 훑었다. 제2기사단의 일원이 그를 찾아 나설 줄 몰랐다는 기색이다. 조난당한 이가 구출을 목전에 두고 보이는 반응치고는 몹시 싱거운 것이었으나, 뱃지는 그 대상이 라드 슈로더였기에 그러려니 하고 납득했다.

"제2기사단은 헤노비 지역의 소요를 조사하러 간 것으로 알고 있네만."

몇 주 전 제국의 남쪽, 헤노비 지역에서 농민들이 큰 소요를 일으킨 일이 있었다. 늦여름에 접어든 헤노비 지역은 몬트라피의 병해로 낟알이 거의 맺히지 않아 가을의 소출을 기대할 수 없는 상황이었다. 농사를 망친 농민들의 절망이 깊은 가운데 몬트라피 수매가에 대한 불만이 표출되면서 소요가 발생한 것이었다. 사태가 생각보다 심각했기에 황제는 제2기사단의 일부를 소요 사태 진정을 위해 투입시켰고, 그들 중 선두에 선 이가 제2기사단의 롯테어인 뱃지 에노스였다.

"복귀하자마자 이곳으로 왔습니다. 황태자 전하께서 투입 가능한 모든 인원을 두 분의 수색을 위해 집결시키셨습니다."

"……그랬군."

뱃지의 보고에 그가 알 만하다는 듯이 고개를 끄덕였다.

"두 분 다 부상당한 곳은 없으십니까?"

뱃지가 슈로더의 옆에 서 있던 웬디에게 잠시 시선을 두며 말했다.

"작은 부상이 있으나 거동하지 못할 정도는 아니라네."

"네, 다행입니다. 절벽에서 낙상의 흔적을 보고 마음을 졸이고 있던 참입니다. 이리 무사하신 모습을 보니 기쁘군요."

뱃지가 작게 웃음을 머금으며 두 사람의 모습을 다시 한 번 살폈다. 그들 주변에 두리둥실 떠 있는 초록 불빛에 시선이 가는지 연신 곁눈질이었다.

발로스가 근처로 걸어와 초록 불빛 근처로 주둥이를 들이밀었지만 웬디가 한쪽 손을 들어 녀석의 침입을 막았다. 여인의 방해에도 발로스는 별다른 불만 없이 장난치듯 계속 그 손에 얼굴을 기댄다.

"이건…… 반딧불이군요."

뱃지가 두 사람이 들고 있는 나뭇가지 위에 맺혀 있던 불빛의 정체를 알아채고 탄성을 내질렀다. 파르르 날개를 떨며 이리저리 몸을 뒤척이는 작은 생명체는 그도 익히 알고 있는 것이었으나 그것들을 가두는 어떠한 도구도 없이 이리 얌전하게 사람 손에 들려 있는 모습은 생전 처음 보는 장면이었다.

"참으로 신기한 일입니다. 반딧불이가 달아나지 않고 이리 한곳에 몰려 있다니……."

그가 한동안 나뭇가지에서 시선을 떼지 못하며 녀석들의 움직임을 살피는 사이, 라드는 뱃지에게 나뭇가지를 건네준 후 웬디를 이끌어 그녀가 발로스 위에 오를 수 있도록 도왔다.

얼마 지나지 않아 뱃지를 뒤따라온 다른 기사들이 모습을 드러냈고, 그들은 다 함께 숲을 빠져나갔다. 물론 라드는 숲을 떠나기 직전 반딧불이가 앉아 있던 나뭇가지를 뱃지에게서 회수하여 조심스레 바닥에 내려놓는 것을 잊지 않았다.

되돌아가는 길.

웬디는 끊임없이 저의 얼굴 위로 꽂히는 낯선 기사의 시선을 의식하며 얼굴을 굳혔다. 저자가 내게 무슨 할 말이 있어 저리 날 쳐다보는가! 그녀는 뱃지 에노스의 얼굴을 불쾌하다는 듯 쏘아보며 참다못해 입을 열었다.

"경께선 제게 무슨 할 말이 있으신가요?"

기사는 움찔 놀라는 빛을 보이더니 이내 그녀에게 어색한 웃음을 보였다. 웬디와 함께 발로스를 타고 가던 기사단장의 눈길이 그 순간 뱃지의 얼굴을 향했기에 그는 더욱 멋쩍어 했다.

"아, 불쾌하셨다면 죄송합니다. 어디선가 분명 뵌 것 같은데 아무리 기억해 내려고 해도 떠오르는 게 없어서 말입니다. 하하, 혹시 저희가 만난 적이 있었는지요?"

그의 말을 들은 그녀가 순간 몸을 여리게 움츠렸다.

혹여 하즐렛 백작가와 연관된 인물일까? 등 뒤로 싸늘하게 식은 땀이 흘러내리는 기분이었다. 자신의 얼굴을 가리고 있던 모자의 베일이 몹시 아쉬운 순간이었으나, 이미 엎질러진 물. 웬디는 남자의 얼굴을 애써 자세히 살피며 말했다.

"저는 처음 뵙는걸요. 다른 분으로 착각하신 모양입니다."

다행인지 불행인지 그녀의 기억에는 없는 얼굴이었다. 웬디는 냉정한 말투로 말한 후, 고개를 휙 돌렸다.

그런 그녀의 반응에 뱃지는 더욱 멋쩍은 표정을 지으며 여전히 자신을 뚫어져라 쳐다보는 라드의 눈치를 살폈다. 제1기사단의 슈로더 경이 사냥 대회에 여인을 대동하고 나타났다가 조난당했다는 소식만으로도 기함할 지경이었거늘, 지금 자신을 바라보는 저 따가운 시선은 그가 감당할 수 있는 류의 것이 아니었다.

섣부른 호기심으로 인해 슈로더의 오해를 산 것 같아 뱃지는 꽨히 변명하듯 말했다.

"하하, 제가 착각을 했나 봅니다. 별 뜻은 없었습니다."

식은땀을 삐질삐질 흘리는 뱃지의 모습을 바라보며 라드는 홀로 생각에 잠겨 있었다. 웬디의 얼굴을 보고 아는 척을 해 오는 뱃지 에노스의 모습과 누군가의 모습이 겹쳐 보였기 때문이었다. 제루스 홀에서 만났던 제2기사단의 기사, 웬디의 뒤를 절박할 정도로 뒤쫓던 남자 말이다. 어쩌면 그도 두 사람을 찾는 수색 작업에 동원됐을지도 모르겠다 생각하며 라드는 이내 뱃지에게서 시선을 거뒀다. 마음에 알 수 없는 불쾌감이 일었지만 애써 감정을 가라앉혔다.

"오오! 모두들 무사한가?"

숲의 입구에 다다른 일행은 황송하게도 직접 마중 나와 있던 황태자의 얼굴을 마주하게 되었다. 황태자는 웬디와 라드의 모습을 꼼꼼하게 살피며 그들의 무사 귀환을 축하했다.

눈물이라도 흘렸는지 퉁퉁 부은 얼굴로 나타난 멜리사가 우는 건지 웃는 건지 모를 표정으로 멀찍이 서서 웬디를 바라보고 있었다.

"자네들이 무사해서 다행이야. 얼마나 걱정했었는지 모르네. 자아, 우선 상처를 제대로 치료해야지."

황태자는 시간에 쫓기듯 분주하게 두 사람을 천막 안으로 들여보냈다. 그곳에서 미리 대기하고 있던 여럿의 의원들이 일사불란하게 웬디와 라드를 치료하기 시작했다. 커튼을 사이에 두고 두 사람의 치료가 이루어졌다.

웬디의 옆에 딱 붙어 선 멜리사는 그간 황태자의 집요한 추궁에 대해 빠짐없이 소곤소곤 보고했다. 그 와중에 웬디는 자신의 검지를 감싸고 있던 천의 매듭을 풀지 못해 끙끙대는 의원의 모습을 보며 간단하게 매듭을 풀어 보였다.

"아, 그건 버리지 마세요."

피와 먼지로 지저분해진 천 조각을 버리려던 의원에게서 그것을 받아 든 웬디는 소중한 것 다루듯 천을 손에 감췄다. 그런 그녀의 모습을 멜리사가 의아한 듯 바라봤지만 설명해 주고 싶은 마음은 조금도 없었다. 자신 스스로도 이해할 수 없는 감정을 설명할 길이 없었을뿐더러, 그런 낯부끄러운 이야기를 입에 담을 수도 없었다. 대신 웬디는 멜리사에게 스노우코의 등에 묶인 짐에서 자신의 모자 베일을 가져다 달라 부탁했다. 멜리사는 흔쾌히 그렇게 했다.

치료를 마치고 다시금 황태자에게 불려 간 그들은 예상했던 대로 자이언트 부르고뉴 곰의 사체 앞에 서게 되었다. 소식을 듣고 달려온 듯, 장 자크 시뮤안이 감격에 겨운 표정으로 웬디와 라드를 연신 바라봤지만 두 사람 모두 별다른 감정 표현을 해 주지 않았다. 이에 옆에 서 있던 멜리사가 장 자크의 어깨를 툭툭 두드려 주는 것으로 그를 달랬다.

어느덧 그들 주변은 사냥에 참가했던 귀족들로 가득 찼다. 뜻밖의 사고로 인하여 사냥 일정이 지체되는 바람에 대부분의 여귀족들은 황태자의 허락하에 되돌아갔다. 그럼에도 남아 있는 이들은 여전히 많았고, 이로 인해 주변은 발 디딜 틈이 없었다.

"이번 사냥 대회의 우승자를 가리기 위해 나는 공정에 공정을 기하고자 노력하였소. 해서 제다 아카데미의 수의학 교수인 셸링턴과 인베스타의 빌터한, 황실 마구간지기인 존 영감까지 나의 명에 따라 모두 한마음 한뜻으로 저 자이언트 부르고뉴 곰에 대해 조사하였다네. 그럼, 빌터한! 자네가 한번 말해 보게나. 자네들이 보기에 저 곰을 잡은 인물이 누구인 것 같은가?"

황태자의 물음에 백발이 성성한 단발의 사내가 한 걸음 앞으로 나서며 말했다.

"에, 소인 빌터한. 인베스타에서 23년 동안 펼친 수사 경험으로 보건대, 자이언트 부르고뉴 곰은 수십의 화살로 인해 다발성 출혈을 일으켰으나 이것이 치명적이었다 여기기는 어렵습니다. 이보다 더욱 결정적이었던 것은…… 바로 맹독에 의한 중독입니다."

빌터한의 말에 웬디는 남모르게 마른침을 삼켰다. 저 양반이 어디서 유식한 척을! 사냥 대회 우승자를 가리고자 각계의 전문가들을 불러들인 황태자의 웃지 못할 촌극에 그녀는 이를 으드득 갈았다. 그깟 우승자가 뭐라고! 사냥 대회 우승 따위 하고 싶지 않다는데도 이리 사람을 괴롭히나! 당장이라도 자리를 박차고 집으로 되돌아가고 싶었으나 붙박인 듯 꼼짝할 수 없는 상황에 그녀는 울분을 느꼈다.

"자칫 모르고 지나칠 수도 있었으나 여기, 이 부분, 부르고뉴 곰의 어깨 부분이 이상하다는 사실을 알게 됐습니다. 어떠십니까, 차이가 보이시죠? 네, 바로 이 한쪽 어깨만 사후경직이 진행되지 않은 채 근육이 부드럽게 풀려 있죠. 바로 '사이모스'라는 독 덕분입니다. 이 독은 근육의 경화를 방해하는 성질이 있지요. 때문에 이 어깨 부분만 사후경직이 진행되지 않은 거라 할 수 있습니다. 사이모스 한 방울이라면 아무리 덩치가 큰 곰이라 하더라도 순식간에 죽음을 맞이했을 것입니다. 곰의 눈동자에 나타난 이 회백색 흔적 또한 사이모스 독의 중독 증상 중 한 가지입니다."

"확실한가?"

황태자가 눈을 빛내며 물었다. 웬디는 반딧불이처럼 발광하는 황태자의 갈색 눈동자를 바라보며, 사방의 횃불을 모두 끄더라도 저 눈동자 한 쌍이면 주위가 환히 밝을 것이라며 속으로 이기죽거렸다.

"저희 할아버지의 명예를 걸고 장담할 수 있습니다!"

빌터한이 사명감에 가득 찬 목소리로 못을 박았다.

"그렇군! 그럼 그 어깨 위에 꽂혀 있는 화살의 주인을 찾는다면, 그자가 이번 사냥 대회의 우승자가 되는 건가?"

황태자가 의미심장한 웃음을 지었다.

"그대들 세 사람의 화살 통을 확인해 봐야겠군."

그가 바닥에 쓰러져 있는 부르고뉴 곰 근처로 걸어가며 라드 슈로더와 웬디 왈츠, 그리고 장 자크 시뮤안을 차례대로 바라봤다.

"보아하니, 화살 깃의 모양이 서로 다른 듯한데? 빌터한, 아니 그런가?"

아이작 황태자가 빌터한을 향해 능글맞은 웃음을 지어 보였다. 그러자 빌터한 역시 과장스럽게 고개를 주억거리며 황태자를 향해 눈짓을 했다. 웬디는 두 사람의 오고 가는 눈빛을 보며 황태자가 이미 모든 상황을 보고받은 후인데도, 많은 사람들 앞에서 사건의 전말에 대해 처음 보고받는 척 연극을 한다 확신하였다.

"네, 황태자 전하. 소신이 확인해 본 결과, 곰의 몸에 박힌 화살은 총 세 종류로, 깃이 넙적하게 넓은 것과 상단이 삐쭉 올라간 모양의 것, 아래로 내려갈수록 폭이 좁아지는 것, 이렇게 세 가지였습니다. 그중 곰의 어깨에 박힌 이 좁아지는 깃 모양의 화살은 황태자 전하께서 이번 사냥 대회에 앞서 영애들에게 하사하신 것임을 확인했습니다."

기대에 찬 표정으로 빌터한의 말을 듣고 있던 황태자는 그의 마지막 말을 듣자마자 반색을 하며 눈을 화등잔만 하게 떴다.

"오! 그래?"

"네, 틀림없사옵니다."

빌터한의 대답에 황태자가 만족스러워 하며 멜리사를 향해 시선을 건넸다.

"멜리사 후작 영애야 곰의 정면에서 위협을 당하고 있던 처지였으니, 그 와중에 활을 쐈을 리는 없고…….."

멜리사가 황태자의 눈치를 슬금슬금 봤다.

"좀 전 증언을 하면서도 활을 쐈단 얘기는 일언반구도 없었고 말이야. 아니 그런가, 멜리사 영애?"

황태자가 멜리사에게 강력한 시선을 보내자 그녀는 마지못해 고개를 끄덕였다. 멜리사의 죽상이 된 표정을 보며 웬디는 그녀의 끙끙대는 소리가 환청처럼 들려오는 것 같은 착각에 빠졌다. 가슴이 쿵쿵 뛰어 댔다.

"그렇담, 그 화살의 주인은 딱 한 명만이 남게 되는군. 이거이거, 궁술 시합에서 우승했던 실력이 거짓이 아니었던 모양이야!"

황태자가 빙글빙글 웃으며 웬디의 얼굴을 바라보았다. 웬디는 하얗게 질린 낯빛으로 황태자의 허여멀건 얼굴을 응시했다. 그녀는 이 사태를 어떻게 모면해야 할지 도통 알 수가 없었다.

"……전하!"

그때였다.

장 자크 시뮤안이 돌연 큰 목소리를 내며 한 걸음 앞으로 나섰다. 황태자의 의문에 찬 시선이 그를 향하자 장은 마음을 다잡듯 입을 꾹 다물었다가 무겁게 입을 열었다.

"……그 화살은, 제가 쏜 것입니다!"

그의 음성은 평소답지 않게 잔뜩 억눌리고 갈라져 있었다. 긴장한 탓인지, 거짓을 말한 탓인지 그 이유는 알 수 없었다. 장은 황태자의 눈동자를 또렷이 응시한 후, 잠시 사이를 두고 말을 이었다.

"사냥 중에, 저분께서 화살촉에 독을 묻혔다 하는 이야기를 듣고 호기심이 동해 미리 화살을 하나 받아 두었더랬습니다. 독의 독성이 그리 강력할 것이라곤 저 또한 알지 못하였으나, 자이언트 부르고뉴 곰과의 대치 상황에서 제가 지니고 있던 화살이 다 떨어져 간 탓에 급한 대로 받아 둔 화살까지 사용하였습니다."

이어지는 말은 막힘이 없었다. 어수룩하게만 보이던 장 자크는 온데간데없이 그는 의외로 배포 있고 강단 있게 말을 이었다. 다만, 저가 섬기는 황가의 황태자에게 거짓을 고한다는 것이 그의 양심을 괴롭혔던지 그의 연초록 눈동자에 희미한 죄책감이 내려앉고 있을 따름이었다.

"장 자크 시뮤안 경, 그대가 바로…… 저 화살을 쏘았다?"

"……그러하옵니다."

진실 여부를 확인이라도 하듯 장 자크의 얼굴을 뚫어져라 바라보던 황태자가 이내 무표정한 얼굴로 골똘히 생각에 잠겼다. 그의 머릿속에서 어떤 생각들이 엎치락뒤치락 반복되고 있는지 아무도 짐작할 수 없었으나 웬디는 저 능글맞은 황태자가 쉽게 남의 말을 믿을 리 없다 여기고 입술을 꽉 깨물었다. 장 자크는 그런 황태자 앞에 고개를 숙인 채 미동이 없었다.

한참이 지난 후, 이윽고 황태자가 입을 열었다.

"그래, 그렇군. ……거기 두 사람! 시뮤안 경의 말에 모두 이의가 없는가? 그대들이 이의를 제기하지 않는다면 이번 사냥 대회의 우승자는 자연히 장 자크 시뮤안 경과 그 파트너인 멜리사 로우니 영애가 된다네. 부르고뉴 곰보다 더 대단한 사냥감을 잡은 이가 없으니 말일세!"

황태자는 금세 평소의 웃음기 가득한 얼굴로 되돌아왔다. 어쩐 일인지 그는 더 이상 추궁을 이어 가지 않았다. 독의 출처는 어디냐, 화살은 어떻게 전해 받았느냐 등등 집요하게 확인을 거듭하리라 예상한 것과는 전혀 다른 반응이었다. 웬디는 이대로 안심해도 좋은가 잠시 갈등하다가 불시에 어떤 질문이 날아올지 모른다 판단하고 눈을 더욱 뾰족하게 떴다.

"이의 없습니다."

라드 슈로더가 웬디에게 시선을 한 번 건네더니 이의 없다 말하며 고개를 수그렸다. 이에 그녀 역시 의심을 숨긴 채 조용한 음성으로 동의를 표하자 황태자가 그럴 줄 알았다는 듯 말을 이었다. 그의 음성에 미미한 한숨이 섞여 있었다.

"그래, ……그렇다면 내 약속대로 장 자크 시뮤안 경과 멜리사 로우니 영애에게 남작위를 내리도록 하지! 작위 수여식은 사흘 후일세. 여기 있는 모두가 참석하여 자리를 빛내 주길 바라네."

말을 마친 황태자는 웬디를 힐끗 쳐다보더니 의미심장하게 입꼬리를 말아 올렸다. 이내 어깨를 한 번 으쓱인 황태자는 그의 수하들을 이끌고 자리를 뜨려는 듯 발걸음을 옮겼다.

"아, 셸링턴 교수. 좀 전에 내게 보고했던 이야기 그대로를 슈로더 경에게 말해 주게나. 그 흥미로운 이야긴 나 혼자 알고 있을 순 없지. 그럼 뒷마무린 슈로더 경에게 맡기겠네."

아이작 황태자가 가려다 말고 뒤를 돌아 제다 아카데미의 수의학 교수라던 사내를 향해 지시했다. 셀링턴 교수가 허리를 깊이 수그리며 위대한 황태자 전하의 명을 받들겠다 인사치레를 하자 황태자는 미련 없다는 듯 곧 자리를 떠났다.

황태자의 명을 받은 셀링턴 교수는 미간에 커다란 갈색 점이 있는 중년의 남자였다. 둥글고 넓적한 얼굴형 덕택에 푸근한 인상이 들만도 했지만 부리부리한 두 눈 탓에 고지식한 인상이 강하게 풍겼다.

"슈로더 경, 전 제다 아카데미의 셀링턴이라 합니다. 좀 전, 경께서 치료를 받으시는 중에 경의 말 두 필을 간단히 검사했었습니다. 이 소동의 원인을 찾기 위해서죠. 일단 결론부터 말씀드리자면, 흰 털빛의 암말에게서 원초향의 중독 증세를 발견했습니다. 약물 확인을 위한 시약 검사에서도 양성반응을 나타냈고요. 아, 원초향이라 함은…… 말의 발정을 돕기 위해 사용되는 일종의 발정제로, 요즘은 웬만해선 잘 사용을 하지 않고 있는 약입니다. 많은 부작용이 동반되는 약이라서 말이죠. 말이 발작을 일으키던 당시의 증상을 듣자 하니 녀석은 권장량보다 훨씬 많은 양의 원초향에 노출된 듯하더군요. 그럴 경우 발정 효과는 없고 말의 정신 체계에 심각한 교란만이 발생하죠. 아마 작은 자극 하나에도 녀석은 어마어마한 고통을 겪었을 것입니다."

셀링턴은 버릇처럼 눈썹을 한 번 위로 추켜올린 후 말을 이었다.

"시중에서 약의 거래가 매우 제한적으로 이루어지고 있으니 이

약의 출처를 확인하신다면 사건의 전말을 확인하실 수 있지 않을까 합니다. 아, 물론 거기까진 제가 관여할 일이 아니지만요."

셸링턴이 선을 긋듯 말하며 고개를 까닥거렸다.

"존, 자네도 아뢸 말이 있다 하지 않았나?"

그가 황실의 마구간지기인 존 영감에게 말했다. 존 영감이 침통한 표정으로 고개를 끄덕이더니 라드에게 가까이 다가가 조용조용한 목소리로 이야기를 꺼냈다. 워낙 라드에게 바짝 붙어 소곤댔기에 그가 하는 이야기는 다른 이들에게까지 들리지는 않았다.

잠시 후, 라드가 기사 몇몇을 불러 저들에게 무어라 명령하자 기사들이 급히 자리를 떴다. 웬디는 알 수 없는 상황 전개에 미간을 찌푸리며 저만치 달려 나가는 기사들의 뒷모습을 눈으로 좇았다.

"……흐응."

사라져 가는 기사들에게서 눈을 뗀 웬디의 시야에 익숙한 얼굴하나가 잡혔다. 웬디는 못마땅한 감정이 깊이 박혀 있는 콧김을 내뿜으며 상대에게 시선을 고정했다.

그들 주변을 에워싸고 있던 귀족들 틈바구니 속에서 유독 파리한 얼굴빛으로 서 있는 한 사람. 알타린 숄터스, 백작가의 영애였다. 늦은 밤, 대부분의 영애들이 사냥터를 벗어나 자택으로 되돌아간 것과 달리, 그녀는 여직까지 자리를 지키고 서 있었다. 라드 슈로더에게 품은 연정 때문이라고 치부하기엔 웬디가 그녀에게 품고 있는 의심의 폭이 깊었다.

저가 지은 죄악의 결말이 어찌 될지 본인의 눈으로 직접 확인하고 싶었던 것인가? 무사히 돌아온 두 사람의 모습을 보며 얼마나 분통을 터뜨렸을지 웬디는 그 꼴을 직접 눈으로 보지 못한 것이 못내 아쉬웠다. 라드가 무슨 일이 있어도 그녀를 단죄하겠다 굳게 약속하긴 했지만, 웬디는 만일의 경우 그것이 여의치 않은 상황이 온다면 스스로 나설 것까지도 고려하고 있었다. 아무도 모르게, 또 은밀하게 알타린에게 복수하는 방법은 아주 무궁무진했으니까.

"……저는 죄가 없습니다! 이거 놓으십시오!"

알타린 숄터스에게 복수할 방법을 궁리하고 있던 웬디의 귓가에 누군가 악쓰는 소리가 들려왔다. 잔인한 복수 방법을 상상하며 저도 모르게 입가에 미소를 띠고 있던 웬디는 얼른 표정을 추스르며 소리의 근원지를 향해 고개를 돌렸다.

"전 아무 짓도 하지 않았습니다! 오해십니다!"

기사들에게 질질 끌려오며 바락바락 소리를 질러 대고 있는 사내의 낯이 익었다. 사냥에 나서기 전, 말들 근처를 서성대던 자. 스노위코에게 몹쓸 짓을 한 범인으로 웬디가 의심했던, 바로 그 사내였다.

기사들이 사내를 거칠게 끌고 와 라드 슈로더 앞에 무릎을 꿇렸다. 사내는 이미 두 팔이 포박된 상태였다. 슈로더는 겁에 질린 표정으로 자신을 바라보는 사내의 얼굴 표정을 자세히 살폈다. 그는 슈로더의 시선이 버거운지 곧 눈을 돌렸고, 구원의 손길이라도 바라듯 주변을 애타게 둘러봤다. 알타린 숄터스 영애가 귀신이라도 본 것 같은 표정으로 바짝 기가 질린 채 사내의 눈길을 피했다. 웬디는 그 모습을 흥미롭게 관찰했다.

"그대의 얼굴이 낯익군."

라드 슈로더가 말했다. 사내가 흠칫 몸을 떨었다.

"소, 소인은 나으리를 알지 못하옵니다."

"나를 알지는 못해도, 저기 있는 내 애마에 대해선 잘 알고 있을 테지. 네가 오전 중에 내 말들 근처를 서성대던 모습을 보았다. 무슨 연유로 그 근처를 배회했지?"

라드가 멀리 묶여 있는 스노위코를 가리키며 말했다.

"……소인은 모르는 일입니다."

"모른다? 내 분명 그대가 내 말 근처에서 녀석에게 흉악한 짓거리를 하는 것을 보았는데도?"

라드의 살벌한 음성에도 남자는 묵묵부답이었다. 라드는 그자가 바로 실토할 것을 기대하지 않은 듯 대기하고 있던 기사를 향해 고개를 까닥해 신호를 보냈다. 그러자 기사가 바로 뒤쪽에 서 있던 키 작은 남자 한 명을 데리고 왔다. 남자는 황실의 마구간지기인 존 영감과 눈인사를 주고받은 후 라드를 향해 깊게 허리를 숙였다.

"네가 누구인지 밝혀라."

라드가 남자를 향해 말했다.

"예, 소인은 황실 마구간의 존 영감님 밑에서 허드렛일을 하고 있는 조인스 빌이라 합니다."

"조인스, 네가 이자에 대해 내게 고할 말이 있다지? 오늘 본 일을 소상히 말해 보거라."

라드의 말에 남자는 침을 꿀꺽 삼키며 한 차례 숨을 골랐다. 무릎을 꿇고 있던 사내는 조인스의 얼굴을 보자마자 얼굴이 푸르죽죽하게 죽어 체념의 표정을 지었다.

"네, 오전 중에 황실 소유의 말 한 필이 발정이 나 큰 소동이 일어났습니다. 발정기가 아닌데, 이런 일이 일어난 것은 처음인지라 소인도 크게 당황했었습죠. 귀족 나으리들 앞에서 보일 장면이 아니라서 말입니다, 쩝. 그런데 말입니다, 아무리 생각해도 의심스러운 게, 말이 발정이 났던 게 바로 저자가 손을 씻어 낸 물을 먹고 부터가 아니었겠습니까. 저자의 행동이 하도 수상쩍어 제가 눈여겨보지 않았더라면 쉽게 눈치챌 수 없었겠지만 말입니다. 아, 귀한 말들을 먹일 물에 저자가 멋대로 손을 씻어 대니, 그 때문에도 화가 났었죠. 제가 말릴 새도 없이 말이 물을 먹는 바람에……."

남자는 혹여나 자신에게 화가 미칠까 우려하듯 변명조로 말했다. 라드가 얼른 손을 들어 본론을 말할 것을 재촉하자 남자가 민망한 듯 말을 이었다.

"뭐 아무튼, 제가 인기척을 내고 가까이 다가서자 저자가 화들짝 놀라서 멀리 달아나더군요. 누가 보나 의심스러운 모습이었습니다. 뭐, 물론 그 일만 가지고서는 단순한 의심으로 끝났겠지만……."

남자가 주변 눈치를 스윽 살폈다.

"저자가 워낙 당황해서 그랬는지, 여기 이것을 바닥에 떨구고 가더군요. 처음에는 대수롭지 않게 여기고 무심코 한쪽에 던져두었는데, 발정 난 말을 보니 이상한 생각이 들어 주머니를 열어 보았습니다. 얼마나 가슴이 뛰던지……. 저도 이쪽 일에 잔뼈가 굵은 놈이니 원초향에 대해 모를 리가 있겠습니까? 주머니를 열어 보자마자, 바로 알았죠."

남자가 낡고 자그마한 주머니 하나를 라드 슈로더에게 내밀었다.

"설마 저자가 이 원초향을 다른 말에게 썼을 거라고는 생각하지 못했습니다. 사냥 대회에 나갈 말에 원초향을 쓰다니, 그런 멍청한 짓을 할 리가 있겠나 생각했죠. 소인이 이 주머니를 열어 봤을 때는 사냥 대회가 시작된 지 꽤 시간이 흐른 뒤이기도 했고요……. 말이 마실 물에 원초향이 묻은 손을 씻어 낸 것도 그저 부주의한 사고라고만 생각했었습니다. 아, 물론 귀한 황실의 말에 피해를 입혔으니 황궁으로 복귀하여 이 일에 대해 보고하겠다는 생각을 갖고는 있었습니다.”

남자가 다시 변명처럼 말하며 슈로더와 존 영감을 번갈아 가며 바라봤다. 황실 소유의 말을 돌보는 일을 업으로 하는 그였기에 황실 말에 문제가 생기면 그 책임은 고스란히 그가 져야 했다. 그러므로 그가 돌보는 말이 원초향에 노출되어 발정 났다는 사실 역시 숨기고 싶었을 게 분명했다. 남자의 변명을 듣고 있던 존 영감이 못마땅한 표정으로 그를 내내 바라보고 있는 것도 다 그런 이유 때문일 것이다.

라드 슈로더는 그에게서 주머니를 받아 들어 안을 확인한 후, 그것을 제다 아카데미의 셸링턴 교수에게 넘겼다. 주머니 안에는 아주 미세하게 노란 가루의 흔적이 남아 있었다. 셸링턴이 안쪽을 들여다보고 그 표면에 묻은 가루의 냄새를 맡더니 그가 지니고 있던 검은색 가방 안에서 붉은색 시약을 꺼내 가루에 뿌렸다.

“원초향이 맞습니다.”

잠시 후, 셸링턴이 말했다. 시약이 양성반응을 보인 것이다.

“증인도 있고, 증거도 있다. 이런데도 발뺌을 할 셈이냐? 네놈은 나뿐만 아니라 황실에까지 위해를 끼쳤다. 황실 소유의 말이 이상 증세를 일으켰으니, 그 의미를 모르진 않을 테지? 황태자 전하께 살심을 품었다고 충분히 의심할 만한 상황이라 이 말이다.”

라드 슈로더가 무거운 목소리로 말했다. 남자가 겁에 질린 듯 부들부들 몸을 떨었다.

“이런 큰일을 너 혼자 계획했을 리는 없고…… 누구의 사주를 받은 거지?"

상황은 더욱 심각해졌다. 알타린 숄터스, 그녀로서는 단순히 웬디 왈츠라는 보잘것없어 보이는 여인에게 위해를 가하려는 심산이었겠지만, 결국 웬디가 타고 있던 말의 소유자인 슈로더가에 위해를 가한 꼴이 되어 버렸다. 그리고 종국에는 황실에까지 역심을 품고 황태자 시해를 노린 엄청난 사건으로 비화되고 만 것이다. 숄터스 백작가의 위세가 아무리 대단하다고 한들 그녀 선에서 더 이상 감당할 수 없는 일이리라.

"네 주인이 누구냐?"

슈로더가 준엄한 목소리로 물었다. 눈앞의 남자를 옥죄는 그 음성은 낮고도 단호했다. 슈로더는 생각지 못했던 증인과 증거가 나타나자, 기세를 몰아 범인까지 색출하려는 생각인 듯했다. 황태자가 의도했든 의도하지 않았든, 빌터한 교수와 존 영감을 불러들인 것은 그에게 호재가 되었다.

그러나 남자는 대답이 없었다. 그는 연신 몸을 부들부들 떨며 눈을 쉼 없이 껌벅이는 것이 스스로의 감정을 통제하는 것만으로도 무척 벅차 보였다.

잠시 후, 기사 하나가 라드 슈로더의 명을 받아 강제적으로 그의 몸을 수색했고 결국 그의 몸에서 숄터스 백작가의 명패를 발견해 냈다.

백지장처럼 질린 알타린 숄터스 영애가 주춤주춤 뒷걸음질 치는 게 보였다. 아직까지 남자는 아무런 자백을 하지 않고 있었지만 증거가 너무도 명백했고, 라드 슈로더 본인이 증인으로 나선 판국이니 그녀로서도 어쩔 도리가 없을 것이었다. 나는 모르는 일이다,

저자가 멋대로 벌인 일이다, 하고 딱 잡아떼는 것만이 유일한 해결책이리라.

그리고 그녀는 정확히 그러한 예측대로 대응했다.

"저는 모르는 일입니다! 저자가 그런 짓을 벌였다는 사실도 믿을 수 없을뿐더러, 설사 그랬다 해도 저자 멋대로 벌인 일이지 저와는 관련이 없습니다! 사주라뇨! 당치도 않습니다. 제가 무엇하러 그런 일을 벌이겠습니까."

알타린 영애는 철저하게 방관자의 태도로 임했다. 그리고 그러한 태도는 남자의 심경 변화를 이끌어 내는 데 결정적 요인이 되었다. 주인이 이미 저를 버린 후라면 그 역시 주인에게 충성을 바칠 이유는 없을 터였다. 남자의 충성심은 그다지 깊지 않은 것이었다.

"모르는 일이다? 재미있군. 가까이서 그대를 섬기는 자가 이런 큰일을 벌였는데 말이야."

"가, 가까이서라니요! 그는 집안의 수많은 하인들 중 하나일 뿐입니다! 저는 저자를 잘 알지 못한단 말입니다!"

"알타린 영애…… 그렇다면, 이자의 이름은 알고 계시오? 설마, 그마저도 모른다 하진 않겠지?"

라드 슈로더가 알타린의 얼굴을 빤히 들여다보며 물었다. 그녀의 얼굴이 새빨갛게 변했다.

짧은 사이, 그녀는 수도 없이 갈등에 갈등을 반복하였다. 이름을 모른다 잡아떼는 것이 저의 신상에 득이 될 것인가. 어차피 제 집안의 하인임이 만천하에 드러난 일인데 저자의 이름을 모른다 하는 게 과연 소용이 있을까. 오히려 제 아랫사람의 이름마저 모른다 남들에게 손가락질을 받진 않을지……. 설마 이름을 알고 있다 해서 저자의 죄를 제게 전가시키진 않을 테지.

계산을 마친 알타린은 더 이상의 망설임을 뒤로한 채 재빨리 입을 열었다. 무엇보다 그녀는 라드 슈로더가 저에게 보이는 경멸의 시선을 견딜 수 없었다.

"저를 뭘로 보시고……. 아무리 천한 하인이라 하나 이름 정도는 알고 있습니다. 벨라스 듀보라 합니다!"

"……영애의 말대로 네 이름이 벨라스가 맞느냐?"

알타린의 말을 들은 슈로더가 남자에게 사실을 확인하듯 물었다. 그가 가까스로 긍정하며 고개를 끄덕였다.

"그래, 네가 최근 몇 년간 알타린 숄터스 영애를 보좌한 것 또한 사실이냐?"

이번에도 남자는 긍정을 표했다. 남자의 직접적인 대답이 있자 알타린 역시 쉽게 이를 부인하지 못했다.

"벨라스, 다시 한 번 묻겠다. 원초향을 쓰라고 네게 사주한 이가 누구냐? 여기서 네가 바른 대답을 하지 않는다면 넌 홀로 모든 죄를 감당해야 할 것이다. 이번 사건은 한 사람의 생명을 위협한 일이었을 뿐만 아니라 슈로더 공작가를, 또 베냐한 제국의 황실을 위협한 사건이다. 그 죄를 너 혼자 지고 가겠느냐?"

라드 슈로더의 음성은 마치 형체 없는 채찍처럼 벨라스의 전신을 후려쳤다. 벨라스는 후들거리는 몸을 가눌 수가 없었다. 그의 눈동자 역시 사정없이 흔들리고 있었다.

"알타린 영애, 그대 가문에서는 벨라스 듀보의 구명을 위해 대변자를 세우시겠소?"

대답 없는 벨라스의 모습을 한동안 바라보던 슈로더가 알타린을 향해 돌발적으로 물었다. 그녀는 전혀 뜻밖의 말을 들은 사람처럼 화들짝 놀라며 슈로더의 얼굴을 바라봤다.

"……이대로 벨라스 듀보를 외면한다 해도 그대의 가문은 저자의 죄로부터 자유로울 수 없을 거요. 저자 역시 그대 가문의 일원이니 베냐한 제국법에 의해서나, 도의적으로나 숄터스가 역시 책임을 지게 될 테지. 어찌하겠소? ……난 저자에게 황실에 대한 반역죄를 물을 생각인데."

알타린이 숨을 깊게 토해 내며 자신의 두 팔을 감싸 안았다. 그녀의 숨결은 자신을 옭아매려는 눈앞의 죄로부터 자유를 갈망하는 듯이 몹시 세차고 거칠었다. 그녀가 퍼레진 윗입술을 바르르 떨더니 무언가 결심한 듯 입을 열었다. 아니, 처음부터 그녀의 대답은 정해져 있었는지도 모른다. 라드 슈로더가 바라는 바대로.

"숄터스가는 죄인과 전혀 관계가 없습니다! 대변자를 내세워 죄인을 구명할 이유 또한 없지요! ……부리는 자의 죄를 감싸는 것이 주인 된 도리라 하나, 일의 막중함을 생각한다면 죗값을 정당하게 받아야겠지요. 도의적 책임이야 각오하고 있습니다. 그러나 가문의 명예를 실추시키는 허무맹랑한 추측은 저 또한 더 이상 묵과하지 않을 것입니다!"

그녀가 조금 흥분한 듯 콧구멍을 벌렁거리며 말했다. 알타린의 말에 벨라스는 폭풍우가 후려치고 지나간 고목나무같이 상처받고 버려진 얼굴을 했다. 산산이 부서진 힘없는 나무 한 그루는 생을 다하기 전, 마지막 생명을 분노로 모두 환원하듯 얼굴을 있는 대로 일그러뜨렸다.

웬디는 그 모습을 바라보며 알타린의 우둔함에 혀를 찰 수밖에 없었다. 저리 멍청해서야 어디 복수하는 기분이라도 나겠는가.

"……아가씨! 어찌 그리 말씀하실 수 있습니까?"

예상대로 그녀의 말은 벨라스의 분노를 제대로 부추기는 도화선이 되어 주었다. 두 사람의 허술한 대처에 웬디는 피식 웃음을 흘렸다.

추측컨대 원초향을 쓴 일은 처음부터 계획된 것은 아닐 것이다. 라드 슈로더의 애정을 바라 마지않던 그녀였기에, 생각지 못한 웬디의 등장으로 가뜩이나 이가 갈렸을 터였다. 그런데 웬디에게 뜻밖에 모욕까지 당하고 나니 자존심이 드높은 백작의 영애께서 참고 봐줄 수 없었던 거겠지. 그러나 계획을 세운 이나 실행한 이나 이리 손발이 안 맞아서야, 음모를 꾸미든 뒷공작을 벌이든 결국 자기 발등 찍기밖에 더 되겠는가.

"아가씨의 명을 받들어 더러운 짓거리를 한 결과가 고작 이것입니까? 어찌 저를 모른 척하실 수 있단 말입니까?"

"닥쳐라! 네가 무슨 소릴 지껄이고 있는 줄 아느냐? 내가 무슨 명을 내렸다고! 어찌 날 이리 모함하느냐!"

당황한 알타린이 벌겋게 상기된 얼굴로 호통을 쳤다.

부르르 온몸을 떨며 그의 모든 말을 부정하는 알타린의 행동에도 벨라스는 요지부동이었다. 그는 마치 정신이 회까닥 돌아 버린 사람처럼 모든 일은 알타린 숄터스가 자신에게 시킨 일이라며 고래고래 악을 써 댔다. 그런 벨라스의 말을 막으며 덩달아 소리를 질러 대던 알타린은 남자의 발악에 점차 초조한 눈빛을 했다. 중간중간 벨라스를 보며 애원하는 듯한 표정을 짓기도 하는 것이 벨라스의 마음을 돌려 보려 뒤늦게 애를 써 보는 모양이었지만 이미 엎질러진 물이었다.

원초향 사건은 이렇게 파국을 맞았다.

결국 얼마 못 가 두 사람은 기사들에 의해 연행되어 갔다. 끌려가는 두 사람의 뒷모습을 보며 웬디는 생각에 잠겼다. 어떤 방식으로든 사건이 마무리되긴 하겠지만 숄터스가에서도 손을 놓고만 있지는 않을 것이었다. 웬디는 얼른 집으로 돌아가 식물도감을 펼치고 알타린 숄터스, 그녀만을 위한 식물을 골라 봐야겠다 생각하였다.

라드 슈로더는 피곤한 낯빛으로 웬디를 마차까지 에스코트해 준후, 둘을 취조하기 위해 서둘러 자리를 떴다. 떠나기 전, 그는 무언가 할 말이 있는 사람처럼 웬디의 얼굴을 멈칫하며 바라봤다. 그 시선이 자신의 모자 베일을 향하는 줄 알고 웬디는 머쓱하게 모자를 벗었다. 그러나 그의 눈은 웬디의 바짝 말라 갈라진 입술 위를 향하고 있었다. 베일을 벗자 하루 사이 해쓱해진 그녀의 얼굴이 더욱 확연히 드러났다. 그 얼굴을 바라보는 그의 눈동자에 안타까운 기색이 비쳤다. 강물 위를 찬찬히 더듬어 나가는 달빛처럼 고요하고 따스한 눈빛이었다.

그의 그런 눈빛을 마주한 그녀는 명치끝에 바람 한 자락이 사르륵 하고 지나가는 것을 느꼈다. 강가의 은백양나무를 스쳐 지나온 바람이었다.

웬디는 언제나처럼 시선을 아래로 내리깔며 남자의 시선을 피했다. 사락거리는 나뭇가지의 흔들림이 선연히 가슴께에 느껴졌기에. 그대로 그 눈을 마주했다간 모든 게 와르르 무너져 내릴 것만 같았다.

라드 슈로더는 그녀가 감당하기 버거운 시선만을 남긴 채 그대로 자리를 떠났다. 얼른 마차에 올라탄 웬디는 두 눈을 질끈 감았다. 강가에서 홀로 빛나고 있던 은백양나무 한 그루가, 눈을 감아도 계속 그 자리에 있었다.

8화

나는 그대 옆집에 살고 싶다

오후 나절이 되어서야 눈을 뜬 웬디는 비칠거리는 걸음으로 방을 나섰다. 눈꺼풀은 천근만근이었지만 배 속에서 끊임없이 요동치는 꼬르륵 소리에 계속 잠을 청할 수가 없었다. 문가에서 독이빨이 애벌레를 달라는 듯 갸웃거리며 웬디의 시선을 붙잡았다. 강아지가 꼬리를 흔들 듯 살랑살랑 흔들리는 꽃잎을 모른 척해야 하는 것은 안타까웠지만 독이빨을 챙길 겨를이 없었다. 두어 걸음 계단을 내려서다가 그녀는 휘청 몸을 가누지 못하고 쓰러지듯 벽을 짚었다.

"아……."

온몸에 이는 근육통도 근육통이었지만 배 속에 든 모든 장기가 쪼그라드는 것 같은 허기가 그녀의 걸음을 멈춰 세웠다. 전날 숲에서 점심을 먹은 이후로 내내 빈속이었으니 만 하루가 넘도록 굶은 셈이었다.

웬디는 주방까지 내려가는 것을 포기하고 그대로 계단에 걸터앉아 계단을 따라 죽 늘어서 있는 자그마한 선인장 화분 위에 검지를 가져다 대려 했다. 열량이 높은 과일 목록을 몇 개 떠올리면서.

"……."

그러나 그녀는 검지로 흙을 짚으려다 말고 그 자리에 굳은 듯 멈춰서야 했다. 검지에 감겨 있는 하얀 붕대가 시야 가득 들어온 까닭이다. 웬디는 손가락 위로 돌돌 말려 있는 붕대를 들여다보며 멍하니 지난밤의 일들을 생각하였다.

"라드 슈로더……."

그녀의 머릿속을 맴돌던 글자 여러 개가 퍼즐 조각처럼 짜 맞추어져 입술 끝으로 흘러나왔다. 스스로의 음성에 놀란 그녀는 황급히 주변을 획획 둘러보았다. 마치 누군가에게 들킬까 염려라도 하듯이.

금기를 어긴 순례자의 심정이 된 웬디는 다시금 자리에서 겨우겨우 일어섰다. 쓸데없는 생각에 빠져 있을 때가 아니었다. 뭐라도 먹고 기운을 차려야 할 때였다.

땅거미가 짙게 내려앉으려 할 때가 되어서야 그녀는 간신히 기운을 차리고 집 밖을 나섰다. 생각 같아서는 하루쯤 그냥 푹 쉬고 싶었지만, 꽃집에 가득한 꽃과 나무들 걱정에 차마 그럴 수가 없었다.

전날 부르고뉴 사냥 대회에 온종일 시간을 빼앗겼으니 오늘마저 꽃집에 들르지 않는다면 이틀을 꼬박 물을 주지 못한 게 된다. 이미 민감한 녀석들 몇몇은 '물을 달라, 물을 달라' 봉기를 하다 지쳐 이파리가 축 늘어졌을 터였다.

웬디는 잰걸음으로 그녀의 집 앞뜰을 빠르게 빠져나갔다.

옆집 벤포크네 집에서 투닥투닥 시끄러운 고함 소리가 들려오고 있었지만 자세히 살필 나위도 없었다. 보나마나 녀석이 또 무슨 사고를 쳐 아버지께 혼이 나는 중일 터였다. 웬디는 희미한 불빛이 새어 나오는 벤포크네 집 창가를 힐끗 바라본 후 걸음을 재촉하였다.

저녁나절의 어둠은 낮 동안 지쳐 버린 거리 위를 서서히 물들이고 있었다. 타박거리는 그녀의 발자국을 따라 거리는 지친 입김을 내뿜듯 미약한 흙먼지를 일으켰다. 까칠하게 일어난 입술 사이로 피로한 숨결을 내쉰 웬디가 상념을 떨치려는 것처럼 고개를 흔들었다. 걸음을 옮길 때마다 관절에서 스르렁 그르렁 말로 표현하기 어려운 괴상망측한 소리가 났지만, 고통을 호소하는 마디마디보다 저의 머릿속을 지배하고 있는 괴상망측한 이름 하나가 더 신경이 쓰였기에 다리의 아픔은 나중 문제가 되었다.

양미간에 주름을 새기고, 주먹을 꼬옥 쥐어 보고, 이를 악물어 봐도 강제 침입한 머릿속의 그 이름은 도무지 나갈 기미가 없어 보였다. 제 집인 양 두 다리를 주욱 피고 당당하니 세입자 행사마저 하는 모양새다.

"에라이!"

참다 못 한 그녀가 걸음을 걷다 말고 그만 빽 소리를 질렀다. 지나가던 사람들 몇몇이 놀란 듯 그녀를 힐끔거렸지만 그런 시선 따위 신경 쓸 여력이 없었다. 이놈의 머릿속이 미쳐도 단단히 미쳤나 보다. 왜 자꾸 그 이름이 생각나는지. 썩은 두엄 위에 엉덩방아를 찧은 것만큼 찝찝하고 억울한 기분이었다.

웬디는 짜증스럽게 관자놀이 위로 두 손을 올리며 유난히 펄떡펄떡 뛰어 대는 저의 맥박을 굴복시키듯 꾹꾹 여러 번 눌렀다.

무언가 잘못되어도 단단히 잘못됐다.

설마, 제루스 홀에서 겪었던 증상과 관련된 건 아닐 테지?

라드 슈로더의 이름에서부터 시작된 그녀의 망상은 제루스 홀의 독 음모론으로까지 다시금 옮겨 갔다. 그 빌어먹을 놈의 독이 잠복기를 거쳐 드디어 발현된 것이라면 심각해도 보통 심각한 일이 아니지 않는가?

웬디는 입술을 잘근잘근 깨물며 불안에 몸서리쳤다.

꽃집에 다다른 그녀는 분주하게 이리저리 몸을 움직이며 전투적으로 두 눈을 번뜩였다. 노동을 통해 일으킨 몸의 열기로 망할 독이든 허튼 생각이든 모두 살라 버리려는 것처럼.

쪼르르륵, 쪼르르륵. 물뿌리개에서 쏟아지는 여러 가닥의 물줄기 소리만이 쉼 없이 꽃집 안을 가득 채웠다. 꼭 스물아홉 번째 화분에 물을 줄 때가 되어서야 웬디는 스스로 만족할 만한 자가 진단을 내리고 간신히 마음을 괴롭히는 불안감을 조금 떨칠 수 있었다.

그래! 라드 슈로더의 이름이 머릿속에 떠오르는 것은 지극히 당연한 일이었다. 암, 당연한 일이고말고! 전날 그런 어마어마한 일을 함께 겪은 상대인데 생각이 안 날 리가 있나! 무엇보다 자신에게 그런 악독한 짓을 저질렀던 알타린 숄터스 영애의 처분이 그에게 달려 있는 상황이니 더더욱 그 이름이 생각 날 수밖에 없지 않은가?

이를테면 그것은 기대 심리라 할 수 있었다. 알타린 영애의 사건에 관하여 라드 슈로더가 저를 만족시킬 만한 결과물을 들고 오지 않을까 하는……. 그래, 이건 순전히 그에 대한 기대감일 뿐이었다. 알타린 영애에 대한 복수를 위해 자신이 직접 발 벗고 나서야 한다면 또 얼마만큼의 많은 위험 요소들을 맞닥뜨려야 하겠는가. 라드 슈로더가 이 사건을 멋지게 마무리시켜 준다면 그런 도박을 벌일 필요가 없으니 백 번 나은 일이 될 것이었다.

복잡한 마음을 정리하자, 놀랍도록 머릿속이 가벼워졌다. 웬디의 허락도 없이 세를 들고 앉아 있던 라드 슈로더라는 의미 없는 낯자들이 성큼 문 밖으로 짐을 싸매 들고 나간 기분이랄까?

웬디는 전날 제 마음을 쿵닥거리게 했던 은백양나무의 환영을 내 쫓기라도 하듯 피시식 웃음을 흘렸다. 적막한 꽃집 안에 그녀의 웃음소리가 괴기스럽게 흩어졌다.

딸랑.

그때였다. 한껏 공허하게 피식피식 웃음을 흘리던 그녀는 꽃집 문에서 나는 딸랑거리는 방울 소리에 소스라치게 놀라 흠칫 몸을 떨었다. 경직되어 끼리릭대는 목 근육을 움직여 가게 문을 향해 고개를 돌리던 웬디는 이유를 알 수 없는 불안감을 느꼈다.

"……!"

불안감의 정체를 두 눈으로 확인한 웬디가 헛숨을 들이켰다. 그녀의 머릿속을 어지럽힌 장본인이 떡하니 문 앞에 서 있는 모습이 보였다. 웬디는 방금 전 스스로 만족스럽게 결론 내렸던 기대 심리다 뭐다 한 것들을 몽땅 잊어버리고 그의 등장에 꿀 먹은 벙어리가 되었다.

저, 저자가 이곳엔 무슨 일로!

그녀는 소리 없는 비명을 내지르며 라드 슈로더의 얼굴을 크게 확장된 동공으로 바라보았다. 짙은 구름으로 얼룩진 밤하늘 같은 얼굴을 찌푸린 그가 숨을 한 번 골랐다.

"웬디."

라드가 조금 가라앉은 쉰 목소리로 그녀의 이름을 불렀다. 이리저리 흐트러진 머리칼이 제일 먼저 시선을 붙잡았다. 그의 제복에는 봄밤의 찬 기운이 가득 묻어나 있었다. 숨결은 다소 거친 듯했다. 그녀를 향해 무언가 이야길 꺼내 놓으려는 듯 그의 목울대가 연신 흔들렸다.

까칠해진 라드의 얼굴 위로 시선이 맺힌 웬디는 어색하니 경직된 표정으로 입꼬리를 바르르 떨었다. 괴기스럽게 웃음을 흘리던 얼굴 표정이 아직 그녀의 입가에 남아 있었다.

"그대의 집에 들렀다 오는 길이라오. 집에 기척이 없기에…… 염려했다오. 많이 고단할 텐데, 하루쯤 쉬지 그랬소."

그가 말했다. 끝말에 맺힌 한숨에 웬디가 그의 얼굴을 다시 살폈다. 붉게 충혈된 그의 눈에서 짙은 염려의 기색을 읽을 수 있었다. 자신의 부재에 놀라 한달음에 이곳까지 달려온 것인가. 웬디는 스스로 통제되지 않는 망측한 생각에 또다시 머릿속이 복잡해져 가는 걸 느꼈다.

"……그리되었습니다. 경께선 이 밤에 무슨 일이신지요? 저를 다급히 찾으신 듯한데."

그녀는 가까스로 표정을 추스르며 입을 열었다. 차가운 말투와 도도한 눈매, 비틀린 입가까지 모든 게 완벽했다. 웬디는 콩닥콩닥 뛰는 심장 소리를 숨기기 위해 손에 든 물뿌리개를 다시 기울였다. 쪼르르륵, 쪼르르륵 물줄기 소리가 다시금 꽃집 안을 가득 채웠다.

"어제 일을 대략적으로 마무리 짓고 오는 길이라오. 그대가 궁금해할 것 같아 들렸소."

"……내내 황궁에 계셨던 건가요?"

남자는 지금껏 한숨도 자지 못하고 사건에 매달려 있었던 모양이었다. 웬디가 힐끗 그의 얼굴을 훔쳐봤다. 역시, 몹시 피곤한 모습이다.

"긴 하루였소."

라드 슈로더가 고됐던 지난 시간들을 회상하듯 이야기를 꺼냈다. 그런 그의 얼굴을 보며 웬디는 그에게 따뜻한 차라도 한잔하겠냐 묻고 싶었지만, 정작 한마디도 꺼내진 못했다. 머릿속에 떠올린 살가운 말이 용납이 되지 않아 입 한 번 뺑긋하기가 힘들었던 까닭이다.

"숄터스가에서 폐하를 알현하고 즉각 행동에 나섰기에 시간을 지체할 수가 없었다오. 알타린 영애는 자신이 저지른 죄의 일부분을 시인했지만 벨라스가 그 일을 실행에 옮길 줄은 몰랐다는 식으로 버티었소. 일단 영애에게는 삼 일간의 구금과 한 달간의 가택 연금 명령이 내려졌다오. 실망스러운 처벌이라 생각할지 모르겠으나, 비록 짧은 기간이라도 귀족가의 여인이 실형을 산다는 것은 그녀에게나 가문에게나 무거운 낙인이 될 테니 가볍다고만 볼 순 없을 것이오. ……연금이 끝나자마자 낭송회 일정이 줄줄이 잡혀 있기도 하고."

"……낭송회라뇨?"

웬디가 의아한 목소리로 물었다. 그녀의 물음에 라드가 순간 민망한 듯 눈매를 좁히며 '큼큼' 헛기침을 했다.

"말하자면, 여러 사람 앞에서 자신의 죄를 고백하는 글을 낭송하는 자리라오. 일종의 반성문이라고 볼 수 있지. 황태자 전하께서 그리 명하셨다오. 영애에겐, 몹시 치욕스러운 일이 될 테지."

웬디의 얼굴이 기묘하게 일그러졌다. 황태자의 해괴망측한 처벌에 대해 웃어야 할지 말아야 할지 당장 결론을 내리지 못한 것 같은 얼굴이었다.

그런 반응을 예상했다는 듯 그녀를 바라보던 라드 슈로더는 그녀가 기울이고 있던 물뿌리개의 물이 화분 위로 흘러넘치자, 웬디의 손을 재빨리 잡아 세웠다.

"괜찮소?"

"괘, 괜찮습니다!"

그의 손을 황급히 뿌리친 웬디는 바닥에 흥건한 물을 당황스런 표정으로 내려다봤다. 잠시 어색한 정적이 맴돌았지만 라드는 여느 때처럼 무표정한 얼굴로 돌아와 계속 말을 이었다.

"……그 외에도 가문 차원의 배상 명령이 내려졌다오. 황실에 대해서, 슈로더 가문에 대해서 배상 책임을 지게 되었지. 슈로더가에 지불된 배상금 중 일부는 그대에게 주어진 배상금이라오."

웬디는 스스로가 품은 어색함을 떨치고자 '큼큼' 목을 가다듬으며 그의 얼굴을 똑바로 바라보았다.

웬디 역시 귀족의 신분으로 살았던 과거가 있었기에 귀족이, 그것도 미혼의 젊은 영애가 실형을 산다는 것이 얼마나 수치스러운 일인지 잘 알고 있었다. 한 달간의 가택 연금이나 배상금 지불은 실망스런 처벌임이 분명하나, 이른바 '죄질 고백 낭송회'는 개중에서 꽤나 마음에 드는 처벌이 아닐 수 없었다. 일반적인 범주를 초월하는 처벌이라 하더라도 그 대상이 자신에게 악독한 짓을 저지른 알타린 영애이니 문제될 것은 없었다.

"그렇군요. ……영애에 대한 심문은 경께서 직접 하셨나요?"

"그렇소."

무엇보다 라드 슈로더에게 직접 심문을 받고 스스로의 치부를 드러내게 된 알타린 숄터스의 심정을 헤아리자니 더욱 고소한 일이란 생각이 들었다. 라드 슈로더는 제 몫을 다 했다. 웬디는 그를 치하하는 의미로 특별히 차를 내어 주기로 결심하였다. 그럴 듯한 명분이 생긴 것이다.

그를 뒤늦게 테이블로 안내한 웬디는 그에게 대접할 찻물을 끓이는 와중에 잊고 있던 한 사람의 이름을 꺼냈다.

"……벨라스 듀보는 어찌 되었습니까?"

"그자는 구금되었다오. 아직 형이 확정되지는 않았으나, 남은 생을 바지윰 감옥에서 보내게 될지도 모르오. 그자가 저지른 죄의 대가를 받게 될 테지."

알타린 영애의 경우, 숄터스가의 개입을 최소화하고자 그녀에 대한 판결을 일사천리로 끝낸 모양이었지만, 가문에게 버림받은 벨라스 듀보는 아직 아무런 판결을 받지 못한 모양이었다. 웬디는 속으로 혀를 쯧쯧 찼지만 그자가 가엽단 생각은 들지 않았다.

"집으로는…… 언제 되돌아갈 생각이오?"

웬디가 벨라스 듀보의 형을 가늠해 보고 있던 찰나, 라드가 물었다. 자신의 일정을 확인하려 드는 그의 얼굴을 잠시 찌푸려진 얼굴로 바라보던 그녀가 대답했다.

"아직 화원 뒤쪽에 물 주는 일이 남아 있습니다."

웬디의 말에 라드가 창밖의 어둠을 바라다봤다.

"……내 기다릴 테니, 일을 마무리하고 오시오. 집까지 바래다주겠소. 사양할 필요 없다오, 내 마음이 편하고자 하는 일이니."

안 그래도 단칼에 거절의 말을 내뱉으려고 입을 벙긋거렸던 그녀는 이어진 라드 슈로더의 말에 곧 입을 다물어야 했다. 지난날, 리누스 의료원 앞에서 집에 바래다주겠다 한참 실랑이를 했던 일이 떠오르기도 했고 말이다. 이런 문제에서는 그를 당해 낼 수 없단 사실을 그녀 역시 잘 알고 있었다.

이번에도 그럴 듯한 명분이 생긴 것이다.

꽃집을 나섰을 땐 거리의 어둠이 두 사람의 그림자마저 모두 집어삼킬 정도로 짙어진 후였다. 웬디는 라드 슈로더가 저에게 말을 걸지 않길 마음속으로 간절히 바라며 터벅터벅 발걸음을 옮겼다. 알타린 영애의 처분과 관련하여 세세하게 묻고 싶은 것이 없다고 한다면 거짓말이겠지만, 더 이상 머릿속을 복잡하게 만들고 싶지 않았다. 서늘한 밤공기가 코끝을 스칠 때마다 옆에 선 이의 존재감이 마음 깊이 들어 찬 것도 그와의 대화를 회피하는 이유라면 이유랄까. 다만 그녀는 그 마음을 외면하고 있었을 뿐이었다.

어디선가 개 짖는 소리가 희미하게 들려왔다. 웬디는 괜히 그 소리가 나는 방향을 가늠하듯 고개를 모로 기울이며 딴청을 피웠다. 개 소리 따위야 관심도 없었지만 라드 슈로더가 행여 저에게 말을 걸까 싶어 컹컹거리는 그 소리에 무슨 의미라도 있는 양 굴어 본 것이다.

걸음을 옮길 때마다 닿을 듯 스쳐 지나가는 그의 손끝이 이상하리만치 신경 쓰여, 웬디는 손을 오므렸다 폈다 여러 번 반복하기도 하였다. 깔끔하게 정돈된 머릿속을 도로 뒤엉키게 만드는 그의 체온. 닿지 않아도 느낄 수 있는 열기가 어디서 시작된 건지도 모르게 그녀의 피부 이곳저곳을 떠돌았다.

그리 늦은 시간이 아니었지만 거리엔 인적이 드물었다. 발끝에 밟히는 모래 알갱이의 버석거리는 소리마저 들릴 정도의 고요가 그들을 감싸고 있었다.

희미하게 울리던 개 짖는 소리도 더 이상 들리지 않고 두 사람의 발소리가 세상의 전부인 양 골목에 가득 찼을 때, 웬디는 그 속에 섞인 익숙하고도 낯선 소리에 흠칫 몸을 떨어야 했다.

스르렁 그르렁 삐걱삐걱. 낡은 집 나무 계단에서 나는 소리처럼 힘없고 안타까운 소리가 그리 멀지 않은 곳에서 들려오고 있었다. 그녀는 당황스런 눈빛으로 저의 무릎 관절을 슬쩍 내려다봤다.

전날 스노위코 위에서 떨어지지 않으려 엉덩이와 허벅지, 종아리에 잔뜩 힘을 준 탓인지, 아니면 벼랑에서 떨어져 내리며 온몸을 파닥파닥 뒤흔든 탓인지, 그도 아니면 온종일 숲길을 헤매며 걸어다닌 탓인지 웬디의 몸은 여전히 정상이 아니었다. 다시 말하지만, 그녀의 몸은 여기저기 정말이지 온전치 못했다.

걸을 때마다 무릎 관절에서 스르렁 그르렁 삐걱삐걱 괴이한 소리가 나는 것도 다 그런 연유였다. 결국 그녀는 라드와의 대화를 회피했던 것이 무색하게도 그를 향해 먼저 입을 열어야 했다. 그 역시 괴이한 소리의 정체를 눈치챘는지 조금 전부터 그녀의 무릎을 향해 걱정스런 시선을 보내오는 중이었다. 그 시선은 피부 여기저기로 퍼지는 뜻 모를 열기만큼이나 불편한 것이었다.

"저어…… 몸은 좀 어떠세요? 어깨 부위에 통증은 없으신지……."

라드의 시선을 제 무릎에서 떼어 놓기 위해 뒤늦게 그의 안부를 물은 웬디가 무심한 눈빛을 가장하며 그의 어깨를 바라다봤다. 다분히 목적성을 띠고 있는 인사치레였지만 혹시 자신이 그를 진심으로 걱정하고 있는 것으로 오해할까 싶어 최대한 담백한 음성으로 감정을 배제한 채 말하는 것 또한 잊지 않았다.

"괜찮소. 제때 치료를 받아 다행히 통증은 없다오. 그대는……."

라드는 이번에도 그녀의 무릎 부위에 눈길을 둔 채로 대답을 하였다. 웬디는 그의 말줄임표 사이에 '그대의 상태가 더 좋지 않아 보이는군.'이라는 생략된 말을 추리해 냈다.

"목소리가 많이 잠기셨어요. 돌아가시면 바로 휴식을 취하시는 게 좋겠어요."

웬디는 그의 말을 못 들은 척하며 계속 라드의 건강에 관해 이야기했다. 아닌 게 아니라 그의 목소리는 시간이 갈수록 더욱 묵직하니 가라앉아 갔다. 웬디는 제 무릎의 소리를 감추기 위해 입을 열었던 처음의 목적을 잊고 원기 회복에 좋은 식물 명단을 저도 모르게 떠올렸다.

'가만 있자, 부엌에 돌뵈르 뿌리를 절여 놓은 게 있었는데.'

부엌 찬장 언저리를 머릿속으로 훑고 있던 그녀는 자신이 만든 상황 속에 스스로 너무 몰입하고 있는 게 아닌가 하는 생각이 퍼뜩 들었다.

얼른 돌뵈르 뿌리를 머릿속에서 지워 버린 그녀가 스스로를 탓하듯 고개를 흔들었다. 그녀의 집골목 어귀에 다다랐을 때 대성통곡하는 소리가 들리지 않았다면 또 심각한 자기비판과 명분 찾기에 몰두했을지도 모르나, 다행히 귓속을 후벼 파듯 거슬리는 울음소리가 거리 가득 스물스물 피어오르고 있었기에 그런 사태를 막을 수 있었다.

"흐어어엉…….."

음산한 기운을 풍기며 엉엉 눈물을 흘리고 있는 사람은 웬디와 라드 모두에게 익숙한 이였다.

"벤포크, 무슨 일이니?"

그녀가 옆집 소년 벤포크의 잔뜩 웅크린 어깨를 내려다보며 음울한 어조로 물었다. 별로 말을 걸고 싶은 마음은 없었지만 녀석이 하필 웬디의 마당 입구 부근에 앉아서 청승을 떨고 있었기에 어쩔 수가 없었다.

벤포크가 눈물 젖은 얼굴을 들어 웬디를 올려다봤다. 녀석은 웬디와 그 옆에 비껴 서 있던 라드의 얼굴을 차례로 바라본 후 감정을 추스르려는 듯 소매로 눈물을 훔쳤다.

"웬디 누나…… 나 이제 어쩌면 좋아. 우윽…….."

벤포크는 이야기를 꺼내다 말고 다시 눈물을 쏟아 냈다. 세상이 끝난 것 같은 표정을 하고 있는 소년의 얼굴을 들여다보며 웬디는 녀석이 이번엔 대체 무슨 사고를 친 것일까 한숨을 내쉬었다.

"무슨 일인지 찬찬히 얘기해 보렴."

그녀는 소년을 달래려다 말고-달래면 더 크게 울음을 터뜨리는 아이들의 심리를 우려하여-녀석을 재촉했다.

"훌쩍. 으응, 누나…… 나 이제 누나랑 다신 못 볼지 몰라. 흑, 울 아부지가 집 내 놨대."

"……이사를 간단 말이니?"

소년의 이야기가 다소 그녀의 예상을 벗어나는 것이었기에 웬디는 조금 더 진지한 마음으로 녀석을 바라봤다. 단순한 꾸지람으로 눈물을 쏟았던 게 아닌 모양이었다.

"응, 조피에른으로……. 그 촌구석으로 간다니 난 이제 망했어! 새라랑 계속 만나기도 틀렸고, 애들이랑도 헤어져야 하고 기사님들한테 검술도 못 배울 거 아냐. 훌쩍, 누나가 아부지한테 자하토 묘목만 안 나눠 줬어도. 우으윽…… 아부지가 그거 키우고부터 옛 생각 난다며 조피에른을 기웃거렸단 말야! 허어엉……."

벤포크가 가슴 가득한 서러움을 토해 놓으며 목 놓아 울어댔다.

녀석의 아버지에게 몇 달 전 사하토가을에 갈색 열매를 맺는 진달랫과의 관목으로 최근 농촌에서 고소득 작물로 주목받고 있는 식물묘목 몇 그루를 나눠 준 일이 있었는데, 그것이 무언가 일의 발단이 된 모양이었다.

녀석의 아버지가 자하토 묘목을 받아들고 기이할 정도로 기뻐하던 일이 떠올랐다. 결국 벤포크가 웬디의 집 앞쪽에서 쭈그려 앉아 청승을 떨어 댄 것은 그녀에게 이러한 원망을 쏟아 내고 싶었던 탓이었는지 모른다. 웬디는 엉엉 울고 있는 소년이 가엽긴 했으나 그 점이 또한 괘씸하였다.

"흐어엉…… 누나네서 비료 날랐던 날도 새라가 나한테서 냄새 난다고 했는데…… 그런 촌구석에서 살면 비료 냄새가 결국 내 냄새가 되겠지. 구분도 되지 않을 거야. 사방에 그 냄새뿐일 테니까…… 흐으윽."

"고작 냄새 때문에 널 싫어할 아이라면 차라리 만나지 않는 게 낫다."

그녀가 나름 현명하게 결론을 내려 녀석에게 충고를 건넸지만 벤포크는 그 말을 듣고 더욱 서러운 울음을 놓았다. 부르르 어깨를 떨며 자리에서 일어난 벤포크가 웬디를 눈물범벅인 얼굴로 올려다

보며 실망했다는 것처럼 말했다.

"우으윽, 어떻게 그렇게 쉽게 말할 수 있어? 누나도 사랑하는 사람이 있으면서……. 기사님이 가여워!"

"무슨……!"

슈로더의 얼굴을 안됐다는 듯 한 번 쳐다본 녀석은 그가 자신의 말에 별다른 부정을 하지 않자 더욱 분기탱천하여 말을 이었다. 웬디가 미처 해명을 할 틈도 주지 않는 신속함이었다.

"사랑이 어떻게 그래? 그 사람에게 조금이라도 잘 보이고 싶고, 그 사람이 싫어하는 건 나도 싫고 그런 게 당연하잖아. 한시라도 떨어져 있고 싶지 않고, 자꾸만 생각나고 보고 싶은 게 사랑이라고. 그런데 내가 어떻게 아부지를 따라 조피에른을 가? 내가 어떻게 새라랑 헤어질 수 있겠냐고! 누난 알 만한 사람이 어떻게 그래?"

훌쩍.

소년은 새침한 표정으로 코를 들이마시며 웬디에 대한 타박을 마무리 지었다. 웬디는 녀석의 시건방진 말에 어떻게 응수를 해 줄까 머릿속에서 끓고 있는 증기를 응축시키며 고민하였다.

제깟 것이 사랑에 대해 알면 얼마나 안다고! 쥐방울만 한 놈이 터진 입이라고 잘도 지껄이는구나!

그녀는 녀석의 머리통을 후려갈기고 싶은 것을 겨우 억눌렀다.

"벤포크."

그때 잠잠히 둘의 대화를 듣고 있던 라드가 앞으로 나서 소년에게 진지한 투로 이야기를 시작했다.

"……네 마음은 잘 알았다. 오늘은 밤이 늦었으니 이만 집으로 돌아가고 내일 다시 아버지와 이야기를 나눠 보는 것이 좋겠구나.

지금 한 이야기를 솔직하게 네 아버지께 말씀드려 보거라. 사내답게 진지한 모습으로 말씀 드린다면 너희 아버지께서도 조금이나마 고민해 보시지 않겠느냐."

소년은 황실 기사에게까지 감히 무어라 말대꾸를 할 수는 없었던지 입만 몇 번 벙긋거리다 이내 고개를 푹 수그렸다.

"네…… 그럴게요."

벤포크가 마음을 진정시키려는 듯 몇 번 심호흡을 한 뒤 우물쭈물 두 사람을 바라봤다. 걱양되었던 마음을 조금 가라앉히고 나니 소년은 뒤늦게 눈앞의 황실 기사가 자신에게 말한 '사내답게'라는 말이 마음에 걸렸다. 사내답지 못한 모습으로 눈물 콧물을 쏟아 내는 것을 그에게 모두 들켜 버리고 말았으니, 앞으로 이 황실 기사에게서 검술을 배울 수나 있을지 난감하기만 했다.

"두 분께 정말 실례가 많았습니다. ……세 살 때였나? 그쯤 마지막으로 울어 보고, 정말 오랜만에 눈물을 흘린 거 같아요. 이게 제 본모습이 아니니 기사님께선 오해 말아 주세요."

소년은 뒤늦게 자기 관리에 돌입해 라드를 향하여 억지웃음을 지어 보였다. 웬디는 기가 차다는 듯 벤포크의 통통 부은 눈두덩이를 쳐다봤다.

"그래, 너와 네 친구들의 검술 자세를 봐주기로 한 약속은 내 빠른 시일 안에 지키도록 하마. 수일 내에 인편을 보내 약속을 잡을 테니 친구들에게도 그리 일러 두거라."

"아, 네……! 잊지 않고 계셨군요, 기사님!"

듣던 중 반가운 소리였는지 소년이 얼굴 가득 기쁨을 드러내며 반색했다. 그런 소년을 뒤로 한 채 라드는 무언가 생각에 잠겨 한

곳을 응시하였다. 라드의 시선 끝에는 벤포크가 그토록 떠나기 싫어하는 아담한 그의 2층 집이 있었다. 눈매를 슬쩍 좁힌 라드가 지나가는 투로 녀석에게 말을 건넸다.

"그나저나…… 너희 집은 이미 다른 이에게 양도된 것이냐?"

기사의 물음에 순간 의아한 얼굴을 한 벤포크가 더듬거리며 그에게 대답했다.

"아, 아뇨. 아버지께서 그런 말씀은 없으셨어요."

녀석의 말에 라드는 언제나처럼 무표정한 얼굴로 고개를 끄덕였다. 이윽고 어서 집으로 돌아가 보라는 듯 그가 녀석의 얼굴을 빤히 들여다보자, 민망해진 벤포크는 이내 후다닥 뒷걸음질 쳐 집으로 돌아갔다.

"……."

웬디는 라드가 한 말의 의도가 무엇인지 선뜻 이해가 되지 않아 멀어지는 소년의 뒷모습을 바라보며 미간을 팍 좁혔다. 멀리서 또다시 개 짖는 소리가 들려오고 있었지만, 이번에는 그 소리를 신경 쓰는 척 고개를 기울일 수가 없었다. 그녀 곁에 선 황실 기사의 의미를 알 수 없는 발언이 그녀의 온 신경을 불길하리만치 꽁꽁 묶어 버린 탓이었다.

"건물 매입에…… 관심이라도 있으십니까?"

자신도 모르게 불퉁한 말투가 튀어나와 버린 웬디는 미심쩍은 눈길을 거두지 못하고 라드를 흘겨봤다. 그가 그녀의 뾰족한 눈빛을 아무렇지 않게 넘기며 미미한 웃음을 삼키자 그녀는 더더욱 불길한 예감이 들었다.

근원을 알 수 없는 불길함이었으나 집의 양도 여부를 묻는 그의 물음 이면에 깔린 의도가 무엇인지 알 수 없는 그녀로서는 불길한 느낌을 쉽사리 거둘 수가 없었다. 소년의 낙심을 염려하는 것이라고 하기에는 지나치게 멀끔한 음성이 아니었던가. 원체 무미건조한 화술을 구사하시는 분이시니 과한 생각이라 치부할 수도 있겠으나.

웬디는 관찰하듯 그의 얼굴을 면밀히 뜯어봤다.

집집에서 새어 나오는 빛이 뭉근한 스튜처럼 자작하게 그들 주변에 깔려 있었다. 어둠 속 희미하게 도는 빛이 깊은 음영을 드리우며 사내의 빼어난 얼굴을 감추듯 흐리게 빛났다. 그녀의 뾰족한 눈빛을 받아내던 남자가 자그마하게 한숨을 내쉬었다.

별 의미 없는 한숨과 불빛의 어울림이었으나 웬디는 순간 입을 꾹 사리물었다. 가을바람에 나부끼는 마른 가랑잎처럼 명치 왼쪽 언저리가 팔랑팔랑 정신없이 흔들리며 간질거렸다. 그녀는 자신도 모르게 슬그머니 명치 부근을 긁적거렸다.

얼른 이 남자를 보내 버려야지, 안 되겠다고. 그녀는 생각했다. 저 불길한 얼굴을 더 보고 있다간 무슨 꼴사나운 짓을 더 보이게 될지 모르겠다. 사무치는 불길함이었다.

웬디는 서둘러 발걸음을 옮겨 집 앞에 섰다. 품 안에서 열쇠를 찾아 들고 아무렇게나 열쇠 구멍에 쑤셔 넣어 비트니 달칵하는 경쾌한 소리가 들려왔다. 웬디는 급한 마음에 열쇠를 도로 빼 들지도 않은 채 라드를 돌아봤다. 잘 가시라 건네는 인사말엔 바짝 말라비틀어진 음성을 덧씌웠다.

"친히 이곳까지 바래다주셔서 감사합니다. 그럼 조심히 돌아가십시오."

"그대도 편히 쉬도록 하시오. 내 조만간 다시 들르겠소."

그의 마지막 말에 팽하니 토를 달고 싶었지만 그녀는 피로한 낯빛의 남자를 더 이상 문 앞에 세워 두고 싶지도, 지금의 꺼림칙한 기분을 더 느끼고 싶지도 않았기에 그저 고개를 한 차례 끄덕였다.

"먼저 들어가시오."

라드는 그녀가 문을 닫고 안으로 들어가는 것까지 보겠다는 듯 자리를 떠나지 않고 버티고 서 있었다.

그녀는 예의 그 집요함에 멈칫하다가, 귀부인들을 호위하던 버릇이겠거니 하고는 그에게서 차갑게 휙 돌아섰다. 그 짧은 순간에도 여전히 명치 부근이 간질거렸다. 요즈음 목욕을 게을리했던가? 웬디는 양미간을 찌푸리며 생각했다. 부르고뉴 숲에서 이라도 옮아온 것은 아닌지 하는 몸서리쳐지는 가정에 그녀는 얼른 집으로 들어가 따뜻한 물에 뽀드득뽀드득 소리가 날 만큼 몸을 씻어야겠다고 생각했다.

그대로 문을 열고 집으로 들어서려던 웬디는 문고리 위에서 달랑달랑 흔들리고 있는 열쇠고리에 시선이 붙잡혀 아차하고 그 위로 손을 얹었다. 얼른 열쇠를 회수하기 위해 가볍고 날랜 동작으로 그것을 잡아 돌렸으나 어쩐 일인지 매끄러운 동작이 이어지지 않는다.

철컥철컥.

……철컥철컥철컥!

철컥철컥철컥철컥철컥철컥!

웬디는 손등에 힘줄이 툭 불거져 나올 정도로 열쇠를 좌우로 흔들어 댔다. 그러나 어찌된 일인지 이 망할 놈의 열쇠는 열쇠 구멍 안에서 꿈쩍도 않은 채 그 자리가 제 집인 듯 들어앉아 있었다.

"잠시, 실례하겠소."

그 하는 양을 뒤에서 지켜보고 서 있던 라드가 그녀의 손에 쥐어져 있던 열쇠 위로 손을 얹었다.

화들짝 놀라 겹친 손을 빼낸 웬디가 옆으로 비켜설 새도 없이 그는 그녀에게서 넘겨받은 열쇠를 양옆으로 돌리며 그것을 회수하기 위해 애썼다.

웬디는 저의 등 뒤로 느껴지는 남자의 온기에 얼굴을 딱딱하게 굳힌 채 이러지도 저러지도 못하였다. 부르고뉴 숲에서 그의 손을 맞잡았던 일이 머릿속에 빙빙 맴돌았다.

이 무슨 무례한 행동이냐 그를 밀치며 성을 내 볼까, 잽싸게 몸을 납작하게 접어 옆쪽으로 빠져 나갈까. 몇 가지 생각이 두서없이 떠오르긴 했으나 정작 아무런 행동도 할 수가 없었다.

어딘가에서 익숙한 향기가 풍겨났다. 그녀의 집 앞마당에 심긴 이팝나무 향인가 생각했지만 남자의 움직임에 따라 향은 진해졌다가 연해졌다가 했다. 그리고 그때마다 명치 부근의 감각도 강해졌다 약해졌다 해 그녀를 괴롭게 했다.

슬쩍 몸을 비트니 딱딱한 그의 가슴팍이 등 뒤로 오롯이 느껴져 그녀는 날개뼈를 살짝 웅크려야 했다. 야속하게도 남자는 그녀가 애써 벌려 놓은 공간만큼 몸을 앞으로 옮겨 열쇠를 빼내는 데 더욱 몰두하였다. 웬디는 얼마 못가 공벌레라도 된 듯 몸을 바짝 웅크려야 했다.

그러나 안타깝게도 웬디의 공벌레 전략은 그리 좋은 효과를 낳지 못했다.

"......"

남자의 잿빛 눈동자 위에는 평소의 무심함이라곤 없었다. 다소 강렬한 감정의 파편이 그 눈동자 위에 어릿하게 서려 있었다. 남자는 눈앞의 여인이 극도로 자신을 꺼려하는 몸짓을 보일 때마다 가슴속에 켜켜이 쌓인 무언가가 울컥울컥 치밀어 오르는 것을 느꼈다. 그러나 언제나와 같이 그는 자신의 내면을 다스렸다.

슈로더는 점잖게 그녀에게서 시선을 떼어 내며 열쇠를 빼내는 데 집중했지만 품에 안기다시피 한 그녀 곁에서 멀찍이 비켜서지는 않았다.

기사로서 여인을 향한 예우가 아니라는 사실을 알고 있었으나 어쩐지 그것만은 그만둘 수 없었다. 거멓게 물든 풍경 속 그녀의 뒷모습만이, 그 샛노란 머리칼만이 홀로 빛나는 것을 막을 수만 있었다면 그도 그녀에게 실례했다 정중하게 사과했을지도 모른다.

그렇게 한동안 열쇠를 빼내기 위해, 그녀에게서 시선을 떼어 내기 위해 애쓰던 남자는 웬디의 어깨가 서너 번 움찔거렸을 때에서야 입을 열었다.

"아무래도…… 열쇠가 안쪽에서 휘어진 모양이오."

요령 있게 다시 한 번 열쇠를 돌려 보인 라드는 그 꽂힌 모양을 자세히 들여다보고 결론을 내리듯 말했다. 웬디에게는 기함할 만한 결론일 게 분명했다.

금방이라도 하늘 높이 비상할 것처럼 날개뼈를 잔뜩 웅크리고 있던 그녀의 어깨가 멈칫 굳는 게 느껴졌다. 그가 내놓은 답변이 마음에 들지 않는 게 분명한 그녀의 뒷모습을 보며, 라드는 세상 어느 누구가 뒷모습만으로 이리 많은 감정을 전달할 수 있을까 잠시 생각하였다.

의식하지 못한 새에 미소가 지어졌다. 라드의 입가에 걸려 있는 한 줄기 소나기 같은 미소를 웬디가 보지 못한 건 다행스러운 일이었다. 비에 젖은 빨랫감처럼 울상을 하고 있던 그녀가 황망히 그를 향해 몸을 돌렸을 때에는 이미 소나기는 멎은 후였다.

"그, 그럴 리가요!"

웬디는 다급히 열쇠를 비틀어 당겼다. 맞붙은 이의 온기가, 아니 어쩌면 체취가 그녀를 당혹스럽게 한 까닭이었는지 참으로 인정사정없는 손놀림이었다. 그녀의 필사적인 강한 손아귀 힘 아래 놓인 열쇠가 그 순간 뚝 하고 분질러지는 소리를 냈다. 대형 참사였다. 웬디는 클로버 모양의 은회색 열쇠머리를 덩그러니 들고서 입을 떡 벌렸다.

"망가…… 졌군요. 내일 열쇠 수리공을…… 불러야겠어요."

띄엄띄엄 말을 내뱉은 웬디를 응시하며 라드가 당장의 대처를 물었다.

"밤새, 어찌할 작정이오? 문이 닫히기는 하나, 잠기지는 않는군."

그의 말처럼 열쇠가 반만 꽂힌 채로 얄궂게 고장 나 버린 문은 억지로 잠금 장치를 돌려 보려 해도 그 자리에서 꿋꿋하게 버티었다. 잔뜩 잠긴 목소리로 문이 잠기지 않는다 담담하게 내뱉는 라드의 얼굴을 바라보며 웬디는 얼굴을 딱딱하게 굳혔다.

"걱정 마십시오. 여기 이 걸쇠를 걸어 두면 됩니다."

그녀가 문틀에 걸려 있는 자그마한 걸쇠를 가리켰다. 라드의 눈에는 허술하게만 보이는 쇠붙이였다. 장정 한 사람이 발길질을 해 대면 단번에 뽑혀 나갈 것 같은.

그는 잠시 고민하는 듯하다 정중한 말투로 그녀에게 말했다.

"……그것으로는 안심이 되지 않는군. 누구든 나쁜 마음을 먹는다면 쉽사리 안으로 들어올 수 있을 게요. 그대가 허락해 준다면 내 오늘 밤, 이곳에 머물러 있겠소. 부디 허락해 주시오.."

웬디는 돌산 꼭대기에서 떨어져 내린 돌멩이 하나가 때굴때굴 굴러와 이마 한가운데로 날아드는 것 같은 충격을 느꼈다.

이, 이 남자가 지금 무어라 지껄인 겐가!

그녀의 허연 얼굴 위로 쩡 하니 한 줄기 금이 갔다.

"어린 생각으로 청하는 것이 아니라오."

현명하게도 라드 슈로더는 금세 웬디의 심상치 않은 낌새를 감지하고 설득을 이어 나갔다. 막무가내로 뜻을 관철할 생각은 없는 듯 그 말투가 더욱 진중하였다.

"오늘 다급히 그대를 찾은 것이 사건의 경과를 전해 주려는 까닭만은 아니었다오. 내 조바심이길 바라지만 숄터스 가에서 삿된 행동으로 그대에게 해를 끼칠까 염려하지 않을 수가 없었다오. 황태자 전하께서 관여하신 이상, 그들도 섣부르게 행동하진 않을 것이나 내 어리석게도 계속 조바심이 나더군."

웬디는 자신의 부재에 놀라 꽃집까지 급히 찾아왔던 남자의 모습을 떠올렸다. 그래서 그리 다급한 태도로 제 꽃집에 찾아왔던 것인가.

망설임을 담은 라드 슈로더의 음성을 곱씹으며 그녀는 다시 한 번 입을 꾹 다물었다. 침묵의 근원은 그녀가 염려됐다 고백하듯 읊조린 라드 슈로더의 말 때문만은 아니었다. 그 낯간지러운 말이 얼결에 삼킨 사탕처럼 목구멍에 걸려 불뚝하니 불편한 것은 사실이었으나, 그보다는 저의 안전의 잠재적인 위협 대상에게로 날카롭게 신경이 몰린 탓이 컸다.

솔터스 백작가. 금지옥엽 셋째 딸이 불미스러운 일의 주모자로 실형을 선고받고 황태자의 장난질 같은 죄질 고백 낭송회에까지 끌려갈 처지에 놓였으니 독이 오를 대로 오르지 않았겠는가? 당분간 몸을 사리기는 하겠으나, 웬디의 존재를 알게 된다면 보복을 하려 들지 몰랐다. 그들이 뒷조사를 해 자신의 정체가 밝혀지기라도 한다면 그보다 더 끔찍한 일은 없을 것이었다. 비록 사생아이긴 하나 과거 귀족의 신분이었던 그녀가 평민의 신분을 사들여 위장하고 있다는 사실이 밝혀진다면 알타린 영애가 받은 처벌과는 비교할 수 없는 혹독한 대가를 치르게 될 터였다.

"……경께서 이곳에 걸음하신 게 오히려 이목을 끌지 않겠습니까?"

웬디는 조금 나무라는 투로 말했다.

"뒤를 밟는 자 따윈 없었다오."

슈로더의 눈썹이 미약하니 찌푸려지는 것이 제 능력이 의심이라도 받은 듯하여 불쾌한 모양이었다. 그러나 웬디는 그 반응에 전혀 개의치 않았다.

"마음만 먹는다면 제가 누군지 알아내는 건 쉬운 일이겠지요. 경께서 이곳에 계속 걸음하신다면…… 그 시기가 더욱 앞당겨질 테고요."

웬디가 시선을 내려뜨리면서 말했다. 그녀의 말에 이번엔 라드 슈로더가 입을 꾹 다물었다.

"그리 염려가 된다면 내 이곳에 방문하는 것을…… 자제하겠소."

얼마가 지나서야, 그가 어두운 목소리로 입을 열었다. 금방이라도 어둠 속에 묻혀 버릴 것 같은 암울한 목소리였다. 아주 오지 않겠다는 말을 하지 않은 것은 헛된 고집 따위가 아닌 남자의 본능과도 같은 것이었다. 포기할 수 없는 본능.

"꽃집에도요."

웬디는 상대의 나약함을 감싸는 대인배가 아니었다. 라드가 내민 양보의 언어를 날카로운 이빨로 앙 물고 하나 더 달라 위협했다. 꼿꼿한 말투로 조건을 하나 더 내거는 그녀의 얼굴은 협상에서 이긴 외교 사절처럼 만족스러운 표정이었다.

"……그대의 꽃집에도, 내 방문을 자제하리다."

슈로더가 마지못해 마저 꺼내 놓은 말을 웬디는 차곡차곡 주워 담으며 더욱 만족스럽게 고개를 끄덕였다. 그러나 그 고갯짓 끝에 맺힌 것은 무언지 알 수 없는 씁쓸함이었다. 고개를 끄덕이는 그녀 자신도, 그 앞에 한없이 침잠한 표정을 하고 있는 남자도 끝끝내 눈치채지 못했을 뿐이었다.

"이제, 안으로 들어가도 되겠소?"

웬디는 대답 대신 미약한 한숨과 함께 문을 열었다. 자신의 몸 하나쯤은 제 능력으로 충분히 건사할 수 있다 쏘아붙일 수도 있었으나 그저 입을 꾹 다물었다. 그것은 만족스런 협상의 결과물 때문이라기보다는 남자의 피로한 낯빛이 그녀의 고집을 슬며시 뒤로 물리게 한 탓이었다.

집에 들어서자마자 웬디는 버릇처럼 벽난로 위에 놓인 부싯돌을 집어 들었다. 그러나 그런 그녀를 슈로더가 묵직한 눈빛으로 만류하였다.

"벽난로의 불은 내가 붙일 터이니 그대는 그대의 볼일을 보도록 하시오."

웬디는 얼떨결에 손에 쥔 부싯돌을 그에게 건넸다. 부싯돌을 건네받던 라드 슈로더의 시선 끝사락이 웬디의 다친 손가락 위에 머물고 있었단 사실을 그녀는 알지 못했다.

라드는 금세 부싯돌 위로 부시를 그어 불씨를 만들어 냈다. 그가 처음으로 웬디네 집에 방문했을 적, 그녀가 밝힌 벽난로의 불을 얻어 쬔 빚을 갚으려는 듯 제법 적극적인 모습이었다.

웬디는 무어라 딱 꼬집을 수 없는 어색한 얼굴로 그의 뒷모습을 바라다보았다. 제 집에서 타인이 벽난로의 불을 밝힌 것도 처음이었거니와 그 대상이 라드 슈로더, 이 항실 기사가 될 줄은 꿈에도 생각지 못하였던 것이다. 그녀에게는 벽난로 앞의 남자가 그저 낯설었다.

타닥타닥 나무에 불이 옮겨 붙는 소리가 들려왔다. 따뜻한 온기가 거실에 미약하게 번지는 것이 느껴졌다.

웬디는 괜히 한 번 어깨를 으쓱하고선 일부러 부산한 척, 그를 위한 잠자리를 준비했다. 잠자리라고 해 봐야 응접실 소파 위에 두터운 모포를 가져다 놓은 게 전부였지만.

단출한 배려의 손길이 마무리되자 그녀가 선심 쓰듯 그에게 말을 건넸다.

"먼저 씻으시겠어요?"

그녀의 음성에 라드가 조금 당혹스런 표정으로 그녀를 돌아봤다. 웬디는 그 표정의 의미를 뒤늦게 눈치채고 저의 말이 품은 중의적 뜻으로 인해 무안한 심경이 되었다.

"혼자 사는 집이다 보니…… 1층 욕실은 씻기 마땅치 않아서요. 물 빠짐이 시원치 않거든요. 2층을 사용하시는 게 편하실 거예요."

그녀는 괜히 쌜쭉하니 고개를 기울이며 시선을 돌렸다. 그가 납득했다는 듯 고개를 한 차례 끄덕였다.

라드가 씻는 동안 웬디는 그를 피해 부엌에 틀어박혀 있었다. 그를 위해 따뜻한 물을 한 주전자 준비하여 거실 탁자에 놓아두고, 보온을 위해 가죽 주머니 안에도 뜨거운 물을 가득 채워 담요 위에 올려 두었다. 샤워를 마친 그가 1층으로 내려오는 소리가 들리자 그녀는 그와 마주치지 않기 위해 부엌에 몸을 피해 있다 후다다닥 2층으로 올라갔다.

피곤한 몸을 이끌고 들어간 욕실 안에는 따뜻한 온기가 가득 남아 있었다. 그의 신분상 늘 누군가의 시중을 받아 왔을 테고 정리 정돈에 익숙지 않을 것임에도 욕실 안은 멀끔히 정돈되어 있었다. 남자가 사용한 욕실을 뒤이어 사용한다는 데서 오는 이상야릇한 느낌에 웬디는 괜히 사방으로 물을 획획 뿌리며 이상한 음계의 콧노래를 열댓 번 흥얼거렸다. 마구잡이로 뿌려 댄 물로 욕실 안이 온통 흥건해진 이후에야 그녀는 씻기를 끝마쳤다.

그 뒤 웬디는 욕실 옆쪽에 있는 자신의 방으로 돌아가 문을 단단히 걸어 잠갔다. 문틀에 걸려 있는 화분 위에서 꾸벅꾸벅 졸고 있던 독이빨이 철커덕 자물쇠 걸리는 소리에 화들짝 놀라 쩍쩍 꽃잎을 벌려 댔다. 그녀는 침대에 걸터앉아 머리를 말리며 자신도 모르게 1층의 인기척에 귀를 기울였다. 한 지붕 아래 타인과 함께 밤을 보낸 지가 까마득하여 괜스레 신경이 쓰였다.

그는 지금 무얼 하고 있을까? 많이 피곤해 보였는데 벌써 까무룩 잠이 들었으려나? 음성이 많이도 가라앉았던데. 참으로 고단해 보였단 말이지……

머릿속으로 풀숲에 이어지는 개미 떼의 행렬처럼 끊임없는 생각들이 이어지고 있었다. 개미 떼의 행렬은 결국 돌뵈르 뿌리를 절여 놓은 찬장 속 단지에 가 머물렀다. 겨울 식량을 저장하기 위해 분주하게 움직이는 개미들처럼 부지런하게 고민에 고민을 거듭하던 그녀는 결국 잠옷 위에 나이트가운을 걸쳐 입고 방문 앞에 서고 말았다. 단단히 잠긴 문을 열고, 문틀에서 제 임무도 잊은 채 꾸벅꾸벅 졸고 있는 독이빨을 흘깃 째려본 후 방을 나선 그 발걸음이 유난히 조심스러웠다.

1층으로 내려와 보니, 남자는 아직 잠들지 않은 채 벽난로의 불씨를 살피고 있었다.

피곤할 텐데 왜 아직까지 잠을 이루지 못한 것일까? 이번에는 부르고뉴 숲에서 웬디가 불러들인 반딧불이에 대한 빚을 갚기라도 하려는 걸까?

웬디는 불 때기에 열심인 남자의 모습을 보며 고개를 설레설레 내저었다.

부엌으로 들어가 돌뵈르 단지가 놓인 찬장을 열어젖히자 켜켜이 쌓여 있는 여러 단지들 틈바구니에서 그녀가 목표하던 연붉은 유리병이 눈에 띄었다.

연붉은 그 색깔을 보자 이상하게도 가슴이 세차게 뛰기 시작했다. 평소의 자신이라면 절대 할 리 없는 까무러치게 낯간지러운 행동을 해서일까, 심장은 좀체 진정할 기미를 보이지 않았다.

이게 대체 뭐하는 짓인지.

그녀는 홀로 나직이 한숨을 내쉬었다.

그를 위한 차를 끓이기 위해 이 늦은 시간 부엌에 내려와 있다는 것 자체가 무던히도 어색한 일 아닌가?

웬디는 가까스로 어색함을 숨기며 찬장 위로 손을 뻗었다. 위쪽에 쌓인 단지들을 하나하나 아래에 내려놓으며 그녀는 한껏 까치발을 들었다. 넓적한 그릇 하나를 손에 쥐었을 때, 그 어색함이 짓궂게 다시금 고개를 내민 탓인지 그녀는 그만 아래쪽에 쌓여 있던 그릇 하나를 실수로 건들고 말았다. 흔들, 하고 쌓여 있던 그릇이 위험천만하게 균형을 잃는 모습이 보였다.

경악한 그녀가 헛숨을 들이마시며 두 손을 한껏 뻗어 그릇을 잡아챘으나 역부족이었다. 웬디는 두 눈을 꾹 감으며 머리 위로 쏟아질 그릇들을 피해 고개를 옆으로 틀었다.

댕그랑.

"……이 밤에, 이게 무슨 일이오."

와장창 깨지는 소리가 들렸어야 옳았으나 정작 뒤따른 것은 라드 슈로더의 피로한 음성이었다. 차가운 액체가 툭툭 몇 방울 볼 위로 흘러내렸다. 코끝에 달큰한 레몬향이 확 끼쳐 왔다.

"슈로더…… 경……."

눈을 뜬 그녀 앞에는 찬장의 그릇들을 붙잡고 있는 라드 슈로더의 모습이 보였다. 남자가 미처 붙잡지 못한 유리병 하나가 엎어진 채 닫힌 뚜껑 틈새에서 말간 액체를 조금씩 쏟아내고 있었다. 웬디의 볼 위를 적신 레몬티 단지였다.

황급하게 찬장의 그릇을 바로 세운 라드는 그의 곁에 멍하니 서 있던 웬디에게로 시선을 돌렸다. 그녀는 놀란 듯 짙푸른 눈동자를 동그랗게 뜨고 그를 바라보고 있었다. 웬디의 한쪽 볼에 흘러내린 액체가 눈에 띄었다. 익숙하고도 반가운 레몬 향이 어느덧 부엌 안을 가득 채우고 있었다. 젖은 그녀의 머리칼이 볼에 묻은 액체에 닿을 듯 늘어뜨려져 있는 게 보였다. 라드는 저도 모르는 새 충동적으로 그녀의 볼에 손을 얹었다. 그녀가 흠칫 놀라는 게 느껴졌다.

가볍게 검지를 쓸어 그녀의 볼에 묻은 레몬청을 닦아 낸 라드는 쉽사리 손을 떼어 내지 못했다. 레몬청의 끈끈한 점성이 마치 그의 한쪽 손을 그대로 그녀의 볼 위에 고정시킨 듯이. 그는 이끌리듯 그녀에게로 더 가까이 다가섰다. 그녀의 살 내음이 부엌에 가득 퍼진 레몬 향을 누르듯 훅 끼쳐 왔다. 머리가 핑그르르 어지러웠다.

갑작스런 남자의 행동에 웬디는 숨을 삼킨 채 풀기를 잔뜩 먹인 무명천처럼 뻣뻣하게 서 있었다. 분위기가 이상하게 돌변했다는 것은 그녀 자신도 알고 있었으나, 맹렬히 회전하는 머리와는 달리 그녀는 이 상황을 타개할 적절한 대처법을 찾지 못했다. 끈적거리는 레몬청에 온몸이 결박당한 것만 같은 기분이었다.

라드의 촉촉하게 젖은 머리칼이 보였다. 그의 잿빛 눈동자가 물기를 머금어 가을 강 위의 별빛처럼 일렁이고 있었다. 갈밭에 한순간 바람이 몰아쳐 갈대가 일제히 한쪽으로 기울듯, 들판에 가득 모인 새 떼가 일제히 날아올라 남쪽을 향하듯. 웬디는 어찌 해 볼 도리 없이 그대로 눈을 감았다.

고민이라곤 없었다. 눈을 감은 그녀의 샛말간 얼굴을 바라보며 라드는 그대로 그녀의 입술에 입을 맞댔다. 마치 아주 오래전부터 이미 결론이 나 있었던 일처럼, 그렇게 그녀의 입술에 저의 입술을 대었다.

아찔하니 말캉한 감촉이 입술 너머로 전해져 왔다. 꽃송이를 잎에 문 것처럼 부드럽고 조심스러운 입맞춤이었다. 아니, 어쩌면 그

반대였을지도. 외진 산길에서, 오랜 시간 헤매다 만난 샘물을 입에 대듯 갈급함이 깃든 입맞춤이었는지도 모르겠다. 웬디는 어지러움증을 느끼며 자신을 둘러싼 현실이 몽롱하니 모두 거짓이 된 것만 같은 기분을 느꼈다. 모든 거짓 속에 단 하나, 제게 입을 맞추고 있는 남자만이 하나의 참이 된 것 같은 그런 기분이었다.

계절을 거슬러 여전히 살얼음이 끼어 있던 외로운 호숫가에 파문이 일었다. 새들조차 노닐지 않던 외로운 호수 위에 보드랍고 향기로운 무언가가 내려앉았다.

잘게 몸을 떠는 웬디의 어깨를 라드가 부드럽게 감싸 안았다. 웬디는 이끌리듯 그의 허리에 손을 올려 얇은 옷자락을 쥐었다.

그 순간 웬디는 무의식중에 어느 나무 한 그루를 떠올렸다.

왜 그것을 떠올렸을까. 아득한 의식 속에서 머릿속을 감돌던 나무 한 그루가 웬디의 의식 바깥으로 불현듯 떠올랐을 뿐, 어떤 계기가 있었던 것은 아니었다. 적어도 그녀는 그렇게 믿었다. 얼룩진 마음을 닦아 내듯 얼룩진 머릿속을 지워 내듯, 그렇게 떠오른 나무 한 그루였다.

찰나의 떠올림이었으나, 의식의 흐름은 그녀의 손가락 끝까지 가 닿았다. 그 순간 라드의 옷자락을 쥔 그녀의 검지 부근에서 토도도독 하는 여린 소리가 났다.

라드는 허리춤에서 느껴지는 이질적인 감각을 느끼고 고개를 들었다. 억지로 떼어 낸 입술이 아쉬운 듯 그 뒤로도 잠시간 그녀의 입술에 그의 눈길이 머물렀다. 그는 아쉬움을 달래듯, 혹 아쉬움을 삼키듯 그녀의 입술에 다시금 짧은 입맞춤을 했다. 살며시 눈을 뜬 그녀가 다시 한 번 어깨를 떠는 게 느껴졌다.

토도도독.

그런 두 사람의 주의를 끌며 둘 사이를 가르는 낯선 소음이 재차 들려왔다. 웬디는 제 검지를 감싼 붕대를 가볍게 찢어 내며 라드의 구겨진 셔츠 끝자락에 매달려 자라나는 작은 식물 하나를 놀란 눈으로 내려다봤다. 웬디가 그와의 입맞춤 와중 꾹 쥐고 있던 자리였다. 라드 역시 당혹스런 눈빛으로 제 허리춤을 내려다봤다.

자그마하게 자라난 식물은 가는 나뭇가지를 들고 그 위로 연초록 이파리를 피워 냈다. 웬디는 제 손가락이 만들어 낸 조화에 화들짝 놀라 얄궂은 나뭇가지를 다급히 움켜쥐었다. 식물은 어른 손바닥만 한 크기까지 키를 키우고서야 성장을 멈췄다. 다행스러운 일이었다.

"……그대와 함께 있으면, 놀랄 일이 끊이지 않는 것 같소."

라드 슈로더는 자신보다 더 놀란 듯 얼굴이 파리하게 변한 그녀를 바라보며 농담처럼 말을 건넸다. 늘 무표정하던 그의 얼굴에 옅은 웃음이 피어났다.

"일부러, ……일부러 그런 것이 아닙니다."

억울하다는 듯 그의 얼굴을 잠깐 올려다본 그녀가 금세 시선을 피하며 말했다. 민망함이 열기가 되어 온몸을 감쌌다. 그가 설핏 웃는 것도 같았다.

"이 나무의 이름을 알려 주겠소?"

슈로더가 입고 있는 자신의 셔츠 단추를 하나씩 풀어내며 물었다.

"물푸레…… 나무입니다."

"물푸레나무라……. 이 녀석이 자라난 이유가 무엇인지 몹시 궁금하군."

"이유…… 같은 건 없습니다. 저 또한 당혹스러운 일인걸요. 그러니 괜한, 의미 부여는 하지 말아 주십시오!"

웬디가 발개진 얼굴로 라드를 향해 눈을 흘겼다. 항의 섞인 시선을 보내던 그녀는 라드가 하는 양을 보고 질겁하여 외쳤다.

"……그, 그보다, 셔츠 단추를 왜 계속 풀어헤치시는 겁니까?"

셔츠 단추를 풀어내 반쯤 가슴팍이 드러난 그의 모습에 웬디가 흠칫 뒷걸음질을 쳤다. 그녀의 반응에 이번에는 라드가 짐짓 억울한 듯 눈매를 좁히며 항변했다.

"셔츠가 이리 상했으니 옷을 갈아입어야 하지 않겠소. 이 나무를 옆구리에 매단 채 잠을 청할 수는 없으니."

"가, 갈아입을 옷을 가져다 드리죠."

웬디는 도망치듯 부엌을 벗어났다.

그녀가 떠나가고 홀로 남은 그는 셔츠를 벗어 작고 가는 물푸레나무 가지를 집어 들었다. 물오른 연초록 잎새가 고와 보였다. 마른 가지가 아니라서, 다행이었다. 시간이 흐르면 짙푸른 이파리를 볼 날이, 흐드러진 꽃을 볼 날이 있으리라. 라드 슈로더는 아직 여리고 작은 나무의 생김이 전혀 아쉽지 않아, 다시금 설핏 웃었다.

그날 밤. 웬디는 침대에 누워 잠잠히 숨을 죽이며 홀로 혼돈 속을 헤매었다. 제게 벌어진 일들을 인정하고 싶지 않았지만 인정하지 않을 수 없었다. 키스라니. 그것도 라드 슈로더…… 그자와? 웬디는 허공을 향해 눈을 부릅뜬 채 입을 벙긋거렸다.

물푸레나무는 또 무엔가. 제 머릿속 하나 다스리지 못하고 그런 우스운 꼴을 보이다니! 너무 창피해 오금이 저릴 지경이었다. 그나마 자그마한 나무 하나를 키워 낸 것에 위안해야 하는가. 천장을 찌를 듯이 커다란 나무에, 알록달록한 꽃이라도 팡팡 피워 냈다면…… 이 마을에 살기를 포기하고 떠날 결심을 했을지도 모른다.

"으으……."

웬디는 베개에 머리를 묻으며 홀로 시름했다. 그러다 문득 이전 날 라드와 함께 집 앞 골목길을 걸으며 보았던 비 오던 날의 환영이 떠올랐다. 폭죽 터지듯 꽃잎을 피워 내던 그 물푸레나무! 오늘의 일과 그 일을 관련지을 생각은 추호도 없었지만 웬디는 찜찜하고 민망한 기분에 베갯잇 귀퉁이를 엉망으로 구겼다.

피곤함이 온몸을 내리눌렀지만, 그녀는 쉽사리 잠을 이루지 못했다. 이명처럼 호숫가에 가는 파문이 이는 소리가 계속해서 귓가에 울렸다.

내일, 그자의 얼굴을 어떻게 본다지.

웬디는 두 다리를 파닥거리며 깊은 한숨을 내쉬었다. 좀 전의 기억을 지우고만 싶었다. 할 수만 있다면 시간을 되돌려 라드 슈로더의 방문을 단호히 거절하고 그를 집 앞에서 돌려보내고 싶었다. 아니, 자신이 돌뵈르 즙이 든 단지를 찾으러 부엌에 가지만 않았어도 이런 일은 일어나지 않았을 것이었다. 그 찬장을 열지만 않았어도, 쌓여 있던 단지를 실수로 건들지만 않았어도, 그가 그 순간 부엌에 들어서지만 않았어도, 레몬청이 든 단지가 엎어지지만 않았어도, 그 뚜껑이 좀 더 단단히 닫혀 있기만 했어도.

그랬다면, 일어나지 않았을 일이었을까.

웬디는 입술 위에 맴도는 부드러운 그 촉감이 잊히지 않아 눈을 꾹 감았다.

그러나 그녀가 아무리 부정하려 해도 부정할 수 없는 일이었다. 잠잠하던 호수의 수면에는 이미 파문이 일기 시작하였다.

그날, 이느 호수엔가 꽃잎이 떨어져 내렸다.

말끔하게 정복을 차려 입고 제2기사단 건물을 찾은 뱃지 에노스는 단장에게 하루 늦게 복귀 보고를 올렸다. 본래대로라면 헤노비 지역의 소요를 진정시키고 제도로 돌아온 어제 복귀 보고를 올렸어야 했지만 돌아오자마자 부르고뉴의 실종자 수색에 투입되었기에 정식으로 단장에게 보고를 올리는 것이 늦어졌다.

아직 피로가 가시지 않은 얼굴의 남자는 단장의 열렬한 환대를 받은 후 가벼운 마음으로 단장실을 나섰다. 우려했던 헤노비 지역의 소요 사태가 진정 국면을 맞은 것만 해도 큰 공을 세웠음이 분명한데, 제1기사단의 단장인 라드 슈로더의 실종 사건까지 해결했으니 단장의 마음이 흡족하고도 남음이었다.

일주일간의 포상 휴가를 받은 뱃지 에노스는 만족스런 표정으로 걸음을 옮겼다.

제2기사단의 연무장은 한산했다. 간밤의 사건으로 많은 기사들이 부르고뉴 숲에서 수색 작업을 벌였기 때문이었다.

뱃지는 피식 웃음을 흘렸다. 실로 어마어마한 사건이 아닌가. 슈로더 단장이 실종 사건에 휘말리다니.

거기에 더해 직접 알타린 백작 영애를 심문 중이라는 소식은 더욱 그의 눈을 휘둥그레하게 만들었다.

그야말로 스캔들 중의 스캔들이었다. 알타린 영애가 라드 슈로더 단장에게 열을 올리고 있다는 사실이 사교계에 떠들썩하긴 했으나, 그 일이 이렇게까지 비화되어 끔찍한 결과를 낳을 줄은 아무도 몰랐으리라.

알타린 영애의 행동이 도를 넘은 건 사실이었지만, 자신을 연모하던 여인을 직접 심문하는 라드 슈로더의 냉정함도 내단하였나.

아마도, 그 여인 때문이 아닐까?

뱃지는 숲에서 보았던 여인의 모습을 떠올렸다. 처음 보는 사람이 분명한데도 그녀의 얼굴이 유독 낯이 익은 것은 무슨 조화였을까. 괜히 그녀에게 시선을 던졌다가 라드 슈로더의 따가운 눈총만 받지 않았던가. 모골이 송연할 만큼의 시선이었다. 뱃지는 슈로더 단장이 지난밤 보인 낯선 모습을 떠올리고 다시금 피시식 웃음을 흘렸다.

실없이 웃음 짓던 그는 저만치 연무장 옆 풀밭가에 앉아 있는 낯익은 인영을 발견하고 이내 걸음을 빨리했다. 흔치 않은 하늘빛 머리칼이 멀리서도 한눈에 들어왔다.

"레녹스 경."

뱃지의 부름에 딜런 레녹스가 깜짝 놀라 자리에서 일어섰다. 뱃지의 얼굴을 보자 반가운 표정으로 경례를 부친다.

"잘 있었는가?"

"에노스 경! 돌아오셨다는 이야기는 들었습니다. 무사하셔서 다행입니다."

"무슨 위험한 임무였다고. 모처럼 지방 유람을 한 기분이라네. 그나저나 자네는 오늘도 열심이군."

뱃지가 그의 앞에 놓인 화첩을 보며 말했다. 화첩에는 기사들의 대련 모습이 꽤 역동적으로 데생되어 있었다.

"그저 심심풀이 취미인걸요."

"그대에게 영감을 주던 그 여인은 어디 가고, 이런 냄새 나는 녀석들 모습을 그리는 겐가. 뭐, 그림이 힘차긴 하네만."

뱃지는 언젠가 그의 화첩에서 우연히 보았던 여인의 모습을 떠올리며 물었다. 그때도 이렇게 딜런이 혼자 그림을 그리고 있었다. 그림 그리는 데 얼마나 집중을 했던지 뱃지가 가까이 다가온 것도 모른 채 그는 붓질에 여념이 없었다. 연붉은 베고니아를 한 아름 안고 환히 웃고 있는 여인의 그림이었는데, 자칭 심미안이라 자부하던 뱃지는 딜런이 그려 낸 화폭에 꽤나 감동했었다. 거의 강탈하듯 화첩을 빼앗아 여러 점을 감상했는데 거의가 그 여인의 그림이었다. 차를 마시고 있는 여인, 말을 타고 있는 여인, 산책을 하는 여인. 드물게 나오는 풍경화마저도 그림 귀퉁이에 그 여인으로 추정되는 인영이 있었다.

처음 제2기사단에 희한한 취미를 가진 녀석이 들어왔단 소식이 돌았을 때 뱃지는 제법 흥미를 드러냈다. 기사가 그림에 취미를 붙이는 일은 흔한 일이 아니었기에 꽤나 재미있는 녀석이라 생각했다. 한동안 녀석의 선임들이 계집애 같은 취미 생활이라 놀려 댔던 걸로 기억하는데, 그와 검을 맞댄 이후부터 그 놀림은 잠잠해졌다.

희한한 취미만큼이나 독특한 검술을 구사하는 녀석이었다. 유려한 움직임 속에 변칙적인 날카로움이 숨어 있어 다들 허를 찔렸다.

황실 기사 서임을 위한 경연인 시뉴엘에서 그가 보여 줬던 정순한 검술과는 분명 다른 움직임이었다. 레녹스 후작가에 내려오는 검술이라 하였는데, 정순함 속에 스며 있는 변칙적인 움직임이 뱃지의 흥미를 더욱 동하게 했다. 검술에 대한 재능 역시 남다른 녀석이라 기대가 컸다. 제국 제일의 검사들이 모두 모인 기사단 내에서도 그의 성장은 두드러져 훗날 롯테어를 노려보아도 좋을 것이라 생각하였다. 물론 자신이 기사단에 있는 한 어림없는 이야기지만.

"그 화첩 안에 빼곡히 그려진 여인 말일세."

뱃지가 음흉한 눈빛을 하고선 말했다. 딜런이 조금 웃으며 화첩을 그러쥐었다.

"누군지 정말 말해 주지 않을 생각인가? 그렇게 가슴앓이만 하지 말고 어서 혼인을 서두르게나. 그러다 내 꼴 난다네."

롯테어답게 검에 깊이 빠져 있던 뱃지 에노스는 혼기가 이미 꽉 찬 상황이었다. 남들이 뭐라 하든 괘념치 않던 그였지만, 같은 처지였던 슈로더 단장의 연애 전선을 목격한 만큼 마음이 조금 다급해졌다.

"혼인이란 게 때가 있단 이야기가 틀린 말이 아닌 거 같단 말이지."

혼잣말처럼 넋두리를 하던 뱃지는 딜런의 얼굴이 어두워지는 걸 보고 아차 싶었다.

"혹 레이디께서 자네 마음을 받아 주시지 않는 겐가? 흠, 그렇지. 꽤 도도한 인상이었던 것 같긴 해. 어제 만났던 그 여인처럼 말이지. 아……! 그리고 보니 정말 닮았군. 자네 그림의 여인과 말이야. 하, 왜 그렇게 낯이 익었는지 이제야 알겠군."

뱃지는 그 사실을 왜 이제야 알아챘을까 싶은 표정으로 딜런의 화폭을 건너다보았다. 그런 그의 팔을 딜런이 덥썩 움켜쥐었다. 후배 기사의 무례함에 뱃지가 놀란 얼굴을 했다.

"에노스 경! 지금 뭐라고 하셨습니까? 제 그림과 닮은 여인을 보셨단 말씀입니까?"

딜런의 파란 눈동자가 갑작스레 밀려온 파도를 감당하지 못하고 사납게 요동쳤다.

"그, 그래. 내 기억이 맞다면 말일세."

당황하는 상관의 모습을 보며 딜런은 다급히 화첩을 넘겼다. 몇 장 넘기기도 전에 미미하게 미소 짓고 있는 여인의 초상이 나왔다. 채색되지 않은 그림이었다. 딜런은 다시금 화첩을 뒤져 채색된 그림을 찾아냈다. 여인 하나가 베고니아 꽃을 안고 화사하게 웃고 있었다.

"이 여인과 닮은 이가 맞습니까?"

뱃지는 그림 속의 얼굴을 들여다보며 자못 얼굴을 굳혔다.

"음, 그래. 이보다는 훨씬 딱딱한 인상이긴 했지만, 분명 비슷하긴 하군. 한데…… 자네 갑자기 왜 이러는 건가?"

"어디서, 어디서 보신 겁니까? 혹 이름을 알고 계십니까? 올리비아, 올리비아 하즐렛. 이 이름이 맞습니까?"

"내 이름까지는 모르겠네만……. 그나저나 자네 정말 왜 이러는 건가. 내 당혹스럽군."

딜런은 두 주먹을 꾹 말아 쥐었다. 닮은 사람을 봤다는 이야기만으로도 가슴이 덜컥 내려앉아 심장이 터질 것처럼 뛰어 댔다.

"……애타게, 제가 애타게 찾고 있는 여인입니다."

그의 목소리가 잘게 떨려 나왔다.

그 길로 딜런은 제1기사단 건물을 찾았다.

뱃지 에노스는 그녀가 어느 가문의 여인인지, 이름이 무언지 알지 못한다 했다. 실제로 뱃지는 그녀가 지난밤 큰 소란이 일었던 부르고뉴 숲에서 슈로더 단장과 함께 실종됐던 여인이란 사실밖에 아는 바가 없었다.

뱃지는 진땀을 뺐다. 딜런이 당장이라도 슈로더 단장의 동행인이 화폭의 여인과 동일 인물인지 확인하려 들어, 그를 붙잡으며 진정하라 설득하느라 애를 썼다. 다시 보니 전날 밤 본 여인과 전혀 닮지 않은 것 같다, 그렇게 다짜고짜 찾아간다고 될 일이 아니다. 여러 번 설득하고, 끝내는 황실 기사 강령을 들어가며 을러대기까지 했다. 그러나 그의 후배 기사가 지금껏 본 적 없는 표정으로 그의 손길을 뿌리치자 뱃지도 어찌할 도리가 없었다.

딜런은 딱딱하게 굳은 얼굴로 제1기사단의 간부 집무실 앞에 섰다. 머릿속이 복잡했다.

슈로더 단장의 동행인이라니.

그녀일 가능성은 희박했다. 작정한 듯 꽁꽁 숨어 버린 그녀였다. 그런 자리에 슈로더 단장과 함께 있는 모습을 상상할 수 없었다. 그러나 2년 만에 처음 듣게 된 그녀에 대한 뜻밖의 단서에 기대하지 않을 수 없었다. '제발 그녀였으면.' 하는 마음 또한 함께 공존했다. 얼마나 찾아 헤매었던가. 얼마나 애타게 찾았던가.

"제2기사단의 딜런 레녹스입니다. 라드 슈로더 단장님을 혹 뵐 수 있겠습니까?"

집무실 안에 들어서자 진한 잉크 냄새가 먼저 풍겨 왔다. 호기롭게 라드 슈로더 단장을 만나길 청했으나 타 기사단의 일개 평기사가 기사단장을 만나는 건 말처럼 쉬운 일이 아니었다. 딜런 또한 그 점을 잘 알고 있었지만 그대로 손을 놓고 있을 수만은 없는 노릇이었다.

"무슨 볼일입니까? 만나 뵙길 약속하고 오셨습니까?"

역시나, 입구 쪽에 서 있던 기사 하나가 뭐 이런 놈팡이가 다 있나 하는 표정으로 그를 바라보았다.

"꼭 여쭙고 싶은 것이 있어서 왔습니다. 잠시 뵐 수 없겠습니까?"

"단장님께선 그렇게 한가하신 분이 아니십니다. 그만 돌아가시지요."

"제게 무척 중요한 일입니다. 지금 자리에 계신지만이라도 알 수 없겠습니까?"

"자리에 계시지 않습니다. 규정에 따라 정식으로 만남을 청한 후 찾아오십시오. 더 이상의 무례는 묵과하지 않겠습니다."

기사는 싸늘한 표정으로 그에게 축객령을 내렸다. 잠시 버티고 섰던 딜런은 하는 수 없이 물러나 기사단 건물을 나왔다. 간밤의 사건으로 인해 솔터스가의 백작 영애를 심문하고 있다 하였으니 아직 황실을 떠나진 않았을 것이다.

"하아……."

그가 깊은 한숨을 내쉬었다. 제가 하고 있는 행동이 무례라는 것을 그 스스로도 알고 있었으나 2년을 애타게 찾아온 사람이다. 작은 단서에도 흔들리지 않을 수 없었다. 딜런은 파르르 떨리는 두 주먹을 다시금 꾹 말아 쥐었다.

만약 슈로더의 동행인이 올리비아가 맞다면, 숲에서 고초를 겪었다는 그 여인이 올리비아가 맞다면, 비록 무사히 구출되었다곤 하나 간밤의 일은 여인으로서 감당하기 어려운 일이었을 것이다.

딜런은 뱃지 에노스 경에게서 들은 전날의 사건을 떠올리며 애타는 마음을 진정시키려 노력했다. 그저 생면부지 여인이 겪었을 고초일지 모르나, '어쩌면'이라는 가정을 하는 것만으로도 불안해 견디기가 어려웠다.

그는 하염없이 기다렸다. 어둠이 소리 없이 그의 발치까지 내려앉을 때까지. 만나지 못할 것이라는 각오는 이미 했다. 날이 밝은 후, 슈로더 단장이 자리에 있을 때 정식으로 만남을 요청하는 것이 현명할 것이었다. 그럼에도 딜런은 되돌아갈 수 없었다. 올리비아, 그녀의 이름이 머릿속에 뱅뱅 맴돌았다.

그때 저만치서 인기척이 들렸다. 한 무리의 사람들이 제1기사단 건물을 향해 걸어오고 있는 게 보였다.

"단장님, 이제 그만 댁으로 돌아가시죠. 마차를 대기시켜 놓겠습니다. 솔터스가의 움직임은 제가 주시하고 있을 테니, 제발 들어가셔서 눈 좀 붙이십시오."

금발의 기사, 장 자크 시뮤안이 걱정스런 표정으로 그의 상관을 살폈다. 부하의 닦달에도 검은 머리의 사내는 그저 묵묵히 걸음을 옮길 뿐이었다.

점점 가까워져 오는 그들의 모습을 바라보던 딜런 레녹스가 한 걸음 앞으로 나섰다. 그 순간 라드 슈로더가 그에게 시선을 던졌다. 두 사람의 눈이 정면에서 마주쳤다. 마주친 눈빛에 시릴 만큼 차가운 기운이 느껴졌다. 딜런은 라드 슈로더가 자신의 옆을 스쳐 지나가려 할 때 다급히 경례를 올린 후, 사내의 발걸음을 잡았다.

"슈로더 단장님!"

그의 부름에 라드 슈로더가 걸음을 멈추고 그를 돌아봤다. 언뜻 그의 얼굴 위로 못마땅한 기색이 스쳐 지나갔다. 제루스 홀에서 마주쳤던 기사임을 기억하고 있었던 탓인지, 피로한 사람을 붙잡은 데서 오는 언짢음인지 알 수가 없었다.

"제2기사단의 딜런 레녹스입니다. 단장님께 여쭙고 싶은 말이 있습니다."

슈로더를 보좌하던 기사 하나가 딜런을 제지하려는 듯했으나 라드 슈로더가 그를 향해 오른팔을 들어 보였다. 슈로더가 그를 보며 입을 열었다.

"무슨 일인지 말해 보게."

"부르고뉴 사냥 대회에 단장님과 동행하셨던 분의 존함을 알고 싶습니다. 무례인 줄 아오나, 제가 오래 전부터 찾고 있던 분이 아닌가 하여 조급한 마음에 이리 찾아뵈었습니다. 부디, 답해 주십시오."

평소의 딜런 레녹스라면 결코 이런 행동을 하지 않을 것이었다. 기사단장을 직접 찾아가 그의 파트너의 이름을 캐묻다니. 어떤 변명으로도 그의 태도를 옳다 포장할 수 없었다. 그러나 올리비아가 관련된 일 앞에서 딜런은 평정심을 유지할 수 없었다. 상대가 황제라 하더라도 꼭 물어야 할 일이었다.

"……무례다. 경에게 그녀의 이름을 알려 줄 이유가 없다. 이만 물러가도록."

슈로더가 단호하게 말했다. 제 동행인에 관한 이야기가 나온 순간부터 그의 표정이 더욱 차갑게 굳었다.

"단장님! 제겐 무엇보다 중요한 문제입니다. 어려우시다면 제가 알고 있는 분의 이름과 같은지만이라도 확인해 주십시오!"

딜런이 그를 막아서며 말했다. 라드 슈로더가 찬비처럼 서늘한 눈빛으로 어린 기사의 얼굴을 바라봤다. 딜런 역시 눈을 피하지 않고 그를 마주봤다.

"올리비아 하즐렛. 제가 아는 분의 이름입니다. 같은 분이 맞습니까?"

"……."

리드가 노골적으로 찌를 듯 날카로운 기운을 내보였다. 제2기사단의 딜런 레녹스라. 제루스 홀에서 만난 기사가 분명하였다. 웬디를 조급히 쫓던 남자. 그때의 조급함이 눈앞 사내의 얼굴에 어려 있었다. 불쾌감이 치솟았다.

"같은 이름이 아니다."

라드의 대답에 딜런이 눈에 띄게 낙심하는 기색을 보였다. 그가 고개를 떨구는 것을 보며 라드 슈로더가 말을 이었다.

"딜런 레녹스 경, 자넨 아직도 황실 기사의 예법을 제대로 익히지 못한 듯하군. 상관의 앞을 이리 막아서는 것은 무례라는 것을 배우지 못했나? 지난번 제루스 홀에서 그대의 예법에 문제가 있다 지적을 했던 것 같은데. 경이 제1기사단 소속이었다면 내 당장 경에게 황실 예법이 무엇인지 가르치겠으나, 경에게는 스스로 깨우칠 기회를 다시 한 번 주겠네. 그러나 경고로 끝나는 것은 이번이 마지막일세. 다시는 내 앞에서 이런 무례를 보이지 말게."

북풍한설이 몰아치는 서릿발과 같은 음성이었다. 라드 슈로더를 보좌하던 다른 기사들마저도 송연할 만큼의 냉랭한 기운이었다. 노골적으로 불쾌감을 드러내는 상관의 모습이 낯설어 장 자크 시뮤안이 슈로더의 얼굴을 슬쩍 바라봤을 정도였다.

"올리비아!"

우거진 나무 아래 앉아 있던 올리비아는 자신을 부르는 딜런의 목소리에 고개를 들었다. 보고 있던 책을 무릎 위에 내려놓기가 무섭게, 말에서 훌쩍 뛰어 내린 그가 그녀를 향해 빠르게 뛰어왔다. 그에게서 뜨거운 열기가 훅 끼쳤다. 이마께엔 땀방울이 송글송글 맺혀 있었다.

"리벨리안 스승님과의 대련에서 오늘 처음으로 이겼어! 아니라곤 하시지만 분명 전력을 다하셨다고. 하핫! 지금 내 기분이 어떤지 알겠지? 오늘은 정말 역사적인 날이라고!"

잔뜩 흥분해 올리비아를 향해 주절대던 하늘색 머리칼의 청년이 기쁜 듯 밝게 웃었다. 그를 보며 미소 짓던 올리비아가 품에서 손수건을 꺼내 건넸다.

"땀부터 닦아. 땀냄새가 진동하잖아. 씻지도 않고 달려온 거야?"

"승리의 여운을 그리 쉽게 닦아 낼 수야 있나. 대련이 끝나자마자 널 찾아온 건데 좀 기뻐해 주지그래?"

딜런이 웃음기 가득한 얼굴을 장난스럽게 찌푸리며 말했다.

"기쁘고말고. 그렇게 고대하던 승리를 거머쥐었는데, 때마침 준비를 잘했네. 자아, 받아, 축하 선물."

올리비아가 웃으며 꾸러미 하나를 내밀었다. 딜런이 그녀가 건넨 꾸러미를 보며 의아한 낯빛을 하더니 이내 신이 난 얼굴로 겉에 싸인 천을 풀어냈다. 그의 손길에 따라 모카빛 오동나무 상자 하나가 말끔한 그 모습을 드러냈다. 납작하고 기다란 모양의 상자였다.

"이게 뭐야?"

"열어 봐."

올리비아가 어서 열어 보란 듯 그를 재촉했다. 상자를 여니 안에는 크고 작은 붓 다섯 자루가 가지런히 들어 있었다. 제도의 장인이 만들었다는 것으로 족제비 털과 다람쥐 털로 된 최고급품이었다.

"……어떻게 알고?"

"그렇게 매일 손가락이며 옷자락에 물감 자국을 묻히고 다니는데 모를 수가 있나. 말 짐에 화첩이 매여 있는 것도 몇 번 봤고."

"이상하다고…… 생각하지 않았어?"

"뭐가?"

"검사가 되고 싶다면서…… 그림이나 그리는 게."

"글쎄, 그게 이상한 일인가?"

올리비아가 대수롭지 않게 말하며 먼 하늘을 쳐다봤다.

"……그보다 난, 오늘 날씨가 영 이상해 보이는걸. 그만 돌아가야겠어. 금방 비가 쏟아질 것 같다."

저편에서 먹구름이 몰려오고 있었다. 감은빛으로 어두워진 하늘 아래서도 그녀의 둥근 이마가 해사하게 빛났다.

"언제 기회가 되면 그림이나 보여 줘. 그렇게 감춰 두지 말고. 꽤 기대하고 있으니까."

멍하니 그녀를 바라보던 딜런이 미미하게 얼굴을 붉혔다. 이내 상자에 담긴 붓 한 자루를 꺼내 손아귀에 쥐어 본 그가 그녀를 향해 말했다.

"검사에게 검은 운명과도 같다고, 스승님께서 늘 말씀하셨어. 손에 쥐는 순간 알 수 있다고. 이건 내 것이구나 하고 말이야. ……붓이란 건 말이야, 검사의 검과 같은 거야. 이걸 쥐어 보니까 알겠어."

딜런이 소년처럼 웃었다.

"가자, 서쪽 들판까지 데려다 줄게."

그가 올리비아에게 손을 내밀었다. 잠시 머뭇거린 그녀가 살며시 손을 건넸다. 딜런이 그녀의 손을 꼭 말아 쥐었다. 붓을 잡듯, 그렇게 말아 쥐었다.

"그러니까, 운명 같은 거야."

"응?"

그가 뭐라고 혼잣말처럼 중얼거렸다. 잘 듣지 못했다 되묻는 올리비아의 물음에 그는 그저 고개를 내저었다. 올리비아가 피식 입가에 미소를 띠우며 하늘을 다시 올려다봤다. 역시, 비가 올 것 같았다.

툭, 툭.

툭, 툭, 툭.

창문을 두드리는 빗방울 소리에 웬디는 눈을 떴다. 아직 이른 아침이었다. 꿈속을 한참 동안 헤맨 것 같은 기분인데 무슨 꿈이었는지는 도무지 생각나지 않는다. 웬디는 길게 기지개를 폈다. 꿈이야 아무래도 좋았다. 전날에 비해 몸이 한결 가벼워진 것 같아, 그 점이 마음에 들었다.

슬쩍 문가를 바라보니 그녀의 방문은 여전히 굳건하게 잘 잠겨 있다. 문가에 자리한 독이빨이 꽃잎을 쩍쩍 벌리며 밥을 달라 시위하는 모습이 보였다. 웬디는 밤새 방을 지킨 공로를 인정하여 독이빨에게 후하게 먹이를 주었다. 1층의 남자를 의심하는 것은 아니었지만 남자와 한 지붕 아래 밤을 보낸 것이 처음인지라 문단속에 더욱더 신경 쓰지 않을 수 없었던 것이다.

게다가 전날 밤, 입 맞춘 상대가 아니었던가.

"……."

툭, 하고 그녀는 독이빨에게 먹이를 주던 핀셋을 바닥에 떨구고 말았다. 전날의 입맞춤이 다시금 쩡하니 그녀의 머릿속을 강타한 탓이었다.

"내가 무슨 짓을……."

웬디는 한여름의 태양이 제 양 볼을 쿡쿡 찌르는 것 같은 야릇한 열기를 느꼈다. 머리부터 발끝까지 단숨에 열이 돌았다. 아침이 오면 모두 잊으리라 다짐했던 지난밤의 맹세가 전혀 소용없었다. 내정신이 이다지도 쇠약했던가! 웬디는 떨어진 핀셋을 집어 들며 홀로 눈을 부라렸다.

몸단장을 하며 한참을 씨근덕거리던 그녀는 불편한 마음을 한가득 안고 1층으로 내려갔다. 정갈한 모습의 사내가 응접실 소파에 앉아 있는 모습이 보였다. 이미 씻기를 마친 듯 말끔한 모습이었다.

"편히 주무셨나요?"

그녀가 짐짓 아무렇지 않은 듯 도도하게 턱을 치켜들고 말했다.

"덕분에 편히 잘 잤소이다. 그대가 깰까 싶어 1층 욕실을 허락 없이 사용하였소. 이해해 주길 바라오."

웬디는 말없이 고개를 한 번 끄덕였다. '덕분에' 편히 잘 잤다는 말이 괜스레 거슬렸지만 말꼬리를 잡고 늘어질 수는 없었다.

덕분에라니, 간밤에 무슨 일이 있었다고! 자신 덕분에 잠을 잘 잘 일이 대체 무엇이란 말인가!

웬디는 그 말에 숨은 의미가 없는지 바짝 긴장한 채 말을 곱씹었다. 지나치듯 하는 말에도 신경이 곤두섰다.

"물을 한 잔 마실 수 있겠소?"

라드 슈로더가 말했다.

"……가져다 드리도록 하겠습니다. 시장하시면 간단히 아침식사를 하시겠습니까?"

그녀는 주인 된 도리로 예의상 말을 건넸다. 진정 헛된 빈말이었다.

"……그대가 번거롭지만 않다면, 기꺼이."

웬디가 그런 제안을 할 줄 전혀 예상하지 못한 듯, 그는 잠시 멈칫한 후 말했다.

웬디는 라드의 대답에 눈을 두어 번 빠르게 깜빡인 후 고개를 끄덕였다. 평소라면 그의 말에 뾰족 날을 세우고 어떻게든 거절의 말을 유도해 냈겠지만 어쩐 일인지 아무런 말없이 부엌으로 들어서는 그녀였다.

유리컵 하나를 탁자 위에 내려놓고 그녀는 급히 물을 따랐다. 물을 따르는 웬디의 손이 미세하게 떨렸다. 으드득. 그녀는 이를 악물었다. 왜, 왜 거절의 말을 하지 못하는가! 웬디는 의지와 상관없이 자꾸만 해이해지는 정신을 바로잡으려 노력했다. 그러나 노력은 별 효과를 거두지 못했다.

달그락, 달그락, 치지이익.

탁탁탁, 촤아아아.

한동안 홀로 자책하며 부엌에서 요란을 떨던 그녀는 평소 제가 맞는 아침보다 배는 풍성한 식탁을 준비하였다.

부지런히 앞마당을 오가며 채소를 한 아름 뽑아 거두어 가는가 하면 찬장에 있는 고급 기름과 후추까지 아낌없이 꺼내 썼다. 다친 손가락만 아니었다면 고기를 잘게 저며 다진 채소와 함께 포도 잎에 싸서 찌는 남부식 찜 요리까지 내놓았을지도 모른다. 이 이른 아침에 말이다.

제 식탁의 자존심을 세우기 위한 일이라며 스스로를 납득시킨 웬디는 눈망울을 사납게 굴리며 요리를 완성시켰다. 아침식사를 들고 가겠냐고 건넨 빈말이 진심이 되는 순간이었다.

부엌에서 들려오는 소리를 들으며 응접실에 정자세로 앉아 있던 슈로더는 얼마 안 가 소파에 등을 기대며 딱딱한 자세를 풀었다. 규칙적으로 들려오는 도마 소리가 듣기 좋았다. 단단한 그의 눈에 편안한 미소가 어렸다.

벌떡.

뒤늦게 무방비한 얼굴 표정을 자각한 그가 빠르게 자리에서 일어났다. 타인의 집에서 하루를 보내고도 이토록 편안할 수 있다니. 그는 괴이한 기분에 사로잡혀 골똘히 턱을 쓸었다.

부엌 근처를 하릴없이 서성이던 그의 시야에 웬디의 뒷모습이 들어왔다. 샛노란 머리칼이 살랑살랑 흔들리는 모습을 보니, 마음 한쪽에서 알 수 없는 감정이 새어 나왔다. 또다시 이상한 기분이 들었다. 그 감정을 표현하기란 무척 어려운 일이었다. 느껴 본 적 없는 감정을 표현할 길이 있을 리가 없었다. 적어도 그건 그의 능력밖이었다. 라드는 그저 그 모습을 좀 더 눈에 담았다.

"드시죠."

한참만에야 그는 그녀와 마주 보고 식탁 앞에 앉게 되었다.

웬디가 비장한 기세로 라드에게 음식을 권했다. 아침식사로는 제법 많은 양이었지만 그는 군말 않고 그녀가 권하는 대로 모두 먹었다. 그러나 느긋하게 맛을 즐길 수는 없었다. 그의 먹는 양을 관찰하며 쉴 새 없이 오물오물 음식을 씹어 삼키는 그녀의 입술이 자꾸 시야에 가득 찼기 때문이었다. 라드는 지겨운 황실 기사 강령을 다시금 외울 수밖에 없었다.

"후식입니다."

웬디가 과일을 넣고 찐 푸딩을 내밀었다.

"근사한 아침이었소. 음식이 모두 맛있구려."

후식을 앞에 두고서야 라드는 음식에 대한 품평을 할 수 있었다. 음식 맛이 기억나지는 않지만 술술 잘 넘어간 것이 분명 맛있었던 것 같다.

"푸딩도 드셔 보시지요. 돌뵈르 뿌리 즙을 곁들여 몸에도 좋답니다. 피, 피로 회복에 도움이 되죠. ……말캉말캉한 식감도 마음에 드실 겁니다. 어디서도 맛보실 수 없는 푸딩이랍니다. 공작저의 요리사보다 솜씨가 못할지는 몰라도, 오늘 드신 모든 음식은 흔히 볼 수 없는 진기한 재료들로 만든 것이거든요"

그녀가 자신의 검지를 의미심장하게 들어 보이며 자화자찬했다. 요리 하나하나의 재료를 설명해 주지 못한 게 조금 아쉬운 표정이었다. 마음에 차지 않는 자화자찬을 끝낸 그녀는 라드가 푸딩을 맛보는 모습을 새침하게 바라보며 자신도 한 스푼 가득 푸딩을 떴다. 입술을 스치는 감촉이 부드러웠다. 제가 말한 대로 참으로 말캉말캉한 게 식감이 좋았다.

"⋯⋯."

그 순간, 두 사람 모두 약속이나 한 듯이 서로의 입술을 건너다보았다. 둘의 눈빛이 마주치지 않은 건 천만다행한 일이었다. 이상하게 얼굴이 화끈거려 웬디는 괜히 소금이 들어 있는 병을 들었다 놨다 했다. 푸딩에 레몬을 넣지 않은 건 올바른 선택이었다.

❦

그날 오후.

공작저로 되돌아온 라드는 홀로 서재에 앉아 깊은 상념에 빠져 있었다. 빗방울은 여전히 창문을 두드리며 맑고도 흐린 소리를 연신 냈다. 젊은 기사의 마음 역시 그 소리처럼 맑고 흐렸다.

무의미하게 펼쳐져 있던 서류 더미들에 시선을 고정하니 그의 잿빛 눈동자 위로 떠오른 낱자들은 스스로 춤을 추듯 움직여 하나의 이름을 완성해 갔다.

웬디 왈츠.

어떤 에피그램보다 간결한 이 문자가 그의 마음을 놀라우리만치 뒤흔들고 있었다.

머릿속을 떠나지 않는 그 이름. 익숙지 않은 감정의 홍수에 라드 슈로더는 눈을 몇 번이나 감았다 뜨며 마음을 다스리려 애썼다. 눈 앞에 놓인 서류에 집중하며 간신히 그녀의 이름을 떨쳐 내자, 이번 에는 붉고 고운 입술의 감촉이 떠올랐다. 그 감촉은 너무도 완고하 게 그의 뇌리를 떠나지 않고 남아 젊은 기사의 마음을 다시 한 번 어지럽혔다.

불과 몇 시간 전에도 마주 봤던 얼굴인데 그녀의 거취가 궁금한 자신의 머릿속이 납득되지 않았기에 라드는 손에 들고 있던 펜촉 을 조금 거칠게 종이 위에 툭툭 찍어 눌렀다. 언제부터인지 모르게 시작되어 버린 이 증상은 오늘 유독 정점을 찍어 그를 괴롭히고 있 었다.

툭툭, 툭툭.

빗방울이 굵어졌는지 빗소리가 더욱 요란하게 들려왔다. 부산한 빗소리를 따라 그녀에 대한 생각 또한 어수선한 형상으로 거듭되 었다. 그녀 또한 저를 떠올릴까? 다만 어느 한순간이라도.

생각 끝에 맺히는 작은 욕심에 흙바닥에 뒤섞인 빗방울처럼 마음 이 흐려졌다.

"그리 염려가 된다면 내 이곳에 방문하는 것을…… 자제하겠소."

"꽃집에도요."

"……그대의 꽃집에도. 내 방문을 자제하리다."

불현듯 전날 밤에 나눈 그녀와의 대화가 떠올랐다. 자신을 밀어 내기만 하는 그녀였다. 라드는 착잡한 마음을 다잡으며 조금 휘어 버린 펜촉을 잉크병에 넣었다가 빼냈다.

똑똑.

상념을 헤매던 그는 서재 문을 두드리는 소리에 미미하게 찌푸려진 눈매를 펴고 표정을 갈무리했다.

"각하, 벨하르입니다."

공작저의 집사 벨하르 도데였다.

"들라."

라드 슈로더의 허락에 노년의 집사가 문을 열고 서재 안으로 들어섰다.

"각하, 에드몬즈 님께서 방문하셨습니다. 급히 만나 뵙길 청하시기에 우선 접대실로 모셨습니다."

친우의 갑작스런 방문이었다. 부르고뉴의 일 때문이리라 짐작이 되었다.

접대실로 그를 만나러 간 라드는 시름 가득한 표정의 에드몬즈를 마주할 수 있었다. 라드를 보자마자 숨 쉴 틈도 없이 돌진하여 다가오는 그의 기세에 자못 눈매가 굳었다.

"아니, 자네! 몸은 괜찮은 겐가? 내 부르고뉴 숲에서의 사고 소식을 듣고 어찌나 놀랐는지 모른다네. 타박상이 심하다 하던데, 어디 좀 보세."

에드몬즈가 챙겨 온 의료 상자를 열며 다급히 말했다.

"소란 떨 것 없다네. 단순한 타박상이야. 이미 치료도 받았고."

"치료란 게 하루아침에 끝나는 거라면 리누스 의료원은 이미 문을 닫았을 걸세. 상처는 매일 돌봐야지, 그리 소홀히 대해선 안 되는 거라네."

에드몬즈는 단호한 얼굴로 그에게 상의를 벗을 것을 종용했다.

라드는 하는 수 없이 셔츠를 벗어 들었다.

"많이도 상했군. 낙상을 당했다던데, 이 정도면 다행이라 해야 하나……. 내 사정은 대충 들었네. 자네 뒤늦게 연애를 화려하게도 하는군. 사교계가 자네 소식에 들썩이고 있다는 걸 아는가? 알타린 영애가 그런 일을 꾸몄다는 것도 화젯거리지만, 자네와 함께했다던 그 묘령의 여인에 대해서도 다들 말이 많더군."

에드몬즈가 약통 하나를 집어 들고 쌉쓰름한 향이 나는 말간 외용약을 그의 피부 위에 발랐다. 라드는 잠자코 앉아 그에게 등을 보이고 있었다. 에드몬즈가 라드의 반응을 떠보려는 듯 잠시 뜸을 들인 후 말을 이었다.

"내 도무지 믿기 힘든 소문을 들어서 말이지. ……자네가 그 여인을 구하기 위해 목숨을 걸길 주저하지 않았다던데. 내 그 말을 곧이곧대로 믿지는 않네만, 단순히 기사의 도리를 다했다기엔 그 여인을 바라보던 자네의 눈빛이, 큼, 심상치 않았다고들 하더군. 떠도는 소문이야 말 그대로 소문이겠지만……."

에드몬즈가 친우에게 어울리지 않는 표현을 하는 게 스스로 민망한 듯 헛기침을 하며 어렵게 말했다.

"대체 그 여인이 누군가? 사냥 대회에 앞선 레이디 간의 활 겨루기에서도 우승을 했다던데. 황태자 전하의 바이올린 활대까지 차지했다며 메리언이 한참을 웃더군."

에드몬즈는 말 없는 친우의 뒷통수를 바라보며 다시 한 번 용기를 내 물었다.

"이보게나, 대답 좀 해 보게. 누구냐니까? 정말 연애를 하긴 하는 겐가?"

"······에드몬즈."

한참 만에 입을 연 라드의 부름에 에드몬즈는 반색을 하며 말했다.

"오, 그래그래. 말해 보게나."

"······자네가 메리언 공주 전하와 연애하던 당시가 떠오르는군."

"으응? ······자네 연애 얘기를 해 보라니까, 뜬금없이 무슨 소린가?"

에드몬즈가 불만스러운 어조로 그를 타박했다.

"하루가 멀다 하고 공주 전하가 그립다 내게 우는 소리를 해 댔지. 내 자네처럼 한심한 사람은 없다 여겼어."

"아니, 왜 갑자기 옛날 일을 꺼내고 그러나?"

"혹시나 공주 전하를 만날 수 있지 않을까 싶어 괜히 공주 궁을 빙빙 돌고 그 주변을 서성거리지 않았나. 가능만 하다면 황궁에 기거하며 밤낮으로 전하의 얼굴을 보고 싶다 낯부끄러운 이야기도 종종 했고 말이야."

"내가 어, 언제 그랬다고!"

그가 낯을 붉히며 과거를 부정했다.

"왜 그리 전하의 곁을 서성여 대는지, 자네를 이해할 수 없었지."

"아니, 이 사람아! 그러니 자네가 연애에 젬병이란 소리를 듣는 거라네. 마음에 둔 여인과 함께하고 싶은 건 당연한 것 아닌가! 인간사의 순리를 이해하지 못하는 자네가 더 이상하단 생각은 못 해 봤는가? 나 원······."

에드몬즈가 라드를 나무란 후, 둘둘 말린 붕대를 풀어 그의 어깨에 댔다.

"······그렇단 말이지. 인간사의 순리라······."

라드가 홀로 작게 중얼거린 후 말을 이었다.

"한데 자네는 말이지, 노력에 비해 너무 성과가 없었어. 전하의 궁만 빙빙 돌 뿐 전하의 얼굴 한 번 제대로 못 보지 않았던가. 그렇게 보고 싶었다면 전하의 전담의라도 지원해 보지 그랬나. 그때의 에드몬즈, 자네는 참 어리석어 보였단 말이지."

"그 당시 메리언의 전담의는 황실 의사인 벤하운트 선생이 아니었나. 내 어찌 사사로운 마음으로 전담의를 지원하겠는가…….."

"마음에 둔 여인과 함께하고 싶은 건, 인간사의 순리라 하지 않았던가? 그 말대로라면 자네는 인간사의 순리를 거스른 게 아닌가."

"무, 무슨 소리를 하는 겐가 대체. 원 비약도!"

라드는 대답 없이 그저 한 번, 피식 웃었다. 인간사의 순리라……. 마음에 드는 수식이 아닐 수 없었다. 제 마음에 덧붙이기에 참으로 그럴 듯한 수식이었다. 그렇다면 순리를 거스를 수는 없는 일이라고 라드 슈로더는 작은 미소 끝에 생각하였다.

"라드, 자네. 그러니까 연애를 하고 있단 건가, 아니란 건가?"

"에드몬즈, 지금 바른 이 약, 효과가 좋은가?"

"……물론이지. 우리 리누스 국립 의료원의 연구진들이 오랜 연구 끝에 개발한 약이라네. 타박상은 물론이고 진통에도 탁월한 효과가 있어 요즘 환자들에게 굉장한 인기지."

다시 한 번 말을 돌리는 라드에게 두 손 두 발을 든 듯 에드몬즈가 조금 기운 빠진 음성으로 말했다. 오늘 라드 슈로더에게서 묘령의 여인에 대한 이야기를 듣긴 아무래도 틀린 것 같았다.

"그럼 가기 전에 몇 개 놓고 가게나. ……그런데 향이 좀 독하군."

"향이 별론가? 안 그래도 그 부분을 좀 고민하고 있긴 했는데, 자네가 그렇다면 내 연구진들과 고민해 봄세. 어떤 향이 좋을지 말이야."

"……레몬처럼 산뜻한 향이면 좋겠군."

"뭐? 레몬이라고? ……허어, 자네, 별소릴 다 하는군. 다친 몸에 바르는 약에 안 어울리게 시큼한 레몬향이라니."

에드몬즈가 질색하는 표정을 지으며 붕대를 재빠르게 감았다. 그런 그의 반응에도 개의치 않으며 라드는 혼자만의 생각에 빠져 들었다. 집사 벨하르에게 은밀하게 내릴 명을 떠올리며 요즘 들어 부쩍 늘어난 미소를 다시 한 번 입가에 걸었다.

✿

한편 그 시각, 웬디는 꽃집에 홀로 앉아 밀린 주문을 처리하느라 정신이 없었다.

오늘따라 그녀의 꽃집을 찾는 손님의 발길 역시 연이어져 잠시도 쉴 틈이 없었다. 덕분에 쓸데없는 잡념에 사로잡히지 않을 수 있었기에 그녀는 이 분주함이 퍽 달가웠다. 그녀가 바라던 완벽한 일상이었다.

부지런히 손을 놀리며 색색의 꽃을 다듬고, 심부름꾼에게 꽃다발을 한 아름 안겨 보내고 나니 잠시 쉴 틈이 났다. 웬디는 가벼운 마음으로 맑은 홍차를 한 잔 우려냈다. 우유가 듬뿍 들어간 쿠키를 한 주먹 그릇에 담아 놓고, 찻잔을 막 입에 대려는 찰나였다. 딸랑이는 종소리와 함께 꽃집 문이 열렸다.

"어서 오……."

버릇처럼 반갑게 손님을 맞이하려던 웬디는 손님의 얼굴을 확인하곤 끝말을 흐렸다.

"웬디 양, 안녕하십니까?"

"오, 웬디! 몸은 어떤가요? 많이 걱정했어요."

장 자크 시뮤안 경과 멜리사 로우니 후작 영애였다. 웬디는 떨떠름한 표정을 굳이 숨기지 않고 두 사람에게 인사를 건넸다. 그러고는 곧바로 꽃집 밖에 우려의 시선을 던지며 보는 눈이 없는지 살폈다.

"오늘에서야 찾아온 걸 용서해요, 웬디. 걱정되는 마음에 조금이라도 빨리 방문하고 싶었는데, 웬디의 몸이 회복되지 않아 누군가 찾아오는 게 더 성가실 거라며 시뮤안 경이 만류하더군요."

멜리사가 종종걸음으로 웬디 곁에 다가와 말했다. 오늘의 방문 역시 성가시기는 마찬가지라는 사실을 일깨워 주고 싶었지만 멜리사의 상기된 표정을 보니 차마 차가운 말을 내뱉을 수가 없었다.

"앉으시지요."

그들에게 앉기를 권하고 홍차를 두 잔을 더 따라 냈다. 세 사람은 찻잔을 앞에 놓고 잠시 동안 부르고뉴 숲에서의 사고에 대한 이야기를 나누었다. 멜리사는 높은 소프라노 톤의 목소리로 알타린 영애의 치욕에 대해 재잘거렸다. 숄터스가는 숨죽인 채 추문이 더 이상 번지지 않도록 애를 쓰고 있다 하였다.

홍차가 반쯤 비워졌을 때, 이제 그만 용건을 말하라는 듯한 웬디의 눈초리를 느꼈는지 장 자크 시뮤안이 품에 들고 있던 큼지막한 상자 하나를 급히 내놓았다.

"웬디 양, 단장님께서 보내신 드레스입니다. 내일 있을 작위 수여식에 입고 오시길 청하셨습니다."

자신의 집과 꽃집에 출입을 금하였더니, 이제 타인을 통해 신경을 거슬리게 하는 남자의 행태에 웬디는 새침하게 입을 다물었다. 그렇게 남자의 얼굴을 떠올리자, 지난밤 뜻하지 않게 그의 품에 안겨 벌어졌던 일련의 사건들이 기다렸다는 듯이 머릿속에 펼쳐졌다. 그녀는 생각을 몰아내려는 듯 고개를 뒤흔들며 성급한 손길로 상자를 받아 들었다.

"감사하다고 전해 주십시오."

당혹감을 감추며 감사 인사를 건네자 장 자크가 밝은 얼굴로 고개를 끄덕였다. 웬디가 상자를 열어 보길 바라는 듯 멜리사가 기대에 찬 눈빛을 하고서 바라봤지만 그녀는 그저 상자를 옆 테이블에 고이 내려놓았을 뿐이었다.

"식이 길지는 않을 겁니다. 너무 부담 갖지는 마십시오."

장이 조금 씁쓸한 얼굴로 웬디에게 말했다. 웬디와 라드가 떠밀듯이 넘긴 남작위였다. 그 역시 달가운 자리는 아닐 것이었다. 웬디는 어두운 얼굴로 고개를 끄덕였다.

귀족이란 이름의 멍에를 가까스로 피했다지만 작위 수여식에 참석하라는 황태자의 명까지 피할 도리는 없었다. 울며 겨자 먹기로 가는 자리였다. 부르고뉴 숲에서의 일로 인해 더욱 이목이 집중될 터였으니 몸을 사린다 하여도 뜻대로 되지 않을 것이다. 거듭되어 찾아오는 위기 속에서 마음이 단단해질 만도 하건만 웬디는 다시금 깊은 불안감에 휩싸였다.

"음, 향기가 참 좋네요. 색깔이 곱기도 하지."

웬디가 생각에 잠긴 사이, 정적을 참지 못한 멜리사가 유리병에 한가득 꽂혀 있던 데이지 한 송이를 꺼내 들고 듬뿍 향기를 들이마셨다. 꽃에 콧망울을 파묻듯 향을 맡은 탓인지 데이지를 얼굴에서 떨어뜨리자 그녀의 콧등에 노란색 꽃가루가 가득 묻어 있었다.

"아, 저어…… 멜리사 영애."

그 모습을 본 장 자크가 난감한 듯 그녀의 얼굴을 보며 입을 열었다.

"여기 콧등에……."

그가 본인의 콧등을 가리키며 말했다. 멜리사는 깜짝 놀란 표정을 하고 그가 가리키는 대로 자신의 콧망울을 더듬었지만 자잘하게 묻어 있던 꽃가루는 말끔히 닦이지 않았다. 보다 못한 장 자크가 품에서 손수건을 꺼내 들고 그녀에게 몸을 기울였다.

"잠시, 실례하겠습니다."

조심스러운 손길로 그녀의 콧대에 묻은 꽃가루를 닦아 내는 장의 행동에 멜리사의 얼굴이 단숨에 붉게 달아올랐다. 그런 그녀의 기색을 눈치챈 장 역시 뒤늦게 '큼큼' 헛기침을 하며 손수건을 주머니에 접어 넣었다.

그러한 둘의 모습을 바라보던 웬디는 온몸을 휘감던 불안감마저 잠시 잠깐 잊고 한쪽 입꼬리를 경련하듯 씰룩거렸다.

"제 꽃집은 여러분들의 불건전한 연애의 장이 아닙니다."

웬디의 벼락같은 말에 두 사람의 얼굴이 더욱 새빨갛게 변했다.

"여, 연애라뇨!"

말도 안 되는 소리라는 양 잠시 잠깐 항변하던 두 사람은 웬디의 사나운 눈초리에 금세 입을 다물었다. 멜리사 로우니는 웬디의 눈치를 살살 보며 고개를 수그렸다 들었다 어쩔 줄 몰라 했다. 장 자크 시뮤안 역시 별다를 것이 없었다. 그는 입술을 뗐다 다물었다 하는 것이 뭐라고 변명을 할까 고민하는 듯 보였다. 오른손을 들었다 내렸다 손가락을 폈다 오므렸다 하는 게 분명 제 결백을 증명하고자 저도 모르는 사이 취하는 제스처가 분명했으나 웬디가 보기엔 정신 나간 손짓으로밖에 보이지 않았다.

"웬디…… 대체 그게 무슨 말인가요? 연애라뇨, 저희는 결코 그런 사이가 아니에요."

멜리사가 억울하다는 듯 다시 한 번 말했지만 그 목소리가 기어들어가는 개미 소리보다도 작았다. 웬디는 코웃음을 쳤다.

"맞습니다. 그런 농은 그만둬 주시지요. 게다가 불건전하다니, 누가 들으면 크게 오해하겠습니다."

"연애 그 자체가 불건전하다 이 말입니다. 특히나 제 꽃집에서는요."

웬디는 비어 있는 제 찻잔에 쪼르르륵 차를 채워 넣으며 차갑게 말하였다. 그녀의 말에 멜리사가 입을 삐죽 내밀었다.

"말도 안 돼요! 연애가 불건전하다뇨오. 그러면 웬디 역시도 불건전하다는 말이 되는데, 그런 말씀은 마세요! 슈로더 경과 그토록 뜨거운 연애를 하고 계시면서."

웬디는 멜리사 로우니의 예상 밖의 반격에 잠시 멈칫하였다. 당혹감 탓인지 순간 입이 말라 입술을 한 번 혀로 축이고 싶었지만 빈틈을 보일 수 없어 꾹 참았다.

"멜리사야말로 단단히 오해를 하고 계시군요. 누가 누구와 연애를 하고 있다는 말입니까? 저를 욕되게 하는 말씀은 삼가 주시지요."

웬디의 말에 멜리사는 움찔하면서도 할 말을 따박따박 이었다.

"저한테까지 숨길 생각이에요? 두 분의 뜨거운 눈빛을 이미 다 목격했는걸요. 숲속에서 웬디의 말이 약에 취해 날뛰었을 때, 웬디를 구하기 위해 한 치의 주저 없이 달려 나간 슈로더 경의 모습도 모두 다 보았다고요. 오! 그건 분명 사랑이었어요!"

"멜리사 양은 진실을 왜곡해서 보시는 경향이 있으시군요."

"웬디, 제게는 솔직해지셔도 된다니까 그러세요. 두 사람의 관계를 숨기고픈 마음은 충분히 이해한답니다. 하지만 사랑이란 감정이 어디 감춘다고 감춰지는 건가요? 그럼에도 그 마음을 드러낼 수 없다니, 안타깝기 그지없군요. 이 멜리사 로우니, 웬디와 관련된 모든 이야기는 함구하기로 마음먹었으니, 염려 마시어요."

"글쎄, 아니라는데 그러세요."

"그럼 슈로더 경의 일방적인 연정이란 말씀이세요?"

"그 또한 아닙니다."

"그럼요? 정말 털끝만치도 아무 감정이 없단 말씀이세요? …… 정말 두 분, 아무 사이도 아니시라고요?"

멜리사가 울상이 된 얼굴로 물었다. 집요했다. 웬디는 새로운 강적의 출현에 이를 사리물었다.

"네, 아닙니다."

단호한 말투였다. 그제야 멜리사는 입을 꾹 다물고 안타까운 얼굴로 눈을 흐렸다.

언쟁에서 상대를 굴복시켰지만 웬디는 조금도 후련하지 않았다. 오히려 그 부정하는 말을 뱉어 내자마자 가슴 위쪽으로 찬바람이 지나가는 것처럼 서늘한 느낌이 왈카닥 밀려들었다. 전날 밤의 입맞춤을 없는 일처럼 만들어 버리고 아무 사이도 아니다 말한 것에 대한 죄책감이나 꺼림칙함 따위가 아니었다.

그것은 두려움이었다. 이유를 알 수 없는 두려움이었다.

어색함 속에서 조금 더 자리를 지키고 있던 두 사람은 내일의 만남을 기약하며 금세 돌아갔다. 웬디는 저녁때까지 부지런히 가게 일을 하며 잡념을 몰아내고자 부단히 노력해야 했다.

　지친 몸을 이끌고 집으로 돌아오는 길, 집 앞이 평소 같지 않게 시끄러웠다. 옆집 소년 벤포크네 집에서 나는 소란이었다.

　환히 밝힌 등불 아래 장정 여럿이 집 밖으로 짐을 나르는 모습이 보였다. 벤포크네 아버지가 드디어 결단을 내린 모양이었다. 웬디 는 첫사랑인지 대여섯 번째 사랑인지 아무튼 사랑하는 이와의 이 별을 겪게 될 소년의 얼굴을 떠올리며 잠시 가엾다 생각하였다.

　"왓! 웬디 누나!"

　제 집 앞마당을 가로질러 걷던 웬디는 벤포크의 음성을 따라 옆 건물을 바라보았다. 창밖으로 고개를 뺀 소년이 헤실헤실 웃으며 웬디에게 손을 흔들고 있었다.

　"그래, ……이삿짐을 싸는 중이니? 결국 이사 가기로 결정했나 보구나."

　"응, 뭐 그렇게 됐어."

　"아버님께서 너무 서두르시는 것 아니시니? 굳이 이 밤에……."

　"아……. 아부지가 하루라도 빨리 농업인의 꿈을 이루고 싶으신 가 봐. 집이 팔리자마자 지금 당장 나가야 한다고 엄청 서두르시더 라고."

　소년이 어깨를 으쓱였다.

　"……넌 괜찮은 거니?"

　"뭐, 어쩔 수 없지. 나 같은 어린애가 무슨 힘이 있겠어. 부모의 뜻을 거스를 수는 없잖아."

벤포크가 눈물 콧물을 쏟던 자신의 과거를 망각한 듯 허세 가득한 목소리로 말했다.

"아쉽게 됐구나. 조피에른에 가서도 친구들 많이 사귀고 건강하렴."

웬디가 작별 인사를 했다.

"히힛, 누나. 난 그 촌구석에 안 가."

"……그럼 혼자 이곳에 남는다는 말이냐?"

"뭐, 그렇게 된 셈이지. 나중에 자세히 말해 줄게, 누나! 나 얼른 짐 싸야 하걸랑. 또 봐!"

벤포크가 신나게 손을 흔들고 후다닥 집 안으로 사라져 버렸다. 웬디는 소년이 사라진 자리에 미심쩍은 시선을 한동안 던진 후 자신의 집 안으로 들어갔다.

벤포크네 집은 밤새 소란스러웠다.

웬디는 새벽녘 몇 번을 시끄러운 소리에 깼다가 다시 잠이 들길 반복했다. 조심히 옮기라는 인부들의 고함이 잠결에 귓가를 스치고 지나갔다.

벤포크네 아버지를 만나면 새벽의 소란에 대해 단단히 한소리를 하리라 다짐하며 그녀는 다시 깊은 잠에 빠져 들었다.

다음 날 아침. 밤새 잠을 설친 그녀는 부스스 침대에서 일어나긴 하품을 했다. 찌뿌듯한 몸을 가누며 기지개를 켠 웬디는 떠지지 않는 눈을 몇 번 비볐다. 흐느적거리는 발걸음으로 창문가로 다가가 창을 활짝 열자 시원한 아침 공기가 밀려 들어왔다. 조금 정신이 드는 것 같았다. 밤새 일어난 소란이 모두 거짓인 것처럼 옆집은 기척 없이 조용하기만 했다.

웬디는 목덜미를 긁으며 푸념했다.

누구네 돈이라도 떼어 먹은 건가. 교양 없게 새벽의 이사라니.

달칵.

그때 웬디의 방과 마주하고 있던 옆집의 창문에서 빗장을 여는 소리가 들려왔다. 벤포크가 거주하던 방이었다.

"⋯⋯!"

목덜미를 긁던 모습 그대로, 웬디는 정말이지 석상처럼 굳어 버렸다. 열린 창문 사이로 드러난 인영에 그녀의 눈길이 고정되어 있었다.

"웬디."

빈틈없이 완벽한 성장 차림의 사내가 아침 햇살을 받아 빛나는 얼굴을 하고서 그녀의 이름을 불렀다. 사내의 검은 머리칼이 바람에 살짝 헝클어졌다. 햇살 때문에 눈이 부신지 그의 잿빛 눈동자가 둥글게 휘었다. 아니, 그저 미소를 짓고 있었던 것인지도 모른다고 그녀는 생각했다.

"좋은 아침이오."

라드 슈로더가 말했다. 아침에 제일 먼저 꽃망울을 터뜨리는 나팔꽃처럼 싱그러운 음색이었다.

웬디는 얼굴에 급속도로 피가 쏠리는 걸 느꼈다. 생각이란 걸 할 겨를이라곤 없었다. 눈을 한 번 끔뻑이는 시간이 억만 년처럼 길게 느껴졌을 뿐이었다. 정수리가 달궈진 듯 뜨거웠다.

"웬디……?"

라드가 그녀의 이름을 재차 불렀다.

타아악!

그의 음성이 하나의 신호가 된 것처럼 웬디는 창문을 세차게 닫고 벽 뒤로 몸을 숨겼다.

저, 저자가 왜 저곳에!

그녀는 두 손으로 입을 틀어막고 거칠게 숨을 내쉬었다. 말도 안 되는 가정이 머릿속을 스치고 지나갔다.

설마, 미치지 않고서야!

웬디는 몸을 숨긴 그대로 팔을 살며시 뻗어 커튼을 촤르륵 쳤다. 어두워진 실내에 선 그녀는 혼란스러운 표정으로 창문 너머를 흘겼다. 얼마간 찡그린 얼굴로 눈알만 떼구르르 굴리던 웬디는 일단은 씻어야겠다는 생각에 욕실로 향했다.

충격에 휩싸인 채 걸음을 옮기던 그녀는 복도에 걸린 벽거울에 스치듯 시선을 던졌다. 그 순간, 축 처진 그녀의 어깨가 뻣뻣하게 굳고 눈이 대번에 화등잔만 하게 커졌다.

"젠장……."

그녀는 믿기지 않는 얼굴로 재빨리 거울을 붙들고 섰다. 현실을 부정하고 싶게 만드는 자신의 몰골이 거울 위로 선명히 비춰졌다.

제멋대로 헝클어진 머리와 푸석한 얼굴이 완벽하게 어우러져 이른 아침의 첫 얼굴을 추레하게 드러내고 있었다. 웬디는 인정할 수 없다는 듯 오만하게 턱을 치켜들고 거울 앞에 비스듬한 각도로 서서 흘긋 자신의 모습을 다시 비춰 보았지만 어느 각도로 보나 너절하긴 마찬가지였다. 그녀는 상심한 얼굴로 다시 걸음을 옮겼다.

정신없이 씻고, 분주하게 몸치장을 하고, 라드 슈로더가 보내 온 드레스를 꺼내 입으며 웬디는 놀란 가슴을 진정시키기 위해 노력했다.

다시 거울 앞에 선 그녀는 담담한 양 표정을 가다듬고 자신의 모습을 바라보았다. 좀 전의 추레한 모습을 머릿속에서 지우려는 듯 거울에 비춰진 자신의 모습을 한동안 꼼꼼히 들여다보는 그녀였다. 라드가 보내 온 드레스는 맞춘 듯 그녀에게 꼭 맞았다. 어깨와 소매가 레이스로 감싸인 흰색 드레스는 고상한 자리에 어울릴 듯한 디자인이었다. 귀족들이나 입을 법한 그런.

웬디는 작게 한숨은 내쉬고 머리칼을 매만졌다.

샛노란 머리를 틀어 올리고 꽃 모양의 작은 머리 장식을 꽂은 그녀는 전투적 의지를 다지고 옆집을 향했다.

똑똑똑!

웬디는 벤포크네 초록색 문을 사나운 기세로 두들겼다. 얼마 지나지 않아 기다렸다는 듯이 라드 슈로더가 문을 열고 나왔다. 그가 그녀의 차림새를 보고 미미하게 미소를 지었다.

"……그대에게 잘 어울릴 거라 짐작하였소."

라드가 선뜻 말했다. 그녀의 동그란 어깨에 그의 시선이 붙들린 듯 머물렀다. 고아한 레이스로 감싸인 작은 어깨가 더욱 가녀려 보였다. 라드의 칭찬을 들은 웬디는 어디서 수작질이냐 소리를 빽 지르고 싶었지만 아무런 말도 못하고 그저 그를 찌릿 노려보았을 따름이다.

"들어오겠소?"

라드 슈로더가 마치 제 집처럼 그녀에게 안으로 들기를 권했다.

"……슈로더 경께서 왜 이곳에 계십니까?"

웬디는 그의 말을 무시하며 날이 선 목소리로 물었다.

"일단, 들어와서 이야기하도록 하지."

라드가 다시 한 번 권했다. 잠시 동안 그의 잿빛 눈동자를 노려보며 홀로 눈싸움을 하던 그녀는 하는 수 없이 그를 따라 집 안으로 들어섰다.

"아직 집이 어수선하다오."

그가 응접실에 놓인 소파로 그녀를 안내했다. 웬디는 경계 서린 눈빛으로 주변을 둘러봤다. 실내는 완벽하게 단장되어 있진 않았지만 짧은 시간에 꾸미려고 노력한 티가 역력하게 났다. 그녀는 새 것임이 분명한 물소 가죽 소파에 앉아 반들반들한 겉면을 만지작거렸다. 고급 가구였지만 귀족들이 사용하는 것에 비할 바는 못 되었다.

"평민들의 삶이라도 체험하러 오셨나요? 평민들이 사는 모양새를 훌륭하게도 재현해 놓았군요."

"그렇게 날을 세울 것 없소이다. 눈에 띄면 곤란하니 적당한 선에서 집을 꾸미라 일렀을 뿐이라오."

라드가 그녀의 맞은편에 와 앉으며 대수롭지 않게 말했다. 반박할 수백 가지 말이 머릿속에 떠올랐지만 웬디는 꾹 참아 내고 본론을 말했다.

"벤포크네 집을 정말…… 사들이신 겁니까?"

"그렇소."

"대체 왜! ……왜 그러신 겁니까."

흥분한 웬디가 저도 모르게 빽 소리쳤다가 다시 목소리를 가다듬으며 그를 추궁했다. 그런 그녀의 반응을 예상한 듯 남자는 별다른 동요 없이 그녀를 바라봤다.

"그대의 집에도 꽃집에도 출입을 금하니…… 어찌할 도리가 있겠소."

"무슨 말씀을 하시는지 모르겠습니다. 무엇하러 이런 소모적인 일을 벌이시는지 저로서는 도무지 이해할 수가 없군요."

웬디가 빠듯하게 차오른 감정을 억누르는 것처럼 말했다. 라드가 작게 한숨을 내쉬었다.

"이런 소모적인 일을 감수하는 것도…… 필요할 때가 있더군."

"……."

"그대가 납득할 수 있도록 이번 일을 설명하는 건 아무래도 어려울 듯하오. 그대 곁에 있고 싶어 이런 일을 벌였다 말하면 이해할 수 없다 화를 낼 테고, 그저 질 나쁜 장난이었다 거짓을 말해도 믿지 않을 테니."

라드 슈로더가 담담히 말했다. 웬디는 흥분을 뚝 멈추고 그의 얼굴을 당황한 표정으로 바라보았다.

"그대에게 진심을 말한다면 ……오롯이 진심으로 받아들여 주겠소?"

라드의 말이 의미를 알 수 없는 낱자들의 행렬이 되어 그녀의 귓가에 온몸으로 부딪쳐 왔다. 곁에 있고 싶다는 둥 진심이라는 둥 뭔가 굉장히 꺼림칙한 이야기들이 머릿속을 빙글빙글 맴도는 것 같았다. 상대의 숨통을 조이는 신종 취조 기술인가?

웬디는 그의 말에 숨은 진의를 찾아내기 위해 머리를 굴려 보려 했지만 심장 고동 소리만 둥둥 울려 댈 뿐이었다.

"……지, 진심이라니. 제가 슈로더 경의 진심을 들을 이유가…….'"

그녀가 말끝을 흐렸다. 웬디는 초록빛 눈동자를 눈꺼풀 아래 숨 기며 잠시 숨을 골랐다. 정신을 바짝 차려야겠다 생각했지만 머릿 속이 멍했다. 어둠을 녹여 버릴 듯한 남자의 잿빛 눈동자가 웬디를 또렷이 마주보고 있었기에 범람하는 감정을 숨기기가 어려웠다.

"아무런 뜻 없이 그대에게 입을 맞춘 게 아니라오.'"

라드가 그녀의 얼굴을 올곧은 눈빛으로 바라보며 말을 이었다. 웬디는 어쩐지 살살 배가 아파 오는 것 같았다. 신경과민으로 인한 복통이 분명했다. 정적이 깔린 응접실에 금방이라도 꾸르륵 소리 가 날 것 같았다.

"그대가 내게 조금이라도 곁을 내 주면 좋겠소. ……진심을 말하 지 말라 하면 그리하겠소. 그대가 원하는 대로 해 주리다. 다만, 내 가 있고 싶은 곳에 자리하는 것까지 막으려고는 하지 말아 주시오.'"

"……'"

한동안 정적이 이어졌다. 웬디는 무슨 말을 꺼내야 할지 도저히 알 수가 없었다. 한숨 쉬듯 깊은 숨을 내뱉은 라드가 혼란스러운 웬디의 얼굴을 응시하며 먼저 입을 열었다.

"벤포크의 부모에게는 충분한 보상을 하였소. 소년의 후견인이 되어 주기로 하였고. 아직 어린 소년을 홀로 방치해 둘 수는 없으 니 앞으로 이곳을 자주 방문하게 될 것 같소. ……그대와는 이웃사 촌 지간이 되겠군.'"

라드의 말에 웬디가 와작 표정을 구겼다. 헤실헤실 웃어 대던 벤포크의 낯짝이 눈앞을 스쳐 지나갔다.

"……다른 이들의 눈은 생각하지 않으시나요? 애초에 더 이상 찾아오지 마시라 했던 이유가 무엇이었는데요. 숄터스 백작가에서 제게 어떤 흉심을 품을지!"

"나의 분노를 감당할 자신이 없다면, 어떤 행동도 하지 못할 것이오. 슈로더가를 적으로 돌릴 생각이 아니라면 말이지. 내 아무런 방비 없이 그대에게 이런 말을 늘어놓는 것이 아니라오. 염려할 것 없소이다."

라드가 단정적인 어조로 말했다.

"시간이 다 된 것 같군. 황궁에 늦지 않게 당도하려면 이만 일어서야 할 것 같소."

품에서 회중시계를 꺼내 본 후, 그가 먼저 자리에서 일어섰다.

"손을 주겠소?"

라드가 그를 따라 일어선 웬디에게 손을 내밀었다. 그녀는 남자의 내민 손을 복잡한 표정으로 바라보았다. 잡아서는 안 될 손이였다. 그런 생각이 들었다. 그럼에도 그녀는 쉽사리 시선을 떨칠 수가 없었다.

"……!"

그 순간 웬디는 눈을 동그랗게 뜨고 멈칫 몸을 굳혔다. 가만히 서 있는 그녀에게 성큼 다가선 라드가 말없이 그녀의 손을 말아 쥐었던 것이다. 뿌리칠 수 없을 만큼 강한 힘이었다.

저벅저벅.

라드가 그녀의 거절을 배제하듯 먼저 걸음을 옮겼다.

자신의 손을 꽉 잡은 남자에게 이끌리듯 걸어가며 웬디는 드레스를 밟지 않기 위해 어쩔 수 없이 발걸음을 재게 옮겨야 했다. 울컥 화가 났지만 남자에게 화가 난 것인지 자신에게 화가 난 것인지 잘 알 수가 없었다. 웬디는 자신의 손을 굳게 잡은 남자의 손을 바라보며 머릿속의 웅성거림을 잠시 잊기로 하였다.

9화

추억은 미화되고 또 빛바랜다

추억은 미화되고 또 빛바랜다

마차를 타고 도착한 황궁에는 시끌벅적한 인파의 행렬이 가득했다. 그러한 분주함 속에서도 두 사람은 단연 눈에 띄는 존재였다. 마차에서 내리자마자 기다렸다는 듯이 웬디와 라드에게 시선이 모아졌다.

웬디는 허전한 자신의 얼굴을 무의식중에 손으로 더듬었다. 충격적인 아침을 맞게 한 라드로 인해 경황없이 집을 나선 탓에 미처 망사가 매달린 외출용 모자를 챙기지 못한 까닭이었다. 뒤늦게 이를 알아채고 되돌아갈까 몇 번을 갈팡질팡했지만 식이 시작되는 시간을 맞추려면 이미 빠듯했기에 어쩔 수가 없었다. 웬디는 슬그머니 고개를 숙였다.

작위 수여식이 거행될 장소로 이동하는 중에도 시선은 끊임없이 따라 붙었다. 웬디는 주변의 시선을 전혀 의식하지 않는 듯 그녀의 손을 굳게 쥐고 있는 기사의 얼굴을 올려다보았다. 라드가 곧 그녀에게 눈을 맞춰 왔다. 무심한 듯 감정 없는 눈빛이었지만 맞잡은 손을 더욱 단단히 그러쥐는 것을 느낄 수 있었다. 어쩐지 안심이 되었다.

황궁 동편에 있는 장미 정원에 마련된 식장은 이미 사람들로 가득 붐비고 있었다. 장미꽃보다 화려한 빛깔의 드레스를 차려 입은 귀족 여인들이 두 사람에게 뜨거운 시선을 보내 왔다. 부채로 입을 가리고 삼삼오오 모여 서로 간에 상체를 기울이고 있는 것이 두 사람에 관한 이야기를 나누고 있는 것이 분명하였다.

"단장님!"

그때 저만치서 백금발의 기사 하나가 두 사람을 향해 아는 체를 하며 걸어왔다. 군청색 정복을 멋지게 차려 입은 장 자크 시뮤안이었다. 햇살에 환하게 빛난 그의 머리칼이 오늘 따라 더 반짝반짝했다. 그는 웬디를 보며 반갑게 눈인사를 해 왔다. 자리가 자리이니만큼 제대로 예를 갖추고 그녀의 손등에 입을 맞출까 잠시 생각했지만 그는 곧 그 생각을 지웠다. 그녀의 손을 수호하듯 꼭 쥐고 있는 기사단장 앞에서 선뜻 행동으로 옮기기 어려웠던 까닭이었다.

"늦으시기에 안 오시는 줄 알았습니다, 웬디 양. 오늘도 아름다우시군요."

장이 싱긋 웃음 지으며 말했다.

"아, 멜리사 영애는 저쪽 차양 아래 계십니다. 많이 긴장하신 모양입니다."

멜리사를 찾는 웬디의 시선을 느꼈는지 장이 난감하다는 듯 웃었다.

"시뮤안 경께서 곁에 있어 주셔야겠군요. 이리 많은 사람이 모였으니 긴장하실 만합니다."

"네, 그리하겠습니다. 그럼, 두 분 모두 좋은 시간 보내시길 바라 겠습니다."

장이 라드 슈로더에게 장난스럽게 경례를 붙였다.

"경도 식을 무사히 치르길 바라겠네."

라드의 말에 장이 순간 복잡 미묘한 표정을 지어 보이며 부랴부 랴 멜리사를 찾아갔다. 남의 공을 대신하여 받는 작위여서인지 이 자리가 마뜩치 않은 것이었다. 멀어지는 장의 뒷모습을 조금쯤 미 안한 눈빛으로 바라보고 서 있던 웬디는 황태자의 입장을 알리는 시종의 우렁찬 목소리에 시선을 옮겼다.

"아이작 폰 베냐한 황태자 전하십니다!"

대리석으로 다듬어진 단 위에 오른 황태자는 웃음기 어린 얼굴로 좌중을 휘둘러보았다. 사람들 틈새에서 라드와 웬디의 모습을 발 견한 듯 이윽고 그의 얼굴에 짙은 미소가 피어났다.

식이 시작되었다. 이름이 호명됨에 따라 황태자 앞에 차례로 나 간 장 자크 시무안과 멜리사 로우니는 순서에 따라 무릎을 꿇었다. 기사 서임에 사용되는 장검과 달리 귀족의 작위 수여식에는 짧은 단검이 사용되었다. 초대 황제인 니콜라스 베냐한이 사용했다는 단검으로 검신에 화려한 문양이 새겨져 있는 것이었다.

장은 단검의 배에 이마를 맞대고 황실에 대한 충성을 맹세했다. 바들거리는 손길로 단검을 받아든 멜리사 역시 연이어 맹세의 말 을 읊조렸다. 이윽고 황태자가 그들 곁으로 다가와 베냐한 황실의 상징인 붉은색의 루비가 박힌 휘장을 가슴에 달아 주었다. 황태자 는 멜리사의 드레스 상의에 달린 큰 러플에 휘장을 달아주며 잔뜩 경직되어 있는 그녀가 귀엽다는 듯 씨익 웃었다. 멜리사의 얼굴이

러플에 달린 루비만큼이나 새빨개졌다.

의례가 모두 끝난 후 두 사람을 축하하는 자리가 마련되었다. 아름다운 선율이 연주되기 시작한 장미 정원에서 사람들은 제각각 손에 샴페인 잔을 하나씩 들고 웃으며 즐겼다. 몇몇 인사들과 인사를 나눈 황태자는 마치 이 순간만을 기다렸다는 듯이 활짝 웃으며 웬디와 라드를 향해 걸어왔다.

"오! 두 사람, 단 며칠 만에 보는데도 왜 이리 그대들이 반가운지 모르겠네."

반가운 기색의 황태자를 앞에 두고 표정을 굳힐 수 없었기에 웬디도 마지못해 억지웃음을 지으며 예를 올렸다.

"두 사람 이야기로 세간이 떠들썩하더군. 세기의 커플이라 소문이 났던데."

순전히 놀리는 투였다. 웬디는 능글맞은 표정을 지어 보이는 황태자를 보며 그의 곱슬머리가 유난히 더 꼬불거리는 것 같단 생각을 하였다. 그의 속도 저리 꼬불거려 이리 대놓고 창피를 주나. 그들 근처를 배회하던 사람들이 황태자와 그들의 대화를 귀 기울여 듣고 있는 모습이 보였다. 시선이 죄다 한 방향으로 쏠려 있었다.

"바라보는 저 시선들을 보게나. 영락없이 오늘의 주인공을 보는 얼굴 아닌가."

아이작 황태자가 두 사람에게 몸을 기울이며 조용한 음성으로 말했다.

"오늘 자리의 주인공들이 저기 오는군요. 황태자 전하께서 자신들의 이야기를 하는 줄 아는가 봅니다."

라드가 그들을 향해 걸어오는 장과 멜리사의 모습을 보며 무표정한 얼굴로 말했다. 황태자가 피식 웃으며 그런 그의 옆얼굴을 쳐다봤지만 기분이 상한 모습은 아니었다.

그들 곁에 다가온 장과 멜리사에게 몇 마디 덕담을 건넨 황태자는 곧 자리를 옮겨갔다. 아이작 황태자는 떠나가기 전 마지막으로 웬디에게 의미심장한 미소를 짓는 것을 잊지 않았다. 대체 무슨 꿍꿍인지 알 수 없는 눈빛이었다. 그의 행동을 주시한 채 숨죽이고 있던 웬디는 그가 떠나가자 겨우 안도의 한숨을 내쉴 수 있었다.

그건 멜리사 역시 마찬가지였던 모양이다. 황태자가 사라지자 긴장이 풀린 듯 멜리사가 대번 우는 소리를 해 댔다.

"우, 식이 진행되는 내내 긴장돼서 숨 쉬기가 힘들 지경이었어요!"

멜리사가 잔뜩 상기된 얼굴로 웬디에게 몸을 기댔다. 스스럼없는 멜리사의 행동에 웬디는 순간 당황했지만 얇은 천 너머로 전해져 오는 멜리사의 달뜬 온기에 가만히 서 있을 수밖에 없었다. 멜리사와 장은 늘 그렇듯 무뚝뚝한 얼굴로 침묵하는 웬디와 라드 곁에서도 능숙하게 대화를 주도해 나갔다.

익숙한 듯 익숙하지 않은 두런거림 속에서 웬디는 자신을 둘러싼 사람들의 얼굴을 유리창 너머를 건너다보듯 잠시 바라보았다.

이 자리에 서 있는 게 옳은 일일까?

웬디는 그들과 함께하는 공기가 낯설지 않음에 나직한 한숨을 내쉬었다. 닫힌 줄 알았던 유리창은 언제 열렸는지도 모르게 따뜻한 봄의 기운을 흘려보내고 있었다. 맞닿은 이 온기처럼.

"……."

어색한 기분이었다. 웬디는 일부러 샴페인 잔을 집는 척하고 멜리사를 슬쩍 밀어 내었다. 무방비하게 웬디에게 기대고 있던 멜리사의 샴페인 잔이 그 탓에 살짝 기울어졌다. 잔에서 흘러나온 투명한 샴페인에 웬디의 드레스 자락이 축축이 젖었다.

"앗! 이런, 이를 어쩌죠? 미안해요!"

화들짝 놀란 멜리사가 어깨를 움츠리며 그녀에게 사과했다.

"괜찮습니다."

웬디가 신경 쓸 것 없다는 듯 말했지만 멜리사는 울상이 된 얼굴로 어쩔 줄을 몰라 했다.

"웬디, 잠깐 자리를 옮겨요. 저희는 잠시 실례할게요!"

멜리사가 막무가내로 웬디를 이끌고 정원 옆에 붙어 있는 세실리아 궁으로 향했다. 궁에는 행사 시에 개방되는 여성용 휴게실이 마련되어 있었다.

아치형의 문을 지나 안으로 들어서니 고풍스러운 실내가 눈에 들어왔다. 멜리사는 웬디를 이끌어 의자에 앉히고 닦을 것을 가져온다며 종종걸음으로 사라졌다.

"휴……."

축축한 드레스 자락을 들어올리며 한숨을 내쉰 웬디는 베이지 톤의 벽에 시선을 고정한 채 멍하니 있었다.

"정말 방 안에서 한 발자국도 못 나가고 있으시단 말입니까?"

"그렇다니까요!"

"가엽기도 하지. 알타린 영애 입장에서야 원망이 이만저만이 아니겠……."

그때 소란스러운 발소리와 함께 화려하게 단장한 귀족 여인 세 명이 실내로 들어섰다. 한참 수다를 떨던 여인들은 웬디의 모습을 발견하자마자 대화를 뚝 멈추고 그녀를 놀란 얼굴로 바라봤다.

오늘 라드 슈로더와 파트너로 함께한 웬디의 얼굴을 알아본 것이었다. 화제의 중심에 서 있는 그녀였으니 못 알아보는 게 더 이상한 일일지도 몰랐다. 여인들은 잠시 저들끼리 수군수군하더니 곧 웬디 곁에 다가와 섰다.

"실례합니다. 저는 세토랑 백작가의 헤르스 세토랑이라 합니다. 처음 뵙는군요. 영애께서는 어느 가문의 분이신지 여쭈어도 되겠습니까?"

광대가 도드라진 검은 머리의 여인이 그녀에게 말을 걸어왔다. 바라보는 눈빛이 결코 호의적이지 않았다. 깔아 보는 여인의 눈빛에 알타린 숄터스의 얼굴이 겹쳐 보였다. 낯설지 않은 상황에 웬디가 낮은 한숨을 내쉬며 입을 열었다.

"아가씨께서 아실 만한 가문이 아닙니다."

왈츠 가의 1대 가주 웬디 왈츠라 하면 알아먹을 텐가. 웬디가 속으로 투덜거렸다.

"무례하시군요. 시골의 쇠락한 가문 출신이라 짐작은 하였지만, 기본적인 예의조차 모르실 줄이야!"

옆에 서 있던 적금발의 여인이 성을 내며 말했다.

웬디는 아무런 말없이 붉으락푸르락 얼굴색이 변한 세 명의 여인을 차례대로 바라보았다.

"알타린 영애가 한 말의 의미를 이제야 알겠군요. 본데없기는……!"

그녀들의 도발에도 웬디가 묵묵히 가만히 앉아 있자 그들의 표정이 더욱 험악하게 변했다.

"후후훗, 진정들 하세요. 그리 화내실 일이 아닙니다."

지금까지 끼어들지 않고 있던 깡마른 여인이 앞으로 나서며 말했다. 꺼드럭거리며 턱을 높이 치켜드는 폼새가 결코 좋아서 웃는 웃음은 아니었다.

"그런데 정말 영애께서는 예법을 제대로 배우지 못하신 모양입니다. 거기, 그 자리에 앉아 계시는 연유가 무엇인지요?"

웬디가 무슨 이야길 하냐는 듯 그녀를 올려다봤다. 여인이 거만스러운 표정으로 말을 이었다.

"이미 주인이 있는 자립니다. 좀 전까지 제가 쉬던 자리였으니 앉으시려면 제게 허락을 구하셔야겠지요. 이리 남의 자리를 차지하는 건 예법이 아닙니다. 자리든 남자든 남의 것을 탐해서야 되겠습니까? 그만 비켜 주시지요."

휴게실에 지정 좌석제가 있단 말은 생전 처음 듣는 웬디였다. 게다가 남자라니, 라드 슈로더를 두고 하는 말인가?

그녀는 기가 찬 표정을 감추며 가만히 자신의 검지를 허리 뒤춤으로 숨겼다. 그리고 앉은 상태 그대로 엉덩이 쪽 의자에 꾹 검지를 눌렀다. 그건 거의 충동적인 행동이었다. 자신의 안전을 위해 늘 자중에 자중을 거듭해 온 그녀에겐 있을 수 없는 일이었으니까. 그러나 이미 일은 벌어졌다. 그녀의 머릿속에는 방귀 버섯의 탐스러운 모습이 그려지고 있었다. 검지를 꾹 눌렀다 떼어 내는 건 찰나였으며, 아주 손쉽게 이루어졌다.

"영애께서 쉬시던 자리인 줄도 모르고 제가 큰 실례를 범했군요. 앉으시지요."

흔쾌히 그녀에게 자리를 양보한 웬디는 가벼운 마음으로 그곳을 떠났다. 곧 피어오를 방귀 버섯의 신통방통한 활약을 기대하면서.

방귀 버섯은 손가락 크기만 한 갈색의 버섯으로 포자에서 독한 구린내가 나 그런 모욕적인 이름을 얻었다. 위장병에 특별한 효험이 있지만 구린내 때문에 환자들도 쉽게 먹지 못하는 비운의 약재료였다. 웬디는 버섯이 그들의 눈에 쉽사리 띄지 않도록 특별히 좁쌀만 한 크기로 키워 내는 배려까지 선보였다. 엉덩이를 붙였다 떼기까지 아무도 눈치채지 못하리라. 기분이 아주 상쾌했다.

"엇! 웬디!"

경쾌한 발걸음으로 휴게실을 막 나서는데 멜리사가 시종 하나와 함께 그녀 쪽으로 걸어오는 게 보였다.

"왜 밖으로 나와 계세요? 제가 너무 늦었죠? 만찬 준비에 차질이 생겨 시종들이 다들 그쪽 일을 도우러 갔었나 봐요. 닦을 것을 받아 오려는데……."

멜리사를 향해 더없이 밝은 미소를 지으며 웬디가 괜찮다는 듯 고개를 가로저었다. 멜리사는 처음 보는 웬디의 밝은 미소에 하려던 말을 멈추고 멍하니 볼을 붉혔다.

"벌써 웬만큼 말랐습니다. 정원으로 이만 돌아가시지요."

웬디가 먼저 걸음을 옮기며 말했다.

"앗, 같이 가요!"

멜리사는 새끼 오리처럼 종종종 그녀 뒤를 따를 뿐이었다.

한편 웬디가 떠나온 세실리아 궁의 휴게실에서 태어난 조그마한 방귀버섯은 자신의 본분을 잊지 않고 퀴퀴한 냄새를 피워 내고 있었다. 웬디의 자리를 빼앗아 앉은 예의 그 여인은 존재감 강한 방귀버섯의 향 때문인지 고개를 갸웃하며 연신 엉덩이를 들썩들썩했다. 여인의 엉덩이에 착 달라붙은 포자의 고약한 향이 그 바람에 더욱 기세를 떨치자 나머지 두 사람은 와싹 찌푸려진 얼굴을 숨기지 못하고 어색하게 앉은 자리에서 몸을 일으켰다. 방귀버섯의 공격을 받은 여인 역시 그들의 반응에 당황하여 엉거주춤 몸을 일으켰다. 하필 한껏 부풀려진 버슬 드레스를 입고 있었던 탓에 여인의 돌출된 엉덩이는 많은 상상을 불러일으켰다. 그 위로 두 사람의 눈길이 쏠렸다.

"이, 이만 식장으로 돌아가 봐야겠습니다."

"오, 시간을 너무 오래 지체했군요! 어서 가도록 하죠."

허둥지둥 걸음을 옮기는 두 사람의 머릿속에 차마 입에 담기 어려운 누리끼리한 광경이 펼쳐지고 있었다.

"여, 영애들!"

그런 그들을 따라 한발 늦게 휴게실을 빠져 나가는 여인의 드레스 자락 사이로 방귀버섯의 포자가 펄펄 날렸다.

휴게실에서 벌어질 소동을 상상하며 장미 정원의 입구까지 다다른 웬디는 잠시 발걸음을 멈추고 정원의 풍경을 둘러봤다. 그런 그녀의 기색을 살피던 멜리사 역시 가볍게 산책하는 기분이 되어 은은한 장미향을 가슴 깊이 들이마셨다. 늦봄의 정취가 가득한 황실 정원에는 소담스럽게 봉오리를 물고 있는 붉은 장미꽃이 가득 했다.

웬디는 시끌벅적한 정원 안쪽에 시선을 둔 뒤 다시금 장미 정원을 겹겹이 둘러싸고 있는 장미 덩굴로 시선을 옮겼다. 가만 보니 장미의 품종이 아주 다양했다. 저만치에 엽색이 청록빛으로 진한 사계성 장미도 눈에 띄었다. 수년 전 책에서 보았던 귀한 장미였다. 웬디의 가슴이 흥분으로 들썩였다.

"잠시 거닐다 가는 게 어때요?"

고맙게도 멜리사가 방싯방싯 웃으며 제안을 해 왔다. 잠시라면, 그래, 잠시라면 괜찮을 거라는 생각이 들었다.

"그렇게 하죠."

웬디가 고개를 끄덕였다.

그 순간 정원 안쪽에서 '우와아아!' 하는 함성과 함께 박수갈채가 터져 나왔다. 깜짝 놀란 웬디가 정원 안쪽에 시선을 던졌다. 곧이어 거짓말 같은 정적이 이어지더니 힘 있는 바이올린 선율이 흘러 나오기 시작했다.

"황태자 전하께서 연주를 시작하신 모양이네요."

멜리사가 소곤거리는 목소리로 말했다. 이런 일이 종종 있었던 듯 그녀는 놀라는 기색이 전혀 없었다. 귀족들을 모아 놓고 바이올린을 연주하는 황태자라니. 별종도 이런 별종은 없을 거라는 생각이 들었다. 웬디가 고개를 설레설레 내저었다.

"멋지신 분이죠? 어떻게 저런 음률을 연주해 내실 수 있는 걸까요? 전하께선 늘 반짝반짝 빛나는 보석 같아요. 황태자로 책봉되기 전에는 말수도 적고 조금 우울한 분이셨다던데, 믿기지 않는 거 있죠?"

"저 역시 믿기지 않는군요."

황태자가 표정을 숨기는 데 도가 튼 인물이라는 것은 알고 있었지만, 그렇다고 현재의 모습이 모두 거짓이란 건 아니었다. 말수가 적고 우울한 그의 모습이라니, 상상이 가지 않았다. 그건 모두 황태자가 멋모르는 영애들에게 그럴 듯한 환상을 심어 주기 위해 흘린 조작된 이야기라는 생각마저 들었다.

"그 당시 황후마마의 소생이 아니라는 소문이 돌았다고 하니까……. 아, 이건 비밀이에요! 아무튼 그 때문에 상처가 있으셨던 거겠죠. 우수에 찬 모습의 전하라니! 그 또한 아주 멋지셨을 것 같긴 하지만."

멜리사가 꿈꾸는 듯한 목소리로 말했다. 웬디는 전혀 공감이 가지 않았지만 그냥 적당히 고개를 끄덕여 주었다.

"잠시만요."

정원을 겹겹이 감싼 미로 같은 관목 사이를 거닐며 웬디는 목표로 했던 장미의 생김을 눈에 새겼다. 홀린 듯이 장미의 아름다움을 살피는 웬디를 보며 멜리사도 더 이상 말을 걸어오지 않았다. 장미덩굴 너머에서 들리는 황태자의 연주는 절정을 맞이한 듯 흥겨움이 넘쳐흐르고 있었다. 박자에 맞춰 손뼉을 마주치는 소리가 함께 들려왔다. 뜻밖의 수확을 거둬들인 웬디의 마음도 덩달아 들떴다. 또다시 귀한 식물을 발견할 것만 같은 기대감이 차올랐다.

두 사람은 정원의 정취를 즐기듯 말없이 걸음을 옮겼다. 뽀얗게 분을 칠한 하얀 나비 여러 마리가 그녀들 주변을 날아다니고 있었다. 웬디는 작게 미소 지으며 나비들의 움직임을 좇았다. 시선의 끝자락, 장미 넝쿨 사이에서 자그마한 꿀벌 한 마리가 꽃봉오리 주변을 서성이는 게 보였다. 톡톡 꽃봉오리 위로 그 입술을 두드리는 꿀벌의 움직임을 멜리사가 경계 어린 눈초리로 바라보고 있었다. 웬디는 '쿡쿡' 웃음을 삼켰다.

봄의 기운이 스민 잔디는 소녀의 젖가슴처럼 봉긋하게 솟아 폭신폭신 걷기에 좋았다. 발걸음이 가벼웠다.

미로처럼 구불구불하게 얽힌 모퉁이를 도는 찰나.

그때까지만 해도 그녀의 마음은 봄바람에 풀린 어린아이처럼 들떠 있었다. 어렴풋한, 뭔지 모르게 어렴풋한 불안감이 작은 심장

고동 소리가 되어 웬디의 몸을 휘감아 돌았지만 스치는 바람처럼 금방 잊혔다.

그 순간.

맞은편에서 걸어오던 기사들의 모습을 보기 전까지는.

그랬다.

"……!"

숨이 멈췄다. 그녀의 가슴에서 무언가가 무너져 내렸다. 붕붕거리는 벌 소리가 귓가를 온통 헤집어 놓았다.

대여섯 되는 황실 기사들 틈에서도 한눈에 그를 알아볼 수 있었다. 웬디보다 한 발 먼저 그녀를 발견한 듯 남자가 굳게 경직된 얼굴로 그녀를 바라보고 있었다. 먼 곳에서도, 그랬다.

곧 그의 표정이 허물어졌다.

"올리비아."

남자가 참았던 숨을 내뱉듯 꽁꽁 감추어 두었던 그 이름을 불렀다. 그의 곁에 나란히 서 있던 다른 기사들은 모두 침잠하듯 가라앉은 그의 음성을 듣지 못했지만 웬디는 똑똑히 들을 수 있었다. 그가 그 이름을 부르는 것을.

딜런 레녹스, 그가 그 이름을 소리 내 불렀다.

심장이 들쑤셔지듯 격렬하게 요동쳤다. 어지러웠다. 대지가, 하늘이, 장미 덩굴이 함께 고동쳤다. 웬디는 가쁜 숨을 몰아쉬며 회피하듯 등을 돌렸다.

"웬디? ……앗, 웬디!"

갑작스런 그녀의 행동에 멜리사가 놀란 얼굴을 하고 웬디의 이름을 불렀지만 들릴 리가 없었다. 웬디는 그대로 뒤돌아 뛰었다. 성

마른 뜀박질에 뒤엉키는 발걸음을 억지로 다잡으며 소금기 배인 듯 늘어지는 팔다리를 억지로 움직였다.

어리석었다. 어울리지 않는 감상에 허우적거린 대가라 할 만했다. 제루스 홀에서 그의 모습을 보았을 때 이곳을 떠났어야 했다. 오늘 이 자리에, 이렇게 무방비한 모습으로 오는 것이 아니었다. 과거의 자신을 아예 지운 것처럼, 자신이 얼마나 아슬아슬한 줄타기를 하고 있는지 새까맣게 잊은 것처럼, 딜런 레녹스를 만날 것이라 생각조차 안 한 것처럼. 어찌 이토록 어리석을 수 있는지.

"으윽!"

그 순간, 숨 막히게 강한 힘이 그녀의 팔을 옥죄어 왔다. 그 힘에 이끌린 그녀가 거칠게 돌려세워졌다. 흐트러진 머리칼이 귓바퀴 아래로 흘러내렸다.

"……!"

딜런의 새파란 눈동자가 서늘하게 젖은 채 그녀의 얼굴을 바라다봤다. 그의 거친 숨소리가 바람처럼 귓가를 스쳤다.

"올리비아……."

목울대가 타오르는 것처럼 그가 그녀의 옛 이름을 불렀다. 그것이 하나의 주문이 된 듯 그녀의 온몸이 잘게 떨리기 시작했다.

"……사람을, 잘못 보셨습니다. ……놓아 주시지요."

그녀가 자신의 드레스 자락을 쥐어뜯는 것처럼 엉망으로 쥔 채 간신히 말했다. 온 힘을 그러모아 내뱉은 말이었지만 남자가 믿을 리 만무했다.

"내가 얼마나…… 얼마나 널 찾았는지……."

딜런이 차마 말을 잇지 못하고 격해진 심경에 얼굴을 일그러뜨

렸다. 퍼렇게 피멍이 든 것처럼 상처받은 눈빛이었다. 웬디는 마주
본 그 눈빛에 울컥 분기가 치밀었다.

네가, 네가 왜 그런 눈빛을 하느냐. 내가 아닌, 네가 왜 그런 눈
빛을.

"놓아주십시오."

웬디가 억눌린 목소리로 말했다. 눈가가 쓰라렸다. 질컥거리는
진흙탕에 무릎까지 발이 빠진 것처럼 꼼짝을 할 수가 없었다.

"왜…… 그렇게 사라져 버린 거야. 아무런 말도, 아무런 설명도
들을 생각 없이. 어째서……."

멎었던 숨을 토해 내듯 그가 말했다. 그의 눈썹이 바르르 경련했
다. 젖은 눈동자가 괴로운 듯 웬디의 눈동자를 마주봤다.

"……."

웬디는 말을 이을 수가 없었다. 2년간 가슴에 굳게 뭉쳐져 있던
온갖 감정이 깨지고, 그것이 날카로운 비수가 되어 그녀의 목구멍
을 후볐다. 입안에서 피비린내가 나는 것 같았다. 욕지기가 치밀어
올랐다.

"올리비아……."

그가 재차 그 이름을 불렀다. 웬디가 고개를 내저었다. 날 그 이
름으로 부르지 마. 그녀의 샛노란 머리칼이 짓이겨진 꽃잎처럼 흐
트러졌다.

그 순간, 딜런이 멈칫하며 그녀의 뒤편을 바라봤다. 서늘한 기운
이 도는 누군가의 굳은 손이 그녀의 어깨 위에 닿았다. 딜런의 팔
을 세차게 쳐 낸 그가 그녀를 이끌어 품 안에 안았다. 단단한 가슴
에 이마가 닿았다. 그녀의 머리 위로 서슬 같은 음성이 들려왔다.

"다시는 내 앞에서 무례를 보이지 말라 했다. ……경은 마지막 경고라는 내 말을 헛되이 들은 모양이군."

익숙한 음성이었다. 웬디는 절망적인 빛으로 물든 두 눈을 꾹 감았다. 모든 게 엉망이었다.

그녀를 감싼 얼음장 같이 차가운 손길에 노여움이 어려 있는 게 느껴졌다. 그 차가운 온도가 또 데일 듯 뜨거워서 그녀는 어깨를 움츠렸다.

딜런의 시선이 라드 슈로더의 얼굴로 향했다. 순간적인 상황 판단력을 잃어버린 것처럼 딜런은 그녀가 다른 남자의 품에 안겨 있는 모습을 그저 뻣뻣하게 굳은 얼굴로 바라보았다. 그 눈빛에 이루 말할 수 없는 상실감이 어렸다.

간신히, 간신히 찾은 너이건만. 왜, 어째서 올리비아 너는!

그가 곧 저의 두 주먹을 으스러질 듯 쥐었다.

"그 손…… 놓으십시오."

상실은 곧 격정으로 뒤바뀌었다. 그의 입에서 성난 음성이 터져 나왔다.

"무례를 보이시는 건 단장님이십니다. 단장님께서 끼어드실 문제가 아니니 자리를 비켜 주시지요."

분개한 그 음성에 멀찍이 서 있던 그의 동료 기사들이 신음성을 삼키었다. 선배 기사들에게 언제나 예의 바르던 딜런 레녹스였다. 처음 보는 딜런의 도를 넘은 행동에 그들 역시 놀란 얼굴로 두 사람의 대치를 지켜볼 수밖에 없었다.

"경의 머릿속에 예절과 법도가 어떻게 정의되어 있는 건지 모르겠군."

라드가 잿빛 눈동자 가득 불쾌감을 담고 말했다.

"그녀와 저 사이의 일입니다. 아무것도 모르시면서 함부로 말씀 하지 마십시오."

딜런이 간신히 분기를 억누르며 말했다. 당장이라도 그의 품에서 가녀린 저 어깨를 떼어 놓고 싶었다. 사나운 바람이 그의 마음을 온통 어지럽혔다.

"아무것도 모른다라……. 그대가 내 동행인에게 달가운 존재가 아니라는 것은 알겠네만."

라드가 가늘게 떨고 있는 품 안의 여인을 한 번 내려다본 후 말을 이었다.

"경이 그리 함부로 불러 세울 여인이 아니네. 그리고 난 그것을 가벼이 넘길 만큼 너그럽지 않아."

'쏴아아' 하는 소리와 함께 제법 거센 바람이 그들 사이로 불어왔 다. 장미 이파리 여러 장이 흙 알갱이와 뒤섞여 발치를 휘돌며 지 나갔다. 라드는 웬디를 안은 팔에 더욱 힘을 주었다.

"어린아이를 가르치듯 예절과 법도를 하나하나 일러 줘야 하겠 나? 아니면, 검을 빼들어 경의 잘못을 일깨워야 하겠나."

라드 슈로더의 말에 흠칫한 것은 딜런의 동료 기사들이었다. 그 들 틈에서 익숙한 얼굴 하나가 서두르는 모양새로 그들 곁으로 다 가왔다.

"슈로더 단장님, 진정하십시오. 레녹스 경의 무례에 대해서는 제 가 대신 사과드리겠습니다. 다시는 이런 무례를 저지르지 않도록 단단히 교육시킬 터이니 노여움을 거두시지요."

뱃지 에노스였다. 그가 진중한 얼굴을 하고서 라드 슈로더에게 고개를 숙였다.

"레이디께서 많이 놀라신 듯하니 이만 자리를 옮기시는 것이 어떻겠습니까?"

뱃지가 조심스레 말했다. 슈로더가 웬디의 상태를 살피듯 다시금 품 안의 여인을 내려다보았다. 불안한 듯 그녀가 그의 옷자락을 쥐고 있었다. 딜런 레녹스에게 차가운 시선을 던진 슈로더가 그녀를 이끌어 발걸음을 돌렸다. 그들 근처에 서서 발만 동동 구르고 있던 멜리사가 이내 두 사람의 뒤를 따랐다.

"올리비아!"

웬디가 발걸음을 떼어 내자 딜런이 발작적으로 그녀의 옛 이름을 외쳤다. 그런 그를 뱃지가 우악스럽게 붙잡아 막았다. 이대로 그녀를 보내 버린다면 영원히 그녀를 놓쳐 버릴 것 같은 불안감이 밀려와 딜런은 저지하는 뱃지의 손을 세차게 뿌리쳤다. 그러나 제2기사단의 롯테어를 당해 낼 수는 없었다. 뱃지가 절도 있는 동작으로 금세 그를 제압했다.

"이쯤 해 두게!"

그가 소리쳤다.

"마음을 다스리라 이 말이야. 지금 당장 어찌하겠단 건가? 따라가 봤자 득이 될 게 하나도 없어!"

"이렇게 보낼 수 없습니다!"

"경이 찾는 여인이 맞다면 이제 어떤 방법으로든 찾을 수 있지 않겠나! 슈로더 경의 동행인이니, 어떻게든 찾아 낼 수 있을 걸세. 일단 진정을 하게나."

뱃지가 어린 후배 기사를 다독이듯 말했다. 딜런이 떨리는 눈빛으로 그의 얼굴을 바라보다 곧 고개를 떨구었다.

큰소리가 나자 귀족들이 모인 장미 정원 가운데에서 웅성거리는 움직임이 일기 시작했다. 어느덧 음악이 완전히 멈추어 있었다. 소란의 원인을 확인하려는 듯 그들을 향해 걸어오는 발걸음 여러 개가 느껴졌다. 뱃지는 황망한 얼굴로 서 있는 기사들에게 눈짓을 하며 딜런 레녹스를 데려가라 일렀다.

웬디를 이끌어 장미 정원을 빠져나온 라드 슈로더는 사람들의 눈을 피해 후미진 벤치에 그녀를 앉혔다. 앙상한 나뭇가지가 겨울의 혹독한 바람에 웅웅대며 속절없이 흔들리는 것처럼 그녀의 어깨도 떨렸다. 황급히 재킷을 벗어 그녀에게 걸쳐 주었지만 어깨의 떨림은 멈추지 않았다. 헐렁한 재킷 아래 웅크린 그녀의 몸집이 더욱 작고 여려 보였다. 그는 애달픈 마음을 느꼈다. 떨고 있는 그녀의 모습에, 마음이 아팠다.

"아, 아…… 저는 그러니까 저쪽에 가서 망을 보고 있도록 할게요."

두 사람의 심상치 않은 분위기를 느꼈는지 멜리사가 불쑥 말했다. 쪼르르 달려 나가는 멜리사의 뒷모습을 보며 그녀가 어째서 망을 보겠다 하는지 선뜻 이해할 수 없었으나 슈로더는 이내 웬디에게로 이끌리듯 시선을 옮겼다.

"웬디……."

그가 그녀의 이름을 불렀다. 웬디가 다 져 버린 꽃대처럼 서글픈 얼굴을 하고 고개를 들었다. 곧 그 얼굴이 꺾이고 흐려졌다.

"아무것도……."

그녀가 떨리는 음성으로 말했다.

바람이 그녀의 머리칼을 쓰다듬으며 지나갔다. 라드가 흘러내린 그녀의 샛노란 머리칼을 귓바퀴 뒤로 다정하게 넘겨주었다. 그 손 길에 놀란 듯 그녀가 눈을 들어 그를 바라보았다. 흔들리는 풀빛 눈동자에 지금껏 본 적 없는 슬픔이 어려 있었다. 라드는 다시금 그녀를 제 품에 안고 싶은 충동을 느꼈다. 그의 시선을 피하듯 그 녀가 발끝에 짓눌린 풀잎을 향해 눈을 내리깔았다.

"묻지 말아 주세요……."

울음을 삼키는 목소리였다. 금방이라도 눈물이 터져 나올 것 같 은 목소리였지만 그녀의 짙은 초록색 눈동자에는 메마른 우물 같 은 슬픔이 있을지언정 눈물의 기색이라곤 없었다. 그럼에도 라드 는 그녀가 울고 있다 생각하였다. 그녀의 눈빛 안에 옹송그리고 있 는 이름 모를 상처가 그의 마음을 헤집었다.

"아무것도 묻지 않으리다."

그는 그렇게 말할 수밖에 없었다. 머릿속에 수많은 의문이 떠올 랐지만 꾹 참아 눌렀다.

올리비아……. 제2기사단의 어린 기사는 그녀를 그리 불렀다. 애 타는 목소리로 오랜 연인을 부르듯. 라드 슈로더를 보던 그 눈빛에 담긴 것은 제 것을 빼앗기지 않겠다는 사내의 찌를 듯한 적개심이 었다.

웬디를 붙들고 애절하게 그녀를 부르던 그의 모습이, 숨죽인 채 그를 바라보던 그녀의 모습이 잊히지 않았다.

그녀의 기이한 능력을 눈앞에서 목격했을 때보다 그의 심장이 더 욱 세차게 뛰었다. 그녀에게 제가 모르는 또 다른 비밀이 있는가. 알고 싶었지만, 또 알고 싶지 않았다. 불안했다.

라드는 그녀의 손등을 감싸듯이 말아 쥐었다. 작고 가는 손이었다. 오늘 따라 더 그러한 듯했다. 웬디가 놀란 것처럼 흠칫 몸을 떨었지만 그의 손을 뿌리치지는 않았다. 그것이 위안이 되었다.

잠시간 두 사람은 아무런 말없이 앉아 있었다. 봄바람이 황궁을 두세 바퀴 돌고 왔을 즈음에서야 그녀의 떨림이 멎었다. 마음을 겨우 진정시킨 웬디는 의식적으로 드레스 자락을 정돈했다.

곧 그녀가 몸을 일으켰다. 당장이라도 황궁을 떠나고 싶었지만 황태자보다 먼저 자리를 뜰 수는 없었다. 그녀를 따라 일어선 라드를 의식한 듯 잠시 멈칫거린 웬디가 행사장으로 되돌아가기 위해 몸을 돌렸다. 그런 그녀를 본 멜리사가 손사래를 치며 가까이 다가왔다.

"웬디! 그 모습으로 돌아가려고요? 잠시만, 이리로 앉아 봐요."

멜리사가 라드에게 눈을 흘기며 그녀를 다시 자리에 앉혔다.

"머리를 다시 매만져야 할 것 같아요. 하여간 남자들은 이런 건 전혀 알아차리지 못한다니까."

멜리사가 라드를 책망하듯 말하며 웬디의 흘러내린 머리를 가지런히 정리해 주었다. 물론 순조롭지는 못했다. 몇 번을 낑낑거리며 애를 쓴 끝에야 머리 장식을 예쁘게 꽂아 넣을 수 있었다.

"음, 다 됐다!"

멜리사는 자신이 만진 머리 모양을 보고 순수하게 기뻐할 뿐 웬디에게 별다른 말을 하지 않았다. 그녀 역시 묻고 싶은 게 많았을 터였다. 그 점이 웬디는 또 고마웠다.

몸의 떨림은 멈췄지만 마음의 떨림은 여전했다. 웬디는 이제 어찌해야 할지 알 수가 없었다. 머릿속이 멍하고 어지러웠다. 썰물이 들어오는 갯벌 위에 홀로 몸이 묶인 것처럼 불안하고 두려웠다.

다시 장미 정원으로 돌아갔을 때 축하 파티의 분위기는 무르익어 있었다. 좀 전의 소란을 신경 쓰는 사람은 없었다. 파티에서 으레 있는 다툼 정도로 여길 뿐이었다. 물론 그 자리에 라드 슈로더와 그의 동행인이 있었다면 이야기가 달라졌겠지만.

혹여 딜런 레녹스가 아직 자리를 지키고 있을까 싶어 조심스럽게 시선을 들어 주변을 살펴보았지만 그의 모습을 발견할 수는 없었다. 웬디는 나직하게 안도할 수 있었다. 아이작 황태자와 두 눈이 마주치기 전까지 말이다.

"……!"

그의 측근인 듯 보이는 사내에게 귀를 기울이고 있던 아이작 황태자는 그녀와 눈이 마주치자 빙그레 미소를 지어 보였다. 사내는 황태자에게만 말이 들리게끔 한 손을 들어 자신의 입을 가린 채 끊임없이 무엇인가를 이야기했다. 웬디는 직감적으로 황태자가 좀 전의 소란에 대해 보고받고 있다는 것을 알았다. 그의 미소는 늘 그렇듯이 그녀에게 불길한 예감을 가져다주었다.

그때 정원 한쪽에서 시끄러운 소란이 일었다. 사람들의 시선이 죄다 그쪽으로 몰렸다.

"펠라시스 빈민가의 썩은 물도 이보다 역하지는 않을 것 같군."

난봉꾼으로 유명한 잭 자일더스였다. 남자가 함께 있던 영식들을 향해 있는 대로 인상을 찌푸리며 말했다. 그들 모두가 한 여인을 연신 힐끔거리고 있었다. 휴게실에서 웬디의 자리를 빼앗았던 여인이었다.

"지, 지금 저를 두고 하시는 말씀인가요?"

여인이 온몸을 부들부들 떨며 소리쳤다.

"……오해십니다. 저희끼리 하는 말이니 신경 쓰지 마십시오."

말과는 달리 그는 여인에게 경멸의 시선을 보내며 더는 견디지 못하겠다는 듯 손수건으로 코를 틀어막았다.

"이런 모욕은 생전 처음이군요!"

새빨개진 얼굴로 여인이 일갈했지만 그녀 역시 조금 전부터 자신을 피하려 드는 주변의 기류를 눈치채고 있었다.

"실례하리다."

남자가 억지로 구역질을 참아내며 말했다. 일부러 꾸민 것이 아닌 참된 신체 반응이었다.

그는 곧 도망치듯 그녀 곁을 떠났다. 휴게실에서 그녀와 함께 있던 두 여인 역시 주목을 피하려는 심산인지, 아니면 그들 두 사람만 아는 다른 이유가 있는지 그녀에게서 슬금슬금 뒷걸음질 치는 게 보였다. 기이한 현상은 연달아 일어났다. 그 두 사람이 가까이 오기가 무섭게 다른 사람들 역시 우르르 그녀들을 피해 달아났던 것이다. 다들 코를 막고 인상을 찌푸리는 것이 그녀들에게서 나는 고약한 냄새를 피하는 모양새였다.

웬디는 포자를 퍼뜨리는 방귀버섯의 번식을 잠시 머릿속에 떠올렸다. 기분은 전혀 나아지지 않았지만 눈앞의 소란에 시선을 빼앗긴 그녀는 짧게나마 딜런 레녹스를 잊을 수 있었다.

웬디에게 불필요한 시비를 걸었던 귀족 여인 셋은 그렇게 망신만 당하고 다급히 정원을 떠났다. 황태자는 자신보다 먼저 자리를 뜨는 레이디들의 무례를 묵과하며 안됐다는 듯 고개를 좌우로 흔들 뿐이었다.

황궁에서의 시간은 더디게 흘러갔다. 웬디는 웃으며 즐기는 사람들의 모습을 건조한 낯빛으로 바라보았다. 마치 다른 세상에 와 있는 것 같았다. 온몸이 붕 떠 있는 것 같은 부유감이 느껴졌다. 그렇게 믿을 수 없는 시간이 지나갔다.

돌아오는 마차 안, 라드 슈로더는 아무런 말이 없었다. 그저 평소와 같은 침묵이었지만 결코 평소와 같지 않다는 것을 웬디와 라드 모두 잘 알고 있었다.

편히 쉬라고, 인사를 건네는 라드의 음성 역시 평상시와 달랐다. 그답지 않게 친절한, 어쩌면 조금 따뜻하기까지 한 음색이었기에 웬디는 집 문을 열려다 말고 다시금 그의 얼굴을 뒤돌아봤다. 무언가 가슴이 쓰렸다.

방으로 올라온 그녀는 거칠게 드레스를 벗어 제꼈다.

이따위 귀족 놀음에 빠진 탓이다! 내 본분을 망각한 탓이야!

웬디는 스스로를 책망하며 바닥에 주저앉았다.

딜런 레녹스 앞에서 왜 그리 멍청하게 굴었던가. 그 앞에서 그렇게 나약한 모습을 보인 자신이 용서가 되지 않았다. 숨 막히게 전신을 집어삼키던 그 떨림을, 그녀는 잊지 못했다. 온갖 감정의 홍수 속에서 자신은 무력했다.

자신의 머릿속을 엉망으로 만들어 놓은 그 감정은 무엇이었을까. 자신의 정체를 들킬 수도 있다는 위기감이 만들어 낸 두려움인가, 딜런 레녹스를 향했던 마음의 추악한 찌꺼기인가.

웬디는 더욱 혼란스러웠다.

정체를 들키는 건 시간 문제였다. 신분을 사들인 것이 들통 난다면 지엄한 신분의 질서를 어지럽혔다 하여 무거운 처벌을 받을 게 자명했다. 운이 좋아 법망을 피한다 한들 결국 하즐렛 백작가에 되돌아가는 것이 전부일 터였다. 자신이 공들여 만든 삶 전체가 무너지는 것은 물론이었다. 웬디는 자신 앞에 놓인 선택지가 몇 개 되지 않는다는 것을 알고 있었다.

그녀는 미친 사람처럼 정신없이 짐을 싸기 시작했다. 커다란 가방을 꺼내 놓고 당장 필요한 물건들을 그 안에 구겨 넣었다. 돈과 패물, 옷가지들이 마구잡이로 가방 안에 처박혔다. 지금껏 공들여 작성했던 식물 리스트도 빼먹지 않고 챙겨 넣었다. 웬디 왈츠의 이름이 새겨져 있는 신분 패를 손에 들었을 때 잠시 멈칫했지만 그 이상의 망설임은 없었다.

서랍 깊숙한 곳에 숨겨져 있었던 집문서와 꽃집의 매매 증서 역시 꺼내 들었다. 센트루스 거래소에서 헐값으로 처분한다면 당장이라도 얼마의 돈을 손에 쥘 수 있을 것이었다. 그동안 모아 놓은 돈이 꽤 되니 이것들을 처분한 돈과 합친다면 어디서든 어렵지 않게 새로운 삶을 시작할 수 있을 터였다.

꽃집의 외상 목록을 떠올려 본 그녀는 아깝지만 수금을 포기하기로 결정했다. 지체할 시간 따위는 없었다. 웬디는 과단성 있는 손짓으로 가방을 꼼꼼히 여몄다.

쿵쿵쿵.

그때였다. 둔탁한 타격음이 미약하게 들려왔다. 1층의 대문을 두들기는 소리였다.

그녀는 흠칫 몸을 굳히고 일순 모든 동작을 멈췄다. 잘못 들었나 싶어 숨죽인 채 귀를 기울여 보았다.

얼마의 시간이 지났으나, 사위는 쥐죽은 듯 조용했다. '후우' 하고 안도의 한숨을 내쉬는 찰나, 다시금 쿵쿵거리는 소리가 들려왔다. 누군가 그녀를 찾아온 것이었다.

웬디는 바짝 얼었다.

딜런 레녹스의 얼굴이 순간 머릿속을 스쳤다. 그가 벌써 자신이 사는 곳을 알아낸 것일까. 긴장감에 와르르 소름이 돋았다.

웬디는 다급히 옷을 꿰어 입고 1층으로 내려갔다. 떨리는 발걸음으로 대문 앞까지 다다른 그녀는 숨죽여 문 밖의 기척을 살폈다. 그녀가 내려오는 소리를 알아채기라도 한 것인지 상대는 기척 없이 조용했다. 웬디는 문 가까이 바짝 귀를 가져다댔다.

"웬디, 안에 있소?"

갑자기 들려온 음성에 그녀는 화들짝 놀라 자신도 모르는 새 뒷걸음질치고 말았다. 이윽고 마른 숨을 몰아쉰 웬디가 안도하듯 가슴에 손을 얹었다. 라드 슈로더의 음성이었다.

"늦은 시간에 무슨 일이십니까?"

웬디가 낮은 목소리로 문을 열며 말했다. 조금 전, 헤어지던 모습 그대로의 성장 차림을 한 라드가 문 앞에 서 있었다. 그의 얼굴이 무슨 일인지 조금 상기되어 보였다.

"미안하오. 다급히 해야 할 말이 있어 찾아왔소이다."

"……무슨 말씀이시기에?"

웬디가 불안한 얼굴로 물었다.

"가감 없이 전할 테니 그대도 편견을 접어 두고 들어 주었으면 좋겠소."

그가 말했다. 웬디는 무슨 사달이 난 게 아닌가 싶어 조마조마한 마음이 되었다.

그러나 남자는 그녀의 얼굴을 묵직한 눈빛으로 바라만 볼 뿐 한동안 아무 말이 없었다. 그의 얼굴에 점점 핏기가 가시는 게 웬디를 더욱 불안하게 만들었다.

"하실 말씀이라는……."

"웬디!"

참다 못 한 그녀가 먼저 입을 열었을 때, 라드가 큰 목소리로 그녀의 이름을 불렀다. 화들짝 놀란 그녀가 튕겨지듯 몸을 떨었다.

"……이전의 그대에 대해 나는 알지 못한다오. 아니, 아무런 관심이 없소. 상관이 없다 이 말이오."

라드는 두서없이 이야기를 꺼냈다. 그의 말을 들은 웬디가 팍 인상을 찡그렸다. 이 작자가 저에게 시비를 걸러 이 야밤에 찾아왔단 말인가. 웬디가 불쾌한 얼굴로 눈에 각을 세웠다.

"경께서는 도대체……!"

"내가 아는 건 웬디 왈츠, 그대뿐이라오."

"……."

"내게는 지금의 그대만이 중요해."

"……."

"웬디."

그녀의 이름을 되뇌어 부르는 라드의 부름에 웬디는 대답하지 못했다. 허탈한 표정이 된 그녀가 고개를 숙였다. 그녀는 수평선에 맞닿은 태양이 한순간에 온 바다를 붉게 물들이는 것처럼 마음에 번져 가는 무언가를 느꼈다. 남자가 부르는 그 이름이 붙박인 듯 그녀의 마음 한가운데 쿵쾅 박혔다.

"진심을 말하지 않기로 했으나, 오늘만은 그럴 수 없었소. 이를, 부디 이해해 주길 바라오."

남자의 목울대가 크게 흔들렸다. 황실 기사의 긴장한 얼굴이 그녀의 눈에 박혀 왔다. 웬디는 스산한 표정으로 이마를 쓸었다.

"……처음 라자뷰데에서 뵈었던 분과 경이 동일인인지 믿을 수가 없군요."

웬디의 말에 라드가 의아한 얼굴을 했다.

"정다운 데라곤 없는 분이시라 생각했는데, 그런 말씀을 하실 거라곤…… 짐작조차 못했답니다."

그녀의 말을 들은 라드가 무의식중에 제 어깨의 견장을 쓰다듬었다. 확실히 황실 기사에게 어울리지 않는 말이었다, 생각하는 것처럼.

"그때의 나와 틀림없이 같은 사람이니 안심해도 좋소."

농담을 모르는 남자가 진실된 눈빛으로 말했다. 웬디는 어쩔 수 없이 흐리게 웃었다.

"그런데…… 너무 당연한 말씀을 하셨어요. 웬디 왈츠가 아닌 저를 경께서 아실 리가 없지 않습니까. 어느 누군들 알 수 있을까요. 저는 그저 웬디 왈츠인 걸요."

웬디가 미소 띤 얼굴로 그렇게 말했다.

"찾아와 주셔서 감사해요. 오늘만큼은 저도 이 말을 하고 싶군요."

그녀가 활짝 웃으며 그에게 작별 인사를 했다.

방으로 돌아온 웬디는 가방을 다시 끌러 그 안에 담긴 제 물건을 하나하나 꺼내기 시작했다. 무른 나무판 위에 돋을새김을 해 나가는 조각가의 손길처럼 그 모습이 신중했다. 마치 하나의 의식을 치르는 것처럼 그녀는 가방을 비웠다.

가방을 모두 비워 내자 마음이 텅 빈 것처럼 후련했다. 머릿속이 놀라우리만치 말끔하게 개었다. 웬디는 편안한 얼굴로 저의 신분 패를 손에 쥐었다.

웬디 왈츠의 이름을 지키리라. 누구도 그 이름을 빼앗을 수 없게 하리라고, 그녀는 다짐했다.

그러기 위해서 그를 만나야 했다. 딜런 레녹스를 만나야 했다.

웬디는 날이 밝는 대로 그를 수소문해 찾아가기로 마음을 정했다. 빠르면 하루, 늦어도 이틀이면 그가 자신을 찾아올 것이라 생각했지만 굳이 그가 올리비아라는 이름을 흘리며 다니게 놔둘 필요는 없었다.

미지의 공포가, 네가 주는 떨림이 두려워 나약하게 고개를 숙이는 일은 더 이상 없으리라.

눈동자 가득 단호한 빛을 띤 그녀는 신분 패에 새겨진 자신의 이름을 더듬었다.

※

다음 날. 여느 때와 같이 꽃집으로 가 일을 시작한 그녀는 조금은 서두르는 태도로 식물에 물을 줬다. 아침 손님을 맞기 전, 꽃집을 봐 주기로 한 잡화점 소녀를 기다리며 웬디는 옷매무새를 다듬었다.

딸랑.

그때 누군가 꽃집을 방문했다. 잡화점 소녀인가 싶었으나 아니었다.

가게 안으로 들어서는 두 사람의 얼굴을 보면서 그녀는 담담한 양 자리에서 일어났다. 난감한 표정을 하고 있는 멜리사 로우니와 그런 그녀 옆에 딱딱하게 굳은 표정으로 서 있는 딜런 레녹스가 그녀의 시야에 가득 찼다.

"웬디, 미안해요. 저도 어쩔 수가……."

"괜찮습니다. 멜리사 영애께서는…… 이만 댁으로 돌아가 주시겠습니까? 저를 찾으신 손님과 아무래도 조금 긴 이야길 나눠야 할 것 같군요."

웬디가 차가운 목소리로 말했다.

멜리사는 쭈뼛쭈뼛 웬디의 눈치를 보다가 마지못해 되돌아갔다. 딸랑이는 종소리와 함께 문이 닫히고 종소리의 여운이 가신 지 한참만에야 웬디가 입을 열었다.

"곧 가게를 봐줄 아이가 올 겁니다. 그때 자리를 옮겨 이야기를 나누도록 하죠."

시리도록 차가운 그 음성에 무언가 대꾸를 하려던 딜런 레녹스가 슬픈 얼굴을 하고 입을 다물었다. 웬디는 그와 시선을 마주하지 않은 채 꽃을 한 움큼 집어 다듬기 시작했다. 애꿎은 줄기가 싹둑싹둑 그녀의 손에 잘려 나갔다.

기다림은 길지 않았다. 콧등에 주근깨가 가득한 잡화점의 소녀가 곧 꽃집을 찾았고, 웬디는 아이에게 간단하게 할 일을 이른 후 가게를 나섰다. 낯선 황실 기사의 모습을 보고 아이가 호기심 가득한 눈을 빛냈지만 두 사람은 아무런 말없이 사라졌다.

웬디는 남자보다 앞장서서 길을 걷기 시작했다. 인적이 드문 골목 여기저기를 누비며 한참을 걸은 끝에 낮은 언덕이 길게 이어져 있는 탁 트인 공간에 다다를 수 있었다.

꽃이 거의 져 버린 키 작은 아몬드나무가 군데군데 보였다. 초록빛 풀밭 위로 말라 버린 작은 꽃잎들이 점점이 떨어져 있었다.

그녀는 풀밭 한가운데로 나아갔다. 누구에게도 방해받지 않을 수 있는 공간을 찾듯 그렇게 걸음을 옮겼다.

"절 찾아오신 이유가 뭐죠?"

걸음을 멈춘 그녀가 그를 향해 몸을 돌리며 물었다.

그녀의 뒷모습에 시선을 고정하고 있던 남자가 멈칫하며 그 얼굴을 들여다보았다. 그녀의 입술 바깥으로 새어 나온 음성이 의미하는 바를 선뜻 이해할 수 없다는 듯 남자는 가만히 있었다. 돌연 남자가 두 눈을 꾹 감았다 떴다. 남자의 파란 눈동자 속 고요하던 파도가 한순간에 새까만 폭풍우로 변하여 이지러져 있었다.

"이유가 뭐냐고⋯⋯?"

딜런이 슬픈 목소리로 그녀에게 되물었다.

"찾지 않을 이유가 뭐냐고 묻는 편이 더 대답하기 쉬울 거야. 내가 널 찾은 이유가 뭐냐고 물었어? 올리비아 너를⋯⋯."

그가 말했다. 남자의 얼굴이 괴로운 듯 일그러졌다.

"어떻게 찾지 않을 수 있었겠어, 내가 널."

웬디가 시선을 늘어뜨렸다. 그가 내비치는 슬픔의 조각 하나라도 마주하지 않으려는 듯 차갑기 그지없는 외면이었다. 지난날의 올리비아는 더 이상 존재하지 않는다는 사실을 일깨워 주려는 사람처럼. 억지로 더욱 얼굴을 굳혔다. 무감각한 입술이 미동 없이 다물어져 있었다. 서리가 내려앉은 것처럼 냉정한 얼굴이었다.

"올리비아……."

딜런이 그녀의 옛 이름을 불렀다. 애절한 떨림이 음절 하나하나에 배어져 나왔다.

"……."

"제발, 날 봐 줘."

"……."

"올리비아."

남자의 거듭된 부름에 무표정하던 웬디의 얼굴이 한순간 무너져 내렸다.

"그 이름으로 날 부르지 마!"

격앙된 목소리가 터져 나왔다.

"네가 감히…… 감히……."

웬디의 입술이 파르르 떨렸다.

"……오래전에 버린 이름이야. 역겨운 네 입술로 그 이름을 부르지 마."

그녀의 눈동자에 격렬한 증오심이 어렸다. 그것이 그를 슬프게 했다.

"……네가 이러는 것 이해해. 이해할 수 있어. 그날 하즐렛가에서 있었던 일은……. 그래, 네가 내게 화를 내는 건 당연해."

이해한다 말하는 그의 눈가가 상처받은 짐승처럼 붉게 떨렸다. 그녀의 어깨가 주체할 수 없는 분노로 오르락내리락하는 모습이 아프게 눈에 배겼다.

"이해한다고? 아니, 넌 죽어도 이해하지 못해! 넌! 내 세계를 무너뜨렸어. 그 지옥 같은 곳에서! 내가 살 수 있었던 유일한 이유였던 네가……. 네가 모든 걸 망쳤어! 넌 내 전부였는데, 그날 난 널 잃었어! 네가 내 모든 걸 잃게 만들었다고!"

웬디가 분노를 토했다. 막무가내로 몰아치는 눈보라처럼 격렬한 외침이었다.

"그런 네가 어떻게 날 찾아 헤맸다 말할 수 있어? 뻔뻔하게 내 앞에 나타나서 피해자인 양, 그따위 얼굴을 하고?"

"설명할게. 왜 너에게 그런 모습을 보였는지, 내가 다 설명할게."

"날 기만한 그 행동에…… 설명이 필요하다고?"

"어쩔 수 없었어! 널 구하기 위해서는…… 다른 방도가 없었어."

딜런이 법정에 선 피고인처럼 간절한 어조로 말했다.

"……날 구하기 위해서였다고? 그걸 지금 말이라고 하고 있는 거야? 날 구하기 위해 프란시스와 입을 맞췄다고?"

웬디가 기가 막히다는 것처럼 헛웃음을 삼켰다. 그녀의 눈빛이 위험하게 빛났다.

"딜런 레녹스, 그날 내가 분명히 경고했지? ……다시 널 만난다면 네 목을 베어 버리겠다고."

싸늘하게 말을 내뱉은 그녀가 딜런이 차고 있던 검을 강탈하듯 빼들었다. 은빛으로 빛나는 검신이 그들 사이에서 차갑게 번뜩였다. 남자는 그녀의 행동을 막지 않았다. 형을 기다리는 죄인처럼 그저 가만히 서 있었다.

"……."

두 사람의 떨리는 눈빛이 허공에서 맞부딪쳤다. 딜런의 목을 향해 검날을 세운 그녀가 입술을 짓씹었다. 번쩍이는 검날이 남자의 목을 덮고 있는 스탠딩칼라 위에 바짝 닿았다. 검을 든 그 손이 그의 목을 느릿하게 베었다. 투두둑 하는 소리와 함께 스탠딩칼라 일부가 잘려 나갔다.

"내가 알던 딜런 레녹스는 죽었어. 올리비아 하즐렛, 그녀 역시 이미 오래전에 죽었고."

웬디가 단호한 말투로 말했다. 그 말이 흉기가 되어 딜런의 가슴을 찔렀다.

"……모두 죽었어. 널 향했던 감정도 함께했던 시간들도 전부, 생을 다했다고."

"……."

"더 이상 내 삶을 흔들어 놓지 마! 네가 다시 내 세계를 무너뜨리게 두지 않아. 이건 내 마지막 경고야."

형을 선고하듯 완고한 표정이었다. 딜런은 핏기 가신 창백한 얼굴로 그녀를 바라보고 서 있었다. 그를 노려보던 웬디가 들고 있던 검을 바닥에 떨궜다. 마른 꽃잎 몇 장이 풀썩 하고 흩날렸다.

그녀가 그에게서 등을 돌렸다. 다시는 되돌려질 수 없는 관계임을 증명하듯, 그렇게 등을 돌렸다. 무엇도 그녀를 되돌려 세우진 못할 것처럼. 그녀는 걸음을 옮겼다.

"너와 뒤올드랑 백작의 혼인 증서를 프란시스가 내게 보였어."

웬디의 걸음이 우뚝 멈췄다. 딜런이 잔뜩 가라앉은 목소리로 말을 이었다. 생의 의지를 다한 것같이 음울한 목소리였다.

"난 선택해야 했어. 널 보내거나, 널 배신하거나."

"어째서죠? 올리비아는 고작 더러운 첩의 자식일 뿐인데, 지금껏 아무에게도 사랑받지 못했는데. 어째서 딜런은 내가 아닌 올리비아를 선택한 거죠?"

프란시스가 울먹이며 팔 아래 얼굴을 묻었다. 그녀의 탐스러운 붉은 머리칼이 사르르 어깨 위로 흘러내렸다. 열린 창문으로 꽃향기를 머금은 바람이 불어왔지만 방 안의 분위기는 암울하기만 했다.

"오, 프란시스, 내 아가. 그렇게 울 것 없단다. 레녹스가의 둘째는 아직 덜 자란 어린아이에 불과하단다. 우연한 만남에 몰입해 버린 철부지 어린아이, 그게 딜런 레녹스란다. 그러니 걱정 말거라, 프란시스. 어린아이는 언젠가 어른이 되는 법이거든. 네가 그를 원한다면 이 어미가 얼마든지 그를 네게 주마."

"어머니께서 어떻게요! 딜런은 올리비아를 사랑해요. 내 앞에서, 날 모욕 주듯, 그리 말했다고요!"

프란시스가 고개를 들고 발작적으로 소리쳤다. 눈물로 얼룩진 그 얼굴을 백작 부인이 다정한 손길로 쓸어 주었다.

"아버지와 나의 허락이 없다면 올리비아는 그와 혼인할 수 없어. 결코 그렇게 두지 않을 거란다. 그 아인 그처럼 좋은 혼처를 얻을 자격이 되지 않아. 오, 집안 망신이 될 게 뻔하지. 그 아이에게 어울리는 자리를 오래 전부터 찾고 있었으니 조금만 기다려 보렴. 네가 걱정할 일은 아무것도 없어. 이 어미를 믿고 안심해도 좋아. 딜런은, 그 어린아이는 곧 헛된 열병에서 깨어날 테니까."

하즐렛 백작 부인이 싸늘히 비소를 흘리며 말했다.

프란시스가 망가진 자존심을 회복할 수 있었던 것은 그로부터 나흘 후였다.

일은 일사천리로 진행되었다. 말 생산지로 유명한 돌상트 지방에 하즐렛가의 중매인이 드나들기 시작했다. 돌상트 지방의 영주인 뒤올드랑 백작은 3년 전 상처한 중년의 남자였다. 남자는 올리비아를 마다할 이유가 없었다. 그는 하즐렛 가문과의 우호를 기리며 말 백여 필을 선물로 보내 주겠다 말했다. 이 얼마나 훌륭한 혼처란 말인가! 하즐렛 백작 부인은 환호했다. 뒤올드랑 백작 부인의 죽음과 백작의 폭력성을 결부시킨 명예롭지 못한 이야기가 떠돌긴 했지만 귀를 기울일 필요는 없었다. 영지의 군마 부족으로 골머리를 앓았던 하즐렛 백작은 이번 혼사를 통해 그 문제의 해결을 바라는 듯 은근한 기대감을 내비쳤다. 덕분에 백작 부인은 문제없이 올리비아의 혼인을 추진할 수 있었다.

뒤올드랑 백작이 서명한 혼인 증서는 중매인의 손에 고이 들려 백작의 오랜 지인인 작센 바하르 후작에게 전달되었다. 베냐한 제국의 법도대로 후작은 신랑이 정한 증인이 되어 증서에 서명하였다. 후작의 서명이 더해진 혼인 증서는 후작가 기사들의 책임 아래 하즐렛 백작가에 전해졌다. 증서에 서명을 한 증인의 가문에서는 혼인식 이전까지 혼인 증서를 지킬 의무가 있었다. 증인의 서명은 자신의 명예를 걸고 신랑과 신부의 혼인을 수호하겠다는 약속이었기 때문이다.

"니콜라스 아래 지켜진 나의 명예와 베냐한 제국 아래 기록된 나의 이름을 걸고 이 혼인 증서가 유효함을 증명한다. 작센 바하르……."

프란시스는 혼인 증서에 쓰인 바하르 후작의 필체를 감상하며 낮은 목소리로 중얼거렸다. 혼인 증서를 손에 든 채 서재 안을 빙빙 돌던 프란시스는 깊은 생각에 잠긴 듯 잠시 동안 말이 없었다. 하느작거리는 치맛자락이 스치는 소리만이 서재 안에 감돌았다. 그런 딸의 모습을 불안한 시선으로 흘끔거리던 하슬렛 백작이 참다못해 입을 열었다.

"프란시스, 그만 혼인 증서를 이리 다오."

"아버지도 참, 무얼 그리 염려하시나요? 그저 잠시, 혼인 증서라는 것을 감상 중에 있었을 뿐이랍니다. 이건 제게도 의미 있는 것이니까요."

프란시스가 서재의 소파에 가 앉으며 말했다. 제 아비를 보며 싱긋 웃는 얼굴이 무구했으나 백작은 딸아이의 고집이 못마땅한 것처럼 고개를 설레설레 내저었다.

"아버님께서 정하신 증인은 어느 분이시죠?"

"……니아스 하트만 백작이다."

하슬렛 백작이 작은 한숨을 내쉬며 신부 측 증인의 이름을 대답했다. 그는 찌푸려진 얼굴로 후작에게 보낼 의례적인 감사 편지를 봉투에 넣은 후 가문의 인장을 찍어 봉인했다. 밀랍을 녹인 스푼을 아무렇게나 책상 귀퉁이로 밀어 내는 손길에 언짢음이 서려 있었다.

"그분의 서명만 받으면 혼인이 완전해지겠군요."

제 아비의 기색을 모른 체하며 프란시스가 만족스러운 양 흥얼거렸다. 바하르 후작의 필체를 따라 그녀의 손가락이 춤을 추듯 스르륵 움직였다. 고급 종이 특유의 매끄러운 질감 위에 미세한 펜촉 자욱이 느껴졌다.

"……얘야, 증서를 제자리에 내려놓거라. 바하르 후작의 명예를 우습게 알았다는 오명을 얻고 싶지 않구나."

"올리비아의 혼인을 위해 후작의 명예를 건 것만으로 이미 우스운 꼴이 된 게 아닌가요? 그 아이의 혼인에 후작가에서 증인을 서다니 분에 넘치는 일이에요."

프란시스가 쿡쿡 웃었다.

증인 제도는 권력 투쟁의 와중에서 무분별한 가문 간의 결합을 막고 서로를 견제하기 위해 생겨난 것이었다. 증인으로 세워지는 가문은 혼인 당사자들의 가문보다 더 높은 작위를 가진 가문이거나 비슷한 수준의 가문이 보통이었다. 증인이 된 가문은 혼인 증서의 서명을 통해 공식적으로 그들 가문의 명예를 걸고 혼인을 수호한다. 이 때문에 혼인 증서의 파기는 곧 혼인의 파기인 동시에 증인이 되는 두 가문의 명예를 더럽히는 일이 되었다.

"누가 들을까 두렵구나, 프란시스. 후작가의 손님들이 저택에 와 있는 동안 경거망동해서는 안 될 것이야. ……올리비아의 혼인을 망치고 싶은 게 아니라면 그 증서를 이만 이리 다오. 증서에 상함이 있다면 네가 바라던 이 혼인이 파기된다는 걸 모르지 않을 터."

하즐렛 백작이 딸아이를 나무랐다.

"아버님 말씀이 옳으세요. 지금 제게 가장 소중한 것 하나를 꼽으라면 이 혼인 증서를 꼽아야겠죠. ……여기 아버님의 서명 아래, 하트만 백작이 자신의 명예를 걸고 서명하기 전까진 그럴 거예요."

그녀가 자리에서 일어나며 말했다.

"그럼 저는 후작가의 손님들을 대접함에 모자람이 없는지 살펴보고 오겠어요. 이 귀한 증서를 하트만 백작님께 전해 드릴 분들이시니, 떠나기 전까지 융숭한 대접을 해 드려야죠."

백작의 책상 위에 혼인 증서를 내려놓은 프란시스가 백작을 향해 애교 섞인 눈웃음을 지어 보였다.

아비의 서재를 나온 프란시스는 말과 달리 올리비아의 방을 향해 걸음을 옮겼다. 긴 복도를 걷는 내내 골똘히 생각에 잠겨 있던 그녀의 얼굴에 자못 심각한 빛이 떠올랐다. 올리비아의 방문 앞에 다다른 그녀가 결심한 듯 느리게 고개를 끄덕였다.

똑똑.

가벼운 울림이 복도에 퍼졌지만 안쪽에서는 기척이 없었다. 애초부터 문 안의 반응을 기대하지 않았다는 듯 프란시스는 벌컥 문을 열었다. 안에 들어서자마자 발코니와 연결된 창이 활짝 열려 있는 게 보였다.

"이젠 귀머거리라도 되어 버린 거야? 노크하는 소리 못 들었어?"

프란시스가 발코니로 나서며 퉁명스럽게 말했다.

"방에 들어오라 허락한 기억이 없는데."

발코니 안쪽 의자에 앉아 책에 얼굴을 파묻고 있던 올리비아가 고개를 들지 않은 채 말했다. 햇살이 스민 올리비아의 짙은 금발이 바람결에 섞여 눈부시게 나부꼈다. 헝클어진 머리칼을 귀찮다는 듯이 귓바퀴 뒤로 쓸어 넘기는 모습이 프란시스의 눈동자 위로 흔들리며 비쳤다.

"프란시스, 난 올리비아의 머리칼 같은 빛깔을 본 적이 없어. 물감을

아무리 섞어도 그 빛깔은 흉내를 낼 수가 없거든. 마냥 진하지도 마냥 밝지도 않아. 아, 그걸 뭐라고 설명하면 좋을까. 그렇게 마음에 드는 빛깔은 지금까지 없었어. 아마 앞으로도, 그럴 거야."

원치 않게 딜런의 목소리를 떠올려 버린 프란시스가 순간 눈가를 붉혔다. 현란하게 반짝이던 금빛 머리칼이 충혈된 눈가에 계속해서 어른거렸다.

"오늘은 또 무슨 일이니? 딜런 이야기라면 듣고 싶지 않아. 이미 네 어머니께 질릴 만큼 들었으니까."

올리비아가 말했다.

"넌 평생 모를 거야."

프란시스가 발코니 난간에 몸을 기대며 중얼거렸다. 표정에 스산한 기운이 자욱한 안개처럼 어려 있었다.

"넌 언제나 너 혼자 상처 입은 것처럼, 고고한 척 우릴 바라봤지."

프란시스의 넋두리 같은 말에 올리비아가 책에서 눈을 떼고 고개를 들었다.

"내가 받은 상처를, 어머니가 받은 상처를 네가 알 수 있을 리가 없으니까."

"……모든 걸 남의 탓으로 돌리는 그 버릇은 여태 고치지 못했구나."

올리비아가 싸늘한 눈빛으로 프란시스를 바라보았다.

"어머니는 내 앞에서 툭 하면 눈물을 흘리셨어. 상상이나 할 수 있니? 그 하즐렛 백작 부인께서 눈물을 흘리다니. 다 너와 네 어머니 탓이었어. 시집오자마자 마주한 남편의 사생아를 어느 여인인들 사랑할 수 있을까."

"……."

"어머니의 분노와 슬픔 속에서 난 태어났어. 그 아래서 자란 내가 널 인정할 수 있을 리가 없지. 난 그 분노를 고스란히 물려받았는걸."

올리비아는 아무 말 없이 다시 책으로 시선을 옮겼다. 책장을 넘기는 그녀의 하얀 손등에 새파란 핏줄이 비쳐 보였다.

"그러니까 프란시스, 그녀는 내게 아주 특별한 사람이야. 특별하기 때문에 그 빛깔이 더욱 아름다워 보이는 거겠지. 그녀의 머리칼이 전부 세어 버린대도 그건 마찬가질 거야. 난 올리비아를 사랑해."

프란시스가 두 손으로 얼굴을 쓸었다. 반짝이는 햇살이 거슬려서 눈을 뜨고 있을 수가 없었다.

"너로 인해 난 백작가의 장녀가 될 수 없었어. 아마 평생 그럴 수 없겠지."

그의 첫사랑이 되는 것도.

프란시스는 목구멍에 치미는 그 말을 삼켰다.

그날 오후, 프란시스는 충성스러운 자신의 하녀들에게 은밀한 명을 내렸다. 백작의 서재에서 올리비아의 혼인 증서를 빼 오는 것은 무척 어려웠지만 불가능한 일은 아니었다. 제 손에 다시 쥐게 된 올리비아의 혼인 증서를 펴 보며 그녀는 떨리는 마음을 진정시키기 위해 애를 썼다.

"아가씨, 딜런 레녹스 님께서 저택에 당도하셨습니다. 말씀하신

대로 후원으로 모시라 일러두었습니다."

"……그래, 넌 근처에 지키고 섰다가 내가 이 증서를 찾으면 올리비아에게 딜런이 있는 곳을 이르거라."

"네, 그리하겠습니다."

그녀가 자리에서 일어났다.

달리아 꽃이 만개한 후원에는 오후나절의 햇살이 여기저기 부서져 있었다. 프란시스는 햇살이 쏟아져 내린 정돈된 풀밭 위를 사부작사부작 걸으며 후원 한가운데 서 있는 남자에게 다가섰다.

"프란시스."

딜런이 그녈 보며 웃었다. 생기 있는 그 얼굴이, 그의 파란 눈동자가 탐이 날 만큼 빛나고 있었다.

"급하게 의논할 일이란 게 뭐야? 올리비아에게…… 무슨 일이 있는 건 아니지?"

그가 새빨간 달리아 꽃 사이에 서 있는 프란시스에게 물었다. 그녀의 붉은 머리칼이 달리아 꽃과 어우러져 유난히 더 붉어 보였다.

"딜런, 만나자마자 올리비아 이야기라니, 서운하군요."

프란시스가 볼멘소리를 했다. 딜런이 머쓱한 얼굴로 웃었다.

"틀린 얘기는 아니지만요."

그녀가 딜런 레녹스의 손을 조심스레 잡으며 말을 이었다. 그가 당황한 듯 슬며시 손을 뺐다. 용기를 내 붙잡았던 손이 금세 멀어졌다. 그녀의 것이 아니라는 것을 증명하듯 남자는 어색하게 손을 내렸다.

프란시스는 크게 숨을 들이마셨다. 달콤한 달리아 향기가 거미줄에 걸린 것처럼 대롱대롱 공중에 매달려 있었다. 질식할 것 같은 향기였다. 내가 지금부터 네게 할 말이 널 얼마나 숨 막히게 할까.

프란시스가 안타깝다는 듯 피식 웃으며 딜런을 바라봤다.

"당신이…… 날 사랑했다면 좋았을 텐데. 그랬다면 이런 슬픈 소식을 당신에게 전하지 않아도 됐을 텐데요."

"대체 무슨 일이야?"

심각한 분위기를 느낀 그가 표정을 굳혔다. 프란시스는 딜런의 단정한 미간이 얼마나 찌푸려질 수 있는지 문득 궁금해졌다. 내 이야길 듣고 네가 어떤 표정을 지을까. 상상하는 것은 어렵지 않았지만 그가 괴로운 얼굴을 하는 건 또 싫었다. 그러나 그녀는 오늘 그의 괴로운 얼굴을 얼마든지 보아 줄 작정이었다. 얼마든지.

"……올리비아와 뒤올드랑 백작의 혼인이 진행되고 있어요. 오늘 작센 바하르 후작의 사람들이 혼인 증서를 가져왔죠. 그가 신랑 측의 증인이 돼 주었거든요."

딜런의 얼굴이 삽시간에 새하얗게 질렸다. 그가 이해할 수 없다는 듯 되물었다.

"그게 무슨 말이야? 올리비아가…… 혼인을 한다고?"

"그래요. 바하르 후작이 증인으로 증서에 서명했으니 이미 반쯤은 혼인이 성사된 거나 다름없죠."

"말도 안 돼! 올리비아는 알고 있어? 이럴 수는 없어……!"

백지장 같던 얼굴이 분노로 붉게 변했다. 프란시스는 그 얼굴을 잠시 감상하듯 바라보며 말을 이었다.

"올리비아는 모르는 일이에요. 부모님께서 결정하신 일이죠. 안다고 해도 막을 수 없었겠지만."

"백작 부인께서 어떻게 이러실 수 있지? 올리비아와 나의 사이를 알고 계시면서……! 내가 그걸 그냥 두고 볼 거라고 생각한 거야? 백작 가문에 공식적으로 항의하겠어. 이럴 수는 없다고!"

"제 말을 듣지 못했나요? 후작이 증서에 서명을 했다고요. 지금에 와서 당신이 할 수 있는 일이 뭐가 있겠어요. 항의한들 올리비아를 욕보이는 일밖에 더 되겠어요?"

전장에서 두 팔을 잃는다면 그와 같은 표정을 지을 수 있을까. 프란시스의 차가운 일갈에 딜런이 절망스러운 눈으로 밭은 숨을 내쉬었다.

"방법이 아주 없는 건 아니지만요……."

그녀가 달리아 꽃잎 하나를 따 손에 쥐며 말했다.

"……혼인 증서를 파기한다면, 그걸 바하르 후작에게 내보이고 공개적으로 그의 명예를 더럽힌다면, 자연히 이 결혼은 무효가 되죠."

"……."

"당신이 바하르 후작의 분노를 감당할 자신이 있다면, 가능한 일이에요."

딜런이 프란시스의 얼굴을 노려봤다. 그녀의 의도를 알아내려는 것처럼 한참 동안 쏘아지는 시선이 이어졌다.

"딜런, 당신을 내가 도울 수 있어요. 혼인 증서를 당신에게 주죠. ……제 부탁을 하나 들어준다면 말이에요."

새침한 음성으로 말한 그녀가 딜런의 허리 위로 손을 얹었다.

"내 마음이 당신을 향하고 있단 걸 알고 있었죠? 그래서 내 앞에서 올리비아를 사랑한다 몇 번이나 말한 게 아닌가요? 오, 지금에 와서 몰랐다 거짓을 말하진 말아요."

올리비아의 여동생이라는 이유로 자신을 냉정하게 떨치지 못하는 딜런의 마음을 그녀는 잘 알고 있었다. 그래서 그 마음을 충분히 이용해 왔다. 그의 곁에 다가서는 데, 그와 함께 시간을 보내는데 올리비아의 여동생이라는 방패막이는 몹시도 유용했으니까. 올리비아의 이름을 들먹이는 건 늘 자존심 상하는 일이었지만 딜런 곁에 있을 수 있다는 사실이 모든 걸 감수하게 했다.

"……원하는 게 뭐야?"

딜런이 경계하듯 말했다. 지금에 와서 날 경계해 보았자, 내 마음은 이미 당신에게 기울어 있는걸. 프란시스가 작게 미소 지었다.

그에게서 손을 뗀 그녀가 멀찍이 서 있던 시녀를 불러 들였다. 그녀에게서 큼직한 실크 주머니 하나를 받아 든 그녀가 그것을 딜런에게 내밀었다. 시녀는 곧 종종걸음으로 사라졌다.

"올리비아의 혼인 증서예요."

딜런이 다급히 그것을 받아 펴 보았다. 올리비아와 뒤올드랑 백작의 혼인을 인정하는 종이 위의 글귀들을 본 그의 얼굴이 험악하게 일그러졌다.

"거짓이라도 좋아요. 한 번이라도 당신의 사랑이 되어 보고 싶어요. 진심인 것처럼 그렇게 내게 뜨겁게 입 맞춰 준다면, 나 또한 모든 걸 잊고 당신과 올리비아를 축복할 수 있을 거예요."

말을 마친 그녀가 그의 손에 쥐어져 있던 혼인 증서를 회수하듯 빼앗아 갔다. 딜런의 시선이 증서의 움직임을 따라 이동했다.

"너에게 입을 맞추면…… 그 혼인 증서를 내게 주겠다고?"

터무니없는 소리를 들었다는 듯 헛웃음을 삼킨 목소리가 비어져 나왔다.

"그래요."

"그런 말도 안 되는 소리가 어디 있어! 하, 프란시스, 제발 이러지 마. 장난하지 말라고!"

"지금 이게…… 장난으로 보여요? 나 또한 당신을 오래전부터 사랑해 왔다는 걸 알잖아요? 그 마음을 모두 접고, 입맞춤 하나로 모두…… 단념하겠다는데. 그것조차 어렵다는 건가요?"

그녀가 원망스럽게 그를 바라봤다.

"……그 말을 내가 들어줄 거라고 생각해?"

"물론이죠. 당신에겐 선택의 여지가 없으니까. 올리비아의 혼인을 무효로 만들 수 있는데, 망설일 이유가 없지요. 안 그런가요?"

프란시스가 애교 있게 눈을 찡긋거리며 그에게 몸을 기대왔다.

"설마 무력으로 내게서 이 증서를 빼앗으려는 건 아니죠? 입맞춤 하나면 충분한데, 일을 복잡하게 만들지 말아요. 당신이 날 실망시킨다면 나 또한 어떤 방법으로 당신을 옭아맬지 몰라요. 내 입에서 추악한 소리가 나오게 만들지 말아요."

"프란시스! 넌, 대체!"

"시간이 없어요, 딜런. 아버지께서 혼인 증서가 없어진 걸 아시면 당장 사람을 풀 거예요. 후작가의 기사들 역시 눈에 불을 켜고 이 종잇조각을 찾겠죠."

딜런이 떨리는 눈빛으로 이를 악물었다. 프란시스를 이해할 수 없다는 듯 노려보던 그가 이내 결심한 듯 눈을 꾹 감았다 떴다.

그의 손이 그녀의 어깨 위에 닿았다. 프란시스가 유혹하듯 눈을 가늘게 뜨고 그의 허리에 손을 둘렀다. 딜런이 잠시 망설이는 사이, 그녀가 먼저 그의 입술에 자신의 입술을 겹쳤다.

프란시스의 적극적인 입맞춤이 이어졌다. 입술과 입술이 닿고 혀와 혀가 얽히는 사이, 프란시스의 눈가에 가는 눈물방울이 맺혔다. 이대로라면 진심으로 그를 놓아줄 수도 있을 것 같다고 그녀는 생각했다.

아니, 아니었다. 결코 놓아줄 수 없었다. 위선으로 자신의 겉모습을 치장한다 하더라도 그를 놓아줄 수는 없었다. 결코 그럴 수는 없었다.

촤악!

그 순간, 차가운 물벼락이 온몸을 적셨다. 흙탕물에 달라붙은 머리칼 사이로 배신감에 눈을 부릅뜬 올리비아의 얼굴이 보였다.

올리비아, 네가 이토록 반가울 줄이야.

프란시스는 제게서 화들짝 놀라 떨어져 나가는 딜런 레녹스를 굳이 붙잡지 않았다. 적극적인 저의 공세에 놀라 반쯤 정신을 놓아버린 것처럼 남자는 올리비아의 기척조차 느끼지 못했다.

"너희들이 나를 농락해?"

그래, 더욱 화를 내고 배신감에 치를 떨어라. 너를 그 늙은이에게 시집보낸다고 해서 두 사람의 사이가 그대로 끝날 거라는 순진한 생각은 하지 않았단다. 그런 방법은 너희 사랑을 더욱 불타오르게 만들 뿐. ……난 절대로, 그렇게 두지 않아.

"올리비아, 오해야! 내가 다 설명할게."

오, 딜런. 내 가여운 사람. 저기 올리비아의 눈빛을 봐요. 그녀는 이제 결코 당신의 말을 믿지 않을 거예요.

프란시스가 딜런을 안됐다는 얼굴로 바라보며 한숨을 내쉬었다. 올리비아의 눈은 이미 두 사람의 부정을 확신하는 듯 분노로 가득 차 있었다.

"오해? 오오해? 네가 뚫린 입이라고 잘도 지껄이는구나. 프란시스 저 정신 나간 계집애야 천둥벌거숭이처럼 이리저리 날뛴다지만, 너까지 천지분간 못 하고 내게 이런 모욕을 줘? 하! 오해?"

"제발 진정해! 네가 지금 어떤 생각을 할지 알아. 하지만 맹세컨대! 이건 내가 의도한 바가 아니었어. 프란시스와 난 네가 상상하는 그런 사이가 아니야!"

"딜런! 어떻게 그런 말을……! 올리비아 저 아이의 천한 입놀림 때문에 그런 거짓말까지 하지 말아요! 나한테까지 상처를 줄 작정인가요?"

프란시스는 일부러 더 앙칼진 목소리를 내며 그의 팔을 잡고 늘어졌다. 너를 결코 놓지 않으리라, 다짐을 하듯 그렇게 그의 팔을 꾹 붙들었다.

"올리비아 제발!"

딜런이 프란시스의 손을 사납게 뿌리치며 올리비아의 팔을 붙잡자, 올리비아가 그의 뺨을 세차게 내갈겼다. 딜런의 고개가 크게 돌아갔다.

"더러운 손을 어디다 대는 거야!"

그녀가 울분을 토해 내듯 외쳤다. 올리비아가 그를 향해 차가운 말을 몇 마디 더 내뱉었지만 그는 그녀의 혐오감 가득한 눈빛에 온몸이 묶인 듯 전의를 상실한 채 그대로 서 있었다. 미련 없이 등을 돌리는 그녀의 모습이 보였다. 옆에서 프란시스가 새된 목소리로 뭐라뭐라 소리치며 그의 얼굴을 매만졌다. 멀어지는 올리비아의 모습을 보며 딜런은 뒤늦게 정신을 차렸다. 안 돼, 이렇게 보낼 수는 없어! 그가 다급히 걸음을 뗐다.

"딜런!"

달려 나가려는 그의 발걸음을 프란시스의 날카로운 목소리가 붙들었다. 올리비아의 혼인 증서를 내민 그녀가 고개를 좌우로 흔들었다. 흙탕물에 얼룩진 그 증서를 바라보는 딜런 레녹스의 눈빛이 흔들렸다. 순간 분노가 일었다.

"네가 원한 게 이런 거였어?"

그가 역겹다는 듯 프란시스에게 말했다. 딜런은 그녀의 손에서 혼인 증서를 낚아채 그 자리에서 박박 찢어발겼다. 찢어진 종이쪽을 구깃하게 접어 품 안에 갈무리한 그는 바로 하즐렛 저택을 나왔다. 그날, 딜런은 밤새도록 쉬지 않고 말을 달려 작센 바하르 후작령에 다다랐다.

❦

"바하르 후작께 찢어진 혼인 증서를 보였고…… 그걸로 혼인은 무효가 됐어."

말을 마친 딜런이 '후' 하고 길게 한숨을 내쉬었다.

지난 2년간, 이렇게 해명할 기회가 주어지길 얼마나 바라 왔던가. 그의 가슴이 한없이 떨려왔다. 떨림을 감추려는 듯 그가 다시 한 번 크게 숨을 들이쉬었다.

"후작령을 떠나 다시 돌아와 보니, 이미 넌 떠난 뒤였어."

그는 바하르 후작령에서 겪었던 고초와 가문 간에 벌어졌던 문제들을 굳이 입에 담지 않았다. 그런 일 정도야 그녀를 잃고 난 후의 그리움에 비하면 아무것도 아니었으니까. 그녀를 찾아 헤매던 순간의 괴로움들이 쓴물처럼 목구멍에 넘어왔지만 그녀에게 그 고통을 이해시킬 수는 없을 것이다.

오랜 시간 목석처럼 말없이 서 있던 웬디는 입술을 뗐다 다물길 여러 번 반복했다. 망설이는 빛이 여지없이 나타났다.

"후작령에서…… 혹 모진 일을…….'

웬디가 말을 맺지 못하고 그에게서 시선을 돌렸다. 아몬드나무 꽃잎이 위태롭게 비틀거리며 떨어져 내리는 모습이 보였다.

"네가 걱정할 만한 일은 없었어."

딜런이 쓰게 웃었다. 냉소가 걷힌 음성을 들으니 마음이 뭉클했다.

"왜…… 대체 왜 그런 거니?"

그녀가 그날의 일에 대해 처음 물었다. 그러나 이미 답을 들은 것과 다름없는 도돌이표 같은 이야기였다.

"방법이 없었어. 내게는…… 선택의 여지가 없었어."

"아니, 넌 그래서는 안 됐어."

그녀가 오른손을 들어 자신의 얼굴을 쓸었다.

"제발, 내 말을 믿어 줘. 그 순간에는 프란시스가 원하는 대로 해 주는 수밖에 없었어. 악의적인 농간이라 해도 휘둘려 줄 수밖에 없었다고. ……그래야 했어. 널 그렇게 잃을 순 없었으니까."

"네가 프란시스에게 입맞춤하는 순간 날 잃을 거라는 걸, ……그걸 몰랐니?"

그녀가 허허로운 눈으로 그를 바라봤다.

"의미 없는 입맞춤이었어. 고작 한 번의 입맞춤이었을 뿐이야.

내 마음에 너 이외의 다른 사람이 있었던 적은 맹세코 단 한 번도 없었어."

그가 간절한 음성으로 말했다.

웬디가 고개를 들어 딜런을 바라봤다. 정면에서 내리쬐는 햇살 탓에 딜런의 얼굴이 잘 보이지 않았다. 너머의 햇살과 대비되는 어둡고 까만 음영이 그의 얼굴을 가리웠다. 마치 두 사람의 관계처럼 어둡고 깜깜했다.

"고작 한 번의 입맞춤이, 모든 믿음을 무너뜨리기도 해."

부신 눈을 꾸욱 감으며 그녀가 말했다. 온몸이 차갑게 식는 기분이었다. 분노도 미움도 없었다.

"잘못된 게 있다면…… 바로잡아 나갈게. 그때의 내가 어리석었다면 반성하고 고칠게. 나도 알고 있어. 그날의 선택이 내게는 최선이었지만, 결국 최악의 결과가 되어 버렸다는 걸. 그렇지만…… 내게 기회를 줘."

"……너무 많은 시간이 지났어."

"알잖아. 내가 널 얼마나 사랑했는지. 너 역시…… 날 사랑했잖아. 우리 좋았던 시간들을 생각해 봐."

"내겐 이제 미화시킬 추억조차 남아 있지 않아. 날 구해 줘서 고맙다고, 원치 않는 혼인을 막아 줘서 고맙다고, 그런 말을 할 수도 없어. 왜 내게 먼저 말하지 않았냐고, 프란시스의 간교함을 몰랐냐고 널 원망하고 싶지도 않아. ……이제 와서 무얼 슬퍼하고 아쉬워할 수 있겠니. 이미 끝나 버린 관계인 걸. 우리 만남이 거기까지였던 것뿐이야."

조각난 사랑에 찔린 건 자신만이 아니란 것을 알았지만 그를 예전처럼 대할 수는 없었다. 오해해서 미안하다 스스로의 마음을 편하게 만드는 말을 하고 싶지도, 성급했던 자신을 탓하고 후회하는 어리석음을 범하고 싶지도 않았다. 계절은 여러 번 지났고, 두 사람의 관계는 켜켜이 쌓인 나뭇잎 속에서 썩고 짓물렀다.

"제발…… 그런 말 하지 마."

딜런의 눈이 붉게 충혈됐다. 그녀가 화를 내던 순간보다 더 두렵고 싶었다. 정말 그녀를 잃는다는 생각이 들었다.

"난 지금 새로운 삶을 살아가고 있어. 웬디 왈츠라는 새 이름을 얻었고, 과거와는 비교할 수 없을 만큼 평온한 하루하루를 보내고 있어."

끔찍했던 과거의 물결에 한데 뒤섞여 도저히 따로 떼어 낼 수 없게 된 남자는 그녀에게 그만 잊고 싶은 기억이 되었다. 물결은 이미 저 멀리 흘러갔고, 그녀는 홀로 뭍에 올라 벌써 한참을 걸어왔다.

"그러니까, 너도 네 삶을 살아. ……부탁이야. 변하는 건 없어. 그냥 새로운 내 삶을 살 수 있게 도와 줘. 결코 쉽게 얻은 오늘이 아니야. 다시는 과거로 돌아가고 싶지 않아."

그녀가 쓰린 눈으로 한동안 그를 바라봤다. 격렬했던 증오가 폭풍처럼 휩쓸고 간 자리에는 아무것도 남아 있지 않았다. 다시 싹을 틔울 조그마한 생명 하나 없었다.

"난……."

딜런이 말을 잇지 못했다. 먹먹한 시선이 오가고, 한참 뒤 그녀가 뒤돌아서 그의 곁을 떠나갈 때까지 그는 그녀를 잡지 못했다. 차마 그럴 수 없었다. 애원하듯 매달리는 저의 음성보다 그녀의 음성이 더욱 절실하고 애달프다 여겨졌기에.

"하아……."

나지막한 키의 아몬드나무에 기댄 딜런이 스르륵 주저앉았다. 부딪힌 나무에서 몇 개 남지 않은 꽃잎이 소리 없이 모조리 떨어져 내렸다. 남자가 팔을 들어 눈가를 가렸다. 가린 그림자 아래로 소리 없이 물기가 어렸다.

웬디는 정처 없이 걸었다. 영혼이 바짝 말라 올올이 흩어져 버린 것처럼 멍하니 걸음을 옮겼다. 한참 만에 정신을 차리고 주위를 살펴보니 집으로 가는 길목에 와 있는 자신을 발견할 수 있었다.

아, 꽃집으로 가야 하는데.

그녀가 홀로 중얼거렸다.

그럼에도 그녀는 가던 걸음 그대로 계속 걸었다. 이유는 알 수 없었다. 무언가에 이끌린 듯 그녀는 걸음을 옮겼다.

집 앞 골목을 지나, 그녀의 집 앞마당에 들어서서야 걸음을 멈춘 웬디는 무의식적으로 옆집 창문을 올려다봤다.

먼지가 섞인 바람이 불어와 멍하니 있던 그녀의 눈가를 간지럽혔다. 슥슥 눈가를 문질러 보니 따갑고 아팠다. 두 눈 가득 모래 알갱이가 들어간 것처럼 이물감이 들었다. 거칠게 문지르는데 누군가 그녀의 팔을 잡았다.

"웬디."

라드 슈로더가 그녀의 행동을 나무라듯이 이름을 불렀다.

"눈가가 새빨갛소."

"······."

웬디는 자신 앞에 서 있는 남자의 얼굴을 멀거니 올려다보았다. 아픈 눈가 탓인지 두 눈이 찌푸려져 있었다.

"오해하지 마시오."

말없이 자신을 바라보는 웬디의 시선을 그릇되게 해석한 황실 기사가 그녀의 앞마당에 멋대로 들어온 이유를 변명하듯 말했다.

"막 집에서 나오던 참이었소. 그대가 보이기에 인사차 들른 것뿐이라오."

눈가를 비비던 고붓한 손가락을 감싸 쥐며 그가 죄 없음을 피력했다. 웬디가 다시 한 번 눈가를 문지르려 손을 움직이자 그의 반듯한 이마가 찌푸려졌다.

"눈이 따가워요."

잠긴 목소리였다. 라드의 깊은 눈매 가득 의아함이 깃들었다.

"어디 봅시다. 뭐가 들어간 모양인데."

그가 그녀의 눈가에 손을 얹고 얼굴을 가까이 했다. 이내 웬디가 고개를 돌렸다.

"괜찮소?"

그녀가 민망하지 않게끔 그가 말했다. 쥐고 있는 손을 놓지 않은 채였다. 웬디가 다시 고개를 돌려 라드의 얼굴을 바라봤다. 눈동자에 그렁그렁한 빛이 차올랐다. 그녀의 젖은 눈을 보니 일시에 불안감이 엄습했다.

"······괜찮아요."

말과 달리 눈물은 기습적으로 찾아왔다. 웬디가 아득하기만 한 표정으로 눈물을 쏟아냈다. 샛노란 속눈썹에 걸린 눈물방울이 뚝뚝 떨어져 내렸다. 라드는 허옇게 질린 얼굴로 버성긴 사이를 좁혀 다급히 그녀를 품에 안았다.

언뜻언뜻 울음을 삼키며 끅끅대는 소리가 들려왔다. 물결처럼 흔들리는 웬디의 작은 체구가 그의 품 안에 오롯이 안겨 있었다. 처음 본 그녀의 눈물에 그는 평상심을 잃고 얼굴을 일그러뜨렸다. 귓전으로 울리는 웬디의 울음소리가 가슴을 쾅쾅 때렸다. 잔잔하던 강물이 범람하여 그의 전신을 집어 삼키려는 것 같았다. 거듭 숨이 막혔다.

"울지 마시오."

내면을 다스리는 법 따위는 잊어버린 듯, 그가 꽉 잠긴 목소리로 그녀를 달랬다. 어떠한 징후도 없이 그녀의 울음소리가 커졌다. 달랜다는 걸 더 울려 놓고 만 것 같았다. 라드는 속절없이 뛰는 가슴을 진정시키며 다시 한 번 그녀에게 울지 말라 애원해야 했다.

외전

쥬아소네뜨는 오늘도 응원해요

쥬아소네뜨는 오늘도 응원해요

"다시 한 번 말해 보렴. 요정의 씨앗을 어찌했다고?"

요정의 여왕 이자벨리샤의 근엄하던 얼굴에 당혹스러운 빛이 가득 번졌다. 처음 보는 여왕의 흐트러진 표정에 쥬아소네뜨가 상황의 심각성도 잊고 신기한 듯 여왕의 얼굴을 빤히 쳐다볼 정도였다.

"쥬아소네뜨! 당장 대답하지 못하겠느냐!"

여왕의 차가운 일갈에 뒤늦게 정신을 차린 듯 숨을 홉 들이마신 쥬아소네뜨가 울상이 되어 입을 열었다. 하늘거리는 드레스가 불편한지 여왕의 눈치를 보면서도 연신 몸을 가만있지 못했다.

"저어, 그게 말이에요. 그러니까…… 요정은 은혜를 갚아야 하니까, 음. 그날, 제가 정말 이대로 죽는구나 생각하던 차였기 때문에……."

"거미줄에 걸린 널 구해 준 그 아가씨에게 요정의 씨앗을 선물했다, 이 말이냐?"

더듬더듬 말을 잇는 쥬아소네뜨의 말을 더는 들어주지 못하고 여왕이 사건의 전말을 확인하듯 물었다. 자라목을 한 채 눈을 되록되록 굴리던 쥬아소네뜨가 느리게 고개를 끄덕였다.

"오, 맙소사! 인간에게 모습을 들킨 것도 모자라 요정의 씨앗을 선물했다고? 씨앗이 어떻게 쓰일 줄 알고 그걸 인간에게 선물한단 말이냐!"

"인간 아가씨가 하도 안되어 보이기에……. 죄, 죄송해요! 그렇지만 요정의 씨앗을 나쁜 데 사용할 아가씨는 아니었어요!"

"네가 그걸 어찌 장담하느냐. 당장 그 인간을 찾아 씨앗을 회수해 오도록 해라!"

요정의 씨앗은 그것의 주인인 요정 본인만이 다룰 수 있었기에 씨앗을 회수하기 위해서는 쥬아소네뜨가 직접 아가씨를 만나야 했다. 그래서 여왕은 더욱 쥬아소네뜨에게 단호하게 명했다.

"으, 그렇지만! 그건 제가 은혜를 갚기 위해 이미 선물한 씨앗인걸요! 벌써 며칠이나 지난 데다가, 그걸 다시 빼앗는다면 아가씨에게 면목이……!"

"당장!"

여왕 이자벨리샤의 명령에 쥬아소네뜨는 울먹울먹하며 여왕궁을 나왔다. 여왕궁 안은 잘 꾸며져 화려했지만 바깥으로 나오니 궁은 그저 길게 솟은 한 그루의 떡갈나무처럼 보였다. 잠시 동안 궁 앞의 꽃밭에 앉아 훌쩍이던 쥬아소네뜨는 곧 자신에게 선택의 여지가 없음을 깨달았다. 매일같이 이자벨리샤에게 후계자 교육을 받고 있었던 탓에, 여왕의 명을 듣지 않고 피해 다니기란 불가능했다. 낙심한 요정은 인간 아가씨의 흔적을 찾아 곧 포로로롱 날아올랐다. 아무런 흔적 없던 요정의 등 위로 마법처럼 은빛의 투명한 날개가 나타나 연신 날갯짓을 했다. 쥬아소네뜨는 얼마 안 가 숲을 빠져나갈 수 있었다.

그러나 인간 아가씨를 찾는 요정의 여정은 애초 예상했던 것보다 더욱 험난했다. 밤의 숲 근처에서 느껴지던 아가씨의 기운이 어느덧 저 멀리로 사라져 있었던 까닭이다. 쥬아소네뜨는 여러 날을 날아 인간 아가씨를 찾아갔다. 운이 좋은 날은 꽃잎을 이불 삼아 잠을 청했지만 그렇지 못한 날은 황량한 들판의 딱딱한 돌멩이 위에서 잠을 자야 했다. 끈적거리는 거미줄에만 걸리지 않는다면 불편한 잠자리 정도야 문제가 되지 않는다고 요정은 생각했다. 조심조심 몸을 사린 비행 끝에 거미줄에 걸리는 불상사는 없었지만 쥬아소네뜨가 인간 아가씨를 다시 만났을 때는 무척이나 지친 상태였다.

"아, 아가씨다!"

요정은 아주 크고 복잡한 곳에까지 가서야 아가씨의 모습을 다시 볼 수 있었다. 아가씨 근처에 사람들이 워낙 많았기에 쥬아소네뜨는 아껴 두었던 꽃물을 꿀꺽꿀꺽 마셔야 했다. 투명 가루가 섞인 꽃물이었다. 곧 요정의 몸이 투명해졌다.

아가씨는 숲의 호수만큼 이마가 넓은 어느 남자를 따라 인간이 사는 집을 여러 군데 돌아다녔다. 마음에 차지 않는 얼굴로 계속 고개를 가로젓던 아가씨는 나무 냄새가 집 안 가득 진하게 풍기는 곳에 이르러서야 고개를 끄덕였다. 그 냄새는 건물의 재료가 되어 버린 죽은 나무 냄새가 아니라 정말 살아 있는 나무 냄새였다. 집 중앙에 마련된 아주 작은 숲에는 생기 넘치는 나무와 꽃들이 수두룩하게 자라 있었다.

"이 집으로 계약하겠습니다."

아가씨와 그 남자는 곧 집 밖으로 나갔다. 요정은 아가씨가 혼자 남길 기다리며 졸졸 그 뒤를 따라다녔다. 이윽고 남자와 헤어진 아가씨가 빵을 하나 사들고 광장의 분수대 앞에 가 앉았다. 분수대가 내뿜는 눈부신 물줄기 사이로 작은 무지개가 떠올라 있었다. 쥬아소네뜨 역시 아가씨를 따라 분수대 앞에 폴짝 뛰어 앉아 쇠잔한 날개를 접었다.

아가씨는 물도 없이 빵을 우물우물 씹어 삼키며 무언가 생각에 잠겨 있었다. 요정은 어쩐지 그런 아가씨의 모습이 몹시 처량하고 외로워 보여 커다란 눈을 찡그리며 울상을 지었다. 분수대 앞을 지나치는 사람들은 하나같이 둘둘 짝을 이뤄 다녔다. 아가씨처럼 홀로 앉아 빵을 씹는 사람은 없었다. 요정은 슬픈 얼굴로 사랑, 그따위 것은 필요치 않다 말하던 아가씨의 모습을 떠올렸다. 쥬아소네뜨는 아직 성인식을 치르지 못한 요정이지만 자신의 은인되는 이 아가씨가 사랑의 상처를 안고 있을지 모른다는 예상 정도는 하고 있었다. 그런 아가씨에게서 요정의 씨앗을 도로 가져가야 한다는 사실 때문에 더욱 마음이 무거웠다. 은인을 져 버리는 그런 몹쓸 요정이 되어야 한다니! 쥬아소네뜨는 잔뜩 심통이 난 얼굴로 볼을 부풀렸다.

"자, 베냐한의 제일가는 음유시인, 트루바의 노래를 들어보시오! 내 오늘은 베냐한의 황태자 전하를 노래할 테니!"

비올을 다리 사이에 끼우고 분수대 근처 바닥에 앉은 늙은 남자가 사람들의 이목을 끌며 노래를 부르기 시작했다. 그는 황태자의 아름다운 외모와 황태자를 사랑한 여인의 슬픈 로맨스를 낭송하며 부드럽게 현을 켰다. 음유시인의 사랑 타령에 아가씨의 얼굴색이 급격히 나빠졌기에 쥬아소네뜨는 안절부절못하며 음유시인 근처로 포르르 날아갔다. 아가씨가 더 외로워하잖아요! 항의하듯 그의 근처를 날아다녔지만 연주는 쉽게 끝나지 않았다. 쥬아소네뜨는 아가씨의 아픈 마음이 느껴져 그렁그렁한 눈으로 그 쓸쓸한 모습을 건너다봤다.

드디어 연주가 끝나고 사람들로부터 박수와 함께 여러 닢의 동전을 받은 음유시인이 자리를 털고 일어나 분수대로 걸어왔다. 음유시인은 아가씨 옆자리에 털썩 주저앉으며 그날의 소득을 셈했다.

"황태자 전하의 이야기가 요즘 제일 인기라오. 허허, 이리 내 삶에 도움을 주시니 내 그분을 더욱 존경할 수밖에. 근래 음유시인들 사이에서 전하의 바이올린 연주가 화제라는 걸 아시오? 모두 입을 모아 전하의 천재성만을 칭찬하지만 내 생각은 조금 다르오. 음악에 미치지 않고서는 그런 경지에 오를 수 없지."

음유시인이 자신의 양 옆에 앉은 사람을 번갈아 보며 넋두리처럼 말을 늘어놓았다. 아가씨가 싸늘한 기색으로 그 말을 무시하자 음유시인은 옆에 있는 젊은 남자를 보며 어깨를 으쓱해 보였다. 시인이 연주하는 도중에 분수대 앞에 와 앉은 남자의 행동이 자신의 노래를 듣기 위했던 것이라 여기는 것 같았다.

"황태자 전하께서 바이올린에 미쳐 있다는 말이오?"

남자가 무심한 잿빛 눈동자로 시인을 바라보며 말했다.

"하하하하! 그렇소. 내 같은 음악을 하는 사람으로서 그 점이 가장 존경스럽지!"

껄껄 웃는 음유시인의 얼굴을 보며 남자가 흐음, 하고 작게 소리를 냈다. 그런 남자의 모습을 시인이 흥미로운 눈길로 살폈다.

"검사시오? 꽤 실력이 좋아 뵈는데."

남자가 허리에 차고 있는 검과 그가 입은 질감 좋은 옷을 살핀 음유시인이 물었지만 남자는 대답이 없었다. 시인 또한 대답을 바라고 한 질문은 아닌 듯 홀로 말을 이었다.

"다음 공연에서는 황실 기사와 평민 아가씨의 로맨스에 대해 노래해야겠군."

동전을 갈무리한 음유시인은 비올을 챙겨 들고 곧 분수대를 떠났다. 아가씨는 아직까지 빵을 씹어 삼키고 있었다. 목이 막히는지 먹는 속도가 무척 느렸다. 여전히 처량한 모습이었지만 그 옆에 있던 남자 역시 홀로 앉아 있었기에 쥬아소네뜨는 조금 마음이 놓였다.

분수대의 물방울과 찬란한 햇살 사이에서 태어난 무지개는 줄곧 그 빛을 선연하게 드러내고 있었다. 무지개의 끝과 끝이 두 사람의 어깨에 걸려 있는 모습을 보며 쥬아소네뜨는 다시 한 번 마음의 위안을 얻었다. 아가씨, 너무 외로워하지 마세요!

"단장님!"

그때 백금발의 청년이 남자를 향해 다가왔다. 청년이 남자에게 소곤소곤 뭐라 이야기했다. 호기심 많은 요정이 그 소리를 엿들으니 둘은 뭔가 은밀히 임무를 수행 중인 것 같았다. 황실 기사니 뭐니 하는 이야기가 들려왔다. 그러나 그 둘은 얼마 안 있어 자리를 떠났기에 요정은 반짝 솟아올랐던 호기심을 지웠다. 또다시 분수대에 아가씨 홀로 남았다. 쥬아소네뜨는 가여운 아가씨에게서 요정의 씨앗까지 회수할 엄두가 나지 않아 깊은 고민에 잠겼다. 아가씨가 씨앗을 나쁜 곳에 사용할 것 같지 않았지만 여왕님의 명령을 마음대로 무시할 수도 없었다. 쥬아소네뜨는 며칠 동안 아가씨의 모습을 지켜보기로 결심했다.

아가씨의 일상은 몹시 분주하였다. 목이 좋은 곳에 있는 작은 건물 안을 쓸고 닦고 꾸미느라 정신이 없어 보였다. 새로 가게를 열려고 준비를 하는 중인 듯했다. 이전에 계약했던 나무가 많던 집은 아가씨의 보금자리가 될 듯했다. 그곳에서도 가게에서처럼 청소를 반복하였던 까닭에 어떤 날은 온종일 청소만을 한 때도 있었다. 쥬아소네뜨는 고단해하는 아가씨를 돕고 싶은 마음에 바닥을 반짝반짝 빛나게 하는 요정의 가루를 몰래 살짝 뿌려 주었다. 그제야 비로소 아가씨는 바닥 닦기를 멈추었다.

며칠 후, 가게가 제법 구색을 갖추자 아가씨는 가게 뒤쪽의 화원을 청소하기 시작했다. 땀을 뻘뻘 흘릴 만큼 땅을 열심히 고른 아가씨가 그 땅 위에 검지를 대는 모습을 보며 쥬아소네뜨는 꿀꺽 침을 삼켰다. 자신이 아가씨를 만난 후 처음으로 요정의 힘을 사용하는 모습을 보게 된 것이다!

아가씨가 손가락을 댄 자리마다 뾱뾱 활력 있는 새싹이 피어올랐다. 곧 화원 한쪽이 싱그러운 색색의 장미로 뒤덮였다. 아가씨는 그날 화원 가득 꽃을 피워 냈다. 모두 그 빛이 곱고 아름다웠다.

다음날부터 아가씨는 가게에서 꽃을 팔기 시작했다. 사람들은 아가씨를 웬디라 불렀다. 요정은 처음으로 아가씨의 이름을 알게 되었다. 며칠이 더 지났지만 웬디 아가씨는 가게에서 팔 꽃을 피우거나 저녁 찬거리 정도를 자라게 할 때나 요정의 힘을 쓸 뿐, 여왕님이 우려했던 나쁜 일 같은 데에 힘을 쓸 기미 같은 건 보이지 않았다. 쥬아소네뜨는 결연하게 고개를 끄덕였다. 은인에게 준 선물을 도로 빼앗는 건 요정의 자존심에 결코 허락되지 않는다! 자신은 그런 막된 요정이 아니다! 쥬아소네뜨는 굳은 결심을 하고 다시 밤의 숲으로 되돌아갔다.

물론 여왕님은 불같이 화를 내며 다시 요정의 씨앗을 회수해 오라 말했지만 쥬아소네뜨 역시 이번엔 얌전히 물러서지 않았다. 은인에게 보답으로 준 선물을 도로 빼앗아 온다면 요정의 명예 역시 지켜질 수 없을 거라며, 그런 자신이 다음 대의 여왕이 되는 것 또한 어려운 일이라 맞섰다. 결국 여왕과의 담판이 지어졌다. 여왕, 이자벨리샤는 쥬아소네뜨에게 매년 일정한 주기로 웬디 아가씨를 방문하여 요정의 씨앗을 올바르게 사용하는지 확인할 것과 아가씨를 둘러싼 자연의 소리에 늘 귀 기울일 것을 명했다. 웬디 아가씨가 혹 나쁜 마음을 먹고 힘을 사용한다면 바로 알아챌 수 있게 말이다. 쥬아소네뜨는 그리하겠다 여왕 앞에 맹세했다.

봄이 가고 계절이 흘러 겨울이 왔다. 그다음 또다시 새순이 돋고 다시 지길 반복했다. 그렇게 2년이 흘렀다. 쥬아소네뜨는 그동안 웬디 아가씨를 주기적으로 방문했다. 성인식을 치른 요정은 이제 자신의 은인을 만나러 가는 길이 즐거웠다. 답답한 일상에서 벗어나 신나는 여행을 떠나는 기분마저 들었다. 오, 저기 아가씨가 보인다! 오랜만에 본 얼굴이 사뭇 쌀쌀맞은 게 역시 차가운 매력이 철철 넘친다, 우리 웬디 아가씨!

그런데 이상한 일이었다. 아가씨 표정에 미묘하지만 변화가 생겼다. 쥬아소네뜨는 아가씨의 표정이 한 남자 앞에서 놀라우리만치 다양하게 변한다는 것을 알아챘다. 요정의 눈이 번쩍 뜨였다. 누구지, 대체 이 남자는! 낯이 조금 익은 것도 같은데!

쥬아소네뜨는 남자의 모습을 세세히 관찰했다. 칠흑처럼 어두운 검은머리와 차게 식은 잿빛 눈동자, 매끄러운 이마와 곧게 뻗은 콧날, 그리고 큰 키와 탄탄한 근육! 일단 외모는 요정의 마음에 찼지만 어떤 사람인지는 좀 더 지켜봐야 했다. 웬디 아가씨의 외로움을 달래 주기에는 인상이 너무 차가운 게 마음에 걸리기도 했다.

그러나 요정은 얼마 안 가 걱정을 털어 버렸다. 아가씨 앞에만 서면 남자의 시린 눈동자에 따뜻한 봄기운이 감돈다는 사실을 눈치챈 것이다. 갑자기 비를 만나 곤경에 처한 웬디 아가씨를 보고 그가 다급히 마차를 끌어왔을 때 쥬아소네뜨는 환호했다. 아가씨를 생각하는 그의 온풍 같은 마음이 느껴졌다. 그런 남자를 보고 눈에 각을 세우는 아가씨의 태도가 어서 바뀌었으면 하고 요정은 바랐다.

비 오는 골목길에서 남자가 아가씨를 감싸안으며 머리 위로 그의 망토를 들어 비를 가려 주었을 때 쥬아소네뜨는 흥흥거리고 웃었다. 아가씨에게 올 봄날을 생각하니 마음이 찡했다. 그러나 일관되게 뻣뻣한 웬디 아가씨의 태도에는 변화가 필요했다. 요정은 고슴도치처럼 남자를 경계하는 아가씨의 모습이 안타까웠다. 결국 쥬아소네뜨는 아가씨를 위해 힘을 조금 쓰기로 결심했다.

포로로로롱.

은빛의 날개를 움직여 요정은 힘차게 공중을 날았다. 저만치 차가운 빗줄기를 그대로 맞고 있는 다 죽어 버린 어린 물푸레나무가 보였다. 쥬아소네뜨는 나무껍질의 결을 만지며 그 위에 가볍게 입을 맞췄다. 그 순간, 껍질 너머로 물푸레나무의 고동이 느껴지기 시작했다. 나무 안의 수액이 돌며 내는 고동이었다. 곧바로 웬디

아가씨 가까이로 날아간 쥬아소네뜨는 아가씨의 눈두덩이 위에 가볍게 손을 댔다. 아가씨의 시선이 물푸레나무를 향했다.

펑! 펑! 펑!

순식간에 앙상한 가지에 물이 차오르고 나뭇잎이 자라난 가운데 하얀색 잔꽃들이 펑펑 푹죽 터지듯 피어났다. 그와 동시에 웬디 아가씨의 얼굴이 경악으로 물들어 갔다. 거센 폭우는 어느덧 멈추어 있었다. 따뜻한 햇살을 받은 나뭇가지 위에 돋아난 아름다운 꽃망울이 진한 꽃향기를 거리 가득 풍겼다. 사방으로 터져 나가는 꽃의 개화에 웬디 아가씨가 눈을 질끈 감았다 떴다.

쏴아아아.

요정이 만들어 낸 환상에서 깨어난 웬디 아가씨가 흠칫하며 물푸레나무를 응시했다.

"……왜 그러시오?"

"……아무것도 아닙니다."

의아한 듯 묻는 남자의 말에 아가씨가 얼떨떨한 음성으로 답했다. 쥬아소네뜨는 다시금 빗속을 걷는 둘의 뒷모습을 바라보며 마음을 다해 염원했다. 웬디 아가씨의 죽은 마음도 저 물푸레나무처럼 다시 꽃을 피우기를! 현명한 아가씨는 자신의 마음 역시 그럴 수 있다는 사실을 금세 알아차릴 것이었다. 아니, 어쩌면 이미 그 마음에 파릇한 새순이 돋아 있을지도 몰랐다.

걱정 말아요, 아가씨! 아가씨의 마음을 쥬아소네뜨가 열렬히 응원할게요! 다음에 올 땐 부디, 아가씨의 마음에 향기로운 꽃이 피어 있기를 말이에요.

-웬디의 꽃집에 오지 마세요 2권에서 계속-

BLACK LABEL CLUB 015

웬디의 꽃집에 오지 마세요 1

1판 1쇄 발행 2015년 4월 17일
1판 5쇄 발행 2019년 11월 14일

지은이 김지서
펴낸이 신현호
편집부장 예숙영
편집 박상희
편집디자인 한방울
영업·관리 김민원 조은걸 조인희
물류 이순우 최준혁 박찬수

펴낸곳 ㈜디앤씨미디어
출판등록 2002년 5월 1일 제117-90-51792호
주소 서울시 구로구 디지털로 26길 111 JnK디지털타워 503호
대표전화 (02)333-2513 팩스 (02)333-2514
전자우편 dncbooks@naver.com
디앤씨북스 블로그 http://blog.naver.com/dncbooks

ISBN 978-89-267-6532-6 (04810)
ISBN 978-89-267-6531-9 (SET)